Du wirst für deine Lügen bluten

Die Autorinnen

Lisa Jackson zählt zu den amerikanischen Top-Autorinnen, deren Romane regelmäßig die Bestsellerlisten der New York Times, der USA Today und der Publishers Weekly erobern. Ihre Hochspannungsthriller wurden in 15 Länder verkauft. Auch in Deutschland hat sie mit *Shiver, Cry* und *Angels* erfolgreich den Sprung auf die Spiegel-Bestsellerliste geschafft. Lisa Jackson lebt in Oregon.
Mehr Informationen über die Autorin unter: www.lisajackson.com
Nancy Bush lebt mit ihrer Familie in Lake Oswego, Oregon.

Lisa Jackson
Nancy Bush

Du wirst für deine Lügen bluten

Thriller

Aus dem Amerikanischen von
Bernhard Liesen

Weltbild

Die amerikanische Originalausgabe erschien 2011 unter dem Titel *Wicked Lies* bei Kensington Publishing Corp., New York.

Besuchen Sie uns im Internet:
www.weltbild.de

Copyright der Originalausgabe © 2011 by Lisa Jackson LLC and Nancy Bush
Published by Arrangement with KENSINGTON PUBLISHING CORP.,
New York, NY 10018 USA
Copyright der deutschsprachigen Ausgabe © 2015 by Weltbild GmbH & Co. KG,
Werner-von-Siemens-Straße 1, 86159 Augsburg
Dieses Werk wurde vermittelt durch die Literarische Agentur Thomas Schlück
GmbH, 30161 Hannover
Übersetzung: Bernhard Liesen
Projektleitung und Redaktion: usb bücherbüro, Friedberg/Bay
Umschlaggestaltung: *zeichenpool, München
Umschlagmotiv: www.shutterstock.com (© Aleshyn_Andrei; © xpixel;
© Philip Hunton; © pashabo; © Molodec; © Nik Merkulov
Satz: Datagroup int. SRL, Timisoara
Druck und Bindung: CPI Moravia Books s.r.o., Pohorelice
Printed in the EU
ISBN 978-3-95973-803-3

2022 2021 2020 2019
Die letzte Jahreszahl gibt die aktuelle Ausgabe an.

1

Ich kann sie riechen!
Noch eine, die sich durch ihren Geruch verrät.
Selbst hier, in meiner Zelle, rieche ich ihr krankes Verlangen, ihren unreinen Körper, ihre Lust.
Seit ich hier festsitze, habe ich noch an andere gedacht. An andere, die getötet werden müssen. Andere, vom Teufel Besessene, die mit ihrer Brut in das Höllenfeuer zurückgetrieben werden müssen, aus dem sie kamen!
Oh, kranke Frauen mit ihren unkontrollierbaren Gelüsten.
Ich bin hinter euch her ...

Laura Adderley stützte sich mit einer Hand an der Wand der Toilettenkabine ab. In der anderen hielt sie einen Schwangerschaftstest und traute sich nicht, einen Blick darauf zu werfen. Bitte nicht. Nicht jetzt, wo ihre Ehe offiziell beendet war. Sie hatte die Scheidung genauso gewollt wie ihr Exmann, vielleicht noch mehr. Byron wohnte bereits mit einer anderen Frau zusammen, die er zweifellos genauso häufig betrügen würde wie sie. Es spielte keine Rolle mehr. Diese Ehe war von Anfang an zum Scheitern verurteilt gewesen, nur hatte sie drei Jahre benötigt, um es zu begreifen.

Von Anfang an zum Scheitern verurteilt ...

Sie nahm all ihren Mut zusammen, öffnete langsam die Faust und starrte auf die beiden pinkfarbenen Linien auf dem Schwangerschaftstest.

Positiv.

Sie hatte es gewusst.

Mein Gott ...

Sie schloss die Augen und atmete tief durch, um sich zu beruhigen. Solange es ging, hatte sie die Anzeichen ignoriert, doch sie konnte den Kopf nicht weiter in den Sand stecken. Sie war schwanger. Von ihrem Exmann. Sie hatten die Papiere genau in jener Woche unterschrieben, obwohl Byron versucht hatte, auf Zeit zu spielen, denn er wollte einfach nicht, dass *sie* ihren Willen bekam. Dass sie sich von ihm löste, von seinen Lügen und seinem despotischen Gebaren.

Was nun?

Dr. Byron Adderley war Chirurg am Ocean Park Hospital, wo Laura als Krankenschwester arbeitete. Vor einem Jahr hatten sie ihre Stellungen in Portlands größtem und renommiertestem Krankenhaus aufgegeben und waren an die Küste von Oregon gezogen, um ein weniger hektisches Leben zu führen. Nun waren beide in dem deutlich kleineren Ocean Park Hospital angestellt. Laura war zuerst entschieden gegen den Umzug gewesen. Aus Gründen, über die sie mit Byron nicht reden wollte, hätte sie sich unbedingt fernhalten müssen vom Ocean Park Hospital und dem benachbarten Städtchen Deception Bay.

Fast schien es, als hätte er ihre Geheimnisse irgendwie gewittert, denn noch bevor sie etwas tun konnte, hatte er die neue Stelle an dem kleineren Krankenhaus schon angenommen. Ehe sie wusste, was eigentlich los war, zogen sie bereits um. Laura hatte sich weigern wollen, doch letztlich setzte er seinen Willen durch. Sie willigte zögernd ein in der vergeblichen Hoffnung, ihre Ehe vielleicht noch retten zu können. Sie wusste, dass sie ihn nicht mehr liebte, ihn vielleicht nie geliebt hatte. Aber eventuell würde sich durch einen neuen Anfang doch noch etwas ändern. Vielleicht würde er ihr Herz noch einmal erobern, weil er nur sie wollte. Womöglich würde sich alles noch einmal zum Besseren wenden ...

Doch dann wurde er dabei ertappt, wie er in einem leeren Krankenzimmer eine von Lauras Kolleginnen sexuell belästigte. Das Krankenhaus wollte zu Disziplinarmaßnahmen greifen, doch Dr. Byron Adderley gehörte nicht zu den Männern, die sich von irgendjemandem etwas sagen ließen. Also wurde die Schwester fristlos entlassen und der Vorfall unter den Teppich gekehrt.

Laura reichte die Scheidung ein.

Zuerst hatte er noch versucht, es ihr auszureden. Nicht, dass er sie noch gewollt hätte, er konnte es nur nicht ertragen, dass *sie* die Entscheidung getroffen hatte. Das war in seinem Weltbild nicht vorgesehen. Er änderte die Taktik und flehte sie unterwürfig an, ihm eine zweite Chance zu geben. Sie war misstrauisch, glaubte, dass alles vielleicht nur Schauspielerei war. Aber sie sah einer einsamen und trostlosen Zukunft entgegen, und an einem Abend vor drei Monaten hatte er ihr geschworen, er liebe sie, werde sie nie wieder betrügen und seine alten Fehler wiedergutmachen. Sie wollte ihm nur zu gern glauben und ignorierte die warnenden Stimmen in ihrem Kopf. Eins führte zum anderen, und schließlich landeten sie im Bett und liebten sich. Eine zweite Chance, vielleicht die letzte, die Laura beim Schopf packen wollte.

Dann behauptete eine weitere Schwester, von Dr. Adderley durch Annäherungsversuche belästigt worden zu sein. Byron stritt energisch alles ab, doch Laura – die über seltsame Fähigkeiten verfügte, die weder er noch sie selbst verstand – wusste ohne jeden Zweifel, dass er log. Es war erbärmlich.

Sie ließ das Scheidungsverfahren laufen. Byron blieb sich treu und war sofort mit einer anderen Frau zusammen, doch jetzt war es Laura egal. Sie hatte abgeschlossen mit Byron Adderley, und bis heute war sie fest entschlossen gewesen, dem Ocean Park Hospital und Deception Bay den Rücken zu kehren, wieder nach Portland zu ziehen und sich dort eine neue Stelle zu suchen.

Doch jetzt ...

Die Tür zum Vorraum der Toilette öffnete sich. »Laura?«, rief ihre Kollegin Perez.

»Bin gleich da.« Sie betätigte die Spülung, wickelte den Schwangerschaftstest in Toilettenpapier und schob ihn in ihre Handtasche.

»Wir brauchen Hilfe in der Notaufnahme. Da wird gleich jemand mit einer schweren Gehirnverletzung eingeliefert.«

»Okay, ich komme.«

Als sich die äußere Tür geschlossen hatte, verließ sie die Kabine, wusch sich die Hände und betrachtete sich eingehend im Spiegel. Ernste blaugraue Augen, dunkelblondes, zu einem Pferdeschwanz zurückgebundenes Haar, ein energisches Kinn, hohe Wangenknochen, dichte Wimpern ... All das verlieh ihr etwas wie ein aristokratisches Aussehen, doch ihre Herkunft war alles andere als vornehm.

In ihrem Kopf baute sich ein vertrauter Druck auf, und sie kämpfte mit aller Willenskraft dagegen an, versuchte es zurückzudrängen ... Wieder einmal stellte sie sich ein drei Meter hohes Stahltor vor, das dem Druck widerstehen würde. Das war ein automatischer, fast schon unbewusster Reflex, durch den sie sich schützte, wenn sie diese Stimme hörte, von schlimmen, unerwünschten Gedanken bedrängt wurde. Jahrelang hatte sie geglaubt, jeder besitze diese Fähigkeit, doch dann war ihr langsam bewusst geworden, dass nur sie allein darüber verfügte. Es war, als würde jemand an ihrem Gehirn anklopfen, um zu versuchen, in es einzudringen, und sie errichtete in Gedanken einen mentalen Schutzwall, um es zu verhindern. Doch diesmal war alles anders, die Attacke war heftiger, entschlossener. Es war, als würde dieser Jemand mit einem Hammer an die Mauer schlagen, an ihr Gehirn ...

Sie riss sich zusammen und blickte sich um, fast so, als erwartete sie, denjenigen zu sehen, der zu ihr gesprochen hatte. Aber es war niemand zu sehen, sie war allein. Und es war definitiv eine männliche Stimme gewesen, die sie gehört hatte.

In dem Spiegel sah sie, wie ihre Augen sich weiteten, als ihr etwas bewusst wurde, das sie um jeden Preis verdrängen wollte. Er war zurück.

Sie kniff fest die Augen zusammen und stemmte sich mental gegen die Gefahr, bis das Hämmern leiser wurde und schließlich verklang.

Als sie in der Notaufnahme eintraf, kam gerade der Krankenwagen mit eingeschalteter Sirene und flackernden Lichtern die Auffahrt hinauf. Es war halb neun abends an einem Tag Ende Juni und daher noch hell, aber unter den die Auffahrt säumenden Bäumen war es bereits dämmrig.

Der Krankenwagen kam mit quietschenden Reifen zum Stehen. Rettungssanitäter sprangen heraus, rannten zur Hinterseite des Fahrzeugs, rissen die Tür auf und zogen eine Bahre heraus. Darauf lag ein Mann mit einem blutgetränkten Kopfverband.

»Mein Gott, das ist Conrad!«, sagte jemand neben Laura.

»Conrad?«, fragte sie geschockt und blickte auf die Bahre. Conrad Weiser war einer der Sicherheitsbeamten des Krankenhauses.

»Was ist passiert?«, fragte einer der Gehirnchirurgen.

»Er wurde im Halo Valley Security Hospital angegriffen«, antwortete der Notarzt, ein Mann namens Dylan. »Er war dort, um einen Patienten abzuholen, und einer der Verrückten hat brutal auf ihn eingeschlagen und ist ausgebrochen.«

»Halo Valley?«, stieß Laura fassungslos hervor.

»Genau, diese psychiatrische Klinik«, erklärte Dylan.

»Bringt ihn endlich rein«, befahl der Gehirnchirurg, als gerade eine Bahre mit einem zweiten Verletzten aus dem Krankenwagen gezogen wurde.

Dylan blickte Laura stirnrunzelnd an. »Alles in Ordnung?«

»Ja.«

Laura katapultierte sich in Gedanken in die Gegenwart zurück und half, die Bahre mit dem zweiten Opfer in die Notaufnahme zu tragen. Der Mann war bei Bewusstsein, aber sein Hals war verbunden, und er konnte offensichtlich nicht sprechen. Seine dunklen Augen blickten sie an.

»Das ist Dr. Maurice Zellman vom Halo Valley Security Hospital«, sagte Dylan. »Er hat ihm etwas in die Kehle gebohrt.«

Laura stand schon wieder unter Schock. »Wer, der Ausbrecher?«, fragte sie.

»Sieht so aus.«

Sie beobachtete, wie Zellman ebenfalls in die Notaufnahme gebracht wurde, und zitterte am ganzen Leib, ohne etwas dagegen tun zu können.

Halo Valley. Die psychiatrische Klinik für geisteskranke Kriminelle.

Er war dort eingesperrt.

Oder mittlerweile nicht mehr?

War das der Grund dafür, dass er gerade versucht hatte, ihren mentalen Schutzwall zu durchbrechen? Ihm war die Flucht gelungen!

Und er hatte es auf sie abgesehen.

Mein Gott, nein! Nicht jetzt! Sie dachte an das Baby und hätte fast einen Herzstillstand erlitten. Sie wurde von Angst und Panik gepackt. *Nein, nein, nein!*

Sie versuchte, die lähmende Angst zu verdrängen, und wandte sich einer der anderen Krankenschwestern zu. »Wer hat das getan?«, fragte sie.

»Wünschst du dir auch, wir könnten Zellman fragen und es herausfinden?«, fragte Lauras Kollegin Carlita Solano. »Keine Frage, das muss einer von den Verrückten gewesen sein.«

Bitte, lieber Gott, lass es nicht ihn *gewesen sein.*

Aber sie wusste, dass er es gewesen war. Justice Turnbull war aus dem Hochsicherheitstrakt des Halo Valley Security Hospital ausgebrochen und entschlossen, weitere Morde zu begehen.

Laura beobachtete, wie sich die Tür des Operationssaals mit einem leisen Zischen hinter dem verletzten Psychiater schloss und fragte sich, wie es so weit hatte kommen können.

Der Tag hatte begonnen wie viele andere vor ihm.

Dr. Maurice Zellman, einer der besten Psychiater des Halo Valley Security Hospital – vermutlich *der beste*, wenn man ihn selbst gefragt hätte –, hatte sich zum Frühstück eine

Scheibe Weizentoast, ein weich gekochtes Ei und ein Stück Melone gegönnt, bevor er zum Krankenhaus gefahren war, wo er pünktlich um Viertel nach sieben eintraf. Nach mehreren Therapiegesprächen rief er mittags seine Frau Patricia an und erfuhr, ihr sechzehnjähriger Sohn Brandt habe in der Schule Ärger gemacht und müsse für den Rest der Woche mit Hausarrest rechnen. Zellman schnaubte angewidert und versicherte seiner Frau, er würde sich auch noch eine unangenehme Strafe einfallen lassen. Dann besuchte er eine Reihe von Patienten in ihren Zellen, die niemand so nannte, und damit war er den ganzen Nachmittag beschäftigt.

Um sechs hatte er den größten Teil seiner Arbeit erledigt, doch nun stand ihm noch der Besuch bei seinem berüchtigtsten Patienten bevor. Justice Turnbull war ein psychotischer Killer, der zudem versucht hatte, seine eigene Mutter zu töten, und erwiesenermaßen davon besessen war, eine Reihe von seltsamen Frauen zu ermorden, die an der Küste von Oregon zurückgezogen in einem Haus namens Siren Song zusammenlebten. Die Einheimischen sahen in ihnen Mitglieder einer Sekte. Worin Justice' persönliche Beziehungen zu diesen Frauen bestand, blieb ein Rätsel, das Zellman in den zwei Jahren seit der Einlieferung des Killers zu lösen versucht hatte, doch bisher ohne Erfolg. Justice war für etliche Morde verantwortlich, und selbst die anderen geisteskranken Kriminellen hielten ihn für einen äußerst komischen Kauz.

Niemand von den Ärzten des Halo Valley Security Hospital wusste, was er von ihm denken, geschweige denn, wie er ihn behandeln sollte. Zellman hielt nicht viel von seinen Kollegen. Sie taten ihre Arbeit, so gut sie es eben konnten, doch er, Maurice Zellman, war eine Koryphäe. Er *heilte* Patienten, statt sich mit ein paar Verhaltensänderungen zu begnügen.

Und Justice Turnbull ... Nun, Zellman hatte Fortschritte mit ihm gemacht, bedeutsame Fortschritte. Sicher, er war noch immer besessen von den Siren-Song-Frauen, doch das lag daran, dass er offenbar irgendeine besondere Beziehung zu ihnen hatte. Zumindest glaubte Zellman das, erwiesen war es noch nicht. Vielleicht gehörten die Frauen zu einer Sekte, vielleicht nicht. Auf jeden Fall lebten sie extrem zurückgezogen und sahen so aus, als kämen sie aus einem fernen Jahrhundert. Zellman war der Meinung, man solle sie in Ruhe lassen. In diesem Leben musste jeder seinen Weg finden, und es gab keinen richtigen oder falschen Weg, auch wenn Justice das bis jetzt immer noch anders sah. Aus Gründen, die nur er kannte, schien Justice Turnbull fest entschlossen zu sein, diese Frauen eine nach der anderen zu ermorden.

Aber ja, ich habe Fortschritte gemacht, dachte Zellman und klopfte sich in Gedanken selbst auf die Schulter. Zu Beginn seiner Inhaftierung im Halo Valley Security Hospital hatte Justice laut herumgeschrien, sie seien alle des Teufels, und er werde sie alle umlegen. Zuerst hatte das Personal nicht gewusst, wen er meinte, doch dann hatte er ihnen erklärt, er werde alle *Schwestern* auslöschen, die in diesem Haus namens Siren Song zusammenlebten. Im Laufe der Zeit und unter dem Einfluss starker Medikamente hatte er dann anscheinend von dieser Mission Abstand genommen. Noch immer versetzte ihn der Gedanke an diese Frauen in Erregung, was er nicht kaschieren konnte, wenn Zellman von ihnen sprach, um zu überprüfen, wie er reagierte. Aber Justice äußerte sich nicht mehr annähernd so rabiat wie beim Antritt seiner Strafe. War er geheilt? Nein. Würde er es jemals sein? In Justice Turnbulls Fall schien das unwahrscheinlich, doch wenn eine Chance bestand, war Dr. Maurice Zellman definitiv der richtige Mann für diese Aufgabe.

Zellman wusste, dass Justice von Dämonen gequält wurde, die er selbst geschaffen hatte, doch seine Kollegen scherten sich nicht darum. Sie hatten den Mann für die nächsten Jahrzehnte weggeschlossen, und er durfte sich keine Hoffnungen machen, jemals entlassen zu werden. Paranoide Schizophrenie. Ein Soziopath. Psychopath. Ein durchgeknallter Mörder. Das mochte alles wahr sein, und doch blieb Justice Turnbull ein Patient, um den man sich kümmern musste.

Zellman blickte auf die Uhr. Viertel vor sieben. Heute hatte er eine Überraschung parat für Justice. Der hatte ihn um etwas gebeten, und endlich war es ihm gelungen, die Genehmigung zu bekommen, wobei er allerdings auf viel Widerstand gestoßen war. Mit einem selbstzufriedenen Lächeln schlug er den Weg zu Justice' Zelle ein. Er war absichtlich ganz am Ende des Korridors untergebracht, weil niemand etwas mit ihm zu tun haben wollte. Außer Angehörigen des Krankenhauspersonals betrat nie jemand seine Zelle. Die anderen Insassen hielten ihn für »verrückt«, was einiges besagte, da sie selbst ohne jede Ausnahme geisteskranke Kriminelle waren. Aber in jeder Gemeinschaft gab es eine Hackordnung, und im Halo Valley Security Hospital war es nicht anders. Als einer der führenden Psychiater des Hauses, der einige der berüchtigtsten Patienten behandelte – Mörder, Sadisten, Vergewaltiger, um nur drei Beispiele zu nennen –, wusste Maurice Zellman aus Erfahrung, wie geistesgestört und psychisch labil die Männer und Frauen waren, deren Zellen sich in diesem Trakt befanden, der rechtskräftig verurteilten Schwerverbrechern vorbehalten war. Das normale Gefängnis mochte ihnen aus Gründen ihrer Geisteskrankheit erspart bleiben, doch es waren trotzdem die schlimmsten Kriminellen, die man sich vorstellen konnte. Deshalb waren sie in Trakt B untergebracht, wie dieser Bereich der psychiatrischen Klinik beschönigend genannt wurde. Trakt B, reserviert für die unrettbar verlorenen Sünder. In Trakt A residierten die Geisteskranken, die keine Verbrechen begangen hatten, und der Verbindungsgang zwischen den beiden Gebäudeteilen wurde auf beiden Seiten gesäumt von einem Maschendrahtzaun mit Stacheldraht darauf, der teilweise durch eine Hecke verdeckt war, damit sich jeder der Illusion hingeben konnte, sich an einem angenehmen und friedlichen Ort aufzuhalten. Tatsächlich war Trakt B nichts anderes als ein Hochsicherheitsgefängnis für geisteskranke Kriminelle.

Dr. Zellman rangierte weit oben in der Hierarchie der Spezialisten von Trakt B. Er verstand die Psyche der Kriminellen auf eine Weise, welche die weniger fantasievollen Ärzte zugleich faszinierte und verängstigte. Nun, ihr Problem, dachte er. Er, Dr. Maurice Zellman, machte seinen Job, und er machte ihn sehr, sehr gut.

Er beschleunigte seinen Schritt. Es war schon spät, und die Visite bei Turnbull würde ihn weiter aufhalten, doch ihm blieb keine andere Wahl, denn Justice war sein Patient und wurde von allen anderen Angehörigen des Personals nur gefürchtet. Das amüsierte Zellman, der ihn schon seit seiner Ankunft in Trakt B behandelte, denn Justice war kein bisschen beängstigender als all die anderen Psychotiker. Er war nur ein bisschen übermotiviert und auf Frauen fixiert, insbesondere auf die von der vermeintlichen Sekte.

Als Zellman vor der Zelle eintraf, flog plötzlich die Tür auf, und Boll Merkely, einer der Wärter, sprang förmlich in den Korridor.

Merkely sah Zellman nicht sofort und steckte noch einmal den Kopf in die Zelle. »Bis dann, Schizo!«, schrie er mit zorngerötetem Gesicht. Dann knallte er die Tür zu und überprüfte das automatische Schloss. Hinter ihm räusperte Zellman sich vernehmlich. Merkely zuckte zusammen, als hätte man ihm einen glühenden Schürhaken in die Rippen gebohrt. Sein Gesicht lief noch stärker rot an. »Das Arschloch hat mir gedroht, ich würde sterben«, sagte er entschuldigend.

»Sie dürfen das nicht ernst nehmen.«

»Tu ich nicht, aber der Typ redet immer nur Scheiße.«

»Weshalb waren Sie in der Zelle?«

»Ich wollte sein Tablett abholen, musste es aber da drin stehen lassen. Hoffentlich verrottet der Fraß!«

Merkely stapfte in Richtung des Raumes der Wärter, der Trakt B von Trakt A trennte.

Zellman hatte einen Schlüssel für Turnbulls Zelle, schloss auf und öffnete vorsichtig die Tür. Justice hatte weder ihn noch jemand anderen angegriffen, seit er in Trakt B saß, aber der Mann hatte eine Vorgeschichte, die man nicht ignorieren durfte.

Der Patient stand am hinteren Ende des Raumes und schien zu versuchen, den kleinen Vorfall mit Merkely zu vergessen. Er war aschblond, groß und schlank, fast dürr, wirkte aber alles andere als zerbrechlich. Er schaute Zellman nicht an, als der eintrat, warf aber einen Blick auf das Tablett mit seinem Essen, von dem er außer dem Apfel nichts angerührt hatte.

»Der Mann hat Schiss vor mir«, zischte er.

»Ja, sieht so aus.«

»Er lässt das Tablett immer stehen.«

Zellman hatte ein Klemmbrett und einen Stift dabei. In Justice' Zelle gab es Kameras, die jede seiner Bewegungen aufzeichneten, doch Zellman musste sich die Aufnahmen nicht ansehen, um sich an ihre Treffen und Gespräche zu erinnern. Er machte sich ausführliche Notizen und tippte Berichte, die vermutlich nie jemand las. Niemand wollte an Justice Turnbull und seine Absonderlichkeit denken. Als er im Trakt B eintraf, hatte er von den Frauen, die er umzubringen gedachte, als »Schwestern« gesprochen. »Die Schwestern, ich muss sie alle kaltmachen!«, hatte er gezischt, doch diese dramatischen Auftritte gehörten größtenteils der Vergangenheit an.

Nicht, dass er deshalb weniger gefährlich gewesen wäre. Vor seiner Inhaftierung hatte er eine Reihe von Frauen terrorisiert und umgebracht, und außerdem hätte er fast noch seine geisteskranke Mutter abgeschlachtet. Die lebte nun bettlägerig nun ziemlich weggetreten in einem Pflegeheim, hatte den Angriff ihres Sohnes vergessen und erinnerte sich auch sonst an fast nichts mehr.

»Also, Mr Turnbull«, sagte Zellman in jenem bestimmten, aber freundlichen Tonfall, den er sich im Laufe der Jahre angewöhnt hatte. »Sie haben nun endlich die Genehmigung bekommen, sich im Ocean Park Hospital diesen medizinischen Untersuchungen unterziehen zu dürfen. Der Kombi, der Sie hinbringen wird, ist bereits unterwegs. Aber ich warne Sie:

Sollten diese Magenschmerzen nur ein vorgeschobener Grund für einen Fluchtversuch sein, werden wir den vereiteln und Ihren Bewegungsspielraum weiter einschränken. Kein Hofgang mehr, kein Dösen auf der Terrasse mit Blick aufs Meer.« Zellman merkte, dass seine Stimme etwas spöttisch klang, und er änderte seinen Ton. »Wir kassieren alle Privilegien ein.«

Justice' klare blauen Augen musterten ihn. Er war ein außerordentlich gut aussehender Mann, und doch hatte seine Erscheinung etwas Unnatürliches, das einen stutzen ließ, wenn man ihm begegnete. Was genau es war, hätte Zellman nicht sagen können. Jetzt hatte Turnbull die Mundwinkel heruntergezogen und zuckte leicht, als hätte er Schmerzen.

Im Laufe der Zeit und während vieler Sitzungen mit Turnbull hatte Zellman begriffen, dass viele seiner tief verwurzelten Probleme darauf zurückzuführen waren, dass er in frühen Jahren zurückgewiesen und verachtet worden war. Von Frauen, vielleicht sogar von seiner eigenen Mutter.

Die Frauen der »Kolonie« beschäftigten ihn besonders. Sie waren nicht seine Schwestern, aber er schien sie so zu sehen. Hatten sie eine gemeinsame genetische Veranlagung? Zellman hielt das für unwahrscheinlich. Justice' Welt war ganz und gar seine eigene Schöpfung.

Trotzdem hielt er die Bewohnerinnen des Hauses Siren Song definitiv für die Auserwählten, während er außen vor bleiben musste. Er war ausgeschlossen, blieb zurück mit einer Mutter, die immer mehr der Geisteskrankheit anheimfiel. Wer wusste etwas über seinen Vater? Offenbar niemand, weder Justice selbst noch irgendjemand, mit dem Zellman gesprochen hatte.

Eine glückliche Kindheit sah anders aus.

Justice starrte ihn an. »Können wir jetzt gehen?«

Zellman nickte. Justice trug weit geschnittene graue Hosen und ein weißes Hemd, das vorgeschriebene Outfit für die Insassen von Trakt B. »Erst muss ich noch die Handschellen holen. Tut mir leid.«

»Von dem Wärter?«, fragte Justice leise.

»Ja.«

»Ich werde keinen Fluchtversuch machen.«

»Die Handschellen sind Vorschrift.«

Sein Gesichtsausdruck war verzerrt, und er fasste sich mit einer Hand an den Bauch. »Die Schmerzen bringen mich um.«

Zellman betrachtete den Mann. In dem Kombi würde man ihn während der Fahrt zum Ocean Park Hospital an der Seitenwand der Ladefläche festketten. Die Handschellen waren eher eine zusätzliche Vorsichtsmaßnahme. Natürlich verstieß es gegen die Vorschriften, wenn er ihm die kleine Freiheit ließ, ohne Handschellen zu dem Kombi gehen zu dürfen. Gegen die wichtigste Grundregel. Aber die Magenschmerzen, über die Justice klagte, wurden definitiv schlimmer, und überhaupt, er, Dr. Maurice Zellman, wusste genau, ob jemand log oder die Wahrheit sagte. Das zu erkennen, war seine besondere Gabe. Justice sagte die Wahrheit.

Es würde dauern, die verdammten Handschellen zu holen, würde Zeit und Mühe kosten. Und Zellman mochte Bill Merkely fast so wenig wie Justice.

»Also gut, kommen Sie«, sagte er. »Beeilen Sie sich.«

Justice' Miene hellte sich etwas auf, die größte Gefühlsregung, die aus ihm herauszuholen war. Er trug graue Filzpantoffeln und trat vor Zellman durch die Zellentür. In dem Korridor gab es versteckte Kameras. Justice blickte auf, als sie daran vorbeikamen, und Zellman musste lächeln. Er würde später dafür bezahlen müssen, dass er gegen die Vorschrift mit den Handschellen verstoßen hatte. Dr. Jean Dayton, eine kleine Braunhaarige mit permanent finsterer Miene würde ihn mit ihrer schrillen Stimme anschreien.

Sie gingen nebeneinander den Korridor hinab und stiegen die Stahltreppe herunter, die ins Erdgeschoss führte. Von dort waren es nur noch ein paar Schritte zu einer dicken grauen Stahltür mit kleinen Fenstern mit Draht in den Scheiben. Sie blickte nach draußen, wo ein weißer Kombi mit dem Logo des Ocean Park Hospital auf der Seitenwand unter dem Vordach vorfuhr. Es dämmerte, die untergehende Sonne warf lange Schatten über den Rasen hinter dem Vordach. In einer Stunde würde es dunkel sein.

Zellman beobachtete, wie der Fahrer, ein Sicherheitsbeamter des Ocean Park Hospital, aus dem Wagen sprang. Der Mann würde davon ausgehen, Justice Turnbull in Handschellen zu sehen, und Zellman empfand einen Anflug des Bedauerns wegen seiner Entscheidung. Er wandte sich Justice zu und öffnete den Mund, um etwas zu sagen. Aber was? Sollte er ihn bitten, ein braver Junge zu sein?

Urplötzlich riss ihm Justice das Klemmbrett und den Stift aus der Hand. Das Klemmbrett fiel zu Boden, und während Zellman verblüfft darauf blickte, bohrte ihm Justice den Stift tief in die Kehle, zog ihn heraus und stieß noch einmal zu.

Eine Blutfontäne spritzte aus Zellmans Hals.

Der Fahrer wollte eingreifen, doch Justice packte seinen Kopf und knallte ihn gegen die Stahltür. Einmal, zweimal, dreimal. Noch mehr Blut, jede Menge Blut.

»Die Schlüssel«, forderte Justice.

»Im ... im Wagen«, stammelte der Fahrer.

Und schon war Justice Turnbull verschwunden.

Zellman lag am Boden und fasste hilflos an seine Kehle. Blut sickerte durch seine Finger. Er war geschockt und wütend, weil Justice ihn angelogen hatte. Die Magenschmerzen, die Notwendigkeit ärztlicher Untersuchungen, alles Lüge. Alles eine verdammte Lüge!

Und er, ein exzellenter promovierter Psychiater, war auf ihn hereingefallen und hatte ihm geglaubt. Und schlimmer als der stechende Schmerz in seiner Kehle war sein Wissen darum, dass er, Dr. Maurice Zellman, sich geirrt hatte.

2

Schwester ...
 Hure ...!
 Was für eine Satansbrut wächst da heran in deinem Leib ...?
Wieder hörte Laura in ihrem Kopf die zischende Stimme. Sie zuckte zusammen, errichtete eilends den mentalen Schutzwall gegen die Stimme des Eindringlings und wäre fast gestolpert, als sie zum Operationssaal eilte, um sich über Conrad Weisers Gesundheitszustand zu informieren.

Ihre schlimmsten Befürchtungen hatten sich bestätigt. Es *war* Justice.

Aber woher konnte er wissen, dass sie schwanger war? Wie war das möglich?

Das Gefühl, wie es ihr kalt den Rücken hinablief, dieses Erschaudern, war ihr seit Langem vertraut. Sie hatte es viele Male empfunden, aber nicht mehr, seit Justice Turnbull verhaftet, verurteilt und eingesperrt worden war. Zumindest nicht in dieser Intensität. Mit den Hammerschlägen, die in ihre Gedanken drangen.

Vor der Tür des Operationssaals blickte sie sich um. Sie war immer etwas verunsichert, weil sie befürchtete, noch jemand könnte Justice' Stimme hören, doch sie wusste aus Erfahrung, dass dem nicht so war.

Sie konnte verhindern, dass er in ihre Gedanken und Gefühle eindrang, doch die Stimme selbst konnte sie nicht ausblenden.

Er war ein Teufel. Eine Plage. Seine Geisteskrankheit verängstigte alle. Er war ...

»Laura?« Ihr Exmann, Byron Adderley, riss sie aus ihren Gedanken, und sie zuckte zusammen, als hätte ihr jemand in den Hintern gekniffen. »Stimmt was nicht?«, fragte er, während er seine Chirurgenhandschuhe abstreifte und sie in einen Abfalleimer warf. Er hob die Augenbrauen, als würde er auf eine Antwort warten.

Er kam gerade aus dem OP, und da war es eigentlich nicht verwunderlich, dass sie über ihn stolperte. Und doch, was schiefgehen konnte, ging heute schief. Sie riss sich zusammen und antwortete mit einer Gegenfrage. »Wie geht es Conrad? Weißt du es?«

»Wem? Ach, du meinst diesen Sicherheitsbeamten?« Er strich sich eine dunkelbraune Haarsträhne aus der Stirn. »Wir haben seinen Schädel aufgebohrt, um den Druck zu vermindern für den Fall, dass er ein Subduralhämatom hat. Auch das Blut kann dann abfließen. Ich hoffe, dass ihm noch etwas wie ein Gehirn geblieben ist. Jemand hat ihn halb totgeschlagen.«

Der Mann lächelte tatsächlich, ganz so, als hätte er etwas Cleveres gesagt.

»War es das, was du wissen wolltest?«

»Ich habe mir Sorgen um ihn gemacht.«

Sein Lächeln löste sich auf, und er warf ihr einen harten Blick zu. »Magst du ihn?«

»Ich kenne ihn kaum«, antwortete sie gereizt. »Ich wollte mich nur vergewissern, dass er nicht in Lebensgefahr schwebt.«

»Ach so.« Byron gähnte. Dann streckte er die Arme über dem Kopf aus, und sie erinnerte sich, dass sie das einst sexy gefunden hatte. Das war vorbei. »Mein Gott, ich brauche Schlaf. Gestern Abend bin ich ausgegangen, und es ist spät geworden. Die Nacht war kurz.«

Als ob sie das noch interessieren würde.

»Und wie geht es Dr. Zellman?« Da sie nicht mit im OP gewesen war, musste sie ihn fragen.

»Mein Gott, der Typ hat verdammtes Schwein gehabt, dass er noch lebt. Dieser Psychopath hat ihm zweimal in die Kehle gestochen. Der Kehlkopf ist hin.« Seine Stimme klang tatsächlich etwas besorgt. »Möglich, dass Zellman nie wieder sprechen kann.«

»Hoffentlich kommt es nicht so weit.« Sie blickte auf die Tür des Operationssaals. »Ist das die vorherrschende Meinung da drin?«

Er zuckte die Achseln. »Es ist noch zu früh, um es sagen zu können.«

»Und dieser Psychotiker, der das getan hat ...«

»Da gibt es keine Überraschung. Du erinnerst dich an ihn, er heißt Justice Turnbull.« Byron schüttelte den Kopf, und die Haarsträhne fiel ihm erneut in die Stirn. »Der Typ ist völlig durchgeknallt.« Er unterdrückte ein weiteres Gähnen. »Glaubst du, dass Turnbull in sein altes Revier zurückkehren und wieder Jagd auf diese verrückten Weiber von der Sekte machen wird?«

Laura stand völlig reglos da und versuchte, den Eindruck zu vermitteln, als ließen sie Byrons Worte völlig kalt. »Die Leute vom Sheriff's Department werden ihn finden.« Sie bemühte sich, ihre Stimme möglichst überzeugt klingen zu lassen.

»Wenn du meinst«, sagte er grinsend. »Auf die Jungs würde ich nicht zählen.«

Immer der alte Zyniker.

Laura hatte genug erfahren. »Ich muss arbeiten.« Sie machte auf dem Absatz kehrt.

»Hey, Laura.«

Sie blickte nicht einmal mehr über die Schulter. Wie hatte sie ihn jemals attraktiv finden können, und warum um alles auf der Welt hatte sie ihn geheiratet? Sie musste an die Schwangerschaft denken, an ihr und *sein* Kind. Aber wie konnte Justice davon wissen?

»Wann hörst du auf, dir die Haare zu färben?«, rief Byron ihr nach.

Laura knirschte mit den Zähnen. Sie war sauer auf ihn und auf sich selbst, weil sie jemals daran geglaubt hatte, sie könnten sich ein gemeinsames Leben aufbauen. Dabei hatte sie doch von Anfang an gewusst, dass er nicht der Typ dafür war, oder etwa nicht? Er war egoistisch und selbstverliebt. Wie hatte sie sich von ihm überzeugen lassen können, Portland zu verlassen und an die Küste zu ziehen, wo sie doch wusste, dass sie hier möglicherweise in Gefahr schwebte?

Guter Gott, es war wirklich eine Dummheit gewesen, sich von ihm diese Idiotie einreden zu lassen. Sie hatte nicht umziehen wollen, und bestimmt nicht nach Deception Bay, wo sie gemeinsam ein Haus gemietet hatten, nur ein paar Meter vom Highway 101 entfernt, doch es war eigentlich nie ein wirkliches gemeinsames Zuhause gewesen. Und dann war er wieder ausgezogen, und sie blieb allein zurück.

Warum hast du ihn geheiratet?

An der nächsten Ecke warf sie noch einen schnellen Blick über die Schulter, doch Byron hatte sich bereits abgewandt. Im Grunde waren ihm die entsetzlichen Ereignisse egal, die sich im Halo Valley Security Hospital zugetragen hatten. Er wollte immer nur selbst im Mittelpunkt stehen.

Weil du daran glauben wolltest, dass dich jemand liebt.

Und sie war dumm genug gewesen, auf sein gutes Aussehen hereinzufallen, auf seinen Charme, sich von seinem Erfolg beeindrucken zu lassen ... Was für eine Idiotin sie gewesen war, und nun ... Automatisch fuhr sie sich mit der Hand über den Bauch, in dem das Baby heranwuchs. Sie konnte es nicht behalten. Byrons Baby. Es ging nicht. Und doch, es war ein Kind, *ihr* Kind.

Ihre Kollegin Baransky, eine resolute Frau in mittleren Jahren, trat in dem Korridor zu ihr. »Siehst du nach Mrs Shields?«, fragte sie.

»Bin gerade auf dem Weg zu ihrem Zimmer«, antwortete Laura, die sich bemühte, nicht den Eindruck zu vermitteln, in Eile zu sein, doch innerlich rannte sie. Sie rannte davon, floh, vor Byron, vor ihrer Ehe, vor ihrer seltsamen Kindheit und vor Justice ... *Vor der Wahrheit.*

»Warst du in der Notaufnahme?«, fragte Baransky.

»Nein, ich habe mich vor dem OP nach Conrad und Dr. Zellman erkundigt. Noch keine Neuigkeiten.«

Baransky nickte. »Es war dieser Psychopath, der ausgebrochen ist, stimmt's? Der Typ, der vor ein paar Jahren nach der Schießerei in dem Motel gefasst wurde, oder? Sein Name fällt mir nicht mehr ein. Justin Sowieso?«

»Justice«, korrigierte Laura, die es kaum über sich brachte, den Namen auszusprechen. In ihrem Kopf hörte sie wieder seine zischende Stimme. Gott helfe mir, dachte sie.

»Offenbar sollte er wegen medizinischer Untersuchungen hergebracht werden, weil er immer wieder über Magenschmerzen klagte.«

»Die hat er simuliert?«, bemerkte Laura.

»Hat dir das jemand erzählt?«

Laura sagte sich, dass es besser gewesen wäre, wenn sie sich auf die Zunge gebissen hätte. Sofort bereute sie, dass sie mit etwas herausgeplatzt war, worüber sie lieber nicht reden wollte. »War nur eine Vermutung«, sagte sie, während eine bleiche, füllige Frau auf unsicheren Beinen an ihnen vorbeiging. Sie schob einen Infusionsständer vor sich her.

»Brauchen Sie Hilfe?«, fragte Baransky. Die Frau lächelte schwach und schüttelte den Kopf. Baransky wandte sich wieder Laura zu. »Du meinst wirklich, das mit den Magenschmerzen sei Schauspielerei gewesen?«, hakte sie nach.

Sie wusste nicht, was sie antworten sollte, war sich aber sicher, dass Justice allen etwas vorgespielt hatte. Außerdem wäre sie nicht in der Lage gewesen zu erklären, wie es kam, dass sie Justice' Stimme in ihrem Kopf hörte.

Begonnen hatte das schon in jungen Jahren, und die Intensität hatte mal zu- und mal abgenommen. Seit seiner Inhaftierung hatte seine Stimme sie praktisch nie mehr bedrängt, doch nun war sie wieder da. Es dauerte immer etwas, bis sie den mentalen Schutzwall errichtet hatte, und in diesem kurzen Moment hinterließ er in ihrem Gehirn Splitter seiner eigenen Gedanken. Und ja, es stimmte ... Sie *wusste*, dass er die Magenschmerzen simuliert hatte, wusste es *von ihm* ...

Und sie wusste auch, dass er den Ausbruch von langer Hand geplant hatte.

Und dass er jetzt hinter ihr her war.

Aber wie kann er von der Schwangerschaft wissen?

»Laura?« Baransky beäugte sie misstrauisch. Sie hatte ein lautes Organ und mochte es nicht, wenn man ihre Fragen nicht beantwortete.

Laura ahnte, dass sie bleich geworden war. »Ich bin nur todmüde. Hab letzte Nacht nicht gut geschlafen.«

»Vielleicht solltest du dich besser setzen. Um Mrs Shields kann ich mich kümmern.«

»Nein, nein, ist schon in Ordnung.«

Laura setzte ein gezwungenes Lächeln auf und ließ Baransky stehen. Ihr war übel, doch das hatte weniger mit der Schwangerschaft zu tun als damit, dass Justice Turnbull aus dem Halo Valley Security Hospital ausgebrochen war. Während seiner Gewaltorgie vor ein paar Jahren hatte sie den mentalen Schutzwall permanent aufrechterhalten. Zuvor war er nie als eine ernsthafte Gefahr für sie angesehen worden, weder von ihrer Familie noch von ihr selbst. Bei den anderen, die er ins Visier genommen hatte, war es genauso gewesen. Und dann war er plötzlich hinter ihnen allen her gewesen, wurde zur Bedrohung ihrer Familie, jener Frauen, die abgeschieden von der Welt in dem riesigen Haus hinter dem verschlossenen, schweren schmiedeeisernen Tor lebten. Ihre Schwestern.

Schwester ... In seinem Mund hatte das Wort immer einen so entsetzlichen Klang. Ihr drehte sich der Magen um, wenn sie seine zischende Stimme hörte.

Justice kannte nichts als Zerstörung, Chaos und Mord, und jetzt war sie sich sicher, dass er sie definitiv ins Visier genommen hatte.

Mrs Shields hatte sich im Bett aufgesetzt und betrachtete Laura neugierig, als die das Krankenzimmer betrat. Sie war Mitte fünfzig und hatte ein künstliches Kniegelenk bekommen. »Wie oft muss ich noch auf diesen Knopf drücken?«, fragte sie gereizt. »Ich brauche Schmerzmittel, Mrs Adderley. Wo ist Ihr Mann?«

»Mein Exmann«, korrigierte Laura ungefähr zum zehnten Mal.

»Ich brauche eine höhere Dosis an Schmerzmitteln.«

Laura antwortete nicht sofort.

»Ich muss sofort Dr. Adderley sehen.«

»Sie bekommen die von ihm verordneten Medikamente in der empfohlenen Dosis«, sagte Laura ruhig, während sie der Patientin das Fieberthermometer reichte.

»Die reicht nicht aus!«, schrie Mrs Shields mit dem Thermometer im Mund.

Von den lauten Worten alarmiert, stand plötzlich Schwester Nina Perez in der Tür. Sie war eine attraktive Frau Anfang vierzig und Lauras direkte Vorgesetzte. Sie liebte ihre Arbeit und besaß die Fähigkeit, eine Situation schnell richtig einzuschätzen. »Alles in Ordnung hier drin?«

»Nein!« Eigentlich hätte Mrs Shields an diesem Tag entlassen werden sollen, doch sie zählte zu den seltenen Patienten, die so lange wie möglich im Krankenhaus bleiben wollten. Sie war egozentrisch und hatte ihren Mann so lange tyrannisiert, bis der keine eigene Identität mehr zu haben schien und unfähig war, eigene Entscheidungen zu treffen.

»Ich brauche mehr Schmerzmittel«, wiederholte Mrs Shields, als Laura ihr das Fieberthermometer aus dem Mund gezogen hatte.

Keine erhöhte Temperatur, alles völlig normal.

»Hier, füllen Sie das auf.« Mrs Shields streckte Laura ihr Wasserglas entgegen, und als sie es ihr aus der Hand nahm, berührten sich ihre Finger. Lauras Nerven kribbelten, und sie hatte eine Eingebung.

Bauchspeicheldrüsenkrebs.

Das Wort hallte in ihrem Kopf.

Fast hätte sie das Glas fallen lassen.

Laura war sich völlig sicher, dass Mrs Shields irgendwann in der Zukunft an Bauchspeicheldrüsenkrebs erkranken und daran sterben würde. Solche Eingebungen hatte sie von Zeit zu Zeit, wenn sie einen anderen Menschen berührte, und diese seltsame Fähigkeit, in die Zukunft blicken zu können, hatte sie dazu bewogen, im medizinischen Bereich zu arbeiten. Sie konnte mit niemandem darüber reden, genauso wenig wie über das Phänomen, dass sie in Justice' Abwesenheit dessen Stimme hörte, doch sie vertraute ihren Eingebungen.

»Ich sehe mal nach«, sagte Nina Perez. Sie ging zu dem Ständer mit dem Beutel neben dem Bett und überprüfte die Zusammensetzung der Infusion. Laura vermutete, dass das nur eine Schau war, um die wütende Mrs Shields zu beruhigen. Die bekam die angemessene Dosis an schmerzlindernden Substanzen.

»Gibt es in Ihrer Familie Krebserkrankungen?«, fragte Laura möglichst beiläufig.

»Nein«, antwortete Mrs Shields misstrauisch. »Warum?«

»Ich glaubte, ich hätte so etwas in Ihrer Krankenakte gelesen.« Sie füllte das Wasserglas auf. Die Karaffe auf Mrs Shields Nachttisch war fast leer. Die Frau nahm ganz schön viel Flüssigkeit zu sich.

Mrs Shields räusperte sich gewichtig. »Mein Vater ist mit Mitte fünfzig an Bauchspeicheldrüsenkrebs gestorben.«

Nina Perez warf Laura einen fragenden Blick zu. Es war ungewöhnlich, dass eine Schwester die Krankenakte einer Patientin studierte. Die Ärzte diktierten die Behandlung, und die Schwestern folgten ihren Anweisungen.

Laura setzte ein gezwungenes Lächeln auf und blickte ihre Vorgesetzte an. »Angesichts all der Untersuchungen und Tests vor der Operation hätten Sie bestimmt auch einen Blick in die Akte geworfen.«

»Sagen Sie Ihrem Mann, er soll alles überprüfen«, forderte Mrs Shields mit bebender Stimme.

Mein Exmann, dachte Laura, als sie das Krankenzimmer verließ. Sie war dankbar, dass Perez wegen der Geschichte mit der Akte nicht weiter nachgedacht hatte, doch nun, nach der mysteriösen Eingebung mit dem Bauchspeicheldrüsenkrebs, wollte sie der Geschichte weiter nachgehen. Sie musste Byron finden und sah ihn zufällig gerade aus den Räumen für das Personal kommen. Er hatte dieses jungenhafte Lächeln aufgesetzt, das sie einst so charmant gefunden hatte, und seine Augen funkelten, während er mit einer der Hilfen der Krankenschwestern scherzte, einer kecken Zwanzigjährigen mit großen runden Augen. Ihr Gesicht war gerötet und sie blickte bewundernd zu dem Chirurgen auf.

Laura wusste nicht, ob es sie anwidern oder belustigen sollte.

Byrons augenblickliche Lebensgefährtin hätte solche Flirts nicht mit gütiger Nachsicht betrachtet.

Als Byron aus dem Augenwinkel seine Exfrau erblickte, ließ er das Mädchen stehen, als sei er bei einem amoralischen Akt auf frischer Tat ertappt worden.

Geschieht dir recht, dachte Laura, während das ahnungslose Mädchen sich trollte, aber nicht, ohne sich noch einmal umzudrehen und Byron kokett zuzuwinken. Dann erblickte sie Laura, runzelte die Stirn und verschwand um die Ecke.

Ein kleines Dummchen, dachte Laura. Wen interessierte das schon?

Und doch überraschte es sie, wie gleichgültig es ihr mittlerweile war.

Aber du bist schwanger. Von ihm.

Sie ignorierte die hartnäckige und ärgerliche Stimme in ihrem Kopf. »Ich habe nach Mrs Shields gesehen«, sagte sie zu Byron. »Sie hat mir erzählt, ihr Vater sei mit Mitte fünfzig an Bauchspeicheldrüsenkrebs gestorben, also ungefähr in ihrem jetzigen Alter.«

»Ich weiß.« Er war offensichtlich verärgert. »Warum?«

»Ich habe mir nur gedacht, man sollte das vielleicht noch mal überprüfen.«

»Warum?«, wiederholte er gereizt.

»Um der Sorgfaltspflicht zu genügen.«

»Bist du neuerdings *Ärztin?*«

Das Thema wollte sie nicht vertiefen, doch in diesem Moment meldete sich Byrons Pager, und er stürmte davon, glücklicherweise in die Richtung von Mrs Shields Zimmer. Gut. Sollte er sich um sie kümmern.

Sie ging in die andere Richtung, glaubte aber zu spüren, dass er noch einen Blick über die Schulter warf und ihr fragend nachschaute. Ganz so, wie er es immer tat, wenn sie zu einem Rätsel für ihn wurde. Es brachte ihn aus der Fassung, wenn seine Exfrau nicht seinen schlichten Vorstellungen und Erwartungen entsprach.

Doch das spielte nun alles keine Rolle mehr.

Sie verdrängte die Gedanken an ihn und die unerwartete Schwangerschaft. Fürs Erste musste sie sich auf ihre Arbeit konzentrieren und dieses Ungeheuer Justice in Schach halten.

Glücklicherweise passierte für den Rest ihrer Schicht nicht mehr viel, doch als sie zu ihrem Haus fuhr, waren ihre Sinne aufs Äußerste angespannt. Sie hoffte, dass Justice bereits festgenommen worden war, doch sie vermutete, dass ihre Hoffnung unbegründet war. Wenn er verhaftet worden wäre, hätte sie bestimmt in ihrem Kopf seine wütende Stimme gehört, doch seit dem aggressiv gezischten »*Schwester*« war er verstummt.

Das Haus, das sie mit Byron gemietet hatte, war weiß gestrichen und teilweise mit grauen Schindeln verkleidet. Es hatte zwei Schlafzimmer, ein Wohnzimmer und ein Bad im Erdgeschoss. Gebaut worden war es in den Fünfzigerjahren des letzten Jahrhunderts, doch nach einer Renovierung in den Siebzigern war nichts mehr passiert. In Portland hatten sie und Byron eine Eigentumswohnung in der Innenstadt besessen, doch dann zeichnete sich auf dem Immobilienmarkt eine bedrohliche Krise ab, und sie hatten die Wohnung mit einem kleinen Verlust verkauft. Byron hasste es, Verluste zu machen, und wollte von Immobilien nichts mehr wissen. Also hatten sie einen halbjährlichen Mietvertrag für das Haus abgeschlossen, weil es in der Nähe des Krankenhauses stand. Der Vertrag wurde automatisch verlängert, wenn man nicht kündigte. Nach Byrons Auszug war Laura dankbar gewesen, weil die Miete so günstig war. Da störte sie auch der tropfende Wasserhahn im Bad nicht besonders.

Sie parkte vor der hinteren Veranda, schaltete den Motor ab und stieg aus dem Subaru. Byron fuhr einen schwarzen Porsche, der aber geleast war. Sie zog ihren dunkelgrünen Outback vor, denn der gehörte ihr selbst.

Als sie über den asphaltierten Weg an den längst verblühten Rhododendronsträuchern vorbeieilte, hörte sie die Brandung des Pazifiks, und in der feuchten Luft hing der Geruch des Salzwassers. Die schwarze Katze der Nachbarn verschwand unter der Veranda, als sie die beiden Stufen hinaufstieg und die Hintertür aufschloss.

In der kleinen Küche knipste sie das Licht an und warf ihre Jacke und die Handtasche auf den Tisch mit der altmodischen Kunststoffbeschichtung. Nach dem Einzug hatte Laura die Wände und Schränke selbst gestrichen.

Dies war ihr Zuhause.

Ihre Zuflucht.

Sie hatte geglaubt, ein melancholisches Verlustgefühl zu empfinden, als Byron ausgezogen war, doch tatsächlich war sie nur erleichtert gewesen und hatte die friedliche Stille genossen.

Bis heute.

Als sie in ihrem Kopf Justice' Stimme gehört und er sie daran erinnert hatte, dass sie anders war. Das lag daran, dass sie in dem Haus namens Siren Song aufgewachsen war. Jetzt war sie schutzlos, so schutzlos ... Sie setzte sich seufzend auf einen der Caféstühle vor dem kleinen Glastisch, stützte die Ellbogen auf die Platte und vergrub das Gesicht in den Händen.

Das Baby ...

Sie hätte nach Siren Song fahren können, um mit Tante Catherine zu reden und ihr zu sagen, dass sich Kassandras Vorhersage bewahrheitet hatte. Aber irgendwo da draußen war Justice, auf freiem Fuß. Er wartete auf jemanden, um zuzuschlagen, und da sie nicht in der Festung von Siren Song lebte, war sie logischerweise sein bevorzugtes Opfer.

Mein Gott.

Sie erschauderte. Byron hatte sie nie etwas von ihrer Vergangenheit erzählt. Sie hatte nur gesagt, sie habe sich von ihrer Mutter entfremdet und ihren Vater nie gekannt. Als sie im zweiten Jahr als Schwester im Krankenhaus arbeitete, wohnte Byron dort als Assistenzarzt, und als sie miteinander auszugehen begannen, bekam er eine feste Stelle als Chirurg. Sie hatte ihn angehimmelt, und er war fasziniert von ihrer Fähigkeit zu verstehen, Zusammenhänge zu erkennen und Diagnosen zu stellen, die nichts zu tun hatten mit den gebrochenen Knochen seiner Patienten. Er nannte das ihren Instinkt, und sie nahmen es als gegeben hin und sprachen nicht weiter darüber. Heute wusste sie, dass sie sich dadurch von den anderen Angehörigen des Krankenhauspersonals unterschieden hatte, die bewundernde Blicke in seine Richtung warfen.

Als Byron eher beiläufig gefragt hatte, ob sie nicht heiraten sollten, war sie sofort Feuer und Flamme gewesen. Sie ignorierte seinen egoistischen Charakter. Es war ihr einfach egal gewesen. Sie wollte das Übliche, ein Haus mit einem Lattenzaun davor, die statistisch ermittelten zweieinhalb Kinder, welche die Amerikaner im Durchschnitt haben, einen Hund und einen Ehemann. Sie hatte vermutet, dass Byron nicht so sensibel und introvertiert war wie sie, doch sie hatte an ihre Liebe geglaubt.

Was ein Irrtum gewesen war.

Ein schwerer Irrtum.

Aber er war nicht nur oberflächlich, sondern auch untreu, ohne es zu bereuen. Er hatte sie zur Frau haben wollen, neugierig auf ihren »Instinkt«, doch er war nicht bereit, seine Promiskuität aufzugeben. So war er eben. Sie hatte es zu akzeptieren versucht, es aber nicht geschafft. Einmal hatte sie geglaubt, es würde noch einen Neubeginn für sie geben, doch das war ein kompletter Fehlschlag gewesen, und deshalb war sie jetzt schwanger.

Von Byron. So lange hatte sie sich ein Kind gewünscht, auf ein Baby gehofft, und nun ...

Guter Gott, schon jetzt empfand sie eine starke Liebe für dieses Baby, doch sie durfte sich nichts vormachen, es würde alles andere als einfach werden, dieses Kind allein großzuziehen.

Noch lange saß sie so an dem Küchentisch, doch dann stand sie schließlich auf und erhitzte Wasser in der Mikrowelle. Als der Timer bimmelte, tauchte sie einen Beutel entkoffeinierten Tee in das kochende Wasser. Als der Tee fertig war, schaltete sie den Fernseher ein, wo gerade die Nachrichten kamen.

Fast hätte sie einen Herzstillstand erlitten.

Sie sah das schmale Gesicht von Pauline Kirby, einer Reporterin von Channel Seven. Ihr kurz geschnittenes dunkles Haar wurde etwas von der abendlichen Brise zerzaust. Sie berichtete, der berüchtigte Mörder Justice Turnbull sei aus dem Halo Valley Security Hospital ausgebrochen. Zwei Männer seien schwer verwundet worden, einer kämpfe um sein Leben.

Laura starrte auf den Bildschirm. »Oh, mein Gott.«

»Ein gefährlicher Psychopath ist auf freiem Fuß«, sagte Kirby. Im Hintergrund erkannte Laura die Fassade der psychiatrischen Klinik mit dem Gefängnistrakt.

Den Tee hatte sie völlig vergessen. Sie schaute sich mit klopfendem Herzen den Rest des kurzen Berichts an, und ihre schlimmsten Befürchtungen wurden bestätigt.

Plötzlich wünschte sie sich verzweifelt, dass irgendjemand Justice Turnbull in seinem Versteck finden, ihn erneut verhaften und so sicher wegsperren würde, dass er nie mehr in der Lage sein würde, ihr oder ihrem Baby etwas anzutun.

3

Harrison Frost hatte einen öden Tag hinter sich, doch das war eigentlich jeden Abend so, seit man ihn beim *Portland Ledger* vor die Tür gesetzt hatte. *Gefeuert.* Eben noch ein allseits respektierter Enthüllungsjournalist, war er am nächsten Tag nur noch der letzte Dreck. Und das nur, weil er ein paar Typen auf den Schwanz getreten hatte, die lieber in Ruhe gelassen werden wollten. Aber er würde nicht lockerlassen. Wie viele Leute es auch anders sahen, sein Schwager war vorsätzlich ermordet worden, und irgendwann würde es ihm gelingen, das zu beweisen.

Doch heute Abend ... Heute Abend beschäftigte ihn eine andere Story. Sie war weniger sensationell, aber doch eine faszinierende Charakterstudie. Er saß in einem Straßencafé und ließ den Blick über den Broadway schweifen, die geschäftigste Straße von Seaside, Oregon. Es war ein milder Juniabend, und allmählich wurde es dunkel. Sein rechter Arm hing herab, und seine Finger kraulten das Fell des Hundes seiner Schwester, einer struppigen Promenadenmischung namens Chico. Wenn er Glück hatte, würde ihn der hinterhältige kleine Köter nicht beißen. Das Biest schien eine Aversion gegen Männer zu haben, mochte aber die Damenwelt, und genau aus diesem Grund hatte Harrison entschieden, den braven Hundehalter zu spielen. Bei seiner Story ging es um eine Clique von Teenagern, und er wollte nicht, dass ihn die jungen Mädchen für einen Lüstling hielten. Also gab er den biederen Spießer, der seinen Hund Gassi führte und auf die Mädchen bestimmt harmlos wirken würde.

Jetzt begann Chico bedrohlich zu knurren, und Harrison zog seine Hand zurück. Er spielte seine Rolle, musste aber nicht noch einen Hundebiss riskieren. Chico hatte schon oft genug nach ihm geschnappt, und man ließ ihn am besten in Ruhe, damit er sich nicht provoziert fühlte. Das einzig Gute an diesem Job war, dass er nicht allzu viel nachdenken musste. Er tat einfach seine Arbeit und konnte die Ereignisse vergessen – oder zumindest verdrängen –, die ihn hierher an die Küste geführt hatten.

Er blickte auf die Uhr. Punkt neun. Das Mädchen, das er im Moment observierte, war eine sechzehnjährige Diebin mit der schlechten Angewohnheit, ihren Chewinggum mit weit offenem Mund zu kauen. Sie schien sich sehr wichtig vorzukommen.

Gemeinsam mit ein paar Freunden und Freundinnen hatte sie eine Bande gegründet, die in Schulen oder in der Nachbarschaft in die Häuser von wohlhabenden Familien einbrach. Die Teenager waren selber Sprösslinge wohlhabender Eltern. Für sie war alles nur ein Spiel, ein Spaß, um die Zeit totzuschlagen. Sie berauschten sich an ihren Taten und ihren Geheimnissen, doch eines Tages würde etwas Schlimmes passieren, wenn ein bewaffneter Familienvater sie in flagranti bei einem Einbruch ertappte und die Situation eskalierte.

Die örtliche Polizei von Seaside wusste bisher nichts von diesen Einbrüchen, die sämtlich nicht gemeldet worden waren. Glaubten die Betroffenen vielleicht, ihre eigenen Kinder hätten etwas damit zu tun? Denn vielleicht war es ja so. Bisher war nur er diesen Kids auf den Fersen, und er hatte sich die Story nicht bewusst ausgesucht, sondern war eher darüber gestolpert.

Bei seinem Umzug an die Küste war Harrison seiner Schwester Kirsten und ihrer Tochter Delilah gefolgt, die von allen nur Didi genannt wurde. Sie hatten Portland verlassen, nachdem Manuel Rojas, Kirstens Mann, auf offener Straße niedergeschossen worden war. Eigentlich hatte Harrison nicht mit seiner Schwester umziehen wollen. Er hatte vorgehabt, an der Story dranzubleiben und Mannys Mörder als brutale Killer bloßzustellen. Doch dazu war es wegen seines Rausschmisses beim *Portland Ledger* nicht mehr gekommen, und als seine todtraurige und gebrochene Schwester ihn gefragt hatte, ob er nicht mit ihr und ihrer Tochter nach Seaside ziehen wolle, hatte er zögernd zugestimmt.

Jetzt, ein gutes Jahr später, hatte er ein Apartment gemietet, nachdem er zuvor in dem kleinen Bungalow seiner Schwester gewohnt hatte. In seinem Zimmer standen jede Menge nicht geöffneter Kartons, und auf dem Boden lag eine breite Luftmatratze mit einem Schlafsack darauf. Außerdem gab es noch zwei billige zusammenklappbare Campingstühle mit einer Halterung für Flaschen an der rechten Armlehne. Häufig schob er einen davon auf die winzige Terrasse und trank Bier, wie er es zuvor auf der Veranda seiner Schwester getan hatte.

Manny, der Mann seiner Schwester, war bei einer Schießerei auf offener Straße ums Leben gekommen. Ein Jugendlicher hatte das Feuer eröffnet auf eine Gruppe von Leuten, die in einer Schlange vor einem Nachtclub warteten. Manny hatte in dieser Schlange gestanden und versucht, einen Streit zwischen zwei Männern zu schlichten, bei dem es um eine magersüchtig wirkende Blondine ging, die etwas abseits stand und eine Zigarette rauchte. Dann hatte der Jugendliche einen 38er gezogen und auf die Wartenden gefeuert, die hektisch zu flüchten versuchten. Manny und einer der beiden streitenden Männer waren sofort tot, der andere Mann sowie eine Frau und ihr Freund wurden schwer verwundet und starben später im Krankenhaus. Der zwanzigjährige Schütze, dem man immer den Zutritt zu dem Nachtclub verweigert hatte, weil er noch nicht volljährig war, hatte die Waffe gegen sich selbst gerichtet und abgedrückt. Später stellte sich heraus, dass er ein arbeitsloser Schulabbrecher war, vollgepumpt mit Tabletten. Die spindeldürre Blondine war mit heiler Haut davongekommen und entfernte sich vom Tatort. Von ihrer Existenz wusste man nur durch die Aufzeichnungen der Überwachungskameras.

Man sprach von einer schrecklichen Tragödie. Die Schuld wurde einzig und allein dem Schützen gegeben, der schon seit Ewigkeiten Drogen und Tabletten nahm, bisher aber weder Selbstmordversuche unternommen hatte noch gegen andere aggressiv geworden war. Als Harrison die Möglichkeit bekam, die Aufnahmen einer Überwachungskamera zu studieren, sah er, wie der Zwanzigjährige die Waffe zog und Manny aus nächster Nähe erschoss. Dann schien er plötzlich zu begreifen, was er getan hatte, und feuerte wie wild um sich, bevor er sich selber tötete.

Bill Koontz, der den Nachtclub namens Boozehound gemeinsam mit Manny geführt hatte, war anschließend der alleinige Eigentümer, und Kirsten erhielt eine kleine Summe aus der Lebensversicherung ihres verstorbenen Mannes.

Dann bekam Harrison einen anonymen Anruf. Eine kühle Frauenstimme sagte, der unter Drogen stehende Schütze habe womöglich Verbindungen zu Mannys Geschäftspartner gehabt.

War es die anorektische Blondine gewesen? Vielleicht. Oder jemand anderes. Wie auch immer, sobald er begann, Artikel zu schreiben, die weniger harte Fakten als vielmehr Fragen und Vermutungen über Bill Koontz enthielten, setzte man ihn beim *Portland Ledger* vor die Tür.

Was ziemlich seltsam war. Die Aufgabe eines Journalisten war es doch, die Wahrheit herauszufinden, oder? Selbst dann, wenn dabei ein Bill Koontz ins Visier geriet.

Ja, möglicherweise hatte er Scheiße gebaut. Sein Sinn für Objektivität hatte mit Sicherheit gelitten durch Mannys gewaltsamen Tod. Er hatte seinen Schwager gemocht, diesen dunkelhäutigen attraktiven Mann mit den strahlend weißen Zähnen und dem ansteckenden Lachen, der das Herz seiner Schwester in weniger als einer halben Stunde gewonnen hatte, als sie sich zum ersten Mal auf einen Drink trafen. Er hatte herausfinden wollen, was hinter Mannys Tod steckte, hatte aber Verschwörungstheorien ausgebrütet, imaginäre Spuren verfolgt und Gerüchte und Vermutungen als Fakten präsentiert.

Das hatte Koontz angekotzt, der hohe Tiere zu seinen Freunden zählte.

Aber mit Koontz hatte er kein Mitleid.

Seitdem er gefeuert worden war – tatsächlich hatten sie *ihn* unter Druck gesetzt und genötigt, von sich aus zu kündigen –, hatte er nur noch als Lokalreporter für das Blättchen *Seaside Breeze* gearbeitet. Das alles hatte mit investigativem Journalismus absolut nichts zu tun. War er gelangweilt und deshalb so an der Story mit der jugendlichen Diebesbande interessiert? Wollte er mal wieder ein größeres Ding landen und sich anschließend vielleicht erneut eingehender mit den Hintergründen von Manuel Rojas' Tod befassen? Natürlich auf eigene Faust, zunächst ohne Zusammenarbeit mit einer Zeitung? Auch er kannte in Portland ein paar hohe Tiere. Und ein paar Leute aus der Unterwelt. Wenn er irgendwann wieder im Rampenlicht stand, würde das vielleicht einigen gefallen, aber bestimmt nicht allen.

Aber war ihm das überhaupt wichtig? Ein Jahr war es ihm egal gewesen, und doch konnte er nicht leugnen, dass sein journalistischer Ehrgeiz wieder erwachte. Der Gedanke ließ ihn nicht los, es war wie ein Juckreiz.

Er rutschte auf seinem Stuhl hin und her, und Chico begann wieder zu knurren.

»Halt die Klappe«, murmelte er, doch der Hund ignorierte es und knurrte weiter.

Mittlerweile war es völlig dunkel, die Läden und Lokale am Broadway waren hell erleuchtet. Er blickte zu dem Gebäude zu seiner Linken, einer Kombination von Café, Eisdiele und Souvenirladen, wo das Mädchen, das er observierte, sich lebhaft mit der Bedienung hinter der Theke unterhielt. Er hätte sie auch ohne hinzusehen beschreiben können: schlank, dunkelhaarig, praktisch keine Hüften, teure Jeans oder Hotpants an heißen Tagen wie diesem, Flipflops ... Sie lächelten ironisch und gaben mit ihren Blicken unausgesprochene Kommentare über ihre Umwelt ab. Die Frau hinter der Theke hatte ihr Haar zu einem Pferdeschwanz gebunden, die davor trug eine unglaublich knappe, abgeschnittene Jeans, die so zerschlissen war, dass man glaubte, sie würde jeden Augenblick auseinanderfallen. Sie hatte ihr Haar zurückgestrichen, und Harrison sah einen funkelnden Ohrring. Echte Diamanten oder Talmischmuck? Diebesgut?

Harrison hatte in den Nachrichten von einigen Einbrüchen gehört, hatte dem aber nicht sofort Beachtung geschenkt. Doch eines Abends, als er lustlos mit Chico am Strand spazieren ging, hörte er das Mädchen, welches er jetzt beobachtete, mit ihren Freunden darüber reden, dass sie in das Haus der Bermans einbrechen wollten. Die Jugendlichen saßen auf einer Bank und standen schließlich auf und schlenderten zum Broadway, wo man Autoskooter fahren und an Ständen Süßigkeiten kaufen konnte. Dort drängten sich dicht an dicht angesagte Boutiquen, Kunstgalerien und Weinstuben.

Zwei Tage später wurde bei den Bermans eingebrochen. Die Diebe erbeuteten Geld, Juwelen und teure Handtaschen.

Sieh mal an, hatte er gedacht.

Nun saß er schon den dritten Abend mit Chico vor dem Eiscafé, schlug die Zeit tot und war in Gedanken wieder bei Manny und den Hintergründen seines Todes. Er hatte Ärger bekommen, weil er angedeutet hatte, hinter dem Tod seines Schwagers stecke mehr als nur die zufällige Wahnsinnstat eines tablettenabhängigen Jugendlichen. Koontz, Manuels Partner, war einer dieser aalglatten Geschäftsmänner, die einem lächelnd die Hand gaben, aber völlig undurchsichtig waren.

Harrison glaubte, dass er vielleicht etwas mit dem Mord zu tun hatte. Koontz und Manny hatten den noch nicht volljährigen Schützen gekannt, der mehr als einmal versucht hatte, mittels eines gefälschten Führerscheins, der ihn als über einundzwanzig auswies, in den teuren Nachtclub zu gelangen.

Irgendetwas stimmte nicht an der Geschichte, aber man hatte ihm warnend zu verstehen gegeben, die Finger davon zu lassen.

Und nun hatte dieser Fall mit den jugendlichen Dieben ernsthaft sein Interesse geweckt, zum ersten Mal seit dem gewaltsamen Tod seines Schwagers. Er hatte erwogen, zur Polizei zu gehen, den Gedanken jedoch wieder verworfen. Er hatte nichts Hieb- und Stichfestes in der Hand und ging eher einer Vermutung nach. Bei der Geschichte mit Mannys Tod hatte er sich schon einmal übel die Finger verbrannt.

Das Mädchen mit dem glitzernden Ohrring kam auf ihn zu.

Er zog ein bisschen an der Hundeleine, und Chico zerrte verärgert in der Gegenrichtung daran, als das Mädchen bei ihnen war. Ihr Fuß verfing sich in der Leine, und sie drohte zu stürzen.

»Hey!«, schrie sie. »Was zum Teufel ...«

Sofort war Harrison auf den Beinen und packte ihren Arm, um den Sturz zu verhindern. »Sorry.«

»Lassen Sie mich los!« Sie schüttelte die Hundeleine ab und riss ihren Arm zurück. »Mein Gott, haben Sie den verdammten Köter nicht unter Kontrolle?«

»Normalerweise schon, aber er hat seinen eigenen Kopf.«

Sie verdrehte die Augen, bückte sich und rieb ihr nacktes Bein, wo die Hundeleine in ihr Fleisch geschnitten hatte. Man sah eine dünne rote Linie.

»Alles in Ordnung?«, fragte er.

»Nein!«, antwortete sie wütend. Sie richtete sich wieder auf und bedachte ihn mit einem finsteren Blick.

»Brauchst du einen Arzt?«

»Was? Nein!« Ihr Zorn begann bereits zu verrauchen. »Ich werd's überleben.«

»Prima.« Er wandte sich dem Hund zu. »Schön brav, Chico.« Er hob den Köter hoch und klemmte ihn sich unter den Arm. Die Augen des Hundes funkelten hasserfüllt, ganz so, als hätte er begriffen, dass er in einem unverständlichen Spiel instrumentalisiert worden war. Aber er knurrte nicht und schnappte auch nicht nach Harrison.

»Ein süßer Hund«, sagte das Mädchen.

»Ja«, bestätigte Harrison, während er Chicos Fell kraulte.

Jetzt schien ihr Zorn komplett verraucht zu sein. »Er heißt Chico?«

»Ja«, sagte er nickend. »Um der Wahrheit die Ehre zu geben, mich mag er nicht besonders.«

»Und warum?«, fragte sie. »Haben Sie ihn geschlagen?«

»Nein, auch wenn er es oft verdient hätte. Heutzutage ist das nicht mehr angesagt. Man liebt sein Haustier, verwöhnt es mit Leckereien und schickt es auf eine gute Schule. Irgendwann kaufen wir ihnen noch ein Auto, wenn sie sechzehn werden, und was hat man davon? Undank ist der Welten Lohn.«

Plötzlich musste sie wider Willen lächeln.

Harrison erwiderte das Lächeln. Ihm war klar, dass sie angebissen hatte. Er wusste, wie man andere für sich einnahm, machte aber nur selten und ausschließlich beruflich von dieser Fähigkeit Gebrauch.

Er war ein Einzelgänger und mochte die meisten Menschen nicht. Sie logen zu oft.

Und Lügner konnte er nicht leiden.

»Der Hund gehört meiner Schwester«, sagte er, während er Chico wieder auf den Bürgersteig setzte. »Ich gehe mit ihm Gassi, aber wie gesagt, er mag mich nicht besonders.«

»Darf ich ihn streicheln?«

»Klar, nur zu. Er wird dich schon nicht beißen.«

Sie beugte sich zögernd herab und kraulte Chicos struppiges Fell, dann seinen Kopf. Der Hund schnüffelte an ihrer Hand, leckte sie ab und wackelte erfreut mit dem Schwanz. Der kleine Verräter.

Harrison lehnte sich auf seinem Stuhl zurück und wahrte Distanz zwischen sich und dem Mädchen, das er nicht verschrecken wollte. Er trug Jeans, Sneakers und ein schwarzes T-Shirt mit einem alten karierten Flanellhemd darüber, das nicht in der Hose steckte. Sein dunkles Haar war länger, als er es gewöhnlich trug, und stieß auf den Kragen. Er hatte es absichtlich ein bisschen zerzaust. Er war glatt rasiert und hatte die Sonnenbrille abgenommen, als die Dämmerung einsetzte. Er hoffte, nicht bedrohlich auf sie zu wirken, denn er wollte Informationen.

»Ich habe Sie schon mehrfach hier gesehen«, sagte das Mädchen. »Sind Sie arbeitslos?«

»Mein Job ist es, diesen Köter auszuführen.«

Sie ignorierte seine Antwort. »Womit verdienen Sie Ihre Brötchen?«, hakte sie nach, während sie sich unaufgefordert auf dem Stuhl ihm gegenüber niederließ. Plötzlich schien sie neugierig zu sein. Vielleicht wusste sie einfach nur nicht, was sie mit sich anfangen sollte.

»Viel Geld kommt nicht rein bei mir«, sagte er. »Und du? Hast du einen Teilzeitjob, um dein Taschengeld aufzubessern? Du siehst so aus, als wärest du noch auf der Highschool.«

»Für wie alt halten Sie mich?«, fragte sie mit einem koketten Lächeln. Fast schien es, als wollte sie mit ihm flirten. Ihre Verärgerung war längst vergessen.

»Achtzehn?« Tatsächlich hielt er sie eher für sechzehn, vielleicht für siebzehn.

»Fünfzehn«, antwortete sie. »Aber mein Stiefvater sagt, dass ich deutlich älter und reifer aussehe«, fügte sie selbstgefällig hinzu.

Es gab bewährte Taktiken, wie man aus Teenagern Informationen herausholte. Regel Nummer eins besagte, dass man vorgab, nur über sich selbst sprechen zu wollen, und abwartete, wie sich die Dinge entwickelten.

»Früher habe ich bei einer Firma in Portland gearbeitet«, sagte er. »Im Büro. Acht Uhr Arbeitsbeginn, fünf Uhr Feierabend. Ab nach Hause. Ein Drink, die Nachrichten schauen, essen. Und anschließend ins Bett.«

»Mein Gott, eher würde ich mich umbringen«, sagte sie.

»Ich hatte ein regelmäßiges Einkommen.«

»Klingt trotzdem entsetzlich langweilig.«

»War es auch.« Natürlich war er nie ein Büroangestellter gewesen. Er konnte lügen, wenn es bei einem Job erforderlich war, war im Privatleben aber immer aufrichtig. Da blieb er stets bei der Wahrheit.

Ihre stark geschminkten Augen richteten sich auf ihn. »Ich besuche die West Coast High School. Kennen Sie die?«

Ja, sie hatte angebissen. Die meisten Leute konnten nicht anders, als von sich selbst zu erzählen. »Ist das der Neubau neben der Luxussiedlung?«

»Wo die reichen Kids leben? Genau. Aber einige von ihnen sind nicht mehr so reich, weil ihre Väter arbeitslos geworden sind.« Sie zuckte die Achseln. »Zu schade.«

»Und dein Vater?«

»Stiefvater«, korrigierte sie. »Er hat seinen Job noch. Mein leiblicher Vater hat seinen verloren. Sie haben ihn gefeuert.«

Harrison zog eine Grimasse. »Der Ärmste.«

»Nichts da. Er hatte eine Affäre mit Britts Mum, und sein Chef war Britts Dad. Das kam natürlich nicht gut.«

»Klingt dramatisch.«

»Ja, eine schöne Scheiße. Er kann sie alle haben«, fügte sie plötzlich aufgebracht hinzu. »Und Britt ist eine Schlampe.«

Harrison fragte sich, ob Britt Britt Berman war.

Chico jaulte und richtete sich auf den Hinterbeinen auf, um das Interesse des Mädchens zu wecken. Sie kraulte ihn hinter den Ohren, zog die Hand zurück und wischte sie an ihrer abgeschnittenen Jeans ab. »Muss mal gewaschen werden, der Köter.« Sie blickte auf ihre Fingernägel. »Ich habe einen Job, wenn man es so sagen will ...« Ein selbstgefälliges Lächeln huschte über ihr Gesicht. »Wir haben sozusagen unsere eigene Firma gegründet, und es ist absolut nicht langweilig.«

Sie biss sich auf die Unterlippe, als wollte sie nicht weiterreden, doch er wusste, dass sie es nicht schaffen würde, den Mund zu halten.

»Eine Firma?«, wiederholte er, um sie zum Weiterreden zu ermuntern, aber eigentlich war es überflüssig, denn sie hatte bereits angebissen.

»Ja, könnte man sagen. Wir arbeiten zusammen. In einer Art *Geheimbund*.«

Sie ließ sich das Wort auf der Zunge zergehen. Vermutlich hatte sie es nicht aussprechen wollen, aber nicht widerstehen können.

Wenn er gewusst hätte, dass sie es nicht bemerken würde, hätte er in die Tasche gegriffen und sein Handy als Diktiergerät benutzt, um ihre Worte mitzuschneiden, aber es war zu riskant.

»Wer ist ›wir‹? Du und deine Familie?«

»Himmel, nein.« Sie warf ihm einen finsteren Blick zu. »Mein Stiefvater ist ein Arschloch. Schlimmer als mein richtiger Dad. Ich rede von mir und meinen Freunden.« Sie blickte sich um, als erwartete sie, dass einer von diesen Freunden auftauchen würde.

»Mitschüler von der Highschool?«

»Sie sind ganz schön neugierig. Sie haben keine Ahnung, wozu wir imstande sind.«

Er spürte das Mobiltelefon an seinem Bein vibrieren. Er ignorierte es, aber nur sehr wenige Leute hatten seine Handynummer. Seine Schwester. Sein ehemaliger Chefredakteur vom *Portland Ledger*. Der Herausgeber der *Seaside Breeze*.

Vielleicht hätte er seine Telefonnummer häufiger herausrücken sollen, aber er lebte hier in einer Art selbst gewähltem Exil.

»Stimmt«, sagte er. »Ich habe keine Ahnung, was ihr so alles auf die Beine stellen könnt.«

»Ein paar von uns haben sich zusammengetan, um die Dinge in die Hand zu nehmen ...« Ihre Augen funkelten so strahlend hell wie die Neonreklamen ringsum. Sie war stolz auf sich und lächelte selbstgefällig.

»Du und deine fünfzehnjährigen Freunde.«

»Ja. Gut, ein paar ältere sind auch dabei. Zum Beispiel Envy.«

»Envy?«, wiederholte Harrison.

»Heißt so viel wie Neid. Das sind seine Initialen. Haben Sie's kapiert? N.V. Er sagt, Neid sei eine Todsünde.«

»Verstehe.« Das Handy begann schon wieder zu vibrieren.

»Es gibt sieben Todsünden.«

»Wie in dem Spielfilm *Sieben*.«

»Den kennen Sie?«, fragte sie überrascht. »Der ist ganz schön alt.«

»Morgan Freeman, Brad Pitt und Gwyneth Paltrow in den Hauptrollen.« *Ganz schön alt,* dachte er, während seine Hand zu dem Handy hinabglitt. Aber es stimmte ja, als der Film 1995 in die Kinos kam, war diese Göre noch nicht einmal geboren worden.

»Wir sind nicht durchgeknallt wie die in dem Film.«

»Ihr stellt einfach nur gewisse Dinge an.«

»Wir sieben. Raten Sie mal, was meine Todsünde ist.«

»Dafür müsste ich dann wohl deine Initialen kennen. Wenn es immer so läuft wie bei Envy.«

»Tut es nicht.«

»Also gut. Nach Völlerei siehst du nicht aus. Vielleicht Hochmut? Oder Wollust?«

In diesem Moment piepte ihr Mobiltelefon. Harrison hatte den Eindruck, als sei ihr plötzlich bewusst geworden, dass sie einem völlig Fremden zu viel erzählt hatte. Sie sprang auf, und es sah fast so aus, als wollte sie die Flucht ergreifen. Sie blickte auf das Display ihres Handys und las die SMS.

»An die anderen Todsünden erinnere ich mich nicht«, fuhr er fort, doch da rannte sie bereits über die Straße, als könnte sie nicht schnell genug von ihm wegkommen.

Als sie außer Sichtweite war, griff Harrison nach seinem Handy, das gerade zu vibrieren aufhörte. »Hallo? Hallo? Verdammt.«

Er warf einen Blick auf die Nummer, doch sie sagte ihm nichts. Als er zurückrief, hörte er schon nach dem ersten Klingeln eine Frauenstimme. »Frost?«

»Mit wem habe ich das Vergnügen?«

»Mit Geena Cho.«

»Geena?« Er war zugleich überrascht und auf der Hut. Geena arbeitete als Einsatzleiterin beim Tillamook County Sheriff's Department. Kennengelernt hatte er sie in einer örtlichen Spelunke namens Davy Jones's Locker, und obwohl es zwischen ihnen knisterte, hatte er sich nicht sofort darauf einlassen wollen. Er war immer zu schnell entflammt, und bevor er die Frau richtig kennengelernt hatte, war das Feuer schon wieder erloschen. Und als Geena erzählt hatte, sie arbeite beim Sheriff's Department, hatte ihn das sofort abgekühlt. Er sah sie als eine gute Bekannte, während sie mehr wollte. Aber sie gehörte zu den wenigen, denen er seine Handynummer gegeben hatte.

»Aus dem Halo Valley Security Hospital ist ein geisteskranker Mörder ausgebrochen«, sagte sie leise. Er begriff, dass sie ihn über ihr privates Mobiltelefon anrief, um ihm Informationen zukommen zu lassen, die das Sheriff's Department vielleicht noch nicht veröffentlichen wollte. »Er hat zwei Männer verletzt, die jetzt im Ocean Park Hospital liegen. Unsere halbe Belegschaft ist in der Klapsmühle.«

»Wer ist der Ausbrecher?« Er war bereits aufgesprungen und zog an der Leine, als Chico eine Hündin mit weißem Fell beschnüffelte, die mit ihm spielen wollte. Chico wollte sie aber besteigen, was dem fremden Hundehalter gar nicht gefiel, und Harrison riss erneut an der Leine, um dem Theater ein Ende zu machen.

»Der Typ, der vor ein paar Jahren die Mitglieder dieser Sekte terrorisiert hat.«

Er erinnerte sich an die Story, aber nicht mehr an den Namen des Mannes. »Hast du einen Namen?«

»Hey, nicht so eilig.« Plötzlich zögerte sie, als würde sie sich fragen, ob es eine gute Idee gewesen war, ihn anzurufen.

Er durfte sie nicht zu sehr unter Druck setzen.

»Also, dieser namenlose Ausbrecher ...«, fuhr er fort. *Ein legendärer Psychopath.* Im Internet hätte er den Namen sofort erfahren können, doch dafür brauchte er einen Computer, denn mit seinem betagten Handy hatte er keinen Internetzugang. »Und bei dem Ausbruch hat er die beiden Männer angegriffen?«

»Hört sich so an. Ich hab nicht viel Zeit. Unsere Leute sind vor zwei Stunden mit eingeschalteten Sirenen losgefahren. Alle glauben, dass dieser Verrückte in unsere Gegend kommen wird.«

»Wer sind die beiden Verletzten?«

»Angestellte der psychiatrischen Klinik, glaube ich. Mehr weiß ich nicht. Ich muss jetzt Schluss machen.« Ihre Stimme klang nun wirklich fast so, als würde sie ihren Anruf schon bereuen. »Vergiss nicht, dass wir ein Abkommen haben«, fügte sie hinzu. »Ich bin eine anonyme Quelle von der Polizei, die nicht namentlich genannt werden will.«

»Schon klar.«

»Harrison?«

»Ja?«

»Du bist mir einen Gefallen schuldig.«

Das war ihm auch klar. »Danke, Geena.«

Er war sich nicht sicher, was er mit der Information anfangen sollte. Bei einer Lokalzeitung wie der *Seaside Breeze* gab es keinen investigativen Journalismus. Aber bringen würden sie die Story natürlich. Ein Geistesgestörter, der aus der Sicherheitsverwahrung ausgebrochen war, das war eine sensationelle Geschichte, insbesondere deshalb, weil der Psychopath in dieser Gegend schon mal sein Unwesen getrieben hatte.

Und durch Geenas Informationen hatte er jetzt einen Vorsprung vor der Konkurrenz.

Um welchen Preis?, fragte er sich. *Wenn man in jemandes Schuld steht und sich revanchieren muss, ist das immer Mist.*

Er steckte das Telefon ein, packte Chico, der nach seinem Handgelenk schnappte, und eilte zu seinem staubigen braunen Chevy Impala. Ein Paar auf einem Tandem zischte an ihm vorbei, in der Luft hing der Duft von Popcorn und Hotdogs.

Sein Magen knurrte, aber er ignorierte es.

Als er den unauffälligen, zehn Jahre alten Wagen fast erreicht hatte, wäre er fast von einem Typ auf einem Skateboard umgefahren worden, der kurz darauf zu einem Sprung über eine Bank ansetzte. Er verfrachtete Chico in das Auto, und der Hund fletschte die Zähne und knurrte, als er sich hinter das Steuer klemmte. Doch damit konnte er allenfalls einen kleineren Hund einschüchtern – wenn er Glück hatte.

Er blickte auf die Uhr des Armaturenbretts. Vermutlich würde er eine gute halbe Stunde dafür benötigen, die Promenadenmischung bei seiner Schwester abzugeben und zum

Ocean Park Hospital zu fahren. Er hatte keine Lust, sich beim Halo Valley Security Hospital mit den Leuten vom Sheriff's Department herumzustreiten, insbesondere nicht mit Deputy Fred Clausen, mit dem er schon einmal aneinandergeraten war. Besser war es, zu dem Krankenhaus zu fahren, in das man die beiden Schwerverletzten gebracht hatte. Wahrscheinlich würde er da das eine oder andere aufschlussreiche Gespräch führen können.

Das mit der Diebesbande wollte er vorerst auf sich beruhen lassen. Bei sich nannte er die Jugendlichen angesichts der Geschichte mit den Todsünden die »Deadly Sinners«. Das gefiel ihm, der Name würde sich gut für eine Schlagzeile eignen. Er klang, als wäre ein Mitglied der Clique darauf gekommen, wahrscheinlich inspiriert durch den Film *Sieben*. Aber hatte heutzutage niemand mehr wirklich eigene Ideen?

Egal, er hatte sich jetzt erst um eine andere Story zu kümmern. »Wie hieß dieser Killer noch mal?«, sagte er laut. Er versuchte sich zu erinnern, wie viel er wusste über diesen Psychopathen, dessen Obsession ihn dazu geführt hatte, in der Gegend von Deception Bay mehrere Menschen umzubringen. Das war normalerweise ein verschlafenes Küstenstädtchen, wo seine Schwester und seine Nichte jetzt lebten. War dieser Typ nur ausgebrochen, um wieder in Freiheit zu sein, oder verfolgte er schon wieder einen krankhaften kriminellen Plan?

So waren diese Psychopathen, sie hielten an ihren Wahnvorstellungen fest.

Chico schaute ihn böse an und begann erneut zu knurren.

»Du bist kein so süßer Köter, wie du glaubst«, sagte er.

Das wurde mit wütendem, lautem Gebell quittiert.

Zehn Minuten später warf Harrison Chico erleichtert aus dem Auto und blickte ihm kopfschüttelnd nach, als er Kirsten in die Arme sprang und sie ableckte. Er wackelte mit dem Schwanz und zitterte am ganzen Körper.

Seine Schwester stand vor ihrem Bungalow, und durch die offene Tür drang der Duft frisch gebackenen Brotes nach draußen, der sich mit dem salzigen Geruch des Meeres vermischte.

»Ich weiß einfach nicht, was du gegen Chico hast«, sagte Kirsten, der seine Miene aufgefallen war.

»Wer sagt, dass ich etwas gegen ihn habe?«

Er mochte seine Schwester. Sie war einen halben Kopf kleiner als er, hatte aber das gleiche zerzauste braune Haar, seine haselnussbraunen Augen und denselben schlanken Körperbau. Sie trug Jeans und ein dunkelblaues T-Shirt und war barfuß. Chico sprang zu Boden und rannte ins Haus, wahrscheinlich auf der Suche nach Didi, Kirstens Tochter, die eigentlich mittlerweile im Bett liegen musste.

»Du verstehst da was falsch«, sagte er zu seiner Schwester. »Ich liebe diesen Hund.«

»Was du nicht sagst.« Sie schnaubte und verschwand im Haus.

»Aber ich meine es ernst.«

Sie hörte ihn nicht mehr.

Er stieg wieder ins Auto. Man kann einfach nicht wissen, was in so einem verdrehten kleinen Hundegehirn vor sich geht, dachte er, während er wendete und in südlicher Richtung zum Ocean Park Hospital fuhr. Kirstens Bungalow stand am nördlichen Stadtrand von Deception Bay. Die Häuser standen links und rechts des Highway 101, an der Steilküste, direkt über dem Strand. Von hier dauerte die Fahrt zu dem Krankenhaus etwa zwanzig Minuten.

Was ging vor in dem kranken Gehirn dieses Psychopathen?

Harrison hätte gewettet, dass er aus dem Halo Valley Security Hospital ausgebrochen war, um zum Tatort seiner früheren Verbrechen zurückzukehren und da weiterzumachen, wo er seinerzeit gezwungenermaßen aufhören musste. So war das bei diesen Gestörten, sie folgten dem einmal eingeschlagenen Weg fast instinktiv.

»Wie hieß der Typ noch mal?«, sagte er noch einmal laut.

Und wo zum Teufel war er?

4

Der Vanagon hat schon bessere Tage gesehen, dachte Justice Turnbull mit einem Blick auf das am Straßenrand geparkte Fahrzeug. Von seinem Beobachtungsposten auf der Klippe aus hatte er einen hervorragenden Blick auf die sich am Fuß des Felsens dahinschlängelnden engen Straßen.

Irgendwann in den Neunzigern oder zu Beginn des neuen Jahrtausends hatte Volkswagen die Produktion des Vanagon eingestellt. Er war durch eine modernere Variante des VW-Kleinbusses ersetzt worden, doch auch die war aus den Autosalons verschwunden, wo man jetzt ausschließlich Modelle vom Typ Tuareg, Jetta oder Passat sah. In jüngeren Jahren hatte er sich leidenschaftlich für Autos aller Art interessiert, doch das war, bevor ihm seine Mission offenbart wurde und Gott ihn gebeten – ihm *befohlen* – hatte, Satans Truppen zu vernichten. Truppen, deren Rekruten in den Gebärmüttern der Huren heranwuchsen, die aus dem Höllenschlund kamen, aber ihre Unschuld beteuerten. Huren. Jede Einzelne von ihnen. Satans lasterhafte Gespielinnen.

Sie saßen in einem selbst erbauten Gefängnis, das sie für eine Zuflucht hielten. Närrinnen! Gestörte, stinkende Idiotinnen. Siren Song. Die schmiedeeisernen Zäune und Tore waren nicht unüberwindlich. Es war nur eine Frage der Zeit und des richtigen Plans. Er lächelte bei dem Gedanken, was er mit diesen Frauen machen würde. Jede von ihnen würde eines langsamen, qualvollen Todes sterben. Jede dieser Hexen würde am eigenen Leib erfahren, was man davon hatte, wenn man sich gegen ihn wendete. Sie würden entsetzliche Qualen leiden, würden verbrennen.

Wenn der richtige Zeitpunkt gekommen war.

Eins nach dem anderen.

Seine Nasenflügel bebten, und ihm kam kurz der Gedanke, dass die Dinge nicht so waren, wie sie sein sollten. Nicht alle von ihnen waren »sicher« hinten den Zäunen und Toren von Siren Song verschanzt. Trotz Catherines Versuch, sie alle wegzuschließen, war einigen der eigensinnigeren und neugierigeren Frauen der Ausbruch gelungen. Diese lebten gewissermaßen in zwei Welten, zogen es aber vor, außerhalb von Siren Song zu leben. Um diese würde er sich vor seiner Attacke auf das schmutzige Gefängnis kümmern müssen, wo sie sich aneinanderkauerten und sich selbstgefällig in Sicherheit wiegten. Oh, wie sehr sie sich irrten.

Es würde ein Kinderspiel sein, sie alle zu töten.

Als würde man Fische in einem Fass erschießen.

Wer hatte das gesagt? Die alte Mad Maddie. Seine Oberlippe zitterte, als eine verschwommene Erinnerung nicht ganz zurückkommen wollte, als er an sie dachte. Eine Frau, welche die Linien einer Hand lesen konnte? Eine Visionärin? Eine Hellseherin? *Scharlatanerie!*

Der Vanagon, den er von seinem Beobachtungsposten aus sah, würde vorläufig nirgendwo hinfahren. Ein Reifen war platt, vielleicht war die Panne noch schwerwiegender. War das ein Wink Gottes? Ein Hinweis, welchen Weg er nehmen musste?

Wieder bebten seine Nasenflügel. In der Luft hing ein Geruch, den nur er wahrnehmen konnte, der Gestank verwesenden Fleisches. Er glaubte fast ohnmächtig zu werden, als er ihn einsog. Dann öffnete er die Augen und blickte erneut auf den fahruntüchtigen VW-Bus.

Es wurde Zeit.

Die Dunkelheit brach herein, und er ging vorsichtig den mit Kiefern und Beerensträuchern bewachsenen Abhang hinab. In Gedanken war er bei den schmutzigen Hexen, die auszulöschen ihm aufgetragen war. Fast hätte er ihre Spur verloren während seiner Inhaftierung in der fensterlosen Zelle, vollgepumpt mit Medikamenten. Zuerst hatte er sie nicht mehr sehen, dann nicht einmal mehr *riechen* können.

Dann aber ...

Man konnte sie besser wittern, wenn sie schwanger waren, und er hatte, obwohl er in dem Loch eingesperrt war, mehrfach den Geruch jener wahrgenommen, die sich mit dem Teufel eingelassen hatten und die Satansbrut austrugen in ihren Gebärmüttern.

Aber sie konnten ihn nicht für immer einsperren. Seine Aufgabe war es, Gottes Auftrag zu erfüllen, und Gott wollte, dass die Satansbrut im Höllenfeuer verbrannte. Dafür zu sorgen, war seine Mission.

In einem Traum oder einer Art Vision, die er im Sicherheitstrakt der psychiatrischen Klinik gehabt hatte, hatte er sich selbst gesehen, wie er eine Krankheit simulierte, um dem Gefängnis zu entkommen. Die Vision hatte ihn spätnachts aus dem Schlaf gerissen, und er erinnerte sich, dass er noch einen Geruch in der Nase gehabt hatte. Nicht eine Sekunde zweifelte er daran, dass es ein Wink Gottes gewesen war, und er folgte seinen Anweisungen für die Flucht. Er war schweißgebadet aufgewacht, als hätte er in seinem Traum bereits getötet, und er ließ sich auf der Verfolgung seines Weges nicht beirren.

Es war fast zu einfach gewesen. Dr. Maurice Zellman, dieser aufgeblasene Idiot, hatte zu verstehen geglaubt, was in seinem Kopf vor sich ging.

Aber er wusste nichts von seiner angeborenen Intelligenz, diesem messerscharfen Intellekt, von seiner Fähigkeit, die Gedanken des Psychiaters zu erraten. Zellman hatte nichts geahnt von seinem animalischen Instinkt, seiner Raubtiernatur, die es ihm ermöglichte, sein Opfer in die Falle zu locken und es dann zu attackieren.

Er kannte Zellmans Schwächen und hatte ihm etwas vorgespielt. Und dieser Idiot mit dem Doktortitel hatte es ihm abgekauft.

Ein Problem weniger, um das er sich Gedanken machen musste.

Jetzt näherte er sich geräuschlos und wachsam dem Vanagon. Die Eigentümer waren offensichtlich Späthippies. Bei diesem Fahrzeug dachte man ja meistens an die Sechzigerjahre, als die VW-Kleinbusse mit Peace-Symbolen, Regenbögen, langhaarigen Mädchen und Zweigen mit Tauben darauf bemalt waren. Er hatte einst ein Modellauto eines solchen Fahrzeugs besessen, doch es hatte nicht so authentisch gewirkt wie dieses hier. Die Farben waren im Laufe der Jahre etwas verblasst, und der Vanagon wirkte wirklich wie ein Relikt der Hippie-Ära.

Als er aus den Büschen am Straßenrand auftauchte, erhob sich ein langhaariger Mann mit Stirnband und einer an John Lennon erinnernden Brille, der sich am linken Hinterreifen des Fahrzeugs zu schaffen gemacht hatte.

»Hey, Mann«, sagte der Späthippie mit schleppender Stimme. Der VW-Bus stand in einem kleinen Abzweig von der Straße, und es gab nicht viel Raum zum Manövrieren, es sein denn, man wollte im Graben landen. Der Typ rauchte einen Joint und schien über seinen Platten nachzudenken. Er streckte Justice den Spliff hin.

»Marihuana.«

»Ja. Gras, Mann. Echt guter Stoff.«

»Nein, danke.« Die süßlichen Rauchschwaden beeinträchtigten Justice' Geruchssinn.

»Guter Gott, haben Sie das vorhin gesehen?« Der Typ zeigte in die Richtung des Halo Valley Security Hospital, wo Justice inhaftiert gewesen war. »Die komplette Belegschaft des verdammten Sheriff's Department ist mit Vollgas hier vorbeigekommen!« Er reckte einen Daumen hoch, als wollte er trampen, und schüttelte den Kopf. »Niemand hat angehalten.« Dann schien er darüber nachzudenken, was wohl geschehen wäre, wenn ein Cop gehalten und seinen Stoff gefunden hätte. »Vielleicht auch besser so.« Wieder nahm er einen tiefen Zug aus dem Joint.

»Wohin sind Sie unterwegs?«, fragte Justice. Gespräche über die Polizei machten ihn nervös.

Der Langhaarige zeigte in Richtung der westlich gelegenen Küste und stieß eine Rauchwolke aus. »Woher kommen Sie?«

Justice wies auf die steile Anhöhe weiter nördlich. Es war ein Berg mit abgeflachter Kuppe, die einst bewaldet gewesen war. Er war in dem Kombi des Ocean Park Hospital einen schlammigen Weg an der östlichen Seite hinaufgefahren. Ein abgeschlossenes Tor mit Maschendraht flog sofort auf, als er Gas gegeben hatte und mit der Stoßstange dagegenstieß. Er kannte die Gegend und hatte noch im Gefängnis geplant, wohin er sich nach seinem Ausbruch wenden würde. Also war er direkt hierher gefahren und hatte den Kombi am Rand einer steilen Klippe abgestellt. Er hatte sich die Jacke des Sicherheitsbeamten geschnappt, bei der an einem Ärmel das Logo des Ocean Park Hospital aufgenäht war. Dann hatte er den Leerlauf eingelegt und den Wagen nach vorne geschoben, bis er in den Abgrund stürzte.

Der Kombi hatte ein paar kleine Bäume mitgerissen und war am Fuß des Bergs mit einem Riesenlärm in einen schmalen Fluss gestürzt. Als der Krach verebbt war, hatte Justice sich im Unterholz versteckt und die Ohren gespitzt. Er hoffte, dass niemand etwas gehört hatte. Dann hatte er tief unter sich die Schlange von Streifenwagen vorbeifahren sehen, alle mit eingeschaltetem rot-weißem Flackerlicht und heulender Sirene. Als sie verschwunden waren, hatte er weiter auf dem Berg gewartet. Er wusste nicht, in welcher Form ihn Gottes nächste Botschaft erwartete.

Und es war, als hätte Gott persönlich ihm dieses Relikt der Hippie-Ära geschickt, als der bemalte VW-Bus am Straßenrand liegen blieb. Ohne auch nur einen Augenblick daran zu zweifeln, dass dies ein göttlicher Wink des Schicksals war, eilte er den Abhang hinab.

»Können Sie mich mitnehmen?«, fragte er. Er versuchte angestrengt, nicht zu husten, als er den Marihuanarauch einatmete. Er hatte es eilig und musste sich in Sicherheit bringen, auch wenn die Dunkelheit ihm etwas Schutz bieten würde.

»Können Sie mir mit dem Reifen helfen?«, fragte der Späthippie hoffnungsvoll.

»Haben Sie eine Pumpe?«

»Klar, Mann, aber da ist ein Loch im Schlauch.«

»Haben Sie keinen Ersatzreifen?«

»Nein ... Zumindest keinen heilen.«

»Holen Sie die Pumpe«, befahl Justice. Er hörte das Motorengeräusch eines Autos näher kommen und musste dagegen ankämpfen, sich wieder in den Büschen zu verstecken.

»Okay, wird gemacht.« Der Freak musterte Justice noch einmal von Kopf bis Fuß und kam zu dem Schluss, dass der nur ein bisschen angespannt war. Er zuckte die Achseln, und öffnete die Hintertür des Fahrzeugs, wo jede Menge Kinderspielzeug lag. Er wühlte herum und fand schließlich einen Werkzeugkasten und die Pumpe.

Das Motorengeräusch des Autos wurde lauter, und Justice versteckte sich an der hinteren Seite des VW-Busses, als ein klappriger alter Toyota vorbeifuhr. Er erhaschte einen Blick auf die rothaarige junge Frau hinter dem Steuer, die der Vanagon mit der Panne nicht zu interessieren schien. Sie gab Gas und raste in Richtung des nächsten Ortes.

»Ich heiße übrigens Cosmo«, sagte der Langhaarige, dem offenbar erst jetzt aufgefallen war, dass er sich noch nicht vorgestellt hatte. Er stellte den Werkzeugkasten vor Justice' Füßen ab. »Und Sie?«

»Bob.«

Cosmo runzelte die Stirn. »Auf dem Namensschild an Ihrer Jacke steht ...«

»Ich weiß.« Justice machte eine wegwerfende Handbewegung und bückte sich zu dem Werkzeugkasten. Wenn der Typ zu misstrauisch wurde ... Er griff nach dem Hammer, seine Finger umklammerten den glatten Holzgriff. »Ich musste mir die Jacke heute von meinem Kumpel leihen. Hatte meine in meinem Wagen liegen lassen. Manchmal bin ich ein verdammter Idiot.«

»Okay, Bob, wenn Sie den Reifen reparieren, bringe ich Sie überall hin«, erklärte Cosmo mit einem Lächeln, das eine etwas schiefe Zahnreihe entblößte. Wenn er Zweifel an »Bob« gehegt hatte, waren die unter dem Einfluss des Marihuanas verschwunden.

»Haben Sie irgendwelches Gummi?«, fragte Justice, während er den Hammer beiseitelegte und den restlichen Inhalt des Werkzeugkastens studierte. Schraubenschlüssel, Schraubenzieher, ein Teppichmesser ... Alle Waffen, die er sich nur wünschen konnte.

Cosmo durchsuchte seine Taschen und zog ein Päckchen hervor. »Kaugummi.«

»Ich kann den Reifen aufpumpen und Gummi über das Loch kleben.« Justice ließ das extrem scharfe Teppichmesser heimlich in der Tasche verschwinden und richtete sich dann auf. »Für ein paar Meilen müsste das meiner Meinung nach reichen. Aber Sie müssen das in Tillamook richtig reparieren lassen.«

»Kein Problem.« Cosmo nickte und schien sich etwas besser zu fühlen.

»Sicher, dass Sie nicht mal ziehen wollen? Oder wie wär's mit einem Bier? Ist aber leider nicht kalt. Ich musste meine Frau und die Kids für eine Weile verlassen. Wir hatten einen Streit. Einen Riesenstreit. Haben Sie Kinder? Babys.« Er schüttelte den Kopf, und die langen Haarsträhnen unter seinem Stirnband hüpften hin und her. »Die können nichts anderes als flennen.«

Justice dachte an Babys, an Schwangerschaften. An die Ungeborenen. Aber er antwortete nicht, sondern pumpte den Reifen auf, während Cosmo seinen Joint austrat und sich einen Kaugummi in den Mund schob.

Justice musste ständig daran denken, dass er seine Zeit verlor, dann an die Cops ... Waren sie schon auf dem Rückweg vom Halo Valley Security Hospital? Er musste sich entspannen, die Ruhe bewahren ...

Er nahm Cosmo das nasse rosafarbene Stück Kaugummi aus der Hand. Er hatte entdeckt, wo der Nagel sich durch den Schlauch gebohrt hatte, und klebte den Kaugummi über das Loch. Vielleicht klappte es, vielleicht nicht. Er wollte nur schnell von hier weg. Sofort. Bevor die Cops zurückkamen.

»Super, Mann«, sagte Cosmo breit grinsend, als er Justice' Werk begutachtete.

Justice kannte sich aus mit Autos. Mit Motoren. Booten. Aber auch mit Babys. Der Teufelsbrut. Plötzlich hatte er einen süßlichen Verwesungsgeruch in der Nase, den Geruch von Verrat und Betrug, der immer intensiver wurde. Eine von ihnen war ganz in der Nähe. Diejenige, die ihn hören und seine Stimme aus ihrem Kopf verdrängen konnte! Auf allen lastete der Fluch einer besonderen Fähigkeit, und diese hier ... war ganz in der Nähe. Seine Haut kribbelte, als er versuchte, ihr Bild heraufzubeschwören.

Er katapultierte sich in die Realität zurück.

Beeilung! Du verplemperst Zeit!

»Meine Lady ist echt sauer auf mich, weil ich sie gefragt habe, ob sie nicht dem Gör das Maul stopfen kann«, sagte Cosmo. »Schon klar, nett war ich nicht, aber sie ist total ausgeflippt. Hat alle meine Klamotten vor die Tür geschmissen. Also habe ich den Vanagon mit dem ganzen Kinderspielzeug genommen und bin losgefahren. Ich liebe sie, Mann, die Kids auch. Aber es war ein Hammer. Arbeiten Sie im Krankenhaus?«

Wieder der Aufnäher auf dem Jackenärmel. Verdammt. Justice nickte schnell. »Ich bin Rettungssanitäter.«

»Tatsächlich? Wie der Typ, dessen Jacke Sie tragen?«

Justice' Anspannung nahm zu. Dieser Cosmo begann, zwei und zwei zusammenzuzählen. »Ja, wir haben denselben Arbeitgeber.«

»Und was haben Sie dann hier verloren?«

»Ich wollte trampen. Hab selbst Probleme mit einer Frau.« Er musste improvisieren und hoffte, dass es überzeugend klang.

»Ach so ...« Cosmo dachte wohl darüber nach, doch das schien nicht seine Stärke zu sein.

Justice blickte auf den Reifen. »Lange wird das nicht halten.«

»Aber lange genug, um es nach Tillamook zu schaffen?«

»Kommt drauf an, wie schnell wir Luft verlieren.«

»Also gut, steigen Sie ein«, sagte Cosmo. »Einem geschenkten Gaul schaut man nicht ins Maul ...«

Wieder eine von Maddies alten Redensarten. Guter Gott, warum musste er heute ständig an sie denken?

Cosmo verstaute den Werkzeugkasten und knallte die Hintertür des Vanagon zu. »Es wird dunkel. Auf geht's.«

Er ging zur Vordertür und klemmte sich hinters Steuer.

Als Justice sich auf den Beifahrersitz gesetzt hatte, kurbelte er das Fenster ein Stück herunter, weil es in dem Fahrzeug nach Marihuana stank.

Cosmo ließ den Motor dieses extrem unauffälligen Fluchtautos an.

Ein paar Sekunden später holperten sie unsanft über die Straße, da die Stoßdämpfer des Vanagon auch hin waren.

Justice zählte in seinem Kopf die Sekunden. Wie lange würde es noch dauern, bis die Streifenwagen vom Sheriff's Department zurückkamen? Sie mussten begriffen haben, in welche Richtung er gefahren war, als er von der langen Zufahrt der psychiatrischen Klinik auf den zweispurigen Highway abgebogen war, welcher das Willamette Valley mit der Küste verband. Er wusste, dass ihm nicht viel Zeit blieb, um zu verschwinden. Er wäre nach Osten gefahren, Richtung Salem, wenn er die Gegend besser gekannt hätte, doch er war vertrauter mit der Küste von Oregon. Es war eine zerklüftete Landschaft. Steile Kliffs über der Brandung. Hunderte von Wäldern mit altem Baumbestand. Versteckte Buchten, die das Meer in die Küste gegraben hatte.

Hier gab es jede Menge Orte, wo er sich verstecken konnte. Und noch wichtiger war, dass *sie* hier war.

Während sie fuhren, nahm er eine Veränderung wahr, eine kaum merkliche Verschiebung der Wahrnehmung ... Es war der Moment, wo er sich nach innen wandte und sich seinen Sinnen überließ, seinem wahren Ich ...

Es gibt so viele von ihnen. So viele.

»Du kannst sie nicht alle töten«, hat mich die alte Frau gewarnt, und ich hätte sie fast auf der Stelle erwürgt, weil sie mir nicht glaubte!

»Ich kann und ich werde es tun.«

»Gott wird sie retten.«

Aber sie hören nicht auf Gott. Ihr Herr kommt aus dem dunklen Reich der Hölle. Der Satan ist ihr Seelenverwandter, ihr Liebhaber, der Vater ihrer Kinder. Und ihr eigener Vater!

Ich kann es nicht abwarten, Gottes Auftrag zu erfüllen und meine Mission auf dieser Welt zu vollenden.

Zuerst kommen die an die Reihe, die sich außerhalb des Zauns und der Tore von Siren Song aufhalten. Eine ist in der Nähe, auch in der Nähe der alten Frau, die auf wundersame Weise überlebt hat. Es ist meine Pflicht, ihren Qualen ein Ende zu bereiten. Liebe, liebe Mutter.

»Hey, Mann, sind Sie eingeschlafen?«

Cosmos Stimme schien aus weiter Ferne an sein Ohr zu dringen.

Er öffnete die Augen. Es war, als müsste er erst wieder die Haut über seine entblößte Seele ziehen. Vor sich sah er die Lichter von Tillamook. Die Stadt lag am südlichen Ende der Tillamook Bay.

Er kam seinem Ziel näher, fühlte sich lebendiger, seine Nervenspitzen vibrierten ...

»Sie haben ein Nickerchen gemacht, hatten aber zwischendurch die Augen offen ...«, sagte Cosmo grinsend. »Ziemlich unheimlich. Wir sind da. Keinen Augenblick zu früh. Ich denke, der Reifen ist endgültig hinüber. Ich suche eine Tankstelle. Vielleicht sollte ich auch meine Lady anrufen. Das muss bereinigt werden.«

»Warten Sie noch damit.«

Cosmo bog in südlicher Richtung auf den Highway 101 ab, der direkt durch Tillamook führte. Justice wollte in nördliche Richtung, doch es war noch nicht so weit.

»Wollen Sie mir Beziehungstipps geben?« Cosmo blickte ihn an.

Justice dachte einen Moment nach. Ihm war bereits klar, dass er Cosmo umbringen und seine Leiche verschwinden lassen musste. Wenn der VW-Bus gefunden wurde, gab es keine Verbindung zu ihm. Er überlegte, was er alles berührt hatte.

Die Pumpe. Den linken Hinterreifen. Den Griff der Beifahrertür, den Werkzeugkasten, den Hammer ...

»Fahren Sie weiter«, sagte er, als Cosmo zu einer halb verlassen wirkenden Tankstelle am südlichen Stadtrand hinüberblickte. Die Neonreklamen flackerten, und an den Zapfsäulen blätterte die Schrift ab.

Cosmo ignorierte seine Worte. »Viel weiter werden wir nicht mehr kommen«, bemerkte er.

Er bog ab, hielt unter einer der flackernden Neonreklamen und kurbelte das Fenster herunter. Nach einer halben Ewigkeit tauchte aus dem Häuschen mit der Kasse ein Teenager auf, der allein zu sein schien. »Tanken?«, schrie er.

»Sie müssen einen Reifen flicken«, rief Cosmo zurück.

»Wenn Sie nicht tanken, kann ich Ihnen nicht helfen.«

»Mist.«

»Fahren Sie weiter«, sagte Justice ruhig, obwohl seine Nerven extrem angespannt waren. »Ich pumpe den Reifen noch mal auf.«

»Ich könnte aussteigen und ihn hier an der Tanke aufpumpen.«

»Nein.«

Cosmo blickte ihn fragend an. »Was ist los, Mann?«

Justice fragte sich, ob er vielleicht doch nicht so zugedröhnt war, wie er vermutet hatte. Wie auch immer, sein Schicksal war besiegelt. »Fahren Sie weiter«, wiederholte er, und nach einem Moment bog Cosmo achselzuckend wieder in südlicher Richtung auf den Highway 101 ein. Links und rechts waren Felder und Weiden, und es gab jede Menge enge, ins Niemandsland führende Straßen, wo man das Fahrzeug erst nach einer Ewigkeit entdecken würde ...

Perfekt.

»Immer schön weiter geradeaus«, sagte er, während er in seiner Tasche nach dem Teppichmesser griff.

»Wenn Sie wollen, dass wir tödlich verunglücken«, sagte Cosmo ahnungslos.

Er wusste nicht, was ihm bevorstand.

5

Als Harrison Frost auf dem Parkplatz des Ocean Park Hospital eintraf, war er entmutigt. Die Konkurrenz war bereits da. Er sah den Übertragungswagen von Channel Seven, und Pauline Kirby und ihre Lakaien bereiteten alles für einen Bericht über den Ausbrecher vor. Während der Fahrt war ihm der Name des ausgebrochenen Psychopathen wieder eingefallen – Justice Turnbull –, und er hatte noch einmal bei Geena Cho angerufen, um sich zu vergewissern, dass er sich nicht irrte. Sie hatte zögernd bestätigt, dass er richtig lag.

»Von mir hast du das nicht«, sagte sie. »Und jetzt bist du mir zwei Gefallen schuldig.«

Bingo. Justice Turnbull war der Geisteskranke, dem der Ausbruch aus dem Hochsicherheitstrakt der psychiatrischen Klinik gelungen war.

Der Wind hatte aufgefrischt und zerzauste Pauline Kirbys sonst immer perfekte Frisur. Einer ihrer Handlanger sprühte ihr Festiger ins Haar, bis dieses förmlich an der Kopfhaut klebte.

Harrison hatte kein Interesse daran, mit Kirby zu reden. Er war sich nicht sicher, ob sie ihn wiedererkennen würde.

Sie waren aneinandergeraten, nachdem er Mannys Geschäftspartner beschuldigt hatte, etwas mit dessen Tod zu tun zu haben. Die Medienvertreter hatten sich auf einen Journalistenkollegen gestürzt, auf ihn. Und in den Vordergrund gedrängt hatte sich Pauline Kirby. Etliche Leute hielten ihm ein Mikrofon unter die Nase, und er erinnerte sich an Kirbys schneeweiße Zähne und an ihren höhnischen Gesichtsausdruck.

Gibt es irgendjemanden, der diese Frau mag?, fragte er sich, als er aus seinem Chevy stieg. Aber vielleicht war das auch nicht nötig, solange die Einschaltquoten stimmten. Sobald man irgendwo eine Story witterte, war sie auch da und drängte sich herrschsüchtig in den Vordergrund. Das war zumindest seine Meinung, aber vielleicht war er voreingenommen.

Vor dem Café hatte er noch geschwitzt und sich später nicht die Mühe gemacht, eine Jacke mitzunehmen, was sich jetzt rächte, denn an der Küste wurde es nach Einbruch der Dunkelheit empfindlich kühl, und er fror. Er ging mit gesenktem Kopf, als er an dem Fernsehteam vorbeikam.

Trotzdem glaubte er Kirbys Blick auf sich zu spüren. Er hoffte, wie ein normaler Besucher zu wirken, doch die Besuchszeiten des Krankenhauses waren längst vorbei.

»Hey!«, rief sie ihm nach.

Er ging schneller und hoffte, möglichst bald durch die Tür zu sein.

Sie hatte einen Riecher für spektakuläre Storys, und vielleicht wollte sie etwas von ihm. Bisher hatte er mit der Justice-Turnbull-Story nichts zu tun, doch Kirby ließ sich keine Chance entgehen, wenn sie etwas zu erreichen hoffte.

Aus dem Augenwinkel sah er, dass sie ein paar Schritte auf ihn zukam, doch vor ihm öffnete sich bereits automatisch die Eingangstür. Er betrat den Empfangsbereich des Krankenhauses und ging einfach weiter, ganz so, als wüsste er, wohin er wollte. Normalerweise ergriff er nicht so schnell die Flucht, aber er wollte nicht mit Kirby reden und sein Konterfei in den Spätnachrichten sehen. Die Geschichte in

Portland hatte ihm genug Scherereien eingebrockt, und er hatte die Nase voll.

Er fand sich in einem Korridor wieder, der Tausenden anderer Krankenhausflure glich. Glänzender Linoleumboden, Neonröhren, der Geruch von Medikamenten und Desinfektionsmitteln. Er hatte keine Ahnung, mit wem er reden wollte oder konnte. Das Ocean Park Hospital war nur zweistöckig, aber sehr weitläufig.

Er machte auf dem Absatz kehrt und ging in die Richtung zurück, aus der er gekommen war, als ihm bewusst wurde, dass er die Notaufnahme finden musste, wo um diese Uhrzeit am meisten los war. Als er wieder durch die Eingangshalle kam, warf er schnell einen Blick durch die große Glastür. Kirby stand im Scheinwerferlicht direkt davor und begann gerade, in ihr Mikrofon zu sprechen.

Im Wartezimmer der Notaufnahme saßen ein paar Leute – eine Mutter, die ein wimmerndes Kind hielt, das sich offenbar den Arm gebrochen hatte, ein älterer Mann, der fast aus seinem Rollstuhl kippte, und eine stoische Frau, deren Hand stark blutete und die es anscheinend irgendwie geschafft hatte, sich fast den Daumen abzusäbeln.

Er folgte einer Schwester, welche die Frau mit der Daumenverletzung gerade an eine Kollegin verwiesen hatte. Sie warf einen Blick über die Schulter, und er sprach sie an. »Mein Name ist Harrison Frost, und ich arbeite für die *Seaside Breeze*. Kann ich mit jemandem über die beiden Verletzten reden, die aus dem Halo Valley Security Hospital hergebracht wurden, Miss Solano?« Er hatte einen Blick auf das Namensschild an ihrem Kittel geworfen.

Er glaubte, dass sie ihm antworten würde, er solle verschwinden, doch dann musterte sie ihn von Kopf bis Fuß und schien ihre Meinung zu ändern. »Sie gehören nicht zu dem Team von Channel Seven?«

Er schüttelte den Kopf. »Ist das gut oder schlecht?«

»Gut.« Sie lächelte angespannt. »Diese Typen sind eine echte Landplage.« Sie blickte sich um. »Wir haben im Moment viel zu tun.«

»Ich werde Sie nicht von der Arbeit abhalten.«

»Das stimmt nicht, aber kommen Sie mit. Und bitte, was Sie auch schreiben, mein Name darf nicht erwähnt werden.«

»Geht in Ordnung.« Er folgte ihr, als sie Patienten den Weg zu ihrem Arzt beschrieb und anderen versicherte, man werde sich bald um sie kümmern. Dann winkte sie ihn zu einer Stelle in der Nähe der Tür der Notaufnahme. Von hier aus konnte man sehen, wenn Krankenwagen vom Highway auf die Zufahrt zum Krankenhaus abbogen.

»Was wollen Sie wissen? Viel kann ich Ihnen nicht erzählen.«

»Um welche Uhrzeit traf der Krankenwagen des Halo Valley Security Hospital hier ein?«

Sie zögerte. »So um acht«, sagte sie schließlich. »Vielleicht auch halb neun.«

»Und die Ambulanz brachte zwei Verletzte, den Fahrer des Kombis und einen der Psychiater?«

»Der Fahrer ist einer von unseren Sicherheitsbeamten. Er sollte einen Patienten im Halo Valley Security Hospital abholen und ihn in dem Kombi hierher bringen.«

»Aber er wurde vor der psychiatrischen Klinik angegriffen?«

»Ja.« Sie schien einen Moment darüber nachzudenken.

»Wo ist der Kombi geblieben?«

»Keine Ahnung. Wahrscheinlich steht er noch dort. Conrad konnte ihn mit Sicherheit nicht mehr fahren.«

»Conrad?«

Am liebsten hätte sie ihre Antwort rückgängig gemacht. »Eigentlich darf ich Ihnen keine Namen nennen.« Sie warf ihm einen flehenden Blick zu.

»Vermutlich hat Pauline Kirby das und einiges mehr sowieso längst herausgefunden«, sagte er. »Ihr Team hat dem Halo Valley Security Hospital einen Besuch abgestattet, bevor es hierherkam. Bestimmt hat sie dort Interviews mit dem Klinikpersonal und den Männern vom Sheriff's Department gemacht.«

»Ja, vermutlich.«

»Ich brauche nur noch ein paar weitere Details für meine Story. Es ist nicht meine Absicht, Ihnen Ärger zu machen.«

Sie blickte ihn an. »Also gut ...«

»Man hat mir erzählt, die beiden Verletzten seien von einem Insassen der psychiatrischen Klinik angegriffen worden. Das ist derselbe Typ, der vor ein paar Jahren hier in der Gegend mehrere Menschen umgebracht hat, Frauen, um genau zu sein. Außerdem hat er versucht, seine eigene Mutter abzuschlachten, und ...«

Sie wurde kreidebleich. »*Er* war das?«

»Sie erinnern sich an ihn?«

»Wer könnte ihn vergessen? Er hat alle tyrannisiert.« Sie war offensichtlich völlig erschüttert. »Und Ihre Zeitung hat damals geschrieben, er sei besessen von diesen Frauen von der Sekte.«

»Die Sekte.« Ja, da war etwas, er erinnerte sich dunkel. Er musste einen Computer finden, ins Internet gehen und sein

Gedächtnis auffrischen, weil er nicht mehr genau wusste, was vor ein paar Jahren passiert war.

»Ich weiß, dass er einige von ihnen ermordet hat.« Sie unterbrach sich stirnrunzelnd und biss sich auf der Unterlippe herum, während sie sich an die Vergangenheit erinnerte. Nun schien sie keine Angst mehr zu haben, mit ihm zu reden. »Er hat einen ganzen Haufen Menschen umgebracht, und geschnappt haben sie ihn in diesem Motel, wo Fenster und Türen zugenagelt sind.«

»Erinnern Sie sich an den Namen des Motels?«

»Ich weiß nicht. Sie haben die Neonreklame und das Schild abmontiert. Das Motel liegt direkt am Ortseingang von Deception Bay, auf der Steilküste über dem Wasser. Es war damals schon ziemlich heruntergekommen, und jetzt ist es geschlossen. Wie gesagt, Türen und Fenster sind zugenagelt. Wie bei dem Leuchtturm, in dem dieser Gestörte gelebt hat.«

»Stimmt, der Leuchtturm.« Er nickte, als ein paar Erinnerungen zurückkamen.

»Alles zugenagelt, auch da. Seit sie ihn geschnappt haben, ist das Betreten strengstens verboten, doch eigentlich war das schon vorher so. Aber der Gedanke, dass ihm der Ausbruch gelungen ist ...« Ihr Blick wirkte verängstigt. »Der Typ ist völlig durchgeknallt und jagt einem echt Schiss ein.«

»Sind die beiden Männer, die er angegriffen hat, schlimm verletzt?«

»Schlimm genug. Er hat Conrad den Schädel eingeschlagen und diesem Psychiater zweimal einen Stift in die Kehle gebohrt.«

»Ist das der Arzt, der ihn behandelte?«

»Keine Ahnung.«

»Sind sie noch im OP?«

»Nein, auf ihren Zimmern.« Sie trat einen Schritt von der Wand weg. »Werden Sie mich zitieren?«, fragte sie, hin- und hergerissen zwischen Aufregung und Bestürzung. Fünfzehn Minuten im Rampenlicht oder der Verlust ihres Jobs. »Vergessen Sie nicht, dass ich nicht möchte, dass Sie meinen Namen erwähnen.«

Er nickte. »Ich könnte von jemandem vom Krankenhauspersonal reden, der nicht namentlich genannt werden möchte ...«

»Ja, in Ordnung.«

Die andere Schwester kam zurück und eilte mit einem dünnen Lächeln auf Solano zu. »Carlita!«, sagte sie gereizt.

Solano warf ihm noch einmal einen flehenden Blick zu und verschwand.

»Kann ich Ihnen helfen?«, fragte die andere Schwester.

Er warf einen Blick auf ihr Namensschild. Nina Perez. »Ich heiße Harrison Frost und ...«

»Arbeiten Sie für Channel Seven?«, fiel sie ihm ins Wort.

»Nein.«

»Ich kenne Sie«, fuhr sie ihn an, als hätte er gelogen.

»Aber nicht aus den Sendungen von Channel Seven.«

»Aber ich ...«

Bevor sie weiterreden konnte, trat ein Arzt in einem Kasack aus der Notaufnahme und kam auf sie zu. Er war groß und schlank und hatte einen mürrischen Gesichtsausdruck. Sein gebieterisches Auftreten ließ Nina Perez verstummen.

»Wo ist Laura?«, fragte der Arzt, während er sich mit der Hand durchs Haar fuhr.

»Nicht mehr hier. Ihre Schicht war zu Ende.«

»Rufen Sie sie an, damit sie zurückkommt. Wir werden von diesen verdammten Medienfritzen belagert, und gleich kommt noch ein Krankenwagen mit Verletzten. Meine Schicht ist auch vorbei.«

»Sie fahren nach Hause?«

Er antwortete nicht.

»Wer hat in der Notaufnahme Dienst?«, fragte sie alarmiert.

Der Mann wirkte aufgeblasen und gab sich so, als wäre ihm alles scheißegal. Er fühlte sich überlegen und glaubte, der Schwester keine Antwort schuldig zu sein. »Ich auf jeden Fall nicht«, antwortete er und verschwand.

»Arschloch«, zischte Perez kaum hörbar.

Harrison blickte dem überheblichen Dreckskerl nach. »Ist das einer der Chirurgen?«

Er hatte sich den Namen eingeprägt: Dr. Byron Adderley.

»Er ist orthopädischer Chirurg«, antwortete sie mit bebender Stimme. Als wollte sie das mit dem »Arschloch« wiedergutmachen, fügte sie hinzu: »Er ist ein sehr guter Arzt.«

Und will, dass jeder es weiß, dachte Harrison. »Er geht zum Vordereingang, wo Pauline Kirby auf der Lauer liegt.«

»Das wird er wohl wissen«, sagte sie schnell, bevor sie verschwand.

Harrison schlenderte zur Eingangstür, um zu sehen, was sich dort abspielen würde.

Laura hatte das Abendessen ausfallen lassen und machte sich deshalb jetzt ein Sandwich mit hart gekochtem Ei, Gurken und Mayonnaise. Nach gerade mal zwei Bissen piepte ihr Mobiltelefon. Sie blickte stirnrunzelnd auf das Display und sah, dass es Byron war.

Am liebsten wäre sie nicht drangegangen, doch sie wusste, dass er es wieder und wieder versuchen würde. Wenn sie den Anruf ignorierte, würde er nur noch penetranter werden. »Ja?«

»Komm zurück ins Krankenhaus. Was tust du? Hier bricht die Hölle los.«

»Ich esse zu Abend.«

»Es sind Reporter hier. Ich werde gleich mit Pauline Kirby reden. Und wir erwarten noch einen Krankenwagen. Es hat einen Verkehrsunfall gegeben.«

»Wenn ich im Krankenhaus gebraucht werde, rufen sie mich schon an. Das ist nicht deine Sache.«

»Verdammt, Laura, Was sagt dein Instinkt? Beeil dich.« Damit unterbrach er die Verbindung.

Ihren »Instinkt«, so nannte er ihre unheimliche Fähigkeit, Gefahr zu wittern. Es war eine Art interne Alarmanlage, die losging, wenn jemand, der nicht anwesend war, versuchte, an ihrem Gehirn anzuklopfen und auf sie einzureden. Und manchmal war es nicht er, sondern jemand anderer, dem es für eine Millisekunde gelang, ihren mentalen Schutzwall zu durchbrechen.

Nachdem sie noch einen Moment gezögert hatte, stand sie auf, wickelte ihr Sandwich in Plastikfolie und ging zu ihrem Auto. Das Krankenhaus rief an, als sie gerade auf den Highway 101 einbog.

Dr. Byron Adderley gab Pauline Kirby vor dem Haupteingang des Ocean Park Hospital das Interview, und es war Hassliebe auf den ersten Blick. Harrison amüsierte sich, als Adderleys Antworten auf Kirbys Fragen immer einsilbiger ausfielen.

»Wir haben erfahren, dass es sich bei dem Patienten, der aus dem Halo Valley Security Hospital ausgebrochen ist, um Justice Turnbull handelt, der hier in der Gegend kein Unbekannter ist.«

Sie machte mit dem Mikrofon in der Hand eine ausladende Bewegung und blickte in die Kamera, wobei sie zugleich mit Adderley sprach. »Aus dem Halo Valley *Security* Hospital, dessen Trakt B ein Hochsicherheitsgefängnis für geisteskranke Kriminelle ist. Was glauben Sie, wie das passieren konnte?«

»Ich bin Chirurg im Ocean Park Hospital«, erwiderte Adderley schmallippig.

»Aber Sie haben sich doch bestimmt Ihre Gedanken gemacht. Auch Sie sind Arzt. Finden Sie es nicht beunruhigend, wie leicht einer Ihrer Kollegen von Mr Turnbull überwältigt und schwer verletzt werden konnte?«

»Hab ich noch nicht drüber nachgedacht.«

»Ich habe es so verstanden, als hätte Justice Turnbull hierher gebracht werden sollen, um sich von einem Internisten untersuchen zu lassen, aber er hat den Fahrer, der ihn abholen sollte, bewusstlos geschlagen und den Kombi des Ocean Park Hospital gestohlen. Bis jetzt ist das Fahrzeug nicht wieder aufgetaucht. Das Opfer der brutalen Attacke, der Fahrer, wurde heute Abend hier operiert, genau wie der prominenteste Arzt des Halo Valley Security Hospital. Das war der Psychiater, der sich um Justice Turnbull gekümmert hat, oder?«

»Es ist nicht an mir, diese Frage zu beantworten. Ich arbeite hier.«

Harrison fragte sich, was Adderley geglaubt hatte, wie dieses Interview laufen würde.

»Aber Sie können für das Ocean Park Hospital sprechen?«, fragte Kirby mit einem begütigenden Lächeln, von dem man nicht wusste, ob es aufrichtig oder falsch war.

»Ich arbeite seit einem guten Jahr hier. Es ist ein erstklassiges Krankenhaus.«

»Will sagen?«

»Dass man hier die beste medizinische Versorgung erhält.«

»Die Wahrheit sieht doch so aus, Dr. Adderley. Falls Justice Turnbull es früher am Tag zu Ihrem Krankenhaus geschafft hat, spielt es überhaupt keine Rolle, ob das Ocean State Hospital erstklassig ist oder nicht. Sie hätten dann einen zu allem entschlossen Killer in Ihrem Haus gehabt.« Sie schaute mit ernster Miene direkt in die Kamera. »Und deshalb fragen wir uns alle, ob wir in Sicherheit sind. *Können* wir uns sicher fühlen? Es ist noch nicht so lange her, dass Justice Turnbull in diesem Teil unseres Bundesstaates etliche Leute ermordet hat, und das Tillamook County Sheriff's Department hat sich entschieden, darüber zu schweigen, bis es vorbei war. Jetzt sind wir gewarnt, doch was können wir tun, um zu verhindern, dass so etwas noch mal passiert? Wie können wir uns schützen?« Sie wandte sich wieder Adderley zu, der sich am liebsten davongeschlichen hätte. »Werden hier heute Nacht zusätzliche Vorsichtsmaßnahmen ergriffen?«

»Ich kann nicht für die Krankenhausverwaltung sprechen.«

Sie gab dem Tontechniker ein Zeichen, die Aufnahme zu unterbrechen. »Haben Sie nicht gerade gesagt, Sie könnten für das Ocean Park Hospital sprechen?«, fragte sie Adderley mit einem wütenden Blick.

»Woher sollte ich wissen, was für eine lachhafte Nummer Sie hier abziehen?«, gab er aggressiv zurück. »Das nennen

Sie Journalismus? Sie machen den Leuten nur Angst, und der Rest ist sinnloses Geschwätz.«

»Warum hatte ich nur den Eindruck, dass Sie unbedingt Ihre hübsche Visage im Fernsehen sehen wollten? Aber wenn man ernsthafte Fragen stellt, ziehen Sie den Schwanz ein, *Herr Doktor.*«

Adderley trollte sich, und Harrison schlenderte an den Leuten des Fernsehteams vorbei, die ihre Sachen zusammenzupacken begannen. Kirby sah ihn erneut und runzelte die Stirn. Diesmal ließ er es zu, dass sie ihn genau in Augenschein nehmen konnte.

»Sie sind doch diese Nervensäge vom *Portland Ledger.*« Sie schnippte mit den Fingern. »Harrison Frost.«

»Und Sie sind Pauline Kirby.«

»Was haben Sie hier zu suchen? Schnüffeln Sie herum, um eine Story zu finden? Sie könnten sich doch einfach wieder was zusammenfantasieren.«

»Darin sind Sie auch nicht schlecht«, gab er mit einem angedeuteten Lächeln zurück.

»Wie Sie meinen.« Sie zuckte die Achseln. »Wirklich wichtig war heute Halo Valley. Hier sind wir nur der Vollständigkeit halber, und dieses Arschloch hat gerade den Boss gespielt. Ich mag nur Leute, die im Fernsehen optisch gut rüberkommen, aber auch ein paar echte Informationen zu bieten haben. Oder zumindest eine Meinung.«

Plötzlich trat der Kameramann zu ihnen und flüsterte Kirby etwas ins Ohr. »Willst du mit ihr reden?«, fragte er.

Harrison wandte sich um, und er und Kirby sahen eine schlanke, dunkelhaarige Frau in einem Kittel, die gerade ihr Auto abgeschlossen hatte und im Licht der Natriumdampflampen auf sie zukam. Als sie das Fernsehteam sah, verlangsamte sie ihren Schritt. Sie wirkte unentschlossen.

»Die will bestimmt zur Notaufnahme«, sagte der Kameramann.

»Erst, wenn ich mit ihr gesprochen habe.« Kirby war bereits wieder auf der Jagd nach einem Interviewpartner und streckte die Hand mit dem Mikrofon aus, als wäre es eine Waffe. »Schalt die verdammte Kamera wieder ein, Darrell!«

6

Laura wurde von chaotischen Zukunftsvisionen heimgesucht. Was würde sie mit einem Baby anfangen? Was bedeutete das für ihre Beziehung zu Byron?

Wie kann ich mein Baby retten? Wie kann ich die Kleine vor Justice retten?

Okay, vielleicht würde sie kein Mädchen bekommen, doch in ihrer Familiengeschichte bestand zwischen weiblichen und männlichen Geburten ein Verhältnis von acht zu zwei, und aus irgendwelchen unerklärlichen Gründen – oder hatte es doch etwas mit der seltsamen Vergangenheit ihrer Familie zu tun? – starben jene männlichen Kinder, welche die Geburt überlebt hatten, noch vor dem Erwachsenenalter.

Folglich war dieses Kind, von dessen Existenz sie erst vor ein paar Stunden erfahren hatte, in Lauras Vorstellung ein Mädchen.

Sie setzte ihren grünen Outback in eine Parklücke, schloss ihn ab und ging los. Die nächtliche Luft war kalt, und es ging ein böiger Wind. Ein Krankenwagen mit eingeschalteter Sirene raste die Zufahrt zur Notaufnahme hinauf.

Dann sah sie die Mitglieder des Fernsehteams, die ebenfalls zu der Ambulanz hinüberblickten. Sie hatte die Reporterin gesehen, als sie eingetroffen war, doch nicht damit gerechnet, dass man ein Interview mit ihr machen würde. Doch jetzt blickte Pauline Kirby in ihre Richtung.

Verdammt.

Sie dachte an Justice, an die Kameras ... Daran, dass ihr Gesicht in der ganzen Region über die Fernsehschirme flimmern würde. Es lief ihr kalt den Rücken hinab. Nein, ausgeschlossen.

»Pardon?« Pauline Kirby eilte fast im Laufschritt auf sie zu.

Laura musste gegen den Wunsch ankämpfen, einfach wegzurennen, blieb aber wie angewurzelt stehen und beobachtete bestürzt, wie Kirby ihr das Mikrofon unter die Nase hielt. Der Scheinwerfer des Kameramanns blendete sie. Sie wandte das Gesicht ab. »Ich kann Ihre Fragen nicht beantworten.«

»Ich möchte nur wissen, wie es den Opfern von Justice Turnbulls brutalen Attacken geht. Dem Fahrer Conrad Weiser und Dr. Maurice Zellman.«

Aus dem Augenwinkel sah Laura undeutlich eine andere Gestalt auf sich zukommen. »Wir müssen Informationen über unsere Patienten im Ocean Park Hospital vertraulich behandeln.« Sie wandte sich ab. Wenn sie Glück hatte, würde Kirby keinen Sinn darin sehen, ihr Konterfei im Fernsehen erscheinen zu lassen.

»Aber sie wurden in einem Krankenwagen hergebracht und beide operiert.«

»Es tut mir leid, aber ich darf nichts über unsere Patienten sagen. Wir unterliegen der Schweigepflicht. Ich muss jetzt gehen.«

Sie kehrte der Reporterin den Rücken zu und ging los.

»Wir wollen doch nur wissen, wie es den beiden geht«, rief Kirby. »Justice Turnbull ist immer noch auf freiem Fuß. Glauben Sie, er wird sie noch einmal angreifen?«

»Nein«, sagte eine Männerstimme sehr bestimmt.

Laura ging weiter, erblickte aber Dr. Dolph Loman, einen weißhaarigen Chirurgen von Mitte achtzig, der noch gelegentlich mitarbeitete, obwohl Byron Adderley offiziell seine Stelle übernommen hatte. Loman war eine imponierende Erscheinung mit strahlend blauen Augen, ein Mann, der sich sehr gerade hielt, worauf er stolz war. Erst in letzter Zeit hatte man ihn gelegentlich mit einem Stock gesehen.

Sie mochte ihn absolut nicht.

Aber sie war erleichtert, dass er nun das Scheinwerferlicht auf sich zog und dass sie zur Notaufnahme eilen konnte, wo der Krankenwagen gerade zum Stehen gekommen war. Der Fahrer schaltete das rot-weiße Flackerlicht und die Sirene ab.

»Können Sie uns etwas über diese Patienten sagen?«, hörte sie hinter sich Kirby fragen.

»Ich bin Dr. Loman«, stellte der Arzt sich vor. Laura hörte seine Stimme nur noch schwach, da sie unterdessen ein gutes Stück entfernt war. »Ich arbeite seit fast fünfzig Jahren im Ocean Park Hospital. Schwester Adderley hat recht. Informationen über unsere Patienten sind vertraulich zu behandeln und nicht dafür da, im Fernsehen herausposaunt zu werden.«

»Adderley?«, fragte Kirby. »Wir haben eben mit einem Dr. Byron Adderley gesprochen.«

»Das Ocean Park Hospital ist ein erstklassiges Krankenhaus ...«

Jetzt verlor sich Lomans Stimme in der Ferne.

Ein zweiter Krankenwagen mit eingeschalteter Sirene, der noch nicht zu sehen war, kam näher. Er bog in die Zufahrt ab, als Laura durch die sich automatisch öffnende Tür in die Notaufnahme trat. Als Schwester half sie aus, wo sie gerade gebraucht wurde, und heute Nacht war das angesichts des Verkehrsunfalls offensichtlich die Notaufnahme.

Neben ihr tauchte ein Mann auf, und sie blickte ihn an.

»Hi.« Sein hellbraunes Haar war ziemlich lang und etwas struppig, und er musste sich mal wieder rasieren. Seine Augen waren haselnussbraun, und er lächelte sie freundlich an. Zu freundlich, wie sie fand. Sie glaubte ihn schon einmal gesehen zu haben, und das machte sie vorsichtig.

Er war nicht Justice, aber vielleicht jemand, den dieser kannte ...

»Mein Name ist Harrison Frost.« Er streckte die Hand aus.

Sie ignorierte es. Sofort misstraute sie ihm, doch sie wusste nicht warum.

»Sie haben Pauline Kirby professionell abgewimmelt«, sagte er mit einem gut gelaunten Lächeln, das weiße Zähne entblößte. »Geben Sie nicht gern Interviews?«

»Wer sind Sie?«

»Harrison ...«

»Ihren Namen haben Sie bereits genannt. Ich meine, weshalb sind Sie hier?«

»Wegen einer Story«, antwortete er ohne jedes Zögern.

Sie wollte die Flucht ergreifen, doch er trat ihr in den Weg. »Sie und Ihre Kollegen müssen sich einen anderen Interviewpartner suchen.«

»Ich arbeite nicht für Channel Seven. Pauline Kirby ist es egal, wen sie interviewt. Hauptsache, es sieht gut aus in der Glotze. Und Sie sehen gut aus.«

»Sie werden mein Bild nicht bringen«, sagte sie schnell. »Ich habe nichts gesagt.«

»Wer weiß.«

»Sie sahen schutzlos aus. Aber hübsch.«

»Versuchen Sie nicht, mir zu schmeicheln. Nur damit das klar ist.«

»Okay.« Er nickte und versuchte, sie einzuschätzen. »Bevor dieser Dr. Loman auftauchte ... Kirby wollte Ihnen Ihre Viertelstunde Ruhm im Scheinwerferlicht gönnen. Es hätte kaum eine Rolle gespielt, was Sie gesagt hätten. Sie können sich bei dem guten Doktor dafür bedanken, dass er sie gerettet hat. Offenbar wollten Sie das ja.« Er schaute sie eingehend an.

»Für wen arbeiten Sie?«

»Für die *Seaside Breeze*.«

Sie warf ihm einen fragenden Blick zu. »Sie schreiben für die Lokalzeitung?« Sie gab sich keine Mühe, ihre Skepsis zu verbergen.

Er nickte. »Ein geisteskranker Serienmörder bricht aus dem Sicherheitstrakt einer psychiatrischen Klinik aus und verletzt zwei unschuldige Männer. Einer davon ist sein behandelnder Arzt. Das ist eine Story, die sich auch die Lokalzeitung nicht entgehen lässt.«

»Die Lokalzeitung wird geschrieben von ... Einheimischen.« Ihr Blick wirkte nachdenklich. »Sie sind nicht von hier. Aber ich habe Sie schon mal gesehen.«

»Ja, wahrscheinlich. Beginnt Ihre Schicht jetzt? Können wir uns danach treffen?«

»Nein, vergessen Sie es. Bitte ...« Sie hob die Hände. Schon bis jetzt war es ein höllischer Tag gewesen, da konnte sie verzichten auf diesen gut aussehenden, charmanten Reporter, der sie ohne Ende mit Fragen traktieren würde. Dadurch würde der Tag nur noch länger werden. »Verschwinden Sie«, sagte sie. »Wir haben im Moment zu wenig Personal, und man hat mich angerufen, damit ich aushelfe. Das ist alles.«

»Also bleiben Sie gar nicht für eine volle Schicht?«

»Mr Frost ...«

89

»Könnte ich vielleicht mit Ihrem Mann reden? Ich habe gesehen, dass er Kirbys Fragen beantwortet hat.«

Byron. Na super. Es wurde immer besser. Laura machte sich nicht mehr die Mühe zu antworten. Sie wollte weder von Reportern noch von ihrem Exmann etwas wissen. Nina Perez winkte sie zu sich, und sie eilte sofort zu ihr.

Harrison beobachtete, wie Laura Adderley praktisch die Flucht ergriff und zu der älteren Schwester rannte, als würde sie vor dem Höllenfeuer fliehen. Er war daran gewöhnt, dass man ihm einen Korb gab. So war das in diesem Geschäft. Wenn er sich fragte, warum er sich an diese Krankenschwester gewandt hatte, fiel ihm eigentlich nur ihr gutes Aussehen ein. Zugleich wirkte sie ernst, und ja ... verletzlich. Er hatte ihre Panik gespürt, als Kirbys Kameras sich auf sie gerichtet hatten, und es hatte ihm imponiert, wie geschickt sie Pauline Kirby abgewimmelt hatte. Eins zu null für Laura Adderley.

Aber wenn dieser Byron Adderley wirklich ihr Mann war, sah es so aus, als hätte sie einen schweren Fehler gemacht. Vielleicht war er ihr Bruder, oder sie hatten zufällig einfach nur denselben Nachnamen.

Quatsch. Er hatte ihre Anspannung wahrgenommen, als er seinen Namen erwähnt hatte. Es gab eine Beziehung zwischen ihnen. Wie immer die aussehen mochte.

Er sah sie um eine Ecke biegen, unter dem Kittel und der Jacke zeichnet sich ihr schlanker, wohlgerundeter Körper ab. Ihr dunkles, leicht lockiges Haar war zu einem Pferdeschwanz gebunden, der zwischen ihren Schulterblättern hin und her hüpfte. Ihre großen blauen Augen verrieten Intelligenz, und über ihrer Nase hatte er ein paar Sommersprossen entdeckt.

Konnte sie wirklich mit diesem aufgeblasenen Arschloch von einem Chirurgen verheiratet sein?

Er folgte ihr, mehr aus Neugier auf sie als wegen der Story.

In der Notaufnahme herrschte hektische Betriebsamkeit. Bahren mit Patienten wurden hereingetragen. Blut, Sauerstoffmasken, Infusionsständer, Ärzte und Schwestern. Laura Adderley war eine von ihnen. Einige Patienten stöhnten, und eine Frau stieß einen Schrei aus, der es ihm kalt den Rücken hinablaufen ließ. Ein wartendes Paar drückte sich fest aneinander.

Er hatte Krankenhäuser nie gemocht, noch weniger die Notaufnahmen. Zum letzten Mal war er in einer gewesen, als Manny sterbend auf einer Bahre lag. Kirsten strich ihm über die Stirn und flüsterte immer wieder, es werde alles wieder gut, es werde ihm bald wieder besser gehen ...

Doch nichts wurde wieder gut, auch wenn Kirsten und Didi an die Küste gezogen waren und versuchten, ein neues Leben zu beginnen.

Kirsten hatte den Bungalow mit Aussicht aufs Meer gekauft und arbeitete in einer örtlichen Bäckerei, wobei ihr Einkommen noch etwas durch die Zahlungen von Mannys Lebensversicherung aufgebessert wurde. Didi hatte in der Vorschule neue Freunde gefunden, und alles schien ein neues Leben zu sein. Er selbst hatte nicht mehr so weitermachen können. Erst hatte er Kirsten die Umzugspläne ausreden wollen, doch dann war er schließlich auch an die Küste gezogen.

Aber zuvor hatte es noch einen Zeitabschnitt gegeben, in dem er weiter wie besessen der Geschichte von Mannys gewaltsamem Tod nachging, ohne sich darum zu kümmern, was das für seine berufliche Laufbahn bedeutete. Es war eine Obsession, und seine Hartnäckigkeit hatte zu Konfrontationen mit anderen Journalisten geführt. Er hatte sich vor den Kameras von Channel Seven wiedergefunden, und Pauline Kirby hatte ihm unangenehme Fragen gestellt.

Warum er so sicher sei, dass es ein vorsätzlicher Mord gewesen war?

Hatte der Schütze nicht einfach aufs Geratewohl gefeuert? Auf eine Warteschlange vor einem Nachtclub?

Warum sei er so überzeugt davon, es handele sich um eine Verschwörung?

Waren Bill Koontz und Manuel Rojas nicht gute Freunde gewesen?

War Bill Koontz nicht auch mit einer Reihe von Politikern aus Portland befreundet?

War es nicht denkbar, dass er, der Enthüllungsjournalist Harrison Frost, sich einfach in etwas verrannt hatte und eine Story suchte, wo es gar keine gab?

War er wirklich ein Journalist, oder doch eher jemand, der von einem persönlichen Rachefeldzug besessen war?

Nein, es gab da eine Story, doch er konnte ihr vorerst nicht weiter nachgehen. Man hielt ihm seinen sogenannten Rachefeldzug vor, und er musste Zeit verstreichen lassen und sich einen neuen Plan zurechtlegen, bevor er sich daranmachte, die Wahrheit hinter den Ereignissen aufzudecken. Damals hatte er sich wie ein Elefant im Porzellanladen aufgeführt. Er hätte subtiler vorgehen müssen, und er hatte seine Angriffe auf Bill Koontz erst eingestellt, als Kirsten ihn gebeten hatte, die Sache auf sich beruhen zu lassen. Sie konnten ihn feuern, würden es aber nicht schaffen, ihn davon zu überzeugen, ein für alle Mal die Finger von der Geschichte zu lassen. Wenn der richtige Zeitpunkt gekommen war, würde er die Wahrheit herausfinden. Zum Teufel mit ihnen allen.

Doch fürs Erste hatte er es mit den jugendlichen Dieben und dem ausgebrochenen wahnsinnigen Mörder Justice Turnbull zu tun.

Er blickte auf die Uhr. Fast elf.

Wo steckt dieser Turnbull?, fragte er sich. *Und was hat er vor?*

Detective Langdon Stone vom Tillamook County Sheriff's Department ließ den Blick über die Streifenwagen schweifen, die vor Trakt A geparkt waren. So nannten das Personal und die Patienten des Halo Valley Security Hospital jenen Teil des Gebäudekomplexes, wo die Insassen der psychiatrischen Klinik untergebracht waren, die keine kriminelle Vorgeschichte hatten.

Irgendwie mochte er diesen Ort überhaupt nicht. Hatte ihn nie gemocht, und daran würde sich auch nichts ändern. Aber die Frau, die er liebte, arbeitete hier als Ärztin, und das half ihm, seine Aversionen nicht zu sehr hochkochen zu lassen.

Sie waren schon seit Stunden hier, und mittlerweile war es dunkel. Die Hälfte der Belegschaft des Tillamook County Sheriff's Department war zum Halo Valley Security Hospital gerast. Es lag ungefähr eine halbe Autostunde von Tillamook entfernt und fünfundvierzig Minuten von dem Küstenstädtchen Deception Bay, wo Justice Turnbull einst gelebt hatte und wo das große Haus namens Siren Song stand, in dem die Frauen wohnten. Einheimische sprachen von »Der Kolonie«.

Die Hälfte der Polizisten, die Dienst hatten, standen nun auf dem Parkplatz hinter dem Gebäudekomplex, hinter Trakt B, wo die psychisch schwer gestörten Kriminellen untergebracht waren. Die Irren aus Trakt A waren demgegenüber meistens friedliche Zeitgenossen. Die andere Hälfte der Gesetzeshüter vom Sheriff's Department war wieder unterwegs, meistens in Richtung Küste, denn niemand glaubte wirklich, dass Justice landeinwärts Richtung Salem oder Willamette Valley wollte.

Auch hier standen noch zwei Streifenwagen. Detective Langdon Stone, der Halo Valley nicht mochte, aber gegen seine Aversionen ankämpfte, stand in der Kälte neben seinem Partner Fred Clausen und einer Frau mit kastanienbraunem Haar, Savannah »Savvy« Dunbar, die sich zum Detective hochgearbeitet hatte. Außerdem waren noch zwei Deputys da, Burghsmith und Delaney.

»Wer zum Teufel ist bloß auf die Idee gekommen, Justice Turnbull von *einem* Sicherheitsbeamten abholen zu lassen?«, murmelte Stone vor sich hin.

»Es war sein behandelnder Psychiater«, antwortete Dunbar.

»Dieser Zellman hält sich wohl für allwissend«, knurrte Stone.

»Und das hat ihm eine Operation und einen Krankenhausaufenthalt eingebrockt«, bemerkte Burghsmith.

»Ich werde mit ihm reden, sobald er wieder sprechen kann«, sagte Stone.

»Das kann lange dauern«, erwiderte Clausen.

Stone blickte zu Trakt A hinüber, wo seine Verlobte, Dr. Claire Norris, als Psychiaterin arbeitete. Sie hatte zuvor mit ihnen gesprochen, und außerdem waren noch Ärzte, Pfleger und

Schwestern aus Trakt B dabei gewesen. Alle waren alarmiert. Einen Justice Turnbull durfte man nicht unterschätzen. Doch hier gab es jetzt nicht mehr viel zu tun. Der Vogel war sozusagen ausgeflogen.

»Zurück nach Tillamook?«, fragte Delaney.

»Mittlerweile haben wir alle eigentlich längst Feierabend«, sagte Detective Stone mit einem Blick auf den nächtlichen Himmel.

»Ich bleib im Dienst«, sagte Clausen, und die anderen murmelten beifällig. Keiner von ihnen hatte vor, die Jagd auf Justice Turnbull erst am nächsten Morgen wieder aufzunehmen.

»Vielleicht stolpern wir auf der Rückfahrt nach Tillamook über ihn«, sagte Stone ohne große Überzeugung.

»So schwer kann der Typ doch nicht zu finden sein«, bemerkte Savvy Dunbar. »Er ist in einem Kombi mit dem Logo des Krankenhauses unterwegs und trägt Anstaltskleidung.«

»Wo ist dieser Kombi?«, murmelte Stone.

»Ich wette, wir haben ihn innerhalb einer Stunde gefunden«, sagte Burghsmith.

Clausen räusperte sich vernehmlich. »Bei den letzten Auftritten dieses Gestörten war von euch noch niemand dabei. Der Typ spielt in der ersten Liga der Psychopathen. Leicht zu finden war er noch nie. Und selbst wenn wir ihn finden, ist es noch etwas ganz anderes, ihn auch festzunehmen. Er ist gerissen und unberechenbar.«

Und bringt jeden um, der ihm in die Quere kommt, dachte Stone, ohne es laut auszusprechen.

Aber die anderen wussten es sowieso.

7

Im Osten ging die Sonne auf, und ihr Licht tauchte den westlichen Horizont in rosa und goldene Farbtöne. Seit über zwei Jahren hatte Justice keinen solchen Sonnenaufgang mehr erlebt, und er genoss ihn begierig. Das Meer, der Pazifische Ozean, der sich bis ins Unendliche erstreckte. Es ging ihm ans Herz. Das war schon immer so gewesen.

Eine Erinnerung bemächtigte sich seiner. Er war ein seltsames Kind gewesen. Alle hatten es ihm gesagt. *Sie* hatte ihn immer wieder zu der Sekte geschleppt, doch dort wollte man nichts von ihm wissen. *Sie* hatte ihn zu der bösartigen Blondine mit dem selbstgefälligen Lächeln gebracht, die ihn mit ihrem Hexenblick anschaute und ihn angewidert als »Wechselbalg« bezeichnete. Er wusste nicht, was das Wort bedeutete, doch *sie* quasselte drauflos und schwor, er sei kein Wechselbalg. Mit einer ausladenden Armbewegung wies *sie* auf all die kleinen blonden Mädchen, welche diese bösartige läufige Hündin zur Welt gebracht hatte und die zum engen Kreis der Auserwählten gehörten, während er außen vor bleiben musste, verachtet und aus der Gruppe ausgeschlossen. Die Hure hatte an der Innenseite des verrammelten Tores gestanden, ihn gemein angegrinst und zu *ihr* gesagt, sie solle ihn wegbringen, weit, weit weg.

»Er hat keine Seele«, erklärte sie feierlich, während ihre stahlblauen Augen ihn durch die Stäbe des Tores anstarrten. Sie warf ihm noch einen letzten verächtlichen Blick zu und verschwand in Richtung des Hauses, wo ihre Brut, diese blonden Engelchen, kichernd auf sie wartete. Sie lachten über ihn. Sie waren in Sicherheit in dem großen Haus mit dem hohen Zaun.

Während er mit *ihr* zurückgeblieben war.

Er hasste diese läufige Hündin mit den wissenden blauen Augen.

Doch noch mehr hasste er *sie,* die schluchzende, brabbelnde Frau, die ihn in die zwischen Bäumen versteckte Festung gebracht hatte, damit sie dort über ihn zu Gericht saßen.

Sie.

Seine Mutter.

Sie hatte ihn fluchend weggezerrt und dann gejammert, eines Tages würden sie ihn aufnehmen. Er sei kein Wechselbalg. Sondern einer von ihnen. Warum begriffen sie das nicht?

Es war alles so erbärmlich und vergeblich.

Damals hatte er sich in seinem Zimmer verschanzt, um heimlich das Wort nachzuschlagen, sie wusste nicht, dass es ihm möglich war. Eine Wahrsagerin, die nicht mal bei ihrem einzigen Kind durchblickte. Während sie immer noch über die Ungerechtigkeit dieser Welt jammerte, hatte er in seinem Zimmer eine Bodendiele gelockert und darunter eines der Bücher hervorgezogen, die er im Laufe der Jahre gestohlen hatte. Ein Wörterbuch.

Mit einem vor Angst heftig klopfenden Herzen hatte er geblättert, bis er den Eintrag fand.

Wechselbalg: Idiot, Wesen mit unterdurchschnittlicher Intelligenz; ein Kind, das als Baby mit einem anderen verwechselt oder absichtlich vertauscht wurde.

Zuerst hätte er am liebsten laut geschrien, war wütend gewesen auf die bösartige Hexe hinter dem Tor. Sie irrte sich. Er war ihr Cousin. All diese plappernden, ekligen blauäugigen Mädchen. Er war einer von ihnen. Gehörte zu ihnen!

Natürlich war er mehrfach zurückgekommen, und im Laufe der Zeit hatte er begriffen, dass die blauäugige Wächterin der Festung mit dem großen Tor auf ihre Weise recht hatte. Er war anders als sie. Er war auserwählt von seinem Schöpfer, von Gott.

Gott hatte *ihn* auserwählt.

Mit der Zeit wurde er sich seiner Mission bewusst, und während *sie,* dieses Ärgernis, die Quacksalberin, sich mühsam den Lebensunterhalt zusammenkratzte, indem sie für die Touristen die Wahrsagerin spielte, lernte er die blonden Engel kennen, ihre Gewohnheiten, ihre speziellen Fähigkeiten.

Als er das erste Mädchen getötet hatte, war es leicht gewesen.

Zu leicht, wie sich herausstellte, denn er war zu eingebildet und überheblich gewesen, was die restlichen blonden Engel warnte, die viel gerissener und intelligenter waren, als er zunächst vermutet hatte.

Er war geblendet von seinem Erfolg und hatte die Mädchen, die außerhalb der Festung lebten, aus den Augen verloren. Eine Verbindung ergab sich erst dann wieder, wenn sie schwanger waren, wenn er sie riechen konnte.

Und als es wieder einmal so weit war, als er kurz davor stand, erneut eine von ihnen in das Höllenfeuer zu schicken, aus dem sie alle kamen, war er von ihnen ausgetrickst worden. Für dumm verkauft. Betrogen. Man hatte ihn verhaftet und eingesperrt.

Sie lachten über ihn ...

Er war geduldig gewesen.

Doch jetzt war er wieder in Freiheit.

Ihn befriedigte der Gedanke, dass er sie wieder einmal alle zum Narren gehalten hatte, inklusive seiner Mutter.

Er betrachtete die rosafarbenen Streifen am westlichen Horizont und sog die feuchte Luft und den Geruch des Meeres ein.

Am Strand vor ihm lag ein langes Stück Riesentang in der Form eines *m*.

Mutter.

Ein Wink Gottes. Er wurde geleitet von der göttlichen Hand.

Einmal mehr wollte er sich von seiner äußeren Hülle lösen, sich ganz auf seines wahres Ich zurückziehen, doch er hatte eine Mission zu erfüllen und kämpfte gegen den Wunsch an. Er konnte sich ihm nicht mehr so überlassen wie früher. Wenn er sich zu sehr in sein Inneres zurückzog, konnte ihm in der Außenwelt ein Patzer unterlaufen, und man würde ihn erneut verhaften.

Nein, nicht das!

Er hielt mit Mühe die Augen offen und konzentrierte sich ganz auf das, was er sah und hörte, auf den Strand mit dem Treibgut, das Kreischen der Möwen, das sich auf den Wellen reflektierende grelle Licht, das ihn blendete, das ruhelose, graugrüne Wasser.

Jetzt musste er sein wahres Ich abweisen, das doch sein einziger Rückzugsort war, seine Zuflucht. Er hätte heulen können.

Aber Gott hatte einen Plan, da durfte er nicht zaudern.

Er drehte sich um und stieg die paar mit Sand bedeckten Stufen hoch, die zu dem Parkplatz führten, wo er den im Stil der Hippie-Ära bemalten VW-Bus abgestellt hatte, an den sich jeder erinnern würde, wenn er ihn einmal gesehen hatte. Doch niemand hatte ihn gesehen, als er in den Abzweig gebogen war, der zu dem Parkplatz über dem Strand führte.

Er ging an dem Vanagon vorbei, ohne ihn eines Blickes zu würdigen. Cosmo würde ihn nicht mehr brauchen, und er durfte nicht darin gesehen werden.

Im Moment hielt er sich ein paar Meilen südlich von einem Nest namens Sandbar auf, das südlich von Tillamook lag, das wiederum weiter südlich von Deception Bay lag, seinem eigentlichen Ziel. Er hatte Cosmos Führerschein eingesteckt und trug seine Klamotten, deren Länge stimmte, die aber zu weit waren. Aber das war kein Problem, denn an der Küste von Oregon gab es keine Kleiderordnung. Jeder trug, was ihm gefiel, und Cosmos Outfit war passend, denn das hiesige Juniwetter war unberechenbar. Man musste jederzeit mit starkem Wind und Regen rechnen.

Außerdem hatte er Cosmos Rucksack an sich genommen, Wanderstiefel, die ganz gut passten, und eine Schiebermütze, die er unter dem Kinderspielzeug gefunden hatte. Sein Bart wuchs. Er hatte dreißig Dollar, ebenfalls von Cosmo, der mit vollem Namen James Cosmo Danielson geheißen hatte. Er mochte den Namen.

Er ging die Straße hinauf, bis er an einem hervorspringenden Felsen vorbeikam, der diesen Abschnitt des Strandes von jenem trennte, wo er den Vanagon zurückgelassen hatte. Jetzt stieg er einen steilen, mit Geröll übersäten Abhang hinunter, bis er den zehn Meter unter ihm liegenden Strand erreichte. Er ging am Rand der auslaufenden Wellen entlang Richtung Norden. Es war windiger und kälter, als man vermutet hätte. Ihm kamen mehrere Menschen entgegen, ein warm angezogenes Ehepaar, das einen Strandspaziergang machte, eine joggende Frau, ein Mann, der einen Stock warf und ihn von seinem Labrador apportieren ließ.

Niemand schenkte ihm Beachtung, und genau das hatte er erwartet. Er war in dieser Gegend aufgewachsen und kannte diesen Teil der Küste besser als jeder andere. Aus den Wellen des Meeres flüsterte Gottes Stimme zu ihm.

Eine Landzunge erstreckte sich ins Meer und verlief dann nach einem scharfen Knick Richtung Norden, wodurch eine geschützte Bucht mit ruhigerem Wasser entstanden war. Er stieg den Hang in Richtung Straße hoch und ging zum östlichen Rand der Bucht, wo ein heruntergekommenes Gebäude einen Laden für Köder und sonstigen Anglerbedarf beherbergte. Es war der Anbau eines verfallenden Gebäudes, in dem sich einst eine Konservenfabrik befunden hatte. Die Verarbeitung von Fisch war eine Branche, die hier während der letzten Jahrzehnte zugrunde gegangen war. Einige geschwärzte Pfosten ragten noch aus dem Wasser, wo einst mittlerweile längst verrottete Piers gestanden hatten.

Möwen kreischten, und er ging eine wackelige Holztreppe hinauf, die zur Vorderveranda führte. Er warf einen Blick auf die Bucht und griff nach dem Türknauf. Als er zuvor hier vorbeigefahren war, hatte er das Schild mit der Aufschrift »Zimmer zu vermieten« gesehen. Er hatte den Vanagon auf dem Parkplatz am Strand abgestellt mit dem Vorsatz, zu Fuß hierher zurückzukehren. Wenn die Suche nach Cosmo begann, würde sie von dort ausgehen, wo der VW-Bus gefunden worden war, und dann schwebte er in Gefahr, entdeckt zu werden. Aber er kannte diese Gegend und wusste genau, was für ein Typ der alte Carter war, der Eigentümer des Ladens für

Anglerbedarf – ein ehemaliger Häftling, der eine profunde Abneigung gegen die Polizei im Allgemeinen und das Tillamook County Sheriff's Department im Besonderen hegte.

Wenn er noch lebte und weiter hier wohnte.

Als er eintrat, ertönte die Ladenklingel über der Tür, und Carter, ein paar Pfunde schwerer, als er ihn in Erinnerung hatte, und mit deutlich graueren Haaren, tauchte hinter der Ladentheke auf. Obwohl er einiges über Preston Carter wusste, kannte der ihn eigentlich nicht, und überdies war er halb blind und steinalt.

»Was darf's sein?«, bellte Carter. Er hatte blaue, feuchte Augen und einen grauen Bart, in dem noch ein paar Krümel vom Frühstück hingen.

»Das Zimmer.«

»Sie wollen das Zimmer mieten?«, fragte Carter laut. Zweifellos war er auch schwerhörig.

»Aber ich habe nur dreißig Dollar.«

»Dreißig?« Er schien nachzudenken. »Okay. Für den Anfang reicht das. Können Sie sich irgendwie ausweisen?«

Justice präsentierte ihm Cosmos Führerschein, und Carter warf einen Blick darauf. Er schrieb nichts auf, sondern schob den Führerschein einfach wieder über die vernarbte Ladentheke.

»Wie war noch mal der Name, Sohnemann?«

»Danielson, aber sagen Sie ruhig Dan«, antwortete Justice, während er ihm das Geld gab.

Carter befingerte die Banknoten. »Ich lasse von meiner Frau Carie überprüfen, ob das Zehner sind«, warnte er. »Ich sehe nicht mehr so gut wie früher.«

»Nur zu.«

Er nickte befriedigt. »Okay. Ich kann Ihnen ja schon mal den Schlüssel geben. Sie wissen, wo die Toilette ist? Hinterm Haus, vor der alten Konservenfabrik.« Er zeigte über die Schulter in Richtung der verfallenden Gebäude. »Was Besseres kann ich nicht bieten.«

Justice blickte durch das Seitenfenster auf den benachbarten Schuppen mit dem verrosteten, mit Möwenkot übersäten Wellblechdach, in dem Angler- und Fischereibedarf gelagert war. Er grunzte zustimmend. Er hatte schon in schlimmeren Absteigen gewohnt, und wichtig war nur, dass er dem Halo Valley Security Hospital entkommen und wieder ein freier Mann war.

Carter zog eine Kaffeekanne von einem Regal hinter der Ladentheke, nahm einen Schlüssel heraus und reichte ihn Justice. Der beschloss, so lange in dem Zimmer über dem Laden zu bleiben, wie es ihm richtig zu sein schien. Tage, Wochen oder Monate ... Aber er würde wachsam sein. Wenn die Männer vom Sheriff's Department nach ihm suchten, würde ihm das nicht entgehen.

Er stieg die äußere Treppe hinauf und schloss die Tür des Zimmers auf. Überall Spinnweben, ein uralter Linoleumbelag auf dem Boden. Sehnsüchtig dachte er an den Schlafsack in Cosmos Vanagon, aber er glaubte, dass man ihn später leichter wiedererkennen würde, wenn man ihn als einen Wanderer mit Schlafsack sah.

Nein, das musste nicht sein. Also hatte er den Schlafsack in dem Fahrzeug gelassen.

Überdies war er ein geschickter Dieb und konnte sich alles besorgen, was er brauchte. Konversation war nicht seine Stärke, er konnte nicht gut mit Menschen umgehen. Er war zu seltsam.

Zu schweigsam. Die Leute erinnerten sich an ihn, ohne ihr Gedächtnis anstrengen zu müssen.

Aber er war wie ein Geist. *Sie* hatte das einst über ihn gesagt. Du hältst dich im Hintergrund. Du bist ein Zuhörer, ein Pläneschmied, unfassbar wie ein Gespenst.

Das war kein Kompliment gewesen, aber es stimmte.

Er ließ Cosmos Rucksack auf den Boden fallen, zog den Reißverschluss auf, und durchwühlte den Inhalt. Der Hippie hatte ein paar interessante Dinge mit sich herumgeschleppt, unter anderem ein Klappmesser. Er steckte es in die Tasche, in dem schon das Teppichmesser steckte. Außerdem fand er noch eine Konserve mit Rindfleisch, das Foto einer Frau, die ein Baby und die Hand eines anderen Kindes hielt, und zwei Joints. Er öffnete die Konserve, schob sich ein Stück Rindfleisch in den Mund und kaute bedächtig. Die Joints ließ er in der Innentasche seiner Jacke verschwinden, auch wenn er sie nicht selber zu rauchen gedachte. Dann zerriss er das Foto und steckte die Stücke in die Hosentasche, um sie später draußen wegzuwerfen.

Die anderen Dinge ließ er in dem Rucksack. Er konnte sie sich später noch genauer ansehen. Fürs Erste brauchte er Schlaf. Er legte sich auf den Boden, benutzte den Rucksack als Kopfkissen und starrte auf die Deckenbalken mit den Spinnweben. Bald würde er den Rest der Dinge entsorgen müssen, die er dem verschiedenen James Cosmo Danielson abgenommen hatte.

Und dann war er plötzlich wieder da, dieser schwere, intensive Geruch ...

Schwester ... Ich kann dich riechen ...

Wieder begannen seine Nervenspitzen zu vibrieren, und seine Augen weiteten sich.

Sie war in der Nähe, innerhalb eines Radius von zehn Meilen. Vielleicht sogar bei den anderen in dem Blockhaus.

Er lächelte, als er ihr die Botschaft sandte. *Der Geruch deiner Satansbrut wird mir den Weg weisen ... Ich komme ...*

Am Samstagmorgen stand Laura reglos unter der heißen Dusche, mit geschlossenen Augen, das Gesicht zur Decke gewendet. Seine Worte brandeten gegen ihr Gehirn, und sie musste erneut den mentalen Schutzwall errichten, um seine Stimme zum Verstummen zu bringen.

Er konnte wirklich riechen, dass sie schwanger war?

Konnte das stimmen?

Wo sie es doch selbst erst seit Kurzem wusste.

Es war irreal und verstörend, und als ihr der Hass bewusst wurde, der in seiner Stimme lag, begann sie am ganzen Körper zu zittern, nicht nur vor Angst, sondern auch vor Wut. Der einzige Mensch, der außer ihr selbst von der Schwangerschaft wusste, war dieser gefährliche Psychopath, der neue Morde plante.

Sie drehte die Hähne zu, griff nach einem Handtuch und trocknete sich ab. Da sie erst im Morgengrauen nach Hause gekommen war, konnte sie sich vor Müdigkeit kaum noch auf den Beinen halten, doch sie wagte es nicht, sich ins Bett zu legen, solange auch nur eine kleine Chance bestand, dass er sie finden würde.

Und doch zweifelte sie nicht daran, dass es so kommen würde. Wie sie selbst und einige ihrer Schwestern besaß auch Justice eine spezielle »Gabe«, und sie hielt das in ihrem Fall für einen Fluch. Andere, die außerhalb des Zauns und des Tores von Siren Song aufgewachsen waren, würden nicht glauben an Justice' übersinnliche Fähigkeiten, die es ihm ermöglichten, hasserfüllte Botschaften an andere Gehirne zu übermitteln. Sie wusste es besser. Tief in ihrem Herzen zweifelte sie nicht daran, dass er Jagd auf sie machte wie ein geduldiges, blutrünstiges Raubtier. Dass er auf diese absonderliche Weise mit ihr kommunizieren konnte, war eine Gabe, die er rücksichtslos einsetzte, um sie zu terrorisieren, sie zu Tode zu ängstigen. Aber es führte auch dazu, dass sie hellwach war und seine Pläne vereiteln würde.

»Versuch's doch, Dreckskerl«, murmelte sie, während sie den beschlagenen Spiegel über dem Waschbecken abwischte und darin sah, welche Wut in ihren Augen loderte. Jetzt schwebte nicht mehr nur sie in Gefahr, sondern auch das neue Leben, das in ihrem Leib heranwuchs. Und sie würde ihr Baby beschützen.

Zum Teufel mit Justice Turnbull. Sie hängte das Handtuch auf und ging in ihr Schlafzimmer.

Kurz darauf trug sie einen Pullover mit einer Windjacke darüber, Jeans und Sneaker. Als sie sich kämmte, erinnerte sie der Ansatz der Haare daran, dass sie eigentlich blond war. Dass sie sich die Haare färbte, war fast zu einer Obsession geworden. Sobald klar gewesen war, dass Byron und sie von Portland in die Gegend um Deception Bay umziehen würden, war sie innerlich in Panik geraten. Sie hatte geglaubt, etwas unternehmen zu müssen, damit man sie nicht so leicht wiedererkennen konnte. Schon vor Jahren war sie von der Küste fortgezogen, um ein neues Leben zu beginnen, aber auch, weil sie sich räumlich von ihrer Familie entfernen wollte, um diese nicht zu gefährden. Justice war eine reale Gefahr, vielleicht nicht die einzige, aber definitiv die bedrohlichste.

Und nun, wo sie wusste, auf welche Weise er sie finden konnte, wurde ihr klar, dass es ihr nicht half, sich die Haare zu färben.

Sie ging in die Küche, unschlüssig, was sie als Nächstes tun sollte. Dann nahm sie ihre Schlüssel von einem Haken neben der Hintertür. Bis zum Abend hatte sie frei. Sie dachte an ihre Familie. Die Einheimischen nannten sie »Die Kolonie« und ihr Blockhaus Siren Song. Sie hatte dort gelebt bis zum Teenageralter und dann für eine Weile einen Job im Drift In Market angenommen. So lebte sie in zwei Welten, während sie sich darüber klar zu werden versuchte, was sie wollte. Zwei ihrer Schwestern hatten das Haus verlassen, als sie noch im Kindesalter adoptiert worden waren. Eine andere war einfach fortgegangen. Aber die meisten, sämtlich jünger als sie, lebten noch in dem großen Haus, unter den wachsamen Augen der beinahe paranoiden Catherine.

Aber vielleicht ist sie gar nicht so paranoid, dachte sie jetzt.

Als Justice vor ein paar Jahren sein Unwesen trieb, hatten sich die Tore von Siren Song bereits geschlossen, waren alle Luken dichtgemacht. Die Bewohner lebten völlig abgeschottet von der Außenwelt. Zu der Zeit war Laura bereits mit Byron zusammen. Sie hatte Catherine einen Brief geschickt und gefragt, ob sie nach Siren Song zurückkommen solle. Die Antwort fiel denkbar knapp aus: *Bleib, wo du bist.*

Dann war Justice verhaftet worden, und Byron, der keine Ahnung hatte, dass seine Frau von der Küste stammte und in Gefahr geschwebt hatte, nahm den Job im Ocean Park Hospital an. Zuerst hatte sie sich gefragt, ob er den Umzug vorgeschlagen hatte, weil er vielleicht doch irgendwie vermutete, dass sie aus dieser Gegend kam, doch dann hatte sie begriffen, dass es einfach eine ganz gewöhnliche Wende des Schicksals war. Obwohl sie aus Sorge um ihre Familie zuerst gegen den Umzug gewesen war, fand sie die Idee andererseits auch verlockend. Sie hatte sich vorgestellt, wieder Teil der Familie zu sein, aber zugleich außerhalb von Siren Song mit Byron zusammenzuleben. Warum nicht?, hatte sie sich gefragt. Fast alle Menschen lebten nicht mehr in ihrem Elternhaus, weil sie eine eigene Familie gründen wollten, hielten aber trotzdem weiter Kontakt.

Doch ihre Familie war anders. Sie schwieg über ihre Vergangenheit und bewahrte ihre Geheimnisse.

Und ihre Mitglieder besaßen sämtlich eine besondere Gabe.

Sie verließ das Haus und ging zu ihrem Outback, um nach Siren Song zu fahren.

8

Harrison wachte abrupt auf und wusste zuerst nicht, wo er war, doch dann sah er, dass er in seiner neuen Wohnung auf der Luftmatratze in seinem Schlafsack lag. Und es war verdammt kalt. Guter Gott, an der Küste von Oregon konnte man im Juni glauben, es sei Winter. In Portland war das nicht so schlimm.

Er quälte sich aus seinem Bett, stolperte ins Bad und nahm eine heiße Dusche. Er wusste nicht, wie lange er dort stand, aber bestimmt so lange, dass manch ein vorbildlicher Zeitgenosse von Wasserverschwendung geredet hätte.

Danach zog er eine graue Jogginghose und ein langärmeliges schwarzes T-Shirt an und stapfte barfuß in die Küche, um sich Kaffee zu kochen. Er war so in Gedanken versunken, dass er fast überrascht war, als das Piepen der Kaffeemaschine signalisierte, dass die Kanne voll war.

Nachdem er sich eine Tasse eingeschenkt hatte, öffnete er den Kühlschrank in der Hoffnung, dort Sahne oder Milch zu finden, doch er wusste, dass es vergeblich war. Er trank den Kaffee schwarz, und nach zehn Minuten fühlte er sich fast wieder wie ein Mensch. Er schaltete den Fernseher mit dem Festplattenrekorder ein – ein Luxus, der in seinem Job unverzichtbar war – und schaute sich die Spätnachrichten von Channel Seven an. Zum ersten Mal hatte er sie gesehen, als er in der Nacht nach Hause gekommen war. Anschließend hatte er im Internet noch ein bisschen über den Ausbruch von Justice Turnbull recherchiert, doch dann übermannte ihn die Müdigkeit, und er hatte sich schlafen gelegt. Jetzt schaute er sich noch einmal den Bericht an, in dem es ausführlicher um Turnbulls Ausbruch ging.

Der Beitrag begann mit Bildern, die früher am Abend aufgezeichnet worden waren. Pauline Kirby posierte vor der Backsteinfassade des Halo Valley Security Hospital. Überall standen Streifenwagen, bei einigen war noch das rot-weiß rotierende Flackerlicht eingeschaltet. Kirby erklärte, Trakt B sei der Teil des Gebäudekomplexes, wo die kriminellen Geisteskranken untergebracht seien. Dann kam ihre Stimme aus dem Off, während die Kamera zu der Stelle an der östlich gelegenen Hinterseite des Gebäudes schwenkte, wo Justice Turnbull ausgebrochen war. Auf der westlichen Seite, vor Trakt A, standen weitere Streifenwagen. Es sah so aus, als wäre die gesamte Belegschaft des Sheriff's Department dort, und vielleicht war es tatsächlich so.

Kirby befragte Angestellte der psychiatrischen Klinik, und danach erschien in Großaufnahme das Konterfei von Detective Langdon Stone vom Tillamook County Sheriff's Department. Dies schien sein Fall zu sein, und Harrison studierte eingehend sein Gesicht. Wenn er an der Story dranblieb, würde es unvermeidlich sein, dass er irgendwann mit Stone aneinandergeriet.

Stone trug eine schwarze Lederjacke, Jeans und Cowboystiefel, und sein braunes Haar wurde vom Wind zerzaust. Er wiederholte gebetsmühlenartig die Worte »Kein Kommentar«. Kirby schien ihn zu kennen, und ihre gewohnt forsche Stimme hatte einen Unterton von Koketterie. Es war offensichtlich, dass Stone sie für eine unerträgliche Nervensäge hielt. Dann trat eine Ärztin aus der Klinik, Dr. Claire Norris, wie am unteren Bildschirmrand stand, und Harrison entging nicht, dass Stone ihr einen irgendwie befangen wirkenden Blick zuwarf.

Irgendwas ist da los mit diesen beiden, dachte er.

Dr. Norris konnte nicht viel Erhellendes über Justice Turnbulls Ausbruch sagen, denn sie arbeitete nicht in dem Hochsicherheitsgefängnis, sondern in Trakt A. Dann kam ein Schnitt, und man sah wieder die Hinterseite des Gebäudes, wo Kirby eine weitere Ärztin interviewte. Dr. Jean Dayton war eine ernste Frau und ganz offensichtlich völlig verstört, weil Justice der Ausbruch gelungen war. Anschließend ging es um Conrad Weiser, den Sicherheitsbeamten vom Ocean Park Hospital, der verletzt worden war, und um Dr. Maurice Zellman, Justice Turnbulls behandelnden Arzt, dessen Zustand mittlerweile als stabil bezeichnet wurde. Der von Weiser war unverändert ernst. Aufgrund der schweren Gehirnverletzung hatte er operiert werden müssen. Auch bei Zellman war wegen der Verletzung des Kehlkopfs ein kleinerer Eingriff erforderlich gewesen, doch er war bei Bewusstsein und vernehmungsfähig.

Nur kurz im Bild war Dr. Byron Adderley, der schwer genervt zu sein schien. Dann folgte der ebenfalls kurze Auftritt von Schwester Laura Adderley, deren Gesicht im Profil erschien, auf die dann der weißhaarige Doktor Loman mit dem stechenden Blick folgte, der sich in Schwelgereien erging, was für ein großartiges Krankenhaus das Ocean Park Hospital sei.

Kirby schnitt ihm schnell das Wort ab, und gab dann eine kurze Zusammenfassung von Justice Turnbulls früheren Verbrechen, meistens an Frauen. Ohne das Wort *Sekte* zu verwenden, sprach sie von Siren Song, und es gab sogar ein Bild des hohen schmiedeeisernen Tores vor dem Haus, das versteckt in einem Wald mit hohen alten Bäumen stand.

Er griff nach seinem Notizbuch und schrieb die Namen der beiden Verletzten, der Ärzte und der Schwestern Nina Perez und Carlita Solano auf. Dann fügte er noch die von Detective Langdon Stone und Dr. Claire Norris aus Trakt A des Halo Valley Security Hospital hinzu.

Während er auf das Notizbuch starrte, wurde ihm plötzlich etwas klar. Die wirkliche Story, das war nicht Justice Turnbulls Ausbruch. Es waren die Menschen, die in der Vergangenheit seiner Mordlust zum Opfer gefallen waren und ihr künftig noch zum Opfer fallen würden.

Die Sekte.

Dort sollte er beginnen.

Er spülte die Kaffeetasse aus und fuhr sich mit der Hand durchs Haar. Himmel, er musste dringend zum Frisör. Er streifte die Jogginghose ab und zog Jeans und ein T-Shirt mit einem karierten Hemd darüber an. Fürs Erste hatte er nicht vor, sich weiter um die jugendlichen Diebe zu kümmern. Der Fall Justice Turnbull war weitaus interessanter und brandaktuell.

Als er sich in der Wohnung umblickte, wünschte er sich, ein richtiges Bett und ein paar anständige Möbelstücke zu besitzen. Und es wäre auch nicht schlecht, so um die zwanzig Riesen auf der Bank zu haben.

Er stieg die Treppe hinunter, ging zu seinem Chevy Impala und betrachtete traurig die abgefahrenen Reifen. Er musste diese Storys schreiben und es irgendwie so drehen, dass er anständig dafür bezahlt wurde. Wer konnte es ihm verübeln, dass er endlich mal wieder gutes Geld sehen wollte?

Als er von Seaside aus in Richtung Süden fuhr, musste er anlässlich seiner Gedanken an die sechste Todsünde denken: Gier.

Detective Langdon Stone teilte sich das Büro und einen Schreibtisch mit Detective Savannah »Savvy« Dunbar, die mit einem Laptop auf den Knien auf einem Stuhl an der Wand saß und konzentriert auf den Bildschirm schaute. Stone hatte ihr erklärt, es sei ihm nicht wichtig, ein eigenes Büro und einen eigenen Schreibtisch zu haben. Ihr Problem sei nicht das Geld für einen neuen Schreibtisch, sondern der mangelnde Platz. Dunbar war eine attraktive, ernsthafte junge Frau, die lieber zuhörte, als zu reden. Sie war unglaublich schnell Detective geworden. Vorher hatte sie in einer großen Stadt östlich von Portland gearbeitet, wo sie sich beim Gresham Police Department einen Namen gemacht hatte, weil sie ihren Job sehr ernst nahm und ständig bereit war, Überstunden zu machen. Beim Tillamook County Sheriff's Department hatte sie kurz nach Stone angefangen, obwohl dort eigentlich kein Platz mehr für sie war. Stone hatte sich über Sheriff O'Hallorans Entscheidung gewundert, bis einem langjährigen Mitarbeiter, dessen Nützlichkeit mehr als zweifelhaft war, gekündigt wurde. Jetzt ergab Savvys Einstellung Sinn.

Dunbar blickte auf, als sie Stones Blick auf sich ruhen spürte. Ihre Augen waren strahlend blau, und sie hatte das kastanienbraune Haar zu einem Pferdeschwanz zurückgebunden.

»Es ist Samstag«, sagte er.

»Und?«

»Was haben wir hier zu suchen?«

Sie lächelte. »Kriminelle haben nun mal keine festen Arbeitszeiten.«

Stone grinste und fuhr sich mit der Hand über das stoppelige Kinn. Er hatte an diesem Morgen nicht die nötige Willenskraft aufgebracht, um sich zu rasieren. »Hast du was über Justice Turnbull herausgefunden?«

»Nichts, das wir nicht bereits gewusst hätten. Er ist in der Gegend von Deception Bay aufgewachsen. Seine Mutter heißt Madeline Turnbull und wird dort Mad Maddie genannt. Sie hat ihren Lebensunterhalt mit einem heruntergekommenen Motel und als Wahrsagerin verdient.« Sie blickte ihn ernst an. »Ich gebe nichts auf den ganzen Hokuspokus, aber einige Leute schwören, dass sich ihre Vorhersagen immer auf unheimliche Weise bewahrheitet haben. Vor zwei Jahren hätte Justice sie beinahe getötet, doch es ist nicht klar, ob das ein Unfall oder Absicht war. Vielleicht ist sie ihm in die Quere gekommen, als er es auf Rebecca Sutcliff abgesehen hatte. Beim Lauralton Police Department war Detective Sam »Mac« McNally für den Fall zuständig, bei uns waren es Clausen und Kirkpatrick.«

Stone hatte Kirkpatricks Platz eingenommen, als die sich für einen anderen Job entschieden hatte. »Clausen war an der Festnahme beteiligt«, sagte er. »Vielleicht sollte ich mit McNally reden, um zu hören, was er denkt.«

»Ich habe die Nummer vom Lauralton Police Department.« Dunbar nannte sie ihm, und Stone schrieb sie auf. »McNally ist mittlerweile im Ruhestand«, fügte sie hinzu.

In diesem Augenblick traten Clausen und Burghsmith ein, die todmüde zu sein schienen.

»Fehlanzeige«, sagte Clausen seufzend. »Der Typ hat sich in Luft aufgelöst. Er ist ein gottverdammter Geist.«

»Ein geisteskranker Geist«, murmelte Dunbar.

»Vielleicht ist er landeinwärts unterwegs«, sagte Burghsmith ohne rechte Überzeugung.

»Nein, er kommt an die Küste.« Clausen warf dem anderen Deputy einen verärgerten Blick zu, der darauf hindeutete, dass sie das Thema schon mehrfach erörtert hätten.

»Wo ist das Fahrzeug des Ocean Park Hospital?«, fragte Stone. »Irgendjemand müsste es doch mittlerweile gesehen haben. Oder hat er es irgendwie verschwinden lassen? Und ist er dann jetzt zu Fuß unterwegs?«

»Vielleicht hat jemand auf ihn gewartet.« Burghsmith zerrte an seinem Kragen, als wäre der ihm plötzlich zu eng.

Clausen setzte sich. »Quatsch, der Typ ist ein Einzelgänger.«

»Auch Gestörte können Freunde haben«, widersprach Burghsmith.

»Dieser nicht«, erwiderte Clausen.

»Also ist er entweder zu Fuß unterwegs, oder er hat sich ein anderes Fahrzeug besorgt.«

»Oder er trampt«, warf Dunbar ein.

Clausen räusperte sich, was er häufig tat. »Im Fernsehen wurde über nichts anderes mehr berichtet als über diesen Ausbruch. Glaubst du, dass es jemanden gibt, der das nicht mitgekriegt und beschlossen hat, diesen Tramper mitzunehmen?« Er zog eine Schublade auf, nahm ein Päckchen Kaugummi heraus und hielt es fragend hoch. Die anderen lehnten dankend ab.

»Denkbar ist es, dass jemand es nicht gesehen hat«, sagte Stone.

Burghsmith zuckte die Achseln. »Nun, dann kann er sonst

wo sein. Wir haben an der Küste überall herumgefragt. Bis jetzt erinnert sich niemand an ihn.«

»Wenn wir nicht bald eine Spur haben«, sagte Stone, »müssen wir nach Siren Song fahren und Catherine warnen.«

»Und was ist mit Rebecca Sutcliff?«, fragte Dunbar. »Soweit wir wissen, lebt sie immer noch in Lauralton. Einmal ist sie ihm entkommen, aber wenn er so wahnsinnig ist, wie alle glauben, müssen wir auch sie warnen.«

»Der Dreckskerl glaubt, eine Mission vollenden zu müssen«, bemerkte Clausen.

»Diese Rebecca Sutcliff wird die Nachrichten wohl gesehen haben«, sagte Stone. »Aber ich werde sie anrufen.«

»Für den Fall, dass er doch landeinwärts unterwegs ist ...«, begann Burghsmith erneut.

Clausen warf ihm einen finsteren Blick zu. »Ausgeschlossen. Der kennt nur das Meer, wie die Fischer hier. Er hat ein Faible für die Küste.« Als Stone ihn fragend anblickte, fügte Clausen hinzu: »So was steht in einigen der alten Berichte. Glaubt's mir, wenn er irgendwohin unterwegs ist, dann Richtung Küste. Ich wette ein Monatsgehalt darauf.«

Niemand wollte dagegen wetten.

Justice Turnbull war seit über zwölf Stunden verschwunden.

»Wo ist seine Mutter jetzt?«, fragte Stone Savvy Dunbar.

»Madeline Turnbull lebt in einem Heim namens Seagull Pointe. Es bietet betreutes Wohnen mit ärztlicher Versorgung, aber es gibt auch einen Trakt für Pflegefälle. Sie kassiert Medicaid, die staatliche Unterstützung für Bedürftige.«

»Sie hat jeglichen Realitätsbezug verloren«, sagte Stone, obwohl das alle wussten.

Dunbar nickte. Ihr kastanienbraunes Haar glänzte im grellen Licht der Deckenbeleuchtung. »Ich werde zu ihr fahren und überprüfen, ob sie vielleicht doch vernehmungsfähig ist.«

»Gut.« Stone stand auf. »Ich bringe O'Halloran auf den neuesten Stand und führe dann ein paar Telefonate.«

»Und ich sehe mich noch mal am Highway 101 um« sagte Clausen.

Burghsmith zuckte die Achseln. »Ohne mich, Mann, ich kippe aus den Latschen.«

»Wir brauchen alle Schlaf«, sagte Stone. »Mittags um zwölf sehen wir uns in diesem Büro wieder. Mit etwas Glück haben wir dann eine Spur.«

9

Vom Meer her war Nebel landeinwärts gezogen. Laura fuhr langsam den zugewachsenen Weg mit den beiden Furchen hinab, der sich durch den Wald mit den alten Bäumen mit ihren herabhängenden Zweigen und bemoosten Stämmen bis vor das Tor von Siren Song schlängelte. Am Wegrand standen hohe Büsche mit glänzenden Blättern.

Zweige kratzten an den Seitenwänden des Autos entlang, und der dichte Nebel führte dazu, dass Lauras Fantasie verrückt spielte. An jeder Kurve rechnet sie damit, dass Justice mit einem Messer in der Hand und den verzerrten Gesichtszügen eines tollwütigen Psychopathen aus dem Unterholz hervorbrechen würde. Ihr Herz klopfte heftig, ihre verschwitzten Finger umklammerten krampfhaft das Lenkrad, während der Subaru über Steine und durch Schlaglöcher rumpelte.

Hinter der letzten Kurve erhob sich das massive Tor von Siren Song. Ihr standen die Nackenhaare zu Berge, und ihr Mund war ausgetrocknet. Dies war gefährlich, und genau so etwas hatte sie um jeden Preis vermeiden wollen, als sie mit Byron an die Küste gezogen war.

Aber Justice war auf freiem Fuß, und sie konnte sich nicht mehr der Illusion hingeben, in Sicherheit zu sein. Er konnte in diesem Moment hier sein und ihr auflauern.

Schwester …

Sie glaubte, seine zischende Stimme zu hören, doch ihre Fantasie spielte ihr einen Streich. Sie stellte den Motor ab und hörte das Kreischen der Möwen und ganz aus der Nähe die Brandung des Meeres.

Lass dir keine Angst einjagen, dachte sie, als sie aus dem Auto stieg und die Tür abschloss. Die Luft war feucht und kalt. Erinnerungen kamen zurück, und sie sah sich mit Zöpfen und in einem Kleid, das bis auf die Holzdielen in dem Haus reichte.

Mein Zuhause, dachte sie, obwohl es eine Zeit gegeben hatte, als sie von Siren Song und seinen Bewohnern nichts wissen wollte.

Vor dem Tor wuchsen Farnkraut und Nesseln, und als sie es erreicht hatte, umklammerte sie die schmiedeeisernen Stäbe, durch die sie das im nebligen Dämmerlicht daliegende Haus sah.

Es war schwer, zu den Bewohnern von Siren Song Kontakt aufzunehmen. Sie hatten keine Telefone und keinen Internetzugang. Nur einen uralten Fernseher. Elektrizität lieferte ein Generator, aber nur für das Erdgeschoss. Abgesehen davon lebten die Frauen in dem Haus wie in einem anderen Jahrhundert, und die Entscheidung für diesen Lebensstil hatte Lauras Tante Catherine Rutledge gegen Ende der Achtzigerjahre, als Laura noch ein Mädchen war, ganz bewusst getroffen.

Laura hatte dagegen rebelliert, eingesperrt zu sein, und Catherine jede Menge Kummer bereitet. Erst nachdem sie ihren Willen bekommen hatte und ausziehen durfte, hatte sie die Einfachheit dieses Lebensstils schätzen gelernt, diese Abgeschiedenheit von der Welt, durch die sie alle in Sicherheit waren.

»Hallo?«, rief sie laut. »Catherine?« Es gab keine Klingel, und so rüttelte sie an den schmiedeeisernen Stäben des Tores.

Das Geräusch klang wie das geisterhafte Rasseln von Ketten, und es lief ihr kalt den Rücken hinab. Plötzlich kam sie sich wie eine Närrin vor. Was hoffte sie durch ihren Besuch hier zu erreichen? Hatte sie vor, ihre Familie zu warnen? Oder war dieses Haus auch eine Zuflucht für sie?

Jahrelang war sie nicht hier gewesen. Sie hatte gelernt, auf eigenen Beinen zu stehen und sich in der Außenwelt zu behaupten.

Doch nun war Justice zurück.

Als sie es gerade aufgeben und zu ihrem Wagen zurückkehren wollte, glaubte sie durch die Zweige der Bäume hinter einer Fensterscheibe eine Bewegung zu sehen, und kurz darauf öffnete sich die Haustür. Eine Frau, Anfang dreißig, etwa im selben Alter wie sie, trat auf die breite Vorderveranda. Wegen ihrer langen Abwesenheit dauerte es eine Weile, bis sie Isadoras fein geschnittene Gesichtszüge erkannte. Es war so lange her, seit sie sie zuletzt gesehen hatte. Ihr Herzschlag setzte einen Moment aus. »Isadora«, flüsterte sie.

Isadora war die älteste der Schwestern, die noch in dem Haus lebten, und vor ihrem inneren Auge sah Laura sie immer noch als junges Mädchen. Ihr blondes Haar war auch jetzt noch zu einem langen Zopf geflochten, und sie trug ein bis auf den Boden reichendes Kleid und altmodische Schuhe.

Isadora drehte sich zum Tor, als hätte sie gespürt, dass sie jemand beobachtete.

»Isadora!«, rief Laura lächelnd. Guter Gott, wie sehr hatte sie ihr gefehlt! Nur war ihr das bis zu diesem Augenblick nicht bewusst gewesen.

»Laura? Bist du's wirklich?« Isadora lächelte, eilte die Stufen vor dem Eingang hinab und kam zum Tor, wobei sie schlammigen Pfützen ausweichen musste.

»Mein Gott, Isadora ...«, sagte Laura. »Es ist so schön, dich wiederzusehen.« Sie spürte, wie ihr Tränen in die Augen stiegen, und sie hatte einen Kloß im Hals.

»Deine Haare ...«

»Ich weiß. Ich habe sie gefärbt.« Den Grund dafür erwähnte sie nicht. Es war nicht nötig.

»Weshalb bist du gekommen?«, fragte Isadora, während ihre Finger über Lauras die Eisenstäbe umklammernden Hände strichen. Mit der anderen Hand griff sie in die tiefe Tasche ihres Kleides.

»Ich muss mit Catherine reden.«

»Sie wird glücklich sein, dich zu sehen.« Isadora zog einen Ring mit klirrenden Schlüsseln hervor. »Es ist so schön, dass du hier bist.« Sie schloss das Tor auf, das sich mit einem quietschenden Geräusch öffnete, das an Lauras Nerven zerrte. »Earl, unser Handwerker, ist krank, aber er müsste das mal wieder ölen«, sagte ihre Schwester entschuldigend, bevor sie sich umarmten. Laura wurde von ihren Gefühlen überwältigt, und ihr stiegen erneut Tränen in die Augen.

War dies wirklich ihr Zuhause?

Oder wurde ihr im Moment nur alles zu viel?

»Ich freue mich so, dich zu sehen«, sagte sie, als sie sich aus Isadoras Umarmung löste und sie anblickte.

»Worüber möchtest du mit Catherine reden?«, fragte Isadora. »Und warum jetzt?« Ihre wissenden blauen Augen schauten sie beunruhigt an. Dann wandte sie ihren Blick Richtung Straße, so als würde sie noch jemanden erwarten.

Also wussten sie es. »Du hast Angst, dass er herkommt, stimmt's?«, fragte sie, ohne Justice' Namen zu erwähnen.

Isadora nickte, als scheute sie davor zurück, ihren Gedanken laut auszusprechen. »Lass uns ins Haus gehen«, sagte sie, bevor sie das Tor wieder abschloss.

Als sie losgingen, musste Laura dagegen ankämpfen, einen Blick über die Schulter zu werfen. Seit mehreren Stunden hatte sie Justice' Stimme in ihrem Kopf nicht mehr gehört, doch sie spürte seine Präsenz, fast so, als würde er neben ihnen gehen.

Die schwere Eichentür des Hauses öffnete sich, und Catherines blaue Augen blickten Laura an. Catherine war eine große, ernste Frau, die das ergrauende blonde Haar zu einem straffen Zopf gebunden hatte. Laura glaubte, dass ihre Augen ein bisschen feucht waren.

Catherine war nicht übermäßig gefühlig, ganz im Gegenteil. Aber als Lauras pubertäre Rebellion überstanden war, hatten sie sich sehr nahe gestanden, fast wie eine Mutter und ihre Tochter.

Fast.

»Hallo, Loreley«, begrüßte Catherine sie, und Laura warf sich in ihre gespreizten Arme. Catherine drückte sie fest an sich.

Als sie sich aus ihrer Umarmung gelöst hatte, blickte Laura sich um, und sie sah alle ihre Schwestern, über ein halbes Dutzend. Sie alle hatten blaue Augen und blondes Haar. Weizenblond, aschblond, dunkelblond. Alle trugen ähnliche Kleider aus bedrucktem Kattun. Auch sie hatte so ein Kleid besessen, und als sie es später Byron zeigte, hatte der nur verächtlich gesagt: »Hey, du Bauernweib, wie wär's mit einer Kutschfahrt?«

Sie hatte nur die Achseln gezuckt und ihm nichts von ihrer Vergangenheit erzählt.

Catherine führte sie zu einem Eichentisch im Esszimmer, der so groß war, dass alle daran Platz fanden. Im Kamin brannte ein Feuer, und es duftete nach dem Rauch brennenden Holzes. Von der hohen Decke hing eine Lampe, die trübes Licht verbreitete. Die Mädchen standen schweigend da, in ihren Augen standen unausgesprochene Fragen. Ihre Angst war fast mit Händen zu greifen. Sie alle wussten, wie gefährlich Justice Turnbull war, und Laura hatte das entsetzliche Gefühl, den Psychopathen durch ihr Herkommen näher an sie herangeführt zu haben.

»Ihr seid alle so groß und erwachsen geworden«, sagte Laura, als alle an dem Tisch saßen, an dem die Familie schon seit Dutzenden von Jahren aß.

»So was kommt vor«, sagte Ravinia, die mit einer Hand durch ihr langes blondes Haar strich, dass sie im Unterschied zu den anderen offen trug. Sie war fünfzehn und sehr von sich eingenommen. Selbst Catherines eisiger Blick konnte da nichts ausrichten. Laura wusste, dass es zwischen den beiden Spannungen gab. Sie hatte das alles selbst durchgemacht. Und wenn sich nicht alle an die Regeln hielten, konnten seltsame und entsetzliche Dinge geschehen.

Kassandra beugte sich vor. Sie war dunkelblond, das Haar fast hellbraun. »Ich habe ihn gesehen«, sagte sie leise. »Justice.«

Niemand musste Laura erklären, dass sie Justice nicht wirklich gesehen hatte, mit ihren Augen. Auch sie hatte eine spezielle Gabe. Sie hatte ihn in einem Traum oder einer Vision gesehen.

Laura blickte Catherine an. »Ihr wisst, dass er aus dem Halo Valley Security Hospital ausgebrochen ist?«

Die ältere Frau nickte bedächtig. Ihr Gesicht war faltiger, als Laura es in Erinnerung hatte. »Ja, von Kassandra.«

Sie hatten alle jeweils eine spezielle Gabe, eine nur ihnen eigene Fähigkeit zu wissen, was sich außerhalb der durch das Tor gesicherten Festung tat, und dieses Wissen war immer überraschend genau. Laura blickte Kassandra an, die auf den Namen Margaret getauft worden war, doch dann, als ihre Fähigkeit zur Präkognition erkannt wurde, hatte sie ihre Mutter Kassandra genannt, nach jener griechischen Königstochter, welche die Zukunft weissagen konnte, deren Prophezeiungen aber nie Glauben geschenkt wurde. Lauras ursprünglicher Name Loreley entstammte dem Roman *Godwi* von Clemens Brentano, in dem der Dichter die Gestalt eines schönen, auf einem Felsen sitzenden Mädchens schuf, das durch seinen Gesang Schiffer auf dem Rhein in den Tod lockt, eine Variation der mythologischen Geschichte von den Sirenen mit den süßen Stimmen, welche auch Odysseus zu ihrem Felsen locken wollten, doch der widerstand ihrem Zauber durch eine List. In Anspielung auf den Gesang der Sirenen hieß das Haus Siren Song, und der Name stammte von den Einheimischen, die glaubten, die Bewohnerinnen der Festung könnten – neben einigen anderen Dingen – Männer verhexen und sie ihren Frauen wegnehmen.

In jüngeren Jahren hatte es Laura tief verbittert, wie sie von den Ortsansässigen als Ausgestoßene behandelt wurden, doch ihr war zugleich bewusst, dass die Mitglieder ihrer Familie – was man als Fluch oder Segen betrachten konnte – über unerklärliche Fähigkeiten verfügten, wobei das Spektrum von der Präkognition bis zum Gedankenlesen reichte.

»Du hast vorhergesagt, dass ich bis Ende des Jahres schwanger sein würde«, sagte Laura leise zu Kassandra, die nur ein Jahr jünger war als Isadora.

»Es ist also wahr!«, rief Kassandra. »Ich hab's gewusst!«

Laura nickte, und Catherine murmelte »Oh, nein« vor sich hin. Sie schloss die Augen, und ihre Schultern sackten herab, als würde das Gewicht der Welt darauf lasten.

Kassandra schluckte. »Er will dein Baby.«

Catherine öffnete die Augen. »Er will uns alle vernichten!«

»Ich habe in meinem Kopf seine Stimme gehört«, sagte Laura.

Alle blickten sie an, und schließlich stand Catherine auf. »Ich muss unter vier Augen mit Laura reden«, verkündete sie. »Halt, Quatsch, Kassandra und Isadora können hierbleiben.« Sie wies die restlichen von Lauras Geschwistern aus dem Zimmer. Ravinia rollte genervt die Augen, und Lilibeth, die an den Rollstuhl gefesselt war, warf Catherine einen flehenden Blick zu, mit dem sie sie anbettelte, bleiben zu dürfen.

Aber Catherine gab nicht nach. »Bitte, geh jetzt auf dein Zimmer, es dauert nicht lange«, sagte sie zu Lilibeth, die zögernd in ihrem Rollstuhl den Raum verließ.

Als die anderen außer Hörweite waren, schüttelte Catherine wütend den Kopf. »Er will jedes Mädchen und jede Frau, alle von uns. Ich kann ihn nicht sehen wie Kassandra oder ihn hören wie du.« Sie wusste von Lauras spezieller Gabe wie von allen außergewöhnlichen Fähigkeiten ihrer Schützlinge. »Aber ich kenne ihn seit seiner Kindheit.« Sie blickte aus dem Fenster. »Mary ... war nicht gut zu ihm.« Sie schüttelte den Kopf. »Ich habe befürchtet, dass es so weit kommen würde mit ihm«, flüsterte sie.

Laura lief es kalt den Rücken hinab. Sie dachte zurück an ihre Kindheit und versuchte, sich an Justice zu erinnern. Und an Mary, ihre Mutter, die alle von ihnen zur Welt gebracht hatte und dann eines Tages verschwunden war.

Es war seltsam gewesen. Verstörend. Doch letztlich konnte man alles, was Mary getan hatte, als »seltsam und verstörend« charakterisieren.

Mary war auf eine Weise hart zu Justice gewesen, die Laura nie wirklich verstanden hatte. Sie erinnerte sich daran, wie Mary ihn beschimpft hatte:

»Kretin.«

»Schwachkopf.«

»Vollidiot.«

»Wechselbalg.«

All das sagte sie so genüsslich und mit so einem bösartigen Unterton, dass Laura seinerzeit das Blut in den Adern gefroren war. Sie behandelte Justice so brutal von oben herab und redete hinter seinem Rücken so niederträchtig über ihn, dass Laura sich schon als Mädchen gefragt hatte, wie man einen anderen Menschen so behandeln konnte.

Sie erinnerte sich vage daran, wie Justice' Mutter Madeline Turnbull in jüngeren Jahren gewesen war. Im Laufe der Jahre waren diese Erinnerungen verblasst, doch sie waren zurückgekommen durch die reißerischen Nachrichtenbeiträge im Fernsehen, die ausgestrahlt worden waren, nachdem Justice seine Mutter fast getötet hatte und schließlich verhaftet worden war. Auch Madeline verfügte über übersinnliche Fähigkeiten und hatte als Wahrsagerin ihren Lebensunterhalt verdient. Die Einheimischen nannten sie respektlos Mad Maddie. Sie war eine Cousine von Mary und Catherine, hatte aber immer außerhalb des Hauses Siren Song gelebt, das Marys Urgroßvater erbaut hatte.

»Er hat versucht, Madeline umzubringen«, sagte Laura.

»Der Typ ist völlig abartig«, bemerkte Catherine gehässig. »Aber mit männlichen Missgeburten haben wir ja im Laufe der Jahre schon reichlich Erfahrungen gesammelt.«

Laura wusste nicht, was sie darauf antworten sollte. Catherine hatte recht, doch ein Mann wie Justice spielte in seiner eigenen Liga. Er glaubte, eine Mission erfüllen zu müssen und wollte sie alle töten.

»Er nennt mich Schwester«, sagte sie. Dabei war Justice nur ein entfernter Cousin von ihr. Sie hatten Nathaniel und Abigail Abernathy als gemeinsame Ururgroßeltern, und trotzdem bezeichnete er sie als »Schwester« und wollte sie glauben machen, dass sie sich nahestanden …

»Knall ihm die Tür ins Gesicht, wenn du in deinem Kopf wieder seine Stimme hörst«, sagte Catherine. »Er kann dir nichts tun, wenn es dir gelingt, ihn auszusperren.«

Laura schluckte. »Ich mache mir Sorgen um mein kleines Mädchen.«

»Du willst das Kind bekommen?«, fragte Catherine.

»Aber natürlich!«, antwortete sie, ein bisschen überrascht von ihrer eigenen Entschlossenheit. Gestern um diese Uhrzeit hatte sie noch nicht einmal gewusst, dass sie schwanger war.

Niemand zweifelte an ihrer Annahme, dass sie ein Mädchen bekommen würde. In ihrer Familie war weiblicher Nachwuchs die Regel, und wenn zufällig mal ein männliches Kind geboren wurde, war es meistens krank oder behindert, zum Beispiel ihr Bruder Nathaniel. Trotzdem war dessen vorzeitiger Tod nicht durch eine Krankheit, sondern von

Menschenhand herbeigeführt worden. Sie hatte noch zwei andere Brüder gehabt, die ebenfalls nicht mehr lebten.

Doch dann war da natürlich noch Justice, ein männliches Kind, das überlebt und das Erwachsenenalter erreicht hatte. Justice, dieses Monster ...

»Hast du es deinem Mann schon erzählt?«, fragte Catherine.

Laura blickte sie an und dachte darüber nach, wie sie antworten sollte, doch Catherine und Kassandra wussten bereits Bescheid und blickten sie mit einer Mischung von Überraschung und Beunruhigung an.

»Du hast ihn verlassen«, stellte Catherine fest.

»Ich habe mich von ihm scheiden lassen«, sagte Laura. »Schwanger bin ich, weil ich noch einmal versucht habe, eine Ehe zu retten, die nicht zu retten war. Es war alles ein Fehler.«

»Dann willst du das Kind allein großziehen?«, fragte Catherine skeptisch.

Ja! Laura spreizte die Hände, wusste nicht, wie sie ihre Gefühle erklären sollte, jene Verbundenheit mit dem Kind, die sie schon jetzt so intensiv empfand. »Im Moment möchte ich mein Mädchen nur vor Justice in Sicherheit bringen.«

Kassandra starrte an ihnen vorbei in die Ferne. Laura schaute sie an, und die Härchen auf ihren Unterarmen richteten sich auf. Aus ihrer Kindheit kannte sie diesen geistesabwesenden, maskenhaften Gesichtsausdruck. Fast hatte man den Eindruck, dass sie nicht mehr atmete. Es war keine typische Vision, sondern Kassandra sah flackernde, unzusammenhängende Bilder, die unter Umständen nicht zueinander passten, ihr aber dennoch einen fragmentarischen Einblick in die Zukunft gewährten. Auch Bruchstücke konnten aufschlussreich sein.

»Du brauchst ihn«, sagte Kassandra, deren Stimme von weither zu kommen schien.

Laura schluckte. »Was? Von wem redest du? Mein Gott, doch nicht etwa von Justice.«

»Nein, von dem Wahrheitssucher.«

»Wer soll das sein?«

»Hör nicht auf sie«, sagte Catherine. »Du weißt, wie sie manchmal ist.«

Das stimmte, und es machte ihr Angst. »Von wem redest du, Kassandra«, wiederholte sie.

Kassandra schüttelte bedächtig den Kopf und blickte weiter in die Ferne, ganz in ihre eigene Welt versunken. »Er wartet auf dich.«

»Ich habe keine Ahnung, von wem du redest.« Sie legte eine Hand auf Kassandras Arm, doch die reagierte nicht. »Komm schon, Kassandra ...«

Wieder keine Reaktion. Es war nervenaufreibend. Kassandra sah Fragmente wichtiger Informationen. Laura hatte es vor Jahren schon einmal erlebt, als Kassandra an einem klaren Tag vor einem lebensgefährlichen Sturm gewarnt hatte.

An diesem Abend war sie, Laura, fast ums Leben gekommen, als der Sturm sich zu einem Hurrikan steigerte. Im Drift In Market, wo sie arbeitete, war der Strom ausgefallen, und sie hatte versucht, trotz der Finsternis und des strömenden Regens zu Fuß nach Hause zu gelangen. Beinahe wäre sie überfahren worden, als ein Autofahrer die Kontrolle über seinen Wagen verlor. Sie hatte überlebt, der Fahrer, ein neunzehnjähriger Junge, hatte nicht so viel Glück gehabt.

Und dann war da ihre Schwangerschaft.

Seit Jahren war sie nicht in diesem Haus gewesen. Ihre jüngeren Schwestern hatte sie kaum gekannt, weil sie sich während der Pubertät von ihrer Familie entfremdet hatte. In einem ihrer Briefe hatte Catherine ihr mitgeteilt, dass Kassandra die Schwangerschaft vorausgesagt hatte, und sie hatte recht behalten.

»Ich werde ihn suchen«, sagte Laura, ohne sich einen Reim auf Kassandras Prophezeiung machen zu können. Ein Wahrheitssucher?

»Und lass Justice' Stimme nicht an dich herankommen«, warnte Catherine erneut mit sorgenvoll zerfurchter Stirn.

»Du solltest bei uns bleiben«, sagte Kassandra, die offenbar in die Gegenwart zurückgekehrt war und Laura bestürzt anschaute. »Zumindest so lange, bis sie ihn gefasst haben.«

»Nein«, antwortete Laura bestimmt. Sie hatte ihr eigenes Leben, und es war eines außerhalb dieser Festung. »Mach dir keine Sorgen, mir wird nichts passieren.« Irgendwie würde sie es schaffen, sich in Sicherheit zu bringen. Sie wandte sich Isadora zu. »Wer kauft eigentlich für euch ein?«

»Wir haben einen Fahrer«, antwortete Isadora. »Er fährt einmal die Woche mit Catherine zum Markt.«

»Ihr solltet das Haus nicht verlassen«, sagte Laura mit Nachdruck. »Das gilt für alle. Sonst schwebt ihr in Gefahr.«

»Für dich ist es auch gefährlich!«, sagte Kassandra besorgt.

Laura versuchte, ihre Ängste ein bisschen zu beschwichtigen. »Ich weiß. Wir alle sind nicht in Sicherheit, aber ich lebe mein Leben jenseits dieses Tores und des Zauns. Und ich habe einen Job. Mir wird schon nichts zustoßen.«

»Warum bist du dann hergekommen?«, wollte Catherine wissen.

»Um mich zu vergewissern, dass es euch gut geht.«

»Uns geht's prima«, sagte Catherine, obwohl ihr Blick weiter ernst und finster war. »Er kann nicht an uns herankommen.«

Sie wussten alle, dass diese Hoffnung trügerisch war.

»Bewacht den Zaun«, sagte Laura erschaudernd. »Achtet darauf, dass niemand auf das Grundstück gelangt.«

»Keine Sorge«, antwortete Catherine. »Und wenn er kommt, werden wir es wissen.«

Sie alle blickten Kassandra an, die bedächtig nickte. »Ja, wahrscheinlich werde ich ihn sehen, aber ...« Sie dachte angestrengt nach und seufzte dann. »Du schwebst in der größten Gefahr, Loreley«, sagte sie, während Laura durch das Fenster auf den nebelverhangenen Wald blickte.

»Ich weiß«, flüsterte sie.

10

Um kurz nach acht betrat Harrison die Sands of Thyme Bakery, eine Bäckerei/Konditorei mit Café. Die Fahrt von seiner Wohnung in Seaside nach Deception Bay hatte etwa vierzig Minuten gedauert, und er gähnte, als er auf die Theke zuging. Dahinter standen zwei Frauen. Eine hieß laut Namensschild Cory, die andere war seine Schwester Kirsten, die ihn überrascht anblickte.

»Du bist tatsächlich vor Mittag auf den Beinen? Ich glaub's nicht.«

»Ich stehe häufig vor Mittag auf«, erwiderte Harrison, dem der Duft von frisch gebackenem Brot, Kaffee und Zimt in die Nase stieg. »Hängt davon ab, wann ich ins Bett komme.«

»Und wann bist du zuletzt vor Mitternacht ins Bett gekommen?« Sie hob skeptisch eine Augenbraue.

»Vorgestern«, antwortete er. Tatsächlich litt er manchmal an Schlaflosigkeit, und nach Mannys Tod war es schlimmer geworden.

»Warum?«

»Ich habe mir eine DVD angesehen und bin eingeschlafen, bevor der Film zu Ende war. Ist nicht zum ersten Mal passiert.«

»Um wie viel Uhr war das? Fünf Minuten vor zwölf?«

Er erwiderte ihr Lächeln. »Und fünfundfünfzig Sekunden.«

»Möchtest du etwas trinken?«

»Einen Kaffee. Schwarz. Ich brauche einen Koffeinschub.«

»Im Ernst, was hast du so früh morgens hier zu suchen?« Sie reichte ihm einen Pappbecher.

»Hier kommt der Caffè Latte«, rief Cory, die auf drei Frauen zusteuerte, die auf ihrem Tisch eine Zeitung ausgebreitet hatten.

Eine Frau im Regenmantel sprang auf und nahm ihr das Tablett mit den dampfenden Tassen ab.

Harrison ging zum Selbstbedienungsbereich und füllte den Pappbecher mit Kaffee. Er verzichtete darauf, einen Deckel mitzunehmen, was Kirsten veranlasste, hinter der Theke hervorzukommen und ihm einen in die Hand zu drücken. »Damit er heiß bleibt und damit du ihn im Auto nicht vergießt.«

»Ich wollte noch nicht gehen.«

»Tatsächlich? Du bist selbst für dein Rendezvous mit dem Schicksal zu früh dran??«

»Sehr witzig«, erwiderte er sarkastisch. Er blickte zu einer gläsernen Vitrine hinüber, in der Körbe mit Zimtgebäck, Scones, Kuchen, Brötchen und Semmeln standen. »Was ist mit den Scones da?« Er zeigte auf die Vitrine. »Hast du welche mit Preiselbeeren?«

»Ja. Die mag Didi auch am liebsten.« Sie trat wieder hinter die Theke.

Cory drückte der nächsten Kundin, einem Mädchen, das gerade hereingekommen war, einen Pappbecher in die Hand und zeigte auf den Selbstbedienungsbereich. Die Teenagerin trug einen Pyjama und sah tatsächlich so aus, als käme sie gerade aus dem Bett. Sie stolperte wie benebelt auf die Thermoskannen zu.

Kirsten reichte ihrem Bruder einen Teller mit zwei Scones mit Preiselbeeren und blickte ihn fragend an. »Oder soll ich sie dir warm machen?«

»Nein.« Als er den Teller entgegennahm, hätte ihn das

Mädchen beinahe umgerannt. Glücklicherweise war sie geistesgegenwärtig genug gewesen, ihren Kaffeebecher mit einem Deckel zu verschließen. Er setzte sich mit seinem Kaffee und den Scones an einen Tisch und probierte. Sie waren gut, und er schlang sie herunter und aß dann noch die letzten Krümel.

Die Teenagerin schlürfte ihren Kaffee, und Harrison glaubte förmlich sehen zu können, wie das Koffein seine Wirkung tat. Als sie richtig wach zu sein schien, verließ sie das Café und ging zu einem ziemlich neuen BMW mit dem Kennzeichen BRITT88.

Er blickte ihr nach, als sie den Parkplatz verließ und mit quietschenden Reifen in nördlicher Richtung davonraste. Er fragte sich, ob er gerade Britt Berman begegnet und ob sie auf dem Weg zur West Coast High School war. Die Sommerferien begannen erst in ein paar Tagen.

Er bemerkte, dass Kirsten ihn eingehend betrachtete. »Sie geht noch zur Schule«, zischte sie ihm zu.

»Ich will sie nicht anmachen«, versicherte Harrison. »Sie kam mir nur irgendwie bekannt vor, doch das Mädchen, das ich meine, wohnt in Seaside, nicht in Deception Bay.«

»Ich glaube, ihr Vater lebt hier irgendwo. Sie war ein paarmal mit einem Mann hier, den sie Dad nannte. Sie kommt aus südlicher Richtung, trinkt hier Kaffee, und fährt nach Norden weiter. Vielleicht fährt sie vor der Schule zu ihrer Mutter.«

»Es ist Samstag«, sagte die andere Frau hinter der Theke, bevor sie sich mit ein paar Porzellantassen an Kirsten vorbeizwängte und zur Kaffeemaschine ging.

»Vielleicht fährt sie einfach nach Hause«, sagte Harrison. »Hat sie immer einen Pyjama an?«

»Meistens.«

»Weißt du, wie sie heißt?«

Kirsten schüttelte den Kopf. »Auf ihrem Kennzeichen steht Britt.«

Harrison nickte, In diesem Augenblick trat ein Paar ein, und er schwieg. Das Mädchen hatte ihn an die andere Story erinnert, an der er arbeitete. Oder von der er glaubte, dass es bald eine werden würde. Er musste zwei Storys gleichzeitig schreiben, doch das war okay, denn noch vor ein paar Wochen hatte er über ein so langweiliges Thema wie den Umzug am Unabhängigkeitstag geschrieben.

Er stand auf und ging zur Theke, damit er nicht zu laut sprechen musste. »Weißt du, wo das Haus dieser Sekte steht?«, fragte er Kirsten.

Bevor sie antworten konnte, kam Cory von einem Tisch zurück, wo sie den gerade eingetroffenen Gästen zwei Tassen Kaffee serviert hatte. »Die Kolonie? Ein Stück weiter oben am Highway 101, mit Blick aufs Meer. Die Zufahrt zu dem Haus ist so zugewachsen, dass man den Weg kaum noch sieht.«

»Ein Stück weiter oben am Highway?« Er zeigte Richtung Norden.

»Genau. Aber man kann nicht einfach hinfahren, um sie zu sehen. Sie verlassen das Grundstück nicht mehr.«

»Nicht mehr?«, echote Harrison.

»Ich glaube, früher war das anders. Aber sie sind ziemlich seltsam.«

»Woher bekommen sie dann ihre Lebensmittel?«, fragte Kirsten.

Ein Mann trat ein, bestellte einen großen Kaffee und bezahlte ihn sofort. Cory gab ihm das Wechselgeld und knallte die Lade der Registrierkasse zu. Der Mann blickte zwischen Harrison und Kirsten hin und her, als er die Geldscheine in seine Brieftasche stopfte.

»Keine Ahnung«, antwortete Cory. »Vermutlich geht jemand für sie einkaufen.«

Harrison trank seinen Kaffee aus, warf den Pappbecher in den Mülleimer und blickte auf das Display seines Mobiltelefons, um zu sehen, wie spät es war. Er tat einen Schritt Richtung Tür.

»Ich hätte dir den Kaffee in einer anständigen Tasse serviert, wenn ich gewusst hätte, dass du etwas länger bleibst«, sagte Kirsten.

»Ich wusste es selbst nicht.«

»Gehst du bald mal wieder mit Chico spazieren?«, rief sie ihm nach.

»Guter Gott, lieber nicht. Mal sehen, vielleicht rufe ich dich an.«

Die Tür fiel hinter ihm ins Schloss, und er atmete tief die nach Salzwasser riechende Luft ein, während er die Wagentür mit der Fernbedienung öffnete. Er musste mehrere Male auf den Knopf drücken. Offenbar brauchte er neue Batterien. Er klemmte sich hinter das Lenkrad und ließ den Motor an. Graue Wolken waren aufgezogen, das typische Juniwetter an dieser Küste. Es sah so aus, als würde es neblig werden. Na super.

Als er den Parkplatz verließ, sah er ein Ehepaar in mittleren Jahren aus ihrem Pick-up steigen. Beide trugen ein T-Shirt mit dem Aufdruck »Haltet unsere Strände sauber!«, und er erinnerte sich, dass heute der jährliche Aktionstag war, an dem Menschen aus dem ganzen Bundesstaat die Strände von Abfall säuberten.

Eine gute Sache, zweifellos, doch er hatte an diesem Tag anderes zu tun. Er wollte sich das Haus der Sekte aus der Nähe ansehen.

Während er Richtung Norden fuhr, dachte er an die »Deadly Sinners«, die jugendlichen Diebe. Vermutlich trafen sie sich erst nachmittags, doch er hätte seinen letzten Dollar darauf verwettet, *dass* sie sich heute treffen würden. Bisher hatten alle Einbrüche an Wochenenden stattgefunden, meistens in der Nacht von Samstag auf Sonntag. Er hatte einfach das Gefühl, dass sie in dieser Nacht erneut zuschlagen würden.

Er sollte den Spaziergang mit Chico ausfallen lassen, ein anderes Outfit anziehen und vielleicht eines der Bandenmitglieder observieren und ihm nach Hause folgen. Behalte sie im Auge, finde heraus, wer ihre Freunde sind und ertappe sie auf frischer Tat, wenn sie das nächste Mal einbrechen. Vielleicht an diesem Abend ...

Doch zuerst ...

Beim ersten Mal verpasste er die Abfahrt zu dem Blockhaus, was leicht passieren konnte, da man von einer Straße kaum reden konnte. Darüber hinaus war sie völlig zugewachsen mit Büschen, Bäumen und hohen Gräsern, und das Haus selbst stand am Ende einer Seitenstraße, eigentlich nur ein Waldweg mit zwei mit Wasser gefüllten Furchen, der zu einem schmiedeeisernen Tor führte, hinter dem man ein imposantes einstöckiges Haus sah, zu dessen Tür ein Plattenweg führte.

Vor dem Tor stand ein Auto. *Ihres?*, fragte er sich, als er daneben bremste. Es war ein grüner, mit Schlamm verschmierter Outback. Das schien nicht zu passen zu der zurückgezogen lebenden Sekte, doch was wusste er schon?

Als er gerade darüber nachdachte, ob er aussteigen sollte, sah er durch das rechte Seitenfenster seines Impala, dass zwei Frauen aus dem Haus traten. Eine ältere und eine jüngere, die sich voneinander verabschiedeten. Die Szene wirkte etwas seltsam, fast so, als wüssten die beiden nicht, ob sie sich umarmen oder die Hand schütteln sollten.

Dann bemerkten die beiden gleichzeitig seinen Wagen, und sie erstarrten, als wären sie von einem Zauberstab berührt worden.

»Sieh mal an, Laura Adderley«, murmelte Harrison überrascht vor sich hin.

Was zum Teufel hat sie hier zu suchen?, dachte er, doch dann traf ihn der Blitz, als ihm ihre frappierende Ähnlichkeit mit der älteren Frau auffiel.

Mutter und Tochter? Abgesehen von der Haarfarbe sahen sie sich wirklich sehr, sehr ähnlich.

Als sie aus ihrer Erstarrung aufwachten, begannen sie sich hektisch im Flüsterton zu unterhalten. Dann schien Laura tief durchzuatmen und ihren Mut zusammenzunehmen. Ihre Augen verengten sich zu Schlitzen, als sie zum Tor ging. Die ältere Frau folgte ihr, und er sah die schweren Schlüssel, die sie in der Hand hielt. Sie öffnete Laura das Tor, und schloss es sofort wieder ab, wobei sie Harrison einen finsteren Blick zuwarf, der keinen Zweifel daran ließ, dass er hier unerwünscht war.

Nicht weiter überraschend.

Laura ging direkt zur Fahrerseite des Outback, und Harrison, der den Motor nicht abgestellt hatte, drückte auf den Knopf, um das Seitenfenster herabzulassen.

»Dann sind Sie also ein Sektenmitglied«, sagte er laut, um

das Geräusch der Brandung und das Vogelgezwitscher zu übertönen.

Sie zuckte zusammen, als wäre sie von einem glühenden Schürhaken berührt worden. Nach einem Augenblick drehte sie sich um und steckte den Kopf durch das offene Fenster auf der Beifahrerseite. Er war überrascht, wie sehr ihn ihre blauen Augen und die weiche Haut ihrer Wangen faszinierten.

»Was haben Sie hier zu suchen?«, fragte sie ohne den Anflug eines Lächelns.

»Warum färben Sie Ihre Haare?«, fragte er zurück.

Keiner beantwortete die Frage des anderen.

Und doch schien Laura über seine Frage nachzudenken. Dann wandte sie sich abrupt ab.

»Wollen Sie, dass ich darüber schreibe, dass Sie ein Sektenmitglied sind? Aber vielleicht könnten wir auch zusammen frühstücken gehen, damit Sie mir alles erzählen können.«

»Ich fahre jetzt.« Sie öffnete die Wagentür.

»Ich könnte Ihnen folgen.«

»Und ich könnte die Polizei anrufen«, erwiderte sie wütend.

»Irgendwie glaube ich nicht, dass Sie das tun würden«, sagte er. Sie war wunderschön auf eine nur ihr eigene Weise. Ihre Gesichtszüge waren fast vollkommen, doch da war auch etwas wie eine Aura von Rätselhaftigkeit. *Und diese Frau ist mit diesem Arschloch von Adderley verheiratet,* dachte er. Jetzt wusste er, dass sie keine Geschwister waren.

»Sie sind verwandt mit ihr, stimmt's?«, fragte er, während er mit dem Daumen auf das Haus wies. »Färben Sie deshalb Ihre Haare? Damit die Ähnlichkeit nicht so auffällt?«

»Ich bin Ihnen keine Erklärung schuldig.«

»Haben sie dort alle Angst davor, dass Justice zurückkommt und hinter ihnen her ist? Und wie sieht es mit Ihnen aus? Haben Sie Angst?«

Sie setzte sich in ihr Auto, und Harrison stieg schnell aus seinem Impala, umrundete den Outback und blieb vor dem Seitenfenster auf der Fahrerseite stehen. Sie blickte ihn mit starrer Miene durch die Glasscheibe an. Dann öffnete sie zögernd das Fenster.

»Lassen Sie mich Ihnen ein Frühstück spendieren«, schlug er vor. »Ich würde gern mit Ihnen reden. Natürlich vertraulich.«

»Natürlich«, sagte sie ironisch und mit einem misstrauischen Gesichtsausdruck. »Sie können mir viel erzählen.«

»Ich verspreche es Ihnen. Aber wenn Sie nicht mit mir reden wollen ... Den Artikel über die Sekte schreibe ich so oder so, mit oder ohne Ihre Hilfe.«

»Sekte«, wiederholte sie kopfschüttelnd und mit einer merkwürdigen Betonung des Wortes. »Dann versuchen Sie es ohne meine Hilfe.«

Sie schob den Schlüssel ins Zündschloss, doch bevor sie ihn drehte, blickte sie ihn noch einmal an. »Das ist keine Sekte, sondern eine Familie.«

»Ihre Familie?«

Sie murmelte etwas Unverständliches vor sich hin. »Das sind Menschen, die einfach nur in Ruhe gelassen werden wollen.«

Es war an der Zeit, zur Sache zu kommen. »Justice Turnbull wird diese Frauen nicht in Ruhe lassen. Was will er? Warum hat er es auf sie abgesehen?«

»Sie ziehen vorschnelle Schlussfolgerungen«, erwiderte sie, aber sie erbleichte.

»Tue ich nicht. Es wäre nicht das erste Mal. Eine Frau ist vor über zwanzig Jahren gestorben, und er hat noch auf eine andere Jagd gemacht. Und dann war da diese Journalistin ... Und seine Mutter ... die in dem Pflegeheim. Und Sie sind eine von ihnen.« Er wies erneut auf das Haus. »Dann hat er also eine Beziehung zu ihnen allen und ist eine Gefahr?«

Nach kurzem Zögern schüttelte sie den Kopf. »Ich werde Ihnen nichts sagen.«

»Warum nicht?«

»Weil Ihr Zeitungsschmierer alle gleich seid! Ihr buddelt nach einer Story und verdreht alles, um Aufsehen zu erregen. Sie wollen nur Geld machen, alles andere ist Ihnen egal. Sie sind genauso schlimm wie Paparazzi. Sie machen rücksichtslos Jagd auf Menschen.«

»Was will er?«

»Sie haben es selbst gesagt. Er hat es auf uns abgesehen. Er will uns töten, Mr Frost.« Jetzt war sie nicht mehr cool. Auf ihrer Miene zeichneten sich ihre Gefühle ab. Angst. Wut. Unsicherheit.

Für ein paar Augenblicke starrten sie sich nur an. Er wollte sie berühren und sie trösten. Ihren Rücken streicheln, ihr übers Haar streichen. Doch das ging nicht, denn sie hätte bestimmt laut geschrien, wenn er es auch nur versucht hätte.

»Ich habe jetzt genug gesagt.« Sie ließ den Motor an.

»Wir frühstücken zusammen, und dann lasse ich Sie in Ruhe«, versprach er. Er fragte sich, warum es ihm so wichtig war, mit ihr zu reden. »Sie können sich das Lokal aussuchen.«

Sie schloss die Augen, und er hatte den Eindruck, dass sie am liebsten frustriert ihren Kopf auf das Lenkrad geknallt hätte. »Also gut. Die Sands of Thyme Bakery.«

»Sorry, das geht leider nicht.«

Sie öffnete die Augen und blickte ihn stirnrunzelnd an. »Sie haben doch gerade gesagt ...«

»Ich weiß. Meine Schwester arbeitet dort. Da wollen Sie bestimmt nicht mit mir hingehen. Wie wär's mit Davey Jones's Locker?«

»Diese Bar?«

»Da bekommt man auch ein ziemlich gutes Frühstück.«

»Das ist eine üble Spelunke.« Sie blickte ihn an, als hätte er den Verstand verloren.

»Aber nein ...« Er zuckte die Achseln und spreizte die Hände, wollte sich möglichst charmant geben.

»Es geht nicht.«

»Warum nicht?«

»Weil ich sehr darauf bedacht bin, keine Dummheiten zu machen.«

»Wer sagt, dass es eine Dummheit wäre?«

»Wir haben davon offensichtlich unterschiedliche Vorstellungen.« Sie legte den Gang ein und schaute ihn noch einmal an. »Also gut. Wenn Sie versprechen, dass es das erste und letzte Mal ist und dass Sie mich und meine Familie danach für immer in Ruhe lassen, bin ich dabei.«

»Abgemacht.« Er grinste. »Aber vielleicht schaffe ich es, dass Sie Ihre Meinung ändern.«

»Da besteht wohl keine Gefahr.«

»Vielleicht werden Sie mich mögen, wenn Sie mich näher kennenlernen. Ich bin gar nicht so übel. Gut, es geht mir um die Story, aber ich bin nicht wie Pauline Kirby. Ich will Fakten.«

»Trotzdem bleiben Sie ein Journalist.«

»Ich bin ein Wahrheitssucher, Mrs Adderley. Das ist alles.«
Sie schwieg.

Ihm war nicht ganz klar, warum sie bleich wurde. »Was ist denn?«, fragte er schnell.

Sie schüttelte den Kopf. »Nichts, ich … Korrekt ist Miss Adderley. Ich bin nicht mehr verheiratet.«

»Nicht verheiratet mit Dr. Byron Adderley?«

»Genau.«

Er grinste. »Nun, das sind gute Neuigkeiten.«

»Wir sehen uns zum Frühstück in Ihrer Kaschemme, Mr Frost.« Er bemerkte, dass ihre Finger zitterten. »Und das war's dann.«

»Ganz wie Sie wollen. Aber wer weiß, vielleicht ändern Sie Ihre Meinung ja.«

Er trat zurück, und sie wendete und fuhr zurück Richtung Highway.

11

Laura stellte ihren Outback auf dem Parkplatz vor Davy Jones's Locker ab. Der einstmals rote Anstrich des Hauses war verblasst, und es wirkte heruntergekommen mit dem reparaturbedürftigen Dach und den ausgetretenen Stufen vor der Vorderveranda mit den zerkratzten Holzdielen. Noch nie hatte sie einen Fuß in dieses Etablissement gesetzt. Auch in jüngeren Jahren hatte sie die Bar kein bisschen verlockend gefunden, und seit ihrer Rückkehr an die Küste hatte sie nie einen Anlass gehabt, auch nur daran zu denken. Aber jetzt war sie hier.

Sie blieb noch einen Moment in ihrem Wagen sitzen und beobachtete, wie Harrison Frost seinen braunen Chevrolet am anderen Ende des Parkplatzes in eine Lücke manövrierte. Ihr Herz klopfte heftig. Ein Wahrheitssucher. Konnte man das jemals wirklich sagen von einem Journalisten? Stimmte es in Bezug auf Harrison Frost? Er nahm kein Blatt vor den Mund und wirkte doch zugleich ... freundlich. Oder lag das nur daran, dass er Informationen aus ihr herausholen wollte?

Hatte Kassandra möglicherweise ihn gemeint?

Die Haut an ihren Unterarmen kribbelte. Eine Warnung. Sie musste auf der Hut sein. Wie hätte sie Frosts wirkliche Absichten kennen sollen?

Sie stieg aus dem Auto und schloss es ab. Dann beobachtete sie, wie er auf sie zukam und dabei mehrere Pfützen umrundete. Er trug Jeans, ein schwarzes T-Shirt und eine dünne Jacke mit Kapuze. Die Hälfte aller Teenager in der Gegend trägt so ein Outfit, dachte sie, als er näher kam, doch hier an der Küste stylte sich niemand auf, wenn es nicht unbedingt erforderlich war, und auch Harrison Frost schien es leger zu mögen.

Als er vor ihr stand, strich er sich eine braune Haarsträhne aus der Stirn, doch der Wind blies sie ihm gleich wieder ins Gesicht. Haselnussbraune Augen, Grübchen, ein entwaffnendes Lächeln. Sie verglich ihn mit Byron, der immer streng und ernst war und dessen durchdringender Blick sie an einen Laser erinnerte.

Dieser Mann hier war deutlich umgänglicher.

Aber vielleicht wollte er auch nur, dass sie ihn so einschätzte.

Sie ermahnte sich, wachsam zu bleiben.

»Danke, dass Sie gekommen sind«, sagte er. »Nur zur Erinnerung, ich lade Sie ein. Und es stimmt, dass Sie nirgendwo an der Küste bessere Huevos Rancheros finden werden als hier. Mexikanisches Frühstück. Gebratene Eier auf Mais-Tortillas mit Tomaten, Zwiebeln, Knoblauch und scharfer Salsa-Sauce.«

»Ich hatte eher an einen gesunden vitaminhaltigen Obstsalat gedacht«, sagte sie lächelnd, während sie sich zwischen zwei Pick-ups hindurchzwängten, auf deren Ladeflächen Werkzeugkästen standen.

»Das ist nicht Ihr Ernst, oder?« Die braunen Augen funkelten, die Grübchen kamen zum Vorschein. Er zeigte auf das heruntergekommene Haus, in dem sie gleich frühstücken würden. »Sie machen Witze.«

Es *war* ein Witz gewesen, denn Laura war sich ziemlich sicher, dass in diesem Schuppen kein frisches Obst auf der

Karte stand. Hier gab es bestimmt nur Riesenportionen fetten Essens mit jeder Menge gebratenem Fleisch. Sie wunderte sich über sich selbst, denn normalerweise machte sie keine Witze. Sie war zu ... vorsichtig, um sich auf ein humorvolles Wortgeplänkel oder gar auf einen Flirt einzulassen.

Ein Flirt ... Würde es darauf hinauslaufen? Fast wäre sie zusammengezuckt. *Lass dich nicht von seinem Charme blind machen. Vertraue ihm nicht.*

Sie stiegen die ausgetretenen Eingangsstufen hinauf, und Harrison stieß die Tür mit dem Bullauge auf. An zwei Wänden standen Holztische mit Stühlen, eine dritte wurde von mehreren Nischen eingenommen, deren Bänke mit rotem Kunstleder bezogen waren. Im hinteren Teil des Raums war die Bar, und obwohl die Theke einigermaßen ramponiert war, machte alles einen überraschend sauberen Eindruck. Aber vielleicht dachte sie nur so, weil der Barkeeper gerade mit einem weißen Lappen die Theke abwischte.

»Suchen Sie sich einen Platz aus«, sagte der Mann hinter der Theke, und Harrison führte Laura zu einer der Nischen.

Überraschenderweise gab es wirklich eine Reihe von Gästen in dieser Kaschemme. Es schienen Bauarbeiter und Handwerker zu sein, die sich lebhaft über den Mangel an Aufträgen beklagten.

»Ich werde nichts über meine Familie erzählen«, sagte Laura, nachdem sie ihre Jacke an einem Haken an der Hinterseite der Nische aufgehängt hatte. Dann setzte sie sich ihm gegenüber auf die Bank. »Ich weiß wirklich nicht, warum ich diesem Treffen zugestimmt habe, doch darüber kann ich später noch nachdenken. Aber von mir werden Sie keine Story bekommen.«

»Ich denke, Sie müssen erst mal was essen. Soll ich zwei Portionen Huevos Rancheros bestellen?«

Bei dem Gedanken daran drehte sich ihr seltsamerweise nicht der Magen um, und sie nickte. »Wenn sie wirklich gut sind.«

»Sind sie.«

»Einverstanden. Nur noch mal zur Erinnerung: Was ich auch sage, Sie müssen es streng vertraulich behandeln.«

Der Mann hinter der Theke war Barkeeper und Kellner in Personalunion. Seine dunkle Haut ließ vermuten, dass er ein Nachfahre von südamerikanischen Einwanderern oder Indianern war.

Als er an ihren Tisch trat, hob Harrison zwei Finger. »Zweimal Huevos Rancheros. Und Kaffee.« Er blickte Laura an. »Für Sie auch?«

»Ja. Mit Milch.«

»Das war's fürs Erste«, sagte Harrison zu dem Barkeeper. »Es sei denn, Sie haben Obstsalat.«

»Ich hab Orangensaft und ein paar andere Fruchtsäfte.«

»Nein, besten Dank«, sagte Laura mit einem schwachen Lächeln.

Der Barkeeper nickte und verschwand.

»Haben Sie gehört, was ich gesagt habe?«, fragte Laura, sobald er außer Hörweite war.

»Ich habe gehört, dass Sie mit mir reden möchten ...«

»Und ich habe gesagt, dass Sie alles, was Sie von mir hören, streng vertraulich behandeln müssen!«

Er beugte sich vor, und sie zuckte unwillkürlich zurück. Er war einfach zu attraktiv, auf eine Weise, die sie sehr ansprach. Vermutlich war er sich seiner Wirkung auf Frauen bewusst und nutzte das aus.

»Lassen Sie mich Ihnen ein paar Dinge klarmachen«, sagte er. »Bis Justice Turnbull geschnappt ist, werden sich alle Medien auf diese Story stürzen. Fernsehen, Zeitungen, das Internet ... Ein gemeingefährlicher Psychopath auf der Flucht, das ist eine Sensationsstory. In diesem Moment wühlen Journalisten in alten Berichten darüber, was vor ein paar Jahren passiert ist. Justice ist Teil Ihrer Familie. All das wird ans Tageslicht kommen. Ihre Familie kann dem nicht entkommen. Vielleicht können Sie es, weil Sie außerhalb von Siren Song leben und anscheinend niemand etwas von Ihnen weiß, aber die anderen ...« Er schüttelte bedächtig den Kopf. »Dieses Haus ist keine sichere Zuflucht, sondern ein Angriffsziel. Er hat es auf sie alle abgesehen. So ist die Lage.«

»Dort kommt er nicht an sie heran«, sagte Laura.

»Warum denn nicht? Glauben sie, das *Tor* hält ihn auf?«

»Er wird sie nicht direkt attackieren. Das sieht sein Plan nicht vor.«

»Sie glauben, seinen Plan zu kennen?«

»Ja«, antwortete Laura nach kurzem Zögern bestimmt.

»Nun, dann sollten Sie vielleicht mit der Polizei reden, damit die Cops ihn schnappen und in die psychiatrische Klinik zurückbringen.«

»Sie würden mir kein Wort glauben, und wenn ich ihnen erzählen würde, woher ich es weiß, würden sie mich ebenfalls für geistig gestört halten.«

»Okay, woher wissen Sie es?«

»Das ist vertraulich, verstanden?«

Er nickte.

Der Barkeeper brachte zwei Tassen, eine isolierte Kaffeekanne, eine kleine Schüssel mit Würfelzucker und ein Kännchen mit Kondensmilch. Dann schenkte er ihnen Kaffee ein, und während sie etwas Milch hinzugab und sie langsam umrührte, dachte sie darüber nach, was sie sagen sollte.

»Alle Welt hält uns für eine Sekte«, begann sie. »Aber das stimmt nicht.«

»Sie haben schon darauf hingewiesen, dass wir manche Dinge anders definieren«, erwiderte er. »Aber semantische Nuancen interessieren mich nicht.«

»Wir sind einfach nur Frauen, die zusammen leben, auch wenn das für mich Vergangenheit ist. Wir sind Schwestern.« Das Wort kam ihr kaum über die Lippen, und das lag daran, wie Justice Turnbull es aussprach.

»Sind Sie Schwestern? Echte Schwestern, durch Blutsverwandtschaft?«

»Ja. Genau besehen sind einige vermutlich Halbschwestern, ich weiß es nicht genau.«

Er starrte sie ratlos an.

»Aber ich meine es ernst«, sagte sie. »Sie haben mich gefragt.«

»Und auch Sie haben bei Ihrer Tante gelebt? Das war doch die ältere Frau, die ich mit Ihnen gesehen habe?«

Sie nickte und musste daran denken, wie sicher sie sich gefühlt hatte, als sie dort aufwuchs, doch das war ein trügerisches Gefühl von Sicherheit gewesen. »Jetzt leben dort meine jüngeren Schwestern. Nun, zumindest einige von ihnen.« Sie probierte einen Schluck Kaffee. Er war heiß, und das tat gut, weil ihr die ganze Zeit kalt gewesen war, seit sie Siren Song verlassen hatten.

»Keine Brüder?«, fragte er.

»Ich hatte einen Bruder, der gestorben ist, und zwei andere sind ... fortgegangen.«

»Sie sind gegangen, um nie wieder etwas von sich hören zu lassen?«

Sie zuckte die Achseln. Wie hätte sie erklären können, dass sie es nicht wusste und dass es viele Geheimnisse gab in Siren Song, die sie noch nicht einmal ansatzweise begriffen hatte? Es war ausgeschlossen, dass dieser Mann jemals verstehen würde, was sich hinter dem Tor und dem Zaun in diesem Haus tat.

Und vielleicht war es auch besser so.

»Und Ihre Mutter und Ihr Vater?«, hakte er nach, um dann einen Schluck Kaffee zu trinken.

»Mutter und Vater«, wiederholte sie. »Wir haben unsere Väter nie gekannt«, fuhr sie vorsichtig fort.

»Väter? Plural?«

»Das ist vertraulich«, sagte sie erneut.

»Ja, verdammt«, antwortete er kopfschüttelnd. »Sie mögen behaupten, das sei keine Sekte, aber es ist verdammt sicher, dass ihr alle paranoid seid und dass die Außenwelt nichts über euch wissen soll.«

Sie seufzte und fragte sich, was sie ihm anvertrauen sollte. Ob sie ihm überhaupt etwas anvertrauen sollte. Wahrscheinlich nicht. Doch nun war sie einmal hier. In einer berüchtigten Spelunke. Mit einem Journalisten. »Okay, hören Sie ... Es fällt mir schwer, es zu sagen. Meine Mutter ...« Was konnte sie sagen über eine Mutter, die sie selbst kaum kannte, eine Mutter, die distanziert, verdüstert und geheimnistuerisch gewesen war? »Vielleicht kann man es am einfachsten so sagen, dass sie psychisch labil war.« Sie rieb einen Flecken von der Tischplatte. »Meine Mutter Mary hat ziemlich wahllos mit Männern geschlafen, zumindest hat meine Tante das angedeutet.

Ich erinnere mich nur an wenige, das meiste habe ich im Laufe der Jahre wie ein Puzzle zusammengesetzt. Meine Mutter bekam eine Menge Kinder, eins nach dem anderen. Ich glaube, einige der ersten wurden von Außenstehenden adoptiert, doch das hörte dann auf, weil etwas passierte.«

»Was ist passiert?«

»Ich weiß es nicht genau. Meine Tante Catherine war für etwa ein Jahr krank. Zu dieser Zeit war meine Mutter für alles verantwortlich, und das lief nicht so gut.« Laura erschauderte, und alles um sie herum verschwamm vor ihren Augen, als die Erinnerungen zurückkamen. Sie erinnerte sich an eine blasse, wütende Mary, die im ersten Stock am Fenster stand und aufs Meer hinausblickte, während Tränen über ihre Wangen liefen und ihr langes Kleid blutverschmiert war ... Sie, Laura, hatte stumm auf der dunklen Treppe gestanden, während ihre Mutter weinte, und war dann leise nach unten geschlichen. Wenn sie etwas gesagt, ihre Mutter aus ihren Gedanken gerissen hätte, wäre ein fürchterlicher Wutanfall das Ergebnis gewesen.

Der Duft brutzelnden Fetts und Gelächter aus einer Nische neben dem Spielautomaten katapultierten sie in die Gegenwart zurück. Sie blinzelte und sah seinen skeptischen Blick, schaute in diese unglaublich intelligenten Augen.

Sie räusperte sich und versuchte, die unerwünschten Erinnerungen in den hintersten Winkel ihres Gedächtnisses zu verbannen. Dorthin, wo sie hingehörten.

»Sie wissen nicht, was aus Mary geworden ist?«, hakte er interessiert nach.

Sie schaute weg, konnte seinem forschenden Blick nicht mehr standhalten. »Bei ihrer letzten Schwangerschaft hatte meine Mutter eine Fehlgeburt. Sie wurde von einem Arzt behandelt, und dann ... Nicht lange danach war sie nicht mehr bei uns.«

»Nicht mehr bei uns?«

Sie nickte und erinnerte sich, wie der Wind durch das alte Haus pfiff. Plötzlich war ihr kalt.

»Soll das heißen, dass sie gestorben ist?«

»Ja.« Sie hatte die Ellbogen auf die Tischplatte gestützt und wärmte ihre Hände mit der heißen Porzellantasse.

»Was war geschehen?«

»Ich weiß es nicht. Ich glaube auch nicht, dass es sonst eine von uns Schwestern weiß. Zumindest hat mir nie eine etwas davon erzählt.«

»Aber irgendjemand muss etwas wissen, zum Beispiel Catherine.«

»Wenn es so ist, hat sie es für sich behalten.«

»Sind Sie sicher?«

»Eigentlich gibt es gar nichts, dessen ich mir sicher bin«, erwiderte sie, und es war die Wahrheit. »Aber es gibt einen Friedhof auf dem Grundstück, und dort liegt Mary.«

»Ein privater Friedhof?«

»Ja. Zu der Zeit war es ein Geheimnis. Meine Tante wollte uns nicht verängstigen, doch dann hat sie uns das Grab gezeigt. Nach dem Tod meiner Mutter hat Catherine dafür gesorgt, dass sich alles änderte. Das mit den Adoptionen war längst Vergangenheit, und Catherine hat das Tor zu- und die Außenwelt ausgesperrt. Ich war eine der ältesten, zumindest von den Schwestern, die noch in dem Haus lebten, und es gefiel mir dort nicht besonders gut. Ich habe immer wieder auszureißen versucht, und irgendwann hat Catherine zugestimmt, dass ich gehe. Für eine Weile habe ich im Drift In Market in Deception Bay gearbeitet. Als ich achtzehn wurde, habe ich dort aufgehört, denn ich wollte Krankenschwester werden.«

»Und Sie waren die Letzte, die die Gemeinschaft in dem Haus verlassen hat?«

»Ja, zumindest, soweit ich weiß. Aber Catherine hätte es mich bestimmt wissen lassen, wenn sich etwas geändert hätte. Wir führen einen Briefwechsel auf dem guten alten Postweg. Mit E-Mails haben sie dort nichts am Hut.«

Harrison nickte und zog einen Digitalrekorder aus der Jackentasche.

»Hey, nichts da.« Sie schüttelte den Kopf. »Wir haben eine Abmachung, schon vergessen? Stecken Sie das Aufnahmegerät weg.«

Zögernd ließ er es wieder in der Tasche verschwinden.

»Ist es auch ausgeschaltet?«

Er hatte den Eindruck, dass sie kurz davor stand, die Bar zu verlassen.

»Sie haben es doch nicht etwa eingeschaltet und lassen es laufen, wie in den Kinofilmen?«

Er holte das kleine Aufnahmegerät wieder hervor und stellte es auf den Tisch, damit sie sich vergewissern konnte, dass das rote Lämpchen nicht brannte. Aber um sie zu beruhigen, beschloss er, auch noch die Batterien herauszunehmen.

»Jetzt zufrieden?«

»Ja.«

»Gut, aber ich würde mir gern ein paar Notizen machen.« Er steckte das Aufnahmegerät wieder in die Tasche und zog ein Notizbuch und einen Stift hervor. Als sie erneut protestieren wollte, beugte er sich zu ihr vor. »Hören Sie, wir haben ein Abkommen, und ich halte mich daran. Ich habe nicht vor, Ihre Äußerungen unter die Leute zu bringen, brauche aber ein paar Notizen als Erinnerungsstütze für meine Story über Justice, die ich schreiben werde, wenn sie ihn geschnappt haben.«

Sie war nicht zufrieden. »Ich bereue es schon, mit Ihnen geredet zu haben.«

Geschockt sah sie ihn die Hand ausstrecken und ihre ergreifen. »Vertrauen Sie mir«, sagte er.

Seine Finger waren sehr warm und stark. Es kam ihr so vor, als hätte sie ein elektrischer Schlag getroffen, und sie zog ihre Hand schnell zurück.

»Ich werde nichts tun oder schreiben, womit Sie nicht einverstanden sind«, versicherte er. »Ich verspreche es Ihnen. Es sei denn, es trägt dazu bei, diesen Mörder zu schnappen.«

Das war das Dilemma und der wahre Grund, warum sie diesem Gespräch zugestimmt hatte. Wenn Frost dabei helfen konnte, Justice hinter Gitter zu bringen, würde sie alles Erdenkliche tun, um ihm zu helfen, und das schloss auch ein, ihn mit ein paar Informationen über Siren Song zu versorgen.

Einmal mehr blickten sie seine faszinierenden Augen direkt an.

Der Mann hatte wirklich Charme.

»Aber bevor Sie etwas tun, lassen Sie es mich wissen?«, fragte sie. Dies alles lief nicht so, wie sie es sich vorgestellt hatte. Absolut nicht.

»Ja.«

Sie starrte ihn an und fragte sich, ob sie ihm glauben durfte. Und diese Notizen, die er sich machen wollte …

Da zückte er auch schon den Stift und griff nach dem Notizbuch.

»Zurück zu Ihrer Mutter Mary. Ich benötige da noch ein paar Hintergrundinformationen. Was für eine Frau war sie?«

»Ehrlich gesagt weiß ich es nicht. Sie war uns allen ein Rätsel. Catherine sagt, sie hätte sich wegen uns ständig mit meiner Mutter gestritten. Was unsere Erziehung betraf, hatten sie unterschiedliche Vorstellungen. Catherine war für Enthaltsamkeit, meine Mutter für die freie Liebe.«

»Wie alt waren Sie, als Ihre Mutter starb?«

»Zehn, fast elf. Ich war noch ein Kind, und ihr Tod war ein Tabuthema.«

Er machte sich eine Notiz. »Und zu der Zeit hat Catherine das Tor abgeschlossen und dafür gesorgt, dass jeder Kontakt zur Außenwelt abbrach?«

»Ja, ich denke schon.«

Er schüttelte den Kopf. »Ganz schön krass.«

Ja, dachte sie, während sie einen Schluck des jetzt nicht mehr heißen Kaffees trank. Aber es war notwendig gewesen.

Um die Dämonen in Schach zu halten.

12

Justice wachte abrupt auf. Er lag auf dem harten Boden des Zimmers, das er gemietet hatte, den Kopf auf Cosmos Rucksack, zugedeckt mit dessen schwerem Mantel. Er setzte sich auf. Trübes Licht sickerte durch ein schmieriges, mit Spinnweben überzogenes Fenster an der Westseite des Hauses.

Er brauchte ein Auto ... Er könnte ...

Wieder hatte er diesen Geruch in der Nase.

Eine von ihnen war in der Nähe.

Die Schwangere.

Ihr Geruch rief ihn und forderte ihn auf, sie und das in ihrem Leib heranwachsende Kind in jenen finstern Höllenschlund zu verbannen, aus dem sie kamen.

Sein Puls beschleunigte sich, sein Herz schlug heftig. Trotz der Kälte begann er zu schwitzen.

Durch die schmierige Fensterscheibe blickte er in den nebligen Morgen. Jede Müdigkeit fiel von ihm ab, und er musste plötzlich an die Wurzeln des Familienstammbaums denken, an das Böse. Es glich einer Schlange, die ihrer aller Blut vergiftete. Das Böse war seit Jahren da, seit Generationen, und hatte eine Heimat gefunden in den Herzen und Gebärmüttern jener Frauen, die Satans Willen vollstreckten.

Seine Haut kribbelte. Er hatte es erkannt in der Frau, die ihn zur Welt gebracht hatte. Er hatte es gerochen bei seinen Schwestern, jede Einzelne von ihnen eine Hure ... Sie versteckten sich wie Schlangen unter Felsbrocken ... Aber der Geruch dieser war zu intensiv. Sie war in der Nähe.

Er wurde von Erregung gepackt. Jahrelang war er wie gelähmt gewesen, machtlos, unfähig zu tun, was getan werden musste. Dann war da Jezebel gewesen. Außerhalb der Festung hatte er sie verfolgt, doch dann hatte sich ihr das Tor geöffnet. Man hatte sie in Siren Song willkommen geheißen, in jenem Haus, aus dem man ihn verstoßen hatte, als wäre er der letzte Dreck. Zusammen mit der Schlampe, die ihn zur Welt gebracht hatte. Sie war wieder schwanger gewesen und hatte ein Kind geboren ... Seine Schwestern. Diejenigen, die näher mit ihm verwandt gewesen waren, sehr viel näher als die Frauen, die jetzt in dem Haus lebten und die, wie er wusste, seine Cousinen waren. Sie waren verbunden durch die Vorfahren, welche das Haus erbaut hatten.

Schwestern ...

Er schauderte bei dem Gedanken an sie. Er war verunsichert und unbeholfen gewesen bis zu dem Augenblick, als er Jezebel erstochen hatte. Da hatte er gewusst, welchen Weg er beschreiten musste. Die Hure von seiner Mutter war in den Wahnsinn abgeglitten und wurde in der Stadt verspottet. Sie legte anderen die Karten und las die Linien ihrer Hände. Für Geld. Sie log, um nicht zu verhungern. Sie hatte sich gewünscht, wieder bei *ihnen* sein zu können.

Man hatte ihm nie die Wahrheit gesagt ... Oh nein, die Hexe von seiner Mutter wollte, dass er für immer im Dunkeln tappte, aber er hatte es herausgefunden. Sie, die Hure, die ihn zur Welt gebracht hatte, war aus Siren Song hinausgeschmissen worden, weil sie sich mit einem der Männer der bösartigen läufigen Hündin eingelassen hatte. Er hasste sie so sehr wie den Rest von ihnen. Einmal hätte er sie fast umgebracht. Nun hatte er eine zweite Chance, den Job zu erledigen.

Es war Gottes Wille.

Er hörte das Kreischen der Möwen auf dem Dach, dann den einsamen Ruf eines Raben. Er rieb sich das stoppelige Kinn. Ja, er brauchte ein Auto.

Er dachte daran, wie sie ihn beschimpft hatten. Heute machte ihm so etwas nichts mehr aus, doch früher hatte es ihn sehr verletzt, wenn seine Schwestern sich an ihm abreagierten. Er hörte sie noch:

Bastard.

Schwachkopf.

Zurückgebliebener Idiot.

Bekloppter.

Sie waren kein bisschen besser als er, sondern sehr viel schlimmer.

Er war mehr als bereit, Gottes Willen zu vollstrecken. Seine Pflicht zu erfüllen, sie alle zu töten. Jede Einzelne von ihnen.

Du bist ganz auf dich allein gestellt, dachte er, als er sich erhob und die Glieder reckte. Außer ihm hatte kein anderes männliches Kind in der Familie das Erwachsenenalter erreicht. Die Schwestern hatten sie alle getötet, außer ihm.

Wut überkam ihn, und er ballte die Fäuste.

Er war entschlossen, den Tod seiner Brüder zu rächen.

Und er hatte vor, als letztes Mitglied dieser verfluchten Sippe auf der Erde zurückzubleiben.

Detective Savannah »Savvy« Dunbar stieß die Glastür des Pflegeheims Seagull Pointe auf und ging durch den mit blauem Teppichboden ausgelegten Eingangsbereich auf den Empfang zu. Sie trug Zivil, denn sie mochte die auffällige braune Uniform nicht besonders. Aber sie hatte ihren Dienstausweis dabei und präsentierte ihn der jungen Frau hinter der Theke, welche die Büros vom Empfangsbereich trennte. Von dem kürzlich servierten Frühstück hing der Geruch von Kaffee und gebratenem Speck in der Luft, und einige der Heiminsassen saßen noch an den Tischen des großen Speisesaals, dessen Tür offen stand. Die Frau hinter der Theke starrte irritiert und offensichtlich ratlos auf den Dienstausweis.

»Detective Savannah Dunbar vom Tillamook County Sheriff's Department«, sagte Savvy Dunbar. »Ich würde gern Madeline Turnbull sehen.«

Die Frau stammelte etwas und warf einen Blick über die Schulter, als hoffte sie, dass einer ihrer Vorgesetzten auftauchen würde. Als sie feststellte, dass sie auf sich allein gestellt war, warf sie einen Blick auf die Wanduhr neben der Tür. »Moment, ich ... Ich rufe den Direktor.« Die junge Frau schien gerade mal achtzehn zu sein und hieß laut ihrem Namensschild Keri. Sie drückte auf einen Knopf und wartete, fast zwei Minuten lang. »Er scheint nicht hier zu sein.« Sie leckte sich die Lippen. Offenbar machte es sie nervös, mit einer Polizistin zu reden. Schließlich stand sie auf. »Warten Sie bitte einen Moment. Ich hole Inga.«

Wer immer das sein mag, dachte Savvy. Sie wartete ein paar Minuten. An den Wänden hingen Urkunden, mit denen das Pflegeheim ausgezeichnet worden war, auf einem Tisch stand eine Vase mit künstlichen Blumen – Rosen und Nelken.

Keri kam mit einer Frau zurück, vermutlich Inga, verzichtete aber darauf, sie Savvy Dunbar vorzustellen, und sank sofort wieder auf ihren Stuhl.

»Ich bin Inga Anderssen«, stellte sich der Neuankömmling vor, eine schlanke Frau in mittleren Jahren, deren blondes

Haar zu ergrauen begann. Sie musterte Dunbar aufmerksam. »Darius Morrow, unser Direktor, ist im Moment nicht zu sprechen. Wie kann ich Ihnen helfen?«

Dunbar erklärte ihr Anliegen erneut, doch Inga schüttelte nur den Kopf. »Es tut mir leid, aber das ist unmöglich. Madeline Turnbull ist nicht in der Lage, Fragen zu beantworten. Meistens ist sie sich ihrer Umwelt nicht bewusst.«

»Ich würde sie trotzdem gern sehen.«

»Das haben diese Journalisten auch schon vergeblich versucht.« Ingas Stimme klang befriedigt. Offenbar war sie stolz drauf, die Medienvertreter abgewimmelt zu haben.

»Ich verstehe, dass Sie keinen Wert darauf legen, die Presse im Haus zu haben, aber ich bin Polizistin.«

»Und ich sage, dass Sie sie nicht sehen können.«

Keri blätterte an ihrem Schreibtisch Papiere durch, ein älteres Ehepaar mit identischen Rollatoren ging langsam einen angrenzenden Korridor hinab. Inga Anderssen versuchte, Dunbar einzuschätzen. Die war sich nur zu sehr der Tatsache bewusst, dass ihre Jugendlichkeit und ihr gutes Aussehen in ihrem Beruf durchaus nicht immer von Vorteil waren.

»Wollen Sie, dass ich mir einen richterlichen Beschluss besorge?«, fragte Dunbar lächelnd, aber mit einem drohenden Unterton.

Anderssen musterte sie von Kopf bis Fuß. Sie suchte eine Auseinandersetzung, wusste aber, dass sie den Kürzeren ziehen würde, weil Dunbar das Gesetz auf ihrer Seite hatte.

Sie zuckte die Achseln. »Okay, kommen Sie mit«, sagte sie verkniffen. Sie führte Dunbar durch einen rechts gelegenen Flur, durch den man in den Trakt für die Pflegefälle gelangte. Laut den Schildern an den Wänden befand sich der Trakt für betreutes Wohnen in der entgegengesetzten Richtung.

Anderssen öffnete eine Tür und betrat das Zimmer. Dunbar folgte ihr.

Madeline »Mad Maddie« Turnbull lag im Bett, ihre Haut wirkte grau auf dem weißen Leinen. Das Zimmer war fast leer. Dunbar sah keinerlei persönliche Gegenstände, nichts, das an Madeline Turnbulls früheres Leben denken ließ. Keine gerahmten Fotos, keine sonstigen Erinnerungsstücke. Keine Blumen. Ein Stuhl mit einem Toilettensitz und einem Behälter für die Notdurft neben dem Bett, ein drehbares Gestell für ein Tablett, auf dem ein halb volles Glas Wasser mit einem Strohhalm stand. Selbst das Rollo war herabgezogen. Der Raum war dunkel und ließ einen fast an ein Grab denken. Es roch nach Urin und Desinfektionsmitteln.

Madeline hatte die Augen geöffnet und starrte auf die Decke. Einen ähnlichen Gesichtsausdruck hatte Savvy Dunbar gesehen, als ihr Vater im Sterben lag. Sie wusste nichts über diese Frau, hätte aber gewettet, dass es nur noch eine Sache von Wochen oder Tagen war, bis auch diese Frau tot war. Viel länger würde es bestimmt nicht dauern.

Sie stellte sich der schweigenden Frau vor. »Ich bin Detective Savannah Dunbar. Bis gestern war Ihr Sohn Justice im Sicherheitstrakt des Halo Valley Security Hospital inhaftiert. Gestern Abend ist er ausgebrochen, und wir haben ihn noch nicht gefunden.«

Madeline lag stumm da. Keine Reaktion. Man konnte kaum sehen, dass sie noch atmete.

»Er könnte versuchen, Sie zu sehen.« Dunbar wartete, doch

wieder geschah nichts. Die klaustrophobische Atmosphäre des Zimmers bedrückte sie, und ihr wurde etwas übel. Diese körperliche Reaktion überraschte sie, denn sie war stolz darauf, ein Profi zu sein, den so schnell nichts umwarf. Sie hatte immer starke Nerven gehabt. Aber jetzt ließen sie die Ahnung eines bevorstehenden Todes und der Geruch von Chlor, Schweiß und etwas Süßlichem, das sie nicht definieren konnte, leicht schwindelig werden.

Hinter sich hörte sie ein leises Piepen. Sie drehte sich zu Inga Anderssen um, die auf einen kleinen Pager blickte. »Sie sind fast fertig?«

»Ja.«

»Ich gehe raus, um zu telefonieren«, sagte Anderssen und verließ das Zimmer. Kurz darauf hörte Dunbar, wie sie am Telefon jemanden wegen der unangemessenen Pflege einer anderen Heiminsassin tadelte.

Dunbar ignorierte es und wandte sich wieder Madeline Turnbull zu. »Das Personal hier ist informiert und wird dafür sorgen, dass Sie und die anderen Insassen in Sicherheit sind. Wenn er es irgendwie schaffen sollte, zu Ihnen zu gelangen, drücken Sie auf den Knopf neben Ihrem Bett. Wir müssen das sofort wissen.«

Sie wartete und konnte es kaum abwarten, das Zimmer zu verlassen, wollte aber nicht den Eindruck überstürzter Eile vermitteln. Sie hörte, dass Inga Anderssen im Flur ihr Telefonat beendete, und drehte sich zur Tür um.

»Es ist ein Junge«, sagte die Frau in dem Bett.

»Verzeihung?« Dunbar drehte sich um, und ihr Herzschlag hätte beinahe ausgesetzt. Sie hatte geglaubt, die Frau liege fast im Koma, aber ihre Worte waren deutlich zu verstehen.

Madeline blickte sie auf eine Weise an, die fast unheimlich war. Dunbar war unbehaglich zumute.

»Wollen Sie wissen, wie Ihre Zukunft aussieht?«, fragte die alte Frau.

»Detective?« Anderssens aus dem Flur kommende Stimme ließ Dunbar zusammenzucken, als hätte ihr jemand in den Hintern gekniffen.

Dann stieß Anderssen die einen Spaltbreit offen stehende Tür weit auf und warf Savvy Dunbar einen finsteren Blick zu. »Sind Sie jetzt fertig?«

Dunbar blickte wieder zu Madeline hinüber, deren Augen sich wieder schlossen, als hätten sie die Aussprache von zwei kurzen Sätzen erschöpft. Nachdem sie noch einen langen Blick auf die Frau geworfen hatte, die dem Tode nahe war, drehte sie sich zu Anderssen um. »Sie hat gerade gesprochen.«

Anderssen hob eine Augenbraue. »Was? Ausgeschlossen.«

»Spricht sie nie?«

»Nicht ein Wort.«

»Nun, zu mir hat sie gerade etwas gesagt.«

»Muss an Ihrer gewinnenden Art liegen«, bemerkte Anderssen ungläubig. »Was sagst du dazu, Maddie? Diese Polizistin behauptet, du hättest gerade mit ihr gesprochen.«

Die Frau auf dem Bett schien kaum noch zu atmen.

»Ja, eine richtige Quasselstrippe, unsere Maddie«, sagte Anderssen kichernd. »Was wollte sie denn? Ihnen die Zukunft voraussagen?«

Dunbar erkannte, dass Madeline wieder in das Schattenreich zwischen Leben und Tod zurückgesunken war. Sie trat aus dem Zimmer, ließ Inga Anderssen stehen, wich einem alten Mann in einem Rollstuhl aus und ging schnell Richtung Ausgang.

Kühle Morgenluft schlug ihr ins Gesicht, und sie musste gegen den Drang ankämpfen, im Laufschritt das Weite zu suchen.

Mad Maddie hatte tatsächlich ein paar Worte gesagt.

Als sie auf dem Parkplatz vor dem Jeep des Sheriff's Department stand, piepte ihr Mobiltelefon, und sie meldete sich.

»Burghsmith und Clausen haben den Kombi gefunden«, sagte Langdon Stone. »Das Fahrzeug, mit dem Turnbull ins Ocean Park Hospital gebracht werden sollte.«

»Gut. Und was ist mit unserem Ausbrecher?«

»Noch keine Spur von Turnbull, aber es sieht so aus, als hätten wir mit unserer Vermutung recht gehabt, dass er Richtung Küste unterwegs ist. Der Kombi wurde ein paar Meilen westlich von Halo Valley entdeckt.«

Dunbar ließ den Blick über den halb leeren Parkplatz schweifen, als rechnete sie damit, dass Justice Turnbull aus den Büschen springen würde. Was er natürlich nicht tat.

»Wie war's bei Mad Maddie?«, fragte Stone.

Dunbar warf stirnrunzelnd einen Blick auf das Pflegeheim. »Sie ist bettlägerig und nicht ganz da. Ich habe ihr von Justice erzählt, weiß aber nicht, ob sie es mitbekommen hat.«

»Keine Reaktion?«

»Ich glaubte, sie hätte etwas zu mir gesagt, aber ...« *Nein, du weißt, dass sie etwas gesagt hat!* »Man hat mir gesagt, sie würde nie auf etwas reagieren.«

»Komm jetzt zurück, dann fahren wir zu der Stelle, wo unsere beiden Kollegen den Kombi gefunden haben. Es sieht so aus, als hätte Turnbull das Fahrzeug von einem Felsen in eine Schlucht gestoßen. Also muss er danach wohl per Anhalter gefahren sein. Zu diesem Zeitpunkt hätte er sich gut landeinwärts orientieren können, doch dann hätte er am Halo

Valley Security Hospital vorbeigemusst, wo es von unseren Leuten nur so wimmelte. Und wir wissen ja, dass er hier an der Küste etwas unerledigt zurückgelassen hat. Glaubst du, dass er versuchen wird, seine Mutter zu sehen?«

»Vielleicht.« Es war lächerlich, aber sie empfand wieder dieses Übelkeitsgefühl wie in dem Krankenzimmer. Um Himmel willen, sie war Polizistin, und jeder wusste, dass Gesetzeshüter Nerven aus Stahl hatten ...

»Er hat ja schon einmal versucht, sie zu töten«, sagte Stone, doch es klang, als spräche er eher zu sich selbst als zu Savvy Dunbar.

»Das Personal ist alarmiert, und sie passen verdammt gut auf auf Madeline. Zuerst wollten sie mich gar nicht zu ihr lassen. Ich denke, dass sie in Sicherheit ist.«

»Was für einen Eindruck hat sie auf dich gemacht?«

»Wie gesagt, sie scheint nicht ganz da zu sein.«

»Ich habe mich ein bisschen in der Stadt umgehört. Offenbar war sie eine ziemlich gute Wahrsagerin, die mit ihren Prophezeiungen meistens richtig lag.«

Es ist ein Junge. Wieder gingen ihr Madelines Worte durch den Kopf.

»Manche Leute finden sie immer noch beängstigend«, fuhr Stone fort, »doch ich vermute, dass die meisten sie eher als ein Ärgernis empfunden haben in den letzten Jahren, bevor Justice ihr nach dem Leben trachtete. Wir patrouillieren in der Gegend um ihr früheres Motel, doch bisher ist da nichts passiert.«

»Und der Leuchtturm?«

»Ist leicht zu überwachen, da gibt's nur einen Ein- und Ausgang. Keine Spur von ihm dort. Wir behalten Mad Maddie, das Motel, den Leuchtturm und Siren Song im Auge und warten darauf, dass er auftaucht. Aber im Moment scheint er sich in Luft aufgelöst zu haben. Er kann sonst wo sein und ist zu clever, sich an Orten blicken zu lassen, wo man ihn aufgrund seiner Vergangenheit vermuten könnte.« Stones Frustration war deutlich zu spüren. »Wie auch immer, komm jetzt zu unserer Dienststelle zurück, dann fahren wir los.«

»Moment noch!«, sagte Dunbar. »Hast du McNally erwischt?« Das war der pensionierte Detective vom Lauralton Police Department.

»Bis jetzt noch nicht. Er macht an diesem Wochenende einen Ausflug mit seinem Sohn. Offenbar campt er in einem Funkloch. Aber ich habe Becca Sutcliff Walker angerufen. Sie und ihr Ehemann Hudson Walker sind ganz kribbelig seit Turnbulls Ausbruch. Ich habe den beiden versprochen, sie sofort anzurufen, wenn wir ihn geschnappt haben.«

»Hoffentlich dauert es nicht mehr lange.«

Dunbar unterbrach die Verbindung und blickte zum Himmel auf. Die Luft war sehr feucht. Nebel verhüllte den Strand und verdunkelte den Morgen.

Als sie in den Jeep stieg und auf die Uhr blickte, sah sie, dass ihr Aufenthalt inklusive des Telefonats mit Stone keine halbe Stunde gedauert hatte. Guter Gott, vor ihr lag noch ein verdammt langer Tag. Als sie den Parkplatz verließ, warf sie im Rückspiegel noch einen Blick auf das Pflegeheim. Justice Turnbull war ein Killer, ein besessener Psychopath, doch vielleicht sagten diese Etiketten noch nicht alles. Da schien noch etwas zu sein, für das sie noch keinen Namen hatte.

Wollen Sie wissen, wie Ihre Zukunft aussieht?

Sie schüttelte den Kopf und ließ den Motor an.

Nein, lieber nicht.

13

Lauras Magen begann zu knurren.

Nach einer scheinbaren Ewigkeit servierte ihnen der Barkeeper die Huevos Rancheros. »In der Küche geht alles drunter und drüber«, sagte er entschuldigend, weil sie schon vor über einer halben Stunde bestellt hatten. Laura probierte, und Harrison blickte sie an.

»Schmeckt wirklich gut«, sagte sie schon nach dem ersten Bissen.

»Hab ich doch gesagt. Dann hat sich das Warten ja gelohnt.«

Für eine Weile aßen sie schweigend.

»Es fällt einem ein bisschen zu leicht, mit Ihnen zu plaudern«, bemerkte sie schließlich.

»Will sagen, Sie vertrauen mir nicht.«

»Sollte ich?«

Er lachte. »Sagen Sie es mir.«

»Das ist keine Antwort, Frost.« Sie zeigte mit der Gabel in seine Richtung. »Das Essen, Ihre lässige Art, dieses charmante Lächeln ... Gehört bestimmt alles zu der berechnenden Taktik, mit der Sie Interviews führen.«

»Nennen Sie es, wie Sie wollen.« Er grinste. »Und wenn's funktioniert ...« Er griff nach einer Flasche mit Salsa-Sauce und würzte sein Essen damit. »Warum sollten die Cops Sie für verrückt halten, wenn Sie ihnen erzählen würden, dass Sie Justice Turnbulls Schlachtplan kennen?«

»Würden Sie es nicht auch tun?«

»Vielleicht.« Er schob sich einen Bissen in den Mund und spülte ihn mit Kaffee hinunter. »Und wie sieht er aus?«

»Sein Plan?« Laura blickte in seine haselnussbraunen Augen. Sie musste es zugeben, sie fand sie faszinierend. Beängstigend. »Vermutlich könnte nur er selbst diese Frage wirklich beantworten.« Harrison füllte ihre Kaffeetassen auf, und sie gab Kondensmilch hinzu und rührte sie um. »Glauben Sie an ungewöhnliche psychische Phänomene?«, fragte sie vorsichtig. Ihr war klar, dass sie sich auf gefährliches Terrain vorwagte. Er war Journalist und glaubte an harte Fakten, an Dinge, die man berühren, schmecken, hören und riechen konnte. Mit »ungewöhnlichen psychischen Phänomenen« hatte er bestimmt nichts am Hut.

»Eigentlich nicht«, antwortete er erwartungsgemäß.

»Ich hab's mir gedacht.«

Er schob sich ein Stück Fladenbrot in den Mund. »Warum?«

»Die Cops glauben auch nicht daran.«

»Wollen Sie sagen, dass Sie übersinnliche Fähigkeiten haben?«

»Eigentlich nicht«, antwortete sie, absichtlich seine vorletzte Antwort wiederholend. »Aber meine Familie ...«

»Ja?«

Sie fragte sich, ob sie es ihm wirklich sagen sollte.

»Erzählen Sie von dem Hokuspokus.«

»Ich wusste, dass Sie sich über mich lustig machen würden.«

»Tue ich nicht«, antwortete er.

Seine Stimme klang so aufrichtig, dass sie ihm fast geglaubt hätte. Fast.

»Ich versuche nur zu verstehen, worauf Sie hinauswollen«, fuhr er fort. Als sie nicht antwortete, sprach er weiter. »Haben Sie irgendwelche übersinnlichen Wahrnehmungen? Irgendwas in der Art?«

»Es tut mir schon leid, dass ich mich auf dieses Gespräch eingelassen habe«, sagte sie und meinte es ernst. »Ich wusste, dass es so kommen würde.«

»Hören Sie, vielleicht habe ich Probleme damit, gewisse Dinge zu verstehen, aber ich bin nicht total verbohrt.«

»Tatsächlich?«, fragte sie herausfordernd.

Er grinste jungenhaft, und sie war völlig fasziniert. Es war lächerlich. Sie durfte sich von seinem Charme und seiner gewinnenden Art nicht überrumpeln lassen.

»Ich werde es Ihnen beweisen. Warum erklären Sie mir nicht an einem Beispiel, was Sie meinen?«

»Ich bin Krankenschwester«, begann sie. »Eine gute Krankenschwester, und ich glaube an die Wissenschaft und die Schulmedizin. Wenn Sie öffentlich wiederholen, was ich Ihnen jetzt erzähle, werde ich alles abstreiten. Ich werde lügen, weil ich meine Arbeit gut mache und nicht möchte, dass meine Patienten mich für eine Verrückte halten.«

»Verstehe.«

Sie schaute ihn ungläubig an. »Wirklich?«

»Bei solchen Gesprächen ist es wenig hilfreich, wenn man Vorurteile hat«, bemerkte er. »Und ich bin verdammt gespannt darauf, was Sie zu erzählen haben.«

»Meine Schwester«, sagte sie, »verfügt über die Fähigkeit der Präkognition. Sie kann in die Zukunft sehen.«

»Nennen Sie ein Beispiel.«

»Sie wusste von Justice' Ausbruch, bevor ich es ihr erzählt habe.«

»Das kam ständig in den Nachrichten.«

»Bei den Frauen von Siren Song gibt's keinen Fernseher. Ich habe Ihnen gesagt, dass sie völlig von der Außenwelt abgeschnitten leben. Sie wusste nichts außer dem, was Kassandra ihnen erzählt hat.«

»Kassandra?«

»Schreiben Sie das nicht auf!«, rief sie schnell, als er nach seinem Notizbuch griff.

In diesem Moment betraten drei Männer die Bar und setzten sich an einen Tisch in ihrer Nähe.

Sie senkte die Stimme. »Ich meine es ernst. Legen Sie den Stift weg.«

Er hob die Hände. »Schon gut, ich hab's kapiert. Ich wollte Sie gerade nach den Namen all dieser Frauen fragen. Es scheinen so viele zu sein, dass man sie sich nicht alle merken kann, und deshalb wollte ich die Namen aufschreiben.«

»Von mir werden Sie ihre Namen nicht erfahren. Hoffentlich wird es mir nicht leidtun, dass ich Kassandra erwähnt habe.«

Er wechselte das Thema. »Kommen wir zu Ihnen. Was ist Ihre außergewöhnliche Fähigkeit?«

Sie war satt und schob den noch halb vollen Teller beiseite. Noch nie hatte sie jemandem davon erzählt. Es war besser so.

Du brauchst diesen Wahrheitssucher.

»Miss Adderley?«

»Sagen Sie doch Laura ... Eigentlich heiße ich Loreley.«

»Loreley? Wie in dem Gedicht von Heinrich Heine?«

Sie schaute ihn überrascht an. Das wussten nur wenige.

»Ich habe im Hauptfach Publizistik studiert, aber im Nebenfach auch Literatur«, erklärte er.

Sie wusste nicht, was sie sagen sollte. Er überraschte sie immer wieder, und sie fragte sich, ob nicht *sie* Vorurteile hatte. Aber nein, sie würde ihre Meinungen nicht in Frage stellen. Wenn sie die Ehe mit diesem Klugscheißer Byron etwas gelehrt hatte, dann war es die Einsicht, dass sie sich selbst gut kannte und sich auf ihren eigenen Kopf verlassen musste.

Sie atmete tief durch. »Okay, ich beantworte Ihre Frage. Manchmal weiß ich einfach, was mit einem Patienten körperlich nicht stimmt. Ich kann die Diagnose vorwegnehmen.«

»Ist das so seltsam bei jemandem, der im medizinischen Bereich arbeitet?«

»Vielleicht nicht.« Sie presste die Lippen zusammen. Ihr war bewusst, dass diese Fähigkeit etwas Besonderes war, doch wenn er ihr nicht glauben wollte, würde sie nicht weiter darauf insistieren. Aber sie brauchte auch jemanden, der ihr bei der Suche nach Justice half, und bis jetzt war er der beste Kandidat. »Also, die wirklich außergewöhnliche übersinnliche Fähigkeit, die Sie interessiert ...?«

»Ja?«, bohrte er.

Fast hätte sie gelacht. Was würde es bringen, wenn sie es ihm erzählte? Sie gab sich einen Ruck. »Okay, ich kann Justice hören.«

»Ihn hören? Wie meinen Sie das?«

Mein Gott, das führt doch zu nichts. Bestimmt glaubte er, dass sie eine Schraube locker hatte. »Ich wollte sagen, dass ich seine Stimme in meinem Kopf höre. Er spricht zu mir.«

Er gab sich größte Mühe, eine unbewegte Miene zu wahren. Sie spürte, wie schwer es ihm fiel, ihr zu glauben.

»Prima. Was hat er denn so zu erzählen?«

»Ich hab's gewusst. Ich wusste, dass Sie sich über mich lustig machen würden.«

»Was sagt er?«, beharrte Harrison.

»Er sagt *Schwester*«, keuchte sie, »und es klingt so unheimlich und bedrohlich, dass ich das Gefühl habe, als kratzte seine Stimme an meinem Gehirn. Dann weiß ich, dass er es auf mich abgesehen hat.«

Er schaute sie eingehend an, doch sein Blick wirkte nicht so, als würde er ihr nicht glauben.

»Mein Leben lang habe ich ihn gespürt. Jahrelang hat er mir hin und wieder auf diese Weise Botschaften geschickt, auch wenn ich das alles erst begriffen habe, als ich schon älter war. Und wirklich begriffen habe ich erst seine letzte Botschaft, als er sich daranmachte, seine Mission zu erfüllen.«

Harrisons Miene verfinsterte sich und zeigte nicht die Spur eines Lächelns. »Und seine Mission besteht darin, Menschen zu töten? Reden Sie von den Morden, die er vor ein paar Jahren begangen hat?«

Sie nickte. »Justice ist hinter meiner Familie her. Ich weiß nicht genau, aus welchem Grund. Er will uns alle töten.«

»Und deshalb schickt er Ihnen diese Botschaften?«

»Ja. Ich weiß, wie das in Ihren Ohren klingen muss.« Sie wünschte, sich nicht auf dieses Gespräch eingelassen zu haben, doch ihr war bewusst, dass es nun kein Zurück mehr gab. Außerdem musste jemand wissen, dass sie Kontakt zu Justice hatte, aber sie wusste nicht, ob es eine gute Idee gewesen war, sich einem Journalisten wie Harrison Frost anzuvertrauen. »Zurzeit ist seine Stimme sehr laut. Er weiß, wo ich bin. Er hat mich auf dem Radar.«

»Sie glauben, er will Sie töten.«

Mich und mein Baby. Sie war sich sicher. »Ja.«

»Was hat er denn gegen Sie und die anderen?«

»Eine gute Frage. Catherine sagt, Mary sei grausam zu ihm gewesen, als er noch jung war. Was genau das heißt, weiß ich nicht. Man kann sich vorstellen, dass Menschen unfreundlich oder sogar brutal und grausam sind, doch für das Opfer ist das eine reale Erfahrung.«

Er spielte mit seinem Kugelschreiber, während er mit gerunzelter Stirn nachdachte.

»Und Justice' Mutter?«

»Sie heißt Madeline. Er hat versucht, auch sie umzubringen. Zu dem Thema hat er mir nie eine Botschaft geschickt, und wenn er ... Kontakt aufnehmen und zu mir sprechen will, sperre ich ihn aus.«

»Mental, meinen Sie?«

»Ja.«

»Also besitzt auch er diese Fähigkeit?«

Sie nickte. »Vermutlich schon.«

Seine Augen verengten sich zu Schlitzen. »Und wie genau hat man sich das vorzustellen?«

»Ich errichte einen hohen, dicken mentalen Schutzwall in meinem Kopf, und dann höre ich seine Stimme nicht mehr.«

»Aber haben Sie nicht eben gesagt, dass sie zurzeit lauter ist?«

»Ja, seit seinem Ausbruch.« Sie nickte und spürte, wie ihr bei dem Gedanken an Justice' zischende Stimme die Nackenhaare zu Berge standen. »Mein Gott, das ist alles so entsetzlich.«

Harrison schaute sie einen Moment an. »Ich denke, ich

habe genug gehört«, sagte er leise. »Fürs Erste habe ich keine weiteren Fragen mehr.«

»Gut.« Sie fühlte sich ausgepowert. Die Konzentration auf die Erinnerungen und Justice' Bösartigkeit war erschöpfend.

Harrison lehnte sich zurück und signalisierte dem Barkeeper, dass er bezahlen wollte. Kurz darauf brachte der Mann die Rechnung, und Harrison warf ein paar Geldscheine auf den Tisch, während Laura ihre Jacke anzog. Sie gingen an der Theke vorbei, wo der Barkeeper trotz der frühen Stunde Bier zapfte und Bloody Marys mixte.

Laura spürte Harrisons Hand auf ihrem Rücken, als er sie zum Ausgang schob, wo sie beinahe mit zwei neuen Gästen zusammengestoßen wären, die nicht aufpassten, weil sie ganz in ihr Gespräch vertieft waren.

An der Tür beugte sich Harrison zu ihr vor. »Ich will diesen Psychopathen schnappen. Um jeden Preis.«

»Ich auch«, antwortete sie mit Nachdruck. Sie würde erst wieder ruhig schlafen können, wenn Justice hinter Gittern war. Oder tot.

»Wenn Sie mir helfen könnten, auf welche Weise auch immer, wäre ich Ihnen sehr dankbar«, sagte er, während er die Tür öffnete. »Lassen Sie es mich wissen, wenn Sie wieder seine Stimme hören.«

»Wird gemacht.« Und sie meinte es ernst, auch wenn sie nicht wusste, was dabei herauskommen würde.

Es war immer noch ein grauer Tag, und als sie Richtung Meer blickte, sah sie, dass sich eine Nebelbank auf die Küste zubewegte. Das würde es schwierig machen für die Freiwilligen, die an dem Aktionstag für saubere Küsten die Strände säubern wollten.

Als sie die Stufen hinabstiegen, scheuchten sie eine Möwe auf, die auf dem Parkplatz nach etwas Essbarem suchte.

Harrison dachte nach. »Moment«, sagte er. »Funktioniert diese Kontaktaufnahme in beide Richtungen? Können Sie auf diese Weise zu ihm sprechen?«

Sie hatte es nie versucht. Hatte es nicht probieren wollen. »Ich weiß nicht. Vielleicht. Möglich war es.«

»Würden Sie darüber nachdenken, es zu versuchen? Um ihn aus seinem Versteck zu locken?«

Sie blieb am Fuß der Treppe stehen und blickte ihn wütend an. »Lassen Sie mich eins klarstellen. Sie wollen also, dass ich mich in Gefahr bringe? Der Mann ist ein Psychopath. Wenn ich das tue, und er hört mich, dann weiß er, wo ich bin.«

Harrison runzelte die Stirn und kniff die Augen zusammen, als kurz die Sonne durch den dichter werdenden Nebel brach. »Und dann wird er versuchen, Sie umzubringen. War das Ihr Gedanke?«

»Ja.«

»Sind Sie sicher?«

»Ziemlich sicher ... Ja.«

Seine Miene verfinsterte sich. »Das klingt gar nicht gut.«

»Sie sagen es.« Die kühle und feuchte Morgenluft ließ sie frösteln.

»Weiß er, wo Sie arbeiten?«

»Er kennt meinen Namen, sonst weiß er nichts von mir. Zumindest hoffte ich das.«

Sie überquerten den Parkplatz. Ihre Schritte knirschten auf dem Kies.

»Weiß er, wie Sie aussehen?«

Laura berührte unwillkürlich ihr gefärbtes Haar, und sie bemerkte, dass es ihm aufgefallen war. »Wenn er in meine Nähe kommt, wird er mich vermutlich erkennen.«

»Ist das der Grund, weshalb Sie sich letzte Nacht nicht filmen lassen wollten?«

»Dafür gab es viele Gründe, aber ja, das war der wichtigste.«

»Wann haben Sie zum letzten Mal auf die von Ihnen beschriebene Weise von ihm gehört?«

»Heute Morgen, als ich unter der Dusche stand.« Sie erinnerte sich daran, wie seine zischende Stimme das Rauschen des Wassers übertönt und sie Justice' Bösartigkeit gespürt hatte. Er war so nah, so verdammt nah ... »Er hat gesagt, er werde mich finden.«

»Mit diesen Worten?«

»Nein ... Ich weiß nicht.« Jetzt fühlte sie sich beschämt. Sie hatte ihre Geheimnisse preisgegeben, und die Art und Weise, wie Harrison sie anschaute – verzweifelt darum bemüht, sie zu verstehen – war entnervend.

»Lassen Sie mich das noch einmal klarstellen. Seit dem Ausbruch haben Sie seine Stimme lauter vernommen«, wiederholte er.

»Ich bin mir sicher. Es ist möglich, dass er mit seinen Botschaften nicht durchdringen konnte, als er im Halo Valley Security Hospital eingesperrt war. Während dieser Zeit habe ich überhaupt nichts von ihm gehört.«

Er nickte bedächtig.

»Ich weiß, wie sich das anhört. Die Lady ist verrückt und selbst nur noch einen Schritt davon entfernt, in Halo Valley in die Gummizelle gesperrt zu werden.«

»Quatsch.« Er schüttelte den Kopf. »Im Laufe der Jahre habe ich viele seltsame Geschichten gehört. Vielleicht haben Sie diese Fähigkeit, vielleicht nicht. Eventuell ist es auch etwas anderes. Es interessiert mich eigentlich auch nicht.«

Er wirkte aufrichtig. Sie wagte es nicht, ihm tief in die Augen zu blicken, denn sie hatte Angst, sich darin zu verlieren und alles zu glauben, was er ihr erzählte. Und das, so viel war ihr klar, wäre eine Dummheit gewesen.

»Aber ich bin bereit«, fuhr er fort, »es zu glauben. Wir werden sehen, wohin uns Ihre Fähigkeit führt. Es ist offensichtlich, dass Sie daran glauben, und wenn es uns hilft, diesen Dreckskerl zu finden, soll es mir recht sein. Aber es klingt so, als würden Sie glauben, für eine Weile nichts mehr von ihm gehört zu haben, weil er eingesperrt war.«

»Ja ... Es könnte an der Entfernung gelegen haben, aber ... Ich habe das Gefühl, es könnte vielleicht auch darauf zurückzuführen sein, dass er Medikamente bekommen hat, die seine Fähigkeit irgendwie beeinträchtigt haben. Doch das ist nur eine Vermutung. Mit Sicherheit kann ich es nicht sagen.«

»Spielt keine Rolle. Wichtig ist nur, dass er Sie bis zu seinem Ausbruch nicht erreichen konnte. Aber jetzt hören Sie seine Stimme klar und deutlich.«

»Ja.« Doch das war nicht alles.

Die Schwangerschaft. Deshalb ist er so sehr in der Nähe. Er hat mich gefunden, weil ich schwanger bin. Es lag nicht nur daran, dass er in dieser Zelle saß.

»Was ist?« Er blickte sie an, als versuchte er angestrengt, ihre Gedanken zu lesen.

Ich muss das Baby retten.

Fast wäre sie gestürzt, als sie nicht aufpasste und in ein

Schlagloch trat, doch er hielt ihren Arm fest. »Alles in Ordnung?«

Nein, nichts ist in Ordnung. Und nichts wird wieder in Ordnung sein, solange Justice auf freiem Fuß ist. Vielleicht wird es erst besser, wenn er tot ist.

Sie versuchte, ihre aufgewühlten Gefühle in den Griff zu bekommen, schloss die Augen und wandte sich dem Meer zu. Die kühle, feuchte Luft beruhigte sie, und seine Hand hielt weiter ihren Ellbogen.

»Ich hefte mich an seine Fersen«, sagte er mit Nachdruck. »Er ist ein Killer. Vielleicht schnappen ihn die Bullen, aber möglicherweise komme ich ihnen zuvor.«

»Und das alles wegen Ihrer Story?«, fragte sie sarkastisch, als sie vor ihrem Wagen stehen blieben.

»Nein, zum Wohl der Menschheit.« Er grinste und ließ ihren Arm los. »Aber ja, es stimmt, das wird eine sensationelle Story.«

Eine Frage hing unausgesprochen in der Luft, und sie vermutete, dass auch er daran dachte. »Sie möchten, dass ich Ihnen helfe, ihn zu finden, stimmt's?«

Natürlich hatte sie recht. Darum ging es bei diesem Gespräch. »Ja«, antwortete er wahrheitsgemäß. »Aber die Entscheidung liegt bei Ihnen. In der Zwischenzeit werde ich ein paar Nachforschungen anstellen. Eventuell weiß seine Mutter etwas. Oder vielleicht eine Ihrer Schwestern oder Ihre Tante? Glauben Sie, dass ich mit ihnen reden kann?«

»Nein«, antwortete sie schnell. »Sie sind Journalist. Und ein Mann.«

»Hmm ... okay. Nun, Justice hat hier in der Gegend gelebt, wie Ihre Familie. Er wird hierher zurückkommen, um seine

Mission zu vollenden. Die Cops sind keine Idioten. Auch sie wissen das, und es ist nur eine Frage der Zeit, bis er geschnappt wird.«

»Aber Sie wollen ihn zuerst finden«, sagte sie, während sie in ihrer Handtasche nach den Autoschlüsseln suchte.

»Das ist mein Plan.«

»Ein gefährlicher Plan.«

Er zuckte nur die Achseln.

»Und dann die Sekte, wie Sie sagen ... Sehen Sie darin auch eine große Story?«

»Bestimmt keine so sensationelle wie die über die erneute Festnahme eines geisteskranken Killers. Vielleicht eine nette Begleitstory. Aber da werde ich erst aktiv, wenn Sie grünes Licht geben.«

Sie musste ihm glauben. Ihm vertrauen. Sie hatte gerade ihre Seele entblößt. Nun, nicht ganz. Sie hatte das Baby nicht erwähnt und auch nicht, dass die Schwangerschaft sie schutzloser machte, weil Justice sie leichter finden konnte. »Also, was werden Sie nun tun?«, fragte sie, während sie ihren Wagen aufschloss.

»Zunächst mal werde ich in Ihrer Nähe bleiben. Wenn er Kontakt aufnimmt, will ich dabei sein, wenn Sie seine nächste Botschaft empfangen.« Er schaute sie an. »Und wenn Sie Ihre Meinung ändern und Ihrerseits beschließen, zuerst Kontakt zu ihm aufzunehmen, will ich auch dabei sein.«

»Sie nutzen mich aus.«

»Überhaupt nicht.«

Stimmt, der gute Mann ist ja nur am »Wohl der Menschheit« interessiert.

»Ich glaube nicht, dass Sie darauf zählen sollten, dass ich mich bei diesem Gestörten melde.« Sie öffnete die Vordertür ihres Autos. »Es gibt da den guten alten Selbsterhaltungstrieb.«

»Ich würde Sie nicht in Gefahr bringen.«

»Selbstverständlich nicht«, sagte sie sarkastisch.

»Ich meine es ernst. Ich werde bei jedem Schritt an Ihrer Seite sein.«

»Aber ja, natürlich. Der Spruch klingt wie aus einem schlechten B-Movie.«

Wieder berührte er ihren Arm. »Ich mache keine Witze. Aber es ist Ihre Entscheidung.«

»Das sehen Sie richtig.«

»Falls Sie Ihre Meinung ändern und ihn schnell schnappen wollen, lassen Sie es mich wissen.«

»Warten Sie nicht zu gespannt auf meinen Anruf.« Sie zog ihren Arm zurück. Was hatte sie sich bloß gedacht? Dass sie ihm wichtig war? Um Himmels willen, sie kannten sich kaum. »Die Jungs vom Sheriff's Department kommen schon damit klar.«

»Sie geben ihr Bestes, da bin ich mir sicher.«

Und der unausgesprochene Schluss des Satzes lautete: »Nur haben sie leider nicht Ihre einzigartige Fähigkeit, seinen Aufenthaltsort festzustellen.«

»Rufen Sie mich an, wenn Sie das nächste Mal von ihm ›hören‹?« Er zog eine Karte hervor und kritzelte etwas darauf. »Meine Handynummer.«

Sie sagte sich, das alles sei Wahnsinn und dieser verdammte Journalist ein Narr, und doch nahm sie seine Karte entgegen und steckte sie in ihre Handtasche. Wie dumm sie war!

»Ich denke darüber nach. Danke für das Frühstück. Sie hatten recht, die Huevos Rancheros waren wirklich gut.«

»Nichts zu danken, Loreley.« Er lächelte ihr noch einmal zu und ging dann schnell zu seinem Impala. Er hielt sich sehr aufrecht, und seine Bewegungen waren flüssig und athletisch.

Sie wandte den Blick ab und stieg in ihren Outback.

Als sie zur Ausfahrt des Parkplatzes fuhr, blickte sie in den Rückspiegel und sah, wie er in seinen verbeulten Chevy stieg. Der Mann war attraktiv. Verdammt attraktiv, und er hatte eine Mission. Genau das, was sie im Moment absolut nicht brauchte.

Dennoch beobachtete sie, wie er den Wagen aus der Parklücke setzte, und fragte sich, auf was zum Teufel sie sich eingelassen hatte.

14

Dr. Maurice Zellman hatte sich aufgesetzt in seinem Bett in einem Zimmer im ersten Stock des Ocean Park Hospital. Als Detective Langdon Stone eintrat, fiel ihm der Verband um den Hals des Mannes auf. Er sah so aus, als hätte er Schmerzen. Aber Zellmans Augen funkelten vor Zorn, und als er Stones Uniform sah, hob er sofort eine Hand und winkte ihn zu sich.

»Herr Dr. Zellman, ich bin Detective Langdon Stone vom Tillamook County Sheriff's Department«, sagte er, als er an das Bett trat.

Zellman gestikulierte heftig, während Stone die mürrische Miene des Mannes mit dem ordentlich gestutzten Bart studierte.

Maurice Zellman berührte den Verband an seinem Hals, zeigte dann auf seine bebenden Lippen und schüttelte den Kopf.

»Sie können nicht sprechen?« Zellman nickte. »Man hat Sie operiert. Wie wär's, wenn ich Ihnen ein paar Fragen stelle, die mit einem Ja oder Nein beantwortet werden können? Sie können sie beantworten, indem sie nicken oder den Kopf schütteln.«

Zellman nickte knapp.

»Ich möchte nur ein paar Fakten klären. Ihr Patient Justice Turnbull hat Ihnen Ihren eigenen Stift in die Kehle gebohrt?«

Zellman kniff die Lippen zusammen und nickte erneut. In diesem Moment schob eine Schwester einen Wagen mit Medikamenten in das Krankenzimmer.

»Ihm wurden keine Handschellen angelegt. War das Ihre Entscheidung?«

Der Psychiater blickte ihn finster an und antwortete nicht.

»Er hat Conrad Weiser angegriffen, den Sicherheitsbeamten vom Ocean Park Hospital, und ist dann in dem Kombi dieses Krankenhauses geflüchtet. Wenn Sie zurückdenken, fällt Ihnen dann irgendetwas ein, das Ihnen jetzt wichtig zu sein scheint? Vielleicht nur eine Kleinigkeit, die bei näherem Nachdenken darauf hindeuten könnte, dass er einen Ausbruch plante?«

Zellman starrte ihn nur an. Stone spürte, wie wütend der Mann war. Vielleicht auch wütend und beschämt. Seine Nachlässigkeit hatte zu Justice Turnbulls Ausbruch geführt, und er wusste es.

»Falls Ihnen etwas einfällt, könnten Sie es vielleicht aufschreiben«, sagte Stone. »Eventuell erinnern Sie sich auch an etwas Hilfreiches, wenn Sie an die Therapiegespräche mit Turnbull zurückdenken …« Stone war bewusst, dass er damit an das heikle Thema der ärztlichen Schweigepflicht rührte, aber dieser geisteskranke Killer hatte Zellman dessen Stift in die Kehle gebohrt, und das konnte man ja nicht einfach ignorieren …

Der Psychiater gab ihm mit einer gebieterischen Geste zu verstehen, er solle ihm einen Stift und Papier besorgen, und Stone trat in den Flur und fragte eine Schwester, die sich beeilte, ihm seinen Wunsch zu erfüllen. Er bedankte sich mit einem Lächeln, und sie errötete.

Zurück im Krankenzimmer, reichte er Zellman den Notizblock und den Stift, auf den der Psychiater lange schaute, bevor er zu schreiben begann. *Der Leuchtturm. Das Motel seiner Mutter. Seagull Pointe?*

»Seagull Pointe ist doch das Pflegeheim, wo seine Mutter lebt, oder?«, fragte Stone.

Zellmann nickte, und seine Schultern schienen ein bisschen herabzusacken.

»Wir beobachten diese Orte, doch bisher hat er sich an keinem blicken lassen. Sonst noch was?«

Zellman dachte angestrengt nach. Dann begann er zu schreiben.

Er wird das Meer betrachten wollen, er spricht immer ehrfürchtig davon. Er blickt immer Richtung Westen. Selbst während seiner Inhaftierung war das so.

Stone dachte nach. Die Pazifikküste war verdammt lang. »Glauben Sie, dass er in der Gegend von Deception Bay bleiben wird?«

Zellman nickte einmal mehr.

»Und wird er erneut auf die Frauen von Siren Song Jagd machen?«

Zellman runzelte die Stirn und schrieb: *Er ist besessen von ihnen. Aber jeder, der ihm in die Quere kommt, schwebt in Gefahr.*

»Beim letzten Mal hat er das Haus nie direkt angegriffen«, sagte Stone. »Glauben Sie, dass das diesmal anders sein wird?«

Zellman kniff die Lippen zusammen. *Er wird sie sich eine nach der anderen vorknöpfen. Es sind ganz schön viele. Er ist gerissen. Berechnend. Man darf ihn auf keinen Fall unterschätzen.*

Das klang fast etwas bewundernd. Hatte der gute Doktor sich von Justice beeindrucken lassen? Oder versuchte er nur zu erklären, warum er sich in der Beurteilung des Mannes so sehr geirrt und ihm den Ausbruch erst ermöglicht hatte?

»Falls Ihnen noch etwas einfällt ... Ich lasse Ihnen das Schreibzeug hier.«

Der Psychiater nickte und starrte mit gefurchten Brauen wütend vor sich hin. Stone vermutete, dass Zellman es hasste, den Kürzeren zu ziehen oder zum Narren gehalten zu werden, und Letzteres war dem guten alten Justice perfekt gelungen.

In Zellmans Augen loderte stiller Zorn.

Justice hatte ihn ausgetrickst, und er war alles andere als glücklich darüber.

Es war ein kalter, grauer und dunkler Junitag, und Nebel hüllte die umliegenden Dünen, Häuser, Bürogebäude und die Coast Range ein. Justice stand am Strand und sah wenig mehr als die Wellen, die ein Stück vor seinen Stiefeln ausliefen.

Trotz des Nebels waren überall Leute, und das hatte ihn überrascht. Normalerweise waren die Strände von Oregon bei solchem Wetter fast menschenleer. Er war so sehr in Gedanken an seine Mission verloren, dass er auf dem Weg hierher fast zweimal mit jemandem zusammengestoßen wäre.

Er hörte Stimmen, und dann sah er eine Gruppe von sieben Leuten aus dem Nebel auftauchen, die auf ihn zukamen und dicke Jacken, Kappen, Handschuhe und Stiefel trugen. Sie blickten nach links und nach rechts und zeigten auf bestimmte Stellen des Strandes. Als sie sich näherten, sah er die grellrote Aufschrift auf ihren Jacken: Haltet unsere Strände sauber!

Ein Aktionstag, an dem Freiwillige den Strand säuberten. *Haut ab, ihr verdammten Gutmenschen,* dachte er. *Lasst mich und meinen Strand in Ruhe.*

Er ballte die Hände zu Fäusten. Dann fiel ihm auf, dass diese Leute angezogen waren wie er. Cosmos Klamotten waren die perfekte Tarnung. Da war es egal, dass die Hose zu weit war und dass er den Gürtel sehr eng schnallen musste, weil er mindestens zehn Kilo weniger wog als der nunmehr verblichene Späthippie.

Die Umweltschützer verschwanden wieder im Nebel, und Justice atmete auf. Er stand reglos da, das Gesicht dem Meer zugewandt, und dachte an die Horden von Gutmenschen, mit denen hier heute noch zu rechnen war.

Doch vielleicht konnte er davon profitieren.

Diese Leute kamen in Autos, die auf den umliegenden Parkplätzen oder an den Rändern der engen Straßen in den Dünen standen.

Und er brauchte ein Fahrzeug.

Seine Idee gab ihm Auftrieb, und er ging Richtung Straße, wobei er sich gelegentlich bückte und so tat, als würde er wie die Umweltschützer Abfall zwischen den Gräsern suchen. Bis nach Deception Bay waren es etliche Meilen, und er hatte nicht vor, den Weg zu Fuß zurückzulegen. Er würde ein Auto, einen Pick-up oder einen Geländewagen stehlen und ihn für Stunden oder vielleicht sogar für Tage zu behalten, wenn sein Plan aufging.

Er wanderte durch die Dünen zu den dahinter stehenden Strandhäusern und folgte einer gewundenen Straße, die schließlich auf den Highway 101 mündete, der hier eine Steigung hinaufführte. Von dort hatte man einen spektakulären Blick aufs Meer, zumindest an klaren Tagen, und deshalb gab es dort einen Parkplatz. Normalerweise sah man da drei oder vier Fahrzeuge, doch heute standen die Autos dort sozusagen Stoßstange an Stoßstange. In der dritten Reihe stand ein silberner Kleinwagen, dessen Hinterseite fast auf den Highway hinausragte.

Hinter dem Steuer saß eine junge Frau. Sie hatte die Tür auf der Fahrerseite geöffnet und telefonierte erregt.

»Nein! Scheiße, ich kann hier nicht anständig parken, nirgendwo! Der Aktionstag dieser Umweltspinner, was für ein Schwachsinn. Nein, ich hab Derek überhaupt nicht gesehen. Zum Teufel mit ihm, wenn er nicht hier ist. Ich hau jetzt hier ab.« Für ein paar Sekunden lauschte sie, dann redete sie weiter. »Sag ihm einfach, dass ich hier war, okay? Ich fahr jetzt nach Hause und leg mich ins Bett, ich hab Kopfschmerzen. Ich ruf an, wenn ich wieder in Portland bin.«

Sie klappte das Mobiltelefon zu und sah plötzlich Justice vor sich stehen. »Was gibt's zu glotzen, Missgeburt?«, fuhr sie ihn an.

Er war daran gewöhnt. *Missgeburt. Wechselbalg.*

Es war niemand in der Nähe. Es war so neblig, dass man die Wagen in der ersten Reihe kaum sehen konnte. Er beugte sich zu ihr vor. »Ihr Wagen steht gefährlich dicht am Highway.«

»Leck mich am Arsch.« Sie wollte die Tür zuziehen, doch Justice verhinderte es. »Verpiss dich, du *Loser*.«

Er verpasste ihr eine brutale Ohrfeige.

Sie schrie auf und wollte aufstehen, doch Justice packte mit beiden Händen ihren Hals, blickte in ihre vor Angst geweiteten blauen Augen und strangulierte sie. Sie versuchte sich verzweifelt zu wehren, was ihn nur noch mehr anstachelte, und er drückte so fest zu, dass es nicht mehr lange dauerte, bis sie ihren letzten Atemzug getan hatte.

Die Frau war ein Nichts. Sie hatte sterben müssen.

»*Schwester*«, wisperte er. Das war eine Botschaft an alle, die so waren wie sie. Diese Frau war ihm völlig egal, doch die anderen würden wissen, was er getan hatte und vor Angst erzittern.

Er wuchtete ihren schlaffen Körper auf den Beifahrersitz, schloss ihr die weit aufgerissenen Augen und arrangierte alles so, dass es aussah, als wäre sie eingenickt. Dann betrachtete er sie und schnallte sie an.

Als der Sicherheitsgurt eingerastet war, verstellte er den Fahrersitz, damit er mehr Beinfreiheit hatte, ließ den Motor an und setzte vorsichtig auf den Highway zurück.

Schwester ...

Die Stimme in ihrem Kopf ließ Lauras Haut kribbeln, und sie richtete sich erschrocken auf. Sie war an ihrem Wohnzimmertisch eingeschlafen, und ihr Kopf hatte auf der Tischplatte gelegen.

Sie blinzelte, und es dauerte etwas, bis sie wieder klar denken konnte. Dann kam die Erinnerung daran zurück, dass sie Harrison Frost auf dem Parkplatz von Davy Jones's Locker versprochen hatte, sich sofort bei ihm zu melden, falls Justice Kontakt aufnehmen sollte. Dann hatten sie sich verabschiedet, und nun hatte sie wieder in ihrem Kopf Justice' Stimme gehört.

Jetzt war sie hellwach, und sie tadelte sich dafür, dass sie so offen mit Frost gesprochen hatte. Woran lag es, dass sie ihm so sehr vertraute und ihn in ihre Welt ziehen wollte? Ausgerechnet ihn, einen Journalisten ...

Es hatte sich gerächt, dass sie auf dem Stuhl eingeschlafen war. Dadurch hatte sie den mentalen Schutzwall nicht aufrechterhalten können, und Justice konnte seine Botschaft hinterlassen.

Schwester ... Wieder hörte sie seine zischende Stimme.

Sie erschauderte. Oh Gott, nein!

Obwohl sie den mentalen Schutzwall fast sofort wieder hochgezogen hatte, hatte sie noch etwas erfahren, das sie vor Angst zittern ließ.

Er hat jemanden getötet. Eine Frau. Jemanden, der ihm in die Quere gekommen ist.

Eine völlig Unbeteiligte!

Sie stand mit wackeligen Beinen auf, trat ans Fenster und starrte hinaus, während ihre Finger über die Fensterbank strichen. Justice *wollte,* dass sie es wusste, dass sie es alle wussten. Doch vielleicht stimmte es gar nicht, sie war sich nicht sicher. Aber er wollte definitiv, *dass* sie ihm glaubte. Um sie zu verängstigen.

»Dreckskerl!«, murmelte sie.

Sie griff nach ihrer Handtasche und suchte Harrisons Karte und ihr Mobiltelefon. Zuerst speicherte sie mit zitternden Fingern seine Nummer, und dann lag ihr Daumen auf dem grünen Knopf, um sie zu wählen.

Aber war das eine gute Idee? Er wollte, dass sie ihrerseits zu Justice Kontakt aufnahm, doch sie war sich nicht sicher, ob sie diese übersinnliche Fähigkeit besaß.

Und wenn Justice wirklich jemanden umgebracht hatte? Was sollte sie tun? Die Polizei benachrichtigen? Oder doch Frost?

Sie schlug die Hand vor den Mund und ließ sich auf einen der Stühle vor dem kleinen Kamin sinken. Justice wollte, dass sie glaubte, die Frau sei tot. Wenn sie die Polizei anrief, würde die fragen, woher sie das wusste, und sie würde ihnen ihre übersinnliche Fähigkeit erklären müssen, was bestimmt für Erheiterung sorgen würde.

Harrison würde ihr eher glauben, doch auch bei ihm war es riskant, ihn zu benachrichtigen.

Doch was sonst konnte sie tun? Was sollte sie tun?

Sie starrte auf das Telefon und drückte dann auf den grünen Knopf, um seine Nummer zu wählen.

Am Samstagnachmittag hing über den Bergen und dem südlichen Strand dichter Nebel, doch er war noch nicht bis Seaside vorgedrungen, wo Harrison vor dem Eiscafé an einem Tisch saß, diesmal ohne Chico. Gott sei Dank, dachte er.

Er hatte einen Kaffee bestellt, ihn aber noch nicht angerührt, weil er in Gedanken noch immer ganz mit seinem morgendlichen Treffen mit Laura – Loreley – Adderley beschäftigt war. Sie war selbst ein Mitglied der vermeintlichen Sekte und hatte früher in dem Haus namens Siren Song gelebt.

Das an sich war schon eine Story, wenn auch eine, die sie keineswegs sofort bereitwillig erzählt hatte.

Andererseits ist es nur ein Teil der Justice-Turnbull-Story, dachte er, während er den Leuten auf dem Broadway nachschaute und die kühle Seeluft auf seiner Haut spürte.

Er hatte sich nicht von ihr trennen wollen, konnte sich aber nicht so aufführen, als wäre er ihr Bodyguard. Außerdem gab es andere Dinge, um die er sich kümmern musste. Er glaubte nicht wirklich an ihre Fähigkeit, Justice bei räumlicher Abwesenheit in ihrem Kopf »hören« oder ihrerseits mit ihm »reden« zu können, doch das spielte keine Rolle. Sie hatte Verbindungen zu dieser Sekte, und wenn es ihr durch ihre angebliche übersinnliche Fähigkeit zu erspüren gelang, wo dieser Psychopath war, sollte es ihm recht sein.

So oder so, diese Story war der Traum eines jeden Journalisten. Er trank einen großen Schluck, bevor der Kaffee kalt wurde.

»Hey, Mister«, sagte eine kalte weibliche Stimme in seinem Rücken.

Fast wäre er angesichts des Tonfalls zusammengezuckt. Er tat so, als wäre er eingeschlafen und reckte gähnend seine Glieder. »Was ist?«, fragte er gelangweilt.

Sie pflanzte sich vor ihm auf. Es war nicht das Mädchen, mit dem er am Vortag gesprochen hatte, sondern jenes, das in dem Eiscafé arbeitete. Ihr dunkles Haar fiel bis auf die Schultern herab. Aus dem Ausschnitt ihrer Bluse schaute eine herzförmige Tätowierung hervor, und am linken Handgelenk trug sie mehrere Armbänder.

Und sie war sauer.

»Was haben Sie hier zu suchen?«, blaffte sie ihn an. »Hängen Sie hier rum, um minderjährige Girlies abzuschleppen? Ich sollte die Cops anrufen.«

Auf eine ihr eigene Art war sie hübsch, und ihre Verärgerung ließ sie älter aussehen als sechzehn oder siebzehn.

»Darf man heutzutage nicht arbeitslos und ziellos sein, ohne gleich als Kinderschänder zu gelten?«, fragte er gereizt. »Mit meiner Lady hab ich alle Hände voll zu tun, und sie ist zumindest alt genug, um etwas Grips zu haben.«

Sie schien noch wütender zu werden und ging sofort zum nächsten Angriff über. »Was wollen Sie sagen, Mister? Dass ich dumm bin?«

»Ich will nur in Ruhe hier sitzen, okay?«

»Wie Sie es schon seit etlichen Tagen tun.«

»Was ist dagegen zu sagen, solange ich Kaffee bestelle? Wir

leben in einem freien Land. Verschwinde jetzt. Reagier dich an einem anderen ab.« Er versuchte sie mit einer Handbewegung zu verscheuchen.

Doch sie ließ sich nicht abwimmeln. »Ich habe gesehen, wie Sie mit Lana gesprochen haben. Sie haben sie nach allen möglichen Dingen gefragt, die Sie nichts angehen!«

Er warf ihr einen harten Blick zu, als wäre er stinksauer, weil sie sich in seine Angelegenheiten mischte. »Nun, Jenny, ich kenne keine Lana«, knurrte er. »Willst du dich nicht wieder um deine Arbeit kümmern und mich in Ruhe lassen?«

Ihre Augen weiteten sich ein bisschen, und dann legte sie eine Hand auf das Namensschild an ihrer rot und weiß gestreiften Bluse.

»Halten Sie sich von uns fern!«, fuhr sie ihn an, bevor sie hinter die Eistheke in ihrem Teil des Cafés zurückkehrte.

»Nur zu gern«, murmelte er, während er ihr einen finsteren und angewiderten Blick zuwarf.

Innerlich war er zufrieden. Wie Jenny hieß, wusste er von ihrem Namensschild, doch Lanas Namen hatte er nicht gekannt. Mit dem von Lana erwähnten N.V. kannte er nun drei der sieben Mitglieder der »Deadly Sinners«. Diese Kids waren wütend und suchten nach Anerkennung, und deshalb war es nicht schwer, an sie heranzukommen. Nicht mehr lange, und er kannte die ganze Bande.

Er fragte sich, wann Jenny wohl Feierabend hatte. Es wäre ein Kinderspiel, ihr zu folgen. Er hätte darauf gewettet, dass sie sich mit Lana und den anderen treffen würde. Am Strand, wo all diese verdammten Umweltfanatiker herumhampelten.

Es war Samstag. Bisher waren alle Einbrüche in der Nacht von Samstag auf Sonntag verübt worden.

Sein Mobiltelefon zirpte, und er erkannte die Nummer nicht. *Zum zweiten Mal in zwei Tagen,* dachte er verärgert. »Frost.«

»Hallo, hier ist Laura Adderley. Ich ... Ich rufe an, weil ...«

Er war überrascht. Angenehm überrascht. Er hatte nicht damit gerechnet, dass sie sich so bald bei ihm melden würde. Und jetzt tat sie es schon nach zwei Stunden. »Weil ...«

»Ich glaube, Justice könnte jemanden ermordet haben.«

15

Harrison war konsterniert.

Hatte er richtig gehört? Justice Turnbull hatte jemanden getötet, und Laura wusste davon? Er konzentrierte sich voll auf das Telefonat, und hörte nicht mehr davon, was um ihn herum in Seaside vorging.

»Sind Sie sicher?«, fragte er.

»Ja. Nein. Vielleicht. Doch ... Ja, ich bin sicher.« Ihre Stimme bebte. »Es ist eine Frau. Keine aus meiner Familie. Ich bin mir ziemlich sicher. Eine Fremde.«

Er hörte an ihrer Stimme, wie sie von Panik gepackt wurde. »Hey, beruhigen Sie sich. Alles in Ordnung?«

»Nein, definitiv nicht. Mein Gott.«

Er dachte angestrengt nach und sprang auf. »Woher wissen Sie es?«

»Fragen Sie nicht, ich habe es Ihnen erklärt.«

Er schaute zu Jenny hinüber, die mit vor der Brust gekreuzten Armen hinter der Theke stand und ihn misstrauisch anblickte. Er wandte sich ab. »Er hat sich bei Ihnen gemeldet? Telepathisch?«

Sie antwortete nicht sofort. Dann: »Ja.«

»Und ...?«

»Er wollte mich wissen lassen, dass er jemanden umgebracht hat. Aber mein Gott, ich weiß nicht wen ... Ich klinge bestimmt wie eine Verrückte, ...«

Er fiel ihr ins Wort, bevor sie völlig konfus wurde. »Nein, für mich nicht.«

»So etwas ist bisher nie passiert.«

»Versuchen Sie, sich zu beruhigen.«

»Sind Sie nicht ganz dicht? Ich soll mich beruhigen? Haben Sie nicht gehört, was ich gesagt habe? Er hat gerade jemanden ermordet.«

»Schon gut«, murmelte er.

»Hey, Kollege, pass auf!« Eine Joggerin hätte ihn fast umgerannt, aber er ignorierte sie.

»Wo sind Sie?«, fragte er Laura.

»In meinem Haus.«

»Adresse?«

Sie zögerte.

Er konnte es ihr nicht verübeln, denn er war praktisch ein Fremder für sie.

»Ich möchte Ihnen helfen.« Er verzichtete darauf, sie daran zu erinnern, dass sie ihn angerufen hatte.

Er hörte sie seufzen. »Meinetwegen, was soll's?«, sagte sie dann und nannte ihm schnell ihre Adresse, bevor sie es sich anders überlegte.

»Okay, in etwa einer halben Stunde bin ich da.« Er schätzte die Fahrzeit so, als gäbe es keinen Wochenendverkehr und keinen Nebel zwischen Seaside und Deception Bay. Es war ein Samstagnachmittag im Juni, und dann waren da noch alle die Autos, deren Insassen sich an dem Aktionstag am Strand beteiligen wollten. Aber er wollte nicht, dass sie dachte, es würde eine Ewigkeit dauern, bis er dort war. Vielleicht würde sie es bereuen, ihn angerufen zu haben und das Weite suchen, bevor er da war.

Als er noch einmal zu Jenny hinüberblickte, sah er sie pinkfarbene Eisbällchen in ein Hörnchen füllen, während eine vor der Theke stehende Frau mit einem kleinen Kind Geld aus ihrem Portemonnaie nahm. Wenn er Jenny gefolgt wäre, hätte sie ihn wahrscheinlich zu dem Rest der Bande geführt, doch jetzt war die Story mit den jugendlichen Dieben erst einmal ad acta gelegt.

Der Fall Justice Turnbull war deutlich spektakulärer.

Und möglicherweise schwebte Laura in Gefahr. Sie war allein und schutzlos. Wer konnte wissen, was Turnbull vorhatte? Und du bist mitschuldig, dachte er. Hast du sie nicht ermutigt, mit diesem geisteskranken Mörder zu »kommunizieren«?

Er empfand ein Schuldgefühl, aber andererseits hatte er ihr diese Geschichte mit der Telepathie – oder wie immer sie es sonst nannte – nicht wirklich abgekauft. Die Stimmen in ihrem Kopf und der mentale Schutzwall, all das klang ein bisschen seltsam.

Aber Justice Turnbull war auf freiem Fuß, und das mahnte ihn zur Eile.

Er lief zu seinem Chevrolet, stieg ein und fuhr los, mit einer Hand auf der Hupe, um die Wochenendtouristen und die Teilnehmer des Aktionstages von der Fahrbahn zu scheuchen. Bald war er nur noch ein Nervenbündel. Er musste ständig bremsen und sich schwer beherrschen, nicht die ganze Zeit zu hupen. Kombis, Geländewagen, Limousinen und Pick-ups wälzten sich langsam über den Highway 101.

Er fluchte leise vor sich hin, doch dann erreichte er schließlich die Abfahrt, die zu ihrem Haus führte, einem bescheidenen Cottage, bei dem etliche Renovierungsarbeiten anfielen. Es war über eine Stunde vergangen, seit sie ihn angerufen hatte.

»Verdammt.«

Er sprang aus dem Wagen, nahm seinen Laptop vom Rücksitz und legte ihn wieder zurück, neben den Digitalrekorder. Nachdem er den Impala abgeschlossen hatte, vergewisserte er sich, dass sein Notizbuch in der Gesäßtasche steckte. Er wollte nicht, dass sie glaubte, er wolle sich bei ihr einnisten, und doch sah sein nur halb ausgegorener Plan genau das vor. Zumindest als Möglichkeit.

Ächzende Holzstufen führten zu der grau gestrichenen Vorderveranda hinauf. Er klopfte und schaute durch eines von drei diamantförmigen, in die Haustür eingelassenen kleinen Fenstern. Er sah sie aus dem hinteren Teil des Hauses herbeieilen, um ihm die Tür zu öffnen.

Als sie dann vor ihm stand, sah er nur ihre blaugrünen Augen. Ihr Blick wirkte ernst, vorsichtig, geheimnisvoll. Und zu Tode verängstigt.

Für einen Augenblick wollte er sie an sich ziehen und sie in die Arme schließen, ihr versichern, es werde alles wieder gut. Er dachte sogar daran, mit den Lippen ihr Haar zu berühren, um sie zu trösten.

Was für eine Idee.

Er wollte in Gedanken die Notbremse ziehen, um keine Dummheit zu machen, doch da hatte er schon den Arm ausgestreckt und musste sich etwas einfallen lassen, um den Lapsus zu kaschieren. Was war bloß los mit ihm?

»Alles in Ordnung?«, fragte er, und auch sie schien ihn in die Arme nehmen zu wollen, ließ es aber ebenfalls.

»Ja ... Ich meine, ich darf mich nicht hängen lassen.« Sie lächelte schwach und blickte nervös über die Schulter. »Kommen Sie rein.« Er trat ein, und sie schloss die Tür und schob den Riegel vor. Dann standen sie in der Diele, und sie biss auf ihrer Unterlippe herum und schüttelte schließlich den Kopf. »Er spielt mit uns«, sagte sie leise. »Ich sollte wissen, was er getan hat. Dass er jemanden ermordet hat.« Ihre Augen verengten sich nachdenklich. »Er wollte damit angeben.«

»Hat er etwas über sein Motiv gesagt?« Diese ganze Telepathie-Geschichte klang für seine Ohren absurd, doch er hatte nicht vor, jetzt weiter darauf herumzureiten. Zumindest für sie schien es real zu sein.

»Mein Gott, manchmal ist es so, als würde ich ihn verstehen.« Sie erschauderte. »Ganz schön krank, was?«

»Ich urteile nicht über Sie«, sagte er. »Also, wer war die Frau, von der Sie glauben, dass er sie getötet hat?«

Sie schüttelte den Kopf. »Ich weiß es nicht.«

»Haben Sie sie ... gesehen?«

»Nein.«

»Also, was ist geschehen? Was hat er zu Ihnen gesagt?«

»Sie scheinen ungeduldig zu sein«, bemerkte sie plötzlich.

»Ja, bin ich«, antwortete er. »Kein Wunder, wenn er jemanden ermordet hat.«

Ihre blauen Augen musterten ihn, bezichtigten ihn der Lüge. »Sie glauben mir nicht. Nicht wirklich. Sie wollen nur Informationen und glauben, ich sei eine Idiotin.«

Als sie sich abwandte, packte er ihren Arm, doch sie riss ihn zurück. Jetzt rief er ihr es doch ins Gedächtnis. »Sie haben mich angerufen.«

»Besser Sie als die Cops, habe ich mir gedacht. Habe ich mich getäuscht?«

Er sah ihr Gesicht nur im Profil. Ihre Lippen, das Kinn, die Wange, die flaumigen Haare an ihrer Schläfe. Die Augenbraue, deutlich heller als ihr gefärbtes Haar.

»Ich weiß nicht, was los ist mit mir.« Sie trat aus der Diele in ein Zimmer.

»Ihnen sitzt ein Killer im Nacken«, bemerkte er, während er ihr ins Wohnzimmer folgte. Ein Kamin, Möbel, die bessere Tage gesehen hatten. »Das scheint mir eine Tatsache zu sein. Sie schweben in Gefahr, wie viele andere. Denken Sie an die Frau, von der er Ihnen erzählt hat.«

Sie zuckte die Achseln und schüttelte den Kopf. Dann verschränkte sie die Arme vor der Brust und starrte aus dem Fenster. Man sah seinen Impala, der auf der Auffahrt stand, und ein ganz ähnliches Haus auf der anderen Straßenseite.

»Wenn Sie ein paar konkretere Informationen hätten, würde ich die Cops rufen.«

»Ich möchte nicht mit der Polizei reden«, sagte sie schnell.

»Ich weiß. Und ich verstehe auch den Grund. Ich hatte auch schon Probleme mit den Cops, und manchmal ist es verdammt schwer, mit ihnen klarzukommen. Nehmen Sie zum Beispiel Detective Fred Clausen vom Tillamook County Sheriff's Department. Ich recherchierte das Fehlverhalten eines dortigen Deputys, und er konnte sich gerade noch beherrschen, mich nicht mit Gewalt vor die Tür zu setzen.«

Sie schien ihn nicht zu hören, aber er redete weiter. »Natürlich habe ich ... angedeutet, der Typ habe einfach weggeschaut, als sein Bruder Sex mit einer minderjährigen Schülerin hatte, doch das kam gar nicht gut an.«

»Angedeutet?«

»Also gut, beschuldigt. Ich hatte recht, doch niemand wollte es hören, insbesondere Clausen nicht. Ich habe den Artikel aber trotzdem geschrieben und gebracht, obwohl mein Herausgeber verdammt kalte Füße bekommen hat.«

»Und wie ging es weiter?«

»Der Typ war Lehrer an der Highschool und wurde aus einem ›anderen‹ Grund gefeuert«, antwortete er. »Dann wurde das Mädchen achtzehn, und sie sind zusammen abgehauen. Alle waren sauer auf mich, selbst ihre Eltern. Sie waren gar nicht einverstanden mit dieser Affäre, doch die Publicity war ihnen noch unangenehmer. Der Typ wurde nicht wegen Sex mit einer Minderjährigen angeklagt. Aber ich hatte recht. Es geschah, als ich gerade bei der *Seaside Breeze* anfing, und ich hatte zu der Zeit schon ein Imageproblem.«

»Warum?« Sie wandte sich ihm wieder ganz zu.

Wer A sagt, muss auch B sagen, dachte er. Er sprach nicht gern darüber, was Manny zugestoßen war, aber sie hatte sich ihm geöffnet. Jetzt war es an ihm, ihr die ganze Story zu erzählen. »Ich habe den Geschäftspartner meines Schwagers beschuldigt, hinter dem Mord an ihm zu stecken. Meiner Meinung nach wollte er es so aussehen lassen, als habe ein tablettensüchtiger Jugendlicher aufs Geratewohl vor ihrem Nachtclub herumgeballert.«

Ihre Augen leuchteten auf. »Jetzt erinnere ich mich, wo ich Sie schon einmal gesehen hatte. Im Fernsehen, in einem Beitrag über die Schießerei vor diesem Club. Sie glaubten, dass mehr dahintersteckte.«

Er schnaubte. »Laut Bill Koontz' Rechtsanwälten und den Unterstellungen von Pauline Kirby habe ich mich in eine Verschwörungstheorie verrannt.«

»Koontz war also der Geschäftspartner Ihres Schwagers?«, sagte sie mit zusammengezogenen Augenbrauen, während sie in Gedanken zusammenaddierte, was sie gerade gehört hatte.

Er nickte. »Koontz ist jetzt der alleinige Inhaber des Nachtclubs. Manny ist tot, und meine Schwester und ihre Tochter haben so gut wie nichts bekommen.«

»Sie glauben, Koontz hat jemanden beauftragt, Ihren Schwager zu ermorden?«

»Sie sagen es. Ich kann es nicht beweisen. Noch nicht, doch das wird sich ändern. Ich habe meinen Job beim *Portland Ledger* verloren wegen der Art und Weise, wie ich über den Mord berichtet habe. Aber noch mal, ich hatte recht.« Sie dachte darüber nach. Mehrfach öffnete sie den Mund, als wollte sie etwas sagen, überlegte es sich aber jedes Mal wieder anders.

»Wenn Sie der Polizei in diesem Fall um eine Nasenlänge voraus sind ...«, begann sie schließlich. »Fall Sie Justice zuerst finden, oder zumindest eine Spur, die zu ihm führen könnte ... Das könnte entscheidend dazu beitragen, Ihre Glaubwürdigkeit wiederherzustellen, oder?«

Er blickte sie ernst an. »Ja, natürlich.«

Sie atmete tief durch. »Also gut.«

»Also gut?«, wiederholte er.

»Ich möchte, dass Sie mir helfen, mir und meiner Familie. Ich möchte, dass Sie uns vor Justice beschützen, und im Gegenzug werde ich versuchen, Sie zu ihm zu führen. Genauer gesagt, ich werde es zulassen, dass er an mich herankommt.« Sie erschauderte bei dem Gedanken.

»Okay«, sagte er.

Sie schauten sich an.

»Wie genau können Sie Kontakt zu Justice aufnehmen?«, fragte er nach einer Weile.

»Wenn ich den mentalen Schutzwall einen Augenblick herabsinken lasse, wird er mich telepathisch erspüren.« Sie wandte den Blick ab, als wäre sie beschämt darüber, wie lächerlich das klang.

»Und ...« Er fragte sich, was sie als Nächstes tun wollte.

»Es tut mir leid, aber ich kann es noch nicht tun.«

Er nickte. »Irgendeine Idee, wann Sie so weit sein werden?«

»Nein. Ich muss einfach erst Mut fassen. Es ... Es ist nicht so einfach.«

»Ja, ich verstehe. Ich werde warten, bis Sie so weit sind.«

Tatsächlich war er gar nicht so scharf darauf, dass sie auf diese Weise mit Turnbull kommunizierte. Falls es eine andere Möglichkeit für ihn gab, den Dreckskerl zur Strecke zu bringen, oder wenn es ihm doch sinnvoll zu sein schien, ihm die Bullen auf den Hals zu hetzen, wäre das besser. Doch fürs Erste gab es keine anderen Optionen.

Sie blickte ihn mit geweiteten Augen an. »Ich muss wissen, dass alle meine Schwestern in Sicherheit sind. Ich möchte nicht alles noch schlimmer machen.«

Sie schloss die Augen und vergrub das Gesicht in den Händen. »Wenn einer von ihnen wegen mir etwas zustoßen würde ... Darüber würde ich nie mehr hinwegkommen.«

»Ich werde es nicht zulassen, dass Turnbull Ihnen etwas antut«, sagte er ernst.

»Uns«, präzisierte sie leise.

»Keinem aus Ihrer Familie. Catherine, Ihre Schwestern. Aber niemand ist in Sicherheit, solange er auf freiem Fuß ist. Glauben Sie's mir, Loreley, ich tue alles, um ihn zu schnappen.«

»Und vor allem wollen Sie darüber schreiben.« Sie hob den Kopf und lächelte freudlos.

Er hatte etwas Gewissensbisse, weil er sie für seine eigenen Zwecke einspannte, aber er meinte es ernst, wenn er sagte, dass er sie beschützen würde.

»Ja, ich werde darüber schreiben«, gestand er.

16

Der Kombi des Ocean Park Hospital wurde an der Hinterachse aus der Schlucht gezogen. Als das Fahrzeug geborgen war und oben auf dem Hügel stand, nahmen die Detectives es kurz in Augenschein, bevor es auf einen Tieflader verfrachtet und zur Dienststelle gebracht wurde, wo es von Spezialisten untersucht werden würde.

Langdon Stone ging zu seinem Jeep und wartete auf Savvy Dunbar, die ihn begleitet hatte, seit sie von ihrem Besuch bei Mad Maddie im Pflegeheim Seagull Pointe zurück war. Dunbar war nie besonders gesprächig, doch während der Fahrt hierher hatte sie kein Wort gesagt. »Was nagt an dir?«, fragte er, als Dunbar neben ihm stand.

»Er muss per Anhalter gefahren sein. Ich möchte wissen, wer ihn mitgenommen hat.«

Stone nickte. Der Gedanke war ihm auch schon durch den Kopf gegangen. »Wer immer es gewesen sein mag ... Wenn er noch lebt, schwebt er in Gefahr.«

»Was glaubst du, um welche Zeit ihn jemand mitgenommen hat?« Dunbar blickte dem Sattelschlepper nach, der mit dem Wrack des Kombis auf der Ladefläche um eine Kurve verschwand.

»Du meinst, der Fahrer hatte vermutlich nicht die Nachrichten gehört und war auch sonst von niemandem vor Justice gewarnt worden?«

Dunbar nickte nachdenklich und strich sich eine widerspenstige rötlich-braune Haarsträhne hinters Ohr. Nach Stones

Meinung sah sie zu gut aus für eine Polizistin, auch wenn sie nicht die erste attraktive Frau war, mit der er beruflich zusammengearbeitet hatte, doch die hatten aus diesem oder jenem Grund schnell die Nase voll gehabt von dem Job. Er vermutete, dass auch Savvy Dunbar höchstens noch ein halbes Jahr bleiben würde.

»Er ist zwischen sechs und halb sieben aus dem Halo Valley Security Hospital ausgebrochen und mit dem Kombi abgehauen«, sagte Stone. »In Richtung Westen. Um Viertel nach sieben oder um halb acht hatte er das Fahrzeug wahrscheinlich in die Schlucht gestoßen. Dann wird er zur Straße zurückgegangen sein und hat den Daumen rausgehalten. Irgendjemand kam zufällig vorbei und hat ihn mitgenommen.«

»Er muss noch die Klamotten der Gefängnisinsassen angehabt haben«, bemerkte Dunbar.

»Eine Frau hätte wahrscheinlich nicht angehalten.«

»Ein Mann vermutlich auch nicht, wenn er wirklich noch Gefängniskleidung trug.«

Stone dachte nach. »Falls er zu Fuß unterwegs war, hätten wir ihn mittlerweile geschnappt.«

»Könnte er jemanden gebeten haben, ihm zu helfen?«

»Nicht, dass wir wüssten.« Stone zog eine Grimasse. »Der Mann hat keine Freunde, und er hat versucht, alle seine Verwandten umzubringen, sogar seine Mutter.«

Dunbar setzte sich auf den Beifahrersitz von Stones Jeep. Stone klemmte sich hinters Lenkrad und schaute sie von der Seite an. »Gibt es da etwas, das du mir nicht erzählt hast über Mad Maddie?«

»Ich hoffe, dass wir ihn bald finden«, antwortete sie ausweichend.

Laura war fast krank vor Sorge. Etwas zu versprechen war eine Sache, das Versprechen einzulösen eine andere. Sie hatte zugesagt, den mentalen Schutzwall herabzulassen und Justice Zugang zu ihren Gedanken zu gewähren. Sie hatte es versprochen, dann jedoch einen Rückzieher gemacht.

Aber sie dachte nicht nur an sich, sondern auch an das Baby. Justice wollte sie beide töten, und er hatte sie erspürt, weil sie schwanger war. Sie verstand nicht, wie das funktionieren sollte, doch deshalb hatte er sie jetzt im Fadenkreuz.

Nachdem Harrison sie davon überzeugt hatte, dass er wirklich auf ihrer Seite stand, war er zu seinem Auto gegangen, um seinen Laptop zu holen. Jetzt saß er in ihrer Küche und tippte mit überraschendem Enthusiasmus. Als sie unschlüssig darüber nachdachte, ob sie Justice »anrufen« sollte, hatte er es sich einfach bequem gemacht und gesagt, er müsse an seinen Notizen arbeiten.

Sie hatte es sich untersagt, nervös auf und ab zu gehen. Und auch, zu viel an ihr Baby zu denken. Oder daran, dass Catherine und ihre Schwestern in Gefahr schwebten, falls es Justice gelingen sollte, in die Festung hineinzugelangen. Ihr war klar, dass sie am stärksten gefährdet war, weil es ganz so aussah, als hätte er sie zuerst ins Visier genommen. Weil sie außerhalb von Siren Song lebte? Weil sie schwanger war? Vielleicht aus beiden Gründen?

Vielleicht war es besser, wenn sie zur Polizei ging und alles offenlegte. Aber ihre Erklärungen würden in den Ohren der Cops völlig absurd klingen, und sie würden ihr noch weniger Glauben schenken als Harrison Frost.

Konnte sie sich wirklich darauf verlassen, dass er ihr Verbündeter war? Es schien ihr unwahrscheinlich, aber andererseits hatte er seine eigene Agenda. Er wollte einen Artikel publizieren.

Und bis jetzt war er der Einzige, der wusste, dass sie mit den Frauen von Siren Song verwandt war.

Und ja, sie mochte ihn.

Sie fuhr sich mit den Händen durchs Haar und schüttelte den Kopf. Mit Mühe schaffte sie es, den Blick von Harrison abzuwenden, der sich über seinen Laptop beugte. Sie konzentrierte sich auf ihre Beziehung zu Justice Turnbull, dem Mann, der sie töten wollte.

In jüngeren Jahren hatte sie Justice' Präsenz gespürt, ohne sich wirklich dessen bewusst zu sein, was er ihr zu sagen versuchte, was er vorhatte. Zu der Zeit war ihre spezielle Fähigkeit noch nicht so ausgeprägt gewesen wie heute, und sie hatte eher desinteressiert der Stimme in ihrem Kopf gelauscht. Dass er ein Killer war, hatte sie erst vor zwei Jahren begriffen, als seine Mordserie begann, und dann, als sie seine Botschaften deutlich vernahm in ihrem Kopf, hatte man ihn verhaftet und eingesperrt, und seine Stimme war verstummt, als er hinter den Mauern des Halo Valley Security Hospital verschwand.

Gott sei Dank.

Doch dann, gestern – war es wirklich erst gestern gewesen? –, hatte sie die Stimme in ihrem Kopf erneut gehört, lauter und penetranter als zuvor. Hasserfüllt.

Sie hatte den mentalen Schutzwall errichtet, und doch schaffte er es, ihn zu durchdringen, wenn sie auch nur einen Moment nicht hundertprozentig wachsam war.

Und jetzt dachte sie daran, das Tor in dem Schutzwall ihrerseits einen Spaltbreit zu öffnen?

Erneut blickte sie zu Harrison hinüber, der mit ihrer Hilfe Justice finden und ihn zur Strecke bringen wollte. War das die richtige Taktik? Würde sie dazu beitragen, dass er erneut verhaftet wurde, oder würde ein Katz-und-Maus-Spiel alles nur noch schlimmer machen?

Harrison fuhr sich mit den Händen durchs Haar, so wie sie es gerade getan hatte. Sein Blick war auf den Bildschirm des Laptops gerichtet, doch sie spürte, dass er nicht ganz bei der Sache und in Gedanken bei ihr war. So ein Konzentrationsproblem hatte man, wenn man verliebt war. Mit Byron hatte sie es nicht wirklich erlebt. Es war eine Art stillschweigendes Verständnis. Harrison hörte ihr zu, dachte über sie nach.

Sie selbst war im Moment völlig ausgepowert. Und sie hatte Angst.

»Wollen wir ein bisschen über ›Die Kolonie‹ reden?«, fragte er scheinbar beiläufig, den Blick noch immer auf den Bildschirm richtend.

»Nein.« Sie hatte ihm bereits mehr erzählt, als sie beabsichtigt hatte.

»Oder über die ferne Vergangenheit, als Sie und Ihre Schwestern noch nicht geboren waren?«

»Die Historische Gesellschaft von Deception Bay hat ein Buch herausgebracht, in dem meine Vorfahren aufgelistet sind«, antwortete sie. »Verfasst hat es ein Arzt, der uns in jüngeren Jahren behandelt hat. Catherine sieht in der Veröffentlichung eine Verletzung unserer Privatsphäre.«

»Da könnte sie recht haben. Wo ist dieser Arzt?«

»Er ist tot. Vor etlichen Jahren ist er von einer Anlegestelle ins Meer gestürzt und ertrunken.«

»Tatsächlich? Viele Leute mit Beziehungen zur ›Kolonie‹ finden den Tod.«

»Jeder muss irgendwann sterben, Harrison.«

»Ich weiß, aber einige Leute von Siren Song scheinen vor ihrer Zeit gestorben zu sein.« Er schob den Laptop beiseite und drehte sich um, weil sie an der Spüle lehnte. »Nehmen Sie zum Beispiel Ihre Mutter Mary. Ich habe keinen Hinweis auf ihre Existenz gefunden. Keine Geburts- oder Sterbeurkunde. Ziemlich seltsam, finden Sie nicht?«

»Ich weiß im Moment nicht mehr, was ich denken soll«, antwortete sie. Und das stimmte. So sehr sie auch versuchte, ein ganz »normales« Leben zu führen, es gelang ihr einfach nie. Ihre jungen Jahre hatte sie in Siren Song verbracht, und ja, die Menschen, die dort lebten, ihre Verwandten, waren seltsam – gemessen an den gängigen Standards. Sie war ausgebrochen und hatte die Ausbildung zur Krankenschwester gemacht, doch auch während dieser Zeit war sie isoliert gewesen und hatte kaum Freunde gefunden. Und dann hatte sie Byron kennengelernt, von dem sie nun schwanger war ... Von einem Mann, von dem sie bereits geschieden war. »Vieles von dem, was in Siren Song geschieht, ist ›merkwürdig‹«, sagte sie, wobei sie mit den Fingern Anführungsstriche in die Luft zeichnete.

»Also raten Sie mir, in dieses Buch zu blicken, wenn ich mehr über Ihre Familie wissen möchte?«

»Es gibt da etwas wie einen Familienstammbaum, wenn ich es richtig verstanden habe.« Sie dachte einen Moment nach. »Ich befürchte immer noch, bald etwas in der Zeitung lesen zu müssen, das nicht für die Öffentlichkeit bestimmt ist. Die Informationen in dem Buch sind öffentlich zugänglich.

Ich möchte nicht, dass meine Familie mich für eine Verräterin hält.«

»Und ich möchte nicht, dass Sie wegen mir Schwierigkeiten bekommen.« Er blickte sie ernst an durch die Gläser der Nickelbrille, die er offenbar aufsetzen musste, wenn er arbeitete.

Guter Gott, wie sehr wünschte sie sich, ihm glauben, ihm vertrauen zu können, doch er verstand nicht wirklich, wie tief der Samen des Bösen in Justice' Seele eingepflanzt war, wie rachsüchtig er war.

Sie leckte sich nervös die Lippen und ging zu der kleinen Speisekammer neben der Hintertür, um Tee zu suchen ... Sie tat einfach irgendetwas, nur, um sich zu beschäftigen.

»Ich habe doch gesagt, dass ich nichts veröffentlichen werde, das Sie nicht im Druck sehen wollen.« Er drehte sich zu ihr um, und sein Blick war so aufrichtig, dass sie ihm glaubte. Zumindest halbwegs.

»Danke.«

»Können Sie mir ein bisschen mehr über Justice' Beziehungen zu Siren Song erzählen?«

Sie zog einen Teebeutel aus einer Verpackung und schloss die Tür der Speisekammer. »Ich weiß nur, dass Madeline Turnbull eine Cousine meiner Tante und meiner Mutter ist. Also ist Justice ein entfernter Cousin von mir.«

»Und Sie haben ihn kennengelernt? Gehörte er zu Ihrem ... Familienclan?«

Sie versuchte zurückzudenken, beschwor Erinnerungen hinauf, von denen sie so lange nichts hatte wissen wollen. »Ja, ich habe ihn kennengelernt, als ich noch ein Kind war. Er kam damals häufiger zu unserem Haus.« Sie füllte eine Tasse mit Wasser.

»Wie alt waren Sie damals?«

»Vielleicht sechs?« Sie war sich wirklich nicht völlig sicher. Es gab viele Geheimnisse zwischen Catherine und Mary, und Catherine lüftete selbst Laura und ihren Geschwistern gegenüber so ein Geheimnis allenfalls dann, wenn es absolut unvermeidlich war.

»Ungefähr in Justice' Alter?«

»Ich denke schon.« Sie schob die Tasse in die Mikrowelle, stellte den Timer ein und drückte auf den Knopf. »Möchten Sie auch eine Tasse Tee? Oder Kaffee?«

Er schüttelte den Kopf und stellte die nächste Frage. »Und Ihre Mutter ist gestorben, als Sie etwa zehn waren?«

»Das habe ich doch gesagt«, antwortete sie genervt, weil sie es nicht genau wusste und es doch hätte wissen sollen. Was den Tod ihrer Mutter betraf, lag einiges im Dunkeln, und sie war fast beschämt, dass sie so wenig wusste.

»Und Sie wurde auf dem Grundstück von Siren Song beerdigt.«

»Ich glaube, auch das bereits gesagt zu haben.«

Er nahm die Brille ab, legte sie auf den Tisch, fuhr sich durchs Haar und schaute sie an. »Was ist ihr zugestoßen? Ich meine, woran ist sie gestorben?«

»Laut Catherine an einem gebrochenen Herzen. Mir ist bewusst, dass das seltsam klingt.« Die Mikrowelle bimmelte, und sie nahm die Tasse heraus und tunkte den Teebeutel in das heiße Wasser.

Er bedachte sie mit einem durchbohrenden Blick. »Was soll das heißen, gestorben an einem gebrochenen Herzen? Das ist ein Klischee, was genau hat man sich darunter vorzustellen? Ist sie dahingewelkt, nachdem sie ein Liebhaber verschmäht hatte?«

Laura zuckte die Achseln und schüttelte dann den Kopf. »Ich glaube, es gab keinen speziellen Grund. Sie ist einfach gestorben.« Sie zögerte und beobachtete, wie sich das Wasser in ihrer Tasse dunkler färbte. »Sie hatte eine ganze Reihe von Liebhabern.«

»Sie und ihre Schwestern haben alle andere Väter.«

»Ja ...«

»Das muss zu einer Zeit gewesen sein, als die Tore von Siren Song noch nicht verrammelt waren. Also, wie viele Schwestern haben Sie?«

»Sieben leben in dem Blockhaus.«

»Haben Sie viele Erinnerungen an Ihre Mutter?«

»Nein.« Natürlich gab es ein paar Erinnerungen. Ihre Mutter Mary, wie sie ihre Tochter angelächelt, bei seltenen Gelegenheiten sogar mit ihr gelacht hatte. Sie hatte ihr stundenlang das Haar geflochten, oder sich selbst traurig in einem Spiegel betrachtet. Sie erinnerte sich, dass ihre Mutter lange Spaziergänge am Meer gemacht hatte, immer allein, nie mit ihren Kindern. Natürlich waren sie ihr heimlich gefolgt und sahen sie auf einer Klippe stehen und auf die weit unter ihr an die Felsen brandenden Wellen starren. In diesen Augenblicken hatte sie auf Laura und ihre Schwestern verloren gewirkt. Sie standen unter den windgepeitschten Tannen, von deren Zweigen Regenwasser auf den Waldboden tropfte. Mary schien das schlechte Wetter überhaupt nicht zu bemerken.

Sie blinzelte und verdrängte die verschwommenen Bilder. Harrison saß in ihrer gemütlichen, wenngleich renovierungsbedürftigen kleinen Küche und studierte aufmerksam ihre Miene.

»Wenn ich an diese Zeit denke, sehe ich eher Catherine«, fuhr sie fort. »Sie mag nur meine Tante sein, doch sie war für uns da, wenn meine Mutter nicht da war.«

»Wo war Mary denn?«

»Oh, sie war schon da, aber sie lebte ihr eigenes Leben.« Laura legte den nassen Teebeutel auf eine Untertasse. »Ich erinnere mich, dass verschiedene Männer aus ihrem Teil des Hauses kamen, zu dem wir keinen Zutritt hatten. Und dann kamen keine Männer mehr, und es dauerte eine Weile, bis wir begriffen, dass sie tot war. Catherine hat uns den Grabstein gezeigt.«

Harrison stand auf und lehnte sich an den Tisch. »Das ist schon eine seltsame Geschichte.«

»Und dies alles ist immer noch vertraulich.« Sie blies auf ihren heißen Tee.

Er hob beschwichtigend eine Hand. »Solange Sie nicht grünes Licht zur Veröffentlichung geben, bleibt es unter uns. Ich sammle nur Fakten.«

Sie wurde von Panik gepackt und wagte es nicht, ihm in die Augen zu blicken. Sie hatte dies alles in Bewegung gesetzt, wollte aber immer noch lieber auf der Bremse stehen. Sie trank einen großen Schluck Kräutertee, um sich zu beruhigen. Sie war nur noch ein Nervenbündel, und das lag nicht nur an Justice, sondern auch an Harrison Frost. Vielleicht daran, dass ihr Hormonhaushalt wegen der Schwangerschaft aus dem Gleichgewicht war. Oder an dem Adrenalinschub, der sie durchzuckte, wenn sie daran dachte, dass Justice auf freiem Fuß und hinter ihr her war. Trotz des verdammten Tees, der als beruhigend angepriesen wurde, war sie weiter nervös.

»Haben Sie Ihren ursprünglichen Namen von Ihrer Mutter?«

»Ja.«

»Loreley hatte einen untreuen Liebhaber und hat sich in den Rhein gestürzt, um zu sterben. Schiffer wurden durch ihre Stimme zu dem großen Felsen gelockt, wo sie ertrank, und kamen selbst ums Leben.«

»Was Sie so alles wissen ...«

Er lächelte und warf einen Blick auf den Laptop. »Ich habe das Internet.« Er zeigte auf ein in einer Buchse an der Seite des Laptops steckendes Gerät, das ihm überall einen drahtlosen Zugang zum Internet ermöglichte.

»Ich sehe es.«

»Haben Sie überhaupt versucht, mehr herauszufinden?«, fragte er. »Zum Beispiel über Ihren Vater?«

»Meistens wollte ich alles nur verdrängen. Das schien mir besser zu sein. Und ich wollte auch nicht wieder in diese Gegend ziehen. Die Idee kam von meinem Ex.«

»Jetzt sind Sie von ihm geschieden, aber immer noch hier.«

Sie nickte bedächtig.

»Und Sie bleiben, obwohl Sie wissen, dass Justice hier irgendwo ist. Wollen Sie helfen, Ihre Familie zu beschützen?«

Offenbar war er schon lange genug bei ihr, um ihre Gedanken erraten zu können.

»Ja«, sagte sie, ohne ihn direkt anzublicken. »Was ist, wenn ich Kontakt zu ihm aufnehme und ihn das nur noch mehr anspornt, Jagd auf uns zu machen? So schnell wie möglich?«

»Das ist ein Risiko.«

»Ich bin nicht sicher, ob ich dazu in der Lage sein werde.«

Harrison sah sie an. Schaute sie so an, wie ein Mann eine

Frau anschaut. Sie spürte, wie sie errötete, und wandte verlegen den Blick ab. Was stimmte nicht mit ihr? Guter Gott, sie kannte ihn erst seit gestern, seit jenem Tag, als sie erfahren hatte, dass sie schwanger war. Und jetzt hatte sie solche Gedanken?

Es war nicht richtig. Ein schwerer Fehler.

Jetzt herrschte ein unbehagliches Schweigen.

»Wissen Sie was?«, sagte er nach einer Weile. »Lassen Sie uns verschwinden. Ich arbeite zurzeit noch an einer anderen Story. Wollen Sie mir nicht heute Abend ein bisschen helfen?«

»Was für eine Story?«

»Es ist ein Projekt, an dem ich seit zwei Wochen arbeite. In Seaside. Es geht um eine jugendliche Diebesbande. Holen Sie Ihren Kapuzenpulli. Ich erzähle mehr, wenn wir im Auto sitzen. Wir sollten wirklich fahren. Der verdammte Nebel ist nervig, für meine Diebe aber ideal. Wahrscheinlich hat er mittlerweile auch Seaside erreicht.«

Sie blickte ihn zögernd an.

»Kommen Sie, ich entführe Sie für ein paar Stunden aus Deception Bay. Damit haben Sie Zeit, in Ruhe über die Geschichte mit Justice nachzudenken. Und ziehen Sie etwas Warmes an, es wird heute Nacht bestimmt empfindlich kühl.«

»Okay«, sagte sie unsicher.

»Sie helfen mir, ich helfe Ihnen. Vielleicht schnappen wir heute meine Diebe und morgen Justice Turnbull.«

Sie nahm den Kapuzenpulli von einem Haken neben der Hintertür. »Träumer!«

Er blickte sie lächelnd an, und ihr Herzschlag setzte einen Moment aus.

Sie trat zur Hintertür und sagte sich, ihre Gefühle für ihn

seien lächerlich, Harrison Frost werde ihr nur Probleme einbrocken.

Und davon hatte sie im Moment schon mehr als genug.

Nein, sie hatte keine Verwendung für diesen Zeitungsschreiber mit dem energischen Kinn, dem wissenden Blick und der schnellen Auffassungsgabe. Doch ob es ihr gefiel oder nicht, im Moment sah es so aus, als würde sie den Rest des Tages mit ihm verbringen.

Das Dumme war, dass sie ihn wirklich mochte. Sehr viel mehr, als gut für sie war.

17

Laura hatte das Gefühl, von einem Leben in ein anderes zu wechseln, als sie in Harrisons Impala Richtung Norden nach Seaside fuhren. Gestern Morgen war sie noch eine Krankenschwester im Ocean Park Hospital gewesen, die über eine Scheidung hinwegzukommen versuchte; heute war sie die Quelle, Verbündete und vielleicht sogar Partnerin eines Enthüllungsjournalisten, der sich von ihr eine Story versprach. Und sie war bereit, seinen Plan zu unterstützen. Mehr als bereit, denn sie hoffte darauf, dass er sie vor einem Killer retten würde, der eine teuflische Mission zu erfüllen gedachte.

Vor nicht einmal vierundzwanzig Stunden hatte sie ihn noch nicht gekannt. Hatte nicht gewusst, dass sie schwanger war. Und auch nicht, dass Justice ausgebrochen war und sie und ihre Familie ins Visier genommen hatte.

Sie kurbelte das Seitenfenster ein Stück herab, schloss die Augen und hielt das Gesicht in den Fahrtwind, der in das Innere des Autos drang. Sie machte sich Sorgen um Catherine und ihre Schwestern, obwohl die in ihrer Festung vermutlich in Sicherheit waren, und außerdem war die Polizei des gesamten Bundesstaates im Einsatz, um den Ausbrecher zu fassen. Es war mit Sicherheit kein Geheimnis, auf wen er Jagd machen würde, und sie, Laura, war weitaus stärker gefährdet als ihre Tante und ihre Schwestern.

Sie war erleichtert, dass Harrison sie aus Deception Bay herausbrachte. Ohnehin hatte sie selbst nicht wieder dorthin zurückziehen wollen, und nun hatten sich ihre Ängste als berechtigt herausgestellt. Sie hätte nicht auf Byron hören dürfen. Niemals.

Und doch konnte sie jetzt nicht von dort fortgehen. Sie musste diese Geschichte durchstehen und alles tun, um ihre Familie und das Baby vor Justice zu beschützen.

Sie fragte sich, ob sie Harrison erzählen sollte, dass sie schwanger war. War das relevant? Nur in der Hinsicht, dass Justice es deshalb erst recht auf sie abgesehen hatte. Er war entschlossen, sie alle in die Verdammnis der Hölle zu schicken, so viel war sicher. Er hatte es gesagt, als sie seine Stimme in ihrem Kopf vernommen hatte, und es ängstigte sie zu Tode.

Als sie Harrison von der Seite anblickte und sein Profil studierte, ging ihr Atem schneller.

Guter Gott.

»*Haltet unsere Strände sauber!*«, murmelte er vor sich hin, als an jedem Aussichtspunkt, an jedem Abzweig und auf jedem Parkplatz jede Menge Fahrzeuge zu sehen waren, während sie sich dem Stadtrand von Seaside näherten. Kurz darauf fuhren sie durch die verstopften Straßen der Stadt, und Harrison war zunehmend verärgert, weil er einfach keinen Parkplatz fand. Nachdem sie langsam ein paar Nebenstraßen hinabgefahren waren, in denen sich außer Autos und Pickups Fußgänger und Radfahrer drängten, hatten sie endlich Glück, als hinter einer Tankstelle ein älteres Ehepaar in einem Buick den Parkplatz verließ, sodass Harrison seinen Wagen in die frei gewordene Lücke setzen konnte.

Laura war in Gedanken verloren und fragte sich, warum sie tiefere Gefühle empfand für diesen Mann, mit dem sie gegenwärtig unterwegs war, weil sie Angst hatte. Oder aus Verzweiflung wegen der Geschichte mit Justice? Redete sie sich deshalb ein, dass sie ein Verlangen nach Harrison empfand?

Sie war in einer schlimmen Lage, und die Angst beeinflusste ihre Gedanken und Gefühle.

Oder empfand sie tatsächlich mehr für ihn?

Harrison stellte den Motor ab, nahm eine Dose mit Pfefferminzbonbons aus dem Handschuhfach, öffnete sie und schob sich eins in den Mund. Dann hielt er ihr die Dose hin, doch ihr drehte sich schon bei dem Gedanken daran der Magen um, und sie schüttelte den Kopf.

»Alles in Ordnung?«, fragte er.

»Ja. Ich denke nur nach.«

Er nahm ihre Hand und drückte sie. »Sie denken zu viel nach. Versuchen Sie Justice mal für eine Weile zu vergessen.«

»Natürlich, nichts leichter als das.«

»Haben Sie heute noch mal seine Stimme gehört?« Er ließ ihre Hand los.

Sie schüttelte den Kopf. »Übrigens glaube ich, dass auch er die Fähigkeit hat, sich gegen mich abzuschotten. Zumindest scheint er das im Moment zu tun.«

»Glauben Sie, er weiß, dass Sie sich außerhalb von Siren Song aufhalten?«

»Oh ja, er weiß es«, antwortete sie. »Also gut, ich werde versuchen, ihn eine Weile zu vergessen. Was genau haben Sie heute Abend vor?«

Während der Fahrt nach Seaside hatte er ihr erzählt von den Jugendlichen, die in die Häuser von Klassenkameraden einbrachen, deren Eltern wohlhabend waren, dann hatte er von seinen Gesprächen mit Lana und Jenny berichtet und gesagt, der Anführer der Bande sei ein gewisser N.V. Wie Envy, der Neid.

»Diese Kids berauschen sich an ihren Taten und halten sich für klüger als alle anderen«, fügte er jetzt hinzu. »Ich will sie in flagranti ertappen, vielleicht schon heute Nacht.«

»Warum heute?«

»Wir haben Samstag. Alle früheren Einbrüche fanden in der Nacht von Samstag auf Sonntag statt. Und heute ist es nebelig. Da sieht man sie nicht so leicht. Ich glaube nicht, dass sie sich diese Gelegenheit entgehen lassen werden.«

»Und die Polizei hat keine Ahnung?«

»Oh doch. Die Cops in Seaside wissen von den Einbrüchen und fahren Streife in einigen der besseren Wohngebiete, doch sie können nicht überall gleichzeitig sein. Und an Sommerwochenenden gibt es in Seaside genug Probleme. Schlägereien, Trunkenheit in der Öffentlichkeit, häusliche Gewalt. Und andere Diebstähle.«

»Gehen wir zu dem Eiscafé?«

»Ja, aber nur, um zu sehen, ob Jenny noch arbeitet. Wahrscheinlicher ist es, dass wir in der Hauptstraße über eine von ihnen stolpern. Da können wir uns dann dranhängen.«

»Aber die wissen, wie Sie aussehen.«

»Ich muss eben vorsichtig sein und werde eine Kappe und einen langen Regenmantel tragen.« Er wies mit dem Daumen über die Schulter. »Die Klamotten liegen auf der Rückbank. Neben Ihrem Kapuzenpulli.«

»Ich könnte ihnen folgen«, schlug sie vor. »Sie zeigen mir die Kids, und ich beschatte sie.«

Er blickte sie an, als hätte sie den Verstand verloren. »Ausgeschlossen.«

»Sie kennen mich nicht, und ich bin eine Frau. Sie werden sich keine Sorgen machen, wenn ich ihnen zu nahe komme.«

»Vergessen Sie's.«

»Warum?«

»Es ist zu ...« Er unterbrach sich, doch Laura wusste, was er sagen wollte.

»... gefährlich? Gefährlicher für mich, als wenn ich Kontakt zu Justice Turnbull aufnehme, einem geisteskranken Mörder?« Fast hätte sie gelacht. »Gönnen Sie mir mal eine Abwechslung!«

»Nein, ich lasse das nicht zu. Ich kann nicht riskieren, dass Ihnen etwas passiert.«

»Es ist meine freie Entscheidung, und ich werde sie observieren«, sagte sie kühl.

»Nein.«

»Wenn Sie jemanden von ihnen entdecken, folge ich ihm und werde sehen, was dabei herauskommt.«

»Sie werden sich am Strand treffen«, sagte er. »Bei dem Nebel werden sie mich nicht sehen.«

»Es sei denn, Sie müssen zu nah an sie heran, um zu hören, was gesagt wird.«

»Ich will sie nicht belauschen. Ist zu riskant. Mich interessiert nur, wie viele es sind.«

»Ich könnte es für Sie herausfinden.«

»Nein.«

Vielleicht widersprach es seiner Vorstellung von Männlichkeit, sich von einer Frau helfen zu lassen. Sie aber wollte ihn nur unterstützen, weil sie an etwas anderes denken musste als Justice Turnbull und seine mörderische Obsession.

»Hören Sie, Sie können ja ein paar Schritte hinter mir bleiben.«

»Nein.«

»Angesichts dieser Horden, die den Strand säubern, wird uns niemand eines zweiten Blickes würdigen. Und der Nebel ...«

»Sie sind Krankenschwester, nicht Mata Hari.«

»Ich bin eine junge Frau, die wie alle anderen jungen Leute Jeans und einen Kapuzenpulli trägt und an dem Aktionstag teilnimmt. Ganz damit beschäftigt, den Müll zu beseitigen, könnte ich in dem Nebel versehentlich über diese Clique von Teenagern stolpern. Ich bin nur ein weiterer Gutmensch, der davon besessen ist, diese Welt zu einem besseren Ort zu machen. Schlimmstenfalls werden sie mich wütend anstarren und nichts mehr sagen, bis ich weg bin.«

»Mein Gott, es reicht jetzt ...«

Sie nahm ihren Kapuzenpulli vom Rücksitz und zog ihn an. »Jetzt sehe ich wie alle anderen aus.«

Er seinerseits griff nach seinem Regenmantel und setzte eine Baseballkappe auf. »Ich will nicht, dass Sie sich in Gefahr bringen.«

Er war so ernst, dass sie es schon fast amüsant fand. »So was macht mir keine Angst«, versicherte sie. »Im Moment wird es für mich wie eine Art Therapie sein.«

Es stimmte. Während der letzten vierundzwanzig Stunden hatte sie in Angst und Schrecken gelebt, und der Gedanke, nicht mehr daran zu denken und ihm zu helfen, versetzte sie in Hochstimmung.

Er runzelte die Stirn. »Es gefällt mir einfach nicht.«

»Das ist ein Kinderspiel verglichen damit, zu Justice Kontakt aufzunehmen.«

»Dass diese Typen noch halbe Kinder sind, heißt nicht, dass sie nicht gefährlich wären. Sie sind Einbrecher, doch wenn eine Situation eskaliert, könnten sie bald schon etwas Schlimmeres sein. Wenn sie sich in die Ecke gedrängt fühlen, werden sie aggressiv.«

»Sie glauben, sie werden sich am Strand treffen?«

»Sicher ist das nicht, aber gefährlich wird es allemal, Loreley.«

»Hören Sie, wenn Sie mich machen lassen, nehme ich Kontakt zu Justice auf. Wie wär's? Eine Hand wäscht die andere.« Sie öffnete die Wagentür.

»Ich lasse nicht mit mir handeln!«

»Ach, kommen Sie, lassen Sie mich Ihnen helfen«, sagte sie lächelnd.

»Verdammt.«

Sie lachte, weil er so hilflos wirkte, und es überraschte sie beide. Sie konnte sich nicht erinnern, wann sie zum letzten Mal gelacht hatte. »Ich bin halb hysterisch.«

»Oder ganz.«

Nach ein paar Schritten war er neben ihr. »Wenn man Sie mit mir sieht, ist dies alles nur Zeitverschwendung.«

»Dann lässt es sich eben nicht ändern«, murmelte er, aber er leistete keinen Widerstand mehr. Er schickte sie nicht ins Auto zurück, und Laura wusste, dass sie gewonnen hatte.

Gemeinsam gingen sie den Broadway hinab. Leute, die vom Strand zurückkamen, tauchten wie Geister aus dem Nebel auf. Auf T-Shirts, Jacken und Kapuzenpullis sahen sie immer wieder den Aufdruck »Haltet unsere Strände sauber«.

Harrison zeigte auf das Eiscafé, und Laura schaute es sich interessiert an. Dann begann sie die Straße zu überqueren, spürte aber schell eine Hand auf ihrer Schulter, die sie festhielt.

»Hören Sie, es gibt bestimmte Regeln«, flüsterte er ihr ins Ohr. »Halten Sie Abstand. Sie sollen nichts tun, sondern nur die Lage beobachten. Verstanden?«

Sie nickte.

»Das da vor dem Café ist Lana, das Mädchen, mit dem ich zuerst geredet habe. Jenny steht nicht hinter der Theke, aber …« Er unterbrach sich und fluchte leise. »Ah, da ist sie ja. Sie kommt aus dem Hinterzimmer. Bestimmt hat sie gerade Feierabend. Wie spät ist es?«

Laura schob ihren Ärmel hoch und schaute auf die Uhr. »Halb fünf.«

»Okay, komm zu mir, Mädchen.« Er zog sie dicht an sich, und sie starrte auf seinen Dreitagebart. »Wir spielen jetzt ein Liebespaar und werden uns küssen«, sagte er. »Sorg dafür, dass es überzeugend wirkt.«

Sie wollte protestieren, doch da spürte sie schon seine warmen Lippen auf ihren. Sein Atem roch noch schwach nach dem Pfefferminzbonbon. Ihre Knie wurden augenblicklich weich. Sie wollte etwas sagen, doch er drückte sie noch ein bisschen fester an sich. Er küsste sie, doch sie sah, dass er die Augen geöffnet hatte und weiter das Eiscafé beobachtete.

Er küsste sie weiter, doch da sie nun wusste, dass er nicht richtig bei der Sache und alles nur Schauspielerei war, empfand sie gemischte Gefühle. Einerseits Erleichterung, andererseits Enttäuschung. Und Verlegenheit. Trotzdem, jetzt hatte sie einen Moment Zeit, um ihre Situation einzuschätzen. Sie war schwanger und küsste einen Mann, den sie attraktiv fand. Und war auf der Flucht vor einem anderen Mann, der sie töten wollte.

Schwester …! Mit der unseligen Leibesfrucht, die in dir heranwächst …

Sie zuckte geschockt zusammen, und Harrison hörte auf, sie zu küssen, und schaute sie stirnrunzelnd an. In ihrem Kopf knallte sie Justice die Tür ins Gesicht.

»Was ist?«, fragte er.

»Nichts. Es ist nur die nervliche Anspannung.« Ihre Zähne klapperten.

Er blickte über die Straße. »Sie machen sich auf den Weg. Bei dem Nebel kann ich ihnen folgen, ohne dass sie mich erkennen.«

»Nein, das übernehme ich.« Sie löste sich aus seiner Umarmung.

»Sicher?«

»Ja.«

»Also gut, ich komme in dreißig Sekunden nach. Ich stehe am Ende des Wendeplatzes. Wie gesagt, Abstand halten, nicht zu nah herangehen.«

Sie winkte ihm zu und ging zum Strand, in die Richtung, welche die beiden Mädchen eingeschlagen hatten.

18

Harrison wollte bis dreißig zählen, kam aber nur bis neun. Er hielt es nicht mehr aus und folgte Laura Richtung Westen, wo man die Sonne durch die dichte Nebelwand kaum sehen konnte.

Er glaubte, Fehler zu machen, eine Menge Fehler. Bei der Geschichte mit Loreley ging es um mehr als nur darum, wegen einer Story eine Quelle anzuzapfen. Normalerweise suchte er sich keine Verbündeten, und doch hatte er es nun getan.

Was zum Teufel ist los mit dir?, fragte er sich.

Du brauchst eine Story.

Er grunzte angewidert. Ja, natürlich, mehr steckte nicht dahinter. Er führte eine Art Interview mit sich selbst, um sicherzugehen, dass er sich nichts vormachte.

Sie ist hübsch.

Ja.

Sie ist ernst, hat aber auch Sinn für Humor.

Noch mal ja.

Sie ist waghalsig, obwohl sie glaubt, vorsichtig zu sein.

Auch richtig.

Du magst sie sehr, viel mehr, als gut für dich ist. Was Beziehungen betrifft, hast du schlechte Erfahrungen gemacht. Du solltest professionelle Distanz wahren, damit niemand verletzt wird. Ich sage dir nichts, was du nicht bereits weißt.

»Bingo«, sagte er leise.

Und sie küsst so leidenschaftlich, dass du keinen klaren Gedanken mehr fassen kannst und dein verdammtes Ding hart wird.

Oh, Mist. Er verdrängte den unerwarteten Gedanken. Zumindest fürs Erste.

Er konnte kaum zwei Meter weit sehen, hörte aber die Wellen gegen die Felsen branden und die Stimmen von Menschen, die der Nebel verschluckte. Die ganze Szenerie war völlig irreal.

Sei vorsichtig, dachte er.

Laura blieb stehen und nahm einen leeren schwarzen Müllsack von einem Tisch, hinter dem zwei Frauen in mittleren Jahren standen, um Spenden zu sammeln und über den Aktionstag zu informieren. Beide trugen Sweatshirts mit dem Aufdruck »Haltet unsere Strände sauber«. Sie nickte den beiden Frauen zu und folgte in einem sicheren Abstand den beiden Mädchen, die dicht nebeneinander her gingen. Harrison hatte recht gehabt, sie gingen direkt Richtung Strand.

Sie wollte sich auf ihre Aufgabe konzentrieren, war aber in Gedanken immer noch bei dem Kuss. Justice war in einem anderen Raum in ihrem Gehirn eingesperrt, und dort sollte er fürs Erste auch bleiben. Sie war mehr als glücklich, im Moment nicht an ihn denken zu müssen. Sie wollte ganz für den Augenblick leben.

Sie hatte bei dem Kuss weiche Knie bekommen, doch Harrison schien nicht das Geringste empfunden zu haben. Sie hatte sich von ihren Gefühlen nichts anmerken lassen, war aber geschockt über ihre Reaktion und wunderte sich über sich selbst.

Die beiden Mädchen erreichten den Strand, bogen nach rechts, wo nicht so viele Menschen waren und gingen zielstrebig Richtung Norden. Laura folgte ihnen und verringerte manchmal den Abstand, wenn der Nebel die beiden verschluckte. Gelegentlich ging sie ein Stück nach links oder rechts, um den Eindruck zu erwecken, zwar in dieselbe Richtung zu gehen wie die beiden, aber nicht dasselbe Ziel zu haben. Sie begegnete Umweltschützern, Eltern mit Kindern und Leuten, die ihre Hunde ausführten, doch niemand sprach sie an.

Die Mädchen schienen nichts um sie herum wahrzunehmen. Nie drehten sie sich zu Laura um. Doch dann, nach einer halben Meile, gingen sie langsamer und schauten sich um. Sie schienen sich zu streiten. Laura bückte sich, als würde sie Abfall aufklauben, den es hier nicht gab, und lauschte angestrengt.

»Wir sind zu weit gegangen«, sagte Lana.

»Nein, sind wir nicht«, antwortete Jenny gereizt. »Sie müssen hier irgendwo sein. Noah!«, rief sie. »*Noah!*«

»Halt die Klappe«, fuhr Lana sie an. »Mein Gott, genauso gut könntest du gleich die Bullen rufen, damit sie uns schnappen.«

Dann tauchte ein Junge aus dem Nebel auf, packte Jennys Arm und zog sie weiter von Laura weg. Lana folgte ihnen.

»Haltet beide die Fresse«, hörte Lana den Mann sagen, der jetzt offenbar stehen geblieben war. Wegen des Nebels konnte sie nichts sehen, doch wenn sie die Ohren spitzte, verstand sie, was gesagt wurde. Wieder bückte sie sich, und diesmal fand sie eine leere Limonadenflasche, die sie in den Müllsack warf.

»Noah«, hörte sie eine weibliche Stimme sagen.

»Für dich immer noch Envy«, zischte er.

Die Todsünden, dachte Laura. Envy, der Neid.

Ein anderer Mann lachte kurz auf.

»Dumme Arschlöcher«, knurrte Noah/Envy.

»Was soll das heißen?«, fragte eine weibliche Stimme.

»Ich nenne dich jetzt nicht mehr Pride, sondern dumme Bitch«, blaffte er die Frau an. »Hat sonst noch jemand eine schwachsinnige Frage?«

Pride, der Hochmut.

»Haben wir heute ein Ziel, wo wir schon mal waren?«

»Genau, Baby, Lana wird sich freuen.«

»Lust!«, fauchte Lana. »Mein Name ist Lust. Du hast Ellie Pride genannt, also kannst du mich auch Lust nennen!«

Die nächste Todsünde. Die Wollust.

»Reg dich ab«, sagte Ellie/Pride. »Ian mag seinen Spitznamen nicht mal.«

»Ist mir scheißegal«, knurrte Noah. »Habt ihr gehört, was ich gesagt habe? Wollt ihr nicht wissen, wem wir einen Besuch abstatten?«

»Ich hab abgenommen«, protestierte eine andere männliche Stimme. »Guter Gott, was soll der idiotische Spitzname Gluttony? Mit Völlerei hab ich nichts am Hut.«

»Ich werde mich freuen?«, fragte Lana. »Ich verstehe nicht, was du meinst, Noah. Äh, Envy meine ich natürlich.«

»Beide Namen beginnen mit einem *B*, dumme Schlampe«, fuhr er sie an. »Ist der Groschen jetzt gefallen?«

»Oh, du meinst Britt Berman?«, fragte sie, bevor Noah alle erneut aufforderte, die Klappe zu halten.

Laura hatte Angst, dass plötzlich Noah vor ihr aus dem Nebel auftauchte. Es war besser, wenn sie verschwand.

Mit heftig klopfendem Herzen trat sie ein paar Schritte zurück. Am liebsten wäre sie weggerannt, doch sie zwang sich trotz ihrer Angst, sich langsam zu bewegen.

»Hey, Moment!«, rief Noah/Envy plötzlich direkt vor ihr. »Was hast du hier zu suchen?«

Ein ungefähr siebzehnjähriger Junge tauchte aus dem Nebel auf. Er blickte sie finster an und zog dann eine höhnische Grimasse. Er wirkte gefährlich und zu allem entschlossen, und es lief ihr kalt den Rücken hinab. »Was?«, fragte sie. »Redest du mit mir?«

»Allerdings, Schlampe. Noch mal, was hast du hier zu suchen?«

»Ich säubere den Strand!« Sie hielt den Müllsack hoch und bemühte sich, ihre Angst zu unterdrücken. »Und ich bin keine Schlampe, kapiert?«

Er trat bedrohlich auf sie zu. »Hast du gelauscht?«, fragte er. »Interessierst du dich für Dinge, die dich nichts angehen?«

Sie zwang sich, nicht zurückzuweichen. »Ich habe doch gesagt, dass ich den Strand säubere, einen *öffentlichen* Strand, zusammen mit meiner Familie.« Hoffentlich ließ ihn die Lüge glauben, dass sie nicht allein hier war. »Bist du nicht wegen des Aktionstages hier?«

»Sehe ich so aus, blödes Miststück?«

»Hör auf, mich zu beleidigen.« Sie hatte nicht vor, sich von diesem Halbstarken herumschubsen zu lassen.

»Scheiße!« Er packte ihren Arm. Jetzt sah sie auch die anderen auf sich zukommen. Es waren wirklich sieben, drei Mädchen und vier Jungen.

Die sieben Todsünden.

Sie hielt dem finsteren Blick des Anführers stand. »Lass mich los«, sagte sie in dem ruhigen, entschlossenen Tonfall, der sonst für widerspenstige Patienten reserviert war. Sie versuchte, ihren Arm loszureißen, aber er drückte nur noch fester zu.

Einer der anderen Jungs blickte sich nervös um. »Komm, lass sie in Ruhe. Es ist überflüssig, anderen Angst einzujagen.«

Elie, ein anderer Junge, grunzte zustimmend.

Noah/Envy wollte nichts davon hören. Er hielt weiter Lauras Arm fest und starrte sie hasserfüllt an.

Er stank aus dem Mund. »Kautabak kann Mund-, Zungen- und Kehlkopfkrebs verursachen«, sagte sie. »Du solltest vorsichtig sein.«

»Was zum Teufel geht dich das an?«

»Immer mit der Ruhe«, sagte einer der beiden besorgten Jungs, als sich Leute näherten. Man hörte das Lachen eines Kindes und den Bariton eines Mannes.

Noah/Envy ließ zögernd Lauras Arm los.

»Wo bist du, Loreley?«, rief Harrison mit einer kaum wiederzuerkennenden, verstellten Stimme, doch sie wusste, dass er es war.

Sie drehte sich um, verschwand im Nebel und ging in seine Richtung, ohne viel zu sehen. Erleichterung überkam sie, als sie ihn endlich sah, und sie warf sich ihm in die Arme. Dann wandte sie sich um, weil sie glaubte, Noah/Envy sei ihr vielleicht gefolgt, doch der Nebel hatte die Jugendlichen verschluckt.

Harrison zog sie in Richtung des Wendeplatzes. Sie erreichten ihn und fanden sich unter Strandbesuchern und Umweltschützern wieder. Dann gingen sie in die Richtung weiter, wo sein Wagen geparkt war. Laura gab den Müllsack an einer Sammelstelle ab, wo eine Frau ihr einen Aufkleber mit der Aufschrift »Haltet unsere Strände sauber!« gab.

Sie gingen die Strandpromenade von Seaside hinab, und dann stieß Harrison die Tür eines kleinen Imbisses auf und führte sie zu einem Tisch für zwei Personen im hinteren Teil des Raumes, möglichst weit vom Eingang entfernt. Sie setzten sich mit dem Rücken zum Fenster.

»Ich habe ihn gehört«, sagte Harrison grimmig. »Ich hätte ihn umgebracht, wenn er dich weiter bedroht hätte.«

»Das wäre vielleicht eine Überreaktion gewesen.«

»Diese Typen sind gefährlich. Du musst vorsichtig sein.«

»Duzen wir uns jetzt?«, fragte sie lächelnd.

»Klar, wo wir uns doch schon geküsst haben.« Seine Stimmung schien sich etwas aufzuhellen.

»Noch mal zurück zu diesen Typen. Das sind doch noch halbe Kinder.«

»Jugendliche Straftäter.«

»Meinetwegen, doch so ein paar Halbstarke jagen mir keine Angst ein.«

»Sollten sie aber.«

»Vielleicht hast du recht.«

Eine gelangweilt wirkende Kellnerin trat zu ihnen, um die Bestellung aufzunehmen.

»Was darf's sein?«, fragte sie.

Laura blickte auf die große Tafel, die über der Theke hing. »Für mich ein Truthahn-Sandwich mit Käse und Preiselbeersauce«, sagte sie.

»Ich nehme die Muschelsuppe und ein Sandwich mit Thunfisch«, sagte Harrison.

»Auch was zu trinken?«, fragte die Kellnerin.

»Eine Cola«, sagte Harrison und blickte Laura an.

»Mineralwasser.«

Die Kellnerin wandte sich ab und ging zu einem anderen Tisch, wo eine junge Mutter ihren dreijährigen Sohn ermahnen musste, auf dem Kinderstuhl sitzen zu bleiben.

Als die Bedienung außer Hörweite war, blickte Laura Harrison an. »So weit ich es mitbekommen habe, sind es wirklich sieben Leute. Der Anführer heißt Noah und nennt sich Envy, der Neid. Sein Nachname ist nicht gefallen. Lana ist Lust, die Wollust, Ellie ist Pride, der Hochmut. Dann war da noch ein Typ, der seinen Spitznamen Gluttony nicht mochte. Ich glaube, er hieß Ian, und er hat gesagt, er habe abgenommen und mit Völlerei nichts am Hut. Jennys Spitznamen kenne ich nicht, aber es bleiben noch drei Todsünden übrig. Greed, die Gier, Wrath, der Zorn, und Sloth, die Trägheit. Sie haben vor, noch einmal in das Haus der Bermans einzubrechen.«

Er hob eine Augenbraue. »Bist du dir sicher?«

»Er hat zu Lana gesagt, der Vor- und Nachname würden beide mit einem *B* anfangen. Sie hat auf Britt Berman getippt, und er hat nicht widersprochen.«

Harrison schaute sie verwundert an. »Manchmal hat man einfach das Glück, etwas Wichtiges aufzuschnappen«, sagte er schließlich. Dann zog er sein Mobiltelefon aus der Tasche, blickte auf das Display und dachte nach. »Komm, wir fahren zu den Bermans und warnen sie.« Vor der Theke blieb er stehen. »Unsere Bestellung ...«, sagte er zu der Bedienung. »Bitte alles zum Mitnehmen.«

Laura saß auf dem Beifahrersitz von Harrisons Impala, und ihre Beine waren eingeschlafen, weil sie sich stundenlang nicht bewegt hatte. Und jetzt tauchten die Diebe aus der Dunkelheit auf und verteilten sich auf dem Grundstück der Bermans. Harrison saß hinter dem Lenkrad. Er setzte die Brille auf und lächelte. »Wen haben wir denn da? Pech für Envy, dass du sie in dem Nebel unerkannt belauschen konntest.«

Dreißig Sekunden später ging eine Alarmanlage los. Nicht die der Bermans, die war bei dem letzten Einbruch zerstört und noch nicht ersetzt worden. Jetzt heulte die Alarmanlage der Nachbarn, bei denen sich auch die Familie Berman aufhielt, seit Harrison die Polizei von Seaside über den bevorstehenden Einbruch informiert hatte.

Harrison schaute zufrieden aus dem Fenster. Dann stieg er aus, um mit einem der Polizisten zu reden. Auch Laura war zufrieden. Sie hatte den ganzen Tag mit ihm verbracht, ihn näher kennengelernt und weit mehr über ihn erfahren, als sie erwartet hatte.

Sie hatte das Gefühl, ihn schon seit Jahren zu kennen, und das war einfach lächerlich. Jetzt stand er da im Licht der Straßenlaterne, und sie sah seine breiten Schultern, die schlanke Taille, sein schwarzes Haar. Es kam ihr seltsam vor, dass sie ihn vor ein paar Tagen noch nicht gekannt hatte.

Er wandte sich um, als hätte er ihren Blick auf sich ruhen gespürt, und kam durch die Nebelschwaden auf das Auto zu. Kurz darauf saß er wieder neben ihr und zeigte auf den jungen Polizisten, mit dem er gesprochen hatte. »Das ist John Mills«, sagte er. »Ich kenne ihn. Einige der Cops wollen von Journalisten nichts wissen, aber er redet mit mir. Deshalb habe ich ihn wegen dieser Geschichte angerufen.«

»Eine Hand wäscht die andere ...«

»Ich schreibe in meinem Artikel, was ich bis jetzt weiß. Dann werde ich morgen mit ihm reden und sehen, ob ich noch mehr erfahre.«

»Wohin fahren wir jetzt?«, fragte sie.

»Zu meiner Wohnung. Ich habe meine Notizen und einen Teil der Story auf dem Laptop. Jetzt muss ich den Artikel nur noch zu Ende schreiben und ihn als E-Mail-Anhang verschicken. Dann steht er morgen auf der Titelseite der *Seaside Breeze*.«

»Okay, fahren wir.«

Er legte den Gang ein und wendete.

Die Wohnung im ersten Stock war äußerst spartanisch möbliert. Sie fand einen Klappstuhl und setzte sich.

»Ich überlege noch, ob ich einen Innenarchitekten engagieren soll«, witzelte er.

»Eine leere Wohnung ist leichter sauber zu halten.«

»Hmm.« Er reagierte nicht auf ihre Bemerkung, weil er in Gedanken schon wieder bei seinem Artikel war. Er klappte den Laptop auf, öffnete die Datei und fügte noch ein paar abschließende Sätze über die Festnahme der »Deadly Sinners« hinzu. »Keine Namen«, sagte er. »Sie sind sämtlich noch nicht volljährig.« Er schickte die Datei per E-Mail an seinen Herausgeber. »Wie wär's mit einem Abendessen? Wir könnten zu Davy Jones's Locker fahren und Brathähnchen mit Pommes essen. Danach bringe ich dich in die Heia.«

»Du kannst mich gern nach Hause fahren, aber das Essen lasse ich ausfallen.« Sie rümpfte die Nase. »Zweimal an einem Tag in dieser Spelunke wäre mir ein bisschen viel.«

»Du magst kein gebratenes Fleisch und keine Pommes?«

»Ich mag beides so gern wie jeder andere auch.«

»Keine Frau mag gebratenes Fleisch und fettige Pommes. Zumindest gibt sie es nicht zu. Bei der Damenwelt geht's immer nur um gesunde Ernährung und Gewichtsabnahme. Grünzeug essen macht keinen Spaß. Es gibt eine direkte

Verbindung zwischen dem Fettgehalt des Essens und der Zufriedenheit des Essenden, aber davon willst du nichts wissen.«

»Ich habe heute Morgen mit dir Huevos Rancheros gegessen«, rief sie ihm ins Gedächtnis.

»Die sind gebacken, glaube ich. Minimaler Fettgehalt.«

»Mag sein.« Sie lächelte. »Aber ich lehne die Einladung zum Abendessen trotzdem ab, besten Dank.«

Sie glaubte, schon jetzt zu viel Zeit mit ihm verbracht zu haben, und doch wollte sie weiter bei ihm bleiben. Sie konnte sich einreden, es liege nur an der Geschichte mit Justice, und in seiner Anwesenheit sei sie weniger nervös und ängstlich. Doch es steckte mehr dahinter.

Etwas, worüber sie im Moment gar nicht nachdenken wollte.

»Aber du musst etwas essen«, beharrte er.

»Ich habe Vorräte im Kühlschrank.«

»Genug Vorräte?«

»Hoffst du auf eine Einladung?«

»Vielleicht. Was hast du Leckeres zu bieten?«

Sie antwortete nicht sofort.

»Salat?«

»Unter anderem.«

»Und alles schön gesund?«

»Magst du kein gesundes Essen?«

»Nur, wenn du mich einlädst«, sagte er grinsend.

Sie fand seinen Charme unwiderstehlich, aber er konnte auch eine verdammte Nervensäge sein. »Okay.« Sie gab nicht nur ihm gegenüber nach, sondern auch gegenüber ihren eigenen Wünschen. »Fahr mich nach Hause, dann mache ich uns was zu essen. Aber ins Bett bringen wirst du mich nicht.«

Er lächelte. »Ich könnte bleiben und auf dem Sofa im Wohnzimmer schlafen.«

»Und wenn ich es nicht will?«

Ihr war bewusst, dass sie die wahre Gefahr, die sie bedrohte, nicht länger ignorieren konnte. Die Befriedigung, ihm bei der Überführung der »Deadly Sinners« geholfen zu haben, ließ bereits nach. Sie konnte ihren Problemen nicht entkommen, auch wenn es ihr heute gelungen war, sie zu verdrängen.

»Das Sofa ist völlig durchgesessen«, sagte sie.

»Du bist doch Krankenschwester, oder? Vielleicht könntest du mir helfen, wenn mir der Rücken wehtut und ich Hilfe brauche.«

»Ja, vielleicht.« Sie ignorierte die leise Stimme in ihrem Kopf. *Was denkst du dir dabei, Loreley? Das ist verrückt. Wahnsinn!* Aber es war ein erregender Gedanke, dass er die Nacht in ihrem Haus verbringen würde.

Er verschloss die Wohnungstür, und sie stiegen die Außentreppe hinab und gingen zu seinem Wagen. In der Luft hing der salzige Geruch des Meeres, und die Nacht war kalt.

»Ich hab gehört, dass du Noah die Diagnose Zungenkrebs gestellt hast«, sagte er, als sie im Auto saßen. »War das eine von deinen mysteriösen Prophezeiungen?«

»Nein.« Fast hätte sie gelacht. »Ich wollte ihn ablenken. Er roch nach Kautabak. Und so läuft das auch nicht mit meinen Prognosen.«

»Könntest du sagen, ob etwas mit mir nicht stimmt?« Er wandte sich ihr zu und schaute sie belustigt an. Der Schlüssel steckte im Zündschloss, doch er hatte ihn noch nicht gedreht.

»Nein.«

»Wie funktioniert das denn? Deutest du meine Aura? Irgendwas in der Art?«

»Du machst dich schon wieder über mich lustig«, sagte sie, ohne ihm böse sein zu können. Sie starrte geradeaus durch die Windschutzscheibe und musste sich schwer beherrschen, ihm nicht in seine wundervollen dunklen Augen zu sehen.

»Wie funktioniert es?«, beharrte er.

»Ich weiß es wirklich nicht.«

»Du musst eine Vorstellung haben.«

»Nun ...«, begann sie zögernd. »Es ist besser, wenn ich dich berühre. Vielleicht kann ich dann etwas sehen.«

»Unsinn.«

»Aber es ist wahr.« Sie wandte sich ihm zu und lächelte ihn an.

»Meinetwegen.«

Er ergriff ihre Hand, und sie fühlte sich magnetisch angezogen von seiner warmen Haut. Nach einem Augenblick runzelte sie die Stirn und zog die Hand zurück.

»Was ist?«

»Ich möchte es lieber nicht sagen.«

»Komm schon, raus damit.«

»Na gut.« Sie schüttelte den Kopf. »Du bist auf dem besten Weg, ernsthafte Verdauungsprobleme zu bekommen. Und zwar solche, die irgendwann eine unangenehme Operation erforderlich machen.«

»Gibt es so was wie eine angenehme Operation?«

»Das Problem ist noch nicht akut. Meiner Meinung nach könntest du die Folgen vermeiden, wenn du deine Lebensweise änderst.«

Er starrte sie an, und sie wusste, dass er sich fragte, ob sie es wirklich ernst meinte.

»Tut mir leid, Mr Frost, aber die Brathähnchen mit Pommes sind in Zukunft gestrichen.«

»Wie gesagt, das ist alles Unsinn.«

Er ließ den Motor an.

»Es ist die Wahrheit und nichts als die Wahrheit«, sagte sie, und beide mussten lachen.

Vierzig Minuten später hielt Harrison auf der Auffahrt vor ihrem Haus. Ihre gute Laune war mit jeder Meile, die sie zurücklegten, mehr verflogen. Sie musste an diesen wahnsinnigen, blutdürstigen Killer denken, der ihr und ihrem ungeborenen Kind nach dem Leben trachtete.

Würde sie es schaffen, Kontakt zu dem Psychopathen aufzunehmen?

Sich einlassen auf den Tanz mit dem Teufel?

Sie schaute durch das Fenster in die Finsternis, in die Richtung, wo das Meer rastlos ans Ufer brandete. Dann schloss sie die Augen und dachte daran, wie Justice als Kind gewesen war. Klein. Blond, mit blauen Augen. Und schon damals hasserfüllt. Er war schlank und blass, und wenn sie ihn gesehen hatte, was nur ein paarmal vorgekommen war, hatte sie ihn seltsam gefunden. Schon damals hatte ihr sein durchbohrender Blick das Blut in den Adern gefrieren lassen. Und nun ... Diese bösartige, zischende Stimme ... Nein, sie konnte es sich nicht vorstellen, Kontakt zu ihm aufzunehmen.

Aber wenn es sein musste, *würde* sie es tun.

Ihr war gar nicht richtig bewusst gewesen, dass sie wieder in Deception Bay waren. Sie hatte es erst realisiert, als sie den Kies unter den Reifen knirschen hörte und im Licht der Schweinwerfer die Fassade ihres kleinen Hauses sah.

Jetzt oder nie, dachte sie.

Harrison war in seine eigenen Gedanken versunken. Er schaltete den Motor ab und wandte sich ihr zu, um sie zu fragen, wie es weitergehen sollte. Doch sie kam ihm zuvor.

»Ich bin jetzt bereit, es zu tun.«

»Du meinst, du willst Kontakt zu Justice aufnehmen, auf deine Weise?« Er war ein bisschen überrascht, dass sie die Unschlüssigkeit, welche sie den ganzen Tag gequält hatte, so schnell überwunden hatte.

Sie schluckte, öffnete die Beifahrertür und fühlte die kühle, feuchte Nachtluft auf ihrer Gesichtshaut. Sie stieg aus und knallte die Tür zu. »Genau, Frost«, sagte sie. »Und du solltest besser zusehen, dass du mit deiner Suche nach ihm weiterkommst, denn ich garantiere dir, dass er die Schnauze voll haben und unberechenbar reagieren wird.«

19

Das Meer ruft mich.

Der Leuchtturm ist meine Zuflucht in Gottes Haus, das viele Zimmer hat.

Meine Seele ist auch dann in dem Leuchtturm, wenn ich nicht in der Lage bin, dorthin zu gelangen. Nun wird er bewacht von Polizisten. Und doch ist es mein Platz, wo ich am Rand der Welt stehen kann. Die kleine Insel, auf welcher der Leuchtturm steht, ist bei Flut nur mit dem Boot zu erreichen, oder früher bei Ebbe über eine Fußgängerbrücke, deren Stützpfeiler und Balken durch Würmerfraß und das Meerwasser morsch geworden sind, sodass sie heute nicht mehr benutzt werden kann.

Das war immer von großem Nutzen für mich, doch nun kann selbst ich den Leuchtturm nicht mehr erreichen.

Zumindest so lange, bis ich einen Weg gefunden habe, diejenigen abzuschütteln, die mich verhaften wollen. Ich muss ihnen entkommen. Sie in die Irre führen. Sie loswerden.

Meine Mission kann diesmal nicht scheitern. Ich werde sie alle kriegen. Alle diese gemeinen blonden, blauäugigen Hexen mit ihrem spöttischen Grinsen und den verächtlichen Blicken. Ich werde ihre schwarzen Seelen in jenen finsteren Abgrund schleudern, aus dem es kein Entkommen gibt.

Ich muss lächeln, wenn ich an ihre Qualen denke. »Ihr habt es verdient«, flüstere ich und begreife, dass ich mich in Fantasien verliere. Ich fahr an dem Abzweig zum Leuchtturm vorbei, einem Weg mit zwei Furchen und einem Grasstreifen in der Mitte. Ich sehe den Streifenwagen, in dem ein rauchender Polizist sitzt. Er wartet gelangweilt. Er ist sauer, weil er untätig hier herumsitzen muss, während seine Kollegen hektisch nach mir suchen wie Hunde, die dem eigenen Schwanz nachjagen. Ein anderer Cop sitzt neben ihm und hat seine Kappe tief in die Stirn gezogen. Oder ist es eine Frau? Ich kann es nicht sagen, aber ich darf nicht abbremsen und in ihre Richtung starren.

Wenn es sein muss, werde ich die beiden Cops in dem Streifenwagen töten, aber ich muss sie zuerst hier weglocken.

Ich blicke auf die tote Frau neben mir. Sie ist ein Ärgernis, aber ich brauche ihr Auto.

Der Kopf der Toten kippt nach vorne, und ich stoße ihn mit der Wange gegen die Fensterscheibe auf der Beifahrerseite. Sie sieht aus, als würde sie schlafen.

Justice ...

Wer ruft mich?

Ich schnappe nach Luft. Die Stimme klingelt in meinen Ohren.

Sie ruft mich?

Nein, niemals! Doch da höre ich sie schon wieder. Jussssstice! Sie spricht mit einer zischenden Stimme, als wollte sie sich über mich lustig machen.

»Hure!«, *schreie ich. Ich komme fast auf die Gegenfahrbahn ab, weil ich vor meinem inneren Auge sie sehe und abgelenkt bin.*

»Satansbrut!«

Komm und hol mich, du Dreckskerl.

Ich reiße das Steuer herum und bremse abrupt am Straßenrand. Hinter mir hupt jemand, und der Fahrer eines Pick-ups zeigt mir den Stinkefinger.

Die Leiche neben mir kippt nach vorn, doch ich halte sie fest mit einer Hand, deren Zittern mich wütend macht.

Zittere ich vor Angst?
Niemals!
Nur vor Wut. Oh, diese Hure, die mich gerufen hat, wird im Höllenfeuer schmoren!
Loreley. Wieder sehe ich ihr Gesicht. Sie muss gequält werden. Verbrannt.
Aber sie müssen alle vernichtet werden. Alle, jede Einzelne ...
»Ich werde dir dein sündiges Herz aus der Brust reißen, Hure«, sage ich laut. Meine Worte schweben durch den Äther und dringen in ihr Gehirn ein.
Keine Reaktion.
Jetzt hat sie Angst. Ich muss lächeln. Sie ist schwanger und die Einzige, die außerhalb von Siren Song lebt.
Sie ist am leichtesten zu riechen.
Am einfachsten zu finden.
Und zu töten.
Ich spüre den Adrenalinschub. Nicht mehr lange ... Bald werde ich sie finden ... Ein Gefühl der Zuversicht überkommt mich.
»Loreley«, sage ich erneut. »Ich komme.«

Laura saß Harrison an ihrem Küchentisch gegenüber. Sie war kalkweiß, und ihr Blick verlor sich in der Ferne.

Guter Gott, was hatte Harrison ihr angetan? Er hatte vorgeschlagen, sie solle Kontakt zu dem Psychopathen aufnehmen.

»Laura!« Er ergriff ihre Hand.

Ihre Finger waren eiskalt.

Mist.

»Laura!«

Keine Reaktion. Sie saß ihm gegenüber, doch ihr Geist – und vielleicht sogar ihre Seele – waren definitiv woanders.

Und er hatte hartnäckig darauf bestanden, sie solle mit Justice kommunizieren. Nun hatte er eine vage Ahnung von etwas, das er nicht verstand. Vielleicht war doch etwas dran an ihren Behauptungen hinsichtlich ihrer speziellen Gabe.

Er drückte ihre blutleere Hand. »Du machst mir Angst, Loreley.«

Immer noch keine Reaktion.

»Laura!« Er sprang auf und ging um den Tisch herum.

Sie kam wieder zu sich und schnappte nach Luft. In ihren Augen standen Tränen. »Oh, mein Gott ...«

»Alles in Ordnung?«, fragte er. Was zum Teufel war gerade passiert? »Du hast mir wirklich einen Schrecken eingejagt.«

»Nach dem, was heute ... Ich ... Ich hatte fast vergessen, wie bösartig Justice ist.« Ihre Schultern sackten herab, und sie schloss kurz die Augen.

»Nach dem, was heute ...?«, wiederholte er stirnrunzelnd.

»Heute waren wir beide zusammen in Seaside ...« Sie unterbrach sich und seufzte tief. Dann wurde ihr Blick wieder klar, und die Finger waren besser durchblutet. »Ich habe einen Tag in deiner Welt gelebt. Die ist auch nicht ganz ungefährlich, und doch war es ... eine Erleichterung.« Sie blickte ihn an. »Da war so etwas wie ... Normalität. Dass Teenager den Nervenkitzel oder Rache suchen, ist nichts Außergewöhnliches ... Aber das mit Justice ist wirklich abartig.«

»Dann hast du ihn also ... erreicht?«, fragte er, während er ihre Hand losließ. Sie gab ein Geräusch von sich, das fast wie ein Schluchzen klang. Es fiel ihr schwer, mit ihm zu reden, und wenngleich er verstand, dass sie emotional mitgenommen war, musste er doch wissen, was geschehen war in diesen paar Augenblicken, als sie geistesabwesend ins Leere gestarrt hatte. »Und?«

»Ich habe ihn herausgefordert«, antwortete sie leise. »Ich habe gesagt, dann solle er doch kommen und mich holen.«

»Um Himmels willen ...«

»Wolltest du nicht genau das?«

»Ich will, dass wir – ich und die Polizei – ihn finden. Ich wollte dich nicht in Gefahr bringen.«

»Das bin ich sowieso, und du hast nichts zu tun damit. Dass ich Kontakt zu ihm aufgenommen habe, mag die Dinge beschleunigen, doch das Problem war schon vorher da.«

»Dann hat er also reagiert?«

»Oh ja, er hat geantwortet.« Sie senkte die Stimme. »Er hat wörtlich gesagt: ›Ich werde dir dein sündiges Herz aus der Brust reißen, Hure.‹«

Guter Gott!

Fast wäre er zusammengezuckt. Ihre Stimme klang ganz anders, und er fühlte sich hineingezogen in diese seltsame Sphäre, wo Laura und ihresgleichen offenbar miteinander redeten, ohne zu sprechen.

Er hatte so getan, als würde er daran glauben. Teufel, ein Teil von ihm wollte das auch. Er mochte Loreley. Sehr sogar. Er konnte sich vorstellen, mit ihr zu schlafen, sie vielleicht sogar ein bisschen zu lieben.

Aber so richtig schaffte er es nicht, an diese Form der Kommunikation zu glauben. Ja, sie fürchtete Justice und hatte allen Grund dazu, weil sie Teil dieser Sippe oder Sekte war, aber trotzdem ... Rein mentale Kommunikation, Telepathie? Konnte das nicht auch eine durch Angst begründete Einbildung sein?

Ich werde dir dein sündiges Herz aus der Brust reißen, Hure.
Nein, dies war real, zumindest für sie.

»Ich habe dann den mentalen Schutzwall hochgezogen und mich abgeschottet«, sagte sie, ohne zu bemerken, dass er ganz mit seinen eigenen Gedanken beschäftigt war. Jetzt sah er, wie sich ihre Gesichtszüge entspannten und sie wieder zu der Frau wurde, die er so faszinierend fand. »Aber es ist eindeutig, dass er die Botschaft empfangen hat, und nun ... wird er sofort Jagd auf mich machen.« Sie sagte das überraschend ruhig, ganz so, als fühlte sie sich endlich bereit für den Showdown, mit dem sie ihr Leben lang gerechnet hatte.

»Er muss dich erst mal finden«, sagte er.

»Er weiß, wo ich bin. Er kann mich wittern.«

»Nur weil man jemanden zu erspüren glaubt, weiß man doch nicht wirklich genau, wo er ist, oder?«

»Da kennst du Justice aber schlecht.«

»Auf jeden Fall werde ich dich nicht allein lassen«, versicherte er. Und doch, der rationale Journalist in ihm glaubte immer noch, dass dies alles eine seltsame, finstere Fantasievorstellung war, ausgelöst durch Justice Turnbulls Ausbruch aus dem Halo Valley Security Hospital. Trotzdem, Laura glaubte daran. »Hör zu, ich werde dein Bodyguard sein. Ich kann selbst nicht glauben, was ich jetzt sagen werde, aber vielleicht sollten wir doch besser die Polizei benachrichtigen.«

Laura blickte auf die Wanduhr, und Harrison sah, dass es fast elf war. »Ich muss morgen zur Arbeit«, sagte sie. »Ich will nicht die Polizei anrufen, denn dann komme ich heute gar nicht mehr ins Bett.«

»Du musst doch erst nachmittags arbeiten«, bemerkte er.

»Wie du siehst, höre ich genau zu.«

»Ich werde sie heute Nacht nicht anrufen und ihnen diese ganze Geschichte mit Justice erklären. Sie würden mich stundenlang ausfragen und mich dann als eine weitere der ›exzentrischen‹ Frauen von Siren Song abstempeln. Es wissen nicht viele, dass ich von dort komme, und so soll es auch möglichst lange bleiben.«

»Das wird nicht möglich sein.«

»Ich weiß, aber ich bin wirklich todmüde. Keine Polizei. Nicht heute Nacht.«

Ihr Gesicht hatte wieder Farbe, und erneut fiel ihm ihr energisches Kinn auf. In diesem Moment erinnerte sie ihn ein bisschen an seine Nichte Didi, und er würde nicht nur sie, sondern auch Laura jederzeit beschützen.

»Okay«, sagte er.

Sie stand auf und wirkte irgendwie unschlüssig. Dann streckte sie die Hand aus. »Gute Nacht, Mr Frost.«

»Mr Frost? Wir haben uns geküsst und sind per du.«

Sie wandte den Blick ab, und er hätte fast schwören können, dass sie lächelte. »Nun dann ... Gute Nacht, Harrison.«

»Gute Nacht, Loreley.«

»Außer den Mitgliedern meiner Familie nennt mich niemand so.«

Als er auf ihr schulterlanges Haar und die zu einem Lächeln verzogenen vollen Lippen blickte, musste er an den Kuss denken. Oh, er wusste, dass sie ihn angeblickt und gesehen hatte, dass er die Augen offen hatte und zu dem Eiscafé hinüberblickte. Vermutlich fragte sie sich, ob er überhaupt etwas empfunden hatte. Die Antwort war ein Ja.

Und er wollte sie erneut küssen. Sofort.

Er streckte die Hand nach ihr aus, doch sie ging bereits in

Richtung ihres Schlafzimmers. »Auf dem Sofa liegen Decken und ein Kopfkissen«, rief sie über die Schulter.

Er wollte ihr folgen, überlegte es sich jedoch anders. Diese Frau ... Was zum Teufel war bloß in ihn gefahren?

Justice fuhr auf den Parkplatz des Pflegeheims, wo hinter den meisten Fenstern schon kein Licht mehr brannte. Es war nach zehn Uhr abends, und fast alle Heiminsassen schliefen bereits.

Er blieb einige Minuten in dem Auto sitzen, da er immer noch ein bisschen durcheinander war, weil ihn diese dreckige Hure so herausgefordert hatte. Loreley ... Oh, er kannte sie gut. Sie konnte ihn nach Belieben aus ihrem Kopf aussperren, und doch fand er immer wieder einen Weg, ihren Schutzwall zu durchlöchern. Aus Gründen, die er nicht völlig verstand, war sie diejenige, mit der er am leichtesten kommunizieren konnte. Und die Gründe waren ihm auch egal. Es war einfach so.

Und jetzt, wo sie die Brut in sich trug, konnte er sie riechen, und das trotz des feuchten Geruchs der umliegenden Wälder.

Sein Geruchssinn war sehr verfeinert.

Seine Nasenflügel bebten. Er konnte sie fast lokalisieren. Sie war irgendwo südlich von ihm. Am Meer.

Ganz in der Nähe ...

Doch zuerst ...

Als er gerade aus dem Auto steigen wollte, fühlte er plötzlich einen Blick auf sich gerichtet. Neugierige, forschende Augen! Er erstarrte. Sein Blick suchte die Umgebung des Gebäudes ab. Irgendwo an der Nordseite? Kauerte da jemand? Ein Mensch?

Er wartete.

Niemand zu sehen.

Nichts.

Die Hure hatte ihn wirklich aus dem Konzept gebracht, und es war eine neue und unangenehme Erfahrung. Als er die Tür aufstieß, blickte er sich um und bekam einen Schock. Die Augen der Frau auf dem Beifahrersitz waren geöffnet, und sie schaute ihn direkt an.

Lebte sie noch?

Ein seltsames Entsetzen packte ihn. Er saß stocksteif da, völlig paralysiert.

Ihre Brust hob und senkte sich leicht.

Wie hatte ihm das entgehen können?

Ihre Augen glitzerten feucht im Licht der Innenbeleuchtung.

Er starrte sie an, bis seine Augen brannten, aber sie bewegte sich nicht, blinzelte nicht einmal.

Sie war fast tot.

Sofort beruhigte er sich. Sie konnte ihm nichts antun, war nur noch ein paar Atemzüge vom Reich des Vergessens entfernt. Trotzdem war sie ein Problem.

Während er darüber nachdachte, ihre Leiche in den Büschen neben dem Gebäude verschwinden zu lassen, bot sich ihm eine andere Antwort auf seine Frage. Ein wackeliger alter Ford Taurus fuhr auf den Parkplatz und bremste direkt vor dem Eingang von Seagull Pointe. Ein Gentleman in einem Mantel und mit einem grauen Filzhut auf dem Kopf stieg aus dem Wagen und ging mühsam zum Eingang, wo er auf einem Keypad einen Code eingab. Offenbar hatte er ihn aber vergessen, und nachdem er es noch einmal vergeblich versucht hatte, drückte er mehrfach frustriert auf den Klingelknopf. Schließlich tauchte eine füllige Frau in einer Stretchhose und einem bedruckten Top an der Tür auf. Sie drückte an der Innenseite auf einen Knopf, und die Tür glitt auf.

»Wie lautet der Code?«, knurrte der Mann, der noch nicht eingetreten war.

»Sie können ruhig reinkommen, Gerald«, sagte die Frau.

»Wie lautet der verdammte Code?«

»Zwei-eins zwei-eins. Wir haben ihn letzten Monat geändert, schon vergessen?«

Anstatt einzutreten, drückte der Mann erneut auf den Knopf, wodurch sich die Tür schloss. Justice sah die Frau seufzen, und auch sie drückte ein weiteres Mal auf ihren Knopf, und kurz darauf stand die Tür wieder offen. Erst jetzt ließ sich der ältere Mann dazu herab, in die Eingangshalle zu treten.

Als Gerald und die Frau den Empfangsbereich verlassen hatten und nicht mehr zu sehen waren, sah Justice durch die Glasfassade, dass direkt neben der Eingangstür mehrere Rollstühle standen. Er stieg aus dem Auto, ging mit gesenktem Kopf Richtung Eingang und warf einen Blick auf das Gebäude. Keine Überwachungskameras, zumindest war von hier aus keine zu sehen. Das Pflegeheim Seagull Pointe sah so aus, als wäre es vor etwa fünfzig Jahren gebaut worden. Es war ein niedriger, weiß gestrichener Betonkasten mit Seitenflügeln, die wahrscheinlich später angebaut worden waren.

Er gab den Code ein und wartete ungeduldig darauf, dass die Tür aufglitt. Dann schnappte er sich einen Rollstuhl und schob ihn schnell zu dem Kleinwagen, wo er die Tür auf der Beifahrerseite aufriss und die fast tote Frau, die ihn starr anblickte, aus dem Auto zog.

Was ihn eben noch beunruhigt hatte, kümmerte ihn jetzt nicht mehr. Als er die Frau in den Rollstuhl verfrachtet hatte, schob er ihn Richtung Eingang des Pflegeheims. Irgendwie hatte er das unangenehme Gefühl, beobachtet zu werden. Er schüttelte es ab, gab erneut den Code ein und schob den Rollstuhl in die Eingangshalle. Irgendwo weiter einen Korridor hinab lief ein Fernseher, und er schlug eine andere Richtung ein.

Zufrieden stellte er fest, dass die Türen nicht nur mit Nummern, sondern auch mit Namensschildern versehen waren. Es dauerte keine drei Minuten, bis er Madeline Turnbulls Zimmer gefunden hatte. Er schob den Rollstuhl mit der Frau in das abgedunkelte Zimmer und wartete einen Moment, bis sich seine Augen an das Zwielicht gewöhnt hatten.

Die alte Hexe lag im Bett und blickte zur Decke auf, als wäre die der Himmel und als würde sie zum Herrn beten.

»Mutter«, knurrte er.

Ihre Augenlider flackerten, doch sie starrte weiter auf die Decke.

Am liebsten hätte er ihr die Augen ausgekratzt. Er war wie besessen von dem Gedanken, doch dann witterte seine empfindliche Nase den Geruch des Todes. Auch sie war fast tot.

Er streifte Handschuhe über und trat an das Bett. Jetzt war er nicht mehr auf die Augen, sondern auf ihre Kehle fixiert. Aber plötzlich öffnete sie die Augen und drehte den Kopf zur Seite.

Sie lachte, bis ihr ganzer Körper zitterte. »Du bist verdammt«, flüsterte sie schließlich.

»Sei still, Hure«, zischte er.

»*Du* bist die wahre Teufelsbrut.«

»*Halt's Maul!*«

»Du weißt selbst, dass du des Satans bist«, sagte sie genüsslich. »Du ...«

Seine Hände legten sich um ihren Hals. Er wollte ein Messer. Brauchte ein Messer. Brauchte es, um sie zu *erstechen*! Oder er würde sie verbrennen und zusehen ...

»Du sollst im Höllenfeuer schmoren«, sagte er.

»Du bist der Verdammte ...«, erwiderte sie so leise, dass sie kaum noch zu verstehen war, doch in seinem Kopf hallten ihre Worte so laut wie in einem Canyon. Er glaubte, dass ihm die Trommelfelle platzen würden.

Seine Hände zitterten. Er wollte sie mit aller Kraft strangulieren.

Aber nein ... er konnte nicht. Wollte nicht, dass Würgemale an ihrem Hals zurückblieben. Er musste sich etwas einfallen lassen, damit die Cops glaubten, sie sei eines natürlichen Todes gestorben.

Er zog das Kissen unter ihrem Kopf hervor und presste es ihr auf Nase und Mund. Er hörte ein röchelndes Geräusch, und sie schlug mit den Beinen aus und packte seinen Arm an der Stelle, wo die andere Frau ihn gekratzt hatte. Er presste ihr das Kissen fester ins Gesicht. Mit voller Kraft.

Sie wehrte sich energischer, als er es für möglich gehalten hätte. Ihr abgemagerter Oberkörper bäumte sich noch einmal auf, und er hörte sie wimmern.

Langsam kam er wieder zu sich. Es kam ihm so vor, als wäre eine Ewigkeit vergangen. Seine verkrampften Finger schmerzten.

Schwer atmend wandte er sich um.

Die Frau in dem Rollstuhl starrte ihn an. *Lächelte* sie etwa?

Er hob die Hand und ohrfeigte sie mit voller Wucht. Ihr Kinn kippte auf die Brust, und jetzt, so glaubte er, tat sie wirklich ihren letzten Atemzug. Er starrte sie noch einen Moment an, und ja, diesmal war sie definitiv tot.

Er trat wieder an das Bett, zog das Kissen vom Gesicht der alten Hexe und schob es wieder unter ihren Kopf.

Seine Mutter. Tot. Endlich.

Tot, endgültig.

Er schloss die Augen und tauchte ab in eine Unterwelt, wo ihn ein anderer Gedanke bedrängte.

Ich bin dir auf den Fersen, Hure.

Du ...

Loreley.

20

Laura öffnete die Augen.

Ein Schatten bewegte sich über die Wand.

Justice?

Fast hätte sie geschrien, doch dann begriff sie, dass sich vor dem Schlafzimmerfenster ein belaubter Zweig im Wind wiegte. Vor dem Fenster *ihres* Schlafzimmers. Sie war in Sicherheit, zumindest fürs Erste ...

Und Harrison Frost lag vermutlich nebenan auf dem Sofa.

Es begann gerade zu dämmern, graues Licht sickerte ins Zimmer. Vor ihrem geistigen Auge spulten sich noch einmal die Ereignisse des letzten Tages ab. Justice wollte sich in den Vordergrund drängen, doch sie sperrte ihn in Gedanken weg und stellte sich stattdessen Harrison Frost vor. Sie atmete tief durch, ihr Puls begann sich wieder zu beruhigen.

Sie schlug die Decke zurück, stieg aus dem Bett und zog einen leichten Morgenmantel über ihr Baumwollnachthemd. Sie trat in den Flur und stapfte zum Badezimmer. Aus dieser Perspektive sah sie nur das untere Ende des Sofas, wo ein nackter Männerfuß unter der Decke hervorschaute. Der Anblick erleichterte sie, und sie fühlte sich in Sicherheit.

Ein Gefühl, dass sie während ihrer Zeit mit Byron nur selten empfunden hatte. Wenn überhaupt.

Im Bad blickte sie in den Spiegel.

Plötzlich überkam sie Übelkeit.

Sie eilte zur Toilette und erbrach das Abendessen. Sie hatte improvisiert und für Harrison und sich aus Resten eine Mahlzeit zubereitet.

Aber es lag bestimmt an der Schwangerschaft.

Sie wartete einen Moment und betätigte mit einer zitternden Hand die Spülung. Dann wusch sie sich mit kaltem Wasser das Gesicht, putzte sich die Zähne und stützte sich schließlich mit beiden Händen auf den Rand des Waschbeckens, weil sie am ganzen Körper zitterte.

Was war bloß in sie gefahren, als sie Justice provoziert hatte? Doch die Alternative hätte darin bestanden, einfach nur zu warten und darauf zu hoffen, dass die Polizei ihn schnappte, und das schien ihr keine gute Idee zu sein.

Vielleicht war es am besten, wenn sie ihrer ersten Eingebung folgte. Wenn sie von hier verschwand und wieder nach Portland zog.

Doch der Gedanke war ihr gekommen, bevor sie etwas von dem Baby gewusst und sich mit Catherine und ihren Schwestern getroffen hatte.

Bevor sie Harrison Frost kennengelernt hatte.

Und bevor sie sich entschieden hatte, dabei zu helfen, Justice wieder hinter Gitter zu bringen.

Jetzt wusste sie nicht mehr, was richtig und was falsch war. Justice war teuflisch und zu allem entschlossen, und sie spielte ein äußerst gefährliches Spiel mit ihm.

Es klopfte.

Sie zuckte zusammen und starrte auf die Badezimmertür.

»Alles in Ordnung?«, fragte Harrison.

»Ja, alles okay.«

»Klang für mich nicht so.«

Sie war beschämt, weil er gehört hatte, wie sie sich übergab. »Nur eine körperliche Reaktion darauf, was alles passiert ist. Ich geh jetzt unter die Dusche.«

»Okay.«

Sie lauschte und hörte, wie sich seine Schritte entfernten. Dann zog sie den Morgenmantel und das Nachthemd aus und nahm eine heiße Dusche. Zehn Minuten später fühlte sie sich fast wieder wie ein Mensch und ging ins Schlafzimmer zurück, wo sie ihre Schwesterntracht anzog. Dann kämmte sie sich vor dem Spiegel auf der Frisierkommode und sah am Mittelscheitel die hellbraunen Haaransätze. Sie würde sich die Haare nicht mehr färben. Justice würde sich dadurch ohnehin nicht täuschen lassen.

Und dann war da das Baby.

Ihr Baby.

Ihres und Byrons.

Guter Gott.

Sie wollte jetzt nicht darüber nachdenken. Nicht heute.

Harrison kratzte sich das stoppelige Kinn, als sie die Küche betrat. Er warf einen Blick auf ihre Berufskleidung. »Ich dachte, du müsstest erst später arbeiten.«

»Stimmt, aber unsere Personaldecke ist zurzeit knapp. Ich werde zum Krankenhaus fahren und nachfragen, ob sie mich brauchen.«

»Wenn ich es nicht besser wüsste, würde ich Komplexe bekommen. Klingt für mich, als würdest du vor mir Reißaus nehmen.«

»Tue ich nicht, aber ...«

Er wartet darauf, dass sie den Satz beendete, aber offensichtlich wusste sie nicht so genau, was sie sagen sollte.

Ihr Magen spielte wieder verrückt, und sie hatte fast das Gefühl, sich erneut übergeben zu müssen.

Er schaute sie eingehend an. »Ich möchte dich nicht allein lassen.«

»Im Krankenhaus wird mir nichts passieren.«

»Ja? Woher willst du das wissen? Du hast gesagt, du hättest Justice gestern erreicht und wüsstest, dass er dir auf den Fersen ist. Und dass er sich ziemlich drastisch ausgedrückt hat. Du warst außer dir vor Angst.«

»Ja, ich weiß ...« Sie runzelte die Stirn. Justice würde sie nicht dazu bringen, sich zu verkriechen, und am helllichten Tag fühlte sie sich sicherer. »Hör zu, in dem Krankenhaus sind jede Menge Leute, und ich kenne sie alle.«

»Ich könnte mitkommen.«

»Solltest du nicht noch einen zweiten Artikel über die ›Deadly Sinners‹ schreiben?« Als er nicht sofort antwortete, fügte sie hinzu: »Mach dich an die Arbeit. Ich will auch nicht, dass du den ganzen Tag hier herumhängst und auf mich wartest.«

»Ich kann auch hier arbeiten«, protestierte er.

»Nein. Wir sehen uns später.«

»Du hast gesagt, du hättest Justice herausgefordert, und ich ...«

»Bitte, Harrison ...«

Er schaute sie frustriert an. »Ich dachte, wir wären uns wegen dieser Geschichte einig.« Er trat einen Schritt auf sie zu, und sie wich zurück. Er blieb wie angewurzelt stehen.

»Du hast da eine große Story, die einen Nachfolgeartikel erfordert«, beharrte sie.

»Die große Story ist Justice.« Seine Miene war grimmig. »Und der ist eine Gefahr für dich.«

»Ich muss arbeiten, damit ich beschäftigt bin.« Sie ergriff seine Hand. »Glaub mir, es ist richtig so.«

»Es gefällt mir nicht.«

Sie lächelte und drückte ihm einen Kuss auf die Wange. »Ich weiß.«

Es ging ihm alles völlig gegen den Strich, doch schließlich gab er zögernd nach.

Eine halbe Stunde später, während Harrison nach Seaside zurückfuhr, war Laura im Ocean Park Hospital. Sie stritt sich mit jemandem von der Krankenhausverwaltung darüber, wie viele Überstunden man ihr bezahlen würde. Als keine Einigung zu erreichen war, setzte sie sich frustriert im Aufenthaltsraum für das Personal an einen Tisch und dachte nach.

Sie fragte sich, ob sie in einem der Automaten etwas Essbares zum Frühstück finden würde. Ihr Magen hatte sich immer noch nicht ganz beruhigt, aber sie musste etwas essen.

Zumindest fühlte sie sich innerhalb der Mauern des Krankenhauses in Sicherheit. Während sie ein Joghurt aß, blätterte sie die Zeitung durch und lauschte mit einem Ohr den Radionachrichten des Lokalsenders. Ein altes Sägewerk war abgebrannt, und die Feuerwehr und die Polizei waren die ganze Nacht über im Einsatz gewesen.

Ein paar Minuten später trat Byron in den Aufenthaltsraum. Als er sie allein an ihrem Tisch sitzen sah, nahm er ihr gegenüber Platz. »Was ist los mit dir?«, fragte er.

»Was meinst du?«

»Du siehst wie der leibhaftige Tod aus, und warum bist du so früh hier?«

»Ich dachte, wir hätten zu wenig Personal, doch ich habe keine Überstunden bewilligt bekommen.«

»Und warum bist du dann immer noch hier?«

Er stellte zu viele Fragen, und sie hatte keine Lust, sich ihm gegenüber zu erklären.

»Ich hatte ein paar Dinge in meinem Spind liegen lassen und habe beschlossen, mich hier für eine oder zwei Minuten etwas auszuruhen«, log sie. »Du musst mich nicht mit deinen Fragen löchern.«

»Nein? Und was war das gestern für ein Gerede über Mrs Shields und dem Bauchspeicheldrüsenkrebs? Du lässt mich vor allen schlecht aussehen, wenn du etwas wie Handauflegen praktizierst und Diagnosen stellst.«

Ihr Interesse erwachte. »Hast du etwas herausgefunden?«

»Wir haben zur Sicherheit noch mal ein Blutbild gemacht. Eher schwache körpereigene Insulinproduktion. Sie war zuvor schon im unteren Bereich, doch deshalb musste man sich keine übertriebenen Sorgen machen. Doch jetzt ... Sieht so aus, als wäre da irgendwas los. Vielleicht entwickelt sich bei ihr ein Bauchspeicheldrüsenkrebs, vielleicht auch nicht. Wir werden das im Auge behalten. Sieht so aus, als hättest du den richtigen Riecher gehabt, und alle zerreißen sich das Maul darüber.«

Wegen ihr sahen andere in ihm jetzt nicht mehr den Halbgott in Weiß, und das gefiel ihm überhaupt nicht. »Ihre Blutwerte hatten sich geändert. Es ist nicht deine Schuld.«

»Erzähl das Mrs Shields«, murmelte er verkniffen. »Was zum Teufel ist los, Laura? Woher wusstest du es?«

»Ich habe nur gefragt, ob es in ihrer Familie Krebsfälle gab oder gibt.«

»Unsinn. Ich kenne dich.« Er beugte sich zu ihr vor.

Sie starrte ihn an. *Nein, tust du nicht. Du hast mich nie gekannt.*

Ihr Magen rebellierte erneut, und sie sprang auf und rannte zur Toilette, inständig hoffend, dass sie es noch rechtzeitig schaffen würde.

Sie übergab sich, und zehn Minuten später trat sie wieder in den Aufenthaltsraum.

Byron musterte sie mit einem durchbohrenden Blick. »Du bist schwanger«, stellte er fest.

»Dr. Adderley?«

In der Tür stand eine nervös lächelnde junge Schwester, die offenbar auch zu Byrons Bewunderinnen gehörte.

»Du liegst völlig falsch«, flüsterte sie ihm zu.

»Tatsächlich?«

»Ja.«

Nachdem er ihr noch einen letzten finsteren Blick zugeworfen hatte, wandte er sich der jungen Schwester zu und legte ihr eine Hand auf den unteren Rücken, als er sie zur Notaufnahme führte.

Laura ging zur Cafeteria. Es war nicht besonders verlockend, aber sie wollte trockenes Toastbrot essen. Vielleicht würde das ihren Magen beruhigen.

Harrison fuhr zu den Redaktionsbüros der *Seaside Breeze,* die in einem Betongebäude mit gläserner Fassade und Flachdach untergebracht waren. Daneben befanden sich auf der einen Seite ein Souvenirshop und auf der anderen ein Laden, wo Pokale für Sportveranstaltungen verkauft wurden.

Er stellte seinen Impala auf dem Parkplatz ab und fuhr sich

mit der Hand durchs Haar. Sobald er hier fertig war, würde er unter die Dusche gehen. Als er das Redaktionsgebäude betrat, griff er nach der Morgenzeitung, blickte auf die Titelseite und lächelte, als er die Schlagzeile sah.

Sieben »Todsünder« bei Einbruch geschnappt.
Teenager aus Seaside gehen der Polizei in die Falle.

»Mit der Story hast du einen ziemlichen Coup gelandet«, sagte Buddy, ein freier Mitarbeiter, der Artikel über lokale Ereignisse schrieb in der Hoffnung, irgendwann fest angestellt zu werden. Harrison hätte ihn wissen lassen können, dass in dem Geschäft kein Geld zu machen war, doch Buddy war genauso engagiert, wie er selbst es einst gewesen war, und es ging ihnen beiden nicht in erster Linie um Geld oder eine Festanstellung.

»Warum ging es bei dir so schnell, dass deine Artikel auch unter deinem Namen erschienen?«, wollte Buddy wissen.

»Weil ich Erfahrung und Talent habe«, antwortete Harrison.

Buddy schnaubte.

»Ist er noch da?«, fragte Harrison.

»Ist nach Hause gefahren, sollte aber gegen Mittag wieder hier sein.«

Er war Vic Connelly, der Eigentümer und Herausgeber der Zeitung, ein geschwätziger Mann mit einem ungebärdigen weißen Haarschopf à la Albert Einstein und einer mürrischen Art. Harrison hatte gehofft, ihn zu erwischen, um mit ihm über den seinen zweiten Artikel über die jugendliche Diebesbande zu reden, und anschließend wollte er ihm erzählen, dass er sich danach mit voller Energie der Justice-Turnbull-Story widmen wolle.

Nachdem er im Büro seinen Anrufbeantworter und seine E-Mails gecheckt hatte, beschäftigte er sich für eine halbe Stunde mit dem Nachfolgeartikel über die »Deadly Sinners«. Dann verließ er die Redaktion und fuhr nach Hause, um zu duschen. An Loreleys Seite zu sein und auf sie aufzupassen war schön und gut, aber sein Rücken schmerzte, weil ihr Sofa, wie sie selbst zugegeben hatte, einiges zu wünschen übrig ließ.

Als er angezogen war, zog er aus seiner Brieftasche den Zettel, den John Mills ihm gegeben hatte. Er griff nach seinem Mobiltelefon und wählte die persönliche Handynummer des jungen Polizisten. Während er wartete, betrachtete er im Spiegel seine Bartstoppeln. Er sah aus, als wäre er gerade von einer einwöchigen Sauftour zurückgekommen.

Vielleicht war es an der Zeit, Schluss zu machen mit diesem Look, den er für die Story über die »Deadly Sinners« kultiviert hatte. Jetzt, wo die Bande aufgeflogen war, brauchte er keine Maskerade mehr. Nicht, dass er normalerweise so viel anders ausgesehen hätte. Er war kein Anzugträger, doch jetzt dachte er an Geena Cho und die Cops vom Tillamook County Sheriff's Department. Wenn er von denen auch nur ein Minimum an Informationen erhalten wollte, konnte es nicht schaden, etwas gepflegter auszusehen. Aber er wollte seinem Stil treu bleiben und nicht wie jemand aussehen, der wie Pauline Kirby immer nur für die Kamera posierte.

»Mills«, antwortete eine ernste Stimme.

»Hier ist Harrison Frost von der *Seaside Breeze*, Officer Mills. Sie haben gesagt, ich solle heute anrufen, weil Sie vielleicht Informationen für mich hätten.«

»Ja, ich weiß ...« Nach kurzem Zögern redete er weiter. »Bryce Vernon hat ein Unternehmen für Landerschließung, das überall an der nördlichen Küste von Oregon Grundstücke besitzt. Sein Sohn Noah wird übermorgen achtzehn.«

Damit unterbrach er die Verbindung.

Harrison dachte nach. Bryce Vernon war Noah Vernons Vater, und N.V. wurde übermorgen achtzehn. Dann war er kein jugendlicher Straftäter mehr, und alles Mögliche konnte passieren. Vielleicht würde man ihn als Erwachsenen vor Gericht stellen. Dann konnte er zu einer Gefängnisstrafe verurteilt werden. Vielleicht wollte er mit einem Journalisten darüber reden, dass er sich von seinen Eltern falsch verstanden und von der örtlichen Polizei drangsaliert und schikaniert fühlte? Möglicherweise hatte er eine Menge zu erzählen.

Ein Lächeln huschte über Harrisons Gesicht, und er ging ins Bad, um sich zu rasieren.

Detective Savannah Dunbar betrat den Empfangsbereich des Pflegeheims Seagull Pointe und ging zu der Frau an dem Schreibtisch. »Ihr Direktor Darius Morrow hat beim Sheriff's Department angerufen?« Sie präsentierte ihren Dienstausweis.

Die Empfangsdame nickte. »Aber ja. Ich rufe ihn.«

Dunbar drehte den Kopf, um die Verspannungen ihrer Nackenmuskulatur zu lösen. Die halbe Nacht war sie bei dem verdammten Brand des alten Sägewerks im Einsatz gewesen, wo die Polizei der Feuerwehr geholfen hatte. Sie, Savvy Dunbar, hatte bereits eine volle Schicht hinter sich, und es sah nicht so aus, als würde sie so bald nach Hause kommen.

Ein paar Augenblicke später kamen ein Mann und eine Frau zum Empfang. Die Frau war Inga Anderssen, die Dunbar bereits kannte, der Mann zweifellos Darius Morrow. Anderssen wirkte enttäuscht, als sie Dunbar sah, und sagte brüsk: »Madeline Turnbull ist irgendwann gestern Abend gestorben.«

»Oh.« Dunbar war etwas überrascht, da sie Madeline am Vortag noch besucht hatte. »Haben Sie angerufen, weil Sie glauben, bei ihrem Tod könnte Fremdeinwirkung im Spiel gewesen sein?«

»Ich bin der Direktor von Seagull Pointe«, unterbrach der Mann. Er streckte die Hand aus. »Darius Morrow.« Er war fast kahl und hatte nur noch einen Kranz schwarz gefärbter Haare. Seine Miene wirkte beunruhigt. »Als wir nach Miss Turnbull sahen, fanden wir noch eine andere Frau in ihrem Zimmer, die bewusstlos in einem Rollstuhl saß. Deshalb haben wir angerufen.«

»Wer ist diese Frau?«, fragte Dunbar.

»Wir wissen es nicht«, antwortete Anderssen angespannt und mit zusammengekniffenen Lippen. »Sie gehört nicht zu unseren Heiminsassen.«

»Wo ist sie jetzt?«

»Wir haben sie in einem freien Zimmer ins Bett gebracht. Sie wäre fast aus dem Rollstuhl gekippt.«

»Ist sie immer noch bewusstlos?«

»Ja. Unser eigener Arzt ist heute nicht hier, deshalb haben wir die Notrufnummer gewählt. Sie schicken einen Krankenwagen.«

»Also lebt sie noch«, sagte Dunbar eher zu sich selbst. Irgendetwas stimmte hier nicht.

»Die Ambulanz müsste jeden Augenblick hier sein.« Morrow wirkte nervös.

»Und Madeline Turnbull?«, fragte Dunbar. »Mit ihrem

Ende wurde gerechnet. Sie ist eines natürlichen Todes gestorben, oder?«

»Das wird der ärztliche Leichenbeschauer feststellen«, antwortete Morrow.

»Glauben Sie, es besteht die Möglichkeit, dass Fremdeinwirkung im Spiel war?« Guter Gott, was hatte sie sich aufgehalst, als sie den Anruf angenommen hatte? Weder Morrow noch Anderssen antworteten sofort, und sie schienen etwas zu sehr darauf bedacht zu sein, sich nicht anzublicken.

»Fremdeinwirkung? Nein«, antwortete Morrow nach einigem Nachdenken. »Wir wüssten nicht, wie das geschehen sein sollte.«

»Entschuldigen Sie mich bitte einen Augenblick.« Dunbar trat ein paar Schritte zur Seite, rief die Einsatzleiterin in ihrer Dienststelle an und informierte sie, dass Darius Morrow gesagt habe, ein Krankenwagen und der ärztliche Leichenbeschauer seien unterwegs zu dem Pflegeheim. »Schicken Sie noch einen Streifenwagen her«, fügte sie hinzu. »Ich habe das Gefühl, dass hier irgendwas faul ist.« Sie unterbrach die Verbindung und ging wieder zu Morrow und Anderssen. »Ich will mir diese unbekannte Frau ansehen.«

»Aber natürlich ...«

Der Direktor begann zu schwitzen, als er und Anderssen Savvy Dunbar zu einem Zimmer am Ende eines langen Flures führten. Morrow wirkte unschlüssig und ließ Dunbar dann mit Anderssen allein. Der Direktor rannte fast. Entweder musste er sich dringend um eine andere Angelegenheit kümmern, oder er flüchtete vor dieser. Anderssen betrat das Zimmer zuerst, Dunbar folgte ihr. Die Frau in dem Bett wurde künstlich beatmet.

Es verwirrte Dunbar, wie jung die Frau war. Sie hatte eine alte Dame erwartet. Was in einem Pflegeheim wahrscheinlich normal war.

»Sie wurde stranguliert«, sagte sie, als ihr die Würgemale am Hals der Frau auffielen.

»Was?« Anderssen wirkte überrascht.

»Hat sie niemand untersucht?«

»Doch, aber wir haben uns nur Sorgen wegen ihrer Atmung gemacht ...«

»Was ist mit Madeline Turnbull?«, fragte Dunbar. »Wurde sie auch stranguliert?«

»Maddie? Nein, ich denke nicht ...« Anderssen wirkte völlig konsterniert, und Dunbar begriff, dass sich niemand die Tote genauer angesehen hatte, weil sie mit dem unerwarteten Problem der rätselhaften Fremden konfrontiert gewesen waren. Indem sie das Thema der Gleichgültigkeit des Personals gegenüber dem Tod von Madeline Turnbull angeschnitten hatte, hatte sie ohne Absicht Inga Anderssen in Verlegenheit gebracht, und das würde sich auf ihr Verhältnis bestimmt nicht positiv auswirken.

»Wie ist sie hergekommen«, sagte Dunbar, während sie auf die Unbekannte in dem Bett zeigte, doch das war eher eine rhetorische Frage.

Inga Anderssen verschränkte die Arme vor der Brust. »Wir wissen es nicht.«

»Wer hat sie gefunden?«

»Ich glaube, die Hilfe der Schwester, die morgens Dienst hatte, doch sicher bin ich nicht.«

Dunbar warf ihr einen durchbohrenden Blick zu. »Finden Sie heraus, wer es war, und schicken Sie sie zu mir. Ich muss mit ihr reden. Ich brauche ein Besprechungszimmer und eine Liste aller, die Madeline Turnbull besucht haben oder Zutritt zu ihrem Zimmer hatten. Und auch zu diesem. Ich will, dass das Grundstück abgesperrt wird, und brauche die Aufnahmen aller Überwachungskameras, gleichgültig, ob sie drinnen oder am Parkplatz angebracht sind.«

»Aber ... Ich glaube nicht, dass wir Kameras oder ...«

»Dann sagen Sie dem Direktor, was ich brauche. Zuerst aber bringen Sie mich zu Madeline Turnbull.« Für einen Augenblick glaubte sie, Inga Anderssen würde sich weigern, doch Dunbar war das Gesetz, und Anderssen machte auf dem Absatz kehrt und führte sie durch ein Labyrinth von Fluren zu dem Zimmer, in dem Justice Turnbulls Mutter gestorben war.

An Madeline Turnbulls Hals waren keine Würgemale zu erkennen, doch Dunbar beugte sich über sie und schaute in die Augen der Toten. Dort waren rote Pünktchen zu sehen – winzige geplatzte Blutgefäße, ein verräterisches Anzeichen für eine gewaltsam abgeschnittene Sauerstoffzufuhr. Sie blickte auf das Kopfkissen, dann wieder auf Madeline Turnbulls Gesicht.

Jetzt beugte sich auch Anderssen über die Tote, um ihr ebenfalls in die Augen zu blicken.

Sie wurde erstickt, dachte Dunbar, und sie vermutete, dass Anderssen es ebenfalls wusste.

»Ich brauche einen Raum, wo ich ungestört Leute befragen kann«, sagte Dunbar. »Wo zum Teufel bleibt Ihr Boss?«

»Ich hole Mr Morrow.«

»Tun Sie das«, sagte Dunbar, die unverkennbar verärgert war über die Inkompetenz des Personals in diesem Pflegeheim.

Jetzt musste sie erst mal darauf warten, dass der ärztliche Leichenbeschauer eintraf.

21

Um ein Uhr mittags blieb Laura auf der Intensivstation vor dem Zimmer von Conrad Weiser stehen. Sie kannte den Sicherheitsbeamten nicht besonders gut, fühlte sich aber wegen ihrer Beziehung zu Justice auf seltsame Weise verantwortlich für seinen bedauerlichen Gesundheitszustand. Sie glaubte, sie hätte ihn irgendwie warnen können vor der bevorstehenden Gefahr, doch ihr war klar, dass das Unsinn war.

Als sie die Intensivstation verließ, wartete Nina Perez auf sie. »Alles unverändert bei Weiser«, sagte sie.

Laura nickte.

»Dr. Zellman wird gleich entlassen«, fuhr Perez fort. »Er kann immer noch nicht sprechen.«

»Steht definitiv fest, ob es an einer Verletzung seines Kehlkopfes liegt oder an einem emotionalen Trauma?«

»Meiner Meinung nach spielt beides eine Rolle, aber ich bin keine Ärztin.« Perez wirkte beunruhigt. »Irgendwelche Neuigkeiten, ob die Polizei Fortschritte gemacht hat im Fall Turnbull?«

»Nein, aber ich hoffe es.« Laura fragte sich, ob Justice sich schon auf den Weg gemacht hatte, um sie zu finden. Es lief ihr kalt den Rücken hinab. Vielleicht war es ein Fehler gewesen, Kontakt zu Justice aufzunehmen. Sie war mutig gewesen, wusste aber, dass es lebensgefährlich war, ihn herauszufordern.

Auf dem Weg zum Schwesternzimmer sah sie zufällig, dass Zellman der Obhut seiner Gattin anvertraut wurde. Die schlanke Frau hatte ihren Mann in einem Rollstuhl zum Ausgang geschoben, was in gewissen Fällen Vorschrift war, doch der verletzte Arzt sprang draußen sofort aus dem Rollstuhl und hätte ihn fast mit einem Fußtritt in die Büsche befördert. Er eilte wutentbrannt über den Parkplatz, mit seiner Frau im Schlepptau.

Lauras Blick ruhte lange auf den beiden. Es ging das Gerücht um, Justice sei nicht mit Handschellen gefesselt gewesen, als Zellman ihn zu dem Kombi des Ocean Park Hospital begleitete, und die Schuld an seinem Ausbruch liege bei dem Psychiater.

Catherine sagte, in Siren Song sei schon häufiger der Fehler gemacht worden, Justice zu unterschätzen, und Laura hatte nicht vor, ihn zu wiederholen.

Aber einen Fehler hatte sie womöglich auch schon gemacht, als sie Justice am letzten Abend provoziert hatte.

Als sie ihr Spiegelbild in der gläsernen Eingangstür sah, beschlich sie ein seltsames Gefühl, und sie wich instinktiv zurück. Ihr Herz schlug heftig.

Er war auf freiem Fuß.

Irgendwo da draußen.

Er lauerte.

Und sie hatte das Gefühl, als wartete er direkt vor dem Krankenhaus.

Justice starrte durch die Windschutzscheibe des Kleinwagens, den er auf dem Parkplatz am Meer der Frau gestohlen hatte. Er war in einer anderen Welt, in einer Welt voller verwirrender Gefühle und Träume. Farben und Formen verschwammen, als befände er sich unter Wasser. Er schloss die Augen, in

Gedanken ganz bei seiner Mission. Er musste sie alle in seine Gewalt bringen, und zwar schnell.

Diese Frauen waren elende Kreaturen, und er hatte nicht vergessen, wie sie ihn früher verächtlich verspottet hatten. Diese Hexen waren alle verdammt, er musste sie vernichten. Und diejenige von ihnen, die sich außerhalb der Festung Siren Song aufhielt, glich einer lebenden Schlange in seinen Eingeweiden, die ihn unablässig quälte. Wieder hatte er ihren Übelkeit erregenden Geruch in der Nase.

Sie war ganz in der Nähe.

Und dann wusste er es plötzlich.

Sie war in einem Krankenhaus, in *diesem* Krankenhaus.

Im Ocean Park Hospital.

Sie glaubte sich in Sicherheit hinter den Mauern und lachte über ihn.

Er blickte auf die Vorderfassade des Krankenhauses. Sein Wagen war etwas weiter seitlich geparkt, doch er konnte den Eingang halbwegs gut sehen. Sie war da drin, er wusste es. In der Eingangshalle.

Sie konnte ihn nicht sehen, doch sie fühlte ihn, dessen war er sich sicher. Er hörte das Pochen ihres Herzens, spürte, wie das Blut in ihren Adern zirkulierte ... Und diese widerliche Brut in ihrer Gebärmutter ... Er lächelte. Sie hatte Angst.

Sehr gut.

Sollte die Angst sie innerlich auffressen. Sie, die es gewagt hatte, ihn herauszufordern!

Ich bin hier, du Hexe. Ganz so, wie du es gewollt hast!

Er dachte über das gestohlene Auto nach, einen silbernen Nissan. Wie lange war er darin sicher? Er hatte die Fahrerin im Pflegeheim Seagull Pointe zurückgelassen, und diesmal war sie hoffentlich wirklich tot ... Aber die Polizei würde ihre Identität herausfinden und ihr Auto suchen. Er hatte die Kennzeichen mit denen von Geralds altem Taurus ausgetauscht, doch dadurch würde er allenfalls etwas Zeit gewinnen. Ob er wollte oder nicht, er musste sich ein anderes Fahrzeug besorgen.

Urplötzlich wurde er aus seinen Gedanken gerissen. Vor dem Eingang des Ocean Park Hospital sah er Dr. Maurice Zellman und eine Frau, in der er seine Gattin vermutete. Eine Hand lag auf ihren Haaren, damit ihre Frisur nicht in Unordnung geriet, und sie versuchte vergeblich, mit den langen Schritten ihres Mannes mitzuhalten. Kurz darauf stieg Zellman in einen schwarzen Lexus. Seine Frau hatte kaum auf dem Beifahrersitz Platz genommen und die Tür zugezogen, als Zellman schon rückwärts aus der Parklücke setzte und Gas gab, wobei er gerade noch eine Kollision mit einem grünen Kleinbus vermeiden konnte.

Als Zellman an dem silbernen Nissan vorbeikam, lächelte Justice kalt. Er fragte sich, ob der Arzt seine Präsenz spüren konnte, doch der verfügte mit Sicherheit nicht über übersinnliche Fähigkeiten. Der Psychiater starrte mit einem finsteren Blick durch die Windschutzscheibe des Lexus.

Justice blickte Zellmans davonfahrendem Auto nach. Dieser Psychiater hatte sich für seinen Retter gehalten. Dabei war er nichts als eine überflüssige Küchenschabe, ein eingebildetes Stück Dreck, das daran glaubte, ihn – ausgerechnet ihn – zu kennen.

Und dann kam mit überwältigender Intensität Loreleys Geruch zurück.

Sein Kopf fuhr so heftig herum, dass seine Halswirbel knackten, doch er nahm es kaum wahr. Seine Nasenflügel bebten.

Trächtige Hure!

Ich komme, Loreley, wollte er sie wissen lassen, doch ihr mentaler Schutzwall war hoch, und er konnte ihn weder überwinden noch durchlöchern.

»Ich komme, du Nutte!«, schrie er aufgebracht. »Kranke Hexe. Du kannst mich nicht für immer hinhalten!«

Sie war in dem Krankenhaus, zum Greifen nah. Er musste nur hineingehen ...

Wie von Sinnen sprang er aus dem Auto und knallte die Tür zu. Dann eilte er zum Seiteneingang des Krankenhauses und blieb stehen, als er die Überwachungskamera sah. Es war ihm egal, er hatte den letzten Rest gesunden Menschenverstandes verloren und zitterte, gepackt von dem Verlangen, sie umzubringen. Mitten am Tag war eigentlich nicht die richtige Zeit, doch es war ihm egal. Er wollte sie töten. *Sofort.*

Ein Schrei blieb ihm in der Kehle stecken, und er riss an seinen Haaren. Er brauchte das Meer ... eine kühle pazifische Brise ... den Leuchtturm.

Er ging weiter, trat aber den Rückzug an, als er glaubte, dass die Kamera ihn erfassen würde. Er kehrte zu dem Nissan zurück, stieg ein und versuchte, sich wieder unter Kontrolle zu bekommen. Er konnte und würde es nicht zulassen, dass diese Hure die Oberhand behielt.

Fast glaubte er zu spüren, wie sich seine Hände um ihren weichen Hals legten, wie er sie strangulierte, wie das Leben aus ihrem Körper wich. Er stellte sich vor, wie die nackte Leiche dieser Hure verbrannte und eine stinkende schwarze Wolke zum Himmel aufstieg, während sie zur Hölle fuhr.

Loreley.

Er musste ihr Leben und das ihres ungeborenen Kindes auslöschen.

Konnte er einfach in das Krankenhaus stürmen und es tun?

Zellmans Lexus hatte am Ende des Parkplatzes angehalten. Offenbar stritten sich er und seine Frau, und sie schrien sich an, während der Motor im Leerlauf lief. Dann machte der Wagen einen Satz, und Justice beobachtete, wie Zellman auf die von Bäumen gesäumte Zufahrt einbog, die zum Highway 101 führte.

Justice wandte sich um und blickte wieder auf das Krankenhaus, bis seine Augen brannten. Er knirschte vor Wut mit den Zähnen. Schließlich ließ er den Motor an, legte den Gang ein und gab Gas. Er hatte beschlossen, Dr. Zellman zu folgen.

»Alles in Ordnung mit Ihnen?«, hörte Laura eine ungeduldige Stimme fragen.

Sie hatte sich im Empfangsbereich auf einen Stuhl fallen lassen, weil sie glaubte, sich nicht mehr auf den Beinen halten zu können. Dieses Gefühl, diese entsetzliche Erkenntnis ... Trotz des mentalen Schutzwalls hatte sie Justice' bösartige Präsenz auf der anderen Seite gespürt.

Vor ihr stand Dr. Loman, dessen blaue Augen kalt auf sie herabblickten.

Natürlich mussten sie sich gerade jetzt begegnen. Ein Wortwechsel mit dem alten Arzt war noch unangenehmer als einer mit ihrem Exmann. Loman war arrogant und despotisch.

Was stimmte nicht mit den Ärzten hier im Ocean Park Hospital? Die meisten von ihnen waren Egomanen. Eigentlich gab es nur zwei Ausnahmen, den ruhigen Dr. Hanson und die humorvolle Frau Dr. Charles, eine der wenigen Chirurginnen. Aber die Ärzte am oberen Ende der Hierarchie waren herrisch und eingebildet.

»Mir geht's gut«, sagte sie zu Loman.

»Und warum sitzen Sie dann während der Arbeitszeit hier herum?«, fragte er mit einem finsteren Blick.

»Ich musste mal kurz zu Atem kommen.« Sie stand auf und verkniff sich eine sarkastische Bemerkung, als sie Loman stehen ließ.

Er folgte ihr, und die Gummisohlen seiner Schuhe verursachten quietschende Geräusche auf dem gefliesten Boden.

»Ich weiß, wer Sie sind«, sagte Loman.

Das überraschte Laura, und ihr standen die Nackenhaare zu Berge.

»Sie sind eine von *denen*, und ich *kenne* sie.«

Laura warf einen Blick über die Schulter. Der Mann schien kurz davor zu stehen, einen Wutanfall zu bekommen. Sie hatte das Gefühl, dass sein Geduldsfaden jeden Moment reißen würde.

Sie wusste, worauf er angespielt hatte. Dr. Dolph Loman und sein verstorbener Bruder Dr. Parnell Loman hatten Laura und ihre Schwestern während ihrer Kindheit behandelt. Von Parnell hatte Laura kaum etwas im Gedächtnis behalten, doch sie erinnerte sich dunkel an etwas Obszönes und Unangenehmes in Bezug auf ihre Mutter und Parnell. Aber vielleicht war es auch Dolph Loman gewesen, oder auf ihre Erinnerung war kein Verlass und sie hatte sich etwas zusammenspintisiert aus dem, was ihr über ihre promiskuitive Mutter zu Ohren gekommen war. Seit sie im Ocean park Hospital arbeitete, hatte sie gehofft, dass Dr. Dolph Loman sie nicht erkennen würde, doch nun wusste sie, dass es eine vergebliche Hoffnung gewesen war.

»Wie ich höre, stellen Sie jetzt den Patienten die Diagnose?«, fragte er mit kaum kaschiertem Hohn.

»Wollten Sie etwas Spezielles von mir, Herr Dr. Loman?«, fragte sie kühl.

»Lenken Sie nicht vom Thema ab«, sagte er gereizt. »Sie sind hier Krankenschwester, keine Ärztin. Mehr habe ich nicht gesagt.«

»Tatsächlich? Mir kommt es so vor, als hätten Sie sehr viel mehr gesagt.«

»Wir wissen beide, was mit Ihrer Familie los ist. Wahrsager, Quacksalber, Verrückte ...«

»Quacksalber?«, wiederholte sie mit einem harten Blick. »Ist das etwa ein neuer medizinischer Terminus?«

Er errötete. »Mein Ruf ist makellos.«

»Ich erinnere mich gut an Ihren Bruder«, sagte Laura, auch wenn es nicht der Wahrheit entsprach.

»Mein Bruder war ein exzellenter Chirurg«, antwortete Loman schnell. »Sein Tod war eine Tragödie.«

Er schien noch etwas sagen zu wollen, aber er war definitiv verwirrt, weil Laura sich nicht von seiner Autorität beeindrucken ließ. Als er verschwand, murmelte er noch etwas über ihre Unverschämtheit vor sich hin, und sie fragte sich, was genau gewesen war zwischen ihrer Mutter und Dr. Parnell Loman und/oder Dr. Dolph Loman. Würde Catherine es ihr erzählen, wenn sie danach fragte? Oder wusste sie es selbst nicht?

Die Ereignisse der letzten paar Tage waren äußerst strapaziös gewesen, doch da sie hier niemandem etwas davon erzählen konnte und ihre Erschöpfung nicht auf die Schwangerschaft schieben wollte, atmete sie ein paarmal tief durch und machte sich wieder an die Arbeit.

Aber mittlerweile wünschte sie sich, auf Harrison gehört zu haben. Sie war so davon überzeugt gewesen, in dem Krankenhaus in Sicherheit zu sein, doch nun sehnte sie sich nach ihm, der sie in jedem Fall beschützen würde. Sie nahm ihr Mobiltelefon aus ihrem Spind und wählte seine Nummer, doch es meldete sich nur die Mailbox. Sie zögerte kurz, hinterließ aber keine Nachricht. Dann steckte sie das Handy wieder weg und sagte sich, sie würde den Rest der Schicht auch überstehen, ohne mit ihm zu telefonieren. Sie musste es sich nur immer wieder sagen.

22

»Detective?«

Langdon Stone war durch den Vordereingang des Sheriff's Department eingetreten, weil er seinen Jeep am Straßenrand vor dem Eingang abgestellt hatte, nicht auf dem mit tiefen Schlaglöchern übersäten Parkplatz hinter dem Haus.

May Johnson, eine so gut wie nie lächelnde, füllige schwarze Frau, saß hinter ihrem Schreibtisch im Empfangsbereich der Dienststelle und beließ es bei einem Wort, das wie Kanonendonner klang.

Johnson mochte Stone nicht besonders, doch das beruhte auf Gegenseitigkeit. Er hielt sie für arrogant und unnachgiebig, und ihre Antipathie hatte von Anfang an darauf beruht, dass sie glaubte, er nehme es mit den Vorschriften nicht so genau und sei eingebildet. Vielleicht mochte sie auch einfach keine Männer. Für sie war er ein Cowboy, wovon nicht nur seine Klamotten, sondern auch sein waghalsiges Naturell zeugten. Auch heute trug er staubige Cowboystiefel.

Stone musste zugeben, dass sie in diesem Punkt vermutlich recht hatte.

Stone blieb zögernd vor Johnsons Schreibtisch stehen und blickte sie erwartungsvoll an. Er war gerade erst aus dem Pflegeheim Seagull Pointe zurückgekehrt und wollte Sheriff O'Halloran berichten, bevor er wieder losfahren musste.

»Was gibt's?«

»Sam McNally hat zurückgerufen.«

Stone hob eine Augenbraue. Geena Cho war die Einsatzleiterin, und bisher hatte Johnson es stets ihr überlassen, sich um an Stone gerichtete Anrufe und andere Nachrichten zu kümmern. Johnson selbst hatte sich noch nie die Mühe gemacht, ihrerseits sicherzustellen, dass er informiert war.

»Danke.«

Johnson nickte knapp und brachte ihn dann mit einer Frage völlig aus dem Konzept. »Wie läuft's mit der Adoption?«

Stones eisige Miene hellte sich auf. Er konnte es kaum fassen. »Die Sache ist auf den Weg gebracht, aber es dauert.«

Seine Verlobte, Dr. Claire Norris, wollte ein kleines Mädchen adoptieren, das ihr sehr ans Herz gewachsen war. Auch Stone hoffte, dass es bald klappen würde. Er dachte darüber nach, seinen Schatz vor den Traualtar zu zerren, damit alles in trockenen Tüchern war. Alles sollte möglichst schnell über die Bühne gehen, doch dann hatte Justice Turnbulls Ausbruch ihm einen Strich durch die Rechnung gemacht.

Johnson wandte sich abrupt ab, als hätte sie ihre Vertraulichkeit verlegen gemacht, und Stone schlenderte Richtung Hinterausgang und bog zuvor in einen Flur ab, der zum Bürotrakt führte.

In den Korridoren roch es nach kaltem Kaffee, überall klingelten Telefone. Zwei Deputys, die die ganze Nacht bei dem Brand in dem Sägewerk im Einsatz gewesen waren, rochen nach Ruß.

Sheriff O'Halloran saß in seinem Büro am Schreibtisch. Sein normalerweise gut frisiertes graues Haar war zerzaust, der Blick seiner sonst strahlend blauen Augen wirkte teilnahmslos und müde. »Dieser verdammte Turnbull«, stöhnte er.

»Das kann man wohl so sagen«, bestätigte Stone. »Es sieht so aus, als hätte er seine Mutter erstickt und diese andere Frau, die wir noch nicht identifizieren konnten, stranguliert.«

»Lebt Sie noch?«

»Kaum.«

»Niemand kennt sie?«

»Zumindest niemand in dem Pflegeheim«, antwortete Stone. »Dunbar und ich haben mit allen Angestellten und Heiminsassen gesprochen, die vielleicht hilfreich sein könnten. Dann haben wir uns auf dem Parkplatz umgesehen, doch da standen nur Autos von Insassen aus dem Trakt für betreutes Wohnen. Überwachungskameras gibt es nicht, auch wenn der Direktor eilends versichert hat, bald welche anschaffen zu wollen. Als ob uns das jetzt noch helfen würde. Kurzum, wir haben keine Ahnung, wer sie ist und wie sie dort hingekommen ist. Sie ist jung. Unsere Hypothese ist, dass sie irgendwo über Justice gestolpert ist und dass er sie stranguliert hat. Und anschließend hat er seine Mutter umgebracht.«

»Ist es denkbar, dass er es nicht war?«

Stone zögerte einen Augenblick. »Soll das eine rhetorische Frage sein?«

Der Sheriff seufzte tief.

»Möchten Sie, dass wir die Sache von einer anderen Seite angehen?«, fragte Stone.

O'Halloran schüttelte den Kopf. »Nein.«

Die beiden Männer diskutierten ausführlich alle Aspekte des Falls, und als Stone gerade gehen wollte, kam O'Halloran noch auf etwas anderes zu sprechen.

»Wir bekamen einen Anruf von einer Farm östlich von Garibaldi. Aasgeier kreisten um eine männliche Leiche. Ich habe Delaney hingeschickt. Der Typ war schon seit zwei Tagen tot.«

Garibaldi lag südlich der Stadt Tillamook, gehörte aber noch zum Tillamook County.

»Irgendwelche Berichte über vermisste Personen?«, fragte Stone.

»Wir haben die Nummernschilder dieses nach Hippieart bemalten VW-Busses überprüft, der für zwei Nächte auf dem Parkplatz des Aussichtspunktes nördlich der Stadt abgestellt war. Ich habe die Besitzerin angerufen, um zu sagen, dass das Fahrzeug abgeschleppt werden würde, und diese Frau fing an herumzuschreien und sagte, ihr Mann werde vermisst. Wir glauben, dass es sich bei der Leiche um diesen Typ handeln könnte. Tatsächlich ist er nur ihre bessere Hälfte. Sie haben nicht offiziell geheiratet, aber der VW-Bus ist auf beide Namen zugelassen. Er hat vor zwei Tagen nach einem Streit sein glückliches Zuhause in Salem verlassen, und seitdem hat niemand mehr etwas von ihm gehört.«

»Vielleicht nimmt er nur irgendwo eine Auszeit.«

»Wenn man der Frau Glauben schenkt, läuft das bei ihnen so: Sie streiten sich, und er haut ab, kommt aber innerhalb von vierundzwanzig Stunden wieder. Zumindest bisher.«

»Klingt so, als wäre das seine Leiche«, stimmte Stone zu.

»Könnte gut sein. Die Personenbeschreibung der Frau passt. Ich hab ein Foto von ihm vom Straßenverkehrsamt.«

O'Halloran schien etwas zurückzuhalten, etwas Wichtiges.

Stone dachte einen Moment nach. »Wann genau ist dieser Typ abgehauen?«

»Am Freitagabend, etwa um sechs.«

»Und auf dem Weg von Salem zur Küste ist er direkt am Halo Valley Security Hospital vorbeigekommen. Damit war er in Gefahr.«

»Das ist nur eine Hypothese«, sagte O'Halloran.

»Verdammt, der Typ hat Justice mitgenommen. Wie ist er ums Leben gekommen?«

»Durch einen Schlag auf den Kopf mit einem stumpfen Gegenstand. Fragen Sie Delaney.«

»Wird gemacht.« In Gedanken fügte er schon die Teile des Puzzles zusammen, wie es nach Justice Turnbulls Ausbruch weitergegangen war. »Also hat Turnbull den VW-Bus in seinen Besitz gebracht, ihn aber schnell wieder stehen lassen. Warum?«

O'Halloran schnaubte. »Sie würden nicht fragen, wenn Sie die Karre gesehen hätten. Das verdammte Ding ist mit Blumen und Blättern und anderen Hippie-Motiven bemalt. Turnbull brauchte ein Fahrzeug, das etwas weniger auffällig ist.«

In Gedanken spielte Stone mehrere Szenarios durch, doch nur eine Erklärung schien ihm wirklich plausibel. »Diese Frau, die in dem Pflegeheim stranguliert wurde ... Justice muss ihren Wagen in seinen Besitz gebracht haben, nachdem er den VW-Bus auf dem Parkplatz am Meer abgestellt hatte.«

»Auf *diesem* Parkplatz?«

»Oder in der Nähe.« Stone schüttelte den Kopf. »Aber warum hat er die Frau nicht einfach umgelegt und dort zurückgelassen?«

»Da wäre sie schneller gefunden worden. Wir können nur hoffen, dass sie wieder zu sich kommt und den Dreckskerl identifizieren kann.«

Stone rieb sich das Genick. Als er Seagull Pointe verlassen hatte, war die Frau dem Tode nah gewesen, und der Notarzt hatte keine Prognose abgeben wollen, ob sie den Transport in ein Krankenhaus lebend überstehen würde.

»Wir müssen herausfinden, wer sie ist. Irgendjemand muss sie vermissen. Ich werde dafür sorgen, dass ihr Bild in den Fernsehnachrichten gezeigt wird. ›Wer ist diese Frau? Falls Sie sie erkennen, rufen Sie bitte das Tillamook County Sheriff's Department an.‹«

»Tun Sie das«, sagte O'Halloran.

Als Stone O'Hallorans Büro verließ, hätte er beinahe Savannah Dunbar umgerannt, die sehr blass war. »Was ist los?«, fragte er.

»Sie ist ... tot.« Dunbar seufzte tief. »Die Unbekannte aus dem Pflegeheim. Seit etwa zwanzig Minuten. Die Sanitäter glaubten, sie retten zu können, aber ...« Sie schüttelte den Kopf. »Als der Krankenwagen beim Ocean Park Hospital ankam, war sie tot.«

»Verdammt!« Er dachte an die bewusstlose Frau, die er in dem Pflegeheim gesehen hatte, daran, wie jung sie gewesen war ... In Gedanken war er bei ihrer Familie. Wenn sie selbst keine Kinder gehabt hatte oder nicht verheiratet gewesen war, so hatte sie doch Eltern oder vielleicht eine Schwester.

»Vielleicht hätte sie gerettet werden können, wenn das Personal des Pflegeheims nicht so inkompetent gewesen wäre«, flüsterte Savvy Dunbar.

»Ich werde dafür sorgen, dass man denen mal genau auf die Finger schaut.«

»Hoffentlich werden sie verklagt!«, sagte Dunbar aufgebracht.

»Wie komme ich nur darauf, dass du dafür sorgen wirst?«

»Weil du Gedanken lesen kannst.«

Stone nickte. »Umso mehr Grund herauszufinden, wer diese Unbekannte ist. Ich hab's O'Halloran gerade schon gesagt, ich werde dafür sorgen, dass ihr Bild in den Fernsehnachrichten gebracht wird.«

»Die Spurensicherung hat Fotos vom Tatort geschossen. Von der toten Madeline Turnbull und der Unbekannten, als sie noch lebte.« Sie schüttelte den Kopf.

»Da könnte eins für die Fernsehleute dabei sein.«

»Vielleicht.« Sie blickte ihn traurig an.

»Es ist nicht deine Schuld«, sagte er.

»Nein, ist es nicht.« Sie kniff die Lippen zusammen. »Dem Personal von Seagull Pointe sind alle offensichtlichen Anzeichen entgangen, und sie wissen es. Diese Anderssen und der Direktor wollten doch nur ihren Arsch retten.«

»Wenn du recht hast, wird es eine Untersuchung geben.«

»Allerdings«, sagte sie mit einem freudlosen Lächeln. »Dafür sorge ich persönlich. Ich schreibe jetzt einen Bericht.«

Darin, das wusste Stone, würde sie alle Versäumnisse in dem Pflegeheim festhalten. Savvy Dunbar würde es nicht zulassen, dass diese Inkompetenz folgenlos blieb. Im Flur begegnete er mehreren Kollegen, und eine Polizistin hätte ihn beinahe umgerannt. Sie verschüttete ihren Kaffee und warf ihm einen aggressiven Blick zu.

»Hey, mach die Augen auf!«, sagte sie und murmelte noch etwas von bescheuerten Männern vor sich hin.

Stone ignorierte es und dachte darüber nach, in sein Büro zu gehen, um mit Sam »Mac« McNally zu telefonieren, ehemals Detective der Mordkommission beim Lauralton Police

Department, mittlerweile im Ruhestand. Johnson hatte ja gesagt, er habe endlich zurückgerufen. Doch dann änderte er seine Meinung und beschloss, ihn von seinem Mobiltelefon aus anzurufen. Auf dem Weg nach draußen winkte er Johnson zum Abschied zu, und sie erwiderte die Geste mit einem Nicken. An seinem Jeep angekommen, wählte er McNallys Nummer, hörte aber wieder nur die Mailbox. Diesmal allerdings hinterließ er eine Nachricht und bat McNally, ihn nicht in seinem Büro, sondern unter seiner Handynummer anzurufen. McNally war der Chefermittler beim Lauralton Police Department gewesen, in jener Stadt, wo Justice' letzte Mordserie begonnen hatte. McNally hatte damals mit Fred Clausen und seiner ehemaligen Partnerin Kirkpatrick zusammengearbeitet, deren Stelle beim Tillamook County Sheriff Department er übernommen hatte, nachdem sie sich für einen anderen Beruf entschieden hatte.

Clausen hatte zu ihm gesagt, McNally sei »okay«, ein großes Lob aus dem Mund des normalerweise schweigsamen und schlecht gelaunten Detective. Er hatte sich gefragt, ob Clausen sich übergangen fühlte, weil O'Halloran ihm die Ermittlungen im Fall Turnbull übertragen hatte, und das, obwohl Clausen mehr Dienstjahre auf dem Buckel hatte. Clausen schien das allerdings nichts auszumachen. Er hatte ihm empfohlen, McNally anzurufen, und er hatte es getan, nur um herauszufinden, dass Mac nun im Ruhestand war und gerade über das Wochenende mit seinem Sohn campte.

Das Lauralton Police Department hatte ihm McNallys Handynummer gegeben, und er hatte angerufen und eine Nachricht hinterlassen, als sich niemand meldete. Die musste McNally irgendwann während seines Wochenendausflugs abgehört haben, und er hatte zurückgerufen. Und jetzt war wieder er an der Reihe.

Als er das Telefon einsteckte, sah er Clausen auf den Parkplatz hinter dem Haus fahren. Stone ging zu Fuß um das Gebäude herum, um mit dem älteren Kollegen zu reden. Clausen stieg gerade aus einem Jeep, wie ihn auch er fuhr.

»Hey«, sagte Clausen, als er ausstieg und bis zum Knöchel in einem mit Wasser gefüllten Schlagloch versank.

»Genau deshalb parke ich vorne vor der Tür«, sagte Stone.

»Schön für dich.« Clausen betrachtete sein nasses Hosenbein. »Du bist ein Arschloch. Nur damit du's weißt.«

Stone grinste.

»Hast du die *Seaside Breeze* gesehen?«

»Flüchtig«, antwortete Stone.

Clausen schnaubte. »Harrison Frost spielt mal wieder den Starreporter. Die Polizei von Seaside hat eine Bande von Highschool-Schülern geschnappt, die in mehrere Eigenheime eingebrochen sind, aber der Tipp kam von Frost. Er nennt sie in seinem Artikel die ›Deadly Sinners‹. Frost kannte offenbar Mitglieder der Bande.«

»Ist das der Harrison Frost, der früher beim *Portland Ledger* war?«, fragte Stone.

Er wusste einiges über den Mann, weil er früher für das Portland Police Department gearbeitet hatte. Frost hatte Probleme bekommen wegen seiner Artikel über eine Schießerei vor einem Nachtclub namens Boozehound. Er war über seine Frau verwandt mit einem der beiden Inhaber des Nachtclubs. Als Frosts Schwager erschossen wurde, hatte er dessen Mitinhaber beschuldigt, hinter dem Mord zu stecken.

»Ja, das ist er. Jetzt arbeitet er für die *Seaside Breeze,* kann es aber nicht lassen, Jagd auf *große* Storys zu machen. Er wird uns noch früh genug nerven. Turnbulls Ausbruch ist exakt die Art von Story, hinter der er her ist.«

»Bis jetzt hat er uns in Ruhe gelassen.«

»Wegen dieser Kids.« Clausen schnaubte. »Diese verdammten Teens von der West Coast High. Mein Stiefsohn kennt eine von den Bermans. Britt Berman. Ihr Vater lebt in Tillamook, und sie ist ab und zu hier. Diese Bermans halten sich für was Besseres.«

»Gehört das Mädchen zu den sieben ›Deadly Sinners‹?«

»Nein.« Clausen stieß die Hintertür der Dienststelle auf. »Wäre vielleicht aber doch möglich. Das Täterprofil würde passen. Aber in diesem Fall sind sie und ihre Familie das Opfer. Bei ihnen wurde vorher schon einmal eingebrochen.« Clausens Stimme klang fast enttäuscht. Stone hätte sich vorstellen können, dass sein Stiefsohn vielleicht bei Britt Berman abgeblitzt war.

»Du scheinst nicht gerade ein Fan von Frost zu sein«, bemerkte Stone. »Gibt's dafür spezielle Gründe?«

»Der Typ macht gern aus einer Mücke einen Elefanten.« Clausen schien noch etwas zu diesem Punkt sagen zu wollen, überlegte es sich jedoch anders. »Aber was diese Teens von der West Coast High angeht, hat er recht. Das ist geradezu eine Brutstätte für eingebildete, egoistische und undankbare Kids.«

Damit verschwand er in dem Gebäude, und Stone ging wieder zur Vorderseite, wo sein Jeep geparkt war. Da fiel ihm ein, dass er noch mit Deputy Delaney über die Leiche reden musste, die außerhalb von Garibaldi gefunden worden war.

Als er mit dem fertigen Artikel wieder in der Redaktion der *Seaside Breeze* war, blickte Harrison auf das Display seines Mobiltelefons, um nach der Uhrzeit zu sehen. Halb vier nachmittags. Er hoffte, diesmal Vic Connelly zu erwischen. Als er gerade nach dem Herausgeber der Zeitung fragen wollte, zeigte Buddy auf das Telefon auf Harrisons Schreibtisch. »Channel Seven auf Leitung eins.«

»Was?«

»So haben sie sich gemeldet.« Buddy zuckte die Achseln. »Sie sind noch in der Leitung, ich habe gesagt, dass du gerade gekommen bist. Hör zu, ich hab keine Zeit, mich um deine Anrufe zu kümmern. Ich muss noch einen Artikel über den Brand in dem alten Sägewerk schreiben. Niemand kann es mit Sicherheit sagen, aber möglicherweise war es Brandstiftung.« Dieser Aspekt der Story schien ihn zu begeistern, und er wandte sich wieder seinem Computer zu.

Harrison drückte auf den Knopf für Leitung eins und nahm den Hörer ab. »Frost.«

»Guten Tag, Mr Frost«, sagte eine jung klingende Frauenstimme. »Channel Seven greift Ihre Story über die ›Deadly Sinners‹ auf. Sind Sie breit, ein paar Fragen zu beantworten?«

Harrison begriff, dass Pauline Kirbys Produktionsteam auf seinen Artikel gestoßen sein musste und jetzt von der Story profitieren wollte. Er fühlte sich geschmeichelt, weil der Artikel Kirbys Aufmerksamkeit erregt hatte, war aber zugleich verärgert, weil sie die ganze Geschichte an sich reißen und sich mit fremden Federn schmücken wollte. »Ja, einverstanden.«

»Können wir Sie auch unter einer anderen Nummer erreichen?«

»Nein, rufen Sie hier an. Bei der Zeitung wissen sie, wo ich bin.«

Er legte auf, und Buddy grinste ihn an. »Mit dem Artikel hast du richtig reüssiert, was?«

»Reiche Kids, die in die Elternhäuser anderer reicher Kids einbrechen. Pauline Kirby liebt solche Storys.«

»Wie unsere Leser und ihre Zuschauer.« Er sah, dass Harrison seine Jacke anzog, die er gerade erst abgelegt hatte. »Du haust schon wieder ab?«

»Ja. Wenn du Connelly siehst, sag ihm bitte, dass ich mit ihm reden will. Jetzt wollte ich nur mal kurz reinschauen, um den Artikel abzuliefern.«

»Okay, ich sag's dem Boss. Bist du immer noch an der Story mit den Kids dran?«

»An der und einer anderen.«

»Was mache ich, wenn Leute von Channel Seven hier auftauchen?«

»Du hast meine Handynummer. Ruf mich an. Gib ihnen meine Nummer aber nicht. Ich rufe sie später zurück.«

»Deine Handnummer rückst du nicht gerne raus, was?«

»Du sagst es.«

Es lag daran, dass ihn nach dem Tod seines Schwagers und den darauf folgenden Komplikationen beim *Portland Ledger* alle Welt telefonisch belästigt hatte. Nachdem er Buddy zum Abschied kurz zugewunken hatte, verließ er die Redaktion. Als er vor die Tür trat, hingen immer noch Nebelschwaden in der Luft.

23

Nachdem sie am späten Morgen eine Scheibe trockenes Toastbrot gegessen hatte, war sie mittags noch nicht hungrig und entschied sich deshalb nachmittags für ein vorgezogenes Abendessen. Sie fühlte sich immer noch unwohl, schaffte es aber, in der Cafeteria einen Teller Hühnersuppe mit Weißbrot und einen kleinen Salat hinunterzubekommen, ohne dass ihr übel wurde. Ihr war etwas schwindelig von den Gedanken, die sie schon die ganze Zeit bei der Arbeit geplagt hatten. Sie war schwanger, und Byron vermutete, dass es so war. Am letzten Abend hatte sie Justice Turnbull herausgefordert, und der psychotische Killer hatte vor, sie zu ermorden. Und dann war da noch diese neue und unerwartete Bekanntschaft mit Harrison Frost. Sie hatte das Gefühl, dass mehr daraus werden könnte.

Woher kam dieser lächerliche Gedanke? Ein einziger Kuss – gut, zwei, wenn man ihr Abschiedsküsschen auf die Wange mitzählte –, da konnte man schwerlich schon von einer Beziehung sprechen. Sie kannte ihn kaum und hatte ihn vor nicht mal zwei Tagen zum ersten Mal gesehen, als dieser ganze Wahnsinn losging.

Doch warum kam es ihr dann so vor, als würde sie ihn schon seit einer Ewigkeit kennen?

Ihr ganzes Leben war komplett aus den Fugen geraten, seit Justice am Freitagabend aus dem Halo Valley Security Hospital ausgebrochen war, und jetzt war es erst Sonntag.

Um sie herum plauderten Gäste. Bedienungen der Cafeteria warteten gelangweilt, während Mitglieder des Krankenhauspersonals und Besucher sich nicht entscheiden konnten, was sie essen oder trinken wollten. Es roch nach Knoblauch, Pastasauce und Muschelsuppe.

Laura nahm das Stimmengewirr um sich herum kaum wahr. Als sie ihr Tablett wegbringen wollte, trat Carlita Solano mit einem Pfleger in die Cafeteria. Die beiden gingen in Richtung der Getränkeautomaten, und als sie an ihr vorbeikamen, schnappte Laura auf, was Carlita gerade sagte.

»Ich hab das nicht erfunden! Seagull Pointe, ich kenne eine Schwester, die dort arbeitet. Die Polizei will die Geschichte geheim halten, wie sie es immer tut, bis noch der letzte lebende Verwandte informiert worden ist, aber Jessica hat gesagt, dass die glauben, dieser Psychopath habe seine ebenfalls geisteskranke Mutter umgebracht. Sie werden es bald in den Nachrichten bringen.«

Da konnte nur von einer Person die Rede sein. Lauras Herz begann wie wild zu hämmern, und als sie das Tablett abgab, zitterten ihre Hände.

»Im Ernst?«, fragte der Pfleger. »Wow. Scheint ein großartiges Pflegeheim zu sein.«

Laura hielt es nicht mehr aus. »Pardon«, unterbrach sie, »aber ich habe zufällig gehört, was ihr gesagt habt. Redet ihr über Justice Turnbull und seine Mutter?«

Vor ihrem geistigen Auge sah sie Madeline als jüngere Frau ... Hübsch und verunsichert, in einem Kleid mit Blumenmuster, stand sie in einem heruntergekommenen Motel, mit vom Wind zerzaustem Haar. Der Saum ihres Kleides flatterte um die Waden, während weit unter dem auf einem Kliff stehenden Motel die Wellen an die Steilküste schlugen. Laura erinnerte sich an ihren traurigen, geheimnisvollen Blick.

»Stimmt genau.« Carlita wandte sich Laura zu, anscheinend glücklich, dass endlich jemand wirklich Interesse zeigte. »Und es gibt noch eine andere tote Frau. Er hat sie beide erstickt. Oder erwürgt. Wie auch immer, jetzt sind sie beide tot.«

»Die sollten da mal für mehr Sicherheit sorgen«, warf der Pfleger ein. »Es macht einfach keinen guten Eindruck, wenn Heiminsassen ermordet werden.« Er zog einen Becher mit schäumender Cola und Eis aus dem Getränkeautomaten.

»Wer ist die andere Frau?«, krächzte Laura, deren Kehle ganz trocken war. Guter Gott, hoffentlich keine ihrer Schwestern! Aber Catherine würde mit Sicherheit keine von ihnen das Grundstück von Siren Song verlassen lassen ... *Aber es gibt Möglichkeiten, von dort zu entkommen, du weißt es selbst am besten. Und die anderen wissen es auch.* Sie sah die Gesichter ihrer Schwestern. Isadora, Kassandra, Lilibeth ...

»Wahrscheinlich irgendeine Verwandte«, sagte Carlita achselzuckend, als wäre das nicht so wichtig. »Hat er nicht schon mal versucht, seine Mutter umzubringen? Ich glaube, das in den Nachrichten gehört zu haben, als er das letzte Mal durchgedreht ist und die Frauen von Siren Song ins Visier genommen hat.«

Und jetzt mordet er schon wieder, weil du den Kontakt zu ihm aufgenommen hast. Du hättest nie auf Harrison hören dürfen.

Aber sie konnte nicht ihm die Schuld geben. Sie hatte telepathisch Kontakt aufgenommen und Justice provoziert, und das war der Grund für seine Mordlust. Wenn jemand schuld daran war, dann sie.

Ihr wurde ganz übel.

Hatte sie einen Fehler gemacht?

Einen Fehler, der zwei Frauen das Leben gekostet hatte?

Hatte Harrison ihr nicht geraten, sich an die Polizei zu wenden?

Doch was hätte sie der erzählen sollen? Etwas von telepathisch übermittelten Botschaften?

Sie stellte sich vor, wie sich die Detectives angeblickt hätten, wenn sie ihnen zu erklären versucht hätte, wie sie mittels ihrer speziellen Gabe Kontakt aufnehmen konnte zu dem geisteskranken Ausbrecher.

»Alles okay?«

Carlitas Stimme riss sie aus ihren Gedanken. »Ja, alles okay«, antwortete sie, obwohl sie sich alles andere als »okay« fühlte.

Der Pfleger hatte sich einen Deckel für seinen Becher und einen Strohhalm geschnappt und verschwand. Carlita beeilte sich, ihn einzuholen.

Laura wurde von Schuldgefühlen geplagt. Sie berührte sanft ihren Bauch, um sich an das Baby zu erinnern.

Guter Gott, was für ein Schlamassel.

Ihre Beine waren bleischwer, als sie die Cafeteria verließ, um zum Schwesternzimmer im ersten Stock zu gehen. Wer war die unbekannte Frau? Jemand, den sie kannte? Wieder musste sie an ihre Schwestern denken, die neben ihr selbst am meisten gefährdet waren. Hatte er nicht gesagt, er werde sie alle töten?

Sie blieb im Flur stehen und dachte nach.

Nein, sagte sie sich. Die zweite Tote war keine ihrer Schwestern, das würde sie wissen. Irgendjemand aus der »Kolonie« hätte sie gefunden und es ihr gesagt. Es konnte Catherine nicht entgehen, wenn eines der Mädchen verschwunden war.

Zwei Menschen waren gestorben, durch Justice' Hand.

Maddie und eine andere Frau ... ein unbekanntes Opfer.

»Dreckskerl«, knurrte sie leise. »Mörder, seelenloser Dreckskerl.«

»Reden Sie mit mir?«, fragte ein Patient, der einen Infusionsständer vor sich her schob.

»Nein, Entschuldigung.« Ihr Herz begann heftig zu klopfen. Ihre Pause war noch nicht zu Ende, und deshalb überlegte sie es sich anders und betrat den Aufenthaltsraum für das Personal, wo sie sich an einen Tisch an der hinteren Wand setzte. Zwei Kolleginnen lösten gemeinsam ein Kreuzworträtsel, eine andere saß mit einer Tasse Tee vor dem Fernseher und schaute die Nachrichten. Laura starrte auf den Bildschirm und sah die Fassade von Seagull Pointe. Der Reporter hatte mehr Details über die Tragödie parat als Carlita.

Wusste Harrison, was in dem Pflegeheim geschehen war? Mit Sicherheit, schließlich arbeitete er bei einer Zeitung. Schon seltsam, wie ihre Gedanken immer wieder zu ihm zurückkehrten.

Als der Beitrag zu Ende war und der nächste sich mit einem Brand in einem alten Sägewerk befasste, hatte sie genug. Sie stand auf und trat in den Flur, um zum Umkleideraum zu gehen.

Dort angekommen, öffnete sie das Zahlenschloss ihres Spindes, nahm ihr Handy heraus und wählte Harrisons Nummer, diesmal ohne zu zögern. Ihr wurde bewusst, wie sehr sie ihn nach einer so kurzen Zeitspanne schon brauchte.

Er meldete sich nicht. Als sie gerade schon enttäuscht das Handy zuklappen wollte, überlegte sie es sich anders und hinterließ eine Nachricht. »Ich bin's, Laura. Wahrscheinlich hast du gehört, was im Pflegeheim Seagull Pointe geschehen ist. Ich glaube, dass Justice Madeline und vielleicht auch die andere Frau getötet haben könnte.« Sie hielt kurz inne, plötzlich überwältigt von ihren Gefühlen. Angst, Wut, das Bedürfnis, mit ihm zu reden ... »Ruf mich an«, sagte sie und hoffte, dass es nicht so verzweifelt klang, wie sie sich fühlte.

Am späten Nachmittag war in der Bäckerei Sands of Thyme nicht viel los. Es duftete nach Zimt und Kaffee, und in den Glasvitrinen lagen noch ein paar Brotlaibe und Muffins, die während der morgendlichen und mittäglichen Stoßzeit nicht verkauft worden waren.

Harrisons Schwester Kirsten hatte die Ellbogen auf die Theke gestützt und las die Morgenzeitung.

»Du warst ja richtig fleißig«, sagte sie, als sie von seinem Artikel in der *Seaside Breeze* aufblickte.

»Dieses Blättchen ist nicht der *Ledger*.«

»Ja, aber, wie du immer so schön sagst, es geht nicht um die Zeitung, sondern um die Story. Und das mit den ›Deadly Sinners‹ ist die Art Story, die von anderen aufgegriffen wird. Eine Horde von privilegierten Jugendlichen, die in die Elternhäuser ihrer wohlhabenden Klassenkameraden einbrechen.« Als er nicht sofort reagierte, blickte sie ihn lange an. »Ah, verstehe, es gibt bereits jemanden, der versucht, dir die Story abspenstig zu machen und sich mit fremden Federn zu schmücken.« Sie hob eine Augenbraue. »Wer? Doch nicht etwa der Typ, der dir früher immer im Nacken saß?«

»Nein, der war vom *Ledger*. In diesem Fall ist es Channel Seven.«

»Pauline Kirby?«, fragte Kirsten angewidert. »Mein Gott, was für eine Schlampe.«

»Beruhige dich«, sagte Harrison, der wusste, was seine Schwester empfand.

Channel Sevens Berichterstattung über Mannys Tod war alles andere als angenehm gewesen. Pauline Kirbys Kameramänner hatten ihre grellen Scheinwerfer direkt auf Kirstens Gesicht gerichtet und alle Welt ihre Tränen sehen lassen. Die anderen Fernsehsender hatten sich nicht viel besser verhalten, doch Kirsten hegte eine große Aversion gegen Pauline Kirby, was Harrison nur zu verständlich fand.

»Mein Liebling ist sie auch nicht«, sagte er.

Seine Schwester schien sich daran zu erinnern, wie übel die Medienvertreter mit ihr umgesprungen waren. »Sie sind alle gleich«, sagte sie.

»Wer, Journalisten?«

»Ja. Und du bist kein bisschen besser als der Rest.«

Er lächelte, doch dann wurde er ernst. »Ich hätte nach Mannys Tod mehr für dich da sein sollen. Ich habe mich da in etwas verrannt.«

Sie machte eine wegwerfende Handbewegung. »Du wolltest beweisen, dass Mannys Tod ein vorsätzlicher Mord war, und ich wollte, dass es dir gelingt. Aber jetzt ist das alles Schnee von gestern.«

Er war etwas überrascht. »Du meinst, er war einfach nur zur falschen Zeit am falschen Ort?«

»Ich weiß es nicht.« Kirsten blickte zum Ausgang, als die Ladenklingel über der Tür bimmelte und zwei Kunden die Bäckerei verließen. »Ich weiß nicht, ob ich es jemals erfahren werde. Aber ich weiß, dass es Vergangenheit ist und dass ich weiterleben muss.« Sie strich über Harrisons Handrücken. »Traurig, schon klar, aber so ist es nun mal.« Dann seufzte sie tief und zog ihre Hand zurück, als ein Kunde einen Kaffee zum Mitnehmen bestellte. Kirsten nahm das Geld, reichte ihm lächelnd einen Becher und zeigte auf den Selbstbedienungsbereich, wo der Tisch mit den Thermoskannen stand.

Harrison blickte seine Schwester an. Zum ersten Mal wurde ihm klar, dass er der Einzige war, für den das Kapitel mit Mannys Tod noch nicht abgeschlossen war, der Einzige, der nicht loslassen konnte.

»Ich muss an Didi denken«, sagte sie, als hätte sie seine Gedanken gelesen. »Wenn ich mich nur mit der Vergangenheit beschäftige, ist das nicht gut für sie. Ich möchte nicht, dass diese dunkle Wolke für immer über uns hängt. Ich habe jetzt ein neues Leben mit meiner Tochter und unserem Hund. Und natürlich sind wir auch glücklich, dass du ganz in der Nähe bist und zu uns gehörst.« Erneut strich sie ihm über die Hand. »Es ist nur ... Jedes Mal, wenn wir zusammen sind, läuft es darauf hinaus, dass wir über Mannys Tod reden oder daran denken. Ich sage nicht, dass ich ihn vergessen will. Guter Gott, nein, ich möchte mich an ihn *erinnern*. Daran, wie er war. Wie es mit uns beiden war, bevor es mit all den wirklich schlimmen Dingen begann.«

»Möchtest du, dass ich meine Nachforschungen ganz einstelle?«, fragte er überrascht.

»Das habe ich nicht gesagt. Tu, was du tun musst. Ich möchte nur nicht, dass es zwischen uns nichts anderes mehr gibt. Versteh mich nicht falsch, das lag nicht nur an dir, sondern an uns beiden.«

Sie wirkte auf ihn älter, als sie es war. Er dachte über ihre Worte nach und begriff, dass sie recht hatte. Er war zu sehr mit seinem persönlichen Rachebedürfnis beschäftigt gewesen, um wirklich darauf zu achten, was Kirsten dachte. Aber er war noch immer von Koontz' Falschheit überzeugt. »Ich gebe meine Nachforschungen erst auf, wenn du mich ausdrücklich darum bittest.«

»Ich verlange das nicht von dir. Wie gesagt, ich will nur nicht immer in der Vergangenheit leben.«

»Okay, ich hab's verstanden.«

»Noch mal zurück zu deinem Artikel. Ich glaube, dass du nach der Story bald wieder in der ersten Liga mitspielen könntest.« Sie tippte mit ihrem Zeigefinger auf die Zeitung.

»Du glaubst, der *Ledger* will mich wieder einstellen?«, fragte er, während ein Kunde seine leere Tasse und seinen Teller auf die Theke stellte, um dann die Kapuze seines Anoraks aufzusetzen und die Bäckerei zu verlassen.

»Ich bin mir ziemlich sicher, dass du mit denen abgeschlossen hast«, fuhr sie fort. »Aber ja, ich glaube wirklich, dass *sie* dich zurückhaben wollen. Besonders dann, wenn du nach diesem Artikel mit der Justice-Turnbull-Story nachlegst.«

»Habe ich gesagt, dass ich an der Story dran bin?«

»Ich bitte dich. Ich weiß es doch.«

Die Ladenklingel bimmelte erneut, als ein Kunde eintrat. Harrison winkte seiner Schwester zum Abschied zu und verließ die Bäckerei. Als er zu seinem Wagen ging, zirpte sein Handy, und er sah, dass ihm irgendwie ein Anruf entgangen war. Bevor er die Voicemails abhören konnte, vibrierte das Telefon in seiner Hand. Er blickte auf das Display. Die *Breeze*. Buddy. »Ja?«, knurrte er.

»Ich habe ihnen deine Handynummer nicht gegeben«, sagte Buddy schnell. »Ich schwöre es. Aber sie sind hier und wollen Aufnahmen vor der West End High School machen. Und wollen dich dabeihaben.«

»Du meinst, sie sind in der Redaktion?«

»Genau?«

»Ist Pauline Kirby da? Oder nur ihr Team?«

»Nur ihr Team.«

»Ich bin nicht in der Nähe, sondern in Deception Bay, aber erzähl ihnen das nicht. Ruf Pauline an und sag ihr, sie soll sich bei mir melden, dann werde ich ... Ich weiß nicht ... Ach, zum Teufel, gib ihr einfach meine Handynummer. Ab jetzt kannst du sie allen geben. Ich habe meine Meinung geändert.«

Er unterbrach die Verbindung und stieg verärgert in seinen Impala. Ab jetzt würde er aller Welt seine Handynummer geben, denn Kirsten hatte recht. Seine Tage bei dem Lokalblättchen würden bald gezählt sein. Er war auf dem besten Weg, in die erste Liga zurückzukehren, und das hatte er doch immer gewollt, oder? Und wenn es so kam, musste er erreichbar sein.

Und schon kam der nächste Anruf, als wäre die Veränderung bereits Realität.

Er meldete sich, ohne auf das Display zu blicken. »Frost.«

»Hallo, Harrison«, sagte Geena Cho, die Einsatzleiterin vom Tillamook County Sheriff's Department. »Hast du einen Augenblick Zeit?«

»Für dich immer, Geena.«

Sie schnaubte. »Schon gehört, was im Pflegeheim Seagull Pointe passiert ist?«

»Nein.«

»Wo zum Teufel hast du dich rumgetrieben? Hast du dich irgendwo versteckt?«

»Kann man so sagen«, antwortete er, und ihm wurde bewusst, dass er den ganzen Tag über keine Nachrichten gesehen hatte.

»Und du willst Journalist sein?«, witzelte sie. Und dann, bevor er etwas sagen konnte, fuhr sie mit gesenkter Stimme fort. »Also gut, hör zu. Es sieht so aus, als hätte Justice seine Mama umgelegt, Mad Maddie. Und dann war da noch eine andere Frau, die offenbar halb tot in einem Rollstuhl saß. Sie haben sie in ein Bett verfrachtet, und später ist sie gestorben. Wir sorgen dafür, dass ihr Bild heute in den Abendnachrichten gebracht wird, denn bisher wurde sie nicht identifiziert. Maddies Tod wird so lange wie möglich geheim gehalten. Der Sheriff will nicht, dass wegen Justice eine Panik ausgelöst wird, aber wir sind uns hier ziemlich sicher, dass er der Täter ist.«

Harrisons Herzschlag beschleunigte sich. »Was hast du gesagt, wo das passiert ist? Seagull Pointe?« Nun war er mehr denn je davon überzeugt, dass es Laura gelungen war, auf ihre Weise Kontakt zu Justice aufzunehmen. Sie hatte ihn verspottet, ihn herausgefordert. Der Gedanke schnürte ihm die Brust zu. Zwei Menschen waren tot, und es konnte kein Zweifel daran bestehen, dass dieser Psychopath Laura im Visier hatte.

»Genau, Seagull Pointe. Hör zu, zum Dank spendierst du mir heute Abend einen Drink. Davy Jones's Locker, um acht bin ich da. Sag niemandem, dass du es von mir hast …«

Damit legte sie auf. Als er den Motor angelassen hatte und gerade den Gang einlegen wollte, fiel ihm ein, dass er in der Liste zuletzt eingegangener Anrufe nachsehen musste, wer vergeblich versucht hatte, ihn zu erreichen. Er erkannte Lauras Nummer.

Sein Herzschlag beschleunigte sich erneut. Er hatte nicht damit gerechnet, dass sie ihn aus dem Krankenhaus anrufen würde, und sie hatte eine Nachricht hinterlassen. Er hörte sie ab.

Ich bin's, Laura. Wahrscheinlich hast du gehört, was im Pflegeheim Seagull Pointe geschehen ist. Ich glaube, dass Justice Madeline und vielleicht auch die andere Frau getötet haben könnte.

Also wusste sie bereits, dass Justice höchstwahrscheinlich seine Mutter umgebracht hatte. Zumindest lebte sie noch. Sie war in Sicherheit. Oder war es zumindest gewesen, als sie ihn anzurufen versucht hatte.

Er rief sofort zurück und wartete ungeduldig. Es klingelte und klingelte und klingelte, bis sich schließlich die Mailbox meldete. Leise fluchend dachte er darüber nach, ob er eine Nachricht hinterlassen sollte. Er machte es kurz. »Nachricht erhalten. Ruf zurück.«

Er schaltete das Autoradio ein, fand einen Sender, der vierundzwanzig Stunden am Tag Nachrichten brachte, und verließ den Parkplatz der Bäckerei Sands of Thyme. Kurzzeitig dachte er darüber nach, sofort zu dem Pflegeheim zu fahren, doch er wollte wirklich zuerst mit Laura sprechen, wollte sich vergewissern, dass bei ihr alles in Ordnung war. Als er auf dem Highway war, rief er sie erneut an, doch wieder meldete sich nur die Mailbox. Fluchend gab er Gas, ohne sich um das Tempolimit zu kümmern.

Er wusste, dass sie während der Arbeit nicht mit dem Handy in der Kitteltasche herumlief. Zweifellos war das der Grund dafür, dass sie nicht abnahm.

Und doch, vor seinem geistigen Auge erschienen kaum erträgliche Bilder. Justice Turnbull, der eiskalte Mörder, ein Geisteskranker, der seine eigene Mutter und eine unbekannte Frau umbrachte. Und seine anderen Opfer ... Er wollte sofort zum Ocean Park Hospital und gab Gas, nahm die Kurven auf dem Highway 101 zu schnell. Am östlichen Straßenrand zogen Felsen und der dunkle Wald vorbei, am westlichen das durch den Nebel verhüllte Meer. Das Krankenhaus lag auf dem Weg nach Seagull Pointe, und er würde anhalten, und sei es nur für ein paar Minuten. Er musste Laura sehen und sich persönlich davon überzeugen, dass es ihr gut ging.

Obwohl ihn ein vor ihm fahrender Laster mit Baumstämmen auf der Ladefläche aufhielt, stellte er nach nicht einmal einer halben Stunde seinen Wagen auf dem sehr vollen Parkplatz des Krankenhauses ab. Er fand nur im hintersten Teil einen Platz. Der Eingang des Ocean Park Hospital schien eine Meile weit entfernt zu sein. Er rannte los, und als er in die Eingangshalle stürmte, schenkte er sich eine Anmeldung am Empfang und stürmte Richtung Treppenhaus. Das Gebäude war nur zweistöckig, aber er wusste nicht, auf welcher Etage Laura arbeitete. Doch das würde er selber herausbekommen, ohne die misstrauische Frau am Empfang zu fragen.

Schließlich fand er heraus, das Laura meistens im ersten Stock arbeitete, doch als er dort das Schwesternzimmer aufsuchte, sagte man ihm, sie sei gerade bei einem Patienten. Eine kleine Frau mit Punkerfrisur und zu viel schwarzer Wimperntusche fragte ihn, ob er nicht auf einem der beiden Kunststoffstühle vor der Tür warten wolle. Unglücklich rutschte er auf der Stuhlkante hin und her und blickte auf sein Handy, um nach der Uhrzeit zu sehen. Fünf Uhr nachmittags. Eigentlich wollte er vor dem Abendessen in dem Pflegeheim sein. Er wollte mit möglichst vielen Menschen über Madeline Turnbulls Tod reden, auch über den der unbekannten Frau, die in dem Rollstuhl entdeckt worden war. Diese Story allein war schon eine Schlagzeile wert. Wer war sie gewesen? War Justice Turnbull auch für ihren Tod verantwortlich?

»Harrison?«

Er hörte Lauras Stimme und sah sie in dem Flur auf sich zukommen. Ihr Haar war zu einem Pferdeschwanz zurückgebunden, aus der Tasche ihres Kittels lugte ein Stethoskop hervor. Sorgen verdüsterten ihre Miene.

Ihn überkam Erleichterung, und er sprang auf. Es war schön, sie zu sehen.

»Was tust du hier?«, fragte sie.

»Ich habe deine Nachricht gehört. Als ich zurückrief, hast du dich nicht gemeldet.«

»Ich weiß, aber ich bin im Dienst.« Sie blickte sich um und sah einen Teenager auf einem Stuhl, der zu schlafen schien, tatsächlich aber über sein iPhone mit Ohrstöpseln Musik hörte. Trotzdem führte Laura ihn ein Stück weit den Korridor hinab, weg von den unbequemen Stühlen.

»Ich wusste natürlich, dass du arbeitest, doch mir war nicht klar, ob du mich nicht vielleicht ... brauchst. Du hast gesagt, ich solle dich anrufen, und als ich nicht durchkam ...« Er ließ den Satz unvollendet, denn er musste daran denken, wie sie Justice herausgefordert hatte. »Ich wollte mich nur vergewissern, dass alles in Ordnung ist.«

»Ja, alles in bester Ordnung.« Wieder blickte sie sich um, um sich zu vergewissern, dass niemand mithörte. Und da tauchte auch schon eine ältere Schwester aus einem angrenzenden Korridor auf, die Harrison schon in der Nacht von Freitag auf Samstag gesehen hatte. Sie heißt Perez, dachte er, während die Schwester näher kam. Ihre Miene verfinsterte sich, als sie ihn sah.

»Sie sind doch dieser Journalist.« Perez schaute erst ihn, dann Laura an.

»Ich bin hier wegen der beiden Männer, die Justice Turnbull bei seinem Ausbruch aus dem Halo Valley Security Hospital verletzt hat«, sagte Harrison, um Perez' Aufmerksamkeit von Laura auf sich zu lenken.

»Einer von ihnen wurde heute entlassen«, antwortete Laura, die ihn dankbar anlächelte, was Perez jedoch nicht sehen konnte.

»Ich nehme an, das war Dr. Zellman, da er weniger schwer verletzt war?«, fragte Harrison.

»Wir unterliegen der Schweigepflicht und dürfen keine vertraulichen Informationen über Patienten weitergeben«, sagte Laura mit einem warnenden Blick.

»Mr ...?«

»Frost, Miss Perez«, sagte er. »Harrison Frost von der *Seaside Breeze*.«

»Frost«, wiederholte Perez. »Falls Sie Fragen haben, gibt es ein bestimmtes Prozedere. Und da ist nicht vorgesehen, dass Sie unsere Schwestern ausfragen.« Sie warf Laura einen warnenden Blick zu.

Harrison nickte. »In Ordnung. Sie haben ja hier bestimmt einen Pressesprecher. Ich werde mich am Empfang nach ihm erkundigen.«

»Sehr gut«, sagte Perez mit einem aggressiven Unterton. Sie musterte Harrison von Kopf bis Fuß und fragte sich wahrscheinlich, warum er so schnell nachgegeben hatte.

Nachdem er Laura die Hand gegeben hatte, verabschiedete er sich höflich von Perez, um den Anschein zu wahren, doch er war schwer genervt, als er zu seinem Chevy zurückging. Perez' Art kotzte ihn an, aber er versuchte daran zu denken, dass Laura gesund und munter war. Mehr hatte er nicht wissen wollen. Als er in sein Auto stieg, zirpte sein Handy. Es war Laura.

»Nur ganz kurz, ich habe heute um acht Feierabend.«

»Um die Zeit treffe ich mich mit der Einsatzleiterin vom Tillamook County Sheriff's Department«, sagte er. »Danach komme ich bei dir zu Hause vorbei. Und es wäre schön, wenn diese Nervensäge von Perez dann nicht dabei ist.«

»Du bist willkommen, aber glaub's mir, Perez ist nicht eingeladen.«

»Sehr gut.«

»Wir sehen uns.«

»Ich freue mich schon, Loreley.«

»Nur die Mitglieder meiner Familie nennen mich so«, sagte sie nicht zum ersten Mal.

»Ich weiß.«

»Okay, dann bis heute Abend«, sagte sie und unterbrach die Verbindung.

Langdon Stone blickte auf die Uhr am Armaturenbrett seines Jeeps. Viertel nach fünf. Er hatte sich mit Deputy Delaney getroffen, um sich die männliche Leiche anzusehen, die außerhalb von Garibaldi gefunden worden war, nachdem sie das Interesse der Aasgeier erregt hatte. Sie hatten sehr viel länger bleiben müssen, als ihnen lieb war, denn erst mussten die Rechtsmediziner ihre Arbeit tun, und anschließend mussten sie noch auf den ärztlichen Leichenbeschauer warten, der die Todesursache festzustellen hatte, bevor die Leiche abtransportiert wurde.

»Ein anstrengender Tag für Gilmore«, hatte Delaney gesagt. Gilmore war der ärztliche Leichenbeschauer. »Erst die Leiche in dem Pflegeheim und jetzt dieser Typ.«

Stone hatte genickt. »Ich fahre jetzt noch mal kurz in unserer Dienststelle vorbei und mache dann Feierabend.«

»Ja, ich mache auch Schluss.«

Auf den Straßen war nicht viel los, und als Stone im Tillamook County Sheriff's Office eintraf, wollte O'Halloran gerade gehen. »Die bessere Hälfte dieses Typs kommt aus Salem her, um zu sehen, ob die Leiche die ihres Freundes James Cosmo Danielson ist«, sagte O'Halloran im Flur vor seinem Büro.

»Haben sie das Bild unserer unbekannten Toten in den Fernsehnachrichten gebracht?«, fragte Stone.

»Ja. Ich habe ihr Foto und das von Madeline Turnbull überall hingeschickt.«

»Gut. Ich habe noch ein bisschen Papierkram zu erledigen, dann mache ich für heute Schluss. Es sei denn, Sie haben noch etwas, das unbedingt erledigt werden muss.«

O'Halloran schüttelte den Kopf. »Nein.«

»Nichts Neues von unseren Jungs, die in ihren Streifenwagen den Leuchtturm und das Motel beobachten?«

»Im Moment ist jede Menge zu tun«, antwortete der Sheriff etwas defensiv. »Wir haben einen Personalengpass und brauchen jeden Mann für den Fall Turnbull und wegen des Brandes des Sägewerks Tyler Mill. Und das ist längst nicht alles. Aber wir patrouillieren dort regelmäßig. Irgendjemand wird ihn schnappen.«

Gemeinsam gingen sie zur Hintertür. Sie hatte ein Fenster, und sie sahen einen verbeulten Ford Taurus, der durch die mit Wasser gefüllten Schlaglöcher holperte und dann hinter dem Gebäude parkte.

»Wer ist das?«, murmelte O'Halloran.

»Keine Ahnung.«

Eine Frau mit verfilztem, langem braunem Haar stieg aus dem Ford. Sie hielt ein Baby im Arm, und ein Kleinkind klammerte sich an ihrem Bein fest. Ihr buntes Batikkleid sah so aus, als müsste es mal wieder gründlich gewaschen werden.

»Gott sei Dank hab ich Feierabend«, murmelte der Sheriff.

»Ich auch«, sagte Stone.

Da die Frau Richtung Hintertür ging, wichen Stone und O'Halloran in dem Flur ein paar Schritte zurück. Dann stürmte die Frau mit ihren Kindern in das Gebäude. Ihr Gesicht war gerötet und aufgedunsen. Der Hinterausgang war nur für Mitarbeiter bestimmt, und May Johnson eilte aus dem Empfangsraum herbei, um die Besucher am Betreten des Sheriff's Office zu hindern.

»Ma'am, das ist kein Eingang für den Publikumsverkehr«, sagte sie bestimmt.

»Ich hab mir extra den Wagen meiner Schwester geliehen«, jammerte die Frau. »Ich muss zu ihm! Ich muss Cosmo sehen! Oh, mein Gott!«

»Das muss seine Gattin in spe sein«, flüsterte Stone O'Halloran zu. Sofort hatte er Mitleid mit ihr. Sie war völlig durcheinander, und dann die beiden kleinen Kinder ...

Der Sheriff nickte. »Ja, jetzt verstehe ich.«

»Ma'am, ich habe doch gesagt ...«, begann Johnson mit einem finsteren Blick.

Das ließ die Frau unbeeindruckt. »Wo ist er?«, kreischte sie hysterisch. »Wo ist mein Mann? Mein Gott, bitte, bitte, wo ist mein wundervoller Mann?«

Und dann brach sie plötzlich zusammen, und May Johnson war ausnahmsweise einmal völlig perplex und ratlos.

24

Der Summer ertönte, die Türen glitten auf, und Harrison betrat den Empfangsbereich des Pflegeheims Seagull Pointe. Die Frau hinter dem Schreibtisch bedachte ihn sofort mit einem misstrauischen Blick, als er sagte, er sei Journalist. Solche Reaktionen waren in dem Beruf an der Tagesordnung. Er wurde in einen kleinen Raum geführt, der wohl beruhigend wirken sollte – grau gestrichene Wände, eine große Topfpflanze in der Nähe des Fensters, eine Seelandschaft über einem Bücherregal, in dem neben einigen Bänden auch eine Bibel stand. Er setzte sich an einen runden, mit Kunststoff überzogenen Tisch. Ihm gegenüber saß Darius Morrow, der Direktor des Pflegeheims, der Ende sechzig zu sein schien. Seine Miene und die Art und Weise, wie er demonstrativ die Hände faltete, wirkten bigott, und Harrison mochte ihn von Anfang an nicht. Neben ihm hatte Inga Anderssen Platz genommen, Oberschwester, Verwaltungschefin und Gefängniswärterin von Seagull Pointe in Personalunion, eine ziemlich unangenehme Frau.

»Informationen über Heiminsassen geben wir nur an Verwandte weiter«, antwortete Morrow, sobald Harrison ihn nach Madeline Turnbull gefragt hatte. Der Mann hatte die Angewohnheit, die Nase zu rümpfen, als hinge ein übler Geruch in der Luft, und er hielt die Hände immer noch so, als wollte er gleich ein Gebet sprechen.

»Mir ist zu Ohren gekommen, Madeline Turnbull sei entweder erstickt oder erwürgt worden«, sagte Harrison.

»Wir unterliegen der Schweigepflicht, Mr Frost.«

»Die Polizei ermittelt in diesem Fall«, sagte Harrison. Auf Geena Chos Informationen war in der Regel Verlass, und außerdem hatte er vor der Tür einen Streifenwagen gesehen. »Sie wird ihren Namen den Medien gegenüber bald bekannt geben. Ich fange mit meiner Berichterstattung noch heute an, so oder so. Morgen steht das in der Zeitung. Sie können mich mit Fakten versorgen. Wenn nicht, muss ich auf Vermutungen zurückgreifen.«

Das trug ihm einen aggressiven Blick von Anderssen ein, die sich weit zu ihm vorbeugte und ihn anfahren wollte, doch Morrow hob begütigend eine Hand. »Seagull Pointe ist eine Einrichtung mit einem erstklassigen Ruf«, sagte er. »Wir können natürlich kein Interesse daran haben, dass reine Mutmaßungen verbreitet werden.«

Harrison glaubte, ein bisschen Nachgiebigkeit in seinem Tonfall zu erkennen. Nur ein bisschen. »Es klang so, als wäre Justice Turnbull hierhergekommen, um seine Mutter zu suchen und sie dann umzubringen.«

»Das stimmt nicht, er wäre bei uns gar nicht reingekommen«, fuhr ihn Anderssen an, die daraufhin Morrow einen Blick zuwarf, der mehr sagte als alle Worte. *Kaufen Sie ihm seinen Unsinn nicht ab.* Daraufhin wandte sie sich wieder Harrison zu. »Die Türen sind verschlossen.«

»Man braucht einen Code«, erklärte Morrow, und Harrison nickte. Er selbst war von der Frau am Empfang eingelassen worden, die bestimmt jedem Besucher gegenüber misstrauisch war.

»Aber wenn er den Code gekannt hätte, hätte er durch jede Tür hineingelangen können, stimmt's? Er hätte nicht am Empfang vorbeigemusst.« Harrison lehnte sich zurück.

Allmählich machte es ihn ungeduldig, wie viel Bedenkzeit die beiden sich für jede Antwort nahmen.

Sowohl Morrow als auch Anderssen blickten starr geradeaus, darum bemüht, dass ihren Mienen nichts zu entnehmen war. Aber er ahnte, was sie beschäftigte.

»Der Empfang ist nachts nicht besetzt, oder?«

»Nach zehn nicht mehr«, räumte Morrow ein.

»Aber er hätte immer noch den Code benötigt«, sagte Harrison. »Ist der ein Riesengeheimnis oder nur eine Vorsichtsmaßnahme, damit die Demenzpatienten nicht abhauen?«

»Er konnte den Code gar nicht kennen, weil er bisher nie hier gewesen ist«, sagte Anderssen.

»Bisher«, wiederholte Harrison mit Nachdruck. »Also glauben Sie doch, dass er letzte Nacht hier gewesen ist? Im Sheriff's Department gehen sie mit Sicherheit davon aus.«

Anderssen antwortete nicht.

»Diese andere Frau, die er umgebracht hat ... Könnte sie ihm den Code gegeben haben?«

»Sie war keine Insassin unseres Heims«, sagte Morrow. »Wir kannten sie nicht.«

»Wollte sie vielleicht jemanden besuchen?«

»Sie war eine Fremde«, antwortete Anderssen bestimmt.

»Kennen Sie jeden, der irgendwen besucht?«

Morrow zuckte die Achseln und spreizte die Hände. »Dies ist ein Pflegeheim mit einer angeschlossenen Abteilung für betreutes Wohnen«, erklärte er. »Ein neues Gesicht fällt sofort irgendjemandem auf. Niemand kennt diese Frau, und sie wäre nicht in der Lage gewesen ...« Er unterbrach sich, als wäre ihm klar geworden, dass er mehr als nötig preisgab.

»... nicht in der Lage gewesen, ihn hereinzulassen? Weil sie bereits verletzt war, bevor er eintraf?«

Er musste ihnen jede noch so dürftige Information aus der Nase ziehen.

»Sie wurde nicht bei uns in Seagull Pointe angegriffen!«, erklärte Anderssen.

Da könnte sie recht haben, dachte er. Sie ist mit ihm hergekommen, dachte er. Sie könnte ihn beim Trampen mitgenommen haben.

Als Morrow gerade demonstrativ auf die Uhr blickte, piepte Harrisons Handy – eine neue Nachricht. Auf dem Display sah er eine Nummer aus Portland. Er war sich ziemlich sicher, dass es Pauline Kirby war.

»Entschuldigen Sie uns«, sagte Morrow, und er und Anderssen verließen den Raum. Harrison ging zurück Richtung Empfang und suchte nach einem Plätzchen, wo er ungestört war. Er fand einen Erker mit einer künstlichen Pflanze und einem Fenster, das auf den Parkplatz ging. Er gab die Nummer ein, um seine Mailbox abzuhören. Er hatte sich nicht geirrt, es war Pauline Kirby, die eine Nachricht hinterlassen hatte.

»Hallo, Frost, wollen Sie nicht mit mir reden?«, sagte Kirby selbstbewusst. »Und das gerade jetzt, wo wir uns wieder begegnet sind. Rufen Sie mich an. Wir machen den Beitrag, aber ich würde gern Ihre Meinung hören ...« Sie rasselte ihre Handynummer herunter, die identisch war mit der auf seinem Display.

Schon klar, sie wollte seine Meinung hören. Tatsächlich wollte sie bestimmt die Fakten aus ihm herausquetschen, die er zusammengetragen hatte, sie auf ihre Art präsentieren und so tun, als hätte sie selbst recherchiert.

Aber ja, Pauline. Ich kann's gar nicht abwarten.

Trotzdem rief er sie zurück, doch wieder meldete sich die Mailbox. Er teilte ihr knapp mit, wahrscheinlich habe er etwas später Zeit. Er zuckte die Achseln. Was zum Teufel ging ihn das an? Wenn Kirby die Story über die »Deadly Sinners« an sich reißen wollte, konnte er ohnehin nichts dagegen machen.

Er hatte vor, sich am nächsten Tag mit Noah Vernon zu treffen, um dessen vermutlich verzerrte Sicht der Dinge in Erfahrung zu bringen, doch dann würde er sich mit voller Energie seinen Nachforschungen im Fall Turnbull widmen.

Ein älterer Gentleman in einem blauen Pullover mit V-Ausschnitt und grauer Hose trat aus dem nördlichen Gebäudetrakt in die Eingangshalle. Er schob einen Rollstuhl vor sich her, und als er Harrison sah, sprach er ihn an. »Sind Sie der Mann, der eben mit unserem geschätzten Direktor gesprochen hat? Wie heißt er noch mal?«

»Sie meinen Darius Morrow?«

Nachdem Morrow und Anderssen ihm die kalte Schulter gezeigt hatten, bot sich ihm hier vielleicht eine andere Informationsquelle. Die Frau am Empfang schien etwas sagen zu wollen, doch dann klingelte ihr Telefon, und sie war gezwungen, den Anruf anzunehmen. Harrison wusste, dass sie sauer war, weil er mit dem alten Mann sprach. Fast rechnete er damit, dass sie den Hörer auf die Gabel knallen und die Sicherheitsbeamten rufen würde.

»Ich bin Herm Smythe«, sagte der Alte und streckte die Hand aus. »Haben Sie etwas dagegen, wenn ich mich setze?« Er zeigte auf den Rollstuhl.

»Nein, machen Sie nur.« Harrison hielt den Rollstuhl fest,

während Smythe sich schwerfällig auf den Ledersitz fallen ließ und dann tief seufzte.

»Mit wem wollten Sie sprechen?«, fragte Smythe und zeigte den Korridor hinab, als wollte er, dass Harrison seinen Rollstuhl schob.

»Mit jedem, der etwas über Madeline Turnbulls Tod weiß. Ich bin Journalist.«

»Mad Maddie ist tot?«, fragte er überrascht. »Davon hat mir niemand etwas gesagt.«

»Sie kannten sie?« Harrison schob den Rollstuhl den Flur hinab. Wahrscheinlich blieben ihm fünf oder zehn Minuten, bis Morrow und/oder Anderssen seinem Gespräch mit Smythe ein Ende machten.

»Natürlich kannte ich sie. Wie all die anderen Frauen, die so sind oder waren wie sie.«

Harrison fragte sich, was Smythe damit meinte. Trotzdem glaubte er allmählich, hier auf eine Goldmine gestoßen zu sein. Der Mann schien einiges zu wissen. »Welche Frauen meinen Sie, Mr Smythe?«

»Catherine. Mary. Maddie. Ich habe ihre Geschichte aufgezeichnet«, fügte er stolz hinzu.

»Die Geschichte der Frauen von Siren Song?«, fragte Harrison überrascht.

»Ja, die der ›Kolonie‹.« Er nickte befriedigt. »So nennt man die Sippe hier in der Gegend.«

»*Sie* haben ihre Geschichte aufgezeichnet?«

»Seien Sie nicht so überrascht. Ich habe ein Buch geschrieben. Aber wo zum Teufel ist es? Zuletzt hatte es Parnell.«

»Parnell?«

»Dr. Parnell Loman. Ich habe es ihm nicht gegeben. Er hat

es sich einfach genommen. Aber er ist tot ... schon lange. Er hat sich umgebracht, indem er sich von der Anlegestelle ins Meer stürzte. Moment, hier ist mein Zimmer.« Er zeigte auf die Tür mit dem Namensschild.

Harrison versuchte die Informationen zu verarbeiten, die Smythe ihm gegeben hatte, während er den Rollstuhl in das Zimmer manövrierte. Es war äußerst spartanisch möbliert, nur mit einem Bett und zwei orangefarbenen Kunststoffstühlen. Smythe quälte sich aus dem Rollstuhl und setzte sich auf einen der Stühle. Dann bot er Harrison den anderen an.

Harrison nahm Platz und blickte zu der offenen Tür hinüber.

»Machen Sie sie zu«, sagte Smythe. »Es muss ja nicht alle Welt hören, was wir sagen.«

Harrison tat es und setzte sich wieder. »Im Ocean Park Hospital arbeitet ein Dr. Loman«, sagte er. »Er ist Chiropraktiker.«

»Das ist Dolph Loman«, sagte Smythe aggressiv. »Er ist Parnells Bruder und ein aufgeblasenes Arschloch!«

In dem Punkt musste Harrison ihm recht geben. »Dieser Parnell hat das Buch nicht geschrieben, es aber in seinen Besitz gebracht.«

»Stimmt genau.«

»Und verfasst haben Sie dieses Buch über die Geschichte der Kolonie? Ist das das Buch, das sich in der Bibliothek der Historischen Gesellschaft von Deception Bay befindet?«

»Ja, ich ...« Smythe dachte einen Moment nach. Offenbar kostete es ihn Mühe, sich zu konzentrieren. Er presste einen Finger auf die Lippen und schüttelte dann frustriert den Kopf. »Dinah hat mir etwas darüber erzählt, aber ich erinnere mich nicht ... Verdammt, alt werden ist wirklich die Hölle.«

»Dinah?«

»Meine Tochter.« Der Blick seiner grauen Augen wirkte geheimnisvoll. »Sie könnte eine Schwester von einer von ihnen sein. Oder zumindest eine Halbschwester.«

»Einer der Frauen aus der Kolonie?«

»Ich habe schöne Zeiten erlebt mit Mary.« Smythe zwinkerte Harrison zu. »In meinen guten Jahren war ich ein ziemlicher Schwerenöter.«

Bei einer anderen Gelegenheit hätte Harrison ihn womöglich ermuntert, ihm auch davon zu erzählen, doch er hatte das Gefühl, dass der Alte ziellos von einem Thema zum anderen wechselte, ohne dass er erfuhr, was ihn wirklich interessierte. »Was hat Dinah Ihnen von dem Buch erzählt?«

»Parnell hat es. Er hätte es nicht mitnehmen dürfen, hat es aber getan.«

Harrison seufzte innerlich. »Das Buch, das von der Historischen Gesellschaft aufbewahrt wurde.«

»Genau, das Buch, das ich geschrieben habe. Es ist eine Geschichte der Kolonie. Habe ich das bereits gesagt?«

»Sie haben gesagt, Dinah habe Ihnen etwas über das Buch erzählt«, rief ihm Harrison ins Gedächtnis.

Er nickte. »Dinah ist meine Tochter.«

»Ich weiß.«

»Es geht darin um die Geschichte dieser Kolonie. Wie sie zu dem wurde, was sie heute ist. Sie sagen, das Buch wird jetzt bei der Historischen Gesellschaft aufbewahrt?«

»Eine Bekannte hat es mir erzählt. Sie glaubt, dass ein Arzt der Autor war.«

Er schüttelte energisch den Kopf. »Was für eine Bekannte?«, fragte er dann.

»Sie heißt Laura.«

»Was für eine Laura? Meinen Sie Loreley?«

Harrison konnte seine Überraschung nicht ganz verbergen. Er hoffte, dass es Smythe nicht aufgefallen war. »Meine Bekannte ist Krankenschwester im Ocean Park Hospital.«

»Wo auch Dolph arbeitet, dieser Dreckskerl.« Er nickte bedächtig. »Der war immer neidisch auf mich. Mary mochte mich und Parnell, konnte Dolph aber nicht ausstehen.« Er lachte. »Ja, ich habe das Buch geschrieben, aber es steht nicht alles darin. Mary war promisk. Freie Liebe, Sie wissen schon. Es waren die Siebziger und Achtziger. Wir alle standen darauf. Doch Catherine hat all dem einen Riegel vorgeschoben. Sie hat mich nie gemocht. Spielt aber keine Rolle, denn Mary und ich hatten unseren Spaß.« Seine grauen Augen blickten Harrison nachdenklich an. »Das ganze Zeug über die DNA, das man heute immer im Fernsehen hört ... Manchmal denke ich, ich sollte nach Siren Song zurückkehren und einige der Mädchen bitten, einen DNA-Test machen zu lassen ... Um herauszufinden, ob eine von ihnen meine Tochter ist. Können Sie mir dabei helfen?«

»Ich glaube eher nicht.« Harrison wollte nicht unhöflich sein, doch das Gespräch schweifte schon wieder ab. »Wann war das mit Ihnen und Mary«, hakte er nach. »In welchem Jahr?«

Smythe zuckte desinteressiert die Achseln. »Fragen Sie Dinah.«

»Haben Sie ihre Telefonnummer?«

»Natürlich.« Er zeigte auf seinen Nachttisch. »Da drüben.«

Harrison umrundete das Bett und fand eine Liste von Telefonnummern auf einem Zettel, der auf dem Nachttisch festgeklebt war. Er notierte sich erst Dinahs Nummer, dann auch die anderen. Vielleicht wurden sie noch einmal wichtig aus einem Grund, den er noch nicht kannte.

Es klopfte, und Smythe rief fröhlich »Herein!«, als hätte er völlig vergessen, dass er eben noch ungestört sein wollte.

Eine Pflegerin steckte den Kopf durch die Tür, und ihr Blick fiel auf Harrison. »Alles in Ordnung bei Ihnen, Mr Smythe?«

»Aber ja, ich habe Besuch. Das ist Mr ...« Er blickte Harrison stirnrunzelnd an.

»... Frost.«

»Er ist mit meiner Tochter Dinah zusammen.«

Die Pflegerin trat ein und warf Harrison einen langen, bedeutungsvollen Blick zu. Sie war eine füllige Frau von Anfang dreißig, deren kalte, abweisende Art Harrison signalisierte, er solle sich besser nicht mit ihr anlegen. »Oh, das glaube ich nicht«, sagte sie, ohne den Blick von Harrison abzuwenden. »Dieser Mann ist nicht der Typ Ihrer Tochter Dinah.«

»Ich wollte gerade gehen«, sagte Harrison lächelnd. Dann schüttelte er Smythe zum Abschied die Hand.

»Sie wollten doch etwas über Mad Maddie wissen«, sagte Smythe plötzlich. »Ihr Zimmer ist im anderen Trakt des Gebäudes.«

Als sie den Spitznamen von Madeline Turnbull hörte, erstarrte die Pflegerin.

Harrison erinnerte Smythe nicht daran, dass Mad Maddie tot war. Wahrscheinlich hätte er es sowieso wieder vergessen.

Die Frau trat in den Flur, und Harrison folgte ihr. Auf ihrem Namensschild stand toni. Harrison nickte ihr zu und wollte gehen, doch so leicht ließ sie sich nicht abschütteln.

»Keri sagt, Sie wären Journalist.«

»Keri arbeitet bestimmt am Empfang«, vermutete Harrison.

»Mr Smythe ist keine verlässliche Quelle«, sagte sie kühl. »Bestimmt ist Ihnen nicht entgangen, dass er Probleme mit dem Kurzzeitgedächtnis hat.«

»Aber sein Langzeitgedächtnis funktioniert gut?«

»Hören Sie, woran auch immer Sie arbeiten, sein Wort kann man nicht für bare Münze nehmen. Er bringt Vergangenheit und Gegenwart durcheinander und bildet sich vieles nur ein. Und was Miss Turnbull angeht, sollten Sie besser mit unserem Direktor reden.«

»Ich hatte bereits das Vergnügen.«

Als sie beim Empfang ankamen, warf ihm Keri einen aggressiven Blick zu, doch er lächelte sie an, als wären sie alte Freunde.

»Können wir Ihnen noch irgendwie helfen?«, fragte Toni.

Sein Handy zirpte, und das ersparte es ihm, ihre Frage beantworten zu müssen. Er schüttelte den Kopf, ging zur Tür und wartete darauf, dass Keri auf den Summer drückte. »Frost.«

»Wie schön, dass ich Sie endlich erreiche.« Pauline Kirbys kühle Stimme ließ Harrison fast lächeln. Sie war unerträglich narzisstisch und hatte eine taktlose, überaus ärgerliche Art, wenn sie Leute interviewte, aber Harrison fühlte sich doch ein bisschen geschmeichelt, weil sie so hartnäckig darum bemüht war, mit ihm wegen seiner Story über die »Deadly Sinners« zu reden.

»Hallo, Miss Kirby.«

»Hören Sie, ich habe nicht viel Zeit. Ich hätte nur gern schnell ein Statement, wie Sie über diese verwöhnten, arroganten Halbstarken denken. Sind das nur Wichtigtuer, oder sind die gefährlich?«

»Beides.«

»Glauben Sie, dass ihre reichen Papis sie da raushauen können?«

»Bis jetzt sind es nur Eigentumsdelikte. Was denken Sie denn?«

»Mr Frost, der Unterton Ihres Artikels legt nahe, dass Sie es gerne sähen, wenn diese Früchtchen nicht mit einem Klaps auf den Po davonkommen würden. Sie möchten, dass sie für ihre Taten bezahlen müssen.«

»Ich finde, sie sollten wissen, dass Straftaten Folgen haben. Jede Aktion zieht eine Reaktion nach sich.«

»Soll das heißen, Sie sähen sie gern im Knast?«

»Ich würde sagen, dass sie die Konsequenzen ihres Handelns im Auge behalten sollten.«

»Und wie bringt man sie dazu?«

»Keine Ahnung. Was sind gute Eltern, was macht ein verantwortungsbewusstes Kind aus? Wer hat in diesem Fall die Schuld? Warum passiert so etwas? Was können wir tun, um unsere Kinder davor zu bewahren, auf die schiefe Bahn zu geraten?«

»Haben Sie Kinder, Mr Frost?«

»Nein.«

»Haben Sie vor, Vater zu werden?«

Plötzlich musste er an Laura denken, an seine Gefühle für sie. An seine verworrenen Gedanken über eine mögliche gemeinsame Zukunft. »Nicht, wenn meine Kinder zu Einbrechern werden. Ich muss jetzt Schluss machen.«

»Nur noch eines. Ich habe den Eindruck, dass Sie schon an der nächsten Story dran sind.«

»Wie kommen Sie darauf?«

»Vielleicht durch Ihren Tonfall. Sie wirken ungeduldig.«

»Liegt womöglich an Ihnen, Miss Kirby.«

»Nein, bestimmt nicht.«

Das klang sehr selbstsicher, und er vermutete, dass sie bereits ahnte, an welcher Story er dran war.

»Sie wollen über Justice Turnbull schreiben, stimmt's? Die Geschichte spielt sich ja praktisch vor Ihrer Haustür ab. Ich hoffe, dass Sie nichts dagegen haben, wenn ich mich zu diesem Thema noch mal melde.«

Harrison wusste nicht, ob er wütend oder belustigt sein sollte. Er entschied sich für Letzteres. »Es ist schmeichelhaft, dass Sie sich an mich dranhängen müssen, um an Informationen für Ihre Beiträge heranzukommen, Miss Kirby.«

Sie lachte. »Sind Sie immer noch nicht hinweggekommen über diese Geschichte mit Ihrem Schwager? Kommen Sie, Frost, wir sind doch erwachsene Menschen.«

Er konnte sich ihr ironisches Grinsen gut vorstellen. »Sind wir das?« Er unterbrach die Verbindung, bevor er seinen Sinn für Humor verlor.

Detective Langdon Stone hätte sich wegen der heulenden Frau am liebsten die Ohren zugehalten, glaubte aber nicht, einfach gehen zu können. Sheriff O'Halloran hatte derlei Skrupel nicht gehabt und war in sein Büro entschwunden, wo er Papierkram erledigte, mit dem er sich eigentlich erst am nächsten Tag herumschlagen wollte. Er, Stone, war geblieben, war aber sehr froh, dass May Johnson und Geena Cho sich um James Cosmo Danielsons Kinder kümmerten. So konnte Savvy Dunbar Cosmos hysterische Freundin bitten, den Toten zu identifizieren. Sie hatte es getan und sich dann laut schluchzend auf die Leiche geworfen, wie Dunbar zu berichten wusste.

Cosmos Freundin hatte gesagt, sie heiße Virgin, eine Kurzform von Virginia, wie sich ihrem Führerschein entnehmen ließ. Jetzt saß sie mit ihren Kindern auf dem Schoß in Stones Büro, noch immer weinend. Dunbar hatte ihre Schwester angerufen und sie gebeten, Virgin und ihre Kinder abzuholen. Da Virgin sich das Auto ihrer Schwester geliehen hatte, wollte diese mit ihrem Ehemann Cosmos mit Hippie-Motiven bemalten VW-Bus auf dem Abschlepphof abholen und damit zum Tillamook County Sheriff's Department kommen.

Als Virgin, ohnehin schwer mitgenommen durch Cosmos Tod, dann noch hörte, dass ihre Schwester die Abschleppkosten bezahlen musste, wurde es ihr endgültig zu viel, und sie bekam diesen lauten, nicht enden wollenden Weinkrampf.

Trotz des Lärms hörte Stone sein Handy piepen. Es lag auf dem Schreibtisch, und er griff danach, blickte auf das Display und sah McNallys Nummer. Er verließ den Raum, ging mit dem Telefon in O'Hallorans Büro und schloss die Tür hinter sich.

»Detective Stone.«

»Hier ist Sam McNally.« Die Stimme am anderen Ende klang ernst. »Sie haben versucht, mich zu erreichen.«

»Stimmt genau. Ich wollte mit Ihnen über Justice Turnbull reden.«

»Er ist aus dem Hochsicherheitstrakt dieser psychiatrischen Klinik ausgebrochen, habe ich gehört?«

»Ja, am Freitagabend. Wir vermuten, dass er sich irgendwo hier an der Küste herumtreibt.«

Stone glaubte, ein leises »Scheiße!« zu hören.

»Sie wissen, dass er hinter diesen Frauen von Siren Song her ist?«, fragte McNally.

»Ja«, antwortete Stone. »Und als er das letzte Mal hinter ihnen her war, waren Sie der Chefermittler.«

»Ich habe mit Ihren Kollegen zusammengearbeitet. Es gibt da eine Frau, die in meinem County lebt, Rebecca Sutcliff Walker. Sie wurde als Kind adoptiert, ist aber eine aus der Sippe von Siren Song. Sie stand ganz oben auf der Liste der Frauen, die Turnbull ermorden wollte, kam aber mit dem Leben davon. Ich werde dafür sorgen, dass sie Personenschutz bekommt. Falls er es nicht auf sie abgesehen hat, wird er wahrscheinlich versuchen, an die Frauen in Siren Song heranzukommen. Er ist total besessen davon, sie umzubringen.«

»Er will sie alle töten …«

»Er schien es zuerst auf die abgesehen zu haben, die außerhalb von Siren Song leben, doch das will nicht heißen, dass er die Frauen in dem Haus in Ruhe lässt. Der Typ ist wirklich völlig durchgeknallt. So ein Psychopath ist mir noch nie untergekommen.«

»Wohl wahr.«

»Noch jemand, der außerhalb von Siren Song lebt?«

»Nicht, dass ich wüsste«, antwortete Stone ihm bedächtig.

»Ich könnte Catherine fragen, sie ist da die Matriarchin.« Ein besseres Wort fiel ihm nicht ein.

»Haben Sie oder Ihre Kollegen Kontakt zu ihr?«

»Ein bisschen. Unser Sheriff, O'Halloran, kennt sie seit Jahren. Aber meine Verlobte ist Ärztin im Halo Valley Security Hospital und hat ein paarmal mit dieser Catherine gesprochen. Sie war sogar mal in dem Haus.«

»Tatsächlich?« Das schien McNally zu erstaunen. »Das hat Rebecca nie geschafft.«

»Können Sie mir etwas über Justice Turnbull erzählen, das uns helfen könnte, ihn zu finden?«

»Wahrscheinlich nichts, was Sie nicht schon wüssten«, antwortete McNally. »Er hat sich damals in dem alten Leuchtturm versteckt. Seine Mutter war Eigentümerin des Motels auf dem Kliff, doch da sind seit Langem Fenster und Türen zugenagelt. Ich glaube, sie kam in ein Pflegeheim, nachdem Justice sie angegriffen hatte.«

»Das Pflegeheim heißt Seagull Pointe«, sagte Stone. »Wir haben es bisher noch nicht bekannt gegeben, doch es sieht so aus, als hätte Justice sich dort Zutritt verschafft und gestern am späten Abend oder heute am frühen Morgen seine Mutter erstickt.«

»Was? Um Himmels willen, Sie *müssen* dafür sorgen, dass diese Frauen in Sicherheit sind, Stone. Falls Sie sie erreichen können, sprechen Sie mit dieser Catherine. Aber ich glaube, da gibt's gar kein Telefon. Diese Frauen leben völlig zurückgezogen. Teufel, wir wissen nicht einmal, ob sie darüber informiert sind, dass Justice ausgebrochen ist.«

»Ja, aber diese Frauen kennen interessante Wege, um an Informationen heranzukommen, wie ich höre«, sagte Stone. »Aber ich werde versuchen, mich vor Ort zu vergewissern, ob es ihnen gut geht. Einer unserer Streifenwagen steht vor ihrem Haus, was ihnen nicht entgangen sein kann. Also wissen sie, dass irgendwas los ist. Mr McNally, können Sie mir nicht ein bisschen darüber erzählen, was passiert ist, als er zum letzten Mal durchdrehte? Das Wichtigste weiß ich, aber da Sie damals die Ermittlungen geleitet haben …«

»Nennen Sie mich doch einfach Mac, wie alle anderen.« Dann erzählte McNally, wie Justice Rebecca Sutcliff ins Visier genommen hatte und wie es ihm fast gelungen wäre, sie zu töten. Sutcliff und Hudson Walker, ihr damaliger Freund und jetziger Ehemann, hatten erfahren, dass Rebecca einst ein Mitglied der Kolonie gewesen, aber schon als Kleinkind adoptiert worden war. Aber Justice, der es auf sie alle abgesehen hatte, hatte es irgendwie geschafft, sie zu finden. Wie ihm das gelungen war, blieb weiter unklar. Dann hatte sich Justice an Rebeccas Fersen geheftet, um sie zu ermorden, und es war nicht das erste Mal, dass er es versucht hatte. Aber erst beim zweiten Mal hatte Rebecca gewusst, dass er ihr nach dem Leben trachtete.

Dann erzählte McNally von einem Mord, der sich vor über zwanzig Jahren ereignet hatte, und auch in diesem Fall gab es Verbindungen zu der Kolonie. Dieser Mord hatte McNally bei seinen Ermittlungen auf die richtige Spur gebracht und zu Justice Turnbulls Verhaftung geführt.

»Ich komme gerade von einem Campingausflug mit meinem Sohn zurück«, fuhr McNally fort. »Er heißt Levi und ist dreizehn. Bei einem Fußballturnier im letzten Herbst hat er einen Jungen namens Mike Ferguson kennengelernt. Mike, ein paar seiner Freunde und sein älterer Bruder besuchten die Schule St. Elizabeth, die vor zwei Jahren abgerissen wurde. Neben der Schule gab es einen Irrgarten, wo die Kids ein Skelett entdeckten, das vor einer Marienstatue vergraben war. Da bekam ich den Fall übertragen. Die Entdeckung dieses Skeletts war der Startschuss meiner Ermittlungen im Fall Justice Turnbull. Wie auch immer, dieser Ferguson wusste, dass ich Levis Vater bin und die Ermittlungen geleitet habe, bevor ich in den Ruhestand ging. Offenbar hat der Junge den Fall verfolgt, er interessiert sich wirklich dafür. Ich frage mich, wie er über Justice' Ausbruch denkt.«

»Ja, Kids«, sagte Stone, der in Gedanken bereits bei einem möglichen Treffen mit Catherine war.

»Allerdings, man weiß nie genau, was sie gerade ausbrüten ...«

Stone verabschiedete sich und unterbrach die Verbindung. Es gab genug andere Dinge, worüber er nachdenken musste.

25

Der dreizehnjährige Mike Ferguson starrte wie gebannt auf den Fernseher, dessen Bildschirm teilweise verdeckt war durch eine Baseballjacke, die er quer durch sein Zimmer geschleudert hatte und die an dem Regal über dem Fernseher hängen geblieben war. Jetzt baumelte ein Ärmel vor dem Fernseher, wo gerade die Abendnachrichten liefen. Mike hatte soeben im Badezimmer seine Körpergröße gemessen, was er zurzeit häufig tat. »Wie groß bin ich?«, fragte er, ohne den Blick vom Bildschirm abzuwenden.

»Eins siebenundsechzig«, antwortete sein Bruder James gelangweilt.

»Bullshit!«, rief Mike. »Eins zweiundsiebzig!«

»Wie du meinst, *Mikey*. Du bleibst trotzdem ein Zwerg.« James maß eins fünfundachtzig und wuchs weiter.

»Für dich immer noch Michael«, sagte er, wie er es immer tat, wenn sein Bruder ihn Mikey nannte, wie ein Kleinkind. Er war zwölf Zentimeter gewachsen, seit er vor ein paar Jahren zu einer lokalen Berühmtheit geworden war. Jetzt war er nicht mehr Little Mikey Ferguson. Er war dreizehneinhalb, also fast vierzehn. Der Babyspeck war weg, und die Mädchen um ihn herum verhielten sich so seltsam. Das konnte nur heißen, dass sie sich für ihn interessierten, und es machte ihn verdammt stolz, auch wenn er vorgab, es gar nicht zu bemerken.

Jetzt blickte er in den Spiegel auf seiner Kommode und brachte seine Frisur à la Justin Bieber in Ordnung.

»Mein Gott, bist du bescheuert«, stöhnte James, der fast

drei Jahre älter war als Mike. Er hätte kotzen können, wenn er nur daran dachte, dass die Mädchen seinen kleinen Bruder cool finden könnten.

Außer Mikey war noch Woofy Larson da, James' bester Freund, seit sein letzter bester Freund, Kyle Baskin, mit seiner Familie nach Kalifornien gezogen war.

Mittlerweile starrte Mikey nicht mehr auf den Fernseher, sondern auf sein Smartphone und tippte wie ein Verrückter.

Woofy fuhr sich mit der Hand durch sein rotes Haar. »Wem schreibst du die SMS?«

»Das ist keine SMS, sondern ein Tweet. Channel Seven.« Mikes Daumen bewegten sich mit irrwitziger Geschwindigkeit über den kleinen Touchscreen.

»Mikey ist ein Arschgesicht«, bemerkte James.

»Noch mal, ich heiße Michael.«

»Warum bist du bei Twitter?«, fragte James. »Lass den Scheiß.« Er wollte seinem Bruder das Smartphone wegnehmen, doch der riss es blitzartig zurück.

»Du bist wie Mom«, sagte er, während er sich wieder dem Handy zuwandte.

»Du hast nichts anderes im Kopf.«

»Und du benutzt dein Smartphone die ganze Woche nicht.«

James kickte einen Fußball gegen die Wand, der abprallte und den Schirm von Mikes Nachttischlampe traf. Der Lampenschirm landete auf dem Boden, und die Glühbirne brannte durch und zersplitterte. Der Boden war mit kleinen Glassplittern übersät.

»Volltreffer«, bemerkte Mike, der zu cool war, um auszuflippen, denn genau das wollte sein Bruder. Trotzdem hatte er die Schnauze gestrichen voll.

Und James wünschte sich nichts mehr, als dass er explodierte, so viel war sicher. Vor Wut, dass die gewünschte Reaktion ausblieb, war sein Gesicht dunkelrot angelaufen. Normalerweise war sein Bruder nicht so leicht zu ärgern, doch im Moment schien ihn alles anzukotzen.

»Verdammte Scheiße«, murmelte James nach ein paar angespannten Augenblicken und begann dann, die Splitter aufzusammeln.

Woofy, ein in aller Regel gut gelaunter und umgänglicher Typ, machte einen halbherzigen Versuch, ihm zu helfen, aber er war schließlich keine Hausmutti. Er trug immer dasselbe Hemd und dieselbe Jeans.

In der Schule glaubte alle Welt, er sei arm – ja, bettelarm –, doch in Wirklichkeit war ihm sein Outfit einfach nur scheißegal.

»Ich wüsste zu gern, wo er ist«, sagte Mike einen Augenblick später.

»Von wem redet er?«, fragte Woofy, aber Mike war klar, dass sein Bruder es wusste.

»Von diesem Killer, Mann«, sagte James genervt. »Justice Bullshit oder so ähnlich. Mikey ist besessen von ihm.«

»Justice Turnbull.« Mike wandte tatsächlich den Blick von seinem Smartphone ab, schaltete es aus und steckte es in die Tasche.

»Ja, ich erinnere mich.« Woofy verzog das Gesicht, während er angestrengt nachdachte. »Der Typ, den sie eingebuchtet haben, weil er dieses Mädchen umgebracht hatte, dessen Hand du gefunden hast.«

»Da war ein Skelett verbuddelt und die Hand ragte aus der Erde heraus, als würde sie um Hilfe bitten«, sagte Mike. »Das Skelett lag zwanzig Jahre lang dort«, fuhr Mike fort.

James schnaubte. Allmählich wurde sein Bruder zu einer unerträglichen Nervensäge.

»Du weißt, dass er ausgebrochen ist, oder?«, fragte James.

»Klar, Mann«, antwortete Woofy, doch Mike vermutete, dass der nicht wirklich wusste, wovon er redete.

»Ausgebrochen aus dem Hochsicherheitstrakt einer psychiatrischen Klinik«, präzisierte Mike. »Niemand hat geglaubt, dass ihm ein Ausbruch gelingen würde. Niemand. Aber er hat es geschafft. Der Mann ist wie ein Geist. Jetzt hat er sich unsichtbar gemacht, aber ich werde ihn finden.«

»Was für ein Quatsch«, sagte James gereizt.

»Ich werde ihn finden«, beharrte Mike. »Damals hat er in diesem alten Leuchtturm Unterschlupf gesucht. Dahin wird er zurückkehren, so viel ist sicher. Ist nur ein bisschen weit draußen. Wir werden ein Boot nehmen müssen, glaube ich.«

James blickte seinen Bruder an, als wäre der der Geisteskranke.

Aber Mike war einer dieser Jungs, die genau wissen, was sie wollen, und es dann auch tun. James, der über alles und jedes endlos nachdachte, fand seinen Bruder ein bisschen beängstigend. Vielleicht stand er wirklich unmittelbar davor, verrückt zu werden.

»Oh ja, genau das werden wir tun, Arschgesicht«, stichelte er. »Wir fahren zur Küste, mieten ein Boot, fahren zur Insel und durchsuchen den alten Leuchtturm, wo dieser Übergeschnappte gelebt hat.«

»Vermutlich werden wir ein Ruderboot nehmen müssen«, sagte Mike ernst. »Ich glaube nicht, dass jemand ein Motorboot an uns vermieten würde.«

James hob eine Hand. »Schlag dir das aus dem Kopf. Dir haben sie wohl ins Gehirn geschissen. Du hast nicht mal einen Führerschein.«

»Aber du. Ich sag dir, wie du fahren musst.«

»Mein Gott, der meint es wirklich ernst«, sagte Woofy ungläubig.

Mike blickte wieder auf den Fernseher, und aus dem Augenwinkel sah er, dass James es auch tat. Diese scharfe und scharfzüngige dunkelhaarige Reporterin erschien auf dem Bildschirm.

»Stell den Ton laut«, befahl Mike.

»Ich bin nicht dein Sklave, du Arschloch«, murmelte James.

Die Fernbedienung lag in der Nähe von Woofy, und der bediente den Lautstärkeregler.

»… nennen sich selbst die ›Deadly Sinners‹. Das sind sieben privilegierte Teenager, die in die Eigenheime der wohlhabenden Eltern ihrer Klassenkameraden einbrechen und sie berauben …«

»Scheiße, da geht's gar nicht um Justice Turnbull«, murmelte Mike. »Alle Welt vergisst ihn.«

»Nein, sie vergessen ihn schon nicht«, bemerkte James mit einer Leidensmiene. »Sie können ihn nur einfach nicht finden. Wahrscheinlich ist er mittlerweile längst in Kanada.«

»Oder in Mexiko«, sagte Woofy.

Mike wandte sich seinem Bruder zu. »Mom und Dad fahren am Dienstag weg. Sie werden uns auf unseren Handys anrufen und nicht wissen, dass wir nicht zu Hause sind. Dienstag oder Mittwoch können wir uns zu dem Leuchtturm aufmachen.«

»Geile Idee«, sagte Woofy bewundernd.

James warf seinem Bruder einen finsteren Blick zu. »Vergiss es.«

»Ich wette, dass wir ihn finden«, beharrte Mike. »Dann sind wir Helden.«

»Hör zu, du Idiot«, sagte James. »Der Typ ist ein geisteskranker Schwerverbrecher. Hast du das etwa schon vergessen?«

»Du bringst mich dahin, den Rest erledige ich.«

»Du meinst das wirklich ernst?«, fragte Woofy mit geweiteten Augen.

»Nein, tut er nicht«, widersprach James.

»Es ist mir ernst«, sagte Mike. »Ich brauche nur ein Ruderboot.«

»Such dir einen Kajak, denn du wirst allein sein!«, schrie James. »Mein Gott, du bist so ein Schwachkopf.«

Mike blickte wieder auf den Fernseher, wo das Bild einer Frau erschien, die offenbar niemand identifizieren konnte. Da es immer noch nicht um Justice Turnbull ging, wandte sich Mike erneut seinem Bruder zu. »Am Dienstag ist der letzte Schultag. Mom und Dad fahren weg und kommen erst in der nächsten Woche wieder. Wir haben reichlich Zeit.«

»Du bist genauso ein Schizo wie dieser Turnbull!« James hatte die Schnauze voll von dem Thema und besonders von Mike. Er verließ das Zimmer seines Bruders. »Du bist so ein Vollidiot!«, rief er aus dem Flur. »Schlag dir die Schnapsidee aus dem Kopf.«

Helden, dass ich nicht lache, dachte er. Was für eine idiotische Idee. Er würde seinen besessenen kleinen Bruder nirgendwohin bringen.

Woofy folgte ihm in die Garage, wo James sich einen Schläger geschnappt hatte und nacheinander eine Reihe von Tischtennisbällen über das niedrige Netz auf die hintere Seite der Platte schmetterte. Unter dem flackernden Neonlicht prallten die Bälle von der Tischtennisplatte. Einige landeten auf dem Boden, andere knallten gegen die Wand, einen alten Kühlschrank, wo seine Mutter Limonaden- und Biervorräte hortete, oder gegen die Werkbank. Woofy griff nach einem anderen Schläger und schlug auf. Nachdem sie sich zwanzig Minuten lang ein hart umkämpftes Match geliefert hatten, warf James seinen Schläger auf die Platte. »Der Typ kotzt mich wirklich an«, erklärte er.

»Ach ja?«

»Ich werde es nicht tun.«

Woofy zuckte die Achseln. »Ich hab nichts anderes behauptet.«

»Er glaubt, dass ich ihn fahren werde.«

»Kann dir doch egal sein. Oder willst du etwa doch dabei sein?«

»Nein!«

Und doch hatte die Idee auch bei ihm ein gewisses Maß an Interesse geweckt. So lautstark er etliche Male wiederholt haben mochte, er werde seinen kleinen Bruder nicht zur Küste fahren, damit der sich an der Suche nach diesem Psychopathen beteiligen konnte, konnte er doch nicht abstreiten, dass ihn die Vorstellung reizte, ein Held zu sein. Vor seinem geistigen Auge sah er sich im Fernsehen, und die geile Bitch mit den dunklen Haaren erklärte aller Welt, wie er, James Ferguson, diesen geisteskranken Killer zur Strecke gebracht hatte ...

Wenn das Arschloch sie nicht vorher umlegte ...

Mit diesem Gedanken löste sich der Traum in nichts auf. Er hing an seinem Leben, selbst wenn das bei seinem kleinen Bruder anders sein mochte.

Woofy verschwand ein paar Minuten später, und als James ins Haus zurückkehrte, zirpte sein Handy. Er wollte es nicht glauben, aber es war Belinda Mathis, eines der heißesten Girlies in der Schule. Irgendwann hatten sie ihre Handynummern ausgetauscht, aber er hatte vermutet, dass das nur eine nette Geste gewesen war. Doch nun rief sie tatsächlich an ...

»Ja?«, meldete er sich vorsichtig.

»Mein Gott, ich kann nicht glauben, was ich hier tue.« Es war die Stimme eines kleinen Mädchens. Mit Sicherheit nicht die von Belinda Mathis.

»Ich bin Kara Mathis, Belindas Schwester. Spreche ich mit James Ferguson?«

»Ja, ich bin dran.« Er versuchte, nicht zu enttäuscht zu klingen.

»Ich telefoniere mit dem Smartphone meiner Schwester. Deine Handynummer war darauf abgespeichert. Ich kenne deinen Bruder Michael. Könntest du mir vielleicht ... seine Handynummer geben?«

Was für ein Albtraum.

Er schloss die Augen und rasselte mechanisch Mikeys Nummer herunter. Augenblicke später hörte er das Mobiltelefon seines Bruders klingeln, und der meldete sich.

James ging zum Kühlschrank, zog die Tür auf und blickte unschlüssig hinein. Er musste sich etwas einfallen lassen, um sein Standing bei der Damenwelt zu verbessern, so viel war sicher. Und wenn er erst ein Held war ...

Und wenn dieser Psychopath sie *nicht* kaltmachte, würden sie definitiv Helden sein.

Das wäre echt cool, dachte er. Darüber würde auch Belinda Mathis nicht hinwegsehen können. Und seine Telefonnummer hatte sie ja schon.

26

Geena Cho trug hautenge schwarze Jeans, bei deren Anblick man sich fragte, wie es überhaupt möglich war, sie an- oder auszuziehen, ein ärmelloses, jedoch hochgeschlossenes Seidentop und zwei mit einem Diamanten besetzte Ohrstecker, von denen einer im Licht der Deckenbeleuchtung funkelte, als sie sich das schulterlange schwarze Haar hinter das linke Ohr strich.

Harrison saß auf dem Barhocker neben ihr. »Du bist ein bisschen overdressed für diesen Laden«, bemerkte er.

»Und underdressed für das Wetter«, erwiderte sie. »Mein Gott, wann löst sich endlich dieser Nebel auf?«

Harrison ließ den Blick über die anderen Gäste schweifen, die an diesem Abend den Weg zu Davy Jones's Locker gefunden hatten. Alle trugen Parkas, Pullover und Stiefel. Geena war attraktiv und wirkte in diesem Ambiente exotisch, und mehr als ein Mann drehte sich nach ihr um und starrte Harrison genervt an. Er hatte keine Absichten bei Geena, doch sie hatte Interesse an ihm. Er musste dieses Treffen überstehen, ohne dass ihre Freundschaft Schaden nahm, war sich aber nicht sicher, ob ihm das gelingen würde.

»Danke für alle deine Tipps«, sagte er.

Sie winkte den Barkeeper herbei. Es war derselbe, der Laura und ihn am Vortag bedient hatte, und wie alle guten Barkeeper war er verschwiegen und sagte nichts darüber, dass er am Vortag mit einer anderen Frau hier gewesen war.

»Keine Ursache«, antwortete sie lächelnd, was ihre Grübchen vorteilhaft zur Geltung brachte. »Wahrscheinlich würde ich Ärger bekommen, wenn sie beim Sheriff's Department wüssten, dass ich mit der Presse kollaboriere.«

»Ja, das könnte gefährlich werden.«

»Das ganze Leben ist gefährlich.« Sie wandte sich an den Barkeeper. »Für mich bitte noch einen trockenen Martini. Und der da bekommt, was er haben will. Er muss es sowieso bezahlen.«

»Ein Bier«, sagte Harrison.

»Wird gemacht.«

»Hey, Honey, wie heißt du eigentlich?«, rief Geena dem Barkeeper nach.

»Alonzo«, antwortete er über die Schulter.

»Immer schön für Nachschub sorgen, Alonzo.« Sie wandte sich Harrison zu. »Ich habe vor, mich heute Abend zu betrinken«, warnte sie ihn lächelnd. »Montags hab ich frei.«

»Du wirst dich allein volllaufen lassen müssen, Geena. Bis Justice Turnbull wieder hinter Gittern sitzt, trinke ich höchstens mal ein Bier.«

Sie wirkte enttäuscht. »Scheiß drauf, Harry. Das mit der Festnahme von Turnbull kann Monate dauern. Wir sollten uns heute Abend ein bisschen amüsieren.« Sie trank einen großen Schluck Martini. »Wie ich neulich sagte, du bist mir einen Gefallen schuldig.«

»So ist es, doch ich bin mir nicht sicher, ob wir von diesem Gefallen dieselbe Vorstellung haben.«

»Mein Gott.« Sie leerte ihr Glas und stellte es auf die Theke, als Alonzo ihr schon das nächste servierte. Zusätzlich brachte er Harrisons Bier. Geena hob vorsichtig das Glas an die Lippen und nahm wieder einen großen Schluck. »Soll das heißen, dass ich nur meine Zeit mit dir verschwende?«

»Ich bin nicht der Beziehungstyp.«

»Wer hat was von einer Beziehung gesagt? Guter Gott, du greifst den Dingen vor, Kumpel. Ich will nur mit dir ins Bett.« Sie musterte ihn. »Sieh mich nicht so an. Und okay, vielleicht ist Sex der erste Schritt in Richtung einer Beziehung. Ich wäre nicht aus Prinzip dagegen.«

Er drehte sein Glas auf dem Bierdeckel. »Ich finde es grundsätzlich besser, nicht gleich nach dem ersten Date mit einer Frau in die Kiste zu gehen. Es kommt nichts Gutes dabei heraus, wenn der Sex an erster Stelle steht. Und ehrlich gesagt habe ich auch kein Interesse daran.«

Ihr dämmerte etwas. »Mein Gott, du hast eine andere.«

»Wie kommst du darauf?«, fragte er leicht verärgert.

»Ein Typ redet nur so, wenn er schon eine andere hat.« Sie wirkte entmutigt. »Scheiße, heißt das, dass wir dazu verurteilt sind, nur Freunde zu sein?« Sie winkte dem Barkeeper zu. »Alonzo, ich hab doch gesagt, dass der Nachschub nicht abreißen darf. Es muss schneller gehen. Dieser Typ hat mich gerade abblitzen lassen, bevor wir den ersten Schritt getan hatten. Moment, haben wir uns nicht beim letzten Mal geküsst?« Sie blickte ihn stirnrunzelnd an. »Ein schüchternes Küsschen, wenn ich mich recht erinnere, aber immerhin. Umso bedauerlicher, dass wir es nicht bis zum zweiten Schritt geschafft haben.«

»Da könnte ich einspringen!«, rief ein Mann mit einer Baseballkappe, unter der braune Locken hervorlugten. Er hob eine Hand, und seine Finger hätten sich fast in dem ziemlich dreckigen Fischernetz verfangen, das Teil der Dekoration der Bar war.

Geena lächelte. »Vielleicht später, Kumpel. Ich brauch erst noch ein paar Drinks.« Sie wandte sich Harrison zu. »Warum wolltest du mich treffen? Bestimmt, um Informationen aus mir herauszuquetschen, während ich nur mit dir vögeln will.«

»Mein Gott, Geena ...«

»Sei nicht so prüde.« Sie trank verärgert einen Schluck Martini, während aus den in die Wände eingelassenen Lautsprechern ein Song von Chris Isaak ertönte.

»Kennst du diesen Dr. Maurice Zellman, den Justice übel zugerichtet hat?«

»Ja, ich erinnere mich, Justice hat ihm einen Stift in die Kehle gebohrt. Ich kenne ihn nicht persönlich, aber er soll ein echtes Arschloch sein. Er wohnt in dieser Festung über dem Strand, direkt südlich von Tillamook. Das ist die Steilküste kurz hinter Bancroft Bluff. Früher standen da ein paar Strandhütten, doch dann hat Zellman das Grundstück gekauft, sie abreißen lassen und diesen monströsen Kasten gebaut.«

Harrison schüttelte den Kopf, und Geena nickte. »Stimmt ja, du bist neu in der Gegend. Damals gab es ein großes Theater. Die Leute wollten die Strandhütten retten. Aus sogenannten lokalhistorischen Gründen, du kennst dieses schwachsinnige Gerede. Sie stammten aus den Vierzigerjahren des letzten Jahrhunderts, waren aber trotzdem nicht besonders stilvoll. Aber Zellman hat seinen Willen bekommen. Du kannst seine Residenz nicht übersehen. Ein Säulenvorbau am Eingang. Früher gab es auch ein schmiedeeisernes Tor vor der Auffahrt, doch dann ist sein Sohn oder sonst jemand vor ein paar Monaten mit Vollgas dagegengeprallt. Jetzt steht es offen. Ich wohne ein Stück weiter südlich und fahre jeden Tag auf dem Weg zur Arbeit daran vorbei.«

»Ich hatte vor, ihn zu befragen.«

»Dann viel Glück. Wie gesagt, Zellman ist ein echtes Arschloch.«

»Nichts Neues hinsichtlich der Fahndung nach Turnbull?«, fragte er.

»Nein«, antwortete sie, während aus den Boxen die ersten Takte von »Wicked Game« ertönten. »Sicher, dass du nicht doch eine Nummer schieben willst?« Sie klimperte mit den Wimpern.

»Ehrlich, Geena, wenn die Dinge anders lägen, müsstest du mich nicht zweimal bitten.«

»Scheiße, du *hast* eine Beziehung. Alonzo!« Sie hämmerte mit den Knöcheln auf die Theke. »Wo bleibt der Nachschub? Ich habe Durst.«

Justice stand in einem Wäldchen, von dem aus er einen guten Blick auf Zellmans Anwesen hatte. Das Haus aus einem sandfarbenen Stein war riesig. Auf alt gemachte Laternen beleuchteten den Eingang und die Garage mit vier Einstellplätzen. Davor standen ein schwarzer Range Rover und ein weißer BMW, aber der Lexus musste in der Garage stehen, denn er war nirgends zu erblicken.

Es dämmerte, doch das lag größtenteils an dem Nebel, denn in diesem Teil von Oregon war es im Juni bis neun Uhr hell.

Er war dem Psychiater bis zu seinem Haus gefolgt, ohne genau zu wissen, warum er das tat. Er hatte seinen Wagen etwa eine halbe Meile weiter nördlich abgestellt, auf dem Parkplatz hinter zwei Geschäften, wo Meeresfrüchte und Souvenirs verkauft wurden. Nebenan stand ein Kleinkaufhaus namens Phil's Phins and More.

Kurz darauf stand er zwischen verblühten Rhododendron- und gerade erst blühenden Hortensiensträuchern neben dem Haus. Durch die Nebelschwaden glaubte er einen Schatten zu sehen. Er erstarrte, sah dann aber, dass es nur eine graue Katze war, die hinter einem Gartenhäuschen verschwand.

Zuvor hatte er beschlossen, dass er den Nissan so schnell wie möglich loswerden musste. Vielleicht würde er ihn einfach auf dem Parkplatz stehen lassen.

Doch nun schweifte er in Gedanken ab zu jenem Ort, wo er sich am besten fühlte. Er dachte an *sie,* an ihre blonden Haare, die verschleierten Blicke, ihr Lächeln. Die Vorstellung erregte ihn, und wenn er das bemerkte, wurde er in der Regel aus seinen Träumereien herausgerissen, als hätte ihm jemand einen Eimer eiskaltes Wasser über den Kopf gekippt. Doch jetzt konnte er an nichts anders denken als an ihre Hüften und Hintern, an ihr Geschlecht, die rosigen Brustwarzen. Er sah sie in einer Reihe vor sich liegen, sah ihre Brüste, die gespreizten Beine mit den vor Erwartung zitternden Oberschenkeln. Nacheinander würde er eindringen in jede heiße Möse, die sich ihm darbot. Schwitzend und stöhnend würde er sie nehmen und seinen Samen in ihnen verströmen.

Er würde sie alle nehmen. Sie waren sein.

Für immer.

Als er aus seiner Träumerei gerissen wurde, als hätte ihm jemand eine Ohrfeige verpasst, war er entsetzt.

Ihm wurde bewusst, dass er seine Hose geöffnet hatte und sein Glied hielt. Noch immer bewegte sich seine Hand schnell auf und ab. Rasch zog er sie beschämt zurück, als hätte er sich verbrannt.

Er ließ sich auf die Knie fallen und raufte sich die Haare. Sie waren nicht dafür da, dass er sie nahm. Sie waren verkommen, ruchlos, Werkzeuge des Teufels.

Er hatte das Gefühl, sich zu verlieren. Etwas ... Irgendetwas hatte sich verändert, war nicht mehr so wie zuvor.

Er bemühte sich, an das Meer zu denken. Das Meer ... Der Leuchtturm ...

Ich halte mein Gesicht in die kühle Brise und sehe das Meer und den Horizont.

Geschockt erkannte er, dass es diese Zuflucht für ihn nicht mehr gab. Er konnte nicht in den Leuchtturm zurückkehren, ohne an *sie* auf *diese* Weise zu denken.

Er musste mit dem Morden beginnen.

Seine Mission erfüllen.

Sofort.

Und dafür brauchte er erst mal ein anderes Auto ...

Laura verließ das Krankenhaus um Viertel vor neun abends und ging mit einer Kollegin, die gerade mit ihrem Freund telefonierte, zum Parkplatz. Sie blickte sich um und rechnete fast damit, Justice irgendwo auftauchen zu sehen. Sie wusste, wie er aussah: blond – wie sie und ihre Schwestern –, schlank, eisiger Blick. Dieses Wissen verdankte sich nicht ihrer eigenen Erinnerung. Kürzlich hatte sie in den Fernsehnachrichten ein Foto von ihm gesehen, das im Halo Valley Security Hospital gemacht worden war.

Aber es war weit und breit kein Justice zu sehen, und sie erreichte unbehelligt ihren Outback. Nachdem sie ihrer Kollegin zum Abschied zugewunken hatte, stieg sie in den Wagen und drückte auf den Knopf für die Zentralverriegelung.

Ihr Herzschlag hatte sich noch nicht ganz beruhigt, als sie die Scheibenwischer einschaltete, denn die Windschutzscheibe war nass vom Nebel. Dann machte sie sich auf den Heimweg. Die ganze Zeit über fragte sie sich, wie sicher sie war. Es war mutig gewesen, heute zur Arbeit zu gehen, aber sie hatte überhaupt nicht daran gedacht, dass sie nachts in ihrem Haus ganz allein sein würde.

Sie kam an mehreren Aussichtspunkten an der Steilküste über dem Pazifik vorbei, dann an ein paar Geschäften, von denen die meisten schon geschlossen hatten. Ein kleiner Imbiss war in einem mit blauen Schindeln verkleideten Haus untergebracht, und der Inhaber schloss gerade das Fenster, durch welches das Essen zum Mitnehmen gereicht wurde.

Sie bog vom Highway in die namenlose Straße ab, die zu ihrem Haus führte. Auf ihrer Auffahrt schaltete sie die Scheinwerfer aus und parkte vor der hinteren Veranda. Der Garten lag im Dunkeln, die Umrisse der Büsche wirkten unheimlich in der nebligen Nacht. Sie dachte an die beiden Frauen, die Justice ermordet hatte, und es lief ihr eiskalt den Rücken hinab. Vielleicht war er hier und wartete auf sie.

Sie blieb noch eine Weile im Auto sitzen. Bis zur Hintertür waren es nur ein paar Schritte. Sie dachte daran, wie lange es dauern würde, bis sie die Tür aufgeschlossen und das Licht angeknipst hatte. Warum hatte sie nicht eine Lampe brennen lassen? Ihr Haus erschien ihr unheimlich.

Sie griff nach ihrem Mobiltelefon. Sollte sie Harrison anrufen, um ihn wissen zu lassen, dass sie zu Hause war? Oder würde sie ihn nur stören bei seinem Treffen mit der Frau vom Tillamook County Sheriff's Department?

Nachdem sie noch ein paar Augenblicke auf das beleuchtete Display geschaut hatte, wählte sie seine Nummer. Eigentlich ist es mir völlig egal, ob ich ihn störe, dachte sie überrascht. Es machte sie nicht gerade glücklich, dass er sich mit einer anderen Frau auf einen Drink traf, aus welchem Grund auch immer ... Das sagte einiges, und sie wollte nicht zu genau darüber nachdenken.

Aber er meldete sich nicht, was nicht weiter überraschend war, und sie verzichtete darauf, eine Nachricht zu hinterlassen. Sie dachte daran, noch einmal telepathisch Kontakt aufzunehmen zu Justice, um herauszufinden, ob ihre Befürchtungen berechtigt waren oder ob er sich irgendwo weit entfernt aufhielt, aber sie brachte einfach nicht den nötigen Mut auf.

Warum hatte sie nicht auf sich selbst gehört, ihren eigenen Ratschlag befolgt? Hatte sie nicht Catherine empfohlen, wachsamer zu sein und sich einen Hund anzuschaffen? Sie hätte jetzt gut einen Deutschen Schäferhund oder einen Rottweiler gebrauchen können. Oder auch nur einen Mops. Irgendein Tier, das Alarm schlug, wenn Ärger drohte.

Wie jetzt.

So saß sie noch zehn Minuten im Auto und versuchte, sich zu beruhigen. Dann stieg sie vorsichtig aus. Die Nebelschwaden hatten sich aufgelöst, aber die Luft war feucht und kühl. Die Nacht war langsam hereingebrochen, doch im allerletzten schwindenden Tageslicht sah sie die Umrisse von Bäumen, die Stufen vor ihrer Veranda und einen Haufen von Brennholz für den Kamin am Ende der Auffahrt.

Sie suchte in ihrer Handtasche nach den Schlüsseln und nahm sie heraus. Nachdem sie mit der Fernbedienung das

Auto abgeschlossen hatte, stieg sie schnell die Stufen zur hinteren Veranda hinauf, schob mit einer zitternden Hand den Schlüssel ins Schloss und öffnete die Tür. Als sie sie wieder geschlossen hatte, schob sie sofort den Riegel vor.

In dem Haus war es dunkel und totenstill. Sie knipste in der Küche das Licht an, das ihr unnatürlich grell vorkam.

Sie stand reglos da, nur ihre Augen irrten umher und blickte in jede dunkle Ecke. Das Geschirr vom Frühstück stand auf der Spüle, über der Lehne eines Stuhls hing eine Jacke. Alles sah so aus wie am Morgen.

Alles wirkte völlig normal, und doch ...

Ihr Herz hämmerte in ihrer Brust, und ihre Gedanken irrten hin und her. Sie blickte auf den Messerblock, die gusseiserne Pfanne neben dem Herd und verschiedene andere Gegenstände, sie sich als Waffe verwenden ließen.

Sie stand noch für eine Minute wie paralysiert da, und es kam ihr wie eine halbe Ewigkeit vor. Dann zwang sie sich, ihre Angst zu überwinden. Er war nicht hier, sie war allein. Ihre Fantasie spielte ihr einen Streich.

Sie stellte ihre Handtasche auf den Tisch und ließ sich auf einen Stuhl sinken, mit dem Rücken zur Tür der Besenkammer. Plötzlich konnte sie an nichts anderes mehr denken. Sie sprang auf und riss die Tür auf.

Falscher Alarm. Sie sah nichts Auffälliges, sondern nur Konserven, einen Mopp und einen Besen, den Staubsauger, mit Isolierband repariert, Küchenrollen und Putzmittel.

Sie war so erschöpft, als hätte sie einen Marathonlauf absolviert, und ließ sich wieder auf den Stuhl fallen. »Idiotin«, murmelte sie vor sich hin. Trotzdem hoffte sie, dass Harrison bald kommen würde. Sie starrte auf ihre Handtasche, stellte sie neben sich auf den Boden und nahm das Mobiltelefon heraus, weil sie noch einmal versuchen wollte, Harrison zu erreichen. Vielleicht würde sie diesmal eine Nachricht hinterlassen, damit er wusste, dass sie zu Hause und in Sicherheit war.

Und doch wurde es ihr plötzlich ganz anders zumute.

Irgendetwas stimmte nicht.

Beeile dich, Harrison, dachte sie, während sie versuchte, ihm auf dem Weg eine Botschaft zu kommen zu lassen, wie sie es mit Justice getan hatte.

Bitte beeile dich ...

27

Geena wurde von Minute zu Minute koketter und hatte Alonzo, den Barkeeper, in ihr Gespräch hineingezogen. Harrison musste nicht mehr lange bleiben. Wenn er Glück hatte, würde Geena es kaum bemerken, wenn er verschwand. Sie hatte sich jetzt auf den Barkeeper kapriziert, der definitiv Interesse zeigte, und dann war da noch der Typ mit der Baseballkappe, der angeboten hatte, für den desinteressierten Harrison einspringen zu wollen.

Allerdings sah es so aus, als würde er nur der zweite Sieger sein. Alonzo hatte die Nase vorn. Er war einer von den Barkeepern, die nur ein Trockentuch über die Schulter werfen müssen, damit die Damenwelt das als Aufforderung empfindet.

Geena war nicht immun gegen seinen Charme und zeigte Harrison die kalte Schulter, nachdem sie davon überzeugt war, dass er eine andere hatte.

Wahrscheinlich hätte er jetzt schon verschwinden können, doch es konnte nicht schaden, noch ein paar Minuten zu bleiben. Er wollte Geena weder als Informationsquelle noch als eine ihm freundschaftlich verbundene Bekannte verlieren, und da war das richtige Timing entscheidend.

Alonzo hatte gerade erfahren, das Geena für das Tillamook County Sheriff's Department arbeitete, und das gefiel ihm überhaupt nicht.

»Die haben mich mal verhaftet.« Sein joviales Grinsen löste sich auf. »Glaubten, ich gehöre zu einer Gang.« Er schüttelte den Kopf. »Was für Arschlöcher. Dieser Clausen ...«

Harrison spitzte die Ohren. »Mich mag der Typ auch nicht besonders.«

»Wer, Clausen?« Er blickte ihn an. »Warum? Was hattest du verbrochen?«

Harrison zuckte die Achseln. »Ich habe das Sheriff's Department in einem Zeitungsartikel schlecht aussehen lassen, aber glücklicherweise macht mir Geena deshalb keine Vorwürfe.«

»Mit Clausen ist es immer dasselbe«, sagte Geena, und ihre wegwerfende Handbewegung schien zu sagen, man möge ihr doch bitte zuhören, auch wenn sie betrunken sei. »Wen er mag, den mag er, doch wer einmal bei ihm verschissen hat ... Doch seine Fälle bearbeitet er verbissen, das muss man ihm lassen. Aber er sieht die Dinge eben immer nur von einer Seite ...«

»Ich weiß«, stimmte Harrison zu.

»Du sagst, du hättest zu einer Gang gehört ...« Sie schüttelte langsam den Kopf und hatte Schwierigkeiten damit, sich auf Alonzo zu konzentrieren.

»Ich kannte ein paar Leute aus Seaside und Umgebung«, räumte Alonzo ein. »Sie waren keine richtige Gang, aber Ärger haben sie schon gemacht. Es war nicht einmal Clausens Fall, denn Seaside gehört zu einem anderen County, aber er wusste, dass ich die Jungs kannte, und die waren in irgendeine Schlägerei verwickelt. Das Ganze endete damit, dass sie mich im Sheriff's Department in eine Zelle gesperrt haben. Es dauerte ein bisschen, bis die Sache geklärt war.«

»Ich hoffe, du gibst nicht mir die Schuld daran«, sagte Geena. »Ich arbeite da nur als Einsatzleiterin.«

»Ich mache dir keine Vorwürfe.«

Die beiden tauschten einen langen Blick aus, und Harrison sah den günstigen Augenblick gekommen, sich zu verabschieden. Er stieg von seinem Barhocker und reckte die Glieder. »Ich glaube, ich gehe jetzt besser.«

»Vergiss es«, sagte Geena.

»Du und Alonzo, ihr könnt auch ohne mich die Probleme dieser Welt erörtern.« Er klopfte ihr zum Abschied freundschaftlich auf die Schulter, aber sie packte ihn und zog ihn dicht an sich.

»Noch ein Drink.«

Er lachte. »Ich muss abhauen.«

»Und ich brauche einen nüchternen Fahrer.«

»Gut möglich«, sagte er, noch immer entschlossen, endlich zu gehen.

»Noch ein Drink«, wiederholte sie. »Das war's dann, ich verspreche es.«

Harrison warf Alonzo einen fragenden Blick zu.

»Ich kann dich nicht fahren«, sagte der Barkeeper. »Meine Schicht geht bis halb zwei.« Er warf Geena einen bedeutungsvollen Blick zu. »Aber morgen hab ich frei.«

Geena schaute Harrison an. »Bitte.«

»Aber lass dir nicht zu viel Zeit mit dem Drink, Geena.« Innerlich seufzend kletterte er wieder auf den Barhocker.

Laura kam sich wie eine Idiotin vor.

Es gab keinen Grund, in der Küche zu bleiben, als hätte sie Angst, sich frei in den anderen Räumen des Hauses zu bewegen. So groß war es auch gar nicht. Zwei Schlafzimmer und ein Bad im Erdgeschoss, dazu die Küche und das Wohnzimmer.

Es war keine große Sache, sich umzusehen.

Doch obwohl sie sich gut zuredete, kribbelte ihre Haut.

Es gab auch einen Keller, und allein der Gedanke an dieses dunkle Loch jagte ihr einen Schauder über den Rücken. Aber der Keller war nur über ein paar Stufen außerhalb des Hauses zu erreichen. Niemand konnte aus dem Keller direkt ins Haus gelangen.

Es war verrückt, sich solche Sorgen zu machen. Warum jetzt?

Nervös blickte sie auf das Mobiltelefon. Sie hoffte, dass Harrison zurückrufen würde. Ihre Finger glitten über die Tasten, und fast hätte sie ein zweites Mal seine Nummer gewählt, doch dann überlegte sie es sich anders.

Die alte Wanduhr über dem Durchgang zum Wohnzimmer tickte leise.

Vielleicht sollte sie einfach für eine Weile ausgehen. Zur Arbeit musste sie erst wieder am Nachmittag des nächsten Tages, sodass es keinen Grund gab, zu Hause zu bleiben. Doch obwohl es tapfer gewesen war, trotz allem zum Krankenhaus zu fahren, setzte ihr die Nacht jetzt arg zu, und sie hatte das Gefühl, von unsichtbaren Augen durch die Fenster beobachtet zu werden.

Sie sagte sich, sie solle sich nicht wie ein verängstigtes kleines Dummchen aufführen und zwang sich, Richtung Wohnzimmer zu gehen.

In dem kleinen Flur davor drückte sie auf den Lichtschalter, und in dem Raum wurde es gleißend hell. Sie ließ das Licht eingeschaltet und warf dann einen Blick ins Bad und die beiden Schlafzimmer. Jedes Mal beschleunigte sich ihr Puls.

Dann glaubte sie, ein leises Geräusch gehört zu haben ... Atemzüge? Ein unterdrücktes Seufzen? Ihr standen die Nackenhaare zu Berge.

Sie starrte auf den Schrank in ihrem Schlafzimmer. Die Türen waren geschlossen. Sie sollte sie einfach öffnen, und ...

Da war es wieder, dieses fast unhörbare Geräusch.

Ihr Herz hämmerte in ihrer Brust, und sie stützte sich an einer Wand ab. Unter ihren Füßen ächzte eine wackelige Bodendiele, und sie zuckte zusammen.

Mach dich nicht lächerlich! Aber sie traute sich kaum noch zu atmen.

Sie brauchte eine Waffe.

Und sei es nur im Interesse ihres Seelenfriedens.

Sie kehrte in die Küche zurück und blieb vor dem Messerblock stehen.

Ein Messer fehlte.

Ein leerer Schlitz, in den die Klinge passte.

Guter Gott.

Ihr gefror das Blut in den Adern.

Sie wirbelte herum und lauschte angestrengt. Ihr Atem ging schnell und abgehackt.

Er war hier.

Aber wo?

Fast hätte sie geschrien.

Sie biss die Zähne zusammen.

Noch immer hielt sie das Handy in der Hand. Sie blickte darauf und fragte sich, ob sie die Notrufnummer wählen sollte.

Es sei denn ...

Fehlte *wirklich* ein Messer?

Hatte sie es benutzt und hinterher auf die Spüle gelegt?

Ihr Herzschlag beschleunigte sich noch mehr, als sie auf die Spüle blickte und einen Stapel Teller sah, aber kein Schlachtermesser. Sie fühlte sich schwach, glaubte kurz vor einem Zusammenbruch zu stehen.

Was stimmte nicht mit ihr? Spielte sich wirklich alles nur in ihrem Kopf ab?

In der Hintertür in der Küche war ein Fenster, durch das man die Kellertür sehen konnte. Vorsichtig spähte sie hinaus. Die Kellertür war ungefähr drei Meter weit weg, und man konnte sie gerade noch sehen. Sie war geschlossen. Verschlossen.

Im Haus konnte ihr nichts passieren.

Und doch ...

Vor ihrem geistigen Auge sah sie seine hassverzerrten Gesichtszüge, die verstümmelten Leichen seiner Opfer.

Er war ausgebrochen.

Und sie hatte Kontakt zu ihm aufgenommen und ihn verspottet und herausgefordert.

Wie zu der Zeit, als sie beide noch Kinder gewesen waren.

Sie zog ein Mehrzweckmesser mit einer zwölf Zentimeter langen Klinge aus dem Messerblock und stand dann reglos da.

Reiß dich zusammen, Laura! Hör auf zu spinnen.

Sie atmete ein paarmal tief durch, um sich zu beruhigen. In dem Haus war alles still. Was sollte sie tun? Sich vor den Fernseher setzen? Ein Buch lesen? Ausgeschlossen ...

Sie setzte sich wieder an den Küchentisch, der Metallstuhl quietschte unter ihrem Gewicht. Sie legte das Mobiltelefon auf die Tischplatte und starrte auf das Messer in ihrer rechten Hand.

»Reiß dich zusammen«, wiederholte sie, diesmal laut.

Sie dachte daran, ihre Waffe wieder in den Messerblock zu schieben, überlegte es sich aber anders.

Sie konnte nicht ...

Die Minuten vergingen.

Die Uhr tickte leise, und dann, ganz plötzlich, *spürte* sie seine Präsenz. Und dann *hörte* sie ihn. In ihrem Kopf schrillten die Alarmsirenen, und ihr Kopf fuhr zu dem Fenster in der Hintertür herum.

Direkt davor stand Justice Turnbull.

Er starrte sie durch die Glasscheibe mit diesem Blick an ...

Und in seiner rechten Hand hielt er das Schlachtermesser.

Harrison blickte auf das beleuchtete Display seines Handys. Laura hatte versucht, ihn zu erreichen. Er hörte die Mailbox ab, aber sie hatte keine Nachricht hinterlassen. Sie hatte vor etwa einer halben Stunde angerufen, wahrscheinlich nach Feierabend, vielleicht auch, als sie gerade wieder nach Hause gekommen war.

Trotz seiner Bitte, ihr letztes Glas schnell zu leeren, hatte Geena es nicht eilig. »Also, wer ist es?«, fragte sie ihn mit einem theatralischen Seufzer. »Komm schon, raus damit ... Du bist in eine andere verknallt.« Sie schüttelte lachend den Kopf. »Himmel, ich bin wirklich sturzbetrunken. Wenn du mich wolltest, würde ich bestimmt keinen Widerstand leisten.«

Harrison fragte sich, ob er Laura zurückrufen sollte. War es dringend? War sie in Schwierigkeiten? Es war mehr als wahrscheinlich, dass sie gerade nach Hause gekommen war. Er machte sich Sorgen um sie. So weit hatte sie sich schon entwickelt, ihre »Beziehung«.

Aber sie hatte Kontakt zu Justice aufgenommen, mental, wenn so etwas überhaupt denkbar war ... Er wusste nicht, was er davon halten sollte. Doch dieser Typ war ein gefährlicher Psychopath und war ihr möglicherweise auf den Fersen, um ihr etwas anzutun.

Alonzo, der Barkeeper, schien unterdessen darüber nachzudenken, ob er eine wirkliche Chance hatte bei Geena oder ob sie nur ein Spiel mit ihm spielte. Harrison wusste, was in seinem Kopf vor sich ging, er hatte das alles schon selbst mitgemacht.

Wieder war er in Gedanken bei Laura. Vielleicht war das alles Humbug mit mentaler Kontaktaufnahme, Telepathie und so weiter, doch es spielte keine Rolle, weil Justice eine lebensbedrohliche Gefahr war. Nur das zählte.

»Ich muss mal jemanden zurückrufen«, sagte er.

»Du rufst sie an, stimmt's?« Geena blickte Alonzo an und nickte. »Ich hab's ja gewusst.«

Harrison ignorierte sie und drückte das Handy fest an sein Ohr.

Laura wollte schreien, doch genau in dem Moment begann auf dem Küchentisch das Handy zu zirpen. Für einen Sekundenbruchteil wandte sie den Blick von dem Fenster ab.

Als sie wieder hinschaute, war Justice verschwunden. Als hätte sie sein Bild heraufbeschworen, als wäre alles nur ihre Einbildung gewesen.

Dann zersplitterte ohrenbetäubend laut die Fensterscheibe in der Hintertür. Scherben flogen durch die Luft, und sie riss die Hände hoch, um ihr Gesicht zu schützen. Er streckte den Arm durch den Fensterrahmen, seine Finger tasteten nach dem Knauf der Hintertür.

»Nein!«

Sie packte das Messer und eilte Richtung Tür. Das Telefon zirpte noch immer, immer weiter, doch ihr blieb keine Zeit, den Anruf anzunehmen.

Sie stieß Justice die scharfe Klinge in den Handrücken, und er knurrte vor Schmerz.

Oh mein Gott! Sie drückte mit aller Kraft auf den Griff des Messers, zog die blutige Klinge heraus und stieß erneut zu. Die Klinge bohrte sich in das Fleisch über dem kleinen Finger, doch es gelang ihm, die Hand wegzureißen. Er heulte auf vor Schmerz und Wut. Sein Blut spritzte auf sie, auf dem mit Scherben übersäten Boden.

Laura schrie auf und wollte sich das Telefon schnappen.

Sie hörte Holz splittern.

Mit dem Telefon in der Hand rannte sie durch das Haus. Sie versuchte zu wählen, doch ihre Finger waren glitschig von dem Blut, von *seinem* Blut. Das Handy glitt ihr aus der Hand, fiel zu Boden und schlitterte Richtung Haustür.

»*Verdammt!*«, schrie sie. Sie brauchte das Telefon, durfte es jetzt nicht verlieren.

Die Hintertür schien nachzugeben, als sie sich zu Boden warf und nach dem Handy griff. »Mein Gott, oh mein Gott!« Sie kam mühsam auf die Beine, während sie hörte, wie er an der Hintertür riss.

Laura rannte zur Haustür und zog daran. Sie bewegte sich nicht, war sicher abgeschlossen. Hektisch schob sie den Schlüssel ins Schloss, drehte ihn und zog erneut an dem Türknauf.

Die Tür öffnete sich, sie stürmte auf die vordere Veranda hinaus, rannte über die nassen Planken und glitt auf den hölzernen Stufen aus. Sie schlug schmerzhaft mit dem Knie auf, konnte sich aber am Geländer festhalten.

»Hilfe!«, schrie sie, von Panik gepackt. »Hilfe!« Aber in den Nachbarhäusern brannte kein Licht mehr, und es war stockfinster. »Oh mein Gott, bitte!«

Schwester ...

Seine Stimme, und diesmal nicht nur in ihrem Kopf. Seine wahre Stimme. Zischend. Eiskalt.

Es jagte ihr einen Schauder über den Rücken.

Sie schrie und blickte auf das Telefon.

Ihr Finger berührte den grünen Knopf. Harrison stand ganz oben auf der Liste der zuletzt eingegangenen Anrufe, und sie wählte seine Nummer, während sie mit weichen Knien die letzte Stufe hinunterrutschte.

Es gelang ihr, sich auf den Beinen zu halten, und sie rannte über den von Büschen gesäumten Kiesweg.

»Hilfe!«, schrie sie erneut.

Denk nach, Laura! Du musst ihn austricksen. Renn zu einem Nachbarn.

Jetzt war er dicht hinter ihr. Sie hörte seine mühsamen, lauten Atemzüge.

»Hexe!«, keuchte er. »Du hast mich gerufen! Du wolltest es nicht anders!«

Sie rannte weiter, mit einer Hand das Telefon umklammernd. Die andere hatte sie schützend vor ihre Augen gehoben, damit ihr keine Zweige oder Farnwedel ins Gesicht schlugen. Sie drohte über eine Wurzel zu stolpern, schaffte es aber erneut, sich auf den Beinen zu halten, und rannte weiter.

Geh endlich dran, dachte sie. *Um Himmels willen, Harrison, bitte melde dich!*

»Ich bin bei dir«, hörte sie seine höhnische Stimme hinter sich.

Schwer atmend brach sie durch ein Gebüsch und rannte Richtung Highway.

Laura spürte seinen heißen Atem in schon ihrem Nacken.

Sie taumelte weiter.

Eine Hand packte ihr Haar.

Riss ihren Kopf zurück.

Sie schrie auf. Eine Fingerspitze glitt ihr Genick und ihre Wirbelsäule hinab.

Sie machte abrupt einen Satz nach vorn, als hätte seine Berührung sie versengt, sie gebrandmarkt.

Ihr drehte sich der Magen um.

In diesem Augenblick zirpte das Handy.

Zu spät.

Sie drückte auf den Knopf.

»Loreley?«

Harrisons Stimme tönte blechern und wie aus weiter, weiter Ferne aus dem Lautsprecher ihres Telefons.

»Er ist hier!«, kreischte sie, während die Hand des Ungeheuers ihren Hals packte. »Oh mein Gott!«

Wieder eine Wurzel, nicht zu sehen in der Finsternis, und diesmal stürzte sie. Der Boden vor ihr fiel jäh ab. Unter ihr verlief der Highway.

Und hinter ihr, schwer atmend, *direkt hinter ihr,* war er.

»Ich werde dich und deine dreckige Brut töten«, brüllte er.

Der Highway ...

Ohne an die Folgen zu denken, stürzte sie sich in den Abgrund.

Ins Nichts.

Das Telefon glitt ihr aus der Hand.

Und dann war da nur noch Finsternis.

28

»Er ist hier!«

»Wo?«, fragte Harrison. »Wo ist er? Wo bist du?« Er sprang von dem Barhocker, der krachend zu Boden fiel, während er in sein Telefon brüllte. »Laura! Loreley! *Laura!*«

Sie musste in ein Funkloch geraten sein. Keine Verbindung.

Er rannte zum Ausgang der Bar.

»Hey, was hast du vor?«, rief Geena ihm nach.

»Nimm dir ein Taxi, auf meine Kosten!«, schrie er über die Schulter, und im nächsten Moment hatte er Geena schon völlig vergessen.

Innerhalb von ein paar Sekunden war er bei seinem Wagen und riss die Tür auf. Er wusste, was Laura gemeint hatte, machte sich keine Illusionen. Der Drecksker war bei ihr. Justice Turnbull hatte sie gefunden.

»Verdammt ...«

Mit zitternden Fingern wählte er ihre Nummer. Immer noch keine Verbindung. Er knurrte vor Frustration und Angst und warf das Handy auf den Beifahrersitz.

Er hätte bei ihr bleiben, hätte auf seine innere Stimme hören sollen, die ihn gewarnt hatte. Niemals hätte er sie allein lassen dürfen. Guter Gott, warum hatte er es getan? Was, wenn ihr etwas zugestoßen war? Wenn Justice sie verletzt hatte oder sie ...?

Er verdrängte seine Ängste. Es blieb keine Zeit, sich damit zu befassen. Er musste zu ihr fahren, musste sie finden, sie retten vor diesem Geisteskranken, den er töten und zur Hölle fahren lassen würde.

Wenn der Dreckskerl ihr etwas antat, wenn er ihr nur ein Haar krümmte ...

Wie hatte er so dumm sein können, sie in Gefahr zu bringen? Weil er geglaubt habe, diese »Verbindung« zu Justice Turnbull sei nur ein Produkt ihrer Einbildungskraft. Er wurde von Schuldgefühlen geplagt, während er mit Vollgas durch die Nacht raste. Das Licht der Scheinwerfer spiegelte sich auf dem nassen Asphalt des Highways, der sich über die Klippen schlängelte.

Möge Gott ihr beistehen.

Er nahm die letzte Kurve mit hoher Geschwindigkeit und bog vom Highway 101 in die Straße ab, die zu ihrem Haus führte. Ein waghalsiges Manöver bei dem Tempo, fast wäre er mit einem schwarzen Geländewagen kollidiert. Gerade noch rechtzeitig konnte er das Steuer herumreißen, und er fuhr ohne abzubremsen weiter. Dann war er auf ihrer Auffahrt und legte auf dem nassen Kies eine Vollbremsung hin. Vor ihm stand Lauras Auto, ein anderes Fahrzeug war nicht zu sehen.

Er riss die Tür auf, sprang aus dem Wagen, rutschte aus in seiner Hast und rappelte sich wieder auf.

In dem Haus waren überall die Lampen eingeschaltet. Licht fiel auf die vordere Veranda und die zu ihr hinaufführenden Stufen. Er blickte sich schnell um, bückte sich und tastete ohne Erfolg in dem Kies nach einem größeren Stein. Dann schloss sich sein Finger um den Zweig eines Lorbeerstrauchs, der einen Durchmesser von mindestens zweieinhalb Zentimetern hatte. Das musste reichen als Waffe.

Mit dem Stock in der Hand ging er in gebückter Haltung zu Lauras Wagen. Darin saß niemand, doch er sah sie auch nicht in dem Haus mit den hell erleuchteten Fenstern, deren Vorhänge nicht zugezogen waren.

»Laura ... Loreley«, murmelte er leise vor sich hin, von nackter Angst gepackt.

Sollte er ins Haus gehen? Zeigen, dass er hier war? Wenn Justice dort lauerte, konnte ihm die Ankunft seines Wagens nicht entgangen sein.

Er richtete sich auf und lauschte angestrengt. »Laura!«, rief er. Keine Reaktion. »Laura!«, rief er erneut, diesmal deutlich lauter.

Er hörte ein Stöhnen, dann ein Wimmern.

Aus der Richtung des Highways.

Schnell ging er los. Das Stöhnen schien von weither zu kommen, vom westlichen Rand des Grundstücks. Dahinter waren der Highway und, ein Stück weiter weg, das Meer. Der Boden des Grundstückes, auf dem ihr Haus stand, war etwas abschüssig, und an seinem Ende war eine steile Wand von fast fünf Metern, an deren Fuß der Highway 101 entlangführte.

Mit dem Stock in der Hand eilte er den Kiesweg hinab. Alle seine Sinne waren aufs Äußerste angespannt. Wie seine Muskeln. Das Herz hämmerte in seiner Brust. Wenn dieser Geisteskranke irgendwo aus dem Gebüsch sprang, konnte sich der Dreckskerl auf einiges gefasst machen.

»Loreley«, rief er noch einmal.

Und dann überkam ihn Erleichterung, als er ihre Stimme hörte. »Harrison? Ich bin ... Ich bin hier unten!«

Gott sei Dank.

Er ging weiter und blieb am Rand des Abgrunds stehen.

Knapp fünf Meter unter sich sah er sie in dem Graben neben dem Highway kauern. Wieder blickte er sich um. Wo war Justice?

»Alles okay?«, rief er, während er sich auf die Knie sinken ließ, nach vorne kroch und nach dem Zweig eines Lorbeerstrauchs griff, von dem er ahnte, dass der sein Gewicht nicht aushalten würde. Er sollte recht behalten, denn der Zweig brach sofort, und er stürzte in die Tiefe und landete im Schlamm neben Laura, die sich aufgesetzt hatte und am ganzen Leib zitterte.

»Harrison ...«, flüsterte sie. »Harrison.«

Er drückte sie fest an sich. »Hallo, Loreley.«

»Alles in Ordnung«, stieß sie zwischen klappernden Zähnen hervor. »Mir ist nichts passiert.«

Er glaubte nicht einen Augenblick daran. Er küsste ihren Kopf, hielt sie in den Armen und kämpfte gegen seine Angst an, sie zu verlieren. Er strich ihr durchs Haar und fühlte ihren Herzschlag, während weit unter ihnen die Wellen an die Steilküste brandeten.

»Wo ist er?«, fragte er.

Sie schüttelte den Kopf. »Ich weiß es nicht. Ich bin gesprungen, um mich zu retten. Er war da oben ... Ich habe ihn gesehen, zumindest glaube ich das. Es war schwer zu sagen, die Dunkelheit und der Nebel ... Ich glaube, dass er mich gesehen hat, aber nicht zu mir kommen wollte, weil er Angst hatte, im Scheinwerferlicht vorbeikommender Autos gesehen zu werden. Ich weiß es nicht. Wie auch immer, jetzt ist er verschwunden. Zumindest hoffe ich es ...« Sie vergrub ihr Gesicht an seiner Schulter. Sie klammerte sich verzweifelt an ihn, und er spürte ihre Körperwärme.

Er blickte nach oben. Möglicherweise lauerte Justice noch irgendwo auf dem Grundstück.

»Bist du verletzt?«

»Nein, höchstens ein paar Kratzer. Ich hatte Angst, bin einfach gesprungen. Ich habe dich am Telefon gehört, aber ich bin gerannt, und es ist mir aus der Hand geglitten.« Sie erschauderte.

»Rühr dich nicht von der Stelle«, flüsterte er ihr ins Ohr. »Warte hier. Ich sehe nach, ob im Haus die Luft rein ist.«

»Nein!« Mühsam versuchte sie, auf die Beine zu kommen. »Ausgeschlossen. Ich komme mit.«

»Ich glaube nicht ...«

»Ist mir egal.«

Er seufzte. »Hat dir schon mal jemand gesagt, dass du ganz schön halsstarrig bist?«

»Nein, du bist der Erste.«

»Gut, meinetwegen, komm mit.« Er ergriff ihre Hand, und sie gingen am Rande der Felswand entlang in dem Graben bis zu der Zufahrtsstraße, die in östlicher Richtung bergan führte zu ihrem Haus. »Alles okay?«

»Ja, so halbwegs.«

Als sie aus dem Graben geklettert waren, drückte er sie fest an sich. Sie gingen die Straße hinauf, und er versuchte, sie mit seinem Körper zu schützen, doch das war eigentlich sinnlos, denn in der dichten Finsternis konnte Justice Turnbull überall lauern. Urplötzlich konnte er hinter einem Baumstamm, der Lorbeerhecke oder dem Auto hervorspringen.

Harrison schaute sich um, soweit das in der Dunkelheit möglich war. Mit seiner Linken hielt er ihre Hand, mit der Rechten umklammerte er weiter den Stock. Auf ihrer Auffahrt angekommen, beobachtete er die beiden Autos und die hell erleuchteten Fenster.

Er drückte ihre Hand, und sie blieben stehen. Lange warteten sie so, aufmerksam um sich blickend und mit gespitzten Ohren.

»Mein Handy liegt in meinem Auto«, sagte er. »Ich sollte die Notrufnummer wählen.«

»Nein ...«, murmelte sie.

»Es wird Zeit, die Polizei zu rufen. Ich hätte es längst tun sollen.«

»Ich weiß, aber ... Meinst du, dass er noch hier ist? Ich glaube nicht daran. Vorher *wusste* ich, dass er hier war, doch jetzt spüre ich seine Präsenz nicht mehr.«

»Ich würde mich ja gern auf deine spezielle Gabe verlassen, doch diesmal hat er dich angegriffen und wollte dich ermorden. Das ist etwas anderes als eine Kontaktaufnahme aus der Ferne.«

»Ich weiß. Aber ich möchte jetzt ins Haus gehen.«

Obwohl er es besser wusste, gab er nach und ging mit ihr zur Hintertür, die offen stand und nicht mehr zu schließen war, da Justice das Schloss und den Rahmen zerstört hatte. Er zog sie mit einem Finger etwas weiter auf. Auf dem Boden lag zwischen Glasscherben ein blutiges Messer.

»Ich habe das hier liegen lassen«, sagte Laura mit leicht bebender Stimme. »Das war meine Waffe, aber ich wollte telefonieren.«

Er bückte sich, hob das Messer auf und legte es auf den Tisch.

»Er hat mein Schlachtermesser.«

»Guter Gott.« Einmal mehr blickte er sich um.

»Er ist nicht mehr hier, sondern längst über alle Berge.«

»Du bist am Knie verletzt«, sagte er, als sein Blick auf ihr blutgetränktes linkes Hosenbein fiel.

Sie folgte seinem Blick, beugte sich dann vor und zog das Hosenbein hoch. Er sah einen langen blutigen Kratzer. »Die Wunde ist nicht tief.« Dann betastete sie ihren Wangenknochen, wo sich durch eine Prellung bereits eine Hautverfärbung andeutete. »Ich bin da gegen einen Ast gestoßen. Aber glaub's mir, er ist nicht mehr hier.«

»Ich will mich selbst vergewissern.«

»Okay.«

Mit dem Messer in der einen und dem Stock in der anderen Hand sah er sich im Wohnzimmer um, mit Laura im Schlepptau. Die Haustür stand offen, und er zog sie zu und schloss ab, nachdem er sich zuvor noch auf der Veranda umgesehen hatte. Dann überprüfte er die Schlafzimmer, das Bad und die Speise- und Besenkammer.

»Du hast recht, er ist verschwunden«, sagte er, als sie zur Küche zurückgingen.

»Er muss davongerannt sein, nachdem er dich gehört hatte, oder nachdem ihm klar geworden war, dass es wegen der vorbeikommenden Autos zu gefährlich sein würde, mich in dem Graben anzugreifen. Ich glaube, dass Rascheln von Büschen gehört zu haben, als er abgehauen ist.«

»In welche Richtung?«

»Norden vielleicht? Er könnte auch den Hügel Richtung Wald hinaufgelaufen sein.«

»Wie ist er hergekommen?«, fragte Harrison.

»Ich denke, er hat bereits auf mich gewartet, als ich nach Hause kam.«

»Wie auch immer, bleiben wirst du hier nicht.« Er griff nach ihrer Hand. »Wir rufen die Polizei an, und dann ...«

»Nein! Nicht heute Nacht.« Sie seufzte tief. »Ich weiß, ich hätte sie schon früher anrufen sollen, und könnte mir selbst in den Hintern treten, weil ich es nicht getan habe, aber ... Ich würde sie und all ihre Fragen jetzt nicht ertragen.«

»Es muss sein.«

»Ich weiß, aber hat das nicht bis morgen Zeit? Bitte, im Moment geht es nicht.«

»Er ist ein Mörder, der aus dem Hochsicherheitstrakt einer psychiatrischen Klinik ausgebrochen ist.«

Sie nickte. »Okay, meinetwegen kannst du einen Einbruch melden. Ruf sie an. Aber ich werde erst morgen früh ihre Fragen beantworten.«

Er dachte nach. »Gut, dann bleiben wir heute Nacht bei meiner Schwester. Sie wohnt in der Nähe.«

»Nein, ich ...«

»Du kannst nicht hierbleiben«, insistierte er. »Es ist zu gefährlich. Wenn du nicht zu meiner Schwester fahren willst, können wir auch in meiner Wohnung oder einem Motel übernachten. Such's dir aus. Aber auf jeden Fall bleibe ich bei dir.«

Sie schluckte und steckte das Messer wieder in den Messerblock. »Zu deiner Schwester, meinst du?«

»Genau. Wir fahren sofort, wenn ich bei der Polizei angerufen habe.«

Sie schwieg.

»Das geht schon in Ordnung«, sagte er, als er bemerkte, dass sie immer noch dagegen war. »Die Cops werden eine frische Spur haben und zustimmen, dich erst morgen zu befragen. Ich muss da anrufen.«

Sie nickte. »Na gut.«

Irgendetwas stimmte nicht, etwas Seltsames lag in der Luft. Justice fühlte sich verloren und war zugleich wütend auf Loreley, während er mit gesenktem Kopf am Strand entlangging und die auslaufenden Wellen seine Stiefel benetzten.

Loreley ...

Er knirschte mit den Zähnen und versuchte angestrengt, in ihr teuflisches Gehirn einzudringen, die mentale Verbindung herzustellen und seine Stimme hörbar zu machen, aber ihr Schutzwall war nicht zu durchlöchern. Oh, sie war stark, viel stärker, als er geglaubt hatte. Er hatte das Haar dieser Medusa berührt, und es erregte ihn noch immer.

Er ging den Strand entlang, glaubte aber, rennen zu müssen. Wie viele Meilen war er noch von dem Laden entfernt, wo er das Zimmer gemietet hatte? Sechs, acht, vielleicht zehn? Es war nicht möglich, den ganzen Weg am Strand zurückzulegen, da mehrfach Felsen den Weg blockierten. Wenn er landeinwärts abbiegen musste, wurde es gefährlich, weil er gesehen werden konnte. Aber er musste nicht am Rand des Highway 101 weitergehen. Es gab gewundene Nebenstraßen und Pfade zwischen dem Highway und dem Meer. Er würde den Weg finden.

Würde es schaffen.

Er berührte den Griff des in seiner Jackentasche steckenden Schlachtermessers.

Morgen würde er sie töten.

Er wusste, wo sie wohnte.

Wo sie arbeitete.

Und er *kannte* sie ...

Das Baby ...

Laura strich mit der Hand sanft über ihren Bauch, während Harrison auf einen etwas heruntergekommen wirkenden Bungalow zusteuerte, der keine zehn Meilen südlich von ihrem Haus stand. Wie abgemacht, hatte er die Polizei angerufen, die kurz darauf zu ihrem Haus gekommen war. Die Cops hatten nur kurz mit ihr gesprochen, kürzer, als zu erwarten gewesen war, aber gesagt, sie solle am nächsten Morgen von einem Detective vernommen werden. Ihr Haus war als Tatort mit Flatterband abgesperrt worden.

Jetzt, zwei Stunden später, schaute sie auf das Haus von Harrisons Schwester, das wie ihr eigenes auf dem ansteigenden Gelände auf der östlichen Seite des Highways 101 stand. Auf der westlichen Seite standen viele Gebäude und Bäume, die den Blick auf das Meer beeinträchtigten, doch als sie aus Harrisons Auto stieg, hörte sie sofort das dumpfe Grollen der Brandung.

Die ganze Fahrt über hatte sie ihm sagen wollen, dies sei eine schwachsinnige Idee, doch sie hatte nicht mehr die Kraft aufgebracht. Zu Hause hatte sie mechanisch eine Reisetasche gepackt, wie von ihm befohlen. In Gedanken war sie bei Justice, dessen Bild sich unauslöschlich in ihr Gehirn eingebrannt hatte. Eine kalte Miene, ein zugleich aggressiv und leer wirkender Blick. Ein Albtraum ...

Nachdem sie mit Mühe die Gedanken an ihn verdrängt hatte, wurde sie von der nächsten Angst bedrängt, der um ihr Baby.

Nach dem rettenden Sprung war sie hart in dem Graben aufgeprallt. Sie hatte atemlos und leicht benommen dagelegen, voller Angst, auch er würde springen. Nur die Scheinwerfer der auf dem Highway vorbeifahrenden Autos hatten ihn davon abgehalten.

Sie stiegen aus Harrisons Chevy und umrundeten einen blauen Honda Accord, der auf der Auffahrt mit der rissigen Asphaltdecke geparkt war. Das Auto seiner Schwester, wie sie vermutete.

Die Vorhänge in einem Vorderfenster waren nicht ganz zugezogen, und durch den Spalt sickerte Licht. »Didi ist wahrscheinlich schon im Bett«, sagte Harrison. »Aber meine Schwester ist noch auf.« Er blickte sie an. »Sicher, dass bei dir alles okay ist?«

»Ja.«

Sie beide wussten, dass es eine Lüge war, und sie fragte sich, ob bei ihr jemals wieder etwas »okay« sein würde. Er drückte ihre Hand, und ihr Herzschlag beschleunigte sich. Ein einziger Blick auf sein unrasiertes Gesicht überzeugte sie fast schon davon, dass sie ihn in verliebt war. Lächerlich. Und doch, das Aufblitzen seiner weißen Zähne, wenn er lächelte, seine Grübchen, seine Augen, graugrün wie das Wasser des Pazifiks ... Fast hätte sie gelacht über ihre dummen romantischen Gefühle.

Ihr war nicht klar, warum sie zugestimmt hatte, ihn zu seiner Schwester zu begleiten. Vielleicht hatte es daran gelegen, dass sie nicht allein sein wollte. Oder daran, dass sie mit *ihm* zusammen sein wollte. Oder weil sie wusste, dass er recht hatte, wenn er sagte, dass sie die Geschichte mit Justice nicht auf die leichte Schulter nehmen durfte.

Oder eventuell auch, weil ihr keine andere Wahl blieb.

Im Licht des Halbmonds, vor den sich immer wieder Wolken schoben, gingen sie den kurzen Plattenweg zum Haus hinab.

Zwei Stufen führten zu einer Veranda hinauf, die im Dunkeln lag, weil in einer an der Außenwand angebrachten Lampe offenbar die Glühbirne kaputt war.

Harrison klopfte. »Ich bin's, Kirsten«, rief er.

Ein Hund begann laut zu bellen, und Laura hörte Harrison ein paar Flüche ausstoßen. »Der Köter kann mich auf den Tod nicht ausstehen, der kleine Bastard!«

Die Tür öffnete sich, und eine schlanke Frau in einer grauen Jogginghose und einer flauschigen weißen Jacke mit Reißverschluss stand im Rahmen. »Was hast du hier zu suchen?«, fragte sie verärgert. »Es ist nach zehn.«

»Du musst mir einen kleinen Gefallen tun«, sagte Harrison.

»Darum kannst du mich morgen Vormittag bitten.«

»Ich würde heute Nacht gern mit meiner Bekannten bei dir übernachten. Zumindest sollte sie hierbleiben dürfen.«

Die Frau wandte sich Laura zu, die reglos dastand und sich ziemlich idiotisch vorkam.

»Das ist Laura Adderley«, sagte Harrison. »Würdest du uns jetzt bitte hereinlassen?«

Sie trat zurück, und ein kleiner Hund kam bellend herbeigerannt. »Halt die Klappe, Chico«, murmelte sie. »Verdammt, du weckst noch Didi auf! Sitz, Chico.« Sie wandte sich Laura zu. »Guten Abend. Tut mir leid, aber der Hund und mein Bruder kommen einfach nicht miteinander klar.«

Chico hörte nicht und bellte weiter, während Harrison die Tür schloss, sich im hinteren Teil des Wohnzimmers auf einen Stuhl setzte und auf den Hund starrte, der jetzt ein dumpfes Knurren von sich gab.

»Guter Gott«, murmelte Kirsten.

Laura fiel auf, dass sich die Geschwister ähnlich sahen.

Beide hatten die gleichen Augen und den gleichen Mund. Ihr Haar war zu einem Pferdeschwanz zurückgebunden, und sie wirkte umgänglicher als Harrison, der immer ein Auftreten kultivierte, das nahelegte, ihm sei alles scheißegal.

Kirsten blickte Laura entschuldigend an. »Sie könnten auf einer Luftmatratze im Wohnzimmer übernachten. In dem Wandschrank im Flur finden Sie einen Blasebalg und Bettwäsche. Aber ich könnte auch Didi bitten, bei mir zu schlafen, und ihr Bett neu beziehen ...«

»Mach dir um uns keine Gedanken. Loreley schläft auf der Luftmatratze und ich auf dem Sofa.«

»Wenn du dir die Wirbelsäule brechen willst«, erwiderte Kirsten trocken. »Du kennst das Sofa.«

»Ich werd's überleben.«

»Hättest du die Güte, mir zu erzählen, was überhaupt los ist?«, fragte Kirsten.

»Morgen«, sagte Harrison. Chico stand vor ihm und fletschte die Zähne. Er blickte seine Schwester an. »Also wirklich, dieser Köter ...«

»Sei brav, Chico.« Kirsten hob den Hund vom Boden und nahm ihn in die Arme. Chico zappelte und jaulte und wollte den Blick immer noch nicht von Harrison abwenden. Kirsten warf Laura einen mitleidigen Blick zu. »Sie sollten sich nicht mit Typen wie meinem Bruder einlassen. Das gibt nur Ärger.«

»Ich bin ihr Leibwächter«, erwiderte Harrison, bevor Laura antworten konnte.

»Wenn du es sagst.« Damit verließ Kirsten das Zimmer.

Als er hörte, wie sich die Tür ihres Schlafzimmers schloss, stand Harrison auf, um die Luftmatratze, den Blasebalg und Bettzeug für Laura und eine zusätzliche Decke für sich zu holen.

Er blies die Luftmatratze auf und machte ihr Bett für die Nacht, doch als er sich aufrichtete, sah er, dass sie sich die Decke genommen hatte und auf dem Sofa lag.

»Hey«, sagte er.

»Das Sofa ist zu kurz für dich. Und ich möchte nicht, dass du dir die Wirbelsäule brichst.«

»Du könntest mit mir auf der Luftmatratze schlafen.«

Laura spürte, dass sie einen langen, schlauchenden Tag hinter sich hatte, schaffte es aber trotzdem, ein Lächeln zustande zu bringen. »Ich gehe jetzt ins Bad, ziehe diese Hose aus und sehe mir die Wunde an meinem Bein an. Wenn ich zurückkomme, solltest du mir ein Kopfkissen organisiert haben.« Sie griff nach ihrer Handtasche und verließ das Zimmer. Auf dem Weg zum Bad fragte sie sich, was sie hier eigentlich tat. Einmal mehr verbrachte sie die Nacht unter einem Dach mit Harrison, diesmal im Haus seiner Schwester. Und so seltsam es war, irgendwie fühlte sie sich zu Hause. »Du bist eine Idiotin«, sagte sie, während sie im Bad in den Spiegel über dem Waschbecken blickte. Dann putzte sie sich die Zähne und spülte sich den Mund aus. »Eine Vollidiotin.«

Tief in ihrem Inneren befürchtete sie, verliebt zu sein.

Dabei hatte sie ganz andere Probleme.

Als sie wieder ins Wohnzimmer trat, hatte er ein Kopfkissen auf das Sofa geworfen.

Es machte sie nervös, wie er auf der Luftmatratze lag und sie anstarrte.

Ihr Puls beschleunigte sich, und sie wandte den Blick ab und erinnerte sich daran, dass sie schwanger war.

Und der Vater des Kindes war ihr Exmann.

29

Es ist gerade mal acht, dachte Detective Langdon Stone, als er auf die Wanduhr in dem Büro blickte, und doch schien ihm eine Ewigkeit vergangen zu sein, seit er an diesem Morgen aufgestanden war. Kaum hatte er an seinem Schreibtisch gesessen, da waren schon zwei Tote gemeldet worden, und es war nicht klar, ob es sich um Mord oder Selbstmord handelte. Ereignet hatte sich das Drama in einem der teuren Eigenheime auf der Steilküste von Bancroft Bluff, auch unter dem Namen Bankruptcy Bluff bekannt, wo eine Reihe von Häusern in den Abgrund gestürzt war oder in Gefahr schwebte, dieses Schicksal zu erleiden. Die Häuser standen auf geologisch bedenklichem Terrain, weil der Boden unter ihnen erodierte. Angeblich war das Problem behoben, zumindest temporär, und die Häuser waren erst nur schwer und dann – nach der schweren Wirtschaftskrise – überhaupt nicht mehr zu verkaufen. Die Eigentümer der Anwesen auf der Steilküste lieferten sich erbitterte gerichtliche Auseinandersetzungen mit Bauunternehmern und der Stadt, und es war völlig unklar, wie lange diese Prozesse dauern würden und ob ein Sieger daraus hervorgehen würde.

Stones Handy piepte, und er sah, dass es Clausen war, der zum Tatort hinausgeschickt worden war. »Wie sieht's aus?«

»Das mit dem Selbstmord hat sich erledigt«, sagte Clausen. »Alles deutet auf einen Doppelmord hin. Der Mann und seine Frau wurden gefesselt und erschossen. Auf die Wand war etwas gesprüht, das auf Bankruptcy Bluff anspielt.«

Stone stöhnte. Das war nicht weiter überraschend. Die wirtschaftliche Lage war katastrophal, der Immobilienmarkt lag am Boden. »Was war denn auf die Wand gesprüht?«

»Da stand: *Verdammtes Geld.* Die Toten sind Marcus und Chandra Donatella. Einige der Nachbarn behaupten, die beiden hätten Schmiergeld an die Stadt bezahlt, um die Baugenehmigung zu bekommen.«

»War die Geschichte nicht schon vor Gericht?«, fragte Stone.

»Ich denke schon«, antwortete Clausen. »Eigentlich hat keiner die Gegenseite total verarscht. Es war nur eine Riesendummheit, ein Haus auf einem Grundstück zu bauen, für das keine gesicherten geologischen Informationen vorlagen. Aber die beiden sind tot, und deshalb muss jemand stinksauer auf sie gewesen sein.«

Stone runzelte die Stirn. »Könnte es nicht sein, dass da jemand absichtlich eine falsche Spur gelegt hat?«

»Es ist noch zu früh, um etwas mit Sicherheit sagen zu können.«

»Bleib am Ball. O'Halloran hilft unseren Jungs, die wegen Justice Turnbull an dem Leuchtturm und vor dem Motel Wache schieben. Vielleicht hat er auch für dich etwas Zeit.«

»Glaubst du ...?« Clausen wirkte nicht überzeugt.

»Turnbull war gestern Abend im Haus von Laura Adderley, ist aber jetzt wieder auf der Flucht. Vielleicht wissen wir mehr, wenn wir die Frau vernommen haben, und erfahren, ob die Jungs von der Spurensuche etwas gefunden haben. Und all das ausgerechnet jetzt, wo unsere Personaldecke so knapp ist.«

»Da sagst du was.« Clausen unterbrach die Verbindung, und Stone war zunehmend frustriert. Wo steckte der Dreckskerl?

Es war Montag. Justice Turnbull war am Freitag ausgebrochen, und schon jetzt säumten Leichen seinen Weg. Er vermutete, dass Turnbull immer noch an der Küste war, in irgendeinem Versteck, das sie noch nicht entdeckt hatten.

Aber sie würden es finden. Hoffentlich eher früher als später.

Er wirbelte auf seinem Drehstuhl herum, doch bevor er aufstehen konnte, um sich noch einen Kaffee zu holen, klingelte erneut das Telefon. »Detective Stone.«

»Ich bin bei Dooley's und genehmige mir einen Drink. Wenn du vorbeikommst, spendiere ich dir auch einen.«

Stone lehnte sich grinsend zurück. »Nett von dir, nur leider bin ich hundert Meilen weit weg. Wird also eine Weile dauern, bis ich da bin. Hallo, Curtis. Was gibt's denn?«

Trey Curtis war Stones alter Partner vom Portland Police Department, wo er vor seinem Wechsel zum Tillamook County Sheriff's Department gearbeitet hatte. Es war eine alte Gewohnheit. Wann immer sie sich begegneten, musste derjenige, der den anderen zuerst sah, diesem ein Bier ausgeben. Dooley's war eine ihrer Lieblingskneipen in Portland, doch Stone war schon lange nicht mehr dort gewesen.

»Ich habe einen Anruf bekommen, der dich interessieren dürfte. Eine Frau namens Kay Drescher glaubt, die nicht identifizierte Tote zu kennen, deren Bild du uns gemailt hast.«

»Tatsächlich?«

»Ihrer Meinung nach heißt die unbekannte Tote Stephanie Wyman. Diese Drescher hat versucht, sie telefonisch zu erreichen, aber ohne Erfolg. Wyman wohnt in einem Apartment in Pearl.«

Stone hatte sofort die Ohren gespitzt. Pearl war ein teures Viertel in Portland, wo es jede Menge Geschäfte und Galerien gab, kostspielige Eigentumswohnungen und begehrte Altbauten. »Kennst du das Nummernschild und das Baujahr von Wymans Wagen?«

»Check deine E-Mails. Habe ich dir alles geschickt, zusammen mit ihrem Führerschein und einem zusätzlichen Foto. Sie fuhr einen silbernen Nissan Centra Baujahr 2004.«

Stone öffnete sein E-Mail-Programm. »Wir haben das noch nicht veröffentlicht, aber diese Stephanie Wyman – wenn sie es denn war – ist letzte Nacht ihren Verletzungen erlegen. So, dann wollen wir mal sehen, was wir da haben.« Er öffnete die E-Mail, sah das Foto von Stephanie Wyman und wurde wütend, als er die lächelnde junge Frau sah. »Ja, unsere Unbekannte und Stephanie Wyman sind identisch.«

»Scheiße.« Curtis seufzte tief. »Diese Kay Drescher ist gerade auf dem Weg zu uns, dann kann ich sie ja über die Neuigkeit informieren. Wenn ich mit ihr fertig bin, fahre ich zu Wymans Wohnung. Ich rufe dich an, wenn ich mehr weiß.«

»Danke.«

Stone fragte sich, ob er alles stehen und liegen lassen sollte, um nach Portland zu fahren, entschied sich aber dagegen. Der Mord hatte sich im Tillamook County ereignet, und er war sich ziemlich sicher, dass diese Stephanie Wyman durch Pech zum Opfer von Justice Turnbull geworden war, dem es eigentlich darum ging, an die Frauen von Siren Song heranzukommen.

Dunbar kehrte gerade mit einer Tasse Kaffee an ihren Schreibtisch zurück. Stone schaute sehnsüchtig darauf und griff nach seinem leeren Becher, doch bevor er zum Kaffeeautomaten ging, brachte er Savvy Dunbar noch auf den neuesten Stand. »Wir müssen diesen Nissan finden«, sagte er. Dunbar nickte und setzte sich an ihren Computer, um die Kollegen über die Einzelheiten zu informieren.

Am nächsten Morgen herrschte in Kirsten Rojas' Haus etwas wie kontrolliertes Chaos. Um halb sieben sprang ihre Tochter Didi aus dem Bett, was Chico dazu veranlasste, laut zu bellen und sich im Kreis zu drehen. Kirsten erteilte Befehle wie auf dem Kasernenhof, denn um neun musste Didi in der Vorschule sein.

Laura störte das Durcheinander nicht. Es war so etwas wie ein Einblick in die ganz normale Alltagsroutine einer Familie. Sie hatte in einer Jogginghose und einem T-Shirt geschlafen und stolperte zum Bad, um sich zu waschen. Sofort erbrach sie das bisschen, das sie am letzten Abend gegessen hatte.

Nachdem sie sich den Mund ausgespült und das Gesicht gewaschen hatte, trocknete sie sich ab und strich leicht mit einer Hand über ihren Bauch, bevor sie das Badezimmer verließ.

Als sie in die Küche trat, bereitete Kirsten dort Pfannkuchen zu, und Laura lächelte Didi an, die sie zuvor misstrauisch beäugt hatte, weil eine fremde Frau im Wohnzimmer auf dem Sofa lag. Das kleine Mädchen mit dem dunklen Haar hatte sie ignoriert und sich auf Onkel Harrison geworfen, der so tat, als könnte ihn das nicht wecken. Sie hämmerte mit ihren kleinen Fäusten gegen seine Brust, bis Kirsten kam und dem Theater ein Ende machte. Sie schnauzte Harrison an, er solle aufstehen, und entschuldigte sich dann bei Laura für den Lärm.

»Frühstück«, verkündete Didi, die ein Stück Pfannkuchen in Ahornsirup tunkte und es sich in den Mund schob.

»Ja, ich sehe es«, sagte Laura.

»Möchten Sie auch einen Pfannkuchen probieren?«, fragte Kirsten, die an Laura vorbei ins Wohnzimmer spähte. »Bist du immer noch nicht auf den Beinen, Harrison? Beeil dich.«

»Hast du Kaffee?«, fragte er, als er in dem gewölbten Durchgang zwischen Wohnzimmer und Küche auftauchte. Seine Haare waren völlig zerzaust, die Bartstoppeln länger als am Vortag. Er trug eine niedrig sitzende Jeans, aber kein Hemd.

Laura wandte den Blick ab, doch da hatte sich das Bild seines nackten Oberkörpers schon unauslöschlich in ihr Gedächtnis eingebrannt. Sie fühlte sich auf seltsame Weise etwas schwindelig und hoffte, dass es an der Schwangerschaft lag. Doch tief in ihrem Inneren wusste sie, dass es wahrscheinlich nicht so war.

»Ich arbeite in einem Café«, antwortete Kerstin. »Da werde ich wohl Kaffee im Haus haben.«

»Ist er fertig?«

Sie schnaubte genervt, schenkte ihm aber eine Tasse ein. »Sie auch?«, fragte Kerstin Laura.

Die wusste nicht, ob Kaffee gut war für ihren Magen, aber sie stimmte trotzdem zu. »Ja, sehr gern.«

»Auch Pfannkuchen?«, fragte Didi.

»Ja, bitte.« Laura hoffte, dass sie den Pfannkuchen herunterbekommen würde, ohne Aufmerksamkeit auf sich zu ziehen. Im Augenblick war sie völlig durcheinander. So viel war passiert, und sie hatte noch keine Zeit gefunden, auch nur die Hälfte davon zu verarbeiten.

»Wenn ich Didi zur Vorschule gebracht habe, muss ich in einem Handarbeitsladen ein paar Dinge besorgen. In der Bäckerei muss ich heute nur für eine halbe Schicht arbeiten, ich fahre so um die Mittagszeit los.«

Harrison wandte sich Laura zu. »Meine Schwester steht aufs Sticken, Stricken und ganz besonders auf diese Knüpftechnik namens Makramee, die in den Siebzigern so angesagt war. Bei ihr feiert sie ein Revival.«

Kirsten reagierte auf seinen spöttischen Ton mit einem Blick gespielten Zorns. Dann trieb sie Didi zur Eile an. Laura schlürfte ihren Kaffee und schaffte es, ein paar Bissen von dem Pfannkuchen herunterzubekommen. Harrisons Appetit war deutlich besser, und er trank zwei große Becher Kaffee. Schließlich machten sich Kirsten und Didi zum Aufbruch bereit.

Kirsten blickte zwischen Harrison und Laura hin und her. »Wir fahren jetzt.«

»Ich hoffe, du nimmst den Köter mit«, sagte Harrison.

Chico war während des Frühstücks in einem Schlafzimmer eingesperrt gewesen.

»Was hast du nur gegen den Hund?«, fragte Kirsten. »Nein, ich nehme Chico nicht mit. Sieh doch nur, er mag deine Freundin.«

Chico lag zu Lauras Füßen, blickte aber misstrauisch Harrison an.

»Wann wirst du ungefähr zurück sein?«, fragte Harrison. »In einer Stunde?«

»Ja, vermutlich ...« Sie blickte ihren Bruder an. »Ich bin bereits mit Chico Gassi gegangen, und er hat sein Geschäft gemacht, aber es könnte nicht schaden, wenn du einen Spaziergang mit ihm machen würdest.«

»Sonst noch was?«

»Du bist unerträglich«, bemerkte Kirsten seufzend.

Er grinste. »Nur, wenn es um diesen Köter geht.«

»Ich muss gleich zur Arbeit«, warf Laura ein. »Dann sind Sie uns los.«

»So war das nicht gemeint«, sagte Kirsten. »Ich frage mich nur die ganze Zeit, was eigentlich los ist.«

Harrison tauschte mit Laura einen Blick aus und wandte sich dann an seine Schwester. »Die Einzelheiten erfährst du später, aber es hat mit Justice Turnbull zu tun.«

Kirsten schaute zu Didi hinüber, welche die Erwachsenen mit einem finsteren Blick musterte, weil sie glaubte, absichtlich aus dem Gespräch ausgeschlossen zu werden. »Okay«, sagte ihre Mutter. »Wenn ich zurückkomme, reden wir darüber.«

Nachdem die beiden verschwunden waren, brachte Harrison Lauras noch halb vollen Teller mit seinem eigenen zur Spüle. »Ich dachte, du müsstest erst heute Nachmittag arbeiten.«

»Ich wollte deiner Schwester nicht länger zur Last fallen.«

»Mir wäre es lieber, wenn du hierbleiben würdest. Du bist ein bisschen blass. Sicher, dass alles in Ordnung ist?«

»Mir geht's gut, wirklich. Aber da ist etwas, worüber ich mit dir reden möchte ...«

»Was?«

»Als ich vor Justice weggerannt bin, hat er mich berührt. Ich habe seine Hand in meinen Haaren gespürt, und dann strichen seine Finger meinen Rücken hinab.«

»Hat er dich gekratzt?«

»Nein, er hat mich wirklich nur berührt. Aber es war ein Gefühl, als hätte ich eine Verbrennung erlitten. Ich spüre es immer noch.«

»Willst du, dass ich es mir ansehe?«, fragte er besorgt.

Noch immer trug sie die Jogginghose und das T-Shirt, in denen sie geschlafen hatte. Langsam drehte sie sich um, und er hob den Saum des T-Shirts an. Sie spürte seinen Blick auf ihrer Haut ruhen.

»Nichts zu sehen«, sagte er einen Augenblick später.

»Gut.« Sie zog das T-Shirt schnell wieder herunter. »Da ist noch etwas. Ich glaube, dass mit Justice etwas nicht stimmt«, sagte sie bedächtig, und er hob ironisch die Augenbrauen. »Körperlich, meine ich. Er ist krank, nicht nur geisteskrank.«

»Woher willst du das wissen?«

»Ich habe dir doch erzählt, dass ich manchmal etwas über die Gesundheit von Menschen weiß, wenn ich sie berühre.«

»Auch, wenn sie dich berühren?«

»Ja.« Dann, als er ihr nicht zu glauben schien: »*Ja!*«

Er hob besänftigend die Hände. »Schon gut.«

»Bei Justice habe ich es noch stärker empfunden. Er ist schwer krank. Todkrank.«

»Sehr gut.«

»Aber ich weiß nicht, wann er daran sterben wird.« Sie schüttelte den Kopf und wünschte, sie hätte mehr gewusst. »Keine Ahnung. Aber ich werde es Catherine und meinen Schwestern erzählen.«

»Du willst heute nach Siren Song fahren?«

»Vielleicht.«

»Wir müssen mit der Polizei reden.«

»Ich weiß«, sagte sie. »Ich werde ihre Fragen später beantworten. Noch heute, versprochen. Ich bin ein bisschen müde.«

Harrison warf ihr von der Seite einen Blick zu und schaute dann auf die Uhr. »Ich habe ein paar Dinge zu erledigen, will dich aber nicht allein lassen. Du solltest mitkommen.«

»In einer Stunde ist deine Schwester wieder da.«

»Und du wirst hier bei ihr bleiben?«

Nach kurzem Zögern nickte sie. »Bis ich zur Arbeit muss.«

»Dann fahre ich, wenn sie zurück ist.«

»Was hast du denn heute vor?«, fragte sie ein paar Augenblicke später.

»Zuerst statte ich der Historischen Gesellschaft von Deception Bay einen Besuch ab, um mich über deine Familie in Siren Song kundig zu machen. Gestern habe ich einen älteren Mann getroffen, der Dr. Loman kennt. Er heißt Herman Smythe. Sagt dir das was?«

Sie schüttelte den Kopf. »Nie gehört.«

Er fasste kurz sein Gespräch mit dem Rollstuhlfahrer im Pflegeheim Seagull Pointe zusammen. »Danach werde ich seine Tochter Dinah anrufen«, fuhr er fort. »Mal sehen, was die so zu sagen hat.«

»Du arbeitest immer noch an einem Artikel über meine Familie?«, fragte sie.

»Das ist Hintergrundrecherche, aber ja, du hast recht. Allerdings werde ich nichts veröffentlichen, das du vertraulich behandelt sehen willst. Aber Justice Turnbull will dich und Mitglieder deiner Familie umbringen. Irgendwann kommt der große Knall, und ja, dann werde ich die Story machen. Doch am wichtigsten ist mir, dass du in Sicherheit bist. Nur das interessiert mich wirklich.«

»Du bist der Wahrheitssucher«, sagte sie schließlich seufzend. »Und ich werde dir weiter vertrauen.«

Sie griff nach ihrem Kulturbeutel und verschwand damit im Badezimmer.

Kirsten hielt Wort und kam zurück, als Laura sich gerade

angezogen hatte. Harrison bat seine Schwester, sich um Laura zu kümmern. Als er Kirsten zum Abschied in den Arm nahm, begann Chico zu knurren. Er winkte Laura noch einmal zu und verschwand.

Laura sah durch das Fenster, wie er in seinem staubigen Impala im Rückwärtsgang die kurze Auffahrt hinabfuhr.

»Gut, jetzt ist er endlich weg«, sagte Kirsten, während sie ihre Handarbeitsartikel auf dem Tisch ausbreitete. »Wie haben Sie Harrison kennengelernt? Sagen Sie die Wahrheit. Und schämen Sie sich nicht, wenn alles mit einem One-Night-Stand begonnen hat. Ich kenne meinen Bruder.«

Darauf fiel Laura keine Antwort ein, und sie schwieg.

Kirsten blickte sie überrascht an. »Oh, sorry. Sie haben noch gar nicht ihm geschlafen.«

»Steht ihr Bruder auf One-Night-Stands?«, fragte Laura.

»Nicht durchweg«, antwortete Kirsten, doch ihre Miene verriet, dass es eine Lüge war.

»Aber meistens?«

»Wie haben Sie Harrison kennengelernt?«, wiederholte Kirsten.

Laura ließ sich mit ihrer Antwort einen Moment Zeit. »Justice Turnbull will mich umbringen«, sagte sie dann. »Ich stehe ganz oben auf seiner Liste. Ich bin mit den Frauen von Siren Song verwandt. Einige von ihnen sind meine Schwestern. Harrison suchte eine Story ... Aber er versucht, mich zu beschützen.«

Kirsten blickte sie überrascht an. »Nett von ihm. Mein Gott ... Setzen Sie sich. Wir müssen reden.«

30

Am Nachmittag rief Trey Curtis erneut bei Stone an und sagte, Kay Drescher sei zum Tillamook County unterwegs, um – obwohl sie nur eine Freundin war – Stephanie Wymans Leiche zu identifizieren. Wymans einziger lebender Verwandter war ihr Vater, mit dem sie aber nichts mehr zu tun gehabt hatte und der überdies an der Ostküste lebte.

»Diese Kay Drescher glaubt nicht, dass die Tote ihre Freundin ist«, sagte Stone. »Sie will es einfach nicht glauben, ist aber besorgt genug, um die Fahrt auf sich zu nehmen. Meiner Meinung nach glaubt sie, dir mitteilen zu können, dass es sich bei der Toten um eine andere Frau handelt.«

Stone dachte an die beiden Fotos und daran, dass auf Kay Drescher eine traurige Überraschung wartete. Die Frau in der Leichenhalle war Stephanie Wyman – oder ihre eineiige Zwillingsschwester. »Ich werde es O'Halloran sagen.«

»Habt ihr den silbernen Nissan schon gefunden?«

»Noch nicht. Ich habe auch noch ein paar andere Dinge zu tun.« Stone erzählte Curtis kurz von dem Doppelmord in dem Haus auf der Steilküste von Bancroft Bluff. »Clausen und Delaney sind am Tatort, und wahrscheinlich werde ich auch gleich hinfahren.«

»Wow. Bei uns ist nichts los. Wir hatten nur eine Schlägerei zwischen einem Busfahrer und einem Radler, der durchgedreht ist. Drohungen im Internet, jede Menge Berichte im Lokalfernsehen.«

»Ist Pauline Kirby an der Story dran?«, fragte Stone angewidert. Vor nicht allzu langer Zeit war er heftig mit ihr aneinandergeraten.

»Wer sonst?«

»Wo man auch hinkommt, die Frau ist schon da.«

»Da sagst du was. Außerdem schlachtet sie die Story über diese arroganten jugendlichen Kriminellen in Seaside aus. Hast du davon gehört?«

»Gott sei Dank nicht viel. Seaside gehört zu einem anderen County.«

»Ich habe diese Kirby gestern Abend im Fernsehen gesehen. Sie sagt, diese jugendlichen Diebe seien in die Eigenheime der wohlhabenden Eltern von Klassenkameraden eingebrochen, hätten aber nichts gestohlen, sondern nur demonstrieren wollen, wozu sie in der Lage sind. Wie damals diese Teens, die bei irgendwelchen Hollywood-Stars eingebrochen sind, nur um in ihren Luxusvillen rumzuhängen.«

»Oh, sie haben schon ein paar Dinge geklaut«, sagte Stone. »Ich habe den Artikel von Harrison Frost in der *Seaside Breeze* gelesen. Und Clausens Stiefsohn kannte einen Jungen, bei dem eingebrochen wurde.«

»Und dann hast du es ja auch noch mit diesem gestörten Justice Turnbull zu tun, der Stephanie Wyman umgelegt hat.«

»Mutmaßlich. Aber ja, ich glaube auch, dass er es war.«

»Vielleicht ist er gar nicht mehr bei euch in der Gegend.«

»Das will ich nicht hoffen«, antwortete Stone grimmig. »Ich will ihn selbst schnappen.« In diesem Moment piepte sein Handy. Er schaute auf das Display und sah, dass es Savannah Dunbar war. »Hier kommt gerade ein Anruf rein«, sagte er zu Curtis. »Ich rufe dich später noch mal an.« Er legte den Hörer auf die Gabel des Festnetztelefons auf seinem Schreibtisch, drückte auf den grünen Knopf des Handys und meldete sich.

»Burghsmith hat den silbernen Nissan gefunden«, sagte Dunbar. »Er stand auf dem Parkplatz hinter einem kleinen Kaufhaus namens Phil's Phins and More. Er hat die Kennzeichen überprüft, doch die gehören zu einem Ford Taurus, nicht zu einem Nissan.«

»Turnbull hat die Nummernschilder ausgetauscht?«

»Ja. Der Ford Taurus gehört einem Gerald Moncrief, einem Insassen von Seagull Pointe. Wahrscheinlich hat Turnbull ihm die Kennzeichen geklaut, als er die unbekannte Tote in dem Pflegeheim abgeladen und seine Mutter erstickt hat.«

»Also war es wohl so, wie wir es uns gedacht haben. Turnbull hat diese Frau wegen ihres Autos angegriffen und sie dann sterbend in dem Pflegeheim zurückgelassen, das er aufgesucht hatte, um seine Mutter Madeline umzubringen. Vielleicht wollte er, dass die Besitzerin des Nissans stirbt, vielleicht nicht. Wie auch immer, sie ist tot, und jetzt wollte er ihr Auto loswerden. Wahrscheinlich wissen wir jetzt, wer die Frau war, nämlich eine Stephanie Wyman aus Portland.«

»Kommt jemand, um die Leiche zu identifizieren?«

»Eine Freundin«, antwortete Stone.

Dunbar seufzte. »Guter Gott, was für eine Geschichte.«

»Kann man wohl sagen.«

»Wir müssen den Typ schnappen«, sagte sie entschlossen.

»Ja. Ich bringe O'Halloran auf den neuesten Stand.«

»Und ich fahre zum Tatort des Doppelmordes. Kommst du auch?«

Stone dachte nach. »Ich denke, damit kommst du schon klar«, antwortete er dann. »Ich ermittle weiter im Fall Turnbull. Wenn du an der Steilküste fertig bist, kommst du zurück. Dann stecken wir die Köpfe zusammen und versuchen herauszufinden, mit was für einem Auto er jetzt unterwegs ist.«

Harrison stellte seinen Chevy Impala auf dem Parkplatz vor der Redaktion der *Seaside Breeze* ab und hielt das Gesicht in die noch verschleierte Sonne. Es sah ganz so aus, als könnte es mal wieder richtig warm werden, wenn sich der morgendliche Dunst verzogen hatte. Er hatte der Historischen Gesellschaft in Deception Bay einen Besuch abgestattet und nach der Geschichte der Kolonie gefragt. Eine Frau in mittleren Jahren und mit einer Brille mit dicken Gläsern sagte, die Gesellschaft besitze in der Tat eine solche Darstellung. Sie führte ihn zu einem Regal und zog einen schmalen Band hervor, eher ein selbst eingebundenes Manuskript als ein richtiges Buch.

Dann sagte sie, in letzter Zeit schienen sich viele Leute für die in dem Haus namens Siren Song lebenden Frauen zu interessieren, und fragte, welches spezielle Interesse ihn dazu bewege, sich mit ihrem Hintergrund zu befassen. Er dachte darüber nach, ihr zu erzählen, er kenne eine dieser Frauen persönlich, entschied sich dann aber dagegen. Das war keine gute Idee. Doch als er sagte, er sei Journalist und zurzeit mit einer Hintergrundrecherche für einen Artikel beschäftigt, schien sie ihm den Band wieder aus der Hand reißen zu wollen. Als er sie dann darum bat, das Buch für eine Weile ausleihen zu dürfen, wurde sie kreidebleich, als würde sie schon der Gedanke an eine Welt außerhalb ihrer Kontrolle halb ohnmächtig werden lassen.

Bevor sie ihm das Buch abnehmen konnte, setzte er sich damit auf einen Stuhl am Fenster. Sie blieb in der Nähe, doch er ignorierte es und konzentrierte sich auf das Buch.

Viel war dort nicht zu erfahren. Es ging eher um den Familienstammbaum als um einzelne Lebensgeschichten, und das Buch endete mit Catherine Rutledge und Mary Rutledge, den beiden letzten Abkömmlingen ihrer Familie. Es gab auch einen Zweig, zu dem Madeline Abernathy Turnbull gehörte. Maddies Vater, Harold Abernathy, war ein Cousin von Catherine und Marys Großmutter, Grace Fitzhugh Rutledge.

»Offenbar war Mary mit jemandem namens Beeman verheiratet«, sagte er laut. »Und sie und Catherine sind entfernte Cousinen von Madeline, die einen Turnbull geehelicht hat.« Er blickte zu der Frau auf, die in Hörweite geblieben war.

Sie kniff die Lippen zusammen, offenbar unschlüssig, ob sie ihn rausschmeißen oder sich auf ein Gespräch einlassen sollte. Sie entschied sich für Letzteres, trat ein paar Schritte näher, nahm ihre Brille ab und polierte die Gläser. »Für diese Ehen gibt es keine Heiratsurkunden«, sagte sie. Harrison glaubte, dass sie ihm stolz mitteilen wollte, wie viel Wissen sie angehäuft hatte. »Madeline Abernathys Mutter war die Tochter eines indianischen Schamanen, die gegen den Willen ihres Vaters mit nur fünfzehn Jahren mit Madelines Vater Harold zusammenzog. Sie starb bei der Geburt von Madeline. Madelines Vater Harold, der nach allem, was wir wissen, ein sehr seltsamer Mann gewesen sein muss, zog Madeline allein groß, und sie wurde zu einem stadtbekannten kauzigen Original, einer Verrückten, die bei anderen die Linien ihrer Hände las und ihnen die Zukunft weissagte, um damit ihren Lebensunterhalt zu verdienen. Als Justice geboren wurde, war sie schon Ende vierzig. Das war im Jahr 1976, doch die Darstellung dieses Buches bricht im Jahr 1970 ab. Sie können sehen, dass aus dem Band Seiten herausgerissen worden sind. Aber wir haben es schon in diesem Zustand erhalten.«

»Woher wissen Sie das mit Justice Turnbull dann?«

»Oh, ich bin schon seit Jahren als ehrenamtliche Mitarbeiterin hier. Justice Turnbulls Geburtsjahr habe ich von Dr. Dolph Loman erfahren. Er ist ein Arzt, der schon seit Ewigkeiten hier lebt und meines Wissens im Ocean Park Hospital arbeitet. Wie auch immer, er gab uns diesen Band nach dem Tod seines Bruders, Dr. Parnell Loman. Das ist jetzt über fünfzehn Jahre her.«

»Vielleicht hat Dolph Loman die fehlenden Seiten«, sagte Harrison.

Sie zuckte die Achseln. »Eventuell sind sie auch verloren gegangen.«

»Also gibt es keine Dokumente über Justice' Vater oder eine Heiratsurkunde, die die Ehe dieses Beeman mit Mary belegt?«

»Hier zumindest nicht.«

Harrison dankte ihr, und nach dem Gespräch schien sie ein bisschen mehr geneigt, ihm zu vertrauen, denn sie ließ ihn allein und ging zu ihrem Schreibtisch zurück. Er las noch ein bisschen in dem Buch. Es hatte definitiv Verbindungen zu Indianern gegeben, und es waren mehrere Schamanen aufgelistet, ganz so, als hätte der Abernathy-Fitzhugh-Rutledge-Clan sich einfach nicht von ihnen fernhalten können, aber Ehen waren offensichtlich nicht geschlossen worden.

Außerdem wurden »dunkle Gaben« erwähnt, die hauptsächlich die weiblichen Abkömmlinge des Abernathy-Fitzhugh-Rutledge-Clans auszuzeichnen schienen. Es gab sogar Spekulationen seitens Dr. Lomans, dass besagte weibliche Abkömmlinge außereheliche Beziehungen zu besagten Schamanen unterhalten hätten, doch das waren Gerüchte, die sich nicht verifizieren ließen.

Als er nachdenklich das Buch zuklappte, fragte er sich, ob Loreley tatsächlich einige dieser »dunklen Gaben« besaß, oder ob sie diese Geschichten schon mit der Muttermilch aufgesogen und irgendwann ganz selbstverständlich daran geglaubt hatte. War er zu zynisch, wenn er das alles als Humbug verwarf? Doch was war die Alternative? Wirklich daran zu glauben, dass es zwischen ihr und Turnbull eine Art mystischer Kommunikation gab?

Wenn nicht über eine mentale, telepathische Verbindung, dann auf eine andere seltsame Weise, die er nicht begriff.

Er gab der Frau den dünnen Band zurück. »Ich habe den Verfasser dieser Chronik bereits kennengelernt, Mr Herman Smythe.«

»Im Pflegeheim Seagull Pointe?«, fragte sie.

»Ja. Er scheint mittlerweile etwas durcheinander zu sein, aber er hat diese Informationen zusammengestellt?«

»Auf dem Buch steht sein Name.«

Er verließ das Haus der Historischen Gesellschaft, rief Laura an und war erleichtert, dass sie sich sofort meldete. Sie war immer noch bei seiner Schwester, wollte aber gleich zur Arbeit. Es hörte sich so an, als hätte sie einen wundervollen Morgen mit Kirsten verbracht, die dann zu ihrer Bäckerei gefahren war, aber eine Pause einlegen wollte, um Laura zum Ocean Park Hospital zu bringen. Laura hatte versucht, es ihr auszureden, doch Kirsten wollte nichts davon wissen. Wenn sie sich erst einmal etwas in den Kopf gesetzt hatte, war nichts zu machen.

»Wir müssen zur Polizei«, sagte er, wusste aber sofort, dass sie es erneut ablehnen würde.

»Ich habe im Krankenhaus eine Pause fürs Abendessen«, sagte sie. »Wenn du dann immer noch glaubst, dass es notwendig ist, komme ich mit.«

»Ich habe auch keine Lust, mit den Cops zu reden, aber es muss sein.«

»Okay«, sagte sie zögernd, und sie machten eine Uhrzeit ab, zu der er sie am Krankenhaus abholen würde.

Dann liebäugelte er mit dem Gedanken, zu Dr. Zellmans Haus zu fahren, um zu sehen, ob der gute Doktor bereit war für ein Interview, doch der zweite Artikel über die »Deadly Sinners« brauchte noch den letzten Schliff, und er verschob den Besuch bei dem Psychiater auf später.

Auf dem Weg zur Redaktion der *Seaside Breeze* rief er bei Herman Smythe' Tochter Dinah an. Sein Interesse an der Geschichte der Kolonie wuchs beträchtlich. Es meldete sich die Mailbox, und er hinterließ seinen Namen und seine Telefonnummer.

Buddy kam aus dem Hinterzimmer, als er die Redaktion der *Breeze* betrat. Er zeigte auf Vic Connellys Büro, um ihm zu bedeuten, dass der Boss da war, und Harrison ging den kurzen Flur hinab und klopfte an die in die Tür eingelassene Milchglasscheibe.

»Herein!«, ertönte Connellys Reibeisenstimme.

Harrison trat ein. Connellys ungebärdiger weißer Haarschopf war noch zerzauster als sonst und ließ an Zuckerwatte denken.

»Ich wollte nur mal kurz reinschauen«, sagte Harrison zu dem Herausgeber der Zeitung.

»Sind Sie immer noch an der Geschichte mit den jugendlichen Dieben dran? Wir haben da jede Menge Feedback von dieser Pauline Kirby, die auf den Zug aufgesprungen ist. Es gibt Leute, die mit Ihnen reden wollen.«

»Wer?«

»Zum Beispiel Bryce Vernon, der Vater des Anführers der Diebesbande. Ich glaube, er würde an die Decke gehen. Er hat sich aufgeführt, als hätten Sie seinen kleinen Darling verleumdet. Und dann hat der kleine Darling selbst angerufen, weil er Sie sprechen wollte.«

»Was? Noah Vernon hat hier in der Redaktion angerufen?«

»Aber ja«, sagte Connelly. »Buddy hat den Anruf angenommen, war sich aber nicht sicher, ob er dem Typ Ihre Handynummer geben sollte.«

Harrison machte fluchend auf dem Absatz kehrt und ging zu Buddy, der an seinem Computer saß.

Buddy wedelte mit einem Zettel, und Harrison riss ihn ihm aus der Hand. »Ich hab dir doch gesagt, dass du ab sofort meine Handynummer rausrücken kannst«, knurrte er.

»Ich hab also wirklich grünes Licht?«

»Stell dich nicht so dumm an. Ja, grünes Licht. Wann genau hat Noah Vernon angerufen?«

Buddy blickte auf die Uhr. »Vor siebzehn Minuten. Da ich wusste, dass du auf dem Weg hierher warst, habe ich beschlossen zu warten, um dich zu informieren.«

Kaum hatte er ausgesprochen, da war Harrison schon aus der Tür und wählte im Gehen Noahs Nummer. Es dauerte etwas, bis abgenommen wurde.

»Yo. Wer ist dran?«

»Yo. Harrison Frost. Du hast mich angerufen?«

»Ach ja, dieser Schreiberling«, sagte Noah nach einem Moment. »Für ein bisschen Cash hätte ich eine Exklusivstory.«

Harrison lachte. »Wer einen stinkreichen Alten hat, braucht keine Kohle.«

»Ich brauche das Moos. Mein alter Herr hat mir den Geldhahn zugedreht.« Seine Stimme klang beleidigt.

»Ich habe dreizehn Dollar und neunundzwanzig Cents dabei.«

»Von solchen Kleckerbeträgen rede ich nicht.«

»Von mir kriegst du kein Geld für deine sogenannte Exklusivstory, Noah. Der größte Teil dieser Geschichte ist bereits erzählt. Aber wenn du deiner Stimme Gehör verschaffen willst, bringe ich das in der Zeitung. Mehr kann ich dir nicht bieten.«

»Ich bin unter achtzehn, Mann.«

»Willst du, dass wir uns treffen?«

»Mein Alter hat mich zu Hausarrest verdonnert«, sagte er mit mühsam unterdrückter Wut. »Aber der ist ein Schwachkopf und kann mich mal. Außerdem ist er nicht da. Wie gesagt, er soll mich am Arsch lecken. Der Typ ist mir scheißegal. Also gut, treffen wir uns.« Er nannte Harrison seine Adresse, doch die hatte der längst selbst herausgefunden. Er sagte zu, Noah abzuholen. »Es wird den Alten ankotzen, doch das ist sein Problem«, fügte Noah noch genüsslich hinzu.

»Spätestens in einer Viertelstunde bin ich da.« Er hielt sein Versprechen, indem er permanent das Tempolimit überschritt, und hielt pünktlich vor einem wundervoll renovierten Altbau in der zu beiden Seiten von Bäumen gesäumten J Street.

Noah musste auf ihn gewartet haben, denn als Harrison am Bordstein parkte, öffnete sich sofort die Haustür. Er trug eine Hose, die aussah, als würde sie ihm von den Hüften rutschen, ein langes blaues T-Shirt und eine schwarze Nylonjacke. Das Outfit wurde komplettiert durch eine schwarze Kappe, und wenn er nicht schwer aufpasste, würde er in der zunehmenden Hitze ganz schön schwitzen.

»Hübsche Karre«, sagte Noah grinsend, als er sich auf den Beifahrersitz des betagten Chevy setzte.

»Deine Klamotten sehen aus, als hättest du sie einem Stadtstreicher geklaut«, bemerkte Harrison. »Ist das jetzt der angesagte Style?«

»Genau, Mann.« Seine blauen Augen blickten Harrison aggressiv an.

Leicht überrascht stellte Harrison fest, dass Noah Vernon ein außergewöhnlich gut aussehender junger Mann war. Es ärgerte ihn, dass dieser Typ, dem es an nichts fehlte, offenbar immer nur Scheiße baute.

»Ich kann's nicht abwarten zu hören, warum du so ein beschissener Versager bist«, sagte Harrison. »Wirklich, es sieht ganz so aus, als hätte dir das Leben hart zugesetzt«, fügte er ironisch mit einem Blick auf das makellos gepflegte Anwesen hinzu.

»Leck mich am Arsch, du Penner«, sagte Noah.

»Werd nicht pampig, Freundchen. Und hör auf, mich zu duzen. Für dich bin ich Mr Frost.«

Harrison fuhr los. Er hatte Noah Vernon sofort richtig eingeschätzt und würde ihn so behandeln, wie er es verdiente, als Drecksack von einem Loser.

»Wohin fahren wir?«, fragte Noah, als die Stadtgrenze von Seaside hinter ihnen lag und Harrison auf dem Highway 101 Richtung Süden fuhr.

»Weiß ich noch nicht. Wohin willst du denn?«

»Das ist Kidnapping.«

Fast hätte Harrison gelacht. »Wirklich? Was Besseres fällt dir nicht ein? Lächerlich, Noah. Du hast von absolut nichts eine Ahnung, glaubst aber trotzdem, auf jede Frage eine Antwort zu haben.«

»Was soll das, so mit mir zu reden?«, fragte der Teenager geschockt. »Ich dachte, Sie wären cool. Ein Journalist. Sie müssen aufschreiben, was ich zu sagen habe.«

»Ich hab nichts übrig für Typen, die Leute bedrohen, die mir nahestehen«, sagte Harrison kalt.

»Wovon reden Sie?«

»Spielt keine Rolle«, antwortete Harrison. Er hatte nicht die Absicht, ihm zu erzählen, woher er die Frau kannte, die Noah und seine Bande belauscht hatte und erwischt worden war. »Ich wollte nur klarstellen, wie ich über Typen wie dich denke.«

Noah blinzelte ungläubig. »Wie Sie über mich denken? Das muss ein Witz sein.«

»Ich mag dich nicht. Aber ich werde deine Story bringen, dann können sich andere selbst ein Urteil bilden. Ist es das, was du willst? Willst du gehört werden, *Envy*?«

»Ich hab ein Recht darauf, gehört zu werden.« Er blickte furchtsam aus dem Fenster, als glaubte er wirklich, Harrison würde ihn gegen seinen Willen irgendwohin verschleppen.

»Ich bin ganz Ohr«, sagte Harrison. Dieser kleine Scheißkerl war mit einem silbernen Löffel im Mund geboren worden, aber total undankbar. Pauline Kirby hatte recht gehabt. Der Typ hatte mehr verdient als nur einen Klaps auf den Po. »Wir fahren jetzt zum Ecola Park und du erzählst mir, was du zu sagen hast.«

Kirsten setzte Laura am Ocean Park Hospital ab, und Laura winkte ihr zum Abschied zu. Chico wedelte aufgeregt mit dem Schwanz.

Es war seltsam, doch Laura hatte das Gefühl, als wäre Harrisons Schwester innerhalb von kurzer Zeit zu einer Freundin geworden. Kirsten war fasziniert gewesen davon, dass sie ein Mitglied der »Sekte« war, doch Laura hatte es geschafft, sie davon zu überzeugen, dass die Frauen von Siren Song gar nicht so verschroben waren, wie die Einheimischen es immer behaupteten. Allerdings hatte Kirsten gesagt, durch ihre Lebensweise forderten sie es geradezu heraus, dass über sie getratscht werde und dass so viele Gerüchte im Umlauf seien.

Dann hatte Kirsten von sich erzählt und von den tragischen Ereignissen, die dazu geführt hatten, dass sie mit Didi an die Küste gezogen war.

»Manuel fehlt mir«, sagte sie, nachdem sie Laura erzählt hatte, wie sie Manny Rojas kennengelernt und sich auf den ersten Blick in ihn verliebt hatte. »Aber ich habe dieses schlimme Kapitel so ziemlich abgeschlossen«, sagte sie mit einem schwachen Lächeln. »Trotzdem wünschte ich, er wäre wieder bei mir.«

»Es tut mir so leid, dass Sie so etwas durchmachen mussten«, sagte Laura.

Kirsten zuckte die Achseln, als könnte sie so die düsteren Erinnerungen abschütteln. »Also gut, wir haben jetzt über Ihre und meine Familie geredet. Erzählen Sie mir jetzt von Ihnen und Harrison. Wenn Sie sagen, dass da nichts läuft, glaube ich es Ihnen nicht.«

»Es ist nichts zwischen uns.«

»Ich glaube nicht daran.«

Sie lachten beide, und dann fuhr Laura fort. »Ich habe gerade eine Scheidung hinter mir und bin aus etlichen Gründen meilenweit entfernt davon, eine neue Beziehung einzugehen.«

»Was für Gründe?«

Für einen Augenblick dachte Laura daran, Kirsten die Geschichte mit dem Baby anzuvertrauen, doch dann überlegte sie es sich anders. »Justice Turnbull hat es auf mich und meine Familie abgesehen. Harrison hilft mir. Wir werden noch heute zur Polizei gehen, und ich werde ihnen erzählen, dass ... Justice hat mich angegriffen, und deshalb sind wir bei Ihnen aufgetaucht.«

»*Was?* Davon habe ich bis jetzt nichts gehört.«

Also erzählte Laura von den Ereignissen des letzten Abends, die Harrison dazu veranlasst hatten, sie zu Kirsten zu bringen. Die bestand darauf, dass sie auch die nächste Nacht bei ihr verbrachten. Laura war einverstanden, musste aber natürlich mit Harrison darüber reden. Aber sie glaubte nicht, dass er etwas dagegen haben würde.

Sie wollte nicht in ihr Haus zurück. Nie mehr. Nun, zumindest so lange nicht, bis die Hintertür repariert war, deren Schloss und Rahmen Justice zerstört hatte. Aber vielleicht würde sie sich selbst dann dort nicht mehr sicher fühlen.

Als sie jetzt das Ocean Park Hospital betrat und zum Umkleideraum ging, stolperte sie sofort über Byron. Er stand vor der Tür, als würde er auf jemanden warten. Auf sie? Oder doch wieder nur auf irgendeine Frau, die er in die Falle locken konnte?

Es gelang ihr nicht, ein Stöhnen zu unterdrücken. Wie um alles auf der Welt hatte sie jemals glauben können, diesen Mann zu lieben?

»Du siehst noch schlechter aus als beim letzten Mal«, sagte er und durchbohrte sie mit seinem emotionslosen Chirurgenblick.

Sie begrüßte ihn knapp und wollte den Umkleideraum betreten, doch er hielt sie am Ellbogen fest.

»Du bist schwanger«, bemerkte er mit einer ausdruckslosen Stimme. »Du bist hier nicht die Einzige, die Diagnosen stellen kann. Bin ich der Vater?«

»Nein.«

»Nein?«

»Nein, weil ich nicht schwanger bin.« Sie hoffte, dass ihre Miene nicht verriet, dass sie ihn angelogen hatte.

»Wenn nicht ich der Vater bin, wer ist es dann?« Er beugte sich dicht zu ihr vor.

»Hast du Weiberheld Schiss davor, dass es bald zu viele kleine Byrons in der Gegend geben könnte? Überprüf doch mal, ob du eine deiner gegenwärtigen Gespielinnen geschwängert hast, und lass mich in Ruhe.«

Er wirkte tatsächlich überrascht. »Seit wann bist du so eine Hexe?«

»Ich war schon immer eine Hexe«, antwortete sie mit einem Anflug von Verbitterung. »Du kannst ja mal in der Stadt herumfragen.«

Sie ließ ihn stehen, und sein ratloser Blick war unbezahlbar. Fast hätte sie gelacht. Da er nichts über ihre Vergangenheit wusste, hatte er auch keine Ahnung, dass sie Verbindungen zu der »Sekte« von Siren Song hatte.

Kurz darauf überkam sie Angst, und sie lehnte sich an ihren Spind. Sie *war* schwanger, und er *war* der Vater. Kein Wunschdenken würde jemals etwas daran ändern. Früher oder später musste sie aufhören, das Thema beiseitezuschieben und sich der Realität stellen.

31

Der Ecola State Park war ein Naturschutzgebiet am Stadtrand von Cannon Beach. Der Name des Ortes verdankte sich den originalgetreuen Nachbildungen von Kanonen, die früher bei der Bergung von Schiffswracks entdeckt worden waren. Die Repliken standen zu beiden Seiten der Hauptstraße am Ortseingang und Ortsausgang. Verglichen mit Seaside war Cannon Beach trendy. Im Gegensatz zu dem nördlich gelegenen Nachbarort gab es hier jede Menge teure Boutiquen, Konditoreien und Restaurants. Cannon Beach war das angesagte Küstenstädtchen an der nördlichen Küste von Oregon, doch die Reichen orientierten sich allmählich auch Richtung Süden.

Harrison stellte den Chevy Impala auf einem Parkplatz ab und seufzte innerlich, als Noah schon aus dem Auto sprang, als das noch gar nicht richtig stand. Er knallte die Tür so hart zu, dass der ganze Wagen erzitterte.

Noah ging zu einem Picknicktisch und setzte sich auf die Bank. Harrison hatte seine Jacke schon vor einiger Zeit ausgezogen, als die Sonne die Wolkendecke zu durchbrechen begann. Jetzt riss sich Noah die Kappe vom Kopf und strich sich mit der Hand durch das zerzauste hellbraune Haar. Als er seine gepolsterte Jacke abgelegt hatte, war er nur noch ein dürrer Teenager.

Noah blickte aufs Meer, und als Harrison sich auf die Bank ihm gegenüber setzte, achtete er darauf, dem Halbstarken nicht die Aussicht zu versperren. Nachdem er noch ein paar Augenblicke in die Ferne gestarrt hatte, zog Noah ein zerknülltes Zigarettenpäckchen aus der Jackentasche. Er warf Harrison einen finsteren Blick zu, als erwartete er, dass der ihn am Rauchen hindern würde. Doch der sagte nichts, und er klemmte sich eine Zigarette zwischen die Lippen, zündete sie mit einem Feuerzeug an und inhalierte tief. Fast hätte er einen Hustenanfall bekommen, und Harrison seufzte innerlich.

Noah stieß den Rauch aus. »Sie halten sich für so clever, diese Typen, die wir ins Visier nehmen. Sie glauben, alles zu wissen. Tatsächlich haben sie von absolut nichts eine Ahnung.«

Harrison zog sein Notizbuch aus der Gesäßtasche seiner Hose. »Was dagegen, wenn ich mitschreibe?«

»Tun Sie, was Sie nicht lassen können.«

»Die Typen, die ihr ins Visier nehmt ... Sind das eure Klassenkameraden oder deren Eltern? Oder beide?«

»Ihre Eltern sind der letzte Dreck, Mann, so viel ist sicher. Genau wie meine.«

Harrison zuckte die Achseln. »So was hat man schon häufiger gehört von Leuten in deinem Alter.«

»Ach ja? Aber wir haben uns nicht einfach alles gefallen lassen, sondern etwas *getan*.« Er blickte Harrison an. »Wir haben sie an ihrer wunden Stelle getroffen. Ihnen demonstriert, dass sie keine Götter sind.«

»Ihr seid in ihre Häuser eingebrochen und habt sie bestohlen.«

»Wir haben uns verbündet, um uns zu wehren«, antwortete er leidenschaftlich. »Sie behandeln andere Menschen, als zählten die nicht. Wir haben ihnen gezeigt, dass wir nach Belieben in ihre heile Welt eindringen können. Jederzeit! Wir können sie ausplündern. Wir sind gefährlich, Mann. Die sieben Deadly Sinners.«

Harrison machte sich ein paar Notizen. »Aber ihr kommt aus dieser Welt, habt Geld. Es fehlt euch an nichts. Wie passt das zusammen?«

»Was wollen Sie damit sagen?«, fragte Noah, obwohl er es wusste.

»Dein Vater ist Bryce Vernon, ein reicher Landerschließer und Bauunternehmer, dem auch die katastrophale aktuelle Wirtschaftskrise nichts anhaben konnte. Deine Familie ist wahrscheinlich genauso wohlhabend wie die Bermans oder die anderen Familien, bei denen ihr einbrecht.«

»Die Bermans nerven ohne Ende«, stieß er zwischen zusammengebissenen Zähnen hervor. Dann wandte er sich ab, um Harrisons Blick auszuweichen, doch der hatte schon bemerkt, dass Noahs Gesicht rot anlief. Vor Wut, Frustration? Oder war er vielleicht sogar verlegen?

Ping. Der Groschen war gefallen. Noah mochte sich noch so aufspielen als harter Bursche und Anführer einer Diebesbande. Tatsächlich ging es bei dem ganzen Theater um die Bermans, und Harrison hatte eine ziemlich konkrete Vorstellung davon, welches Familienmitglied ihn interessierte.

»Britt«, sagte er, und Noahs verdutzte Miene sagte alles.

»Britt?«, wiederholte er mechanisch.

»Wegen ihr hast du all dies in Bewegung gesetzt, wegen Britt Berman. Wahrscheinlich warst du eifersüchtig und wolltest etwas Großes auf die Beine stellen. Wollte sie nichts von dir wissen und hat dich zurückgewiesen?«

»Ich habe keine Ahnung, wovon Sie reden.«

»Aber natürlich weißt du es. Du wolltest diejenigen attackieren, von denen du dich schlecht behandelt fühltest. Sie haben dir unrecht getan. Dir, Noah Vernon. Und du hast deine Clique dazu gebracht, dir zu folgen, weil sie auf dein Geschwätz hereingefallen sind. Was hat sie getan, diese Britt Berman? Hat sie dich irgendwie hereingelegt und sich daran ergötzt? Dich verletzt? Gedemütigt? Oder hat sie dich überhaupt nie eines Blickes gewürdigt?« Er schwieg kurz. »Wahrscheinlich nimmt sie von deiner Existenz keinerlei Notiz.«

»Das sehe ich anders.«

»Du bist ihr völlig schnuppe.«

»Nein!«

Harrison schüttelte den Kopf.

»Sie kennt mich. Besonders jetzt!«

»Weil du in ihr Haus eingebrochen bist und es mit deinen Deadly Sinners in die Glotze geschafft hast? Und morgen, wenn du achtzehn wirst, soll ich deinen Namen groß in der Zeitung bringen, damit Noah Vernon zu einem Mythos wird? Sehe ich das richtig?«

»Bringen Sie mich wieder nach Hause, oder ich erzähle, Sie hätten mich entführt. Ich meine es ernst.«

»Wenn ich mich recht erinnere, hast du in unserer Redaktion angerufen und deine Telefonnummer hinterlassen.«

»Sie täten besser daran, nichts von alldem drucken zu lassen!«

»Möchtest du plötzlich nicht mehr gehört werden?«

»Nicht so, wie Sie alles darstellen.«

»Es ist nichts als die Wahrheit.«

»Ein Wort über Britt, und ich verklage Sie.« Er trat die glimmende Kippe seiner Zigarette mit dem Absatz aus.

»Du und dein geschätzter alter Herr?«

Noah blickte sich um, als wollte er am liebsten wegrennen. Bei ihm war die Luft raus. Er saß mit hängenden Schultern da und schien sich so zu fühlen, als würde er in der Falle sitzen.

»Keine Sorge, bei mir ist dein kleines Geheimnis sicher aufgehoben«, sagte Harrison. »Ich muss die Welt ja nicht wissen lassen, dass du nur ein weiterer liebeskranker Loser bist. Ich werde schreiben, dass du das Gehirn der Diebesbande bist und dass man dich als Erwachsenen vor Gericht stellen soll. Wenn du in den Knast wandern willst, um an der Fiktion vom großen Gangster festzuhalten, mir soll's recht sein. Die Entscheidung liegt bei dem Richter, nicht bei mir oder der Öffentlichkeit. Ich könnte die Geschichte natürlich auch anders drehen, wenn du es willst. Dann würde ich schreiben, dass du das alles nur getan hast, um einem Mädchen zu imponieren, und dass ...«

»Nein«, antwortete Noah bestimmt.

Er stand auf und ging zum Auto zurück. Harrison folgte ihm.

»Wenn du dich nur aufspielen wolltest, lohnt es sich nicht, dafür hinter Gitter zu wandern.«

»Ist mir egal.«

»Sicher?«

»Ja!«

Harrison klemmte sich hinter das Lenkrad, und Noah setzte sich auf den Beifahrersitz und schaute aus dem Fenster. Harrison empfand fast Mitleid mit ihm. Fast. Aber er war definitiv erleichtert, dass er mit dieser Story so gut wie durch war und sich ganz auf den Fall Turnbull konzentrieren konnte. Die Geschichte mit den Deadly Sinners hatte ihn ohnehin zu viel Energie gekostet. Und er wollte wieder mit Loreley zusammen sein.

Und dann sollte er ihre Geschichte schreiben. Die von Siren Song. Und von Turnbull. Sie waren alle miteinander verbunden. Und die Story war von einem anderen Kaliber als die der jugendlichen Diebe.

Nachdem er Noah zu Hause abgesetzt hatte, fuhr er zur Redaktion der *Seaside Breeze* und tippte am Computer eine Zusammenfassung seines Treffens mit Noah Vernon. Er schrieb, Noah sei ein privilegierter Teenager, der achtzehn sein würde, wenn dieser Artikel erschien. Er sei ein gelangweilter Jugendlicher, dem es darum gegangen sei, etwas Großes auf die Beine zu stellen, und er habe seine Freunde dazu genötigt, mit ihm die Einbrüche zu begehen. Damit seien die Kids aus ihrer heilen Welt in die der Kriminalität übergewechselt.

Als er den Artikel abgab, sagte Buddy, Noah sei übel dran, weil er ihn namentlich genannt habe, doch Harrison ignorierte es und ging. Noahs Vater und ein verständnisvoller Richter würden schon Noahs Pläne vereiteln, zu einem berüchtigten Gangster zu werden. Es bestand die realistische Chance, dass Noah in einem Jahr ein Studium an einem College aufnehmen konnte, ohne dass sein Lebenslauf ihn als vorbestraft auswies.

So etwas geschah häufig bei Ersttätern.

Als er auf dem Weg nach Deception Bay am Ocean Park Hospital vorbeikam, vergaß er die jugendlichen Einbrecher. Fast wäre er auf den Parkplatz des Krankenhauses abgebogen, um Loreley zu sehen, doch er zwang sich, sie ihre Arbeit tun zu lassen. Er hatte sie gebeten, ihr Handy in die Tasche ihres

Kittels zu stecken, auch wenn das gegen die Vorschriften verstieß. Wenn etwas nicht stimmte, würde sie ihn anrufen.

Trotzdem bedauerte er seine Entscheidung, als er im Rückspiegel das Krankenhaus verschwinden sah. Am Vorabend hatte Justice Laura tätlich angegriffen. Er würde sicherstellen, dass er heute vor Einbruch der Dämmerung an ihrer Seite war. Doch jetzt wollte er zuerst mit Dr. Zellman sprechen. Falls er ihn davon überzeugen konnte, mit ihm zu reden.

Als er an der Zufahrtsstraße zu Loreleys Haus vorbeikam, erregte etwas seine Aufmerksamkeit. Er wendete und fuhr zurück, und als er in die Zufahrtstraße abbog, sah er fast verdeckt hinter den Büschen am Straßenrand jenen schwarzen Geländewagen, mit dem er kürzlich fast kollidiert wäre, als er mit zu hohem Tempo in Lauras Straße abgebogen war.

Er hielt und stieg aus. In dem Range Rover saß niemand. Überrascht stellte er fest, dass das Fahrzeug nicht abgeschlossen war. Er öffnete die Vordertür auf der Fahrerseite. Die Innenbeleuchtung ging an, und er durchsuchte das Handschuhfach und fand die Zulassung, auf die er konsterniert eine volle Minute lang starrte.

Der Range Rover war auf einen Brandt Zellman zugelassen.

Zellman?

Der Zellman, zu dem er gerade unterwegs war? Nein, der hatte einen anderen Vornamen.

Trotzdem, interessant.

Wie groß war die Chance, dass dieser Brandt Zellman verwandt war mit Dr. Maurice Zellman? Vielleicht war Brandt sein Sohn? Er war sich ziemlich sicher, dass Zellman verheiratet war und einen Sohn hatte.

Und konnte das etwas mit Justice Turnbull zu tun haben?

War es denkbar, dass Justice sich das Fahrzeug von Zellmans Sohn »ausgeliehen« hatte?

Es lief ihm kalt den Rücken hinab, als er darüber nachdachte, was das bedeutete. War Zellman vielleicht etwas zugestoßen? Vielleicht sollte er die Polizei anrufen, damit die einen Streifenwagen zu Zellmans Haus schickte und die Cops nachsehen konnten, wie es dem guten Doktor ging.

Aber es schien ihm besser zu sein, wenn er das selbst in die Hand nahm.

32

Während der Fahrt zu Zellmans Haus schaltete Harrison das Autoradio ein. Nördlich von Deception Bay hatte sich ein Auffahrunfall ereignet, in den drei Autos verwickelt waren. Verletzte waren ins Ocean Park Hospital gebracht worden. Rasende Teenager, sagte die Sprecherin.

Er blickte auf die Uhr. Fast drei. Er wählte Lauras Handynummer, doch es meldete sich sofort die Mailbox. Er wurde nervös und machte sich Vorwürfe, weil er wieder nicht an ihrer Seite war. Er versuchte, sich selbst zu beruhigen. *Es geht ihr gut. Sie ist im Krankenhaus, an ihrem Arbeitsplatz. Wenn du in Panik gerätst, hilft das niemandem. Wenn man Probleme lösen will, braucht man einen kühlen Kopf.*

Das Tillamook County Sheriff's Department hatte angerufen. Später am Tag sollte er dort mit Laura vorbeischauen, damit die Detectives sie vernehmen konnten, wenn sie sich mit den vorliegenden Informationen vertraut gemacht hatten.

Er rief sie noch einmal an, und diesmal hinterließ er eine Nachricht und bestätigte, dass er sie um die Zeit des Abendessens abholen und mit ihr zur Polizei fahren würde.

Danach fragte er sich, ob es besser gewesen wäre, wenn er ihr etwas von Brandt Zellmans Range Rover erzählt hätte, der herrenlos in der Nähe ihres Hauses stand.

Mittlerweile hatten sich die Wolken völlig verzogen, und die Sonne brannte auf das Autodach. Nicht mehr lange, dann war er bei Zellman. Geena hatte ihm beschrieben, wo der Psychiater wohnte.

Sein Handy zirpte. Eigentlich durfte man am Steuer ja nicht telefonieren. Wenn die Cops einen erwischten, wurde man an den Straßenrand gewunken und bekam eine Geldstrafe aufgebrummt, aber er ignorierte das Verbot meistens.

»Frost.«

»Guten Tag, hier ist Dinah Smythe. Sie haben auf meinen Anrufbeantworter gesprochen.«

»So ist es«, antwortete Harrison, während er nach Streifenwagen Ausschau hielt. »Ich bin Journalist und habe durch Zufall Ihren Vater kennengelernt.« Er fasste kurz sein Gespräch mit Herman Smythe zusammen. »Er hat mir empfohlen, Sie anzurufen, weil Sie alles bestätigen könnten, was er gesagt hat.«

»Schreiben Sie einen Artikel?«, fragte sie vorsichtig.

»Nur eine Recherche.«

»Ich vermute, dass es etwas mit Justice Turnbulls Ausbruch zu tun hat, da Sie sich für die Frauen von Siren Song interessieren.«

»Ihr Vater hat angedeutet, Sie könnten mit ihnen verwandt sein.«

»Er glaubt, zumindest von einem der Mädchen der Vater zu sein. Vielleicht stimmt das, vielleicht nicht. Ich muss das nicht unbedingt wissen. Für mich ist das wahrlich kein Thema, das mir auf den Nägeln brennt.«

»Er sagt, er habe sexuelle Beziehungen zu Mary Rutledge Beeman gehabt, die erwiesenermaßen die Mutter der Mädchen ist, die dort leben.«

»Aha, Sie haben die Chronik gelesen.«

»Ich war neugierig.« Er fragte sich, wie lange er noch brauchen würde bis zu Zellmans Haus.

»Mein Vater behauptet gerne, es habe eine Zeit gegeben, wo in Siren Song die freie Liebe regierte, Vielleicht stimmt das, vielleicht nicht. In dem Haus leben definitiv viele jüngere Frauen, und irgendjemand muss ihr Vater sein. Es gibt da viele Gerüchte, und mein Vater ist heutzutage nicht mehr das, was ich eine verlässliche Quelle nennen würde.«

»Er meinte, ich sollte mit Ihnen über diese Frauen reden.«

»Weil mein Gedächtnis noch richtig funktioniert«, antwortete sie trocken. »Aber wenn Sie das Buch gelesen haben, wissen Sie ungefähr so viel wie ich.«

Er unterhielt sich noch für ein paar Minuten mit Dinah Smythe, doch dann sah er einen entgegenkommenden Streifenwagen, unterbrach sofort die Verbindung und warf das Telefon auf den Beifahrersitz. Als die Cops verschwunden waren, zog er den Zettel aus der Tasche, auf dem er die anderen Telefonnummern von Smythe' Liste notiert hatte. Er wählte die Erste und war verbunden mit einer Klinik, die sich auf Gerontologie spezialisierte. Bei der zweiten Nummer hatte er einen Pizzaservice an der Strippe.

Sackgasse.

Er schob die Gedanken an Siren Song beiseite und konzentrierte sich auf die Straße. Für ein paar Meilen verlief der Highway 101 weiter landeinwärts, bevor er dann wieder an der Küste entlangführte. Sein Magen knurrte, was ihn daran erinnerte, dass das Sandwich, dass er mittags bei Subway in Seaside heruntergeschlungen hatte, nicht so lange vorhielt, wie er gehofft hatte.

Als er durch Tillamook fuhr, sah er das Tillamook County Sheriff's Department, dessen Gebäude auf einer Insel zwischen der nach Norden und der nach Süden führenden Fahrbahn des Highways stand. Dort würden Laura und er später mit den Cops reden. Er wusste, wie unangenehm es ihr war, über Justice Turnbull, die Verbindung zwischen ihnen und über Siren Song zu reden.

Aber wie hätte es anders sein sollen?

Du machst schon ganz schön was mit, dachte er, als er sich kurz im Rückspiegel sah. Loreley Adderley brockte einem nur Probleme ein. Abgesehen von ihrer seltsamen Kindheit in der Kolonie war da diese mysteriöse mentale Verbindung zu diesem Gestörten, von der er nicht wusste, ob sie real war oder ob Laura sich alles nur einbildete. Wie auch immer, all das konnte eigentlich nicht gut enden. Und dann war da noch dieser herrische Arzt, mit dem sie bis vor Kurzem verheiratet gewesen war, ein Arschloch erster Güte.

Ja, mit Loreley gab es nur Schereien, und am schlimmsten war, dass es ihn kein bisschen störte. Sie war charmant und intelligent und hatte einen ausgeprägten Sinn für Humor. Und wenn sie ihn küsste ... Teufel, dann war er verloren.

»Du bist ein Idiot«, knurrte er, weil er auf dem besten Weg war, sich in eine Frau zu verlieben, die er nicht mal eine Woche kannte, eine Frau, die nur den schlimmsten Ärger auf sich zu ziehen schien.

Aber eben auch eine verdammt interessante Frau, die ihn neugierig machte.

Er, ein Mann, der sich an Fakten hielt und der ernsthaften Beziehungen immer ausgewichen war, verknallte sich in eine Frau, deren Schönheit und Geist ihn an einer Stelle berührten, wo er seit Jahren nichts empfunden hatte.

Eine üble Geschichte, doch er konnte kaum etwas dagegen tun.

Wieder konzentrierte er sich auf die Straße. Er folgte gerade einem Lastwagen, auf dessen Ladefläche sich auf Paletten Lattenkisten türmten.

Er überholte den Laster und bemerkte, dass ihm ein Geländewagen folgte, der wiederum ihn sofort überholte, als er wieder auf die rechte Fahrspur wechselte. Auf dem Dachgepäckträger des Geländewagens sah er ein Surfbrett und Zubehör fürs Drachenfliegen, das hier an der Küste beliebt war.

Wieder einer dieser Idioten, dachte er.

Der Geländewagen fuhr so schnell, dass er schon einen Augenblick später nicht mehr zu sehen war. Der Highway führte nun wieder direkt an der Küste entlang, und er fuhr durch ein kleines Nest, wo es einen Laden für Anglerbedarf gab, doch das schien es auch schon fast gewesen zu sein. Dann erreichte er die Steilküste bei Bancroft Bluff, wo ihm mehrere Streifenwagen auffielen. Der Doppelmord, dachte er. Er hatte in der Redaktion davon gehört, Buddy schrieb den Artikel.

Zellman hatte Glück gehabt, nicht auf einem der gefährlichen Grundstücke von Bancroft Bluff gebaut zu haben, und er bremste ab, als er die steinernen Säulen am Anfang der Auffahrt und das offen stehende schmiedeeiserne Tor sah. Die lange asphaltierte Zufahrtsstraße schlängelte sich zwischen Kiefern auf der einen und einer hohen Hecke auf der anderen Seite entlang. Schließlich kam er auf eine Lichtung und sah ein imposantes, sandfarbenes Haus mit einer riesigen Garage.

Vor den Fenstern mit Zedernholzrahmen hingen Blumenkisten voller Petunien. Er stellte seinen Wagen neben einem dunkelblauen Mercedes ab, der vor der Garage stand. Ihm fiel auf, dass der Schlüssel im Zündschloss steckte. Daneben war ein weißer BMW geparkt, und auch da steckte der Schlüssel. Der Traum eines jeden Autodiebs.

Harrison ging einen gepflasterten Pfad hinab, der zu der Haustür mit einem Vordach aus Zedernholz führte. Er klingelte, und als geöffnet wurde, stand ein junger Mann in der Tür, der ihn beunruhigt anblickte. Er war dünn, trug das wellige dunkle Haar etwas länger als Harrison und litt an Akne.

»Sind Sie Brandt Zellman?«, fragte Harrison.

Jetzt ließ sein Blick schon eher auf Panik schließen. »Ja. Und wer sind Sie?«

»Mein Name ist Harrison Frost. Ich bin gekommen, um mit Ihrem Vater zu reden. Ist er da?«

»Ja, aber ... Er kann nicht sprechen.« Er warf einen Blick über die Schulter. Harrison sah einen langen Korridor, an dessen hinterem Ende ein großes Fenster auf den Garten ging. »Ich dachte, Sie wären vielleicht wegen einer schlechten Nachricht für mich gekommen ...«

»Wegen Ihres Autos?«

Brandt wirkte völlig verwirrt. »Mein Auto? Nein, nicht meins. Matt Ellison fuhr einen roten Blazer.«

»Matt Ellison?«

»Ich glaube, er liegt jetzt im Krankenhaus. Heute war schulfrei, und deshalb waren die Jungs unterwegs. In den Nachrichten haben sie die Story noch nicht gebracht.«

»Ach, Sie reden von dem Verkehrsunfall«, sagte Harrison. »Nein, darüber weiß ich nichts Genaueres.«

Brandt nickte resigniert und führte Harrison durch die Diele in ein riesiges Zimmer mit einer gläsernen Kuppel und einem Panoramafenster mit Blick auf das Meer. Für gemütliche Gesprächsrunden standen bequeme Ledersessel bereit. An einer Seitenwand stand ein glänzender schwarzer Stutzflügel.

Dr. Maurice Zellman saß mit einem Buch in der Hand auf einer Chaiselongue. Auf einem Beistelltisch aus Kirschholz stand ein beschlagenes Glas mit Eistee. Der Psychiater war ein kleiner, drahtiger Mann mit einem spitzen Kinn, und er bedachte Harrison mit einem durchbohrenden Blick. Er trug das blaue Freizeithemd am Kragen offen, und Harrison sah den Verband an seinem Hals. Seine Baumwollhosen waren dunkelbraun, die Socken farblich darauf abgestimmt.

Zellman wirkte aufgebracht.

»Mein Name ist Harrison Frost. Ich arbeite für die *Seaside Breeze*.«

Der Arzt gestikulierte heftig, als wollte er zu verstehen geben, er wisse, wer Harrison sei. Dann bedeutete er Brandt mit einem Handzeichen, er solle Harrison auch einen Eistee bringen. Brandt gehorchte, ohne erst zu fragen, ob der Gast etwas trinken wolle. Offenbar war er in Gedanken woanders.

»Ich würde Ihnen gern ein paar Fragen stellen«, sagte Harrison zu Dr. Zellman. »Aber ich wollte Sie außerdem auch wissen lassen, dass ich den herrenlosen Range Rover Ihres Sohnes gefunden habe. Ich habe es Brandt gegenüber kurz erwähnt, doch der schien nicht zu wissen, was ich meinte.«

Zellman griff nach einem Notizblock und einem Stift und schrieb. *Wo haben Sie den Wagen gefunden?*

»Direkt nördlich von Deception Bay, in einer namenlosen Zufahrtsstraße, die vom Highway 101 in ein Wohngebiet abgeht.«

Brandt kam mit dem Eistee zurück und reichte Harrison das Glas. Zellman forderte Harrison mit einer Geste auf, auch seinen Sohn zu informieren, und er wiederholte, wo er den Range Rover gefunden hatte.

»Mein Wagen steht in der Garage«, widersprach Brandt. »Ich habe heute den Mercedes genommen, weil der schon draußen stand.«

»Ich habe die Zulassung gesehen. Ein schwarzer Range Rover, Baujahr 2007.«

»Das kann nicht sein«, sagte Brandt, doch dann dämmerte ihm etwas. »Halt, Moment. Ich hatte den Wagen draußen stehen lassen. Mist, er hätte mit dem Mercedes und dem BMW in der Garage sein sollen!«

»Steckte der Schlüssel im Zündschloss?«

»Nun ...« Brandt schaute seinen Vater an, der mit einem aggressiven Blick antwortete. Zellman wirkte erregt. »Wir lassen die Schlüssel stecken, schon immer ...«

»Wenn Ihr Wagen gestohlen wurde, müssen Sie das bei der Polizei melden. Haben Sie eine Idee, wer ihn geklaut haben könnte?«

»Nein.«

Zellman begann wieder zu schreiben. *Es könnte einer von deinen kriminellen Kumpels gewesen sein.*

»Ich muss Barry anrufen«, murmelte Brandt. Er zog ein Handy aus der Tasche und verschwand damit im Flur.

Harrison blickte den Psychiater an. »Haben Sie etwas von Justice Turnbull gehört?«

Zellman schüttelte den Kopf. *Nein. Warum?*

»Ich glaube, er könnte den Range Rover Ihres Sohnes gestohlen haben«, antwortete Harrison, der versuchte, sich seine Wut nicht anmerken zu lassen. Wenn Zellman nicht gegen die Vorschriften verstoßen und Justice Turnbull die Handschellen angelegt hätte, wäre der noch immer inhaftiert und Loreley nicht in Gefahr. »In der letzten Nacht hat Turnbull eine Frau angegriffen, die in der Nähe der Stelle wohnt, wo der Range Rover zurückgelassen wurde. Er wollte sie töten.«

Zellman blinzelte.

»Und sie wäre nicht das erste Opfer seit seinem Ausbruch gewesen. Mehrere Menschen haben seitdem ihr Leben verloren.«

Zellmann erbleichte und wandte den Blick ab.

In diesem Augenblick öffnete sich die Zimmertür, und Harrison hörte das Klackern von Absätzen auf dem Parkett. Als er aufschaute, sah er eine Frau, die Mrs Zellman sein musste.

Als die Frau Zellman und seinen Gast sah, blieb sie kurz stehen, ging dann jedoch vorsichtig weiter. Harrison sah, von wem Brandt seinen stets beunruhigten Blick geerbt hatte. Die Frau war klein und schlank, und sie hatte dunkelbraunes Haar und sympathische blaue Augen. Sie warf ihrem Mann einen ängstlichen Blick zu, von dem nicht klar war, was er bedeuten sollte.

Zellman schien sie nicht einmal wahrzunehmen.

»Was ist passiert?«, fragte sie. »Ich bin Patricia Zellman, Dr. Zellmans Frau. Im Fernsehen haben sie einen Beitrag über den Verkehrsunfall gebracht. Sie sagen, dass es den Jungs bald wieder gut gehen wird. Einer hat einen üblen komplizierten Beinbruch, und ...«

Der Psychiater schnitt ihr mit einer Handbewegung das Wort ab. Mrs Zellman schwieg und wirkte ziemlich niedergeschlagen.

Harrison stellte sich ihr vor und erzählte zum dritten Mal, wie er Brandts Range Rover gefunden hatte. Als er Justice Turnbull erwähnte, wurde sie leichenblass.

Sie wandte sich ihrem Gatten zu. »Morry, dieser Mann ...« Sie unterbrach sich und schaute wieder Harrison an. »Er hat mir immer schon Angst eingeflößt. Maurice ist sein Arzt. Er hat vielen seiner Patienten wirklich geholfen, aber dieser Turnbull ... Dem könnte wahrscheinlich nicht mal Gott persönlich helfen.«

Zellman schien kurz vor einem Wutanfall zu stehen. Seine Blicke durchbohrten seine Frau, und die wandte sich ab.

»Können Sie sich einen Grund vorstellen, warum der Dieb den Wagen Ihres Sohnes gestohlen hat?«, fragte Harrison mit möglichst ruhiger Stimme Mrs Zellman, denn es wäre nicht hilfreich gewesen, wenn der Psychiater noch wütender wurde.

Sie dachte für einen langen Augenblick nach. »Gelegenheit macht Diebe«, antwortete sie dann. »Die Autos stehen mit dem Schlüssel im Zündschloss vor der Garage, und er weiß, wo wir wohnen. Praktisch jeder weiß das. Alle Welt kennt dieses Haus. Ich sage meinem Mann schon seit Langem, er soll das Tor an der Straße reparieren lassen.« Sie warf Zellman einen vielsagenden Blick zu.

Zellman verwies sie mit einer aufgebrachten Geste des Zimmers und begann dann hektisch auf seinem Block zu kritzeln. Nach einem kurzen Zögern ging Mrs Zellman, und Harrison hörte das Klackern ihrer Absätze leiser werden. Er glaubte, dass sie Richtung Haustür ging.

Der Arzt streckte Harrison mit zitternden Fingern den Notizblock entgegen. *Mein Laptop steht im Esszimmer auf dem Tisch.*

Harrison ging in die Richtung, in die Zellman zeigte. Er durchquerte eine Küche mit blitzenden Geräten, granitenen Arbeitsflächen und Schränken aus dunklem Holz. Eine Tür führte ins Esszimmer, in dessen Mitte ein großer, schwarz gestrichener rechteckiger Tisch stand. An der Decke hing ein schwerer Kronleuchter.

Harrison kehrte mit dem Laptop zu Zellman zurück. Der schaltete ihn ein und wartete dann ungeduldig, während der Computer hochfuhr. Als das geschehen war, öffnete er ein Textverarbeitungsprogramm und begann sofort zu tippen.

Meine Frau kennt Justice Turnbull nicht. Er wird von dunklen Mächten getrieben. Er würde kein Auto stehlen, nur weil sich ihm gerade die Gelegenheit bietet. Sein Gehirn funktioniert anders. Er schreitet einfach voran und verliert niemals sein Ziel aus den Augen.

»Trotzdem glaube ich, dass er den Range Rover Ihres Sohnes gestohlen hat«, sagte Harrison. »Er hat den Wagen in der Nähe des Hauses einer Frau stehen lassen, die früher in Siren Song gelebt hat.«

Und warum sollte er zu meinem Haus gekommen sein?

»Wie Ihre Frau bereits sagte, er weiß, wo Sie wohnen.« Harrison zuckte die Achseln. »Oder weil Sie sein Arzt sind? Eventuell ist er aus einem anderen Grund gekommen und ist zufällig über das startbereite Auto gestolpert.«

Dr. Zellman dachte schon längere Zeit darüber nach. *Sie haben der Polizei noch nichts von Ihren Vermutungen erzählt?*

»Nein, aber wo Sie gerade von der Polizei reden ... Wie gesagt, Ihr Sohn sollte den Range Rover als gestohlen melden.«

Diese Frau, hinter der er her war ... Sie gehört zu den Frauen von Siren Song?

»Dort wohnen ihre Schwestern. Oder Halbschwestern. Die Frau, auf die Turnbull es abgesehen hatte, hat früher in dem Haus gelebt, ist aber schon vor ziemlich langer Zeit dort ausgezogen.«

Ist sie schwanger?

Harrison starrte überrascht auf die drei Worte. »Nein. Was wollen Sie sagen?«

Zellman begann hektisch zu tippen. *In unseren Therapiesitzungen hat Justice sich nur nach und nach ein bisschen geöffnet. Er war sehr verschlossen, mochte es nicht, zu viel über sich zu verraten. Aber es wurde klar, dass er es bei seiner letzten Mordserie auf Frauen abgesehen hatte, die außerhalb dieser Festung von Siren Song lebten. Ich glaube, er hatte Angst, ihnen auf ihrem eigenen Grund und Boden gegenüberzutreten. Er bringt es nicht über sich, diesen Zaum zu überwinden und auf ihr Territorium vorzudringen. Aber er hat gesagt, er könne diese Frauen riechen, wenn sie schwanger seien, und deshalb würde er sie finden.*

»Wollen Sie sagen, dass Sie ihm das geglaubt haben?« Harrison bemühte sich ohne großen Erfolg, seine Stimme nicht zu skeptisch klingen zu lassen.

Ich erzähle Ihnen nur, was er gesagt hat. Er nimmt Frauen der Kolonie ins Visier, die schwanger sind und nicht mehr in Siren Song leben.

»Nun, diese Frau verfolgt er, weil sie sagt, sie habe eine Art mentaler Verbindung zu ihm. Scheint à la GPS zu funktionieren. Wenn es ihm gelingt, in ihr Gehirn einzudringen, kann er sie finden. Wenn sie ihren mentalen Schutzwall hochzieht, bleibt er außen vor.«

Zellman zuckte die Achseln, als würde er die Möglichkeit nicht völlig ausschließen. *Justice verfügt über viele Fähigkeiten, die wir womöglich nie begreifen werden. Er leidet an einer schweren, irgendwie undefinierbaren Psychose. Ich habe bei der Behandlung gewisse Fortschritte gemacht, doch er lebt in einer düsteren Welt mit in Stein gemeißelten Gesetzen, denen er zwanghaft folgt.*

Jetzt hat er seit drei Tagen keine Medikamente mehr bekommen, und er braucht sie, weil er sonst noch den letzten Rest an Realitätssinn verliert. Er wird immer gefährlicher.

Dem konnte man schwerlich widersprechen. »Sie glauben also nicht, dass er den Wagen Ihres Sohnes gestohlen hat?«

Möglich ist es schon, wenn es ihm der Diebstahl erleichtert hat, sein Ziel zu erreichen. Falls er wirklich hinter dieser Frau her ist, von der Sie gesprochen haben, dann muss sie äußerst vorsichtig sein. Sie sollte nach Siren Song zurückkehren, bis er gefasst worden ist.

Harrison dachte nach. Zellman redete viel Mist, doch nicht alles war von der Hand zu weisen. »Ich lasse Ihnen meine Handynummer hier. Ich weiß, dass Sie nicht sprechen können, aber falls Ihnen noch etwas einfällt, können Sie ja Ihre Frau oder Ihren Sohn bitten, mich anzurufen.«

Zellman nickte, und Harrison schrieb die Nummer auf seinen Notizblock.

Wir werden die Polizei anrufen, um den Diebstahl zu melden.

»Sehr gut. Vielen Dank, dass Sie meine Fragen beantwortet haben.«

Sie schüttelten sich zum Abschied die Hand, und als Harrison ging, begegnete ihm Mrs Zellman, die wieder ins Haus kam und mehrere Wagenschlüssel in der Hand hielt.

Aus Schaden wird man klug.

33

Als Justice aufwachte, lag er auf den harten Bodendielen des Zimmers, das er von dem alten Carter gemietet hatte. Sein Kopf ruhte auf Cosmos Jacke. Durch den einen oder anderen Spalt in der Bretterdecke sickerte Licht, und durch das Fenster schien die warme Junisonne ins Zimmer.

Trotzdem war ihm kalt. Er war aufgewacht, weil er zitterte. Er hatte den Rest von Cosmos Proviant verputzt, darunter auch einige Müsliriegel. Nun fragte er sich, wo er seine nächste Mahlzeit herbekommen sollte, doch im Moment hatte er keinen Hunger, und das würde noch einige Zeit so bleiben.

Das große Thema hieß Mobilität. Er hatte den Nissan auf dem Parkplatz hinter dem Kleinkaufhaus stehen lassen und war später mit Zellmans Range Rover weitergefahren, doch der war ihm irgendwie abhandengekommen ... Wie war das passiert?

Er zermarterte sich das Gehirn, konnte sich aber nicht erinnern, wo der Wagen geblieben war. Ein völliger Blackout.

Und dann war die Erinnerung urplötzlich wieder da.

Loreley, die Handlangerin des Teufels. Er hatte sie gefunden, doch sie war ihm entkommen!

Er setzte sich auf, und ihm wurde schwindelig von der Anstrengung. *Irgendwas stimmt da nicht,* dachte er. Es kam ihm so vor, als hätte sich in seinem Kopf etwas gelockert.

Er versuchte, sie seine Stimme hören zu lassen.

Loreley ...

Ich komme und hole dich, Loreley ...

Er wartete vergeblich auf eine Antwort.

Lauras Mobiltelefon vibrierte in der Tasche ihres Kittels. Den zuletzt eingegangenen Anruf hatte sie nicht annehmen können, da zu viel zu tun gewesen war, doch jetzt zog sie das Telefon hervor, schaute auf das Display und sah, dass es Harrison war. »Hallo? Harrison?«

»Hallo, Loreley. Wann genau beginnt die Pause fürs Abendessen?«

»Jetzt sofort, wenn ich es möchte. Vorhin wurden drei Unfallopfer eingeliefert, aber die sind versorgt. Einer ist in ein anderes Krankenhaus überwiesen worden.«

»War ein Matt Ellison darunter?«

»Mein Gott, schreibst du schon den nächsten Artikel?«

»Nein, ich habe einen seiner Klassenkameraden kennengelernt. Ich erzähle es dir, wenn ich dich abgeholt habe.«

»Du kommst her?«

»Wir wollten zum Sheriff's Department fahren, schon vergessen? Haben sie sich nicht bei dir gemeldet?«

»Ja, ich weiß ... Wie romantisch«, witzelte sie, obwohl ihre Stimmung nicht danach war. Sie dachte an die bevorstehende Vernehmung, bei der man sie bestimmt mit *inquisitorischen* Fragen löchern würde ... Sie würde alle ihre Geheimnisse offenlegen müssen ... Natürlich würde sie der Polizei alles erzählen, weil sie sich nichts mehr wünschte, als dass Justice für immer hinter Gittern verschwand, und dennoch ... Sie erschauderte, als sie daran dachte, dass sie alles preisgeben würde, was sie über Justice wusste, alles über ihre frühen Jahre, über ihre Schwestern. Als sie am Vorabend die Polizei wegen des Einbruchs in ihr Haus gerufen hatten, hatte sie bei der kurzen Vernehmung alle Fragen beantwortet, doch die hatten sich auf die Fakten beschränkt und nicht ihr Privatleben berührt.

Ihr war klar, dass sie heute sicherlich nicht so viel Glück haben würde.

»Das wird schon kein Problem«, sagte Harrison.

»Das sehe ich etwas anders. Ich warte vor dem Krankenhaus auf dich.«

»In zwanzig Minuten bin ich da.«

Ihr blieb gerade noch Zeit, in den Spiegel zu blicken und etwas Lippenstift und Rouge aufzutragen. Ihre bleiche Gesichtshaut gefiel ihr nicht. Lag es an der Schwangerschaft? Wahrscheinlich.

Loreley ...

Wieder einmal lief es ihr kalt den Rücken hinab, und sie zog den mentalen Schutzwall hoch. Schon seit einer halben Stunde versuchte Justice, sie zu erreichen, doch sie war fest entschlossen, nicht zu antworten. Wenn Harrison bei ihr gewesen wäre, hätte sie vielleicht darüber nachgedacht, den »Anruf« anzunehmen. Aber allein? Ausgeschlossen. Vor ihrem geistigen Auge sah sie seine hasserfüllten, verzerrten Gesichtszüge, und die Erinnerung ließ sie am ganzen Körper zittern.

Es war fast fünf, und sie griff nach ihrer Handtasche und verließ das Krankenhaus. Kurz darauf fuhr Harrisons Chevrolet vor, und der Motor war definitiv lauter, als sie es in Erinnerung hatte.

Als sie auf dem Beifahrersitz Platz genommen hatte, wollte sie ihn darauf ansprechen, doch er kam ihr zuvor.

»Gut möglich, dass die verdammte Karre den Geist aufgibt«, sagte er bedauernd. »Wenn ich mich von dem Wagen trennen muss, wird mir das nicht leichtfallen.«

»Wie lange fährst du ihn schon?«

»Zehn Jahre. Und es gab schon etliche Vorbesitzer.«

Sie schwieg eine Weile, während sie in südlicher Richtung zum Tillamook County Sheriff's Department fuhren. »Manchmal denke ich, dass du in einer anderen Zeit lebst«, sagte sie schließlich.

Er blickte sie amüsiert an. »Und das aus dem Mund einer Frau, deren Schwestern knöchellange Kleider tragen und ihr Haar zu Zöpfen flechten.«

»Bist du mal einer von ihnen persönlich begegnet?«

»Nein. Also, warum lebe ich in der Vergangenheit?«

»Das alte Auto. Das längere Haar ... Keine Ahnung ... Immerhin hast du ein Mobiltelefon.«

»Du sagst es, aber ich habe Probleme damit, meine Handynummer herauszurücken. Ich hasse es, jederzeit von aller Welt belästigt werden zu können. Und dann erwartet man auch noch, dass ich die Anrufe annehme.«

»Ist das nicht völlig normal in deinem Beruf?«

»Kann schon sein. Worauf willst du eigentlich hinaus?«

Sie lächelte. Guter Gott, sie begann ihn wirklich zu mögen. Nein, das war eine Untertreibung. Sie empfand weitaus mehr als nur eine normale Zuneigung, und genau da lag das Problem.

Er wechselte das Thema. »Es hat eine seltsame Entwicklung im Fall Justice Turnbull gegeben«, sagte er, und das katapultierte Laura schlagartig in die Gegenwart zurück.

»Was ist passiert?«

»Ich glaube, dass er das Auto von Dr. Zellmans Sohn gestohlen hat. Den Wagen, den ich herrenlos in der Nähe deines Hauses entdeckt habe. Es ist ein schwarzer Range Rover.«

»*Was?*«

Er erzählte ihr von seinem Besuch bei den Zellmans. »Ich habe Brandt gesagt, er solle den Diebstahl seines Wagens bei der Polizei melden. Vielleicht hat Justice noch das Auto, das er davor geklaut hat. Wenn nicht, mit was für einem fahrbaren Untersatz ist er dann jetzt unterwegs? Vielleicht hatte er vor, Brandts Range Rover länger zu benutzen, und dann ist etwas dazwischengekommen.«

»Er hat mich verfolgt, und ich bin in den Graben gesprungen, doch er ist mir nicht gefolgt, weil er Angst hatte, im Scheinwerferlicht der auf dem Highway vorbeikommenden Autos gesehen zu werden. Wenn er zu seinem Wagen zurückgegangen und losgefahren wäre, hätte ich das gesehen und wahrscheinlich gewusst, dass er es war. Und direkt danach bist du gekommen.«

»Wahrscheinlich hielt er es für sicherer, den Wagen stehen zu lassen und zu Fuß abzuhauen.«

»Hoffentlich hat er nicht wieder eine Frau ermordet, um an ihr Auto heranzukommen.«

Harrison zog eine Grimasse. »Irgendein Fahrzeug muss er in seinen Besitz gebracht haben. Wir werden es schon noch erfahren.«

Für eine Weile hingen sie beide ihren eigenen Gedanken nach.

»Du hast kürzlich gesagt, Justice sei krank«, fuhr er schließlich fort. »Körperlich krank. Nun, Zellman meint, es könnte schlimme Auswirkungen haben, dass er jetzt schon tagelang seine Medikamente nicht genommen hat.«

»Er baut körperlich rapide ab«, sagte sie plötzlich. Wieder glaubte sie dieses Kratzen auf ihrem Rücken zu spüren. Dort, wo er sie berührt hatte.

»Man kann sich kaum vorstellen, dass es noch schlimmer werden könnte mit ihm.« Er schüttelte den Kopf. »Zellman hat noch etwas gesagt. Etwas ziemlich Seltsames. Er meinte, Justice habe ihm einst offenbart, er könne die Frauen der Kolonie leichter finden, wenn sie schwanger seien, weil er sie dann riechen könne. Glaubst du daran?«

Lauras Herzschlag setzte für einen Moment aus. »Was sagst du da?«, flüsterte sie.

»Dass er seine Opfer leichter findet, wenn sie schwanger sind«, wiederholte er. »Oder er glaubt das zumindest in seinem Wahnsinn.«

Sie schluckte. Wusste Harrison es? Vermutete er etwas? Sie umklammerte krampfhaft die Armlehne ihres Sitzes.

»Ich habe Zellman von dir erzählt«, sagte Harrison, doch sie hörte es kaum, weil das Blut in ihren Ohren so laut rauschte. »Deinen Namen habe ich natürlich nicht genannt. Ich habe nur gesagt, dass Justice Jagd macht auf eine Frau, die früher in Siren Song gelebt hat, aber schon vor längerer Zeit fortgezogen ist. Und dass er sie gerade deshalb ins Visier nimmt, weil sie außerhalb der Festung lebt. Nicht wegen der Schwangerschaft.«

Guter Gott, was für elender Schlamassel. Wusste er, dass sie sich an diesem Morgen übergeben hatte?

»So was Idiotisches habe ich noch nie gehört«, fuhr er fort. »Und es spricht nicht gerade für Zellman, dass er solchem Humbug Glauben zu schenken scheint. Was denkst du?«

»Ich ... Ich weiß nicht ...« Sie konnte kaum schlucken. Ihre Hände waren schweißnass.

»Alles in Ordnung?« Er blickte sie forschend von der Seite an.

Mit Mühe gelang es ihr, die Panik zurückzudrängen, und das Lügen fiel ihr sogar leicht. »Aber ja.« *Bei mir wird nie wieder etwas in Ordnung sein. Oh Harrison, wenn du wüsstest. Ich bin schwanger. Justice weiß es! Er kann es erspüren!* Sie hätte heulen können, weil sie Angst hatte um ihr ungeborenes Kind und weil ihre Liebe zu ihm nie erwidert werden würde. Der Gedanke ließ sie erstarren. *Liebe? Bist du verliebt in Harrison? Ausgeschlossen, vergiss es.*

Und doch konnte sie nicht sprechen.

»Es wird wirklich alles gut laufen mit den Cops«, versicherte Harrison.

Aber er wirkte besorgt, und sie versuchte mühsam, einen Anschein von Normalität aufrechtzuerhalten. Sie war sich sicher, dass sie leichenblass geworden war.

»Da wären wird«, sagte er, als sie im Stadtzentrum von Tillamook das Sheriff's Department erreichten. Harrison stellte den Wagen hinter dem Haus auf einem Parkplatz ab, der mit mit Wasser vollgelaufenen Schlaglöchern übersät war. »Was machen die eigentlich mit unseren Steuergeldern«, murmelte er.

Laura hatte große Angst vor der Vernehmung. Sie wollte nicht mit Detectives mit ausdruckslosen Gesichtern reden, die mühsam so tun würden, als würden sie zuhören. Man würde sie als Verrückte erster Güte abstempeln, sobald sie erzählte, auf welche Weise sie mit Justice kommunizierte.

Doch der hatte sie in der letzten Nacht verfolgt. Sie berührt. Und sie fast geschnappt.

Sie betraten das Gebäude durch die Hintertür. Links war ein Flur, der zum Empfang führte. Sie gingen zu der langen Theke. Dahinter saß an ihrem Schreibtisch eine Frau, die laut ihrem Namensschild Johnson hieß. Ihre Miene war alles andere als erfreut, als sie Harrison und Laura sah.

»Kann ich Ihnen helfen?«, fragte sie.

»Wir würden gerne mit dem Sheriff über den Fall Justice Turnbull reden«, sagte Harrison.

»Sheriff O'Halloran hat schon Feierabend gemacht.«

»Mit wem könnten wir sonst sprechen?«

Sie zögerte. »Wie heißen Sie?«

»Harrison Frost.«

Johnson nickte. »Ah, der Journalist. Mr Frost, wenn der Sheriff etwas zu sagen hat über diesen Fall, wird er es öffentlich bekannt geben.«

»Wir haben unseren Besuch angemeldet«, sagte Harrison bestimmt.

»Detective Stone erwartet uns«, sagte Laura. »Wie ich höre, ist er der Chefermittler in diesem Fall.«

»Detective Stone ist ein sehr beschäftigter Mann«, sagte Johnson mit finsterer Miene, aber sie griff trotzdem zum Telefon und drückte auf einen Knopf. Als am anderen Ende abgenommen wurde, sagte sie: »Harrison Frost, dieser Journalist von der *Seaside Breeze,* ist hier mit Informationen zum Fall Justice Turnbull.« Ihr Tonfall ließ vermuten, dass sie bezweifelte, dass er etwas Wichtiges mitzuteilen hatte. Sie lauschte, legte auf und zeigte in die Richtung, aus der sie gekommen waren. »Gehen Sie am Ende der Theke den Korridor hinab. Offenbar erwartet Sie Detective Stone tatsächlich.«

»Danke«, sagte Harrison.

»Ich bin mal wieder die Letzte, die es erfährt«, murmelte Johnson vor sich hin.

Harrison nahm Lauras Ellbogen, und sie spürte etwas wie einen leichten elektrischen Schlag, ein Gefühl, das sie selten so empfunden hatte. Wenn überhaupt.

Sie waren gerade um die Ecke in den Korridor gebogen, als ihnen ein Mann in Cowboystiefeln, Jeans und einem Hemd mit aufgekrempelten Ärmeln entgegenkam. Er hatte dunkles Haar und blaue Augen, die sehr viel mehr zu sehen schienen, als er preiszugeben bereit war.

»Detective Stone«, stellte er sich vor. »Mr Frost?« Er gab Harrison die Hand, und die beiden Männer musterten sich. Dann blickte er Laura an und wirkte völlig perplex.

Sie streckte die Hand aus. »Laura Adderley.«

Der Detective wirkte nachdenklich, als sie sich begrüßten. »Kommen Sie doch bitte mit in mein Büro.«

Sie folgten ihm in ein Gemeinschaftsbüro, wo sich jeweils zwei Schreibtische direkt gegenüberstanden. Eine attraktive Polizistin mit blauen Augen und kastanienbraunem Haar nickte ihnen lächelnd zu, während sie zwei Stühle zu Stones Schreibtisch brachte. Laura und Harrison setzten sich, während Stone und die Polizistin an ihren Schreibtischen Platz nahmen.

»Das ist Detective Dunbar«, stellte Stone seine Kollegin vor, welche die Gäste interessiert musterte. »Das sind Harrison Frost und Laura Adderley. Frost ist Journalist bei der *Seaside Breeze,* und Miss Adderley ist ...«

»... Krankenschwester im Ocean Park Hospital«, beendete Laura seinen Satz.

Stone drehte sich auf seinem Bürostuhl und schaute Laura an. »Sie erinnern mich an jemanden, Miss Adderley.«

Fast sofort wusste sie, was er meinte.

»Kennen Sie diese Frauen, die ein Stück weiter den Highway hinauf in dem Haus namens Siren Song leben? Die Einheimischen hier sprechen von der Kolonie.«

Harrison hob eine Augenbraue. »Worauf wollen Sie hinaus?«

»Er denkt, dass ich ihnen sehr ähnlich sehe«, sagte Laura.

Stone lächelte. »So ist es. Ihr Haar ist dunkler, aber die Ähnlichkeit ist unverkennbar. Ich kenne Catherine. Und ich habe Fotos einiger der jüngeren Frauen gesehen.«

»Fotos?«, fragte Harrison.

»Von Justice Turnbulls ersten Opfern. Und von ein paar anderen ...« Er runzelte die Stirn, als überlegte er, wie viel er erzählen sollte.

»Meine Haare sind gefärbt«, gestand Laura leise. »Sie kennen Catherine?«

»Ich habe sie zwei- oder dreimal gesehen, doch sie hat mich nie durch das Tor gelassen«, antwortete er. »Männer sind da nicht gern gesehen ... Aber vielleicht lernen wir uns noch besser kennen. Also, erzählen Sie. Was wollten Sie mir über Turnbull mitteilen?«

Harrison antwortete zuerst. »Ich glaube, Justice Turnbull hat eines von Dr. Zellmans Autos gestohlen. Oder, genauer gesagt, den Range Rover seines Sohnes. Turnbull hat ihn letzte Nacht ganz in der Nähe des Hauses von Miss Adderley stehen lassen.«

Stones Blick wirkte nachdenklich.

»Ich weiß, dass Sie Berichte über den Einbruch in mein Haus erhalten haben«, sagte Laura. »Wir haben ihn angezeigt und letzte Nacht mit den Polizisten geredet. Aber ich habe ihnen nicht erzählt, dass Justice Turnbull versucht hat, mich zu töten.« Stone öffnete den Mund, als wollte er etwas sagen, doch Laura redete schnell weiter. »Er hat eines meiner Messer gestohlen und dann auf mich gewartet. Als ich nach Hause kam, hat er die Scheibe der Hintertür eingeschlagen und sie gewaltsam aufgebrochen. Dann wollte er mich umbringen. Ich konnte knapp entkommen und habe Mr Frost angerufen, um ihn um Hilfe zu bitten. Dann bin ich nach draußen gerannt.«

»Er ist hinter Ihnen her gerannt?«

»Ja. Ich rannte zum Ende des Grundstücks, wo das Gelände steil zum Highway abfällt, und bin gesprungen. Ich landete im Straßengraben, und dort hat Harrison mich gefunden.«

Stone schien aufgefallen zu sein, dass sie diesmal nicht mehr »Mr Frost«, sondern »Harrison« gesagt hatte. Laura ärgerte sich ein bisschen darüber.

»Er wird mich nicht in Ruhe lassen, Detective Stone«, sagte sie bedächtig. »Justice Turnbull wird zurückkommen, um mich zu töten.«

34

Nach der zweistündigen Vernehmung durch die Detectives Stone und Dunbar fühlte sich Laura erschöpft. Während des ganzen Abends waren Leute gekommen und gegangen. Sie hatte zwei Männer gesehen, die in Handschellen zur Hintertür geführt worden waren. Klingelnde Telefone, das Summen von Computern, klackernde Tastaturen. Einmal war die Vernehmung unterbrochen worden, und sie hatte die Zeit gefunden, im Krankenhaus anzurufen und zu sagen, sie werde an diesem Tag nicht mehr zurückkommen. Ihre Vorgesetzte, die es mit den Vorschriften sehr genau nahm, war darüber gar nicht glücklich und sagte es auch, doch Laura hatte bereits für eine Vertretung gesorgt, sodass es keine große Sache war. Zumindest hoffte sie das. Sie konnte es sich nicht leisten, den Job zu verlieren.

Stone schien mehr über die Kolonie und ihre Schwestern zu wissen, als sie für möglich gehalten hätte. Er hatte sogar gewusst, dass sie nach ihrem Auszug aus dem Haus im Drift In Market in Deception Bay gearbeitet hatte. »Dann sind Sie also diese Laura«, hatte er zu ihrer Überraschung gesagt. »Ich habe schon einmal nach Ihnen gesucht, als ich mich mit den Frauen der Kolonie beschäftigte. Da habe ich gehört, eine von ihnen habe Siren Song verlassen und arbeite in dem Lebensmittelgeschäft.«

Nachdem sie bestätigt hatte, sie sei »diese Laura«, beantwortete sie seine Fragen so aufrichtig wie möglich. Sie erklärte, sie habe Justice Turnbull als Kind gekannt, doch es sei weder ihm noch seiner Mutter erlaubt worden, in Siren Song zu leben.

Nach einer Reihe weiterer Fragen zu der Kolonie hatte sich Stone zurückgelehnt und Harrison angeschaut. »Haben Sie eine Verbindung zu diesen Frauen? Oder geht es nur um einen Artikel?«

Laura fühlte sich angespannt. Trotz des Protestes der beiden Detectives hatte sie darauf bestanden, dass Harrison bei der Vernehmung dabei sein musste, und der hatte zugesagt, mit dem Sheriff's Department zu reden, bevor er etwas veröffentlichte, doch Stone war offensichtlich skeptisch.

»Wir sind ... befreundet«, sagte Harrison mit einem Blick auf Laura.

»Kennen Sie sich schon lange?«, fragte Detective Savannah Dunbar, die ebenfalls misstrauisch zu sein schien.

»Nein«, räumte Harrison ein. »Wir haben uns durch diesen ganzen Schlamassel kennengelernt.«

»Erzählen Sie«, sagte Stone, und Harrison erklärte, er sei Miss Adderley vor dem Ocean Park Hospital begegnet, als er Informationen für einen Artikel über Justice Turnbulls Ausbruch gesammelt hatte. Zu dem Zeitpunkt seien gerade Dr. Zellman und Conrad Weiser, die von Turnbull verletzt worden waren, in das Krankenhaus eingeliefert worden.

»Und ab da waren sie so eng befreundet, dass Miss Adderley nicht ohne Sie mit uns reden will«, bemerkte Stone.

»Er hat mich gerettet«, sagte Laura. »Wenn Har... Ich meine, wenn Mr Frost nicht rechtzeitig aufgetaucht wäre und mich in dem Graben gefunden hätte, wäre Justice nicht geflüchtet, sondern hätte weiter versucht, mich umzubringen.«

»Also verdanken Sie ihm Ihr Leben?«, fragte Savvy Dunbar.

Als Laura Harrison gerade verteidigen wollte, warf der ihr einen warnenden Blick zu, und sie verzichtete darauf, ihn zu preisen, weil er ihr das Leben gerettet hatte. »Ich wollte einfach nur, dass er hier bei mir ist.«

Dunbar zuckte die Achseln, und Laura wusste, was die beiden Detectives dachten. Sie glaubten, Harrison nutze sie wegen eines Artikels aus. Da sie sich nicht mal eine Woche kannten, konnten sie in ihren Augen nicht als gut befreundet gelten, allenfalls als Bekannte. Sie wagte es nicht, noch mehr zu sagen. Schließlich konnte sie schlecht verkünden, dass sie glaubte, in diesen Mann verliebt zu sein, während sie zugleich von ihrem Exmann schwanger war. Wie hätte sie diesen zynischen Cops erklären können, dass sie sich Harrison so nahe fühlte, als würde sie ihn schon seit einer Ewigkeit kennen? Und es war ja wirklich lächerlich. Womöglich spielten nur ihre Hormone verrückt.

Stone stellte noch ein paar weitere Fragen zu den Frauen von Siren Song, weil Justice Turnbulls Mordgelüste sich auf diese konzentrierten. Offenbar glaubte die Polizei, dass seine anderen Opfer das Pech gehabt hatten, ihm zur falschen Zeit über den Weg gelaufen zu sein. Das war auch Lauras Meinung, doch es schien unübersehbar, dass Justice noch irrationaler und unberechenbarer agierte als bei seiner letzten Mordserie. Sie konnte nichts sagen über die Art und Weise, wie sie mit Justice kommunizierte, denn sie war sich sicher, dass die beiden Cops ihr – wie auch Harrison – nicht glauben würden. Und sie konnte es ihnen nicht verübeln. Gott sei Dank hatte Harrison das Thema nicht angeschnitten.

Obwohl keine weiteren Fragen mehr gestellt wurden zur Beziehung zwischen ihr und Harrison, spürte sie doch die unausgesprochene Skepsis der beiden Detectives. Stone machte sich Notizen. Nein, sie konnte ihnen nichts von der Schwangerschaft erzählen, das Thema war zu persönlich. Sie hatte niemandem etwas davon gesagt, nicht einmal Harrison. Gerade ihm nicht. Das verursachte ihr Gewissensbisse, doch sie ignorierte es. So nah standen sie sich nicht, selbst dann, wenn ihre Fantasie verrückt spielte und sie sich in Träumereien über diesen Mann verlor.

Ja, es mussten die Hormone sein.

Oder doch nicht?

Schließlich wandte sich Stone seiner Kollegin zu. »Bei mir war's das fürs Erste. Wie sieht's bei dir aus, Savvy?«

»Mir fallen im Moment auch keine weiteren Fragen mehr ein«, antwortete Dunbar.

»Gut.« Detective Stone stand auf. »Wir melden uns telefonisch, wenn wir weitere Fragen haben, und Sie rufen mich an, falls Ihnen noch etwas einfällt.« Er zog seine Brieftasche aus der Gesäßtasche seiner Hose und nahm eine Karte heraus, auf deren Rückseite er ein paar Zahlen kritzelte. »Meine Handynummer.« Seine Miene wirkte aufrichtig, fast gütig. Laura wollte ihm vertrauen und daran glauben, dass es ihm gelingen würde, Justice zu verhaften, bevor der den nächsten Mord beging, doch tief in ihrem Inneren wusste sie, dass es nicht so kommen würde. Solange Justice lebte, schwebten sie, ihr ungeborenes Kind und alle Frauen von Siren Song in tödlicher Gefahr.

»Geben Sie mir bitte auch Ihre Karte?«, fragte Harrison.

Stone warf ihm einen fragenden Blick zu, notierte ein weiteres Mal seine Handynummer und schob Harrison die Karte über den Schreibtisch zu. Der steckte sie in seine Brieftasche.

»Kann ich jetzt nach Hause fahren?«, fragte Laura.

»Ich würde mir das gut überlegen«, sagte Stone. »Wir werden da ab und zu einen Streifenwagen vorbeischicken, doch da Turnbull weiß, wo Sie wohnen, sollten Sie vielleicht an einem sichereren Ort übernachten, bis wir ihn verhaftet haben.«

Wenn *ihr ihn schnappt,* dachte Laura.

»Der herrenlose Range Rover, der in der Nähe Ihres Hauses stand, wurde überprüft«, fuhr Stone fort. Er tauschte mit Dunbar einen Blick aus. »Der Wagen gehört Dr. Zellman. Wenn unsere Labortechniker ihn untersucht haben, wird ihn einer von den Zellmans abholen. Aber ich denke, Sie wissen das bereits.«

Harrison nickte.

»Zellman«, sagte Dunbar angewidert. »Dieser Typ, der Turnbull den Ausbruch ermöglicht hat, weil er es versäumt hatte, ihm Handschellen anlegen zu lassen.«

Laura fragte sich, ob Justice vielleicht vorgehabt hatte, Zellman zu ermorden, doch es schien ihr eher unwahrscheinlich, da dieser Psychopath völlig auf sie und ihre Schwestern fixiert war. Aber vielleicht gab es da etwas, was sie nicht wusste. Zellman war Justice Turnbulls behandelnder Arzt gewesen und wusste vielleicht Dinge über ihn, die dieser Verrückte nicht ans Tageslicht kommen lassen wollte.

»Vielleicht können Sie doch in Ihr Haus zurück, es müsste sicher sein«, fuhr Stone fort. »Wir haben die Hintertür zunageln lassen, und unsere Untersuchung dort ist abgeschlossen. Ich kann Ihnen nicht sagen, was Sie tun sollen, aber Sie müssen verdammt vorsichtig sein.« Seine Miene war sehr ernst. »Nein, viel Zeit würde ich da an Ihrer Stelle nicht verbringen.«

»Lassen Sie das Haus permanent beobachten?«, fragte Harrison. »Bekommt Miss Adderley Personenschutz? Es ist offensichtlich, dass Turnbull sie ermorden will.«

Stone blickte Laura an. »Unsere Personaldecke ist zurzeit sehr knapp, aber ja, wir lassen Sie und das Haus beobachten. Aber es ist mir unmöglich, einen Kollegen als Leibwächter für Sie abzustellen. Ich habe im Moment einfach nicht genug Leute.«

»Ist schon okay«, sagte sie, obwohl Harrison protestieren wollte. Sie warf ihm einen Blick zu, um ihm zu bedeuten, dass sie gehen wollte. Dann steckte sie Detective Stones Karte in ihre Handtasche. Sie fühlte sich groggy, als sie mit Harrison in die klare, kalte Nacht hinaustrat.

»Ich bin derselben Meinung wie Stone«, sagte Harrison, als sie losfuhren. »Du solltest heute Nacht besser nicht in deinem Haus bleiben.«

Sie stöhnte innerlich, denn sie hatte es versäumt, ihren Vermieter anzurufen und ihm zu sagen, welche Schäden Justice angerichtet hatte. Aber sie sollte es nachholen, bevor er es auf einem anderen Weg erfuhr.

»Bist du jetzt der Boss?«, fragte sie.

Er lächelte schwach. »Irgendwas sagt mir, dass du nicht zu den Frauen gehörst, die sich herumschubsen lassen.«

»Wenn du meinst. Aber lass uns wenigstens noch kurz bei mir vorbeifahren, damit ich ein paar Sachen zusammenpacken kann.«

»Okay, meinetwegen.«

Sie blickte aus dem Seitenfenster. Die Stadt lag hinter ihnen, und sie betrachtete den Sternenhimmel.

Als wäre auf dieser Welt alles in bester Ordnung, dachte sie.

»Mein Wagen steht vor dem Krankenhaus«, rief sie Harrison ins Gedächtnis. Sie warf ihm einen Blick von der Seite zu. »Doch den kann ich auch morgen abholen.«

Er nickte. »Ich sollte besser Kirsten anrufen, um ihr zu sagen, dass wir heute Nacht noch mal bei ihr bleiben. Wer weiß, vielleicht hat Justice herausgefunden, dass wir uns kennen, und ausbaldowert, wo ich wohne.«

»Du meinst, er könnte in deinem Apartment auf uns warten?«

»Es ist eher unwahrscheinlich, doch wir sollten das Schicksal nicht herausfordern. Bis die Cops den Dreckskerl eingebuchtet hat, sollten wir uns so gut wie möglich unsichtbar machen.« Er schaute sie an. »Hat er wieder versucht, Kontakt zu dir aufzunehmen?«

Sie schüttelte den Kopf. »Seit dem Einbruch gestern Nacht nicht mehr.«

»Ich frage mich, wo er sich versteckt«, sagte Harrison, als vor ihnen die Abfahrt nach Deception Bay auftauchte. Nachdem er gewartet hatte, bis ein entgegenkommendes Auto an ihnen vorbei war, setzte er den Blinker und bog vom Highway ab.

Es war ein langer Tag gewesen. Ein zu langer.

Detective Langdon Stone blickte auf den mit Notizen und Akten überladenen Schreibtisch und massierte seine verspannten Nackenmuskeln. Dieser gottverdammte Justice Turnbull. Und zum Teufel mit diesem närrischen Psychiater, der die notwendigen Vorsichtsmaßnahmen missachtet und darauf verzichtet hatte, Turnbull Handschellen anlegen zu lassen. Aber dieser Zellman war ein dummes Arschloch, das wusste er seit Langem. Nur hätte er nicht geglaubt, dass Zellman so sorglos sein könnte. Nein, das war es nicht. Es war weniger Zellmans Sorglosigkeit gewesen als vielmehr seine völlige Verachtung für Vorschriften, so weit diese auch ihn betrafen. Er hielt sich wirklich für einen Halbgott in Weiß und glaubte, intelligenter als alle anderen zu sein.

Und jetzt hätte ihn beinahe das Leben gekostet.

Jetzt war sein Kehlkopf hin, doch das schien ihn nicht aufhalten zu können. Stone hatte einen Officer zu dem Psychiater geschickt, um ihn zu befragen, und Zellman hatte verlauten lassen, seine Arbeit in dem Krankenhaus bald wieder aufnehmen zu wollen.

Doch da würde dieses arrogante Arschloch erst mal zu Kreuze kriechen müssen.

Andere hatten nicht so viel Glück gehabt wie dieser Seelenklempner. James Cosmo Danielson, Stephanie Wyman und Madeline Turnbull waren tot, und Conrad Weiser, der Sicherheitsbeamte des Ocean Park Hospital, den Turnbull schwer verletzt hatte, lag dort noch immer auf der Intensivstation. Er war nicht tot, aber noch nicht aus dem Koma aufgewacht, und es gab Spekulationen, dass es vielleicht nie passieren würde. Und wenn es so kam, konnte man nicht wissen, unter welchen bleibenden Schäden Weiser weiter leiden musste.

Er wandte sich seinem Computer zu und betrachtete die Fotos von Turnbulls Opfern. Guter Gott, schon jetzt säumten Leichen den Weg dieses Psychopathen, und sein eigentliches Ziel, die Frauen von Siren Song zu ermorden, hatte er noch nicht erreicht.

Er lehnte sich zurück. Turnbull hatte schon zuvor Frauen attackiert, die Beziehungen zu der Kolonie hatten. Einige waren ihm entkommen, andere hatten nicht so viel Glück gehabt und waren Opfer seiner letzten Mordserie geworden.

Jetzt schien alles nur noch eine Frage der Zeit zu sein. Letzte Nacht hatte er versucht, Laura Adderley umzubringen, eine der Frauen von Siren Song. Auf sie hatte Turnbull es zuerst abgesehen.

Er kratzte sich am Kinn und studierte eine Karte der Region, auf der er alle Stellen markiert hatte, wo Hinweise auf Turnbulls Verbrechen entdeckt worden waren. Zurückgelassene Fahrzeuge, Leichenfunde, Orte, an denen Turnbull gesehen worden war, alles war markiert worden. Zuletzt Laura Adderleys Haus.

Da waren das alte Motel, das Madeline Turnbull betrieben hatte, und der Leuchtturm, wo Justice Turnbull sich versteckt hatte. Er stand auf Whittier Island, einer Insel, die der Volksmund Serpent's Eye nannte. Der alte, nicht mehr benutzte Leuchtturm war außer bei Ebbe nur schwer zu erreichen. Zwei seiner Deputys hatten mit einem Boot zu der Insel übergesetzt und berichtet, alles sehe so aus, als wäre dort seit Jahren niemand mehr gewesen. Dort gebe es nichts als Ratten und Fledermäuse.

»Die perfekte Location für eine Halloween-Party«, hatte einer der beiden gewitzelt. »Wenn man davon absieht, dass niemand dort hinkommt.«

Jetzt markierte Stone Siren Song auf seiner Karte, dann mit einem andersfarbigen Stift jene Stellen, wo Turnbull gewohnt hatte, und Orte, die er vor seiner Verhaftung aufgesucht hatte. Er hatte Turnbulls dicke Akte gelesen und wusste daher von der letzten Mordserie, welche Orte Turnbull bevorzugte.

In seinem Kopf drehte sich alles um die Kolonie und die dort lebenden Frauen. Auch Laura Adderley hatte in dem Blockhaus namens Siren Song die ersten Jahre ihres Lebens verbracht – die prägenden Jahre –, doch dann hatte man es ihr gestattet, in der Außenwelt ihren eigenen Weg zu finden.

Und nun gab es wegen dieses Psychopathen eine Wiederbegegnung mit ihrer Vergangenheit.

Er trommelte mit seinem Stift auf die Schreibtischplatte, während er stirnrunzelnd die Karte studierte. Er hatte schon Kontakt zu den Frauen auf der anderen Seite des großen Tores gehabt, und es sah ganz so aus, als müsste er sie bald wieder besuchen.

Die nächste halbe Stunde verbrachte er damit, einen Bericht zu schreiben, dann wandte er sich von dem Computer ab, griff nach seinem Mobiltelefon und rief zu Hause an.

Er lächelte, als Claire sich meldete.

»Wie geht's denn so, Detective?«, fragte sie. »Hier ist dein Abendessen kalt geworden.«

Er stellte sich vor, wie sie in dem Büro saß, das sie sich in einem leer stehenden Zimmer eingerichtet hatte, mit der Lesebrille auf der Nasenspitze und dem dunklen, hochgesteckten Haar. Sie war eine kleine, aber starke Frau, eine Psychiaterin, die schon einige Verrückte erster Güte aus dem Trakt A von Halo Valley behandelt hatte.

»Wenn ich mich recht erinnere, musste sich Frau Doktor doch heute Abend noch um Patienten kümmern. Was stand an, Gruppentherapie?«

»Du hast ein gutes Gedächtnis.«

Es tat gut, mit ihr zu reden. Er erinnerte sich, wie sie sich im Halo Valley Security Hospital kennengelernt hatten und sofort übel aneinandergeraten waren. Doch dafür hatte es Gründe gegeben. Er war noch in einem anderen Fall gezwungen gewesen, mit ihr zusammenzuarbeiten, der etwas mit dem Tod ihrer Schwester und der Kolonie von Siren Song zu tun gehabt hatte. Nie hätte er sich träumen lassen, sich in sie zu verlieben, doch im Verlauf der Untersuchung dieses Falls war es plötzlich geschehen. Kürzlich waren sie zusammengezogen, und sie planten, noch vor dem Jahresende zu heiraten.

»Bist du auf dem Heimweg?«

Er blickte erst auf die Akten auf dem Schreibtisch, dann auf die Fotos der Mordopfer auf dem Monitor. »In einer halben Stunde bin ich da.«

»Wirklich?«

Sie wusste, wie ernst er seine Arbeit nahm.

Er schaute auf die Uhr. »Sagen wir in zwanzig Minuten.«

Als er nach seiner Jacke griff, dachte er daran, wie viel Glück er gehabt hatte, diese Frau zu finden. Savvy Dunbar machte auch gerade Feierabend, und sie trafen sich an der Tür.

»Was meinst du, sollen wir morgen Vormittag nach Siren Song fahren?«, fragte er, während er seine Jacke anzog und die Tür aufstieß.

»Klingt nach einer guten Idee.«

»Ja.« Er nickte und schlug den Kragen hoch, denn es war eine klare, kalte Nacht. Es wurde spät Sommer an der nördlichen Küste von Oregon, zumindest in diesem Jahr. »Mal sehen, was Catherine, die Wächterin des großen Tores, so zu erzählen hat.«

»Du hattest ja schon mal Glück, als du bei ihr warst.«

»Ja, doch das wird sich morgen womöglich ändern.«

Laura lief es kalt den Rücken hinab, als Harrison auf die Auffahrt ihres kleinen Hauses abbog. Es lag völlig im Dunkeln, keine erleuchteten Fenster begrüßten sie. Nur das Licht der Scheinwerfer fiel auf die Fassade.

Obwohl Harrison an ihrer Seite war, als sie auf die Vorderveranda traten, waren ihre Nerven bis zum Zerreißen gespannt, und ihr Herzschlag beschleunigte sich, als sie mit zitternden Fingern den Schlüssel ins Schloss schob und die Eingangstür öffnete. Vor ihrem inneren Auge spulten sich Bilder der letzten Nacht ab. Justice, mit dem Messer in der Hand vor dem Küchenfenster lauernd, seine schweren Schritte, als er sie durch das Haus gejagt hatte, seine Finger, die sie auf ihrem Rücken spürte.

Ihr Knie wurden weich.

Sie machte Licht.

Zitternd ging sie in die Küche, wo ihr Blick auf die Scherben auf dem Boden und das zerschmetterte Fenster in der Hintertür fiel. Wie Stone gesagt hatte, war die aufgebrochene Tür mit Sperrholz zugenagelt worden. »Der Vermieter wird seine helle Freude haben«, murmelte sie, während unter ihren Schuhsohlen Scherben knirschten.

»Was für ein Chaos«, sagte Harrison. »Ich checke noch mal, ob das mit der Tür sicher ist.«

Als sie ihr Schlafzimmer betrat, erinnerte sie sich, dass sie am Vorabend Angst gehabt hatte, jemand könnte sich in der Vorrats- oder Besenkammer versteckt haben. Sie packte Unterwäsche, eine frisch gewaschene Jeans und ein paar T-Shirts zusammen, von denen eines so groß war, dass sie es als Nachthemd benutzen konnte. Dann stopfte sie alles in eine Reisetasche, die auf dem Boden ihres Kleiderschranks stand.

Bevor sie das Licht ausschaltete, warf sie einen Blick auf ihr Bett und fragte sich, ob es ihr jemals wieder möglich sein würde, darin ruhig zu schlafen. Wahrscheinlich nicht.

Im Bad steckte sie ein paar Toilettenartikel in einen Kulturbeutel und verstaute ihn in der Reisetasche. Dann ging sie in die Küche zurück, wo Harrison vor der Hintertür kniete und an dem Schloss herumspielte. »Es funktioniert noch«, sagte er. »Womöglich ist alles weniger schlimm, als es aussieht.«

»Ja, vielleicht.« Trotzdem fühlte sie sich hier schon jetzt nicht mehr richtig zu Hause. Ja, es war alles da, ihre Kaffeekanne und die Tassen, ihre Spültücher, die Töpfe mit den Kräutern auf der Fensterbank, doch nun, wo dieser Verrückte hier eingebrochen war, kam ihr das Haus kalt und leer vor. Seelenlos.

Doch vielleicht war das schon immer so gewesen. Gut möglich, dass sie sich etwas vorgemacht hatte, denn sie hatte mit Byron hier gewohnt, und deshalb war ihr das Haus nie richtig ans Herz gewachsen. Vielleicht war es an der Zeit für eine Veränderung.

Harrison richtete sich auf und wischte sich die Hände an seiner Jeans ab.

Laura beschloss, dass sie umziehen würde, wenn Justice wieder hinter Gittern war.

Sie wusste nicht, wohin sie ziehen würde, doch es wurde Zeit für einen Neubeginn.

Für sie.

Und für ihr Kind.

Sie schluckte und blickte Harrison an, der ihr die Tasche aus der Hand nahm. »Bereit zum Aufbruch?«

»Ja.« Sie hatte ihm so viel erzählt, selbst über ihre Kindheit, doch die Schwangerschaft hatte sie vor ihm geheim gehalten.

Wie vor allen anderen.

Nur Justice wusste es.

Ihr gefror das Blut in den Adern, als sie daran dachte, dass er Zellman gegenüber gesagt hatte, er könne die Frauen von Siren Song riechen, wenn sie schwanger seien. Normalerweise hätte sie darüber gelacht, doch es war unbestreitbar, dass er sie ins Visier genommen hatte. Er hatte schon drei Menschen umgebracht und war jetzt fest entschlossen, auf sie und ihre Schwestern Jagd zu machen.

Sie musste etwas tun. Sie konnte nicht für immer in Angst und Schrecken leben, und ihr Kind ... ihr Baby musste überleben.

Als sie die Haustür abschloss, wusste sie, dass es zwischen ihr und Justice zu einem Showdown kommen würde.

Harrison hatte seine Schwester telefonisch nicht erreicht und ihr folglich noch nicht mitgeteilt, dass Laura und er eine weitere Nacht bei ihr zu verbringen gedachten. Als er seinen Chevy vor der Tür geparkt hatte, verzichtete er darauf zu klingeln. »Hallo?«, rief er einfach, wie er es immer tat, und er hörte seine Nichte erfreut quieken.

Didi musste ins Bett und sah nun in Harrisons und Lauras Besuch eine Chance, das noch hinauszuzögern. Sie hatte keine Lust, sich die Zähne zu putzen und unter die Bettdecke zu schlüpfen. Deshalb bestand sie jetzt darauf, dass Harrison sie huckepack nahm und mit ihr durchs Haus lief, und schließlich ließ sie sich so lange von Laura vorlesen, dass Kirsten irgendwann einschritt und ihre protestierende Tochter ins Bett brachte.

Nur Chico schien sich nicht zu freuen über den Besuch. Er hockte hinter dem Schaukelstuhl und knurrte Harrison an.

»Schon gut, schon gut«, versuchte er den Hund gerade zu besänftigen, als sein Mobiltelefon zirpte. Auf dem Display sah er, dass es Geena Cho war, und er trat mit dem Handy auf Kirstens Terrasse, wo er das Meer riechen und die Brandung hören konnte.

»Ich wollte mich noch mal dafür bedanken, dass du mir einen Korb gegeben hast«, sagte Geena in einem schmollenden Ton.

»Tut mir leid«, antwortete er. »Hat's mit Alonzo nicht geklappt?«

»Alonzo«, wiederholte sie, als würde sie sich erst jetzt wieder erinnern, wer das war. »Stimmt, dieser Barkeeper. Nein, da ist definitiv nichts gelaufen.« Sie schwieg kurz. »Eigentlich rufe ich an, um mich zu entschuldigen. Ich glaube, ich habe mich ein bisschen danebenbenommen, als ich dich anmachen wollte.«

»Vielleicht ein bisschen.«

»Meinem Kater nach zu urteilen mehr als nur ein bisschen.«

»Mach dir deshalb keine Gedanken.« Er blickte einer Fledermaus nach, die über den Gartenzaun davonflog.

»Gott sei Dank hatte ich heute meinen freien Tag. Und danke, dass du angeboten hast, mein Taxi zu bezahlen.«

»Ich geb dir das Geld, wenn wir uns das nächste Mal sehen.«

»Ich habe gehört, dass Justice Turnbull erneut zuschlagen wollte. Sei vorsichtig, ja? Ich möchte nicht, dass dir etwas zustößt.«

»Keine Sorge.« Sie plauderten noch ein paar Minuten miteinander und verabschiedeten sich dann freundschaftlich.

Er trat durch die offene Schiebetür in das kleine Esszimmer, wo Kirsten gerade den Tisch deckte. Sie hatte aus ihrer Bäckerei etwas fürs Abendessen mitgebracht. Außerdem gab es noch Obst und entkoffeinierten Kaffee.

»Demnächst bedanke ich mich für deine Gastfreundschaft, indem ich dich und Didi zum Grillen einlade«, sagte Harrison zu seiner Schwester.

»Super Idee.« Es war bekannt, dass er ständig alles so lange auf dem Grill ließ, bis es angebrannt und ungenießbar war. Oder er servierte Hamburger, wo das Fleisch noch halb roh war.

Sie aßen schnell, setzten sich dann einigermaßen gelangweilt vor den Fernseher und beschlossen schließlich, ins Bett zu gehen. Harrison wollte noch seine E-Mails checken, bevor er sich auf die Luftmatratze legte.

»Was dagegen, wenn ich duschen gehe?«, fragte Laura Kirsten.

»Überhaupt nicht.« Kirsten war bereits Richtung Badezimmer unterwegs. »Da in dem Wandschrank sind Badetücher. Moment, ich hole eins.«

Während Laura unter der Dusche stand, setzte Harrison sich an seinen Laptop, nahm sich seinen letzten Artikel vor und gab ihm den letzten Schliff.

Irgendwann tauchte Kirsten auf und ergriff seinen Arm.

»Hallo«, sagte er überrascht. »Ich muss noch schnell den Artikel fertig machen, sonst kommt er nicht mehr in die morgige Ausgabe.«

»Ja, du hast es schwer.« Sie zog ihn auf die Terrasse, und wieder hörte er das dumpfe Grollen der Brandung. Sie zog die Schiebetür zu und blickte ihn an.

»Tut mir leid, dass wir dich schon die zweite Nacht belästigen.«

»Kein Problem. Zumindest nicht für mich oder Didi. Vielleicht für Chico, doch nach dessen Meinung wird nicht gefragt.«

»Für wen soll es dann ein Problem sein?«

»Für dich, Bruderherz.« Sie betrachtete ihn in dem schwachen Licht, das aus dem Inneren des Hauses auf die Terrasse fiel.

»Mir geht's gut.«

Kirsten schnaubte. »Ist dir entgangen, dass sie in dich verliebt ist?«

»Was?«

»Sobald du ihr den Rücken zukehrst, starrt sie dich an, und zwar nicht wie eine gute Bekannte. Sie ist verknallt in dich, Harrison, und ich vermute, es hat sie richtig schlimm erwischt. Laura scheint mir nicht zu den Frauen zu gehören, die sich schnell verlieben. Ich glaube nicht, dass sie schon viele Männer hatte. Wir haben uns ein bisschen unterhalten. Ihre Ehe scheint nicht sehr glücklich gewesen zu sein.«

Das war ihm nicht neu. »Ihr Ex ist ein Arschloch.«

»Kann schon sein, und du solltest behutsam mit ihr umgehen. Ein gebrochenes Herz kann sie jetzt nicht brauchen. Sie macht so schon genug durch, da hätte ihr das gerade noch gefehlt.«

Das Wasser hörte auf zu rauschen, Laura hatte gerade die Hähne zugedreht.

»Sie hat schon einiges hinter sich, mit Siren Song und so weiter«, fuhr Kirsten fort. »Ich habe heute ein bisschen im Internet recherchiert.« Sie schaute ihn an. »Also, immer schön langsam, überstürze nichts bei ihr.«

»Wovon redest du?«

»Ich habe das Gefühl, dass nicht nur sie verknallt ist. Gute Nacht.« Damit ließ sie ihn stehen und verschwand im Haus.

Einen Augenblick später folgte ihr Harrison. Er klappte den Laptop auf und stellte eine Verbindung zu Kirstens Drahtlosnetzwerk her. Vor dem Checken seiner E-Mails recherchierte er noch ein bisschen über die Kolonie. Lauras vage Antworten über ihre Jahre in Siren Song und über ihr Zusammenleben mit diesen Frauen dort hatten ihn beunruhigt. Er versuchte alles über »Mary« herauszufinden, deren Töchter offenbar alle andere Väter hatten. Es schien, dass sie nicht nur promisk gewesen war, sondern es auch irgendwie geschafft hatte, nur Töchter zu bekommen. Aber Laura hatte seiner Erinnerung nach schon etwas von früh gestorbenen Brüdern erzählt.

Das Ganze war sehr seltsam.

Und dann war da Marys Tod, nach dem sich die Tore von Siren Song offenbar für immer geschlossen hatten. Er schaute in seine Notizen, die er sich bei der Lektüre der Chronik im Haus der Historischen Gesellschaft von Deception Bay gemacht hatte, fand jedoch dort keine Antworten auf seine Fragen.

Bei den E-Mails war nichts Interessantes dabei, und als er den Laptop gerade zuklappte, trat Laura zu ihm. Sie trocknete sich mit einem Handtuch das Haar ab. Zum ersten Mal sah er sie ganz ohne Make-up. Sie ging zu dem Sofa, und das große T-Shirt, das sie für die Nacht angezogen hatte, ermöglichte ihm einen guten Blick auf ihre langen Beine. Weil sie sich die Haare trocknete, rutschte der Saum weiter nach oben, und er sah ihren pinkfarbenen Slip.

Mit Mühe wandte er den Blick ab, doch vor seinem inneren Auge sah er weiter dieses Bild. Guter Gott, sie war verdammt sexy. Und es war ihr nicht einmal bewusst.

Eine interessante Frau, die ihn neugierig machte.

Eine Frau mit mehr Geheimnissen als üblich.

Als er aufblickte, sah er ihr fast melancholisches Lächeln. »Alles in Ordnung?«, fragte er.

Er merkte, dass er eine Erektion bekam.

»Ja, ich denke schon.«

»Hier bist du in Sicherheit.« Er empfand das überwältigende Bedürfnis, sie zu trösten.

»Weil du bei mir bist?« Sie schlüpfte unter die Bettdecke.

»Ja, natürlich.« Er fragte sich, wie er es aushalten sollte. Sie lag keine zwei Schritt von ihm entfernt auf dem Sofa, aber er durfte sich nicht gehenlassen und sich zu ihr legen.

35

Es kam ihr so vor, als hätte sie in dieser Nacht nie länger als fünf Minuten am Stück geschlafen. Gedanken an Justice, ihre Schwestern und vor allem an Harrison gingen ihr durch den Kopf. Sie hörte ihn leise schnarchen auf der Luftmatratze und fragte sich, wie es sein mochte, mit ihm zu schlafen, leidenschaftlich, jede Nacht. Sie stellte sich vor, wie er sie in seinen Armen hielt und dass sie sich in Sicherheit fühlen würde. Und wenn sie dann am nächsten Morgen aufwachten, würde sie seinen warmen Körper spüren. Mit noch verschlafenen Augen würde er sie unwiderstehlich lächelnd ansehen, und sie würden sich gleich wieder lieben.

Törichte Träume, dachte sie, während sie aufstand und ins Bad ging. Sie knipste das Licht an und betrachtete sich im Spiegel. Sie war blass, ihr Haar zerzaust. An den dunklen Ringen unter den Augen konnte man sehen, dass sie zu wenig Schlaf bekommen hatte.

Nicht gerade eine aufreizende Verführerin.

Sie ging auf die Toilette und kehrte ins Wohnzimmer zurück.

Es dämmerte, durch die Fenster sickerte graues Licht.

Harrison war nicht da.

Das Bettzeug auf der Luftmatratze war zerwühlt, doch von ihm war nichts zu sehen.

Sie spürte einen kühlen Luftzug und bemerkte, dass die Schiebetür einen Spaltbreit offen stand. Harrison saß auf der Terrasse und telefonierte, mit nacktem Oberkörper und barfuß.

Er trug nur eine niedrig sitzende Jeans. Während er leise sprach, fuhr er sich mit den Fingern durch die in alle Richtungen abstehenden Haare.

Er kehrte ihr den Rücken zu. Sie betrachtete seine breiten Schultern, und dann glitt ihr Blick über seinen Rücken zum Hosenbund seiner alten Levi's-Jeans hinab.

Sie erhaschte einen Blick auf einen schmalen Streifen weißer Haut, die nicht von der Sonne gebräunt war, und es erregte sie. Sie stellte sich vor, wie ihre Finger über seine Wirbelsäule fuhren, wie sie ihre feuchten Lippen auf seinen Rücken drückte ...

Hör auf!

»Okay, das war's dann«, hörte sie Harrison sagen, als sie auf die Terrasse trat. Er beendete das Telefonat, drehte sich um und sah sie.

Für einen Moment war sein Blick noch finster, dann hellte er sich auf. Er war so attraktiv. Die nackte Brust, der flache Bauch, die muskulösen Oberarme, das dunkle Haar, der Dreitagebart ... Und der Hosenstall war nicht ganz zugeknöpft ...

Er war so verdammt männlich.

Als könnte er ihre Gedanken lesen, begann er zu grinsen, wobei er strahlend weiße Zähne entblößte.

»Ein wichtiges Telefonat?«, fragte sie. Ihr Mund war völlig ausgetrocknet.

»Ich wollte nur sicherstellen, dass mein letzter Artikel über die jugendlichen Diebe in die Morgenausgabe kommt.«

»Und?«

»Kein Problem, ist gebongt. Warum bist du schon so früh auf den Beinen?«

»Ich konnte nicht schlafen. Mir ging zu viel durch den Kopf.«

Er hob eine Augenbraue. »Ich könnte Kaffee kochen oder ...« Seine Augen funkelten in dem morgendlichen Dämmerlicht.

»Oder?«

Zu ihrer Überraschung legte er seine Arme um ihre Taille und drückte seine Stirn an ihre. »Nun, es ist noch früh. Wir könnten wieder ins Bett gehen.«

»Ich aufs Sofa, du auf die Luftmatratze.«

Er lächelte, und sie spürte seinen warmen Atem auf ihrer Gesichtshaut.

»Eine etwas unglückliche Situation.« Seine Nasenspitze berührte ihre.

»Und dann sind da noch Didi und Kirsten«, gab sie zu bedenken. »Sie werden bald aufstehen.«

»Ich kann unglaublich schnell sein.«

Sie lächelte. »Das hört eine Frau nicht so gerne.«

»Das Vorspiel wird überschätzt«, sagte er lächelnd, während seine Hände ihre nackten Arme hinaufglitten. Er gab ihr wortlos zu verstehen, dass er nur Spaß gemacht hatte und dass sie sich stundenlang lieben würden.

Ihr wurde ganz heiß.

Und dann zog er sie fest an sich und küsste sie. Sie spürte seine warmen Lippen auf ihren, und ihr wurde ganz schwindelig, als sie an schweißnasse Haut dachte, an ihr heißes Verlangen. Daran, wo er sie überall berühren und wie sie auf seine Zärtlichkeiten reagieren würde.

Sie schloss die Augen und ließ sich gehen. Durch den dünnen Baumwollstoff ihres T-Shirts spürte sie seine Körperwärme.

Tu's nicht, warnte eine Stimme in ihrem Kopf. *Es ist riskant, Laura. Schon jetzt bist du in einer emotional schwierigen und gefährlichen Lage.*

Aber sie konnte nicht widerstehen und verlor sich in dem Kuss. Er roch so gut. Mit einer Hand strich er ihr durchs Haar, mit der anderen zog er sie noch dichter an sich.

Sie öffnete die Lippen, und ihre Zungen trafen sich. Ihre Brustwarzen waren hart, und da war nichts mehr als dieses Verlangen.

»Loreley«, flüsterte er.

Sie stöhnte leise und spürte, wie ihre Knie weich wurden.

Bevor sie etwas sagen konnte, hob er sie hoch und trug sie durch die offene Tür.

»Mommy?«

Didi. Es war wie eine kalte Dusche.

Harrison erstarrte.

Er setzte Laura ab, und die strich ihr T-Shirt glatt und verschwand in der Küche. Als sie nach der Kaffeedose griff und den Wasserhahn aufdrehte, war von der Treppe her das Geräusch von Schritten zu hören.

Drei Sekunden später tauchte Didi auf, mit Chico im Schlepptau. Der Hund schaute Harrison an, knurrte kurz und verschwand nach draußen.

»Wie geht's, meine Kleine?«, fragte Harrison Didi und hob sie hoch in die Luft. »Gib deinem Lieblingsonkel einen Kuss.«

»Nein!«, sagte sie mit finsterer Miene, doch als er ihr ein Küsschen auf den Arm gab, kicherte sie, und ihre Stimmung hellte sich auf.

»Was ist hier los?«, fragte Kirsten, als sie in die Küche trat und einen Blick auf die Wanduhr warf. »Es ist erst sechs«, stöhnte sie.

»Ich dachte immer, dass Leute, die in einer Bäckerei arbeiten, schon morgens um zwei auf den Beinen sind«, sagte Harrison.

»Das war mal«, murmelte Kirsten. Sie gähnte und reckte ihre Glieder. »Schon Kaffee gekocht?«

»Bin gerade dabei«, antwortete Laura, die spürte, dass ihre Wangen gerötet waren. Während sie Wasser in die Kaffeemaschine füllte, wühlte Kirsten in einem Schrank neben dem Herd. Sie reichte Laura einen Filter und füllte die Bohnen in eine elektrische Kaffeemühle. Als sie gemahlen waren, schüttete sie das Kaffeemehl in die Maschine und drückte auf den Knopf. Nach einer knappen Minute begann Kaffee in die Glaskanne zu tröpfeln.

»Jetzt wird Frühstück gemacht«, sagte sie, während sie Harrison ihre Tochter abnahm. Der Duft des frisch gekochten Kaffees erfüllte die Küche, als Chico zurückkam und Kirsten die Tür schloss. »Was möchtest du zum Frühstück?«, fragte sie Didi.

»Pfannkuchen!«, antwortete Didi.

»Was für eine Überraschung. Zieh dich an, dann mache ich sie.« Sie blickte erst ihren Bruder, dann Laura an. »Für uns alle.«

Didi verschwand wie der Blitz, und ihre Mutter blickte ihr mit einem wehmütigen Lächeln nach. »Ihre Energie möchte ich haben.« Dann warf sie Harrison einen wissenden Blick zu. »Und deine verdammte Leidenschaft.«

Laura errötete schon wieder.

»Vorsicht!«, warnte Kirsten sie, während sie drei Tassen auf den Tisch stellte. »Mein Bruder leidet am Helfersyndrom. Er glaubt, alle beschützen zu müssen, die ihm nahestehen.«

»Ist das ein Problem?«, fragte Harrison.

»Das Problem ist, dass es dir nicht bewusst ist«, erwiderte Kirsten.

Savvy Dunbar fuhr zu dem aufgegebenen Motel, das Madeline Turnbulls Zuhause gewesen war, bevor ihr Sohn Justice sie brutal angegriffen hatte und sie in das Pflegeheim Seagull Pointe gekommen war.

Alles war völlig heruntergekommen. Die Häuschen mit den Motelzimmern waren baufällig, von dem Zaun am Rand der Steilküste waren nur noch Relikte übrig. Das Grundstück musste ein Vermögen wert sein, doch die heruntergekommenen Gebäude konnte man nur noch abreißen.

Auf der Auffahrt wuchsen Unkraut und hohe Gräser, und ihr Streifenwagen erzitterte, wenn sie durch tiefe Schlaglöcher fuhr. Von anderen Polizeiautos war nichts zu sehen. Die Personaldecke des Sheriff's Department war so knapp wie das Geld. Es wäre völlig unmöglich gewesen, den Ort sieben Tage in der Woche rund um die Uhr beobachten zu lassen.

Nachdem sie sich auf dem Grundstück umgesehen und durch ein paar Fenster gespäht hatte, die nicht zugenagelt worden waren, fuhr sie zum Highway zurück und folgte ihm, bis sie zu einem Abzweig kam, von dessen Ende aus man einen guten Blick auf den alten Leuchtturm hatte, wo Justice sich vor seiner Verhaftung verschanzt hatte. Der Leuchtturm war schon seit Jahren nicht mehr in Betrieb. Von der Küste aus wirkte er unbewohnt, ein einsamer, grauer Turm auf einer felsigen Insel in einem aufgewühlten Meer mit weißer Gischt auf den Wällen. Man fühlte sich an eine vergangene Ära erinnert, an Klipper und Schiffswracks.

»Wo bist du, elender Dreckskerl?«, sagte sie laut. In der Luft hing der Geruch des Meeres, der böige Wind schlug ihr ins Gesicht und zerzauste ihr Haar.

Sie war müde, wie alle ihre Kollegen vom Tillamook County Sheriff's Department. Die Arbeitsbelastung nahm ständig zu, und viele Polizisten waren mit ihren Kräften am Ende.

Und Justice Turnbull war weiter auf freiem Fuß.

Irgendwie mussten sie ihn schnappen.

Bevor er noch mehr Morde beging.

Die Sonne stand hoch am Himmel, als Laura und Harrison vor dem schmiedeeisernen Tor von Siren Song eintrafen. Ihr Herz klopfte heftig, und ihre Nerven waren bis zum Zerreißen gespannt. Harrison lehnte an seinem Auto und betrachtete das Grundstück hinter dem Tor.

»Bist du sicher, dass du das willst?«, fragte er.

»Ich bin mir mittlerweile bei nichts mehr sicher«, antwortete sie mit einem gezwungenen Lächeln. *Ich war mir nicht einmal sicher, ob ich die letzte Nacht noch einmal im Haus deiner Schwester verbringen sollte, wo du mich immer von der Luftmatratze aus angestarrt hast ... Und dann dieser Kuss ...*

Sie räusperte sich und wandte den Blick ab. »Aber hier hat alles begonnen«, sagte sie. Sie hatte beschlossen, es nicht mehr zuzulassen, dass Justice über ihr Leben bestimmte. Den größten Teil der letzten Woche hatte sie damit zugebracht, sich vor ihm zu fürchten, vor ihm davonzulaufen.

Das musste ein Ende haben.

Sie ertrug es nicht, von ihm terrorisiert zu werden. Nach dem Frühstück hatte sie Harrison gebeten, sie hierher zu fahren. Er hatte nicht protestiert, aber darauf bestanden, dass sie vorher noch in ihrem Haus nach dem Rechten sehen sollten.

Während der Fahrt hatten weder sie noch er von dem Kuss gesprochen. Oder darüber, was vielleicht passiert wäre, wenn nicht plötzlich Didi aufgetaucht wäre. Vielleicht war das auch besser so gewesen. Sie verleugnete weder den Kuss noch ihre Gefühle, sie wollte einfach nur nicht zu eingehend darüber nachdenken.

Zumindest im Moment nicht.

In ihrem Haus hatte er ihr den Namen eines Glasers genannt, der später vorbeikommen würde, um die zerbrochene Fensterscheibe zu ersetzen. Das Schloss der Hintertür glaubte er selbst reparieren oder austauschen zu können. Sie hatte auf dem Anrufbeantworter ihres Vermieters eine Nachricht hinterlassen, und dann waren sie nach Siren Song gefahren, wo sie nun vor dem Tor standen und sich fragten, ob sie auf der anderen Seite Antworten erhalten würden.

»Jetzt oder nie«, sagte Laura.

Da es keine Klingel gab, rüttelte sie an den Stäben des Tores und an der Kette. »Catherine!«, rief sie. »Catherine!«

Sofort erschien Isadora in der Haustür. Auch sie trug einen dieser bodenlangen Röcke. Sie eilte die Stufen der Vorderveranda hinab und kam dann über den gepflasterten Weg zum Tor gelaufen. »Loreley«, flüsterte sie verwirrt, während sie das Vorhängeschloss an der Kette öffnete und dann an den Stäben des Tores riss, das sich quietschend öffnete. Dann warf sie sich in Lauras Arme, sehr zu deren Überraschung. »Wir haben gehört, was passiert ist«, sagte Isadora, die offenbar einen Kloß im Hals hatte. »Guter Gott, ich habe mir solche Sorgen gemacht«, sagte sie zitternd.

Sonnenstrahlen durchdrangen das Laubdach der alten Bäume. Der Boden war noch nass vom Tau, es roch nach feuchter Erde. Auch der salzige Geruch des nahen Meeres hing in der Luft.

»Mir geht es gut«, sagte Laura. »Wirklich, du musst dir keine Sorgen machen, Isadora.«

»Ich kann nichts dagegen tun. Er ist geisteskrank!« Erst jetzt bemerkte Isadora, dass Laura nicht allein gekommen war, und sie blickte zu dem an seinem Chevy lehnenden Harrison hinüber. »Oh, es tut mir leid, dass ich deinen Begleiter nicht begrüßt habe.«

»Er ist ein Freund, der mir zu helfen versucht.«

Isadora schüttelte den Kopf. »Das kann niemand.« Sie wirkte misstrauisch, als Harrison zu ihnen trat.

Er streckte die Hand aus. »Harrison Frost.«

Sie schüttelte sie zögernd. »Sie sind dieser Journalist.«

»Genau.«

»Aber mehr als nur das«, sagte Isadora, während sich ihre Augenbrauen nachdenklich zusammenzogen. »Er ist der Mann, von dem Kassandra gesprochen hat. Der Wahrheitssuch...« Sie unterbrach sich, weil Laura ihr einen warnenden Blick zuwarf. Isadora war dabei gewesen, als Kassandra ihre Prophezeiung gemacht hatte. Sie wusste auch von der Schwangerschaft, und Laura hoffte inständig, dass ihre Schwester nichts davon sagen würde.

»Ich muss unbedingt mit Catherine reden«, sagte Laura.

In diesem Moment hörten sie einen Motor und das Knirschen von Kies unter Autoreifen.

Isadora blickte auf. »Justice ...!«, schrie sie.

Harrison und Laura erstarrten und blickten in die Richtung, aus der die Geräusche kamen. »Komm rein, Loreley«, befahl sie. »Schnell!« Dann wandte sie sich Harrison zu. »Sie auch!«

Sie trat durch das Tor und wollte es so schnell wie möglich wieder zuschlagen, als zwischen den Bäumen ein Jeep auftauchte. Laura sah einen Mann hinter dem Lenkrad sitzen, einen Mann mit dunklem Haar, Bartstoppeln und einem grimmigen Gesichtsausdruck.

Das war nicht Justice.

Auf dem Beifahrersitz saß eine Frau. Ihre Miene wirkte besorgt, und sie sprang schon aus dem Jeep, als der noch gar nicht richtig stand. Laura wusste, wer sie war. Diese Frau war verwandt mit ihr, ihre Schwester. Fasziniert betrachtete sie ihre haselnussbraunen Augen. Strähniges blondes Haar. Blaue Augen. Diese Ähnlichkeit zwischen ihnen allen ...

Das Tor begann sich quietschend zu schließen, als Isadora plötzlich innehielt. »Becca?«, flüsterte sie mit weit aufgerissenen Augen.

In diesem Moment trat Catherine auf die Veranda vor der Haustür. »Isadora!«, rief sie.

»Wer ist Becca?«, fragte Harrison.

»Eine meiner Schwestern«, antwortete Laura, während der Fahrer des Jeeps ausstieg. Sie war Becca nie begegnet, wusste aber, dass sie ihre Schwester war. Vor zwei Jahren, während Justice Turnbulls letzter blutiger Mordserie, hatte sie in der Zeitung von Rebecca Sutcliff und Hudson Walker gelesen.

Becca war adoptiert worden, bevor Catherine das Tor von Siren Song für immer geschlossen hatte. Nach der Adoption war sie nie mehr dort aufgetaucht, und Catherine hatte auch nicht von ihr gesprochen. Aber die Schwestern hatten untereinander getuschelt über die Mädchen, die »in der Außenwelt« aufgewachsen waren.

Obwohl Becca adoptiert worden war, hatte Justice sie gefunden, und sie wäre beinahe vorher schon einmal zum Opfer seiner Mordlust geworden.

Becca hob eine Hand und lächelte verlegen. Ihr Blick wirkte beunruhigt. Der Mann an ihrer Seite, vermutlich Hudson Walker, öffnete die hintere Seitentür des Jeeps, und Becca zog ein lockiges Mädchen von etwa zwei Jahren aus dem Kindersitz.

Ich kann sie riechen, wenn sie schwanger sind.

Justice' beängstigende Behauptung ging Laura durch den Kopf, und sie wurde von Angst übermannt. War Becca mit diesem dunkelhaarigen kleinen Mädchen schwanger gewesen, als Justice sie gefunden hatte? Hatte sie deshalb ganz oben auf seiner Liste gestanden?

Laura gefror das Blut in den Adern, als ihr Blick auf das Kleinkind fiel. Bleich. Schwach. Apathisch. Guter Gott ...

Becca kam mit dem Kind auf dem Arm auf sie zu, blieb aber wie angewurzelt stehen, als sie Laura sah. »Du bist Loreley«, sagte sie. »Jetzt bist du diejenige, hinter der er her ist.«

»Woher weißt du das?«

Becca zögerte, schien lügen zu wollen. »Ich habe Visionen«, sagte sie schließlich vorsichtig. »Ich habe ihn gesehen, wie er dich verfolgt hat, Loreley ...«

»Wovon zum Teufel reden Sie?«, fragte Harrison.

»Wir alle haben spezielle ›Gaben‹«, sagte Becca. »Hat Loreley Ihnen nicht davon erzählt?«

»Ja schon, aber ...«

Becca trat näher. »Sie ist nicht die Einzige, die über eine solche Gabe verfügt.«

»Isadora!«, rief Catherine. Als sie die Gruppe am Tor erblickte, erstarrte sie, und ihr Gesicht verlor jegliche Farbe.

»Mein Gott.« Sie hob ihren langen Rock an und kam zielstrebig zum Tor marschiert. Der Stoff ihres Kleides knisterte, und sie hatte das silbergraue Haar zu einem straffen Knoten gebunden. »Was ist hier los?« Angst verzerrte ihre Gesichtszüge.

Laura warf einen Blick auf das Haus und sah die Gesichter ihrer Schwestern hinter einer Fensterscheibe – Ravinia und Kassandra. Lilibeth war mit ihrem Rollstuhl auf die Veranda gefahren und blickte zum Tor hinüber.

Eine Gefangene.

Eine Gefangene des Rollstuhls.

Von Siren Song.

Des Schicksals.

Catherine war zornig. »Was hast du hier zu suchen?«, fuhr sie Becca an. »Weißt du nicht, dass er wieder auf freiem Fuß ist? Habe ich dich nicht gewarnt, dass du nicht hierherkommen sollst? Weil es nicht sicher ist?«

»Wir konnten nicht mehr warten«, sagte Becca mit einem aggressiven Blick auf Catherine.

»Es ist gefährlicher als jemals zuvor«, konterte Catherine.

Becca schüttelte den Kopf. »Du hast mich lange genug ferngehalten. Deine Geheimnisse sind mir egal.« Catherine schien etwas sagen zu wollen, doch Becca war noch nicht fertig. »Zu viele Menschen sind schon gestorben, Catherine. Zu viele von uns, zu viele andere. Das muss aufhören.« Sie zitterte und kämpfte gegen die Tränen an. »Und jetzt ... Und jetzt Rachel.« Sie schloss die Augen, als sich das Kind in ihren Armen zu winden begann.

Catherine blickte auf das kleine Mädchen, und ihre Miene wurde nachsichtiger.

»Ich weiß, dass du uns beschützen willst, aber es hat nicht funktioniert!« Becca hatte die Fassung wiedergefunden und war nicht in Tränen ausgebrochen, starrte die ältere Frau aber immer noch wütend an. »Immer wieder bin ich hier gewesen, um Antworten auf meine Fragen zu bekommen, aber du hast mich stets weggeschickt!« Ihre Stimme wurde lauter. »Und jetzt ... Und jetzt ist meine Tochter in Gefahr.« Sie drückte ihr Kind an sich. »Lass mich rein, Catherine«, flüsterte sie. »Wir müssen reden. *Wir alle* müssen reden.«

»Ich glaube nicht, dass ...«

Beccas Begleiter trat vor. »Lassen Sie sie sofort rein!«, sagte er mit blitzenden Augen. Er war einen Kopf größer als Catherine und starrte von oben auf sie herab. Auch seine Miene spiegelte seine Emotionen, seine Angst.

Catherine zögerte und warf erneut einen Blick auf das kränklich wirkende Kind. »Also gut«, sagte sie zu Becca. »Aber ohne die Männer. Das Kind kannst du mitnehmen. Beeil dich.« Sie blickte Laura an. »Du auch.« Dann blickte sie die beiden Männer an. »Sie warten hier. Dies alles geht nur uns etwas an.«

Das Tor schloss sich, und Catherine und Isadora führten Laura sowie Becca mit ihrer Tochter zum Eingang des Hauses.

Harrison hatte noch versucht, sich durch das sich schließende Tor zu zwängen, doch Hudson hielt seinen Ellbogen fest.

»Ich lasse Laura nicht allein ...«

»Bleiben Sie hier«, sagte Hudson.

»Sie können mich mal ...«

»Wir warten hier«, rief Hudson Catherine nach. »Wenn es Probleme gibt, warnen wir euch.«

»Worum zum Teufel geht's hier?«, fragte Harrison Hudson Walker.

»Wir sind hier, um zu sehen, ob sie meiner Tochter helfen können«, antwortete Hudson. »Ich habe kein Problem damit, hier zu warten für den Fall, dass dieser geisteskranke Dreckskerl auftaucht.«

Catherine drehte sich noch einmal um und nickte Hudson knapp zu. Plötzlich wirkte sie zehn Jahre älter. Becca drückte Rachel an sich und ging zielstrebig Richtung Haustür. Laura fragte sich, wie verzweifelt sie sein musste, wenn sie ihr Kind mit hierher brachte. Sie wusste, das Justice irgendwo in der Nähe lauerte, um erneut zuzuschlagen.

Catherine führte die Gruppe ins Haus. In der Tür drehte sie sich noch einmal um und blickte zum Tor, als erwartete sie, dass der Teufel persönlich dort aufkreuzen würde.

Im Haus wurde Becca ihren Schwestern vorgestellt, die sie noch nicht kannte. Die jungen Frauen, die sie begrüßten, nannten ihre Namen: Isadora, Kassandra, Ravinia, Ophelia und Lilibeth. Ihre Haare waren weizenblond bis dunkelblond, und alle hatten blaue Augen. Es gab noch andere und einige, die, wie Laura und Becca, nicht ihr ganzes Leben hier verbracht hatten. Einige waren tot, andere galten als vermisst, doch ihr Geist schien in diesem Haus noch anwesend zu sein.

Becca erklärte, ihr Begleiter sei ihr Ehemann Hudson Walker.

Diesmal schickte Catherine die jüngeren Mädchen nicht nach oben. Sie führte die Besucher in das große Zimmer hinter der Diele, das von einem großen Kamin dominiert wurde, in dem ein Feuer brannte. Die Möbel stammten aus verschiedenen Epochen der letzten hundert Jahre und passten nicht zueinander.

Catherine zog die schweren Vorhänge zu und bat alle, Platz zu nehmen. Dann knipste sie ein paar Tiffany-Lampen an, die gedämpftes, farbiges Licht verströmten, und trat an den Kamin. Lilibeth saß in der Nähe der Tür in ihrem Rollstuhl, und Ophelia, die Laura bei ihrem letzten Besuch nicht gesehen hatte, nahm neben dem Herd Platz. Ihre Augen waren vor Angst geweitet, und sie rieb sich ständig die Arme, als würde sie frieren.

Catherines Blick fiel auf das kleine Mädchen auf Beccas Arm. Rachel hatte grüne Augen. Ihr Haar war dunkler als das ihrer Mutter, die Haut weiß wie Porzellan. Catherines Miene wirkte nun milder. »Du machst dir vermutlich Sorgen, weil Rachel unruhig und fiebrig ist«, sagte sie. »Und das, obwohl es keine medizinische Erklärung dafür gibt.«

Becca nickte überrascht. »Während der ersten fünfzehn Monate ihres Lebens war alles in schönster Ordnung, doch dann ... änderten sich die Dinge. Jetzt kann sie nachts nicht mehr schlafen. Tagsüber starrt sie ins Leere. Wenn ich ihre heiße Stirn betaste, weiß ich sofort, dass sie Fieber hat.« Sie strich dem Baby behutsam eine Haarsträhne von der Wange.

»Und du vermutest, sie könnte wie du sein«, flüsterte Catherine. »Oder wie eine deiner Schwestern.«

Becca hatte Tränen in den Augen und nickte erneut. »Ja.«

»Wäre das so schlimm?«

»Ich möchte nur, dass meine Tochter gesund, in Sicherheit und glücklich ist«, antwortete Becca. »Es würde schwierig werden, wenn sie anders wäre. Ich bin nicht sicher, ob Hudson das verstehen würde. Er und ich möchten einfach wissen, ob mit Rachel alles in Ordnung ist.«

»Aber natürlich ist alles in Ordnung mit ihr«, sagte Catherine sanft. »Sie hat die Gabe, das ist alles.« Ihr Lächeln war ein bisschen melancholisch. »Es wird ihr bald wieder gut gehen.«

»Ich muss einiges erfahren.« Becca ließ sich mit dem Kind im Arm auf eine abgewetzte Polsterbank mit Füßen in der Form von Tatzen sinken, die so aussah, als wäre sie fast hundert Jahre alt. »Du hast versucht, alle Geheimnisse für dich zu behalten, aber jetzt ... Wegen Rachel muss ich alles wissen.«

»Es ist besser, wenn du es nicht weißt.«

»Ich habe Fragen. Laura bestimmt auch.«

Catherine seufzte.

»Ich habe Angst ... Angst, dass *er* sie finden wird.« Beccas Stimme brach, und Laura empfand so etwas wie ein Schuldgefühl. »Ich muss wissen, was mit meiner Mutter geschehen ist. Wie ist Mary gestorben? Und ich kenne nicht einmal den Namen meines Vaters.«

Alle Augen richteten sich auf Catherine.

»Harrison ... Das ist der Mann, der draußen am Tor wartet. Er hat die Chronik gelesen, die offenbar ein Mann namens Herman Smythe verfasst hat«, sagte Laura.

Becca nickte. »Die habe ich auch gelesen, doch da steht längst nicht alles drin.«

Catherine ging unruhig zum Fenster, zog die Vorhänge ein Stück auseinander und starrte nach draußen. »Ich habe mich vor diesem Tag gefürchtet. Die Geheimnisse um Siren Song habe ich nur für mich behalten, um euch zu schützen, und ich kann nicht alles erklären. Uns bleibt nicht genug Zeit, und ich kenne auch nicht immer die wahre Antwort auf eine Frage. Aber ich kann sagen, dass ihr alle dieselbe Mutter habt. Meine Schwester Mary, ihr wisst es. Sie war ... promisk.« Sie kniff die Lippen zusammen. »Und vielleicht ... geistig nicht ganz gesund. Tut mir leid, ich weiß nicht, wer eure Väter sind. Mary wusste es wahrscheinlich, aber sie hat die Männer nicht geliebt, sondern sie benutzt.« Catherine schaute durch den Schlitz zwischen den Vorhängen, und Laura vermutete, dass ihr Blick auf einen imaginären Punkt in der Ferne gerichtet war. Bestimmt sah sie vor ihrem inneren Auge Dinge, über die nur sie Bescheid wusste, Bilder aus einer völlig andersartigen Vergangenheit. »Mary starb nicht lange nach der Geburt der jüngsten von euch. Sie ging an der Steilküste spazieren, was sie häufig tat. Sie tat einen Fehltritt und stürzte auf einen Felsvorsprung sechs Meter unter ihr. Den Sturz hätte sie vielleicht überleben können, aber sie schlug mit dem Kopf auf den Felsen. Als uns auffiel, dass sie nicht zurückgekehrt war, war es schon spät und dunkel. Wir haben sie gefunden, doch es war nichts mehr zu machen. Sie war bereits tot.«

Für einen Augenblick herrschte Schweigen, während die Zuhörer das Gesagte verarbeiteten.

Dann meldete sich Becca zu Wort. »Ich konnte keine Todesanzeige finden. Auch keine Sterbeurkunde.«

»Weil es sie nicht gab. Wir haben sie bei ihren Vorfahren in der Familiengruft hier in Siren Song beigesetzt.«

»Das ist bestimmt verboten«, bemerkte Becca trocken.

Catherine zuckte nur die Achseln. Was in der Außenwelt gesetzlich erlaubt oder ungesetzlich war, interessierte sie im Notfall nicht besonders. »Du solltest nicht weiter in der Vergangenheit herumwühlen, um Antworten zu suchen und alte Skandale wiederaufleben zu lassen.« Sie schaute Becca an. »Es gibt keinen Grund dafür, und es wird nichts Gutes dabei herauskommen.«

Laura erinnerte sich an Marys Grab. Sie hatte es als Kind gesehen. Ein mit Moos und Flechten bewachsener Grabstein markierte die letzte Ruhestätte der Frau, die sie zur Welt gebracht hatte, einer Frau, an die sie sich kaum erinnerte.

»Ich würde gern den Friedhof sehen«, sagte Becca.

Catherine zog die Vorhänge wieder zu und schüttelte den Kopf. »Im Augenblick müssen wir uns auf unsere Sicherheit konzentrieren und dazu beitragen, dass Justice gefasst wird«, sagte sie. »Ich kenne ihn, seit er ein kleiner Junge war. Wahrscheinlich weiß ich besser als jeder seiner Ärzte, wie krank er ist, wie wahnsinnig.« Sie strich mit den Fingerspitzen über einen Vorhang. »Rebecca, du kannst mit deiner Tochter hierbleiben. Du auch, Loreley. Er wird vermuten, dass ihr hier seid, doch Siren Song ist eine Festung.«

»Jede Festung kann eingenommen werden«, sagte Laura. »Und was tun wir? Herumsitzen und warten? Darauf hoffen, dass die Polizei ihn schnappt?«

Catherine blickte Laura an. »Was bleibt uns sonst übrig?«

Laura erschauderte innerlich, als sie sich fragte, ob Catherine vermutete, dass sie Justice nicht nur »hören« konnte, sondern auch die Gabe besaß, ihn »anzurufen«. Ihn zu provozieren, ihn eventuell aus seinem Versteck zu locken.

»Ich kann mich nicht einfach hier verstecken«, sagte Becca.

»Niemand hat dich gebeten, zu uns zu kommen, Becca«, rief ihr Catherine ins Gedächtnis. »Du hast darauf bestanden.«

»Ich musste kommen. Nicht nur wegen Rachel, sondern auch wegen der ganzen Geschichte mit Justice. Ich hatte wieder Visionen und weiß daher, dass er diesmal hinter Loreley her ist.« Becca schaute Laura an, als empfände sie Schuldgefühle. »Daher wusste ich, dass er dich angreifen würde. Dich und ... Ich hätte eher kommen sollen.« Sie drückte ihre Tochter fester an sich. »Ich hatte nur solche Angst um Rachel.«

»Das kommt wieder in Ordnung«, sagte Laura. Schon jetzt kam sie sich so vor, als würde sie verängstigt mit den anderen in einem Bunker sitzen. Sie konnte nicht einfach hier herumhocken und warten.

Sollte sie Catherine erzählen, dass sie mit Justice kommunizieren konnte? Dass es möglich war, ihn in eine Falle zu locken? Catherine und ihre Schwestern würden ihr vielleicht glauben, die Polizei dagegen bestimmt nicht.

Sie trat zu der Polsterbank, auf der Becca saß, und legte dem Baby eine Hand auf die Stirn, die ein bisschen zu warm war. »Ich bin Krankenschwester«, sagte sie. »Wenn ich irgendetwas für dich und dein Kind tun kann ...«

Becca lächelte. »Sag einfach, dass es Rachel bald wieder gut gehen wird.«

»Aber natürlich«, antwortete Laura, obwohl sie beide wussten, dass es eine Lüge war, solange Justice Turnbull noch lebte.

36

Ich war meinem Ziel so nah.

Fast hätte ich es geschafft.

Vor meinem inneren Auge sehe ich, wie ich sie mit dem Messer in der Hand durch die Nacht verfolge. Ich empfinde einen pochenden Schmerz an der Stelle, wo sie mir das Messer in die Hand gebohrt hat, und dann sind da noch die Schnittwunden, die ich mir zugezogen habe, als ich die Fensterscheibe der Hintertür eingeschlagen habe.

Wie konnte ich sie entkommen lassen, wo ich mein Ziel doch schon fast erreicht hatte?

Es lag an diesem Mann, der ihr zu Hilfe kam, nicht ihr Ehemann, sondern der Journalist.

Ich habe ihn über ihr Gehirn erspürt, diesen Typ, den sie »Der Wahrheitssucher« nennt. Es war leicht, ihn mithilfe eines Computers in der Bibliothek zu identifizieren und herauszufinden, wo er arbeitet.

Zuerst habe ich geglaubt, erkannt worden zu sein, doch meine Verkleidung und die offensichtliche Kurzsichtigkeit der Bibliothekarin haben mich davor bewahrt, enttarnt zu werden.

Aber mein Versagen, Loreley und ihre Brut zu töten, ist eine Bürde, die ich abschütteln muss.

Ihr Geruch ist überwältigend. Jetzt sind da mehrere von ihnen. Diejenige, die damals entkommen ist, Becca, ist zurück, mit ihrem Kind. Ich fühle sie und weiß, dass sie Angst hat.

Gut. Sehr gut. Auch die beiden müssen vernichtet werden.

Es hat etliche Stunden gedauert, zu Fuß zu Carters Laden zurückzukehren und zu dem Rattenloch, das ich mein Zimmer nenne. Aber ich habe es geschafft, ich bin wieder hier. Und hier steht ein Fahrzeug, das ich mir »ausleihen« kann, ein Kleintransporter, der an der Bootsanlegestelle steht und nie benutzt wird, weil sein Eigentümer, der alte Carter, fast blind ist ... Ich muss nur warten, bis die Dunkelheit hereinbricht ...

Hinter den Augen quält mich ein stechender Kopfschmerz, und mein Magen knurrt und erinnert mich daran, dass ich seit Stunden nichts gegessen habe. Das Geld, das ich in Cosmos Brieftasche und in der Jacke des Fahrers des Kombis gefunden habe, ist fast ausgegeben ... Ich werde Neues brauchen.

Meine Gedanken kehren zurück zu diesem Journalisten. Er will mit Loreley Unzucht treiben. Meine Hände ballen sich zu Fäusten. Unzucht treiben mit dieser Hexe, in deren Bauch bereits eine kranke Leibesfrucht heranreift!

Ich muss sie töten, muss sie alle töten ...

Meine Gedanken verwirren sich, ich kann mich nicht konzentrieren ... Ich atme tief durch, doch hier, in diesem dreckigen Zimmer über dem Laden, fühle ich mich eingesperrt und schwach ... Ich umklammere den Griff des Schlachtermessers, ihres *Messers ...*

Vor meinem geistigen Auge sehe ich sie jetzt, diese Satansbrut. Diese Huren hocken zusammen und brüten Pläne aus, um mich auszutricksen ...

Ihre Bilder verschwimmen.

Aschblonde Haare.

Stahlblaue Augen.

Alle haben ein spitzes kleines Kinn.

Zähne, die an Katzen erinnern.

Ich höre, wie sie mich verhöhnen und beleidigen ...
»Bastard!«, *schimpft eine mit einem schrillen Kichern.*
»Idiot!«, *ruft die Nächste mit einem sadistischen Funkeln in den blauen Augen.*
»Kretin!«, *kreischt die Dritte, die sich für sehr intelligent hält.*
»Wechselbalg!«, *schreien dann alle unisono, und das Echo und ihr bösartiges Gelächter hallen in meinem Kopf wider.* »Wechselbalg, Wechselbalg, Wechselbalg!« *Ihr Hohn und ihr hasserfülltes Gelächter verfolgen mich, und ich renne davon, immer schneller, flüchte vor ihnen über die Steilküste zu dem alten Motel, von wo aus man den Leuchtturm sieht ...*
Der Schrei einer Möwe katapultiert mich in die Wirklichkeit zurück, in diese Bruchbude, wo es nach Fisch und Diesel stinkt. Meine Finger verkrampfen sich in dem Stoff der gestohlenen Jacke, auf der ich liege. Ich starre durch das mit Spinnweben überzogene Oberlicht auf einen blauen Himmel, vor dem eine Möwe kreist.
Es wird Zeit, sie alle zum Schweigen zu bringen.
Für immer.
»Schwestern!«, *zische ich, doch es ist umsonst, denn Loreley hat ihren mentalen Schutzwall hochgezogen.*
Aber ich werde ihn durchlöchern. Ich habe einen Plan.
Ich muss ans Meer, muss die salzige Luft riechen, das dumpfe Grollen der Brandung hören.
Es wird mir wieder besser gehen.
Ich werde stark sein.
Und ich werde töten.
Dieser Gedanke erregt mich, und die Vorfreude lässt mich mit den Fingerkuppen über die lange Klinge des Messers streichen. Ich schneide mich und sauge das Blut von meiner Fingerspitze.
Ja, es wird Zeit ...

Laura und Becca gingen einen zugewachsenen Waldweg hinab. Über ihnen brachen ein paar Sonnenstrahlen durch das Laubdach und sprenkelten den Boden mit hellen Flecken. Zwischen den Bäumen hing noch etwas Nebel, der von der feuchten Erde aufgestiegen war, und am Horizont sah man das in der Sonne glitzernde Wasser des Pazifischen Ozeans. Becca trug Rachel auf dem Arm. Das kleine Mädchen blickte sich misstrauisch um, sagte aber kein einziges Wort.

Während der letzten paar Stunden hatte Laura mit ihren Schwestern gesprochen und Becca näher kennengelernt. Als sie aufwuchs, war der Name Becca nur hinter vorgehaltener Hand geflüstert worden. Laura hatte Rachel halten dürfen, und das kleine Mädchen hatte sie sogar angelächelt. Der Gedanke, dass Justice sie alle – und auch dieses unschuldige Kind – umbringen wollte, war einfach unfassbar.

Bevor sie und Becca zu ihrem Spaziergang über das weitläufige Grundstück von Siren Song aufgebrochen waren, hatte sie Catherine für den Notfall ihre Handynummer genannt. Zur Sicherheit hatte sie die Nummer danach auch noch Isadora gegeben.

Catherine hatte sie nicht aufgeschrieben.

Isadora schon.

»Hier ist es«, sagte Laura schließlich, als sie den Zaun sahen, der den kleinen Friedhof an der Ostseite des Grundstücks einfriedete. Wie Catherine gesagt hatte, ruhten hier ihre frühesten Verwandten, jene, die im neunzehnten Jahrhundert gestorben waren. Abgesehen von den Bewohnern von Siren Song erinnerte sich niemand mehr an diesen tief im Wald verborgenen Friedhof. Es gab nur wenige Grabsteine oder -platten. Viele waren so verwittert, dass die Namen sowie das Geburts- und Todesdatum der Verstorbenen nicht mehr zu lesen waren. Es gab schlichte Kreuze oder Grabsteine mit Engeln, Blumenkränzen oder aufgeschlagenen Bibeln.

»Ich bin immer noch erstaunt, dass ich endlich innerhalb des Tores von Siren Song bin.« Ein Brombeerbusch verdeckte fast das ganze Eingangstor des Friedhofs. »Die Brandung des Meeres ist hier lauter.«

»Das bildest du dir nur ein.«

»Peony Jane«, las Becca laut von einem kleinen Grabstein ab. »Hier ruht unsere geliebte Tochter, geboren am 17. März 1873, gestorben am 31. Oktober 1875.« Sie drückte ihre kleine Tochter fester an sich. »Ein Kind. Wie schrecklich.«

»Ja, schlimm.« Laura spazierte zwischen den Grabsteinen umher und versuchte, die Namen darauf zu entziffern. »Hier ist es«, sagte sie schließlich, als sie die mit Moos bewachsene Gruft entdeckte, wo Mary begraben war. Der mit einem Engel geschmückte Grabstein war geschwärzt und an einer Seite gesprungen. Die Inschrift war schlicht: »Hier ruht unsere liebevolle Mutter, Mary Rutledge Beeman«. Dann folgte das Datum ihrer Geburt und ihres Todes.

»Ich erinnere mich kaum an sie«, gestand Laura. »Ich war ungefähr zehn, als sie starb, doch meine Erinnerungen sind verschwommen, und ich bin mir nicht sicher, ob sie halbwegs verlässlich sind oder ob andere mir etwas erzählt haben, das ich jetzt für eine Erinnerung halte.«

»Ich habe sie nie gekannt«, sagte Becca leise.

Natürlich nicht, denn Becca war schon als Baby adoptiert worden und in einer »normalen« Familie aufgewachsen. Sie hatte die katholische Schule St. Elizabeth in Portland besucht.

Von Siren Song im Allgemeinen und diesem Friedhof im Besonderen hatte sie erst kürzlich erstmalig gehört.

»Warum gibt es weder eine Geburts- noch eine Sterbeurkunde?«

»Weil hier aus allem ein Geheimnis gemacht wird.«

»Oder eine Lüge«, sagte Becca mit einem Blick auf die letzte Ruhestätte ihrer Mutter. »Wir wissen nur, was Catherine uns zu erzählen geruht, und das, was in dieser unvollständigen Chronik eines Autors namens Smythe steht. Wer will wissen, ob das alles stimmt, oder ob es nur die halbe Wahrheit ist? Eigentlich wissen wir nur, dass wir verwandt sind, dass meistens nur Frauen überleben und dass alle von uns, wenn Catherine recht hat, über irgendeine telepathische Gabe verfügen, selbst Rachel schon.« Sie schüttelte den Kopf und seufzte. »Und dann ist da diese Geschichte mit Justice Turnbull.«

Laura warf einen Blick auf Rachel, die sich mit weit aufgerissenen Augen in den Armen ihrer Mutter wand. »Ja, diese elende Geschichte mit Justice Turnbull.«

»Ich wünschte, es gäbe irgendeinen Weg, ihn zu finden, zu fassen, zu ...«

»... töten?«, fragte Laura, der es kalt den Rücken hinablief. Sie erinnerte sich daran, wie er sie verfolgt hatte, fest entschlossen, sie zu ermorden. Das Gefühl, dass er ihr so dicht im Nacken gesessen hatte.

»Er hat vor, uns zu töten. Alle von uns, inklusive ...« Sie unterbrach sich und wandte den Blick ab. Laura verstand, das Becca ihr Kind meinte, und sie dachte an ihr eigenes ungeborenes Baby und daran, dass Justice bestimmt nichts mehr wollte, als sein Leben schon vor der Geburt auszulöschen.

Beccas Blick wirkte besorgt. »Ich würde alles tun, um mein Kind zu retten, Loreley. *Alles.* Und wenn das bedeutet, gegen Justice vorzugehen und ihn zur Strecke zu bringen, dann soll es so sein.« Es war ihr ernst, sie wirkte wild entschlossen.

Ein Eichhörnchen kletterte einen Baumstamm hoch, und in diesem Moment hört Laura Justice' Stimme, diese entsetzliche zischende Stimme, die sich in ihre Gehirnwindungen bohrte.

Schwestern ...

Plural.

Verdammt. Er wusste, dass Becca bei ihr war, und obwohl Justice' Stimme diesmal leiser klang, als sie es in Erinnerung hatte, schloss sie die Augen und zog den mentalen Schutzwall hoch.

»Loreley?« Beccas Stimme schien von weither an ihr Ohr zu dringen. »Hey, Loreley!«

Laura blinzelte, und sah, dass ihre Schwester sie besorgt ansah, mit weit aufgerissenen Augen. Sie berührte Lauras Schulter. »Für einen Augenblick habe ich gedacht ...« Sie ließ den Satz unvollendet.

»Er hat gerade versucht, Kontakt zu mir aufzunehmen.«

»Was?«

»Ich glaube, er weiß, dass du mit Rachel hier bist.«

Becca wurde bleich. »Oh mein Gott.«

»Du musst verschwinden«, sagte Laura eindringlich. »Fahr weit weg. Nimm Rachel mit zurück nach Lauralton, irgendwohin, wo sie in Sicherheit ist. An einen Ort, den Justice nicht kennt. Er wird dort nicht hinkommen, zumindest nicht, solange er mit mir noch nicht fertig ist. Zuerst hat er es auf mich abgesehen.«

Er riecht sie, wenn sie schwanger sind.

»Ich kann nicht einfach abhauen, während du in Lebensgefahr schwebst.«

»Tue ich nicht. Die Polizei kümmert sich darum. Ich bin in Sicherheit.« Sie versuchte, ihre Stimme möglichst fest klingen zu lassen. »Du hast Visionen, ich höre ihn. Du kannst mich jederzeit anrufen, aber es ist wirklich besser, wenn du das Weite suchst.« Sie blickte sich auf dem Friedhof um. Selbst die Festung Siren Song war nicht sicher genug. »Es wäre für dich und dein Kind am besten.«

Becca schien widersprechen zu wollen, aber ihre Tochter wurde unruhig und wand sich in ihren Armen.

»Überlass mir das mit ihm«, sagte Laura.

»Ich fände es besser, wenn wir zusammenstehen würden«, erwiderte Becca, deren Tochter offenbar nicht weiter herumgetragen, sondern auf den Boden gesetzt werden wollte.

Laura warf einen Blick auf ihre Nichte und schaute dann wieder Becca an. Wie würdest du dich fühlen, fragte sie sich, wenn der Kleinen etwas zustoßen würde.

»Du weißt, wozu er imstande ist, hast es am eigenen Leib erlebt«, sagte Laura leise. »Bitte, such das Weite mit dem Kind. Wir halten Kontakt, versprochen. Aber du musst verschwinden, möglichst weit weg.«

»Runter, Mommy!«, nörgelte das Kind.

»Wir gehen jetzt zurück, Honey.« Becca ging zum Tor des Friedhofs. Erst als sie die Lichtung erreicht hatten, wandte sie sich an Laura. »In Ordnung, aber wir müssen wirklich Kontakt halten. Du hast meine Telefonnummer.«

»Ich melde mich«, versprach Laura.

Sie sahen Hudson und Harrison, die immer noch auf der anderen Seite des Tores warteten. Becca ging zu ihrem Mann, und

Laura winkte Harrison zu und verschwand dann in dem Haus, um sich von Catherine und ihren Schwestern zu verabschieden.

Innerlich schwor sie sich, dass sie einen Weg finden würde, Justice' Pläne zu vereiteln. Er würde keine Ruhe geben, bis er sie alle umgebracht hatte, und es grenzte an ein Wunder, dass nach seinem Ausbruch noch niemandem etwas zugestoßen war, der Verbindungen zu Siren Song hatte.

Doch es war nur noch eine Frage der Zeit.

Es sei denn, es gelang ihr, diesen geisteskranken Mörder auszutricksen.

»Ich mag es nicht, wenn wir getrennt sind«, sagte Harrison, als er auf den Parkplatz des Ocean Park Hospital abbog. Lauras Outback stand dort, wo sie ihn am Vortag abgestellt hatte, und im hellen Tageslicht wirkte alles völlig normal und kein bisschen unheimlich.

»Ich gehe nur kurz rein und regele die Dinge mit meiner Vorgesetzten.«

Sie legte ihre Hand auf seine, und er musste an den frühen Morgen zurückdenken. Es hatte nicht viel gefehlt, und sie hätten miteinander geschlafen.

»Wir treffen uns dann in meinem Haus«, fuhr sie fort. »Dann erzähle ich dir alles über meine Familie.«

»Wird auch Zeit.«

Sie blickte auf die Uhr und runzelte die Stirn. Ihm fielen die dunklen Ringe unter ihren Augen auf, und sie war sehr blass. »In einer knappen Stunde kommt der Glaser.«

»Okay«, sagte Harrison. »Ich werde ihm aufmachen.«

»Bei mir wird es auch nicht lange dauern, bis ich dort bin.« Sie wollte die Tür öffnen, doch er griff nach ihrem Handgelenk.

»Alles in Ordnung?«

Sie lachte freudlos, und ihr Blick wirkte beunruhigt. »Was glaubst du?«

»Wir werden das durchstehen.«

»Fragt sich nur wie.« Sie beugte sich vor und küsste ihn. Seine Lippen waren warm und weich, und dann trafen sich ihre Zungen, während er sie fest an sich zog.

»Beeil dich«, sagte er.

»Wird gemacht.«

Damit stieg sie aus und eilte zum Eingang des Krankenhauses.

Als er sie nicht mehr sah, ließ Harrison den Motor an und fuhr zum Highway. Den größten Teil des Morgens hatte er damit verbracht, unruhig vor dem Tor von Siren Song auf und ab zu gehen. Er hatte den Rancher Hudson Walker kennengelernt, den Ehemann von einer von Lauras Halbschwestern. Irgendwie war er sich sicher, dass Justice Turnbull von Lauras Besuch in Siren Song wusste, und er konnte die Angst nicht abschütteln, dass der geisteskranke Killer sie finden und ihr etwas antun würde.

Hudson Walker teilte seine Befürchtungen. Er hatte vermutet, dass der Rancher aus Lauralton ihn wegen seiner Angst verspotten würde, doch dem war nicht so. Auch Hudson machte sich Sorgen, weil er vor zwei Jahren am eigenen Leib miterlebt hatte, wozu dieser Wahnsinnige imstande war.

Hudson war nur widerwillig nach Siren Song gefahren. Wenn es nach ihm gegangen wäre, konnten seine Frau und das Kind gar nicht weit genug von Justice Turnbull entfernt sein.

Doch Becca hatte auf dem Besuch in der Kolonie bestanden,

und Hudson hatte seine Zustimmung davon abhängig gemacht, dass er mitkommen würde. Er sagte, seine Frau könne sehr »dickköpfig« sein, und das musste er Harrison nicht erklären, denn der wusste von Laura, wie halsstarrig eine Frau aus Siren Song sein konnte.

Als er hoch über dem Pazifik die Steilküste entlangfuhr, fiel ihm auf, dass das Meer heute ruhiger war. Die Sonne spiegelte sich auf den Wellen, doch am Horizont ballten sich dunkle Wolken zusammen, die landeinwärts zogen und einen weiteren Sturm ankündigten.

Nicht einmal eine Woche war vergangen, seit er Laura – Loreley – kennengelernt hatte, und doch berührte sie einen Teil seines Wesens, von dem er gar nicht geglaubt hätte, dass es ihn gab.

Er fand das Haus genau so vor, wie sie es verlassen hatten. Still. Abgeschieden. *Zu abgeschieden.* Nachdem er seinen Werkzeugkasten aus dem Kofferraum genommen hatte, schloss er die Haustür auf und ging in die Küche, um die Scherben aufzukehren. Dann machte er sich daran, das Schloss der Hintertür zu reparieren. Eine Dreiviertelstunde später tauchte der Glaser auf und begutachtete den Schaden.

»Es wird etwas länger dauern, als ich gedacht habe«, sagte er. »Der Fensterrahmen ist kaputt, sodass die Reparatur ungefähr so teuer werden wird wie ein neues Fenster.« Er zeigte auf das zersplitterte Holz.

»Hauptsache, es ist sicher«, sagte Harrison, und der Mann machte sich an die Arbeit. Als Harrison mit der Reparatur des Schlosses fertig war, überprüfte er, ob alle Fenster im Haus fest geschlossen waren. Jetzt blieb nur zu hoffen, dass Laura keine Probleme mit dem Vermieter bekommen würde.

Laura regelte die Dinge mit ihrer Vorgesetzten, indem sie zusagte, ab dem Abend und am nächsten Morgen eine Doppelschicht zu machen. Die Frau war immer noch etwas verstimmt, weil Laura am Vorabend nicht zurückgekehrt war, doch da sie für eine Vertretung gesorgt hatte, ritt sie nicht weiter darauf herum und wendete sich wieder der Personalplanung für die nächste Woche zu.

Das Treffen war besser als erwartet verlaufen, und doch fühlte sie sich unwohl, wie schon den ganzen Tag. Sie machte die Ereignisse der letzten Woche dafür verantwortlich, die Geschichte mit Justice, den emotional anstrengenden Besuch in Siren Song. Auch ihre Schwangerschaft war ein Faktor, genau wie ihre widersprüchlichen Gefühle gegenüber Harrison.

Sie musste ihm das mit dem Baby erzählen, musste reinen Tisch machen. Sie erinnerte sich daran, wie sie ihn geküsst und sich nach mehr gesehnt hatte.

»Laura!«

Als sie durch die Eingangshalle ging, hörte sie aus einem der angrenzenden Korridore Byrons laute Stimme.

Innerlich stöhnend drehte sie sich um. Er trug keinen Kittel, sondern ein Jackett mit einer dazu passenden Hose und ein am Kragen aufgeknöpftes Hemd. Als er auf sie zukam, sah sie seine vorwurfsvolle Miene.

»Was ist passiert?«, fragte er fast wütend.

Sie musste daran denken, was sie während der letzten paar Tage alles durchgemacht hatte. War Byron zu Ohren gekommen, dass Justice bei ihr eingebrochen und sie angegriffen hatte? Wusste er, dass sie so viel Zeit zusammen mit Harrison verbrachte?

»Du bist gestern Abend nicht für den zweiten Teil deiner Schicht zurückgekommen, und die verdammte Oberschwester hat *mich* angerufen. Sie wollte wissen, wo du bist, und meinte, du würdest deine Patienten im Stich lassen und ...«

»Ich glaube nicht, dass sie das gesagt hat«, unterbrach Laura. Sie war zu müde, um sich diesen Unsinn noch weiter anzuhören. »Ich habe für eine Vertretung gesorgt, und sie wusste es.«

»Aber warum das alles?«

»Ich war bei der Polizei und habe erzählt, dass in mein Haus eingebrochen wurde und dass Justice Turnbull versucht hat, mich zu töten.«

»Was?« Plötzlich war ihm aller Wind aus den Segeln genommen. »Turnbull ist hinter dir her? Warum?« Dann verfinsterte sich seine Miene. »Weil du zu diesen Frauen von Siren Song gehörst.«

»Du wusstest es?«

»Ich habe es vermutet«, sagte er gereizt. »Mein Gott, ich kann's nicht glauben. Was hast du mit dem Hokuspokus dieser Sekte zu tun? Ich kann das nicht gutheißen.«

»Es geht dich nichts an. Wir sind geschieden, schon vergessen?«

Er kniff die Lippen zusammen. »Es gibt noch eine Verbindung zwischen uns, Laura. Und sie ist noch stärker, wenn ich der Vater des Kindes bin. Nur zur Erinnerung, du trägst immer noch meinen Namen. Also sei vorsichtig. Einige Leute glauben, dass wir noch verheiratet sind!«

»Dann lass sie wissen, dass wir geschieden sind«, sagte sie kopfschüttelnd. »Es wird deinem guten Ruf schon nicht zu sehr schaden. Dass ich zu dieser ›Sekte‹ gehöre, meine ich.«

37

Mike Ferguson hatte nicht vor, endlos darauf zu warten, dass dieser Schwachkopf von einem Bruder sich entschloss, mit von der Partie zu sein. Nicht, wenn dieser Justice Turnbull immer noch auf freiem Fuß war. Er lag auf seinem Bett, warf immer wieder einen Tennisball Richtung Decke und fing ihn auf.

Es wäre echt cool, wenn es ihm gelingen würde, ein Foto von diesem durchgeknallten Killer zu schießen oder irgendeinen Beweis aus einem seiner Verstecke zu klauen. Vielleicht konnte er sogar helfen, den Dreckskerl zu verhaften.

Er fing den Ball auf, ließ ihn auf den Boden fallen und sprang aus dem Bett.

An der Wand hinter seinem Schreibtisch hatte er ausgeschnittene Zeitungsartikel über Justice Turnbull befestigt. Auch hingen dort das Fahndungsfoto der Polizei, ein Bild des heruntergekommenen alten Motels, wo er beinahe seine Mutter umgebracht hatte, und ein Foto des Leuchtturms auf der Insel, welche die Einheimischen Serpent's Eye nannten.

Mann, er hatte wirklich Lust, diesem Leuchtturm mal einen Besuch abzustatten. Nur, um sich mal umzusehen. Vielleicht würde er die Stufen hinaufsteigen und von ganz oben das Meer betrachten ... Und natürlich würde er ein paar Fotos schießen. Wofür hatte er ein iPhone mit Kamera?

Das würde die Kids in der Schule schwer beeindrucken.

Und vielleicht sogar seinen Bruder James.

Diesen Vollidioten.

Irgendwie wusste Mike, dass er an den Symptomen einer Krankheit litt, die sein Bruder mit den Worten »wirre Wahnvorstellungen von Größe« charakterisierte, doch er hatte nicht vor, sich von James einen Strich durch die Rechnung machen zu lassen. Nach dem Wochenende würden ihre Eltern zurückkommen, und dann war die Chance vertan, zur Küste zu fahren. Es war ausgeschlossen, dass sie James mit ihm für einen Tag nach Deception Bay fahren lassen würden.

Wenn er doch nur schon einen Führerschein gehabt hätte. Er würde nicht kneifen wie dieser Penner von seinem Bruder.

Natürlich konnte er die Autoschlüssel klauen, wenn James schlief, aber vielleicht würden ihn die Cops schnappen, und er hatte weder einen Führerschein noch die Übungserlaubnis eines Fahrschülers. Aber was sollte am Autofahren schon so schwierig sein? Man schob den Schlüssel ins Zündschloss, ließ den Motor an, suchte den richtigen Radiosender und legte den Gang ein. Danach musste man doch nur noch Gas geben, oder?

Seine Mutter schaffte es sogar, beim Fahren zu telefonieren und gleichzeitig einen Schokoriegel zu verputzen. Nein, damit würde er schon klarkommen.

Allerdings wollte er auf seiner langen Sündenliste nicht noch das Wort »Autodiebstahl« sehen. Seine Mutter würde ihm den Kopf abreißen.

Nein, am besten war es, James davon zu überzeugen, wie wichtig dieser Ausflug an die Küste war, aber sein Bruder hatte seit ein paar Tagen extrem schlechte Laune. Trotzdem, er würde es noch einmal versuchen. Als er das Zimmer seines Bruders betrat, lag der auf seinem Bett und zappte durch die Fernsehkanäle, während er zugleich mit einem Spiel auf seinem iPhone beschäftigt war.

»Nein!«, rief James schon, bevor Mike etwas gesagt hatte.

»Du weißt nicht, worum ich dich bitten will.«

»Und ob ich es weiß. Du willst zur Küste, und ich soll dich chauffieren. Vergiss es.« Er starrte stirnrunzelnd auf das Display seines Telefons.

»Ich hab schon gesagt, wie cool das wäre. Und wir müssen bald fahren. In zwei Tagen ist der Tidenhub so groß wie sonst nie in diesem Jahr.«

»Ja und?«

»Dann ist der Leuchtturm einfacher zu erreichen. Vielleicht können wir zu Fuß über die Felsen gehen.«

»Woher weißt du das alles?«, knurrte James. »Und warum interessiert es dich? Ach, fast hätte ich vergessen, dass du von dieser Schnapsidee besessen bist.«

»Das stimmt nicht.«

»Willst du mich verarschen? Du müsstest dich mal reden hören. Du willst durchs Wasser zu diesem alten Leuchtturm waten, wo ein Serienmörder gewohnt hat. Ein Serienmörder, der wieder auf freiem Fuß ist und weiter Menschen kaltmacht. Ist dir nicht klar, was für eine verrückte Idee das ist?«

»Er wird nicht in den Leuchtturm zurückkehren, weil es da bestimmt von Cops nur so wimmelt.«

»Dann werden die Cops dich einbuchten!«

»Sie suchen nicht nach mir.«

»Ist dir eigentlich klar, was für ein Idiot du bist?« James warf seinem Bruder einen angewiderten Blick zu. »Ich habe Nein gesagt, und dabei bleibt's. Lass mich jetzt in Ruhe.«

»Aber ...«

»Schlag es dir aus dem Kopf, Dickschädel.« Sein Handy musste vibriert haben, denn er hob es ans Ohr und telefonierte.

Mike machte sich auf den Rückweg zu seinem Zimmer. Wenn James sich weigerte, ihn zu fahren, würde er einen anderen Weg finden. Und er hatte auch schon eine Idee. »Du hast nur Schiss!«, brüllte er über die Schulter.

»Und du bist ein dummes Stück Scheiße!« Ein Fußball schoss durch die offene Tür, und Mike warf sich zu Boden. Der Ball knallte im Flur gegen die Wand und hinterließ einen Flecken, was ihrer Mutter gar nicht gefallen würde. Doch die würde sowieso stinksauer sein, wenn sie irgendwie herausbekam, dass ihr Sohn Mike vorhatte, per Anhalter zur Küste zu fahren.

Catherine stand am Fenster ihres Schlafzimmers im westlichen Flügel des Hauses. Von diesem Beobachtungsposten im ersten Stock aus konnte sie durch die Bäume das in der Nachmittagssonne glitzernde Meer sehen. Am Horizont drohte eine dunkle Wolkenbank landeinwärts zu ziehen und Nieselregen und Nebel mit sich zu bringen. Damit würde der Sommer noch ein paar Tage auf sich warten lassen.

Wieder einmal hatten sich die Dinge verkompliziert, und vielleicht waren sie komplizierter als jemals zuvor. Die Besuche von Becca und Loreley waren an sich schon beunruhigend, und Catherine hatte die Mienen ihrer Schutzbefohlenen gesehen, insbesondere die von Ravinia, die ständig durch ihr langes blondes Haar strich. Ihr finsterer Blick hatte Catherine befürchten lassen, dass sie vorhatte, Siren Song zu verlassen. Kassandra hatte sie gewarnt. Ravinia war aufsässig, und sie hatte begierig gelauscht, als Becca und Laura von ihrem Leben in der »Außenwelt« erzählten. Ravinia war schon immer ungehorsam gewesen und hatte alles in Frage gestellt, Es war nur noch eine Frage der Zeit, wann sie das Weite suchen würde, und Catherine konnte nichts dagegen tun.

Ophelia hatte etwas misstrauisch gewirkt, doch das lag in ihrem Wesen.

Am meisten Sorge machte ihr Lilibeth, die sich, da sie an den Rollstuhl gefesselt war, am meisten nach Freiheit sehnte. Aber sie war eine Spätentwicklerin, ein Musterbild an Unschuld und Naivität. So etwas wurde in der Außenwelt gnadenlos ausgenutzt. Trotzdem wusste Lilibeth, dass es außerhalb der Festung Siren Song noch eine andere Welt gab, für sie eine aufregende und erfreuliche Welt, von der sie sich vielleicht sogar eine Heilung ihrer Lähmung erwartete. Sie wusste nichts von der Feindseligkeit und Grausamkeit der angeblich »aufgeklärten« Gesellschaft, wo Hass und Misstrauen dominierten.

Und dann war da noch die sehr reale Bedrohung durch Justice Turnbull.

Manche hielten Catherine für eine Art Gefängniswärterin, aber sie war eine Befürworterin der Gewaltlosigkeit. Eine alte Schrotflinte hatte jahrelang auf dem Dachboden gelegen, doch nun hatte sie die Waffe gereinigt und sie schussbereit neben ihrem Bett liegen. Außerdem hatte sie noch eine Handfeuerwaffe, die einst einem von Marys Liebhabern gehört hatte, und die lag in einem Schrank im Esszimmer, versteckt hinter ein paar silbernen Tellern, die nur bei besonderen Gelegenheiten hervorgeholt wurden. Der Revolver war geladen. Friedfertigkeit hin oder her, wenn Justice Turnbull hier aufkreuzte, würde sie keinen Moment zögern, ihm das Gehirn aus dem Schädel zu blasen.

Jeder, der einer ihrer Schutzbefohlenen etwas antun wollte, musste zuerst sie aus dem Weg räumen, um an die Mädchen heranzukommen. Das war schon immer so gewesen.

Doch jetzt ...

Sie befürchtete, dass sich sowohl ihr Leben als auch das ihrer Schützlinge bald ändern würde. Blieb nur zu hoffen, dass sich ihre Mädchen an das Leben außerhalb der Festung gewöhnen konnten, wenn es so weit war.

Jetzt, vor dem Abendessen, waren die Mädchen auf ihren Zimmern, wo sie lernten, lasen oder miteinander sprachen. Aber sie respektierten diese stillen, besinnlichen Stunden, die Catherine eingeführt hatte, als sie die Verantwortung übernommen hatte. Jetzt nutzte sie selbst diese Zeit, um einen Spaziergang zu machen.

Sie ging zwischen den hohen Tannen hindurch, auf deren Zweigen sie Eichhörnchen sah, am Boden wuchsen Farnkraut und Brombeerbüsche.

Zuvor hatte sie gesehen, dass Becca und Loreley denselben Weg zu dem Friedhof eingeschlagen und Marys Grab besucht hatten.

Guter Gott.

Das ist das Problem mit den Lügen, dachte sie, während sie das Tor öffnete und den kleinen Friedhof betrat. Wenn ein Lügengebäude erst einmal zu bröckeln begann, brach bald alles in sich zusammen, und die hässliche Wahrheit kam ans Tageslicht. Sie blickte auf die Grabsteine und sah vor ihrem inneren Auge die Verstorbenen. Dann blieb sie vor Marys Grab stehen, wo vor vielen Jahren der Sarg aus Kiefernholz in die dunkle Grube hinabgelassen worden war.

Einige der Mädchen waren damals noch zu jung gewesen, um sich daran zu erinnern, dass sie Blumen auf den glänzenden Sargdeckel geworfen hatten, denn es hatte zu regnen begonnen. Sie hatten dagestanden und zugesehen, wie lehmige Erde und Sand auf den Sarg geschaufelt wurden.

Sie, Catherine, erinnerte sich an alles, als wäre es gestern geschehen.

Einmal mehr wurde sie wütend, als sie an die Gefühllosigkeit ihrer Schwester dachte, an ihre Gleichgültigkeit gegenüber jenen Kindern, die sie zur Welt gebracht hatte.

Auf ihre Weise war Mary ein Ungeheuer gewesen.

Und so hatte sie, Catherine, ihre Schwester getötet. Was natürlich nicht wörtlich zu nehmen war. Sie hatte ihr Gedächtnis getötet. Und da hatte es mit den Lügen begonnen, hier, auf dem von allen vergessenen Friedhof, wo Marys Sarg verrottete, ein Sarg, in dem immer nur Steine gelegen hatten.

Mary, oder das, was von der alten Mary noch übrig war, da sie geistig immer mehr nachgelassen hatte, weilte sehr wohl noch unter den Lebenden.

Sie lebte sozusagen im Exil.

Sie war gefangen auf einer kleinen Insel hinter jener mit dem Leuchtturm, die von den Einheimischen Serpent's Eye genannt wurde. Marys Insel war genauso klein und noch schwerer zu erreichen, und niemand versuchte es außer ihr, die in Earls Boot dorthin fuhr. Zumindest hatte sie es früher getan.

Mary lebte dort völlig vereinsamt, und keine ihrer Töchter wusste es.

An dieser Stelle des Friedhofs gaben Lücken zwischen den Bäumen den Blick auf das Meer frei. Hier, wo große Felsen, unberechenbare Winde und große Gezeitenunterschiede die

Insel praktisch unerreichbar machten, war es ein Leichtes gewesen, ihre Schwester loszuwerden.

Ihr Blick richtete sich auf die Insel ihrer Schwester, die von den Einheimischen Echo Island genannt wurde, wegen der Art und Weise, wie Geräusche von der zerklüfteten Steilküste widerhallten. Earl, der schon den größten Teil seines Lebens für die Frauen von Siren Song arbeitete, hatte kürzlich zu der Insel übergesetzt, um Mary Lebensmittel zu bringen.

Catherine konnte sich nicht erinnern, wann sie Mary zum letzten Mal gesehen hatte.

»Guter Gott«, flüsterte sie. Mit geschlossenen Augen betete sie, dass keine von Marys Töchtern jemals erfahren würde, was sie getan hatte.

Der erste Krampf in ihrem Unterleib ließ Laura zusammenzucken, als sie gerade in der Schlange vor der Theke des Schnellrestaurants des Drift In Market stand, jenes Lebensmittelgeschäfts, wo sie in jungen Jahren gearbeitet hatte. Gerade hatte sie noch darüber nachgedacht, ob sie sich für ein Truthahn- oder Schinkensandwich entscheiden sollte, und im nächsten Moment wurde sie schon von diesem sengenden Schmerz gequält.

»Nein«, sagte sie laut, und die Frau hinter der Theke, die gerade mit ihrem Messer ein Brötchen halbieren wollte, blickte auf.

»Pardon?«

»Ach, es ist nichts.« Laura hob entschuldigend eine Hand und ging zur Toilette im hinteren Teil des Gebäudes. Glücklicherweise war sie nicht besetzt. Sie verschloss die Tür und versuchte, sich davon zu überzeugen, dass sie sich getäuscht hatte.

Nein, sie hatte keine Kontraktionen gespürt, würde keine Fehlgeburt erleiden.

Eine Schmierblutung?

Oh nein, bitte nicht ...

Der stechende Schmerz in ihrem Unterleib, der an eine starke Monatsblutung denken ließ, konnte nichts Gutes bedeuten.

Ihr war klar, was los war, und sie wusste auch, dass Fehlgeburten während der ersten beiden Monate einer Schwangerschaft nichts Ungewöhnliches waren. Dennoch war sie schockiert und wollte es nicht wahrhaben. Sie wünschte, dieses kostbare Leben retten zu können, das gerade erst begonnen hatte.

Doch es war einfach zu viel Blut. Sie wartete so lange wie möglich, zog Tampons aus einem Automaten auf der Toilette und weinte leise. Der Schmerz und ihre Trauer waren so stark, dass sie sich fast eine Stunde lang nicht bewegen konnte. Leute rüttelten an der Klinke der Tür, doch sie reagierte nicht.

Sobald es ihr möglich war, verließ sie wie benommen den Drift In Market. Sie verschwendete keinen Gedanken mehr an Sandwiches und fuhr direkt nach Hause, ohne die Auto- und Fahrradfahrer auf der Straße bewusst wahrzunehmen.

Alle ihre Gedanken kreisten um das Baby, das sie sich so verzweifelt gewünscht hatte.

Als sie zu Hause eintraf, hatte Harrison das Schloss der Hintertür repariert, und die neue Scheibe war auch eingesetzt. Sie brachte ein schwaches Lächeln zustande, vermied aber eine Umarmung. »Bin gleich wieder da«, sagte sie zu Harrison, bevor sie ein paar frische Kleidungsstücke aus dem Schrank nahm und damit im Badezimmer verschwand, wo sie wieder mit der Fehlgeburt konfrontiert war.

Sie hatte das Baby verloren.

Ihr traten Tränen in die Augen.

Trauer überwältigte sie.

Erst seit einer Woche hatte sie gewusst, dass sie schwanger war, und doch hatte sie schon so eine starke Bindung an das Baby empfunden und ihre Hoffnung auf eine gemeinsame Zukunft gesetzt.

Sie zog sich aus, drehte die Hähne der Dusche auf, und spürte das heiße Wasser auf ihrer Haut. Wieder begann sie zu weinen.

Nein, nein, nein!

Das durfte nicht wahr sein.

Bitte, lieber Gott, verschone dieses arme kleine unschuldige Leben.

Ihre Schultern zitterten von den heftigen Schluchzern.

Von allem, das sie während der letzten Woche erlebt hatte, war der Verlust des Babys mit Abstand die schlimmste Erfahrung. Schon seit Jahren hatte sie sich ein Baby gewünscht. Nach der Scheidung von Byron hätte sie das Kind allein großziehen müssen, doch das hätte sie gern auf sich genommen. Und jetzt ... Sie lehnte sich gegen die gekachelte Wand und spürte, wie das heiße Wasser ihre Muskeln entspannte. Noch immer wollte sie nicht wahrhaben, was geschehen war, doch es ließ sich nicht mehr leugnen.

Es war nicht nur eine Schmierblutung, sondern eine außergewöhnlich starke Periode.

Es blieb ihr nichts anderes übrig, als den Verlust zu akzeptieren.

Das würde dauern.

Sehr lange.

Sie ließ sich an der Wand hinabgleiten und saß auf dem Boden der Duschwanne, die Arme um die Knie geschlungen.

»Du Dreckskerl«, sagte sie, als könnte Justice sie hören. »Du verdammter Hurensohn!« Sie ballte die Hände zu Fäusten, nahm all ihre Kräfte zusammen, schloss die Augen und nahm telepathisch Kontakt zu ihm auf.

Komm doch und hol mich, du geisteskranke Missgeburt. Versuch's doch!

Dann zog sie den mentalen Schutzwall hoch. Wenn er sie nicht in ihrem eigenen Haus terrorisiert, sie auf ihrem Grundstück verfolgt und sie nicht mit seinen hasserfüllten mentalen Botschaften traktiert hätte, hätte sie das Kind vielleicht nicht verloren.

Sie wurde zugleich von Wut und Trauer überwältigt. Nachdem sie die Wasserhähne zugedreht hatte, wickelte sie ein großes Badetuch um ihren zitternden Körper.

Du Dreckskerl.

Der Spiegel über dem Waschbecken war beschlagen, und sie wischte ihn ab. Sie war blass, ihre Augen waren geschwollen und gerötet. Ihre Miene spiegelte ihre Trauer, aber auch noch etwas anderes – die grimmige Entschlossenheit, dieses Ungeheuer zu vernichten, das sie seit fast einer Woche tyrannisiert und sie umzubringen versucht hatte.

Das muss aufhören.

Nie wieder.

Sie stützte sich mit den Händen auf den Rand des Waschbeckens und zwang sich, tief durchzuatmen, während von ihren nassen Haaren Wasser in das Waschbecken tropfte.

Es klopfte an der Tür. »Alles in Ordnung bei dir?«, hörte sie Harrison besorgt fragen.

»Ja«, log sie. »Ich bin gleich bei dir.«

Reiß dich zusammen, Loreley. Was auch geschieht, du musst dich zusammenreißen.

Sie schloss die Augen und versuchte, nicht mehr an das Baby zu denken, das nicht überlebt hatte, und wurde wieder von blinder Wut gepackt.

Erneut stiegen ihr Tränen in die Augen. Sie kämpfte dagegen an, während sie sich abtrocknete und frische Unterwäsche, Jeans und einen Pullover mit V-Ausschnitt anzog. Dann betrachtete sie sich noch einmal im Spiegel, band ihre Haare zu einem Pferdeschwanz zurück, trug Lippenstift auf und schminkte ihre verheulten Augen mit einem Lidstrich und Wimperntusche.

Wahrscheinlich wäre es besser, wenn sie zu ihrem Arzt gehen würde, doch was sollte das jetzt noch? Es war sowieso vorbei.

Sie nahm sich zusammen und verließ das Badezimmer. Harrison saß auf ihrem Sofa, den aufgeklappten Laptop vor sich auf dem Couchtisch.

»Eine große Story?«, fragte sie.

»Ja, es geht allmählich wieder aufwärts auf der Karriereleiter.«

Sie zwang sich, sein Lächeln zu erwidern, wandte sich dann aber ab, weil sie nicht wollte, dass er sie zu genau ansah. Sie wollte sich ihm in die Arme werfen und ihm die Wahrheit sagen, ihm von ihrem Schmerz erzählen, doch sie musste das zurückhalten. Sie hatte ihm nichts erzählt von der Schwangerschaft, als sie noch geglaubt hatte, Mutter zu werden, und daher war es jetzt sinnlos, das Thema anzuschneiden. Eine Frage würde zur nächsten führen, und schließlich würde alles damit enden, dass sie über ihren Exmann redeten und darüber, dass er der Vater des Kindes gewesen wäre.

Er stand auf. »Möchtest du etwas essen?«

»Ja, ich bin halb verhungert«, log sie.

»Ich auch. Vielleicht solltest du ein paar Dinge zusammenpacken. Ich habe das Schloss repariert, und das mit dem Fenster ist auch wieder in Ordnung, doch bis zu Turnbulls Verhaftung bist du hier nicht in Sicherheit.«

»Es ist mein Zuhause.« Sie schaute sich in ihrem Wohnzimmer um, sah die schäbigen Stühle, das durchgesessene Sofa, die Bücher auf dem Regal neben dem Kamin, die abstrakten Bilder an den Wänden und den abgewetzten Teppich auf den Bodendielen. Für sie hatte das alles so etwas wie eine Art nachlässigen Stil.

»Ich weiß, doch wenn du darauf bestehst zu bleiben, ziehe ich hier ein.«

»Okay.« Offensichtlich war er überrascht, dass sie so schnell kapitulierte, und sie glaubte, ihm eine Erklärung schuldig zu sein. »Justice hat heute wieder Kontakt zu mir aufgenommen, als ich mit Becca auf dem Friedhof war. Ich habe ihn ausgesperrt. Aber später habe ich mich bei ihm gemeldet.«

»Was? Obwohl ich nicht bei dir war?«

»Ich hab's satt, immer davonzulaufen, Harrison. Lassen wir's zum Showdown mit dem Dreckskerl kommen. Ich bin bereit.«

38

»Hast du jetzt völlig den Verstand verloren?«, fragte Harrison, der noch einmal das Schloss an der Hintertür überprüfte. »Du hast Kontakt aufgenommen zu diesem Psychopathen?«

»Ursprünglich war das deine Idee, schon vergessen?«

»Da habe ich noch nicht geglaubt, dass so etwas wirklich möglich ist.«

»Du wolltest Informationen für deine Story.«

»Ja, vielleicht ...« Guter Gott, er war so ein Idiot gewesen. Jetzt war sie auf dem Kriegspfad und fest entschlossen, sich dem Showdown mit diesem Gestörten zu stellen, der sie fast abgestochen hätte. »Doch dann ist er hier eingebrochen und hätte dich beinahe umgebracht ... Und da nimmst du Kontakt auf und provozierst ihn erneut? Du darfst das nicht tun, Laura.« Er legte ihr eine Hand auf die Schulter, doch sie schüttelte sie ab.

»Versuch nicht, mich davon anzubringen, es wird nicht funktionieren. Ich kann nicht für den Rest meines Lebens in Angst und Schrecken leben.« Ihre Stimme klang ruhig, und er fragte sich, was mit ihr passiert war. Lag es an dem Treffen mit ihren Schwestern in Siren Song? An dem Besuch an Marys Grab? An etwas, das Catherine gesagt hatte? Wie auch immer, jetzt schien sie zu glauben, eine Mission erfüllen zu müssen.

Er glaubte nicht, dass er sich täuschte.

Als er sie kennengelernt hatte, war Laura eine verängstigte, ständig besorgte Frau gewesen, doch jetzt wirkte sie zu allem entschlossen. Sie war bereit, in den Krieg zu ziehen. Um jeden Preis, wie es schien.

»Als ich mit Becca sprach, hörte ich seine Stimme. Sie war leiser, vielleicht, weil ich mit einer meiner Schwestern zusammen war, ich weiß es nicht. Aber er hat mich gefunden, und ich habe es satt. Ich will mich nicht mehr von ihm terrorisieren lassen und ständig Angst haben müssen.«

»Die Polizei ...«

»... kennt ihn nicht wie ich, und die Cops wissen nicht, wie wir kommunizieren.« Bevor er vorschlagen konnte, sie solle sich Stone oder Dunbar anvertrauen, hob sie schon eine Hand und fuhr fort. »Sie würden mir nicht glauben, wenn ich es ihnen erzählte, also versuch nicht, mich davon zu überzeugen. Sie haben versprochen, mich zu beschützen, und wenn sie dieses Haus unter Beobachtung haben, bin ich hier sicherer als an vielen anderen Orten.«

»Sie haben ausdrücklich gesagt, dass sie das Haus nicht sieben Tage in der Woche rund um die Uhr überwachen lassen können«, rief er ihr ins Gedächtnis. »Es ist keine sichere Zuflucht.«

»Da bin ich ganz deiner Meinung. Aber für mich und meine Schwestern gibt es überhaupt keine sichere Zuflucht. Selbst eine Festung wie Siren Song ist nicht uneinnehmbar.«

Sie blickte ihn ganz und gar ruhig an. »Wir müssen ihm Einhalt gebieten.«

Ihm war klar, dass es zwecklos war, sie davon überzeugen zu wollen, ihre Meinung zu ändern. »Ich habe eine Pistole«, sagte er. »Und sogar einen Waffenschein. Beides liegt in meinem Apartment.«

»Und warum zum Teufel hast du das Ding nicht dabei?«

Er musste daran denken, wie viel Gewalt er in seinem Leben schon gesehen hatte. Sein Schwager war erschossen worden, ein Mordopfer wie Hunderte andere im ganzen Land in jüngster Zeit. »Bis zu dem Einbruch in der vorletzten Nacht habe ich nie geglaubt, sie zu brauchen.«

»Und jetzt?«

»Ich hole sie.«

»Gut.«

Harrison griff nach seinem Laptop und suchte seine Sachen zusammen, während sie wieder einmal mürrisch ihre Reisetasche packte. Dann fuhren sie zu einem Restaurant in Cannon Beach, wo sie Fischsuppe aßen. Hin und wieder brach die Sonne durch die Wolkendecke. Sie erzählte ihm mehr über das Treffen mit ihren Schwestern und sagte dann, sie müsse im Krankenhaus eine Doppelschicht machen. Als er ihren traurigen Blick sah, hatte er das Gefühl, dass sie etwas zurückhielt, dass da etwas war, ein Geheimnis ...

Nach der Rückkehr zu ihrem Haus trennten sie sich. Laura fuhr zum Ocean Park Hospital, er nach Seaside, wo er ein paar Stunden in der Redaktion der *Breeze* arbeiten wollte, auch wenn er keine Lust dazu hatte. Anschließend wollte er zu seinem Apartment fahren, um die Waffe zu holen. Die ganze Zeit über war er nervös und angespannt. Er sagte sich, dass Laura in dem Krankenhaus nichts passieren würde. Justice würde es nicht riskieren, sie an einem belebten Ort anzugreifen, wo es Sicherheitskameras gab und der zudem von der Polizei beobachtet wurde.

Er stellte seinen Wagen auf dem Parkplatz vor dem Redaktionsgebäude ab. Als Laura so lange im Bad gewesen war, hatte er schon etwas an der Justice-Turnbull-Story gearbeitet, die er auf jeden Fall schreiben wollte. Da war noch manches Rätsel zu lösen. Dieser Killer musste gefasst werden, und er wollte dazu beitragen.

Im Augenblick gab ihm besonders ein Teil des Puzzles zu denken. Vor dem Ausbruch hatte sich Justice über irgendein Leiden beklagt, dass im Halo Valley Security Hospital nicht diagnostiziert oder behandelt werden konnte. Deshalb sollte er laut Dr. Zellmans Anordnung ins Ocean Park Hospital gebracht werden. Aus jetziger Sicht schien diese Krankheit nicht real gewesen zu sein, sondern eine Finte. Aber wie war es ihm gelungen, das Personal – und besonders Zellman – zum Narren zu halten?

Über dieses Rätsel dachte er nach, als er die Redaktion betrat. Auf einem großen Flachbildschirm an der Wand sah er das Konterfei von Pauline Kirby, die mit ernstem Blick über die jugendliche Diebesbande und ihre Taten berichtete.

»Sie quetscht die Story richtig aus«, sagte Buddy.

»Von mir aus.« Harrison war nicht mehr sonderlich interessiert an den »Deadly Sinners«.

»Du hast Noah Vernons alten Herrn ganz schön verärgert. Der Typ dreht durch! Er hat den Boss angerufen und sich beschwert, aber Connelly liebt diese Story. Liebt es, dass die *Breeze* im Rampenlicht steht. Jede Publicity ist gute Publicity. Und wie gesagt, Kirby quetscht das richtig aus. Deine Story über Noah ist für sie nur der Anfang. Wahrscheinlich bringt sie noch Beiträge über jedes einzelne Mitglied dieser Diebesbande und tritt das breit. Alles schön aus der Schlüssellochperspektive. Da wird's ganz schön menscheln.«

»Von mir aus«, sagte Harrison, der einfach nur froh war, dass er die Story abgehakt hatte.

»Übrigens droht dieser Bryce Vernon mit einem Prozess, weil er sich verleumdet fühlt.«

»Passt zu ihm.«

Harrison wünschte sich nur noch, die Turnbull-Story zusammenzubekommen. Und natürlich auch, dass dieser Psychopath geschnappt wurde und für immer hinter Gittern verschwand. Erst dann würde Laura in Sicherheit sein.

Buddy wurde angerufen, und Harrison machte sich an die Arbeit, musste aber immer wieder an Laura denken. Er fragte sich, wie es ihr ging bei ihrer Arbeit in dem Krankenhaus.

Bei ihr ist alles in Ordnung, sagte er sich, ohne jedoch das Gefühl abschütteln zu können, dass etwas nicht stimmte. Sie war heute so anders gewesen.

Aber in ihrem Leben hatte sich ja auch innerhalb kürzester Zeit alles geändert.

Nachdem er zwei Stunden vor dem Computer gesessen hatte, fuhr er nach Hause. Er hatte seine Notizen über Justice Turnbull vervollständigt und Zeitungsartikel und Blogs ausgedruckt, die während der letzten Mordserie des Killers veröffentlicht worden waren.

Auf den Straßen herrschte dichter Verkehr. Das Licht der untergehenden Sonne färbte den westlichen Horizont orange- und magentafarben und reflektierte sich auf dem ruhigen Wasser des Meeres. Er parkte vor seinem Haus, schnappte sich den Laptop und eilte zu seiner Wohnung. Von der langen Außenveranda aus hatte man einen spektakulären Blick auf den Pazifik, doch er war zu sehr in Gedanken versunken, um ihn genießen zu können.

Als er in seinem Apartment stand – seinem Zuhause –, fiel ihm auf, dass er während der letzten Woche immer nur für

Stippvisiten hier gewesen war. Alles war staubig, der undichte Wasserhahn in der Küche tropfte noch immer. Überall ungeöffnete Kartons, die lächerlichen Klappstühle mit der Halterung für die Bierflasche. Er verglich seine Unterkunft mit Lauras gemütlichem kleinem Haus. Dieses Apartment war nicht mal eine Junggesellenwohnung, sondern einfach nur ein trauriges Loch. Beige gestrichene Wände ohne ein einziges Bild. Da waren nur die Löcher von den Nägeln, an denen der Vormieter seine Bilder aufgehängt hatte. Der Teppich im Flur war völlig abgewetzt. Die weißen Kacheln und die Glühbirnen über dem Spiegel und dem Waschbecken im Bad blendeten ihn. Nur sein Rasierapparat und ein verschossenes grünes Handtuch deuteten darauf hin, dass hier jemand wohnte.

Wenn man es denn so nennen wollte.

Die gläserne Schiebetür der kleinen Küche hatte eine vertikale Jalousie, von der jedoch mehrere Lamellen fehlten, und die Einrichtung stammte vermutlich aus den frühen Siebzigerjahren des letzten Jahrhunderts.

»Retro«, murmelte er, während er zum Schlafzimmer ging, wo die große Luftmatratze mit dem zerwühlten Schlafsack auf dem Boden lag. Einige Kleidungsstücke hatte er sogar in einer Kommode untergebracht. Im Kleiderschrank hingen sein einziger Anzug und ein paar Jacken und Jacketts. Und darüber, auf der Hutablage, zwischen einigen Kartons, stand ein abgeschlossener Metallkasten, in dem er die Pistole aufbewahrte. Er nahm ihn heraus, öffnete das Zahlenschloss und sah die Glock, Kaliber 9mm, die er vor ein paar Jahren gekauft und nie benutzt hatte. Nachdem er sie geladen hatte, vergewisserte er sich, dass sie nicht entsichert war und schob sie in den Hosenbund seiner Jeans.

Er zog eine Lederjacke an und stellte fest, dass der Griff der Pistole nicht zu sehen war. »Wie im Fernsehen«, murmelte er vor sich hin.

Er rief Laura an, doch es meldete sich sofort die Mailbox, und er verzichtete darauf, eine Nachricht zu hinterlassen. Er verließ das Apartment und verschloss die Tür.

Draußen war die Dunkelheit hereingebrochen. Die Laternen tauchten den Parkplatz in ein bläuliches Licht. Am Himmel blinkten ein paar Sterne. Er setzte rückwärts aus der Parklücke und bog dann auf die Straße ab. Er wollte herausfinden, wann Lauras nächste Pause war, und sich dann mit ihr in der Cafeteria des Krankenhauses treffen. Nur, um zu sehen, dass bei ihr alles in Ordnung war.

Er fuhr Richtung Süden auf dem Roosevelt Drive – so hieß der Highway 101 innerhalb von Seaside. Als er den Stadtrand erreicht hatte, zirpte sein Handy. Er glaubte, es müsste Laura sein, und er meldete sich.

Über die drahtlose Verbindung hörte er eine kratzige, unheilvoll klingende Stimme. »Sie waren mit dieser Hexe zusammen!«, zischte der Anrufer.

Harrison gefror das Blut in den Adern. »Mit wem spreche ich?« Er warf schnell einen Blick in den Rückspiegel und hielt auf dem leeren Parkplatz von einer Bank.

»Sie ist die Brut des Satans.«

Harrisons Puls beschleunigte sich. War der Anrufer Justice Turnbull? »Wer zum Teufel sind Sie?« Er starrte durch die Windschutzscheibe, ohne etwas zu sehen, konzentrierte sich ganz auf den Anrufer.

»Sie werden alle sterben«, zischte der Mann höhnisch. »Alle diese Hexen in ihrer Festung ... Siren Song ... Die Schwestern glauben, dort in Sicherheit zu sein.« Harrison glaubte, den Anrufer lachen zu hören. »Aber sie werden nie in Sicherheit sein ... Ich werde diese Satansbrut töten, und ihre schwarzen Seelen werden zur Hölle fahren.«

»Turnbull?«

Klick.

Der Anrufer hatte die Verbindung unterbrochen.

Guter Gott, was hatte das zu bedeuten?

Er hatte die Nummer und rief sofort zurück, doch niemand meldete sich. Eine Mailbox gab es nicht.

»Verdammt!«

Hatte er wirklich mit Justice Turnbull telefoniert?

Oder konnte es vielleicht nur ein schlechter Scherz gewesen sein?

Ausgeschlossen ... Diese Stimme klang zu tödlich, zu abgedreht ...

Wie die eines gefährlichen Psychopathen.

Er stand auf dem leeren Parkplatz, auf dem Roosevelt Drive fuhren die Autos vorbei. Es lief ihm kalt den Rücken hinab. Wo zum Teufel steckte der Dreckskerl? Warum rief er ihn an? Natürlich wusste er, dass einige Killer auf Publicity in der Presse abfuhren und sich an der Darstellung ihrer Verbrechen berauschten. Sie liebten es, die berüchtigten Monster zu sein. Aber es überraschte ihn, dass Justice Turnbull ihn kannte. Und woher um alles auf der Welt hatte er seine Telefonnummer?

Doch wer konnte schon wissen, was im Kopf eines solchen Psychopathen vorging?

Selbst diejenigen, die behaupteten, diese Geisteskranken zu verstehen, konnten zum Narren gehalten werden. Dr. Maurice Zellman war ein gutes Beispiel dafür. Er war sich so sicher gewesen, diesen Verrückten richtig einschätzen zu können, dass er leichtsinnig geworden war. Und das hätte er beinahe mit dem Leben bezahlt.

Als er sich etwas beruhigt hatte, zog er Detective Stones Karte aus seiner Brieftasche. Er wählte die Nummer des Tillamook County Sheriff's Department, doch man sagte ihm, der Detective habe bereits Feierabend gemacht. Darauf wählte er unverzüglich Stones Handynummer, doch da meldete sich die Mailbox. Er hinterließ eine kurze Nachricht, um Stone darüber zu informieren, dass Justice Turnbull ihn angerufen und dass er eine Handynummer hatte.

Als er den Parkplatz verließ, versuchte er erneut, Laura zu erreichen.

Auch diesmal antwortete sie nicht.

Er versuchte sich davon zu überzeugen, dass sie einfach nur zu viel zu tun hatte. Im Dienst würde sie seine Anrufe nicht annehmen. Und wenn Justice Turnbull ihr etwas angetan hätte, da war er sich sicher, hätte dieser Gestörte bei seinem Anruf bestimmt damit geprahlt.

Oder vielleicht doch nicht?

Er gab Gas und rief in der Zentrale des Krankenhauses an. Als sich eine Frauenstimme meldete, sagte er, er würde gern mit Laura Adderley sprechen.

»Moment, ich verbinde«, antwortete die Frau, und einige Augenblicke darauf meldete sich die nächste Frauenstimme. »Schwesternzimmer, erster Stock.«

»Mein Name ist Harrison Frost, ich würde gern mit Laura Adderley sprechen.«

»Miss Adderley ist gerade bei einer Patientin. Falls Sie möchten, dass sie zurückruft ... Moment, warten Sie bitte kurz.«

Ihre Stimme wurde etwas leiser, doch er verstand, was sie sagte. »Laura, da will ein Harrison Frost mit dir reden.« Dann, wieder lauter: »Augenblick, sie kommt sofort.«

Erleichterung überkam ihn.

»Hallo?« Ihre Stimme war Balsam für seine Seele.

»Hallo. Ich habe mir gedacht, dass ich einfach mal vorbeikomme. Vielleicht könnten wir während deiner nächsten Pause in der Cafeteria etwas essen …«

»Ich habe gerade gegessen und keine Pause mehr bis ein Uhr morgens. Bist du noch dran?«

Obwohl er sie nicht beunruhigen wollte, glaubte er doch, dass sie ein Recht darauf hatte, dass er ihr erzählte, was passiert war.

Also berichtete er von dem Telefonat. »Natürlich war es ein anonymer Anruf, aber ich habe Stone gebeten, sich darum zu kümmern, wem das zu der Nummer passende Handy gehört. Es könnte natürlich auch eines dieser Einweghandys gewesen sein.«

»Glaubst du, dass er jetzt dich ins Visier genommen hat?«, fragte Laura.

»Ich denke, dass er auf ein bisschen Publicity scharf ist. Mich beunruhigt, dass sein Bedürfnis, es auf die Titelseiten zu schaffen, ihn veranlassen könnte, etwas Grausames zu tun, das ihn noch mehr ins Rampenlicht rücken lässt.«

»Er wird wieder morden, meinst du.«

»Ich halte dich auf dem Laufenden, wenn ich etwas herausfinde, aber sei vorsichtig. Ich glaube, dass du in dem Krankenhaus in Sicherheit bist. Ruf mich an, wenn die zweite Schicht zu Ende ist, dann sehen wir, wie es weitergeht.«

Sie schwieg.

»Laura?«

»Pass du auch gut auf dich auf. Er hat deine Handynummer.«

»Ich habe zu meinem Kollegen Buddy gesagt, er könne sie ab jetzt herausgeben. Ich glaube nicht, dass Turnbull ein persönliches Interesse an mir hat. Er hat es auf dich abgesehen.«

»Und auf meine Familie.«

»Ja.« Fast hätte er gesagt: »Ich liebe dich«, biss sich aber auf die Zunge. Aber es überraschte ihn, dass es ihm ganz natürlich vorgekommen wäre, es zu sagen.

»Du wirst es nicht glauben«, sagte Stone, als er während der Fahrt zum Anwesen der Zellmans mit Savvy Dunbar telefonierte.

»Wovon redest du?«, fragte Dunbar, deren Stimme von weither zu kommen schien. Stone hatte keine Ahnung, von wo aus sie mit ihrem Handy telefonierte.

»Von Harrison Frost, diesem Journalisten, der kürzlich bei uns war. Er behauptet, dass Justice Turnbull ihn angerufen hat.«

»Wie bitte? Warum?«

»Vielleicht will er ein bisschen Publicity. Wer weiß? Der Typ ist ein Psychopath. Aber jetzt kommt's. Frost hatte die Handynummer, und ich habe sie überprüft. Dreimal darfst du raten, wessen Nummer das ist.«

»Spuck's einfach aus, Stone«, sagte Dunbar verärgert.

»Es ist die Handynummer von Dr. Maurice Zellman. Ich bin gerade zu ihm unterwegs. In einer Viertelstunde müsste ich da sein. Frost wird wahrscheinlich auch dort auftauchen, obwohl ich ihm gesagt habe, er solle es lassen. Wer weiß, was mich dort erwartet.«

»Hast du versucht, die Nummer anzurufen?«

»Es hat sich niemand gemeldet.«

»Was ist mit Zellmans Festnetztelefon?«

»Es gibt keins. Jeder in dem Haus hat sein eigenes Handy.«

»Okay, in zwanzig Minuten bin ich da.«

Stone hörte, wie sie keuchte und dann nach Luft schnappte. »Was ist los?«, fragte er. »Dunbar?«

»Ich glaube, ich muss mich wieder übergeben«, sagte sie seufzend. »Besser, ich fahre rechts ran.«

»Bist du krank?«

»Wahrscheinlich eher schwanger. Ich lasse es dich wissen, wenn ich sicher bin.«

»Nun, du musst nicht zu den Zellmans kommen, wenn du dich nicht gut fühlst«, sagte Stone, überrascht über die Geschichte mit der Schwangerschaft.

»Okay«, antwortete sie und unterbrach die Verbindung.

Stone blieb keine Zeit, um über die Neuigkeit nachzudenken. Er nahm eine Kurve zu schnell, mit quietschenden Reifen. Hatte sich Turnbull in Zellmans Haus verschanzt? Hatte er das Mobiltelefon des Psychiaters gestohlen? Oder hatte ein anderer bei Frost angerufen?

Es schien eine Ewigkeit zu dauern, doch dann fuhr er endlich durch das von Säulen gesäumte Tor, das immer noch nicht repariert war und weiter offen stand. Das Haus wurde von außen angestrahlt. Vor der riesigen Garage standen Autos, und er fragte sich, warum sie nicht darin standen, besonders nach dem Diebstahl des Range Rovers.

Er parkte hinter einem BMW und wählte dann nacheinander die Handynummer von Zellman und seiner Frau. Niemand meldete er sich.

Für ein paar Augenblicke schaute er sich um. Alles wirkte ruhig, hinter den hohen Fenstern brannte Licht. Für alle Fälle rief er im Sheriff's Department an, um durchzugeben, wo er war. Dann stieg er aus dem Auto und sah sich erneut um.

Alles wirkte ganz normal. Über das riesige Haus auf der Klippe über dem Pazifik hatte sich die nächtliche Finsternis gesenkt. Auf der vorderen Veranda brannte eine Lampe. Mit einer Hand am Griff seiner Dienstwaffe stieg er die Stufen zur Haustür hinauf und klingelte.

Aus dem Inneren des Hauses hörte er klassische Musik, dann schnelle Schritte. Ein paar Sekunden später spähte Mrs Zellman durch ein Fenster neben dem Eingang. Sie zog den Riegel zurück und öffnete einen Spaltbreit die Tür, die zusätzlich durch eine Kette gesichert war.

»Detective Langdon Stone vom Tillamook County Sheriff's Department«, sagte er und zeigte seine Dienstmarke.

»Ach ja, natürlich ...«, sagte sie mit einem angespannten, beunruhigten Lächeln. »Was kann ich für Sie tun?«

»Ich habe anzurufen versucht. Weder Sie noch Ihr Mann haben sich gemeldet.«

»Oh, mein Gott ... Im Haus läuft Musik, und ich habe im Wohnzimmer vor dem Fernseher gesessen. Wahrscheinlich habe ich deshalb das Telefon nicht gehört.«

»Ist Ihr Mann da?«

»Ja. ... Oh, und ihn haben sie nicht erreicht, weil er sein Mobiltelefon verlegt hat. Es ist schon ein paar Tage weg, und wir haben es noch nicht gefunden ...« Sie schwieg kurz. »Stimmt etwas nicht, Detective? Mein Gott, geht es wieder um diesen Patienten von Maurice? Hat er wieder jemanden umgebracht, erneut ein Auto gestohlen oder sonst was angestellt?«

»Ich würde gern mit Ihrem Mann reden, Ma'am.«

Als sie gerade die Kette löste, fiel das Licht von Scheinwerfern auf die Auffahrt, und Stone erkannte Harrison Frosts alten Chevy. Der Journalist schaltete den Motor ab, stieg aus und sprintete über den Rasen zur Haustür.

»Oh!« Mrs Zellman schnappte nach Luft und zog nachdenklich die Augenbrauen zusammen. »Mr Frost?«

»Wenn ich mich recht erinnere, habe ich Ihnen doch gesagt, dass Sie nicht kommen sollen.«

»Und ich glaube mich zu erinnern, dass ich gesagt habe, ich würde so schnell wie möglich hier sein.«

»Aber bitte, treten Sie doch ein«, sagte Mrs Zellman, die es eilig zu haben schien, die Tür wieder zu verrammeln.

Als ob eine Kette und ein Riegel einen Psychopathen wie diesen Turnbull aufhalten könnten, dachte Stone.

»Maurice«, rief Mrs Zellman. »Wir haben Besuch!«

»Ist Ihr Sohn hier?«, fragte Stone, aber sie schüttelte den Kopf, als sie die Besucher einen kurzen Korridor hinabführte.

»Brandt ist mit Freunden ausgegangen. Ins Kino, glaube ich.« Sie öffnete die Flügeltür einer holzgetäfelten Bibliothek, wo Zellman hinter einem riesigen, mit Notizen und Bücher überladenen Schreibtisch thronte. In dem achteckigen Raum war die Musik deutlich lauter. Tagsüber hatte man aus dem riesigen Fenster, so vermutete Stone, bestimmt einen spektakulären Blick aufs Meer, doch jetzt war es Nacht.

Zellman blickte sie über die Gläser seiner Lesebrille hinweg an, griff nach einer Fernbedienung und stellte die Musik ab. Sein Hals war immer noch verbunden, und der Besuch schien ihn gar nicht zu beglücken.

»Maurice, das sind ...«

Zellman schnitt seiner Frau mit einer ungeduldigen Handbewegung das Wort ab und bedachte sie mit einem finsteren Blick. Er wusste, wer die Gäste waren, konnte aber offensichtlich immer noch nicht sprechen.

»Wir möchten mit Ihnen über Ihr Mobiltelefon reden«, sagte Stone.

Zellman begann auf seinem Laptop zu tippen. *Es ist verschwunden. Ich habe es schon seit einer halben Woche nicht mehr gesehen.*

»Haben Sie es verloren?«, fragte Stone.

Mrs Zellman spreizte die Hände. »Ich habe Ihnen doch bereits gesagt, dass er es verlegt haben muss.« Sie schien sich bei Ihrem Mann für die Störung entschuldigen zu wollen.

Zellman tippte: *Ja, meine Frau wird recht haben, offensichtlich habe ich es verlegt.*

»Dann haben Sie also in den letzten vierundzwanzig Stunden nicht damit telefoniert?«

Natürlich nicht, wo es doch weg ist. Zellman schüttelte den Kopf und blickte Stone an, als wäre der ein Vollidiot. *Warum?*

»Jemand hat mich von dem Handy aus angerufen«, sagte Harrison. »Und was er gesagt hat und die zischende Stimme haben mich glauben lassen, dass es Justice Turnbull war.«

»Nein!«, flüsterte Mrs Zellman und legte erschrocken eine Hand auf die Brust. Selbst Zellmans arrogante Miene löste sich auf, als Harrison das Telefonat zusammenfasste.

»Oh mein Gott, Maurice!« Mrs Zellman ging um den Schreibtisch herum zu ihrem Mann. »Aber wie? Und warum?«

Zellman begann hektisch zu tippen. *Sie glauben, mein Telefon sei gestohlen worden? Von Justice Turnbull? Als er den Range Rover gestohlen hat?*

507

»Wir wissen es nicht.«

»Nein, oh nein ... Ich hatte Angst davor.« Zellmans Frau war bleich und hatte die Augen weit aufgerissen. »All diese psychisch labilen ... Mörder ... Und dann dieser Wahnsinnige, er ist der schlimmste! Ich habe es dir gesagt, oder etwa nicht, Maurice?« Sie schaute erst ihren Mann an und blickte dann ängstlich durch das Fenster in die Finsternis. »Er könnte jetzt hier irgendwo sein. Was ist, wenn er einen Hausschlüssel hat? Von Brandts Schlüsselbund? Oh mein Gott!« Sie zog nacheinander vor den Fenstern die Vorhänge zu.

Sind Sie sicher, dass es Justice war, der sie angerufen hat?, tippte Zellman und sah Harrison an.

»Ich habe vorher nie mit ihm gesprochen«, antwortete Harrison. »Aber er hat ein paar ziemlich durchgeknallte Dinge gesagt und das alles mit dieser zischenden Stimme.«

Zellman wandte den Blick ab und schloss für einen Moment die Augen. Dann schüttelte er fast unmerklich den Kopf, als wollte er nicht wahrhaben, was er gerade gehört hatte. Aber er wusste, dass es stimmte.

»Dr. Zellman?«, fragte Stone.

Der Psychiater seufzte. Seine Miene verriet Schuldgefühle, als seine Frau den Raum verließ und man hörte, wie sie in den Nachbarzimmern Jalousien herunterließ und Vorhänge zuzog.

Er spricht nicht immer so, tippte Zellman mit zitternden Fingern. *Das mit den Zischlauten passiert nur, wenn er erregt ist. Wenn er von den Frauen von Siren Song spricht, seinen Schwestern. So nennt er die Frauen, die dort leben.* Er hielt kurz inne. *Meinten Sie das?*

»Ja«, antwortete Harrison.

»Woher hatte er Mr Frosts Handynummer?«, fragte Stone.

Ich hatte sie auf meinem Mobiltelefon gespeichert.

»Halten Sie es für möglich, dass er einen Hausschlüssel hat?«, fragte Stone.

Der Psychiater schüttelte den Kopf.

Eigentlich nicht. Brandts Schlüssel wurden uns mit dem Range Rover zurückgegeben, und der Hausschlüssel war auch dabei.

»Er hätte sich einen nachmachen lassen können«, sagte Stone, aber er bezweifelte es. Dafür war nicht genug Zeit geblieben. Aber man konnte es nicht wissen, möglich war alles.

Justice Turnbull hat keine so geduldige und gut organisierte Persönlichkeit. Die Triebfeder seines Handelns sind unkontrollierbare Emotionen.

Während er tippte, errötete Zellman, und er zog eine Grimasse. Stone vermutete, dass der Psychiater beschämt daran denken musste, wie er von Turnbull zum Narren gehalten worden war. Er hatte geglaubt, Turnbull zu kennen, und hatte teuer dafür bezahlt.

Außerdem hat er seit Tagen keine Medikamente mehr genommen, und das macht ihn nur noch unberechenbarer und gefährlicher.

»Dieser Dreckskerl«, murmelte Harrison, während er auf den Monitor von Zellmans Laptop starrte.

Mrs Zellman kam zurück, offensichtlich von Panik gepackt. »Da kommt noch jemand!«, kreischte sie.

»Das ist wahrscheinlich meine Kollegin«, sagte Stone. »Lassen Sie mich ihr die Tür öffnen.«

»Danke«, sagte Mrs Zellman erleichtert. »Es tut mir leid, aber diese Geschichte mit diesem Turnbull macht mich ganz rappelig.« Sie senkte die Stimme. »Ich habe Maurice vor ihm gewarnt, doch es war vergeblich. Selbst nachdem ihn dieser Wahnsinnige fast umgebracht hätte, hört er nicht auf mich. Mein Mann kennt nichts als seinen verdammten Beruf.« Sie warf Zellman noch einen finsteren Blick zu und rieb sich die Arme, als würde sie plötzlich frieren. Dann verschwand sie.

Ein paar Augenblicke später kam Stone mit Savvy Dunbar zurück. Das Gespräch ging weiter, doch Stone erfuhr kaum noch etwas Neues. Irgendwie schien es den Psychiater verlegen zu machen, dass Justice sein Telefon gestohlen hatte – wahrscheinlich hatte er es in einem nicht abgeschlossenen Auto liegen lassen.

Als er nach seinem Gesundheitszustand gefragt wurde, antwortete Zellman, er unterziehe sich bereits einer Sprachtherapie und habe vor, seine Arbeit am nächsten Morgen wieder aufzunehmen. Stone riet ihm, mit seinem Handy alles so weiterlaufen zu lassen, weil die Möglichkeit bestehe, Justice Turnbulls Aufenthaltsort mithilfe von GPS zu ermitteln. Wenn der Killer noch weitere Anrufe tätige, könnten sie ihn finden, und zwar vielleicht schon, bevor er weitere Morde begehe.

Zellman nickte erschüttert.

Als Harrison und die beiden Detectives gingen, schien sich Mrs Zellman etwas beruhigt zu haben, aber sie schwor, so schnell wie möglich das Tor reparieren und alle Schlösser austauschen zu lassen.

»Eine gute Idee«, sagte Stone, obwohl er skeptisch war, ob Justice Turnbull sich dadurch aufhalten lassen würde.

39

»Schwester!!!«

Fast hätte Laura das Fieberthermometer fallen lassen, das sie gerade einem Patienten entgegenstreckte. Sie hatte nicht an den mentalen Schutzwall gedacht, und Justice nahm Kontakt zu ihr auf.

Sie ist abgegangen, was? Die teuflische Leibesfrucht ... Du hast das Kind verloren, diese Satansbrut! Was für ein Gefühl ist das, du Hure? Es ist vorbei!

Seine Stimme strotzte vor Genugtuung, und ihre Knie hätten fast nachgegeben. Sie schloss die Augen und antwortete.

Komm doch und hol mich, du geisteskranke Missgeburt. Versuch's doch!

Bevor er antworten konnte, zog sie schnell den mentalen Schutzwall hoch.

»Hallo?«, sagte der Patient, der am Vortag eine Blinddarmoperation gehabt hatte.

»Entschuldigen Sie bitte.« Sie zwang sich zu einem Lächeln, und da piepte das elektronische Fieberthermometer. Mr Greers Temperatur war völlig normal.

Der Patient blickte sie finster an, obwohl sie ihm eine gute Neuigkeit mitteilte, und forderte dann zusätzliche Eiswürfel für sein Wasserglas und ein anderes Menü als jenes, für das er sich am Vorabend entschieden hatte. Offenbar hatten die Schmerzmittel da seine Geschmacksnerven beeinflusst.

»Ich will sehen, was sich machen lässt«, sagte Laura. »Aber versprechen kann ich nichts.«

Wie konnte Justice wissen, dass sie das Kind verloren hatte? Wie tief war ihre Verbindung zu ihm?

»Es wird Zeit, diese Geschichte zu beenden«, murmelte sie vor sich hin, als sie Mr Greer die Eiswürfel brachte. Dann ging sie zum Schwesternzimmer. Früher oder später würde es zu einer direkten Konfrontation mit Justice kommen, ein Gedanke, der sie zugleich ängstigte und entschlossen machte. Sie musste auf den Showdown gefasst sein, sowohl mental wie auch körperlich.

Irgendwie musste sie es schaffen, die Trauer über den Verlust ihres Babys zu überwinden. Sie musste sich ihrer Wut auf diesen Wahnsinnigen überlassen. Doch heute ... Heute war gegen die überwältigende Trauer noch nichts zu machen.

Als sie die Doppelschicht überstanden hatte, war sie so müde, dass sie glaubte, sie würde nie wieder aufstehen, wenn sie sich ins Bett legte. Sie musste sich erholen und sich dann etwas wegen Justice einfallen lassen.

Wie viel bequemer wäre es, wenn die Polizei ihn fassen würde.

Aber Justice' Ausbruch lag schon Tage zurück, und sie verlor das Vertrauen in die Gesetzeshüter. Wo immer sich dieser Psychopath verschanzt hatte, es musste ein sehr schwer zu findendes Versteck sein.

»Er kann sich nicht für immer verkriechen«, murmelte sie vor sich hin, während sie im Umkleideraum ihre Handtasche aus dem Spind nahm und zum Ausgang des Krankenhauses ging. Die Arbeit hatte es ihr ermöglicht, ihre Gedanken von dem Verlust des Kindes abzulenken, von der Bedrohung durch Justice und den widersprüchlichen Gefühlen, die sie gegenüber Harrison Frost empfand. Sie hatte definitiv nicht vor, sich in ihn zu verlieben, aber sie hatte auch nicht vorgehabt, sich von Byron schwängern zu lassen und das Baby zu verlieren. Und der Kampf mit einem Killer hatte auch nicht auf ihrer Agenda gestanden.

Noch vor einer Woche hatte sie ein gleichförmiges, festgefahrenes, vorhersagbares Leben geführt.

Doch jetzt ...

Sie schaltete ihr Mobiltelefon wieder an und sah, dass sie ein halbes Dutzend Nachrichten erhalten hatte, größtenteils von Harrison. Als sie ihn gerade zurückrufen wollte, bog sie um eine Ecke und wäre beinahe mit Carlita Solano zusammengeprallt. Carlita konnte es gerade noch verhindern.

»Hast du Feierabend?«, fragte sie.

»Ja«, antwortete Laura, ohne stehen zu bleiben

»Dieser Schreiberling, der behauptet, für die *Seaside Breeze* zu arbeiten, hat auf dich gewartet.«

Es war erstaunlich, doch irgendwie entging Carlita Solano nichts von dem, was im Ocean Park Hospital vor sich ging. Sie holte Laura ein, als die an einem Wartezimmer vorbeikam, wo mehrere Leute alte Illustrierte mit Eselsohren durchblätterten.

»Hast du etwas Neues über Conrad Weiser gehört?«

Laura schüttelte den Kopf. »Nach dem, was ich gehört habe, liegt er immer noch im Koma.« Sie erwähnte nicht, dass sie zur Intensivstation gegangen war und die vitalen Funktionen persönlich überprüft hatte. Conrad Weiser hing an mehreren Infusionsschläuchen, auf einem Monitor ließ sich die Herzfunktion beobachten.

»Ja, so habe ich es auch gehört«, sagte Carlita. »Es ist schon äußerst seltsam. Wann immer ich im Fernsehen die Lokalnachrichten einschalte, sehe ich das Ocean Park Hospital. Oder zumindest diese Reporterin, die auch hier bei uns war. Pauline Sowieso. Was war noch ihr Nachname?«

»Kirby«, antwortete Laura, als sie an der Aufnahme vorbeikamen, wo mehrere Patienten mit Versicherungskarten und Formularen in der Hand auf Kunststoffstühlen warteten.

»Ja, stimmt. Was für eine Schlampe.«

Laura enthielt sich eines Kommentars.

Carlita Solano wechselte das Thema. »Was läuft denn eigentlich mit dir und dem Typ von der *Breeze*?«

Laura zuckte die Achseln. »Wahrscheinlich ist er nur hinter einer Story her.« Sie verabschiedete sich mit einem gezwungenen Lächeln und verließ das Krankenhaus.

Auf dem Parkplatz sah sie, dass Harrisons Chevy neben ihrem Outback stand. Von gutem Wetter konnte keine Rede mehr sein. Der Nieselregen ließ das Licht der Lampen etwas verschwimmen, und der Asphalt glänzte.

Harrison stieg aus seinem Auto, als sie näher kam, und ihr Herzschlag setzte einen Moment aus, als sie ihn sah. Verwaschene Jeans, T-Shirt, eine alte Lederjacke, zerzaustes Haar und dieser Bartschatten ... Er wirkte jugendlich und rebellisch ... Und sie hatte geglaubt, gegen so etwas immun zu sein ...

»Hast du nichts zu tun?«, fragte sie ihn.

»Würde ich so nicht sagen, doch da ist eine Menge, worüber wir reden müssen.«

Sie blickte sich zum Krankenhaus um und fragte sich, ob jemand ihr Gespräch mit Harrison beobachtete, zum Beispiel Carlita Solano. »Nicht hier. Wie wär's, wenn wir zu meinem Haus fahren? Ich bin völlig groggy.«

»Du weißt, dass du dort nicht bleiben kannst.«

Sie hörte es ungern, wusste aber, dass er recht hatte. »Wie wär's dann mit einem Fünf-Sterne-Hotel?«, fragte sie mit einem schwachen Lächeln. »Mit Zimmerservice, exklusivem Essen, einer Jacuzzi und ...«

Er lachte. »Träum weiter. Aber ich habe eine Idee. Ich kenne da ein Bed & Breakfast in Astoria. Der Eigentümer ist ein Freund, der mir einen Gefallen schuldet.«

Aus dem Augenwinkel sah Laura Byron das Krankenhaus verlassen. Ihr drehte sich der Magen um. Dafür war sie jetzt wirklich nicht in der richtigen Stimmung.

»Laura!«, rief Byron laut, während er in ihre Richtung eilte.

»Soll ich mich darum kümmern, dass er dich nicht belästigt?«, fragte Harrison.

»Er arbeitet hier als Arzt, und in gewisser Weise könnte man ihn als meinen Chef betrachten.«

Seine Miene verfinsterte sich.

Sie legte ihm eine Hand auf den Unterarm und wandte sich dann zögernd ab, um ihrem Exmann entgegenzugehen.

»Ich bin nicht mehr im Dienst«, sagte sie knapp, als sie bei Byron war.

»Ich weiß.« Er wirkte etwas weniger feindselig als zuvor. »Das mit dem Einbruch in dein Haus und der Konfrontation mit diesem Psychopathen tut mir leid, und mir ist bewusst, dass ich in letzter Zeit nicht gerade zimperlich mit dir umgegangen bin.«

»Tatsächlich?«

Er hob die Hände. »Okay, ich bin ein Dreckskerl, aber ich wollte mich vergewissern, ob es dir gut geht.«

»Ja, mir ging's nie besser.«

Er verkniff sich einen Kommentar zu ihrer ironischen Bemerkung und wechselte das Thema. »Und das Baby?«

»Um Himmels willen, wie oft soll ich dir noch sagen, dass ich nicht schwanger bin? Im Ernst, es gibt kein Baby!« Ihr brach das Herz, als sie diese Worte aussprach, und irgendwie schaffte sie es, erfolgreich gegen die Tränen anzukämpfen.

»Ich bin fast geneigt, dir zu glauben«, bemerkte Byron.

Laura ließ ihn stehen und kehrte zu dem wartenden Harrison zurück.

»Worum ging's?«, fragte er.

»Um das nächste Missverständnis«, stieß sie zwischen zusammengebissenen Zähnen hervor. Sie hörte, wie eine Autotür zugeknallt wurde, und dann sprang laut dröhnend ein Motor an. Byrons Wagen. Einen Moment später schaltete er in den zweiten Gang, bremste kurz an der Straße, bog auf den Highway ab und gab Gas.

Auch Harrisons Blick war dem Auto gefolgt. »Ich kann's nicht fassen, dass du mit diesem Typ verheiratet warst.«

»Ich war jung.« *Und dumm. Leicht zu beeindrucken.* Sie räusperte sich. »Was war das mit diesem Bed & Breakfast?«

»Ich habe einen Artikel darüber geschrieben, als ich hierher zog, und für den Eigentümer war das kostenlose Werbung. Er hat gesagt, ich könne jederzeit bei ihm wohnen. Jetzt ist es so weit.«

Sie war müde, todmüde. Als er sah, dass sie unschlüssig war, legte er ihr eine Hand auf die Schulter und griff mit der anderen nach seinem Mobiltelefon. »Es wird dir sehr gefallen.«

Sie war sich nicht so sicher, ob das eine gute Idee war, aber sie setzte sich hinter das Steuer ihres Outback, während er telefonisch alles regelte.

»Ist gebongt«, sagte er nach dem Ende des Gesprächs. »Das B & B heißt Heritage House. Fahr einfach hinter mir her.« Zur Sicherheit nannte er ihr noch die Adresse, und dann klemmte er sich hinter das Lenkrad seines Chevy und ließ den Motor an.

Ohne noch weiter darüber nachzudenken, folgte sie ihm in Richtung Norden nach Astoria. Sie hoffte, dass ihm keine gemeinsame Nacht vorschwebte, denn das durfte einfach nicht passieren.

Sie seufzte. »Vielleicht sollte ich dort einfach von dieser berühmten Astoria Bridge springen.«

Ich gehe die Stufen zum Parkplatz von Carters Laden hinab, und der Geruch des Meeres steigt mir in die Nase. Er vermischt sich hier mit dem Gestank von Öl, Diesel und totem Schellfisch, und doch rieche ich auch das Salzwasser.

Ich frage mich, ob der Kleintransporter noch fahrtüchtig ist. Auf den Seitenwänden werben verblichene Buchstaben für Carters Bait Shop. Darunter finden sich die Telefonnummer und das Bild einer Meerjungfrau.

Ein Blick auf die Aufkleber auf den Kennzeichen sagt mir, dass die Zulassung abgelaufen ist, und ich wechsele sie schnell aus mit denen eines Toyota, der in einer Ecke des Parkplatzes steht. Der Toyota gehört Carters Tochter Carrie, doch sie lässt ihn immer hier stehen, wenn ihr Freund sie in seinem protzigen Geländewagen abholt.

Es ist ein Kinderspiel, die Nummernschilder auszutauschen und den Kleintransporter kurzzuschließen. Der Motor springt problemlos an, und die Benzinuhr zeigt, dass der Tank zu fast einem Viertel gefüllt ist. Für heute Nacht reicht das.

Ich verlasse langsam den Parkplatz, ohne die Scheinwerfer einzuschalten, fahre eine kurze Anhöhe hinauf und biege auf den sich an der Küste entlangschlängelnden Highway ab.
Es gibt Dinge, um die ich mich dringend kümmern muss ...

James Ferguson blickte sich ungläubig in dem leeren Zimmer seines Bruders um.

Er war verschwunden. Konnte Mikey sich wirklich aus dem Staub gemacht haben?

Hatte er immer noch diese Schnapsidee im Kopf?

James war zum dritten Mal hier, und nachdem wieder nichts von Mikey zu sehen war, suchte er ihn in der Garage, im Wohnzimmer und allen anderen Räumen des Hauses. Er hatte ein Dutzend Mal Mikeys Handynummer gewählt. Als er sich nicht meldete, hatte er Voicemails hinterlassen und ihm mehrfach eine SMS geschickt. Schließlich hatte er sogar einige Freunde dieses Vollidioten angerufen, doch niemand wusste, wo Mikey war.

»Na großartig«, knurrte er, als er die gläserne Schiebetür des an die Küche grenzenden Esszimmers öffnete und in den überdachten Hof trat. Regentropfen trommelten auf das gewellte Kunststoffdach. Wo zum Teufel war dieses kleine Arschloch? Übermorgen wollten ihre Eltern zurückkommen, und James war verantwortlich für diesen Wirrkopf. Nach der Schule hatte er ihn überhaupt nicht mehr gesehen, aber womöglich war er schon nicht mehr da gewesen und hatte mit ein paar Freunden blaugemacht. Es war ja die letzte Woche vor den großen Ferien ...

»Scheiße!«

Wieder musste James daran denken, wie besessen dieses

kleine Arschloch von dem geisteskranken Killer war, der aus dem Hochsicherheitstrakt einer psychiatrischen Klinik entkommen war. Sein Bruder konnte nicht genug bekommen von Informationen über diesen Gestörten. Mikey hatte ihn unter Druck gesetzt, ihn zur Küste zu chauffieren, bevor ihre Eltern zurückkamen ... Der Drecksack hatte sich tatsächlich allein auf die Socken gemacht.

Als er in dem Hof hinter dem Haus stand und in die regnerische Nacht blickte, drohte sich ihm der Magen umzudrehen. Er nahm all seinen Mut zusammen und rief Belinda Mathis an, deren Nummer er auf seinem Smartphone gespeichert hatte, obwohl er sich nie bei ihr meldete. Doch das änderte sich ja jetzt.

Er wählte und wartete ungeduldig darauf, dass sie sich meldete. Der bloße Gedanke, dass er tatsächlich ihre Nummer gewählt hatte, ließ seine Handteller schweißnass werden. Er dachte an ihr hübsches Gesicht und das unglaublich lange Haar. Und dazu kamen ihr knackiger kleiner Hintern und ihre ...

Am anderen Ende sprang die Mailbox an, aber er hinterließ keine Nachricht, sondern schrieb ihr eine SMS, in der er Belinda fragte, ob ihre Schwester wisse, wo sein Bruder Mike sei.

Er wartete. Es regnete immer noch, und James bemerkte die Katze der Nachbarn die schnell über den Zaun kletterte, als sie ihn sah. Kurz darauf zirpte sein Handy und kündigte so eine eingehende SMS an.

Auf dem Display seines Smartphones erschienen Belindas Telefonnummer und ihr hübsches Gesicht.

Sie antwortete, ihre Schwester habe gesagt, Mike sei auf

dem Weg zur Küste, aber sie habe geglaubt, er sei in Begleitung seines älteren Bruders.

James tippte hektisch und schrieb, er sei zu Hause und wolle wissen, wie sein Bruder zur Küste gekommen sei.

Ihre Antwort bestand aus nur zwei Worten: »Keine Ahnung.«

So ein Mist. Wenn Belindas Schwester es nicht wusste, wer dann?

James schrieb die nächste SMS und fragte, wann sein Bruder verschwunden sei.

Laut meiner Schwester wahrscheinlich heute Abend, antwortete Belinda.

»Scheiße!«, fluchte er laut, antwortete aber trotzdem und bedankte sich kurz.

Darauf schrieb Belinda, wenn er seinen Bruder finde, solle er ihm sagen, ihre Schwester anzurufen.

»Aber ja doch, sonst noch irgendwelche Wünsche«, schimpfte er, während er die nächste SMS an Mikey schrieb. Es beschämte ihn, dass er den Mut, das coolste Mädchen der ganzen Schule anzurufen, nur deshalb aufgebracht hatte, weil dieser idiotische Scheißkerl von seinem Bruder durchgebrannt war.

Er ballte die Faust und hämmerte damit gegen einen der stählernen Stützpfeiler der Überdachung. Ein stechender Schmerz durchzuckte seine Hand. Der Stahlpfosten war völlig unversehrt.

Er wusste, was zu tun war. Wenn er seinen Bruder nicht so schnell wie möglich fand und nach Hause zurückbrachte, würden Mom und Dad ihnen beiden den Kopf abreißen.

Und es wäre alles Mikeys Schuld.

Eines musste man Harrison lassen.

Was das Bed & Breakfast betraf, hatte er nicht gelogen.

Es gefiel ihr sehr. Das im Queen-Anne-Stil erbaute Haus stand auf einer Anhöhe und bot einen fantastischen Blick auf die Mündung des Columbia River. Im Inneren war das Haus gründlich renoviert worden, doch die Zimmer hatten ihren ursprünglichen Charme bewahrt. Tiffany-Lampen auf den Möbeln aus glänzendem Holz verbreiteten ein warmes Licht, auf den Treppen lagen Läufer, und in einem Raum im Erdgeschoss gab es schöne alte Tische sowie Sessel und kleine Sofas.

Ihr Zimmer befand sich im zweiten Stock. Durch ein Erkerfenster hatte man über die alten Stallungen hinweg einen guten Blick auf die Lichter der Stadt, den Columbia River und die imposante Astoria Bridge, welche den breiten Fluss überspannte und die Bundesstaaten Oregon und Washington verband.

Auf der Oregon-Seite war die Brücke so hoch, dass die größten Schiffe darunter herfahren konnten, dann senkte sie sich zum Ufer von Washington.

»Der Eigentümer muss dir einen ganz schön großen Gefallen schuldig gewesen sein«, sagte Laura, als sie ihre Reisetasche auf das Doppelbett fallen ließ. Vor ihrem geistigen Auge sah sie Harrison unter der dicken Bettdecke. Er war nackt und lag neben ihr. Sie würden sich streicheln und küssen und …

Aber es war noch zu früh … zu früh.

Eine tiefe Trauer stieg in ihr auf, und sie ließ sich auf einen der Stühle am Fenster fallen. »Justice wollte mich wieder erreichen, aber ich habe ihn ausgeschlossen.«

»So etwas Besonderes bist du nun auch wieder nicht«, sagte Harrison. »Vergiss nicht, dass er auch mich angerufen hat.«

»Diese Geschichte wird immer schlimmer.« Sie schaute ihn an. »So viele Menschen sind gestorben oder schweben in Lebensgefahr. Nicht nur ich oder meine Schwestern. Er greift alle an, die ihm über den Weg laufen. Heute habe ich auf der Intensivstation kurz Conrad Weiser besucht, den Sicherheitsbeamten, der Justice mit Zellman ins Ocean Park Hospital bringen sollte. Sein Gesundheitszustand hat sich nicht gebessert.«

»Wenn der Dreckskerl noch mal mit Zellmans Handy telefoniert, können die Cops vielleicht das Signal lokalisieren und herausfinden, wo er sich verschanzt.«

»Er könnte an so vielen Orten sein«, sagte sie. Zwar hatte Justice ein Faible für das Meer, doch das Tillamook County war nur ein kleiner Abschnitt der Küste von Oregon. Wenn er sich nach Norden orientierte, wie sie es mit der Fahrt nach Astoria getan hatten, konnte er in den Bundesstaat Washington flüchten, im Süden in das Lincoln County und weiter. Und es bestand ja immerhin auch die Möglichkeit, dass er landeinwärts unterwegs war, etwa dann, wenn er Becca und Hudson folgte. Aber sie hoffte, dass dieser Gedanke zu weit hergeholt war.

Harrison zog die Pistole aus dem Hosenbund seiner Jeans und legte sie auf den Tisch.

Laura starrte auf die Waffe.

»Weißt du, wie man damit umgeht?«

»Ich hab's höchstens mal im Fernsehen mitgekriegt.«

»Die Waffe ist nicht zu schwer, hat aber einen nicht zu vernachlässigenden Rückstoß. Wenn du sie benutzen musst, solltest du sie mit beiden Händen halten, okay?« Er gab ihr die Pistole, stellte sich hinter sie, legte seine Hände über ihre und richtete die Waffe gemeinsam mit ihr auf ein imaginäres Ziel.

Sie erschauderte. »Ich hoffe, dass es nicht so weit kommt.«

»Ich auch. Trotzdem werden wir morgen zu einem Schießplatz fahren, damit du üben kannst. Okay, das reicht jetzt. Wir sollten uns ein paar ruhige Stunden gönnen. Wer weiß, was morgen ist.«

Sie nickte, konnte den Blick aber immer noch nicht von der auf dem antiken Tisch liegenden Pistole abwenden.

Nachdem sie sich für eine Weile unterhalten hatten, bot Harrison an, loszufahren und etwas zu essen zu holen.

»Es ist zehn Uhr«, protestierte sie, doch er machte nur eine wegwerfende Handbewegung und versprach, bald wieder zurück zu sein. Sobald er das Zimmer verlassen hatte, zog sie sich aus, steckte ihr Haar hoch und nahm eine heiße Dusche. Die Blutung hatte noch nicht aufgehört, sich aber abgeschwächt. Fast hätte sie einen Zusammenbruch erlitten, doch sie verwandelte die Trauer in Hass auf Justice und stellte sich vor, wie es sein würde, wenn sie ihm direkt gegenüberstand.

Warum zum Teufel hatte Justice Harrison von Dr. Zellmans Mobiltelefon aus angerufen?

Nachdem sie sich abgetrocknet hatte, streifte sie sich das übergroße T-Shirt über, in dem sie schlafen wollte. Dann hörte sie, wie sich die Tür der Suite öffnete, und sie griff nach dem an der Tür hängenden Frotteebademantel und zog ihn an.

Als Harrison eintrat, war sein Haar nass und vom Wind zerzaust. Er hatte eine Pizzaschachtel und eine Flasche Wein dabei. »Pizza Pepperoni und Merlot«, sagte er. »Ziemlich exklusiv.«

»Sehr.« Sie musste lächeln.

»Was könnte jetzt besser sein?«

»Nichts.«

Er schaute sie an. »Wir werden ihn schnappen«, sagte er, während er die Einkäufe auf den Tisch stellte und zwei Stücke Pizza auf Servietten legte. In einem kleinen Schrank mit Glasscheibe sah er Weingläser und einen Korkenzieher. Er öffnete die Weinflasche, schenkte ihnen ein und stellte die Flasche neben die offene Pizzaschachtel. »Hat jemand ›angerufen‹, während ich fort war?«

»Wenn du nach Justice Turnbull fragst, lautet die Antwort Nein.«

Er hob sein Glas. »Trinken wir darauf, dass wir den Killer finden.«

»Einen der übelsten Killer überhaupt«, sagte sie, bevor sie anstießen.

Als Laura neben ihm einschlief, musste Harrison sich etwas einfallen lassen, wie er es schaffen sollte, die Hände von ihr zu lassen. Sie sah so sexy aus in dem übergroßen T-Shirt und mit dem hochgesteckten Haar, doch er blieb auf seiner Seite des Bettes und beobachtete, wie sie ruhig atmend schlief.

Er wusste, dass er ihr wichtig war, hatte es gespürt, als sie sich frühmorgens im Haus seiner Schwester geküsst hatten. Es hatte sie genauso angemacht wie ihn, doch jetzt wirkte sie mitgenommen, und ihm gingen Kirstens Worte durch den Kopf.

Lass dir Zeit, okay? Laura ist nicht die Einzige, die sich verliebt hat ...

Er gab es ungern zu, konnte aber doch nicht leugnen, dass er tiefe Gefühle für Laura empfand. Ob sie ihn wirklich liebte, stand noch nicht fest, ihre Stimmungen wechselten so häufig. Vielleicht wurde sie von den gleichen Zweifeln geplagt wie er. Ursprünglich hatte er nur einen Artikel schreiben und wieder auf sich aufmerksam machen wollen. Jetzt war er in eine unheimliche Auseinandersetzung mit einem geisteskranken Killer verstrickt und hatte sich zugleich in die Frau verliebt, die dieser Killer umbringen wollte.

Er betrachtete ihre Brust, die sich im Schlaf langsam hob und senkte und strich ihr eine Haarsträhne aus dem Gesicht. Er widerstand der Versuchung und beließ es dabei, ihr einen Kuss auf die Stirn zu geben. Sie stöhnte leise im Schlaf und ihre Lippen zuckten.

Das war's. Mehr war heute nicht drin.

Er stieg aus dem Bett, schnappte sich sein Kopfkissen und fand im Schrank noch eine Decke. Aber es war kalt, und er zog seine Jeans wieder an, bevor er sich auf den Boden legte. Das kleine, zweisitzige Sofa war viel zu kurz für ihn.

Die Situation erinnerte an ihre Übernachtungen bei seiner Schwester. Allmählich wurde es zu einer Gewohnheit.

Er hätte sich gut etwas anderes vorstellen können.

Ich bin in Carters Kleintransporter unterwegs, den ich kurzgeschlossen und entwendet habe. Das ist riskant, aber ich bin in Eile. Meine Mission duldet keinen Aufschub mehr.

Ich fahre auf dem Highway 101, die Hexen schlafen.

Es dauert nicht lange, und ich bin da, aber ich parke ein gutes Stück entfernt von ihrer Festung, verstecke den Kleintransporter auf einer nicht mehr benutzten, zugewachsenen Auffahrt. Dann gehe ich länger als eine Stunde in der Finsternis zu dem umzäunten Grundstück.

Obwohl es einfacher wäre, durch das große Tor einzudringen, erscheint es mir als zu riskant, denn es könnte bewacht sein. Also verstecke ich mich an der Hinterseite des Grundstücks zwischen den hohen Bäumen, deren Zweige und Blätter sich unter dem Regen biegen. Ich empfinde den Schauder der Vorfreude, jene tiefe Erregung, die einem Mord vorausgeht.

Als meine Gedanken kurz abschweifen, gerate ich ins Stolpern und stürze fast. Ich höre Stimmen, Stimmen aus meiner Jugend ... Oder kommen sie aus der Nähe?

Ich wirbele herum und starre in die Finsternis.

Nagetiere im Unterholz? Oder nur der Regen?

Oder spielt dir nur deine Fantasie einen Streich? Du weißt, dass du Dinge gesehen hast, die du nicht gesehen haben kannst.

Aber für einen Augenblick bin ich verwirrt, und ich denke voller Wut an diejenige von ihnen, die es wagt, Kontakt zu mir aufzunehmen ... Loreley. Jetzt ist ihr Geruch nur schwach wahrzunehmen. Sie muss weiter weg sein.

Ich halte mich an der rauen Rinde eines Baumstamms fest, schließe die Augen und zähle langsam bis zehn, um mich zu beruhigen und mich auf die Realität zu konzentrieren, zu der mir der Bezug, wie man mir sagt, manchmal abhandenkommt.

Langsam komme ich wieder ganz zu mir. Ich lasse den Baumstamm los und schiebe das Messer, Loreleys Schlachtermesser, zwischen meine Zähne, während ich mich anschicke, über den Zaun zu klettern. Ich starre auf die Rückseite des Großen Hauses. Hinter einigen Fenstern brennt noch Licht.

Sie sind da.

Und ahnen nichts.

Während ich die Brandung gegen die Felsen schlagen höre, atme ich tief durch, fülle meine Lungen mit der salzigen Luft. Vor meinem inneren Auge sehe ich, wie die Wellen gegen die Steilküste branden. Kalte Regentropfen laufen über mein Gesicht. Dadurch bekomme ich einen klaren Kopf. Es hilft mir, mich zu konzentrieren.

Es gibt so viel zu tun. Und es muss heute Nacht erledigt werden. Alles.

In meinem Kopf höre ich die höhnischen Stimmen der Hexen ... »Bastard«, »Schwachkopf«, »Missgeburt« ... Das Blut pocht in meinen Schläfen, ihre sadistischen Stimmen bohren sich in mein Gehirn. Diese hasserfüllte, bösartige Satansbrut! Huren, die kalben wie ihre verkommene Mutter, diese promiske Schlampe!

Ich empfinde einen pochenden Kopfschmerz, und da muss ich an diesen Psychiater denken, der geglaubt hat, mich heilen zu können. Idiot! Was für ein herablassender, arroganter Vollidiot. Wie kann so ein Typ glauben, er könne über mein Schicksal entscheiden?

Aber ich habe dich zum Narren gehalten, Zellman, habe bewiesen, dass du nichts als ein hochnäsiger Scharlatan bist. Doch das reicht nicht. Du musst meinen Schmerz spüren, diese abgrundtiefe Verzweiflung empfinden ...

Oh, es gibt so viel zu tun ... Heute Nacht ...

Vor meinem inneren Auge sehe ich Zellman in seinem Büro sitzen, mit diesem wissenden Blick ... Sein Lächeln ist falsch und gezwungen, und er glaubt, mich zu kennen.

Ich blinzele. Ich spüre den Regen auf meinem Gesicht und kehre in die Gegenwart zurück.

Es bleibt keine Zeit mehr für Pläne. Auch keine, um mich an meinen Absichten zu berauschen. Hinter einem Fenster sehe ich eine Bewegung, und ich muss lächeln, als ich durch die Scheibe ihren besorgten Blick sehe, bevor sie die Vorhänge zuzieht.

Noch immer stehe ich vor dem Zaun. Jetzt umklammere ich das Messer mit der rechten Hand.

Sie späht durch den Schlitz, wo die Vorhänge nicht ganz schließen.

Zu spät, du Hure.

Viel zu spät.

40

Sein Mobiltelefon steckte in der Vordertasche seiner Jeans, und als es zu vibrieren begann, war Harrison sofort wach. Durch das Fenster fiel das erste Licht der Morgendämmerung, und Laura schlief fest, während er kaum ein Auge zugetan hatte. Es war sechs Uhr morgens.

Er zog das Handy aus der Tasche, schaute auf das Display und sah die Nummer von Zellmans Mobiltelefon.

Justice!

Er rappelte sich hoch und trat mit dem Telefon in den Flur, damit Laura nicht wach wurde.

»Frost.«

»Sie sind tot«, verkündete die zischende Stimme. »Zellman und seine Familie.«

Was war los? »Zellman? Dr. Zellman?«

»Tot, genau wie seine Frau und ihre Brut! Und sie sind nicht die Letzten. Sie können über alle in Ihrer Zeitung schreiben. Und vergessen Sie nicht die Schwestern!«

Wieder diese gruseligen Zischlaute. Harrison wurde von Panik gepackt. »Moment, nein! Turnbull! Sie können nicht ...«

Aber das Ungeheuer hatte die Verbindung bereits unterbrochen.

»Verdammter Mist!«

Sofort rief er zurück.

Keine Reaktion.

»Um Himmels willen, tun Sie das nicht ...«

Er versuchte es erneut.

Wieder ohne Erfolg.

»Jesus, Maria und Josef«, murmelte er. War das Turnbulls Ernst? Hatte er wirklich Zellman und seine Familie abgeschlachtet und dann ihn angerufen, um damit zu prahlen?

Er wählte die Handynummer von Detective Stone. »Komm schon, komm schon«, murmelte er ungeduldig, doch nach dem vierten Klingeln meldete sich die Mailbox. »Verdammter Mist!« Trotzdem entschloss er sich, eine Nachricht zu hinterlassen. »Hier ist Harrison Frost. Ich habe gerade wieder einen Anruf von Turnbull erhalten. Er behauptet, Zellman und seine Familie getötet zu haben. Ich mache mich jetzt auf den Weg zu Zellmans Haus, doch da ich in Astoria bin, wird es eine Weile dauern, bis ich da bin.« Er klappte das Handy zu und trat wieder in ihr Zimmer.

Laura schlief immer noch.

Sein Blick fiel auf die auf dem Tisch liegende Pistole. Er steckte sie in den Hosenbund seiner Jeans und verließ mit seinen Schuhen, dem T-Shirt und der Lederjacke den Raum, um sich draußen anzuziehen. Wenn er Laura weckte, würde sie darauf bestehen, mit ihm zu kommen, und das wollte er nicht riskieren. Es war gut möglich, dass Turnbull ihm eine Falle stellte, und da war es am besten, Laura zurückzulassen, denn hier war sie in Sicherheit. Sobald er in Erfahrung gebracht hatte, was wirklich los war, würde er sie anrufen.

Der Eigentümer des Bed & Breakfast war bereits auf den Beinen und bereitete gemeinsam mit seiner Frau in der Küche das Frühstück vor. Harrison nahm den Mann beiseite und sagte, er müsse weg und habe seine Freundin nicht wecken wollen. Wenn jemand nach ihr suche, solle er ihn bitte sofort anrufen.

»Hat sie irgendwelchen Ärger?«, fragte der Mann.

»Nein, sie ist nur hundemüde. Wenn sie aufgestanden ist, sagen Sie ihr doch bitte, sie solle mich anrufen.« Ihm blieb keine Zeit für weitere Erklärungen, und er rannte durch den Regen zu seinem Auto. Sein Blick fiel auf Lauras Subaru Outback. Er hoffte, die Dinge für sich geklärt zu haben, wenn sie aufwachte.

Nachdem er den Motor und die Scheibenwischer eingeschaltet hatte, fuhr er den Abhang hinab zum Highway. Um diese Zeit war dort noch nicht viel los. Er kümmerte sich nicht um das Tempolimit und überholte Autos und Lastwagen, während er Richtung Süden fuhr. Die ganze Zeit über musste er weiter über Justice Turnbulls Anruf nachdenken. Was für ein Interesse hatte dieser Gestörte plötzlich an ihm?

Warum rief er ihn an? Damit er seine Story in der Zeitung lesen konnte? Warum wandte er sich nicht an Pauline Kirby? Dann würde er es sogar ins Fernsehen schaffen.

Er weiß, dass du in Begleitung von Loreley bist. Darauf läuft alles hinaus. Bei dir ist eine seiner »Schwestern«.

Er erschauderte bei dem Gedanken an Turnbulls Wahnsinn.

Er fuhr durch Seaside und kam an der Abfahrt zum Highway 26 vorbei. Wegen der Wolkendecke und des Regens sah es so aus, als wollte es nicht richtig Tag werden.

Direkt hinter Cannon Beach zirpte sein Handy. Er bereitete sich innerlich auf einen weiteren Anruf von Turnbull vor, doch auf dem Display sah er, dass ihn Detective Stone von seinem Mobiltelefon aus anrief.

»Frost.«

»Hier ist Stone. Ich habe Ihre Nachricht gehört. Ich bin schon auf dem Weg zu Zellmans Haus. Was ist los?«

»Moment, ich fahre gerade durch den Tunnel am Arch Cape.« Er raste durch die Finsternis, das Geräusch der Motoren hallte laut von den Tunnelwänden wider.

Als er den Tunnel hinter sich gelassen hatte, fasste er kurz für Stone zusammen, was während der letzten paar Stunden passiert war. Stone hörte geduldig zu und unterbrach ihn nur gelegentlich mit einer Frage, wenn er einen Punkt weiter geklärt haben wollte.

»Also habe ich Laura in dem Bed & Breakfast zurückgelassen und bin losgefahren, nachdem ich die Nachricht für Sie hinterlassen hatte.«

»Sie haben nicht versucht, Zellman telefonisch in seinem Haus anzurufen?«, fragte Stone.

»Turnbull hat gesagt, er sei tot«, antwortete Harrison. »Und da er Zellmans Handy hat, hätte ich ihn nicht erreichen können.«

»Das mit den Zellmans könnte eine Lüge gewesen sein.«

Harrison erinnerte sich an die zischende Stimme dieses Ungeheuers, an die kaum verhüllte sadistische Befriedigung, die ihm seine Morde verschafften. »Ja, vielleicht«, antwortete er ohne Überzeugung.

»Der Typ dreht komplett durch«, murmelte Stone. »Laut Zellman macht es ihn noch unberechenbarer, dass er mehrere Tage lang seine Medikamente nicht genommen hat. Was zum Teufel hat er nur vor? Warum hat er sich Zellman vorgeknöpft?«

»Ich weiß es nicht.«

»Okay, danke. Aber jetzt will ich, dass Sie sich raushalten.

Kommen Sie nicht zu Zellmans Haus. Wenden Sie, und kehren Sie nach Astoria zurück. Ich melde mich später. Wenn der Anruf kein schlechter Scherz war, ist dies ein Fall für die Polizei, und Sie sind raus aus dem Spiel.«

Harrison lachte kurz auf. Er hatte nicht vor, jetzt wieder zurückzufahren. Nicht, wenn die Chance bestand, Justice Turnbull zu schnappen.

»Haben Sie gehört, was ich …«

»In einer halben Stunde bin ich da, Stone.« Er gab Gas und kam an dem Aussichtspunkt auf dem Neahkahnie Mountain vorbei. »Ob es mir gefällt oder nicht, Turnbull hat mich in diese Geschichte hineingezogen.«

»Sind Sie taub, Frost?«, sagte Stone genervt. »Noch mal, dieser Fall ist Sache der Polizei.«

Aber Harrison hatte bereits die Verbindung unterbrochen. Er würde sich jetzt nicht abwimmeln lassen. Das konnte sich Stone abschminken.

Dieser verdammte Schreiberling.

Stone schaute mit finsterem Blick durch die Windschutzscheibe. Dieser Dickkopf würde nicht tun, was er ihm gesagt hatte. Nicht bei einer Story über Justice Turnbulls Ausbruch und die darauf folgende Mordserie. Das ließ sich kein Journalist entgehen. Aber glücklicherweise würde er vor Frost bei Zellmans Haus eintreffen.

Er hielt es nicht für ausgeschlossen, dass er die Familie Zellman beim Frühstück antreffen würde, oder vielleicht eilten sie gerade zu ihren Autos, um zur Schule, zum Einkaufen und zum Halo Valley Security Hospital zu fahren. Hatte Zellman nicht vorgestern gesagt, er wolle seine Arbeit unverzüglich wieder aufnehmen? Und vielleicht war Dr. Maurice Zellman schon dort, um sich den anderen durchgedrehten Kriminellen zu widmen.

Er rief Dunbar an und erzählte ihr, was passiert war und wohin er fuhr. Sie wirkte sehr geschäftsmäßig und sagte, sie sei schon unterwegs. Eigentlich hatte er sie noch nach der Schwangerschaft fragen wollen, doch Dunbar sollte selbst entscheiden, wann sie mehr darüber erzählen wollte.

Einer plötzlichen Laune folgend, rief er bei Zellmans Arbeitgeber an. »Halo Valley Hospital«, antwortete eine ruhige Frauenstimme. »Mit wem möchten Sie verbunden werden?«

»Ich würde gern mit Dr. Maurice Zellman sprechen«, sagte Stone, nachdem er sich vorgestellt hatte.

»Dr. Zellmann war aus gesundheitlichen Gründen beurlaubt und ... Moment, das ist merkwürdig.« Er hörte, wie sie Knöpfe drückte, dann leise mit jemandem sprach und mit Papieren raschelte. »Es tut mir leid, ich habe mich geirrt«, sagte die Frau am anderen Ende. »Es sieht so aus, als wäre er heute früh am Morgen hier eingetroffen.« Was immer sie sah, offenbar wollte sie ihren Augen nicht trauen. »Ich versuche jetzt, Sie zu verbinden.«

Stone bog vom Highway in die Straße ab, die zu Zellmans Anwesen führte. Der von Westen kommende Regen war jetzt noch stärker, ein böiger Wind fegte durch die Baumkronen.

»Dr. Zellman«, sagte einen Augenblick später eine nur schwer verständliche Stimme.

Stone atmete erleichtert auf. »Hier ist Detective Stone, Herr Dr. Zellman. Es tut mir leid, Sie zu stören, aber Harrison Frost behauptet, erneut von Ihrem Mobiltelefon aus angerufen worden zu sein.«

»Das überrascht mich nicht«, antwortete Zellman mühsam.

»Der Anrufer hat gesagt, er sei Turnbull und habe Ihre ganze Familie angegriffen.«

Am anderen Ende herrschte Schweigen.

»Er hat behauptet, auch Sie attackiert zu haben, aber offenbar stimmt das ja nicht.«

»Nein, ich ... Ich konnte nicht schlafen und war früh an meinem Arbeitsplatz ...« Seine Stimme, zuvor schon sehr leise, versagte jetzt völlig.

»Ich bin gleich bei Ihrem Haus. Es könnte ein Trick sein.« Stone sah den Abzweig zu Zellmans Anwesen und bog ab. Das Tor war immer noch nicht repariert und stand weiter offen. Zwischen den Bäumen sah er in dem morgendlichen Zwielicht die beleuchtete Fassade des Hauses.

»Der Dreckskerl spielt mit mir, er konnte mich noch nie leiden«, brachte Zellman mühsam hervor, und Stone musste die Ohren spitzen, um ihn zu verstehen. »Bitte, sehen Sie nach Patricia ... Ich ... Ich habe ihr Mobiltelefon mitgenommen und kann sie deshalb nicht anrufen. Mein Handy ist ja verschwunden ...« Der Psychiater schwieg kurz. »Mein Gott, sagen Sie mir, dass es ihr gut geht.« Seine schwache Stimme brach vor Angst.

»Ich rufe Sie sofort an.«

Als Stone die Verbindung unterbrach, hatte er das Haus erreicht. Die Garagentore waren geschlossen, Autos waren nicht zu sehen. Alles wirkte ganz normal, doch als er aus dem Wagen stieg, zog er seine Dienstwaffe. Es war sinnlos, dumme Risiken einzugehen.

Er ging schnell in dem Nieselregen den gepflasterten Weg zum Eingang hinauf. Dann nahm er sich kurz die Zeit, um durch die Fenster an der Vorderseite des Hauses zu spähen. Er sah perfekt eingerichtete Zimmer, aber keine Menschenseele. Das Wohnzimmer und das Esszimmer lagen im hinteren Teil des Hauses, und dort schien Licht zu brennen.

Er klingelte und wartete, die rechte Hand am Griff der Pistole. Wenn Turnbull sich irgendwo im Gebüsch oder hinter einem Baumstamm versteckte, konnte er Stone angreifen, was der vermutlich wegen der lauten Brandung des Meeres nicht gehört hätte.

Niemand kam, um die Tür zu öffnen.

Er klingelte erneut, hörte aber wieder keine sich nähernden Schritte. »Mrs Zellman?«, rief er laut, während er zugleich mit der Faust gegen die massive Holztür hämmerte. »Hier ist Detective Stone, Mrs Zellman!«

Keine Reaktion.

Er versuchte die Tür zu öffnen, doch sie war abgeschlossen. Dann umrundete er das große Haus und kam an im Regen glänzenden Rhododendronsträuchern vorbei. An der Rückseite des Anwesens standen hohe Bäume, die sich zur Steilküste hin lichteten. Und dann standen seine Nackenhaare zu Berge, als er um die Ecke bog und auf die Terrasse hinter der Küche und dem Wohnzimmer trat.

Eine Doppeltür stand einen Spaltbreit offen.

Stones Nerven waren bis zum Zerreißen gespannt.

Die Jalousien, die Patricia Zellman am Vorabend aus Furcht herabgelassen hatte, waren nun hochgezogen, und er sah zwei Füße. Bei einem waren die Zehennägel dunkelrot angemalt, der andere steckte noch halb in einem schwarzen Slipper.

»Mrs Zellman?« Stone stieß mit der Mündung seiner Pistole die Tür weiter auf und trat ein. In dem Haus war es völlig still.

Patricia Zellman lag in einer Blutlache am Boden, ihr Seidenpyjama war mit roten Flecken gesprenkelt.

»Verdammt ...«, flüsterte Stone wütend. »Verdammter Mist.«

Er fühlte ihren Puls, obwohl er schon wusste, dass sie tot war. Nichts deutete darauf hin, dass sie atmete. Mit der anderen Hand wählte er die auf seinem Handy abgespeicherte Notrufnummer.

»Nine-one-one«, meldete sich eine Männerstimme. »Was ist der Grund Ihres ...«

»Hier ist Detective Langdon Stone«, sagte er, während er sich in dem Wohnzimmer umblickte. Was war, wenn Turnbull sich immer noch in dem Haus aufhielt? Er nannte die Nummer seines Dienstausweises und fuhr dann fort. »Ich brauche Verstärkung und einen Krankenwagen.« Mit der Waffe in der Hand begann Stone die Zimmer zu durchmessen, wobei er weiter telefonierte und Zellmans Adresse durchgab. »Ich habe eine Tote gefunden, Patricia Zellman, und durchsuche gerade den Rest des Hauses.«

»Ich schicke sofort eine Einheit als Verstärkung raus, der Notarzt und die Rettungssanitäter sind unterwegs.«

In diesem Moment hörte Stone ein Geräusch aus dem Flur.

Sein Herzschlag beschleunigte sich, und er umklammerte den Griff der Pistole mit beiden Händen.

»Komm schon, du Dreckskerl«, stieß er zwischen zusammengebissenen Zähnen hervor.

Und dann sah er in dem dunklen Korridor schemenhaft die Silhouette eines Mannes.

Um Zeit zu sparen, nahm Harrison eine Nebenstraße, die durch das Tal führte, durch welches sich der Miami River schlängelt. So musste er nicht durch Kleinstädte fahren, wo es überall Geschwindigkeitsbegrenzungen gab. Er raste durch Tillamook und dann weiter nach Süden, und die ganze Zeit über ging ihm nur ein Gedanke durch den Kopf. Das konnte jetzt die Chance sein, Turnbull zu schnappen. Dann würde er wieder ins Gefängnis kommen, und der Albtraum wäre vorbei.

Er würde mit Laura zusammen sein können.

Fast hätte er die Abfahrt zu Zellmans Anwesen verpasst, doch er bremste gerade noch rechtzeitig, riss das Steuer herum und bog ab. In diesem Augenblick hörte er Sirenen und sah im Rückspiegel im morgendlichen Zweilicht die flackernden Lichter von Streifenwagen. Er zweifelte keine Sekunde daran, dass sie zu Zellmans Anwesen unterwegs waren.

Als er durch das offene Tor fuhr, umklammerten seine Hände krampfhaft das Lenkrad, und er hatte ein flaues Gefühl im Magen. Irgendetwas war passiert.

Und zwar nichts Gutes.

Er parkte seinen Impala hinter dem Polizeifahrzeug, das in der Nähe der Garage stand – Stones Jeep –, schaltete den Motor ab und nahm die Glock vom Beifahrersitz.

Er entsicherte die Pistole, stieg aus und ging in gebückter Haltung Richtung Haustür.

Der erste Streifenwagen kam die Auffahrt hinauf. Als er anhielt, flogen beide Vordertüren auf. »Polizei!«, rief ein Cop. »Lassen Sie die Waffe fallen!«

Harrison gehorchte. Die Pistole fiel auf den nassen Rasen.

»Umdrehen!«

Er tat es und blickte in die Läufe von zwei Waffen, die direkt auf ihn gerichtet waren.

»Auf die Knie!«, forderte ein junger Cop in Uniform.

»Hey, ich bin derjenige, der Stone benachrichtigt hat! Ich ...«

»Auf die Knie, hab ich gesagt. Und Hände hoch!«

Mit heftig klopfendem Herzen zielte Stone auf die schemenhafte Silhouette in dem dunklen Korridor. *Fahr zur Hölle, Turnbull.*

»Dad?«, keuchte eine tiefe Stimme. »Mom?« Die Gestalt taumelte vorwärts, stürzte und blieb in dem aus dem Wohnzimmer kommenden Lichtstreifen liegen.

»Oh nein«, stöhnte Stone, als er Brandt Zellman auf dem dicken Teppich liegen sah. Er trug nur Boxershorts und blutete aus einer Brust- und Halswunde. Aber er lebte und schnappte mühsam nach Luft.

»Halt durch, Junge«, sagte Stone zu dem sechzehnjährigen Teenager. In dem Moment hörte er das näher kommende Heulen von Sirenen. *Guter Gott, werden sie rechtzeitig hier sein?* »Halt durch, gleich kommt Hilfe.« Aber er verlor so viel Blut, das aus den tiefen Schnittwunden an seinem Hals und seiner Brust strömte. Brandt hatte sich auf den Rücken gedreht, die Augen geöffnet und starrte an die Decke. Stone hielt die blutende Hand des Jungen. »Ich bin bei dir. Der Notarzt und die Rettungssanitäter sind gleich da.«

Der Teenager schien das Bewusstsein zu verlieren. Wenn es nicht noch schlimmer kam ...

»Nein, Brandt, bitte halt durch.«

Stone hörte das Quietschen von Reifen, als vor dem Haus Fahrzeuge bremsten.

Gott sei Dank.

Noch mehr heulende Sirenen, ganz in der Nähe.

Laute Stimmen, wütende, gebrüllte Befehle.

Vielleicht hatten sie draußen gerade Justice Turnbull verhaftet.

Kommt rein! Kommt endlich her!

Brandt war leichenblass. An der Pubertätsakne und dem flaumigen Bart sah man, wie jung er war. »Ich bin bei dir, Brandt! Gib jetzt nicht auf.« Er drückte die Hand des Jungen. »Der Krankenwagen ist hier.«

Aber warum zum Teufel kommen diese Typen nicht rein?

»Hier bin ich!«, schrie er Richtung Haustür. »Um Himmels willen, beeilt euch ...«

Aus dem Augenwinkel sah er, wie zwei Cops mit gezogenen Pistolen durch die Büsche eilten. Als dann Dunbar durch das Fenster blickte und sah, was los war, trat sie durch die offene Flügeltür ins Haus.

»Guter Gott ...«, flüsterte sie.

»Wo bleiben die Weißkittel?«, fragte Stone.

»Sie sind hier.« Dunbar eilte bereits zur Haustür.

Während Stone weiter die Hand des Jungen hielt, hörte er endlich näher kommende Schritte.

»Wir haben ihn«, sagte eine Polizistin, eine kleine dunkelhaarige Frau.

Stone befahl zwei anderen Cops, sämtliche Zimmer zu durchsuchen.

»Sie haben diesen Journalisten geschnappt und ihm Handschellen angelegt«, sagte Savvy Dunbar. »Er trieb sich mit einer Pistole vor dem Haus herum.«

Sie blickte auf den blutenden Körper, und es schien ihr übel zu werden.

»Frost hat mich angerufen und das Verbrechen gemeldet. Und Turnbull hatte vorher bei ihm angerufen.«

»Trotzdem bleibt er weiter in Handschellen hinten in dem Streifenwagen, bis wir hier fertig sind.« Sie atmete tief durch und blickte Stone an. »Dieser Hitzkopf soll sich ruhig mal ein bisschen abkühlen.«

41

Harrison war nicht da.

Weder im Bett noch auf dem zweisitzigen Sofa oder auf dem Boden, wo ein Kopfkissen und eine Decke lagen.

Er war verschwunden.

Wie die Pistole.

Laura warf die Bettdecke zur Seite und sah auf dem auf dem Nachttisch stehenden Wecker, dass es nach neun Uhr morgens war. Sie zog schnell das übergroße T-Shirt über den Kopf, in dem sie geschlafen hatte, und schlüpfte in ihre Jeans und einen Pullover. Irgendetwas stimmte nicht, und als sie gerade das Zimmer verließ, hörte sie seine bösartige, zischende Stimme.

Du bist die Nächste, Schwester.

Fast wäre sie gestolpert und die Treppe hinuntergestürzt.

Sie zog den mentalen Schutzwall hoch, bevor Justice sie weiter terrorisieren konnte. Im Moment fühlte sie sich nicht gerüstet für ein telepathisches Wortgefecht ...

Ihre Kehle war wie ausgetrocknet, als sie die Treppe ins Erdgeschoss hinabeilte, wo ihr der Duft von frisch gekochtem Kaffee und Zimt verlockend in die Nase stieg. Drei Paare und ein einzelner Mann saßen bereits beim Frühstück. Zwei der Paare unterhielten sich lachend. Sie planten einen Ausflug zur nahe gelegenen Astoria Column, einem historischen Turm auf dem höchsten Berg der Stadt. Das dritte Paar saß an einem Tisch für zwei Personen, war gerade mit dem Frühstück fertig und leerte seine Kaffeetassen. Der alleinstehende Mann, der

Anfang sechzig zu sein schien, trug eine Lesebrille und studierte den Sportteil einer Zeitung, während er geistesabwesend an einem Brötchen knabberte.

Ganz normale Menschen, die ein ganz normales Leben führen ...
Auf den sechs Tischen lagen Decken, und darauf stand jeweils eine Vase mit einer einzelnen Rose darin. Auf einem langen Sideboard standen Karaffen mit gekühltem Tomaten-, Apfel- und Orangensaft neben der Kaffee- und Teekanne. Eine Frau mit einer weißen Schürze und einem offenen Lächeln brachte Teller mit gefüllten Pasteten, Wurst und Brötchen herein.

»Entschuldigen Sie, haben Sie vielleicht Mr Frost aus Zimmer 302 gesehen?«, fragte Laura die Kellnerin, als diese die Teller serviert hatte.

Ihr Lächeln löste sich auf, und sie schüttelte den Kopf, während sie Richtung Küche ging. »Nein, tut mir leid.«

»Danke.« *Keine Panik,* sagte sie sich. *Dass er nicht auf dem Zimmer ist, heißt noch lange nicht ... Aber die Waffe, warum hat er die verdammte Pistole mitgenommen?* Ihr Herz hämmerte wie wild, und vor ihrem geistigen Auge spulten sich die grauenhaftesten Szenarien ab, als sie barfuß auf die Vorderveranda trat und zu der Seite ging, von wo aus man einen Blick auf den Parkplatz hatte.

Es regnete stark, das Wasser gurgelte in der Gosse. Wolken hingen niedrig über dem Columbia River.

Der Asphalt des Parkplatzes glänzte vom Regen, von allen Zweigen fielen Tropfen.

Von Harrisons Auto war nichts zu sehen.

»Verdammt«, murmelte sie, machte auf dem Absatz kehrt und rannte die Treppe zu ihrem Zimmer im zweiten Stock hoch.

Dort angekommen, griff sie nach ihrem Handy und checkte, ob Nachrichten eingegangen waren. Nichts. Keine einzige Voicemail, keine SMS. Sie wählte seine Nummer, und nachdem es viermal geklingelt hatte, meldete sich die Mailbox. Sie beschloss, eine Nachricht zu hinterlassen. »Ich bin's«, sagte sie. »Wo bist du? Ich bin immer noch in Astoria in dem Bed & Breakfast, aber ... Ruf mich einfach an.«

Warum war er verschwunden, ohne sie zu wecken oder eine Notiz zu hinterlassen? Und ohne sie anzurufen? »Komm schon, Harrison«, murmelte sie ängstlich vor sich hin, während sie auf das Display starrte und auf eine Antwort wartete. »Komm schon.«

Nachdem sie das Telefon in die Tasche gesteckt hatte, packte sie ihre Sachen zusammen, steckte ihr Haar hoch und trug ein bisschen Make-up auf. Immer wieder gingen ihr Justice' gehässige Worte durch den Kopf. *Du bist die Nächste, Schwester.*

Sie musste sich am Rand des Waschbeckens festhalten.

Was zum Teufel sollte das heißen? Die Nächste? Hatte das Monster Harrison in seiner Gewalt? Angst überkam sie. Wenn Justice Harrison verletzt oder ihn *getötet* hatte ...

Sie schnappte sich die Reisetasche und eilte zu ihrem Auto. Kurz dachte sie daran, Kirsten anzurufen, doch sie wollte seine Schwester nicht beunruhigen. Auch bei der Zeitungsredaktion wollte sie lieber keine Nachricht hinterlassen.

Sie stieg in ihr Auto, warf die Tasche auf den Rücksitz, schob den Schlüssel ins Zündschloss und ...

Sie hielt inne.

Im Rückspiegel sah sie ihr Gesicht, an dem man ablesen konnte, was sie in den letzten Tagen mitgemacht hatte.

Wohin willst du eigentlich? Was hast du vor? Harrison glaubt, dass du hier bist. Wenn er zurückkommt, und du bist nicht da ...

»Der Typ kann doch wohl mal anrufen!«

Sie ließ den Motor an, schaltete die Scheibenwischer ein und setzte zurück. Ihr Herz hämmerte, alle ihre Muskeln waren angespannt. Dann legte sie den Gang ein und fuhr den Hügel hinab.

Harrison hörte sein Mobiltelefon zirpen, konnte den Anruf wegen der Handschellen aber nicht annehmen. Er saß auf der Rückbank eines Streifenwagens, in dem es nach irgendeinem Reinigungsmittel mit Zitrusduft roch, was aber den Gestank von Erbrochenem nicht ganz überdecken konnte. Wahrscheinlich hatte sich hier während der letzten Nacht bei seiner Verhaftung jemand übergeben.

Aber er musste nicht das Display sehen, um zu wissen, wer da anrief.

Sie war aufgewacht und fragte sich, wo er war. Wieder überkam ihn Panik.

Bleib, wo du bist, Loreley. Rühr dich nicht vom Fleck. In Astoria bist du sicher.

Er schrie verzweifelt, damit jemand mit ihm redete und Stone erzählte, dass er hier war, doch niemand kümmerte sich um ihn. Weitere Fahrzeuge trafen ein, und dann sah er zu seinem Entsetzen einen Wagen vom Büro des ärztlichen Leichenbeschauers.

Er hatte sie getötet! Dieser Psychopath hatte die Zellmans umgebracht!

Es kam ihm wie Stunden vor, bis endlich Stone und Dunbar aus der Haustür traten, doch tatsächlich waren nicht einmal zwanzig Minuten vergangen.

Ihre Gesichter waren ernst, und die beiden Detectives waren so sehr in ihr Gespräch versunken, dass sie Harrison keine Beachtung schenkten. Dunbar sagte etwas, das er nicht verstand. Die beiden traten zur Seite, als eine Bahre durch die Haustür getragen und zu dem wartenden Krankenwagen gebracht wurde.

Harrison reckte den Hals, als die Rettungssanitäter vorbeikamen.

Auf der Bahre lag totenblass Zellmans sechzehnjähriger Sohn Brandt. Ein Sanitäter hielt einen Infusionsbeutel, während der Teenager in die Ambulanz verfrachtet wurde.

Gott sei Dank, wenigstens lebte er.

Stone blickte auf, sah Harrison in dem Streifenwagen sitzen, sagte noch kurz etwas zu Dunbar und setzte sich in Bewegung. Er schloss die Hintertür des Streifenwagens auf. »Aussteigen«, sagte er, und sobald Harrison es getan hatte, nahm er ihm die Handschellen ab. »Sie haben nicht auf mich gehört«, sagte der Detective. »Aber mit so was müssen Sie rechnen, wenn Sie an einem Tatort auftauchen und mit einer Waffe herumfuchteln.«

»Ich weiß.« Harrison rieb sich die Handgelenke, als er einen lauten Automotor hörte. Er blickte auf und sah Dr. Maurice Zellmans schwarzen Lexus, der gerade mit quietschenden Reifen zum Stehen kam.

»Oh, Mist!« Stone war bereits unterwegs zu dem schnittigen Auto des Psychiaters. »Rühren Sie sich nicht vom Fleck«, rief er Harrison über die Schulter zu.

Zellman öffnete die Tür seines Autos. »Brandt?«, flüsterte er. Ein leichenblasses Gesicht, vor Entsetzen geweitete Augen. »Oh nein, oh nein!«

»Herr Dr. Zellman, bleiben Sie bitte in Ihrem Auto sitzen, bis wir hier fertig sind«, sagte Stone geschäftsmäßig.

»Bitte nicht Brandt. Oh mein Gott, nicht Brandt.« Er warf sich verzweifelt auf die Motorhaube seines Autos. »Nicht Brandt. Ich ... Ich muss ihn begleiten! Ich bin Arzt.«

Seine Stimme war schwach, und Dunbar konnte ihn kaum verstehen, als sie sich dem Lexus näherte.

Die Türen des Krankenwagens wurden zugeknallt, und einer der Sanitäter setzte sich hinters Steuer und schaltete die Sirene und das rotierende Licht ein. Dann fuhr die Ambulanz mit hoher Geschwindigkeit davon.

Zellman wirkte verwirrt. »Ich verstehe nicht ... Brandt, mein Sohn ... Ich muss ihn begleiten ... Ich hätte nie nach Halo Valley fahren dürfen.« Seine Miene spiegelte Schuldgefühle, und dann schluckte er, anscheinend mit Schwierigkeiten. Er wirkte benommen, fast wie ein Zombie ...

»Dr. Zellman?« Savannah Dunbar legte ihm sacht eine Hand auf die Schulter.

Zellman blinzelte ein paarmal und schaute sich um. »Patricia? Wo ist meine Frau?« Er räusperte sich und hatte offenbar Tränen in den Augen. »Was zum Teufel ist Patricia zugestoßen?« Er blickte die beiden Detectives fast anklagend an. »Was hat dieser Dreckskerl ihr angetan?« Er schaute zwischen Stone und Dunbar hin und her und brach dann zusammen. »Er hat gesagt, dass er mich kriegen würde. Genau das hat er gesagt. Und ich wusste ... Oh, mein Gott ...« Seine Stimme war kaum noch zu hören.

»Er hat Sie bedroht? Davon haben Sie nie etwas gesagt.«

»Noch nie etwas von der ärztlichen Schweigepflicht gehört?«, erwiderte Zellman gereizt. Er saß auf dem nassen Asphalt, mit vom Regen triefenden Haaren. Dann schien seine Wut schon verraucht zu sein, und er fügte bedauernd hinzu: »Und ich habe ihm nicht geglaubt.«

»Er war ein rechtskräftig verurteilter Mörder«, sagte Stone ungläubig.

Zellman schloss die Augen. Dann schien er sich wieder zu fangen, und Stone half ihm auf die Beine. »Wo ist meine Frau?«, flüsterte er. »Ich möchte Patricia sehen.«

Harrison spürte instinktiv, was kommen würde. Bei Zellman war es nicht anders. Er schüttelte schon den Kopf, bevor Savvy Dunbar zu reden begann.

»Es tut mir leid, Herr Dr. Zellman, aber wir haben schlechte Nachrichten.«

Lauras Handy klingelte, als sie gerade durch den nördlichen Teil von Seaside fuhr und überlegte, ob sie versuchen sollte, Harrisons Apartment zu finden, oder ob es besser war, bei der Redaktion der *Seaside Breeze* vorbeizufahren, um zu fragen, ob dort jemand etwas von ihm gehört hatte.

Ohne den Blick von der Straße abzuwenden, kramte sie in ihrer Handtasche und zog das Telefon heraus. Sie scherte sich nicht darum, dass es verboten war, hinter dem Steuer ohne Freisprechanlage zu telefonieren.

»Wo bist du?«, fragte sie sofort. »Ich hatte solche Angst, dass dir etwas zugestoßen wäre ...«

»Loreley?«, fragte eine dünne Frauenstimme.

Laura war total enttäuscht.

»Ich bin's, Catherine. Du hast gesagt, ich solle anrufen, wenn es Ärger gibt.«

Oh nein!

»Was hat er getan?«, fragte Laura. Angst überkam sie, als sie an Justice' Drohung dachte.

Du bist die Nächste, Schwester.

»Er hat Ravinia und Isadora angegriffen«, antwortete Catherine mit brechender Stimme.

Laura glaubte, einen Herzstillstand zu erleiden, als sie vor einer roten Ampel hielt.

»Er hatte ein Messer ...«

Mein Messer, dachte Laura. Vor ihrem inneren Auge sah sie wieder, wie Justice mit ihrem Schlachtermesser in der Hand vor dem Küchenfenster gestanden hatte.

»Ich habe alles so völlig falsch eingeschätzt«, sagte Catherine so leise, dass sie kaum noch zu verstehen war.

»Aber Ravinia und Isadora leben?«

»Ja.«

Gott sei Dank.

»Melde dich im Sheriff's Department und lass dich mit Detective Stone verbinden. Vielleicht ist es aber besser, die Notrufnummer zu wählen. Oder hast du das schon getan?«

»Nein. Weißt du, wir leben hier so zurückgezogen ...«

»Zum Teufel damit, Catherine! Er hat meine Schwestern attackiert! Deine Nichten! Und das in deiner angeblichen Festung. Wo ist er jetzt?«

»Keine Ahnung.«

»Hör zu, ich bin in zehn Minuten oder spätestens einer Viertelstunde bei euch.« Sie legte auf und wählte sofort die Notrufnummer, bevor sie es sich anders überlegte. Zum Teufel mit Catherine und ihren Geheimnissen, ihrer Zurückgezogenheit, dem verrammelten Tor und dem ganzen verdammten Unsinn.

Bis Justice für immer hinter Gittern saß oder tot war, würde keine von ihnen in Sicherheit sein.

Sie scherte sich nicht um das Tempolimit und hoffte, nicht von einem Cop erwischt zu werden. Erneut fragte sie sich, wo Harrison war. Vielleicht in Siren Song?

Hinter ihr fuhr kein Streifenwagen, sondern ein Typ in einem Porsche, der an ihr vorbeiraste, als sie den Abzweig nach Siren Song nahm. Als sie das Haus erreicht hatte, stand das Tor offen, was sie bisher nie gesehen hatte, und daneben wartete ein Mann.

»Sind Sie Loreley?«, fragte er und musterte sie von Kopf bis Fuß. In diesem Moment öffnete sich die Haustür, und Kassandra eilte die Stufen hinab und kam zum Tor.

»Ja, Earl, das ist meine Schwester.« Kassandras Miene spiegelte ihre Angst, und sie scherte sich nicht darum, dass der Saum ihres Rockes über den nassen, matschigen Boden schleifte. »Komm mit, Loreley, beeil dich!«

»Wo ist Catherine?«

»Im Haus.«

Laura schaute zu dem Mann hinüber. »Wer ist das?«

»Earl, unser Mann für alles. Hast du ihn neulich nicht gesehen? Ach ja, jetzt fällt's mir ein, er war eine Woche weg, aber jetzt ist er zurück. Catherine hat dich mit seinem Mobiltelefon angerufen.«

Der grauhaarige Mann war groß, hatte aber eine etwas gebückte Haltung. Er trug eine offene Regenjacke über einem Flanellhemd, eine Arbeitshose und mit Matsch verschmierte Stiefel.

»Nicht abschließen!«, befahl Laura, als er das Tor wieder sichern wollte. »Und bitte bleiben Sie hier. Ich habe die Polizei angerufen.«

»Oh nein!« Kassandra warf ihr einen ängstlichen Blick zu. »Catherine wird dich umbringen.«

»Sie ist nicht die Einzige, die das will«, erwiderte Laura. »Was ist passiert?«

»Justice war hier!« Kassandra erschauderte. »Er ist über den Zaun geklettert und hat versucht, Ravinia zu töten. Wenn Isadora nicht zufällig dazugekommen wäre ... Ich weiß nicht, was passiert wäre.«

Sie traten ins Haus und dann in den altmodischen Salon, wo ein Feuer im Kamin knisterte. Ravinia lag auf einem Sofa, das mit einem Bettlaken bezogen worden war, während Isadora mit verbundenen Unterarmen in einem Schaukelstuhl saß.

Es roch nach Antiseptika. Catherine hielt eine altmodische Karaffe mit Wasser in der Hand, an die Laura sich von früher erinnerte. Sie war von einer Generation an die nächste weitergereicht worden. Zumindest hatte man ihr das erzählt.

Catherine hatte ihr Haar zu einem langen Zopf gebunden. »Gott sei Dank, du bist hier«, sagte sie, als Laura und Kassandra eintraten. »Du bist Krankenschwester. Ich habe gehofft, du hättest zumindest einen Verbandskasten mitgebracht.«

»Leider nicht, aber ich sehe mir sofort an, wie schlimm es ist.«

Sie sah steril verpackte Mullbinden und Pflaster und eine Rolle mit Klebeband, die so aussah, als wäre sie ein Vierteljahrhundert alt.

Der Verband an Ravinias Schulter war blutgetränkt.

»Was ist passiert?«, fragte Laura, und Ravinia wandte den Blick ab.

»Sie wollte ausbrechen«, sagte Catherine in einem vorwurfsvollen Ton. »Und dabei ist sie über Justice gestolpert.«

»Er war über den Zaun geklettert«, sagte Ravinia leise, aber mit einer trotzigen Miene. Das schreckliche Erlebnis mit Justice hatte an ihrer Aufsässigkeit nichts geändert. Sie blickte Catherine an, als wäre die eine Gefängniswärterin. »Wir sind hier sowieso nicht in Sicherheit. Wäre er nicht über mich gestolpert, wäre er vielleicht ins Haus gekommen und hätte alle von uns abgeschlachtet. Er hätte nur warten müssen, bis wir in Bett waren und schliefen.«

»Sie hat recht«, sagte Kassandra.

»Erzähl genau, was passiert ist«, sagte Laura zu Ravinia, während sie neben dem Sofa niederkniete. »Ich sehe mir deine Wunden an.«

»Er hat versucht, mich umzubringen.«

»Du warst draußen?«, fragte Laura, als sie den alten Verband abnahm. Die Wunde blutete noch etwas.

»Ich habe genug davon, hier leben zu müssen.« Ravinia warf ihrer Tante einen vielsagenden Blick zu. »Wir langweilen uns zu Tode und haben keinen Kontakt zu Gleichaltrigen. Keine Computer, keine Telefone, Fernsehen nur hin und wieder mit Erlaubnis ...« Sie schaute zu dem uralten Fernseher hinüber. »Wir führen hier ein sehr, sehr seltsames Leben.«

»Weil wir eben seltsam sind«, murmelte Kassandra.

Ravinia blickte Laura an, die den blutgetränkten Verband nun ganz entfernt hatte. »Du bist von hier entkommen. Genau wie Becca. Die ist verheiratet und hat sogar ein Kind. Auch du warst verheiratet, Loreley. Du lebst doch wenigstens ein *wirkliches* Leben!«

Laura kniff die Lippen fest zusammen. Das wirkliche Leben, was weißt du davon, dachte sie, während sie die Schnittwunde betrachtete, die tiefer gewesen wäre, wenn das Messer nicht auf das Schlüsselbein gestoßen wäre. Die Arterie war glücklicherweise unversehrt, doch vielleicht hatte der Muskel Schaden genommen. »Also, du warst draußen ...«

»Und dann tauchte *er* auf. Ich bog um die Ecke des Hauses und sah, wie er auf ein Fenster starrte. Dann hat er mich gesehen und sich auf mich gestürzt.« Sie erschauderte. »Ich sah das Messer in seiner Hand und versuchte wegzurennen, aber er hat mich eingeholt, mich herumgewirbelt und mich mit seiner zischenden Stimme beschimpft. Ich habe ihn getreten, als er mit dem Messer ausholte, und in dem Moment kam Isadora herbeigerannt.«

»Ich hatte aus dem Fenster geschaut«, sagte Isadora. »Als ich gerade die Vorhänge zuziehen wollte, habe ich ihn gesehen. Ich wusste nicht, was los war, habe mir eine gusseiserne Bratpfanne geschnappt und bin nach draußen gerannt. Ich habe ihm mit der Pfanne auf den Kopf geschlagen, und für einen Moment gaben seine Knie nach ...«

Laura sah, dass Isadora schlucken musste und dass ihre Lippen bebten, als sie sich entsetzt an die Szene erinnerte.

»Und dann«, fuhr Isadora fort, »hat er sich umgedreht, und ich sah im Mondlicht seine eiskalten blauen Augen. Entsetzlich! Er holte mit dem Messer aus, und ich streckte die Arme aus, um mein Gesicht zu schützen, und schrie ... Dann tauchte Catherine mit dem Revolver auf ...«

»Revolver?« Laura griff nach einer frischen Mullbinde. »Hast du auf ihn geschossen?«, fragte sie ihre Tante.

Catherine schüttelte den Kopf. »Nein, es war ja viel zu dunkel, um richtig zu zielen. Ich hatte Angst, versehentlich Ravinia oder Isadora zu treffen. Ich habe in die Luft gefeuert, und er ist weggerannt.«

»Und du hast nicht die Polizei benachrichtigt? Obwohl du wusstest, dass sie nach ihm fahnden?« Laura begann, die Wunde an Ravinias Schulter neu zu verbinden.

Catherines Blick verfinsterte sich, als sie aus der Ferne das Heulen von Sirenen hörte.

»War doch nicht nötig. Wie's aussieht, hast du dich ja darum gekümmert.«

Bevor Laura antworten konnte, klingelte ihr Handy. Auf dem Display sah sie erleichtert, dass es endlich Harrison war. »Halt das mal«, sagte sie zu Ravinia und drückte ihr einen Wattebausch in die Hand. »Drück den fest auf die Wunde.«

Dann meldete sie sich. Harrisons Stimme klang angespannt. »Tut mir leid, dass ich einfach abgehauen bin. In Zellmans Haus ist etwas Schlimmes passiert. Justice war hier.«

Laura blickte überrascht ihre Schwestern an.

»Dann hat er letzte Nacht ein ziemliches Pensum absolviert. Ich bin in Siren Song, und hier war er auch. Zwei meiner Schwestern sind verletzt. Als ich davon hörte, habe ich die Notrufnummer gewählt. Die Cops müssen jeden Moment hier sein.«

»Bleib, wo du bist. Ich komme!«

Harrison klappte das Mobiltelefon zu und rannte zu seinem Auto. Stone stand mit dem Handy am Ohr und einem finsteren Blick neben einem der Streifenwagen, während Dunbar auf Dr. Zellman einredete. Es regnete noch immer. Während die Detectives und Deputys Kappen mit dem Logo des Sheriff's Department trugen, waren Zellman und Harrison barhäuptig.

Irgendwie gelang es Zellman, sich zusammenzureißen, obwohl er gerade gesehen hatte, wie die Leiche seiner Frau in den Wagen des ärztlichen Leichenbeschauers gelegt worden war. »Ich muss ins Haus, um meinen Verband zu erneuern.« Zellmann tippte auf seine Kehle.

»Tut mir leid, aber das geht erst, wenn die Kollegen von der Spurensuche fertig sind.«

»Es muss sein.«

»Ihr Haus ist jetzt ein Tatort.«

»Aber ...«

»Sollen wir jemanden anrufen, der bei Ihnen bleiben kann?«

»Nein, danke«, antwortete Zellman mühsam. »Ich muss ins Ocean Park Hospital, um meinen verletzten Sohn zu sehen.«

»Ich glaube nicht, dass Sie allein Auto fahren sollten.«

Zellman warf Dunbar einen arroganten Blick zu. »Ich habe doch gesagt, dass mit mir alles in Ordnung ist. Ich bin Arzt, deshalb muss ich es wissen.«

Damit machte er auf dem Absatz kehrt und ging zu seinem Wagen. Sekunden später fuhr der Lexus die Auffahrt hinunter. Dunbar schüttelte den Kopf.

Harrison blickte Zellmans Auto nach, das zwischen den Bäumen verschwand. Was war das für ein Mann, der sich so aufführte, nachdem er gerade erfahren hatte, dass seine Frau ermordet worden war und sein schwer verletzter Sohn um sein Leben kämpfte? Irgendetwas stimmte nicht mit dem guten Doktor. Aber Zellman war schon immer ein hochnäsiges Arschloch gewesen.

Ein Mann von der Spurensuche trat aus dem Haus. In der Hand hielt er eine Plastiktüte mit blutiger Bettwäsche.

»Aus dem Zimmer des Teenagers?«, erkundigte sich Dunbar.

»Ja. Der Täter hat ihn dort liegen lassen, weil er glaubte, der Junge sei tot.«

Dunbar warf einen Blick auf die blutige Bettwäsche. Dann wandte sie sich plötzlich um, beugte sich vornüber und übergab sich in einen Rhododendronstrauch. Als es vorbei war, wischte sie sich mit dem Handrücken den Mund ab. »Das hatte mit dieser Geschichte hier nichts zu tun«, sagte sie zu Harrison.

Einer der Cops hörte es und grinste. »Du bist schon ein verdammt abgebrühtes Mädchen. Wenn es nicht an den blutigen Gewaltverbrechen liegt, dass du kotzen musst, wird es wohl einen anderen Grund geben.«

Dunbar spuckte aus und blickte den Cop kühl an. »Ich bin schwanger.«

Der Officer lachte laut. »Du machst Witze.« Dann: »Wer hat dich denn geschwängert?«

Stone war zu ihnen getreten und hatte den Wortwechsel gehört. »Ich bin nicht der Vater.« Er schwieg kurz. »Ich hatte gerade den Boss an der Strippe. Sieht so aus, als hätte Turnbull letzte Nacht ein volles Programm gehabt. In Siren Song hat er zwei Frauen mit einem Messer verletzt. Ein paar Kollegen und ein Krankenwagen sind dahin unterwegs.«

»Ich hab's gehört«, sagte Harrison. »Laura hat es mir eben am Telefon erzählt. Sie ist dort.«

Stone ging zu seinem Auto. »Ich bin auch schon unterwegs.«

»Ich bleib noch hier, bis wir fertig sind, und komme dann nach«, sagte Dunbar.

Harrison hatte nicht vor zu warten. Er lief zu seinem Impala und stieg ein, bevor die Cops es ihm auszureden versuchten, nach Siren Song zu fahren. Er musste sich persönlich davon überzeugen, dass es Laura gut ging.

»Hey!«, rief Stone ihm nach. »Sie haben etwas vergessen.« Er hielt Harrisons Pistole in der Hand. »Und Sie haben ja tatsächlich einen Waffenschein. Ich hab's überprüft.«

»Das hätten Sie sich sparen können, wenn Sie mir geglaubt hätten.«

Stone reichte ihm die Glock. »Nehmen Sie's nicht persönlich, Frost, aber ich traue Journalisten einfach nicht.«

42

Mike Ferguson fand das alte Motel verdammt faszinierend. Er war per Anhalter nach Deception Bay gefahren. Zuerst hatte ihn ein älteres Ehepaar mitgenommen, deren Pick-up aus den Sechzigerjahren des letzten Jahrhunderts zu stammen schien. Sie fuhren im Schneckentempo und setzten ihn an der Abfahrt nach Jewell und Mist ab. Dann hielten zwei Teenager in einem coolen Toyota 4 Runner, die von Tempolimits nichts hielten, was Mike sehr recht war. Mit ihnen schaffte er es bis zur Abfahrt nach Seaside, und dann musste er zwei Meilen laufen, bis er nach Deception Bay mitgenommen wurde von einem Mann in einem Ford Focus, der ihm erzählte, er sei Koch in einer Kneipe namens Davy Jones's Locker. Er setzte Mike mitten in der Stadt ab, und der machte sich auf den Weg zu dem alten Motel, das einst das Zuhause von Justice Turnbulls Mutter Mad Maddie gewesen war. An dem Maschendrahtzaun hing ein Schild mit der verblichenen Aufschrift »Betreten verboten«, doch er ignorierte es, trat durch ein Lücke im Zaun und ging durch den Regen zu dem Gebäude, in dem sich der Empfang und das Büro des Motels befunden hatten.

Das ganze Motel war völlig heruntergekommen, doch Mike konnte es nicht lassen, in dem baufälligen Häuschen die Nase in Schränke und Wandschränke zu stecken. Im Wohnzimmer der ehemaligen Unterkunft des Geschäftsführers sah es so aus, als hätte hier irgendwann jemand übernachtet. Auf dem Boden lag ein von Ratten zerfressener Schlafsack. Die

Dächer der Häuschen waren löchrig, die Schornsteine eingestürzt. Etliche Türen und Fenster waren mit Sperrholz zugenagelt. Der das Grundstück umgebende Zaun verdiente seinen Namen nicht mehr.

Und es war laut hier. Unter ihm krachten die Wellen an die Steilküste.

Aber er fand ein paar Dinge, die er cool genug fand, um sie in seinen Rucksack zu stecken. Ein altes Nummerschild aus den Sechzigern – älter als Justice, dachte er –, ein zu Boden gefallenes gerahmtes Jesusbildchen und ein Hundehalsband mit einer Marke, auf der SPORT stand. Als er dann noch eine Tarot-Karte sah, war das ein faszinierender Fund, denn er wusste, dass Mad Maddie eine Wahrsagerin gewesen war.

Aber gab es hier auch noch irgendetwas, das Justice Turnbull gehört hatte, in seiner Jugend?

Mike glaubte, dass Justice hier einen guten Teil seiner frühen Jahre verbracht haben musste, doch er fand nichts, was diese Annahme bewies. Mit Sicherheit wusste er nur, dass Justice hier vor ein zwei Jahren versucht hatte, seine Mutter und diese andere Frau umzubringen. Doch auch darauf deutete nichts mehr hin, es war einfach zu lange her.

Er saß im Schneidersitz auf dem dreckigen Boden und lauschte dem Heulen des Windes. Bis zum größten Tidenhub des Jahres dauerte es noch ein paar Stunden, und bis dahin wollte er in dem Motel bleiben. Vielleicht würde er in dem Leuchtturm etwas richtig Cooles finden, etwas, das James beeindrucken würde. Oder Kara Mathis.

Er schaltete sein Mobiltelefon ein. Belinda hatte eine SMS geschickt, in der stand, sein Bruder suche nach ihm. Ja, das war ihm nicht neu. James hatte etliche Textnachrichten und

Voicemails geschickt. Mike dachte daran, ihn anzurufen, hatte aber keine Lust, sich wieder als Idioten beschimpfen zu lassen. Sollte sein Bruder doch ruhig noch ein bisschen schmoren. Das hatte er doch verdient, oder?

Etwas an Zellmans Charakter gab Harrison zu denken. Während er nach Siren Song fuhr, versuchte er herauszufinden, was es war. Es ging um mehr als nur sein aufgeblasenes Ego, seine maßlose Selbstüberschätzung. Der Mann mochte es, andere zu manipulieren. Es war, als gelänge es ihm, andere dazu zu bringen, in seinem Sinn zu agieren. Von der Richtigkeit seiner Ansichten war er felsenfest überzeugt. Aber bei Justice Turnbull war der Schuss nach hinten losgegangen. Zellman hatte seinen Patienten auf fatale Weise falsch eingeschätzt.

Was hatte Zellman geantwortet, als er gefragt wurde, wie Justice Turnbull ihm gedroht hatte? Er hatte etwas von der ärztlichen Schweigepflicht gesagt. Aber Zellman war keineswegs immer so zugeknöpft. Er hatte eine Menge Dinge verlauten lassen, als er seine Antworten auf den Notizblock kritzelte oder in den Computer eintippte, weil er nicht sprechen konnte.

Harrison schaltete die Scheibenwischer schneller, als der Regen aus niedrig hängenden, grauen Wolken immer stärker fiel.

Zum Beispiel hatte Zellman gesagt, Turnbull behaupte, die Frauen von Siren Song riechen zu können, wenn sie schwanger seien.

Das klang einfach nur verrückt.

Aber war die telepathische Verbindung zwischen Laura und Justice nicht auch etwas, das er für völlig unglaubwürdig gehalten hatte?

Und noch etwas ging ihm nicht aus dem Kopf. Als er gesehen hatte, wie Detective Dunbar sich vor Zellmans Haus übergeben musste, dachte er daran, dass Laura sich ganz zu Beginn ihrer Bekanntschaft auch erbrochen hatte.

Hatte Lauras Ex, dieses Arschloch von Adderley, nicht auf dem Parkplatz zu ihr gesagt, sie sei schwanger?

Ein unbehagliches Gefühl beschlich ihn. Sie war ständig müde, blass, hatte dunkle Ringe unter den Augen. Und manchmal war sie geistesabwesend. Er hatte das bisher einfach dem Druck zugeschrieben, unter dem sie stand, seit Turnbull ausgebrochen war. Aber vielleicht war da noch etwas anderes, das sie beunruhigte und sie keinen Schlaf finden ließ.

»Lass es«, murmelte er, angewidert von sich selbst. Als er vor einer Kurve bremste, scheuchte er eine Krähe auf, die an einem auf der Straße liegenden Kadaver gepickt hatte.

Er nahm es kaum wahr. Seine Gedanken verfinsterten sich genauso wie der Himmel. Es konnte doch nicht sein, dass Laura ... Sie hätte es ihm erzählt ... Was? Dass der Vater des Kindes ihr Exmann war?

Du solltest diesem Arschloch von Adderley einfach nicht glauben, dachte er, doch das Bauchgefühl des Journalisten sagte ihm, dass etwas nicht stimmte mit dieser Beziehung, die gerade erst begonnen hatte. Etwas, das ihn nicht loslassen würde.

Als er den Abzweig nach Siren Song erreichte, bremste er ab. Die beiden Furchen des Weges waren mit Regenwasser vollgelaufen, und alles war matschig von den Reifen der Fahrzeuge, die vor dem offenen Tor geparkt waren. Keine vorgelegte Kette, keine schweigsame Frau in einem Kleid nach der Mode des neunzehnten Jahrhunderts.

Stattdessen sah er eine Reihe von Streifenwagen und bewaffnete Cops, die Schaulustige zurückdrängten. Er konnte sich den Mund fusselig reden, sie würden ihn nicht in das Haus lassen. Die Polizei durchsuchte das Grundstück und die Gegend jenseits des Zauns. Sie wollte wissen, wo Justice Turnbull eingedrungen war.

Selbst Stone, der vor ihm eingetroffen war, kam nicht heraus, um ihm grünes Licht zu geben. Aber Laura, die offensichtlich auf ihn gewartet hatte, musste seinen Chevy gesehen haben, denn sie kam aus dem Haus und eilte zum Tor.

Er hatte sie seit dem Morgen nicht gesehen, und ihr Anblick zerstreute seine Zweifel. Sie trug eine dünne Jacke und lächelte und winkte, als sich ihre Blicke trafen. Er erinnerte sich daran, wie er sie geküsst hatte und wie ihn die Nähe zu ihr während der letzten Nacht in dem Bed & Breakfast verstört hatte. Etwas an dieser Frau war so verdammt verführerisch und sexy.

Loreley ...

»Ist schon in Ordnung«, sagte sie zu einem Cop, der neben Harrison stand. »Er gehört zu mir.« Sie wirkte müde, und die dunklen Ringe unter den Augen waren immer noch da.

Er hatte geglaubt, sie zu verstehen. Jetzt war er sich da nicht mehr so sicher.

Aber er wusste, dass Justice Turnbulls Terror seinen Tribut forderte. Dieser Wahnsinnige hatte sie verfolgt und beinahe umgebracht, und jetzt hatte er auch noch zwei ihrer Schwestern angegriffen. Hier, in der Festung Siren Song. Wo man angeblich in Sicherheit war. Er zweifelte nicht daran, dass Laura entschlossener denn je war, diesen Psychopathen noch mal telepathisch »anzurufen« und ihn zum Showdown herauszufordern.

Eine fatale Idee. Man musste nur an das Gemetzel in Dr. Zellmans Haus denken, um zu ermessen, wozu dieser Killer imstande war.

Patricia Zellman war tot, Brandt Zellman kämpfte um sein Leben. Wenn er es richtig verstanden hatte, waren zwei von Lauras Schwestern verletzt, aber nicht lebensgefährlich.

In der letzten Nacht hatte Justice Turnbull eine lange Blutspur hinterlassen.

Der Cop, dessen Aufgabe es war, niemanden durch das Tor zu lassen, hatte kurzes rotes Haar, schien Mitte zwanzig zu sein und hatte die harte Miene eines deutlich älteren, zynisch gewordenen Polizisten. »Man hat mir gesagt, dass ich niemanden hereinlassen darf, es sei denn, der Sheriff persönlich gibt seine Erlaubnis.«

»Detective Stone wird es befürworten, dass ich reingelassen werde.«

Der Cop, der laut Namensschild Crampton hieß, blieb hart. »Ich habe ›der Sheriff‹ gesagt.« Er bedachte Harrison mit einem finsteren Blick. »Ich kenne Sie. Sie sind dieser Journalist, der damals die Story über die Morde vor dem Nachtclub Boozedog in Portland verdreht hat.«

»Boozehound«, korrigierte ihn Harrison ganz automatisch.

»Meinetwegen. Und Sie bleiben, wo Sie sind.«

»Wie geht es deinen Schwestern?«, fragte Harrison Laura.

»Es wird ihnen bald wieder gut gehen. Warte hier, ich bin gleich wieder da. Dann fahren wir.« Offenbar hatte sie begriffen, dass der Cop nicht mit sich reden ließ.

Ihm blieb nichts anderes übrig, als weiter vor dem Tor zu warten. Jetzt fiel ein dichter Nieselregen. Es hieß, dass in der Nacht ein Sturm aufziehen würde, doch jetzt hatte der

Wind nachgelassen. Das alte Haus wirkte dunkel und unheimlich. Er checkte seine E-Mails, rief in der Redaktion der *Breeze* an, hinterließ eine Nachricht an den Herausgeber und ließ ihn wissen, er arbeite an Artikeln über die Bluttaten im Haus Zellman sowie über Turnbulls Überfall auf Siren Song.

Eine halbe Stunde später rief Connelly an und sagte, er solle an den Storys »dranbleiben«. Dann erzählte er erfreut die Abonnentenzahl der *Seaside Breeze* sei in einem Jahr um dreißig Prozent gestiegen, besonders nach der Veröffentlichung der Story über die »Seven Deadly Sinners«. Das konnte auch Zufall sein, doch Connelly wollte nichts davon hören. Er war total happy, Harrison in seinen Reihen zu haben. Das Lob machte das Warten auch nicht erträglicher.

Es dauerte eine weitere halbe Stunde, bis Laura zurückkam. In der Zwischenzeit hatte er einen Krankenwagen und Rettungssanitäter eintreffen sehen. Außerdem hatte er wieder daran denken müssen, dass Adderley gesagt hatte, Laura sei schwanger.

Die Geschichte ging ihm einfach nicht aus dem Kopf.

»Komm, lass uns verschwinden«, sagte Laura. Sie blickte ihn an mit ihren wundervollen, intelligenten Augen, und er wollte sie in den Arm nehmen, doch sie hielt seinen Ellbogen fest. »Warum treffen wir uns nicht irgendwo, zum Beispiel im Sands?«

»Okay.«

Sie ließ seinen Arm los, und Harrison fiel auf, dass sie nicht nur von dem rothaarigen Cop, sondern auch von zwei von Lauras Schwestern beobachtet wurden, die aus dem Haus auf die überdachte Vorderveranda gekommen waren. Eine von ihnen saß in einem Rollstuhl.

Ihm war klar, dass Laura die Bäckerei Sands of Thyme vorgeschlagen hatte, doch es gab auch eine Hotelbar in Seaside und einen Imbiss in Cannon Beach, die Sands hießen.

Er fuhr hinter ihr her, folgte ihren Rücklichtern. Es war ein grauer Nachmittag, und die Wolkendecke riss nicht auf, sondern wurde immer dunkler. Immer noch fiel Nieselregen.

Er folgte ihr über die Hauptstraße von Deception Bay, und am westlichen Ende der Straße, hinter den Geschäften, lag das Meer. Es war aufgewühlt, mit weißer Gischt auf den Wellen.

Laura fuhr auf den kleinen Parkplatz der Bäckerei, er stellte sein Auto an der gegenüberliegenden Straßenseite ab. Er schlug den Kragen hoch, lief über die Straße und traf Laura vor der Eingangstür.

Die Ladenklingel über der Tür bimmelte, als sie eintraten. Es roch nach frisch gebackenem Brot und Kaffee.

»Wir wollen gerade schließen«, rief Kirsten aus dem Hinterzimmer. Dann kam sie nach vorn und sah ihren Bruder. »Wir *haben* geschlossen«, sagte sie lächelnd.

»Soll das heißen, dass wir nichts mehr zu beißen kriegen?«

»Leider nicht, Bruderherz.«

»Bist du allein?«

»Wie gesagt, ich mache gleich dicht. Meine Kollegin ist vor zehn Minuten gegangen.«

»Wie wär's mit einer Leckerei von der Mittagskarte?«, fragte Harrison, während er auf die über einer Vitrine hängende Tafel blickte. »Du hast gesagt, du wolltest das Angebot erweitern.«

Kirsten kam hinter der Theke hervor. »Ja, meinetwegen ... Vielleicht kann ich diesmal eine Ausnahme machen.«

Sie wischte sich die Hände an der Schürze ab. Dann schloss sie die Tür ab und drehte das im Fenster hängende Schild um, sodass vorbeikommende Passanten nun nicht mehr geöffnet, sondern geschlossen lasen. »Also, was darf ich euch bringen? Ich hätte da ein sensationelles Sandwich mit Roastbeef, Tomaten und Mozzarella zu bieten, und wenn ihr mich höflich bittet, kommt auch noch ein Extra dazu.«

»Ist gebongt«, sagte Harrison. »Und für mich noch ein Bier.«

»Sieh nach im Kühlschrank, Bier findest du da nicht. Aber ich könnte euch Kaffee anbieten, er ist noch heiß.« Kirsten blickte Laura an. »Was ist mit dir? Dasselbe wie Harrison? Oder wie wär's mit einem leckeren Salat mit Krabben?«

Laura nickte, während sie an einem der Tische Platz nahm. »Das klingt sehr gut.«

Harrison schenkte ihnen Kaffee ein und ging dann zur Theke, um Milch und Zucker zu holen. Er hatte Dutzende von Fragen an sie.

Sie erzählte ihm, was für ein Gefühl es gewesen sei, allein in dem Bed & Breakfast aufzuwachen. Dann berichtete sie von Catherines beunruhigendem Anruf und ihrem Aufenthalt in Siren Song.

Kirsten brachte für Harrison das Sandwich und einen Krautsalat, für Laura den Krabbensalat und Brot. Dann schenkte sie ihnen Kaffee nach und erklärte, sie sei jetzt offiziell »nicht mehr im Dienst«. Damit verschwand sie in der Küche, um zu spülen und aufzuräumen. Sie hörten laufendes Wasser und das Klappern von Geschirr. Im Radio liefen Hits der Achtzigerjahre.

Laura brach ein Stück Brot ab, bestrich es mit Butter und

schob es sich in den Mund. »Mein Gott, das schmeckt himmlisch.« Sie schloss die Augen, als hätte sich ihr wirklich gerade die Himmelstür geöffnet. »Ich habe heute Morgen das Frühstück ausfallen lassen.«

»Das Mittagessen wohl auch«, vermutete er. Kirsten hatte nicht zu viel versprochen, auch sein Sandwich war fantastisch.

»Jetzt bist du an der Reihe mit dem Erzählen.« Sie blickte ihn ernst an. »Ich habe von Detective Stone gehört, Mrs Zellman sei ermordet worden und ihr Sohn liege verletzt im Krankenhaus. Hast du wieder einen Anruf erhalten?«

»Ja, von Justice Turnbull.« Er erzählte ihr, wie er beschlossen hatte, sie nicht zu wecken und an einem sicheren Ort zurückzulassen, während er wie ein Lebensmüder zum Haus des Psychiaters gerast sei. »Aber Zellman war nicht da. Er war schon früh zur Arbeit in die psychiatrische Klinik gefahren. Und das, obwohl er noch immer kaum reden kann.«

»Justice hat dir also erzählt, sie seien alle tot, aber Zellman war gar nicht zu Hause?« Sie spießte mit der Gabel eine Krabbe auf.

Harrison nickte. »So ist es.« Das hatte ihm auch zu denken gegeben, doch zurzeit gingen ihm immer so viele Dinge gleichzeitig durch den Kopf.

Sie aßen schweigend.

»Diesmal dreht er wirklich völlig durch«, sagte Laura dann. »Er wird übermütig. Geht Risiken ein. Macht Fehler.«

»Und mordet weiter.«

»Isadora glaubt, ihn verletzt zu haben.« Sie griff mit beiden Händen nach ihrer Kaffeetasse. »Sie hat ihm eine gusseiserne Bratpfanne über den Kopf gezogen. Was für Folgen das hatte, ist unklar, aber immerhin hat es Ravinia das Leben gerettet.«

»Zu schade, dass sie ihn nicht umgebracht hat.«

»Ich habe noch nie jemandem den Tod gewünscht, aber bei Justice ...« Sie seufzte und schob den noch halb vollen Teller zur Seite. »Er ist ein spezieller Fall.«

»Wohl wahr.«

»Ich frage mich, wie schlimm er verletzt ist.« Sie trank einen Schluck Kaffee. »Aber wo könnte er sein und sich in Sicherheit fühlen?«

»Wo immer er sich versteckt, die Cops werden ihn finden«, sagte Harrison. »Er hat weder Geld noch Kreditkarten, keine Arbeit und kein Auto. Keine Freunde oder Familie. Sein Konterfei war in jeder Zeitung und im Fernsehen zu bewundern. Es ist nur noch eine Frage der Zeit, bis sie ihn haben.«

»Je eher, desto besser.« Sie blickte ihn über den Rand ihrer Kaffeetasse hinweg an. »Wenn du das nächste Mal einen solchen Anruf bekommst, würdest du mich dann bitte wecken? Ist das zu viel verlangt?«

Er erinnerte sich daran, wie friedlich sie in dem großen Bett geschlafen hatte und dass es für ihn fast schmerzhaft gewesen war, sie anzusehen. Hatte sie ihn angelogen? »Da ist etwas, wonach ich dich fragen möchte«, begann er zögernd. »Im Laufe dieser Ermittlungen war von Schwangerschaft die Rede.« Er blickte sie direkt an und bemerkte, wie sie fast unmerklich die Lippen fester zusammenkniff. »Zellman hat davon geredet, als er das Verhältnis von Justice Turnbull zu den Frauen von Siren Song erklärte, die dieser Psychopath umbringen will. Turnbull hat gegenüber dem Psychiater damit geprahlt, er könne diese Frauen leichter finden, wenn sie schwanger seien.«

Sie wandte den Blick ab, spielte nervös mit ihrer Tasse.

»Und dann, als du auf dem Parkplatz mit deinem Ex geredet hast, hat der gesagt ...«

»... dass ich schwanger sei«, ergänzte Laura, die ihm einen finsteren, wütenden Blick zuwarf. »Und jetzt willst du es genau wissen, was? Ich habe ihm gesagt, dass ich nicht schwanger bin, und das ist keine Lüge. Ich erwarte kein Kind, Harrison.«

Für einen Moment war er erleichtert, doch dann glaubte er etwas wie ein Schuldgefühl in ihrem Blick zu erkennen.

Sie atmete tief durch und seufzte. »Aber um der Wahrheit die Ehre zu geben ... Ja, ich *war* schwanger. Als ich dich kennenlernte, hatte ich es selber gerade erst erfahren. Und ja, deshalb konnte mich Justice so leicht finden. Doch das ist nun vorbei.« In ihren Augen schimmerten Tränen. »Ich hatte kürzlich eine Fehlgeburt.«

Es kam ihm so vor, als würde seine ganze Welt ganz allmählich einstürzen.

»Es war nicht geplant ... Byron und ich haben miteinander geschlafen, weil wir es noch einmal versuchen wollten, doch das hat natürlich nicht funktioniert. Wie gesagt, dass ich schwanger war, wusste ich erst seit ein paar Tagen, und ich habe es niemandem erzählt. Nur Justice wusste es.«

Er hatte keine Ahnung, was er sagen sollte, und deshalb schwieg er.

»Ich versuchte, mir über meine Lage klar zu werden. Seit Jahren hatte ich mir ein Baby gewünscht, und nun ... Nun hätte ich sie nach der Geburt einer Welt des Wahnsinns ausgesetzt.«

»Sie?«

»Ich glaube, dass es ein Mädchen sein würde. Es gibt nur sehr wenige männliche Nachkommen in meiner Familie, und eine meiner Schwestern in Siren Song konnte es vorhersagen.«

»Dann wusste sie es also auch.«

Sie blickte ihn an. »Ja.«

Plötzlich explodierte er. »Ich verstehe nichts von alldem!« Er war stinksauer, dass sie es ihm nicht erzählt, sich ihm nicht anvertraut hatte. Und wütend auf sich selbst. Er hatte sich in Tagträumen über sie verloren, in denen es darum ging, ein gemeinsames Leben zu beginnen. Und sie hatte es die ganze Zeit vor ihm geheim gehalten!

Sie erkannte seine Wut, seinen Schmerz. »Ich wollte tun, was mir für das Kind am besten zu sein schien. Und ich war mir nicht sicher, wie ich mich entscheiden sollte. Fortziehen, so weit wie möglich, um in Sicherheit zu sein vor Justice? Das ganze Leben über die Schulter blicken, ob er mir und meiner Tochter nicht folgt? Oder sollte ich mich dem Showdown stellen und ihn zu töten versuchen? Und dann lernte ich dich kennen, den Wahrheitssucher. Ich glaubte, mich in dich ... Nein, ich habe mich in dich verliebt.« Sie schob ihren Stuhl zurück. »Was offensichtlich ein Fehler war.«

»Ja«, sagte er kalt.

Sein Zorn war unerträglich. »Hätte ich meine Seele vor dir entblößen sollen?«

»Ja!«

»Nun, ich wusste nicht wie.« Sie griff nach ihrer Handtasche, ging zur Tür, schloss sie auf und trat auf die Straße.

Er sprang auf und rannte hinter ihr her, über den mit Pfützen übersäten kleinen Parkplatz, wo sie bereits mit der Fernbedienung ihr Auto aufgeschlossen hatte und die Tür aufriss.

»Du hättest mir vertrauen sollen!«, schrie er und knallte die Tür wieder zu, als er bei ihr war.

»Du verlangst zu viel!« Sie zitterte vor Wut und riss an der Türklinke, doch er verhinderte mit seinem Körpergewicht, dass sie einsteigen konnte. »Verzieh dich!« Als er sich nicht vom Fleck rührte, blickte sie ihn an. »Was zum Teufel willst du eigentlich von mir?« Regentropfen liefen über ihr Gesicht und unter den Kragen ihrer Jacke.

Ich will dich, mit Haut und Haar, Herz und Seele.

Aber er schwieg.

Als er nicht antwortete, warf sie ihm einen harten, wissenden Blick zu. »Lass mich einsteigen.«

»Laura ...«

»Du hörst nicht zu. Mach endlich den Weg frei!«

Er sehnte sich nach nichts mehr, als sie in die Arme zu schließen, sie fest an sich drücken und zu küssen, aber sie hatte ein Geheimnis vor ihm gehabt, und zwar ein großes.

Er trat zur Seite, und sie öffnete die Tür und setzte sich hinter das Steuer. »Bedank dich in meinem Namen bei deiner Schwester«, sagte sie, als sie den Schlüssel ins Zündschloss steckte und den Motor anließ. Dann setzte sie rückwärts aus der Parklücke, legte den Vorwärtsgang ein und fuhr los. Er blickte ihr nach, als sie von dem Parkplatz auf die Straße einbog.

Und dann war sie verschwunden.

43

Sie würde nicht heulen.

Als sie die Bäckerei hinter sich ließ, biss sie sich auf die Unterlippe. Nein, bloß keine Tränen.

Das mit Harrison Frost war ein Fehler gewesen, obwohl er schon anders war als die Männer, mit denen es bisher schiefgegangen war in ihrem Leben. Doch auch hier hatte sie sich geirrt. Vor ihrem inneren Auge sah sie wieder seinen anklagenden Blick, als er sie nach der Schwangerschaft gefragt hatte.

Du hättest es ihm eher sagen sollen.

»Aber wie?«, fragte sie laut, während sie in den Rückspiegel blickte. »Und wann hätte ich es tun sollen?« Es wäre auf dasselbe hinausgelaufen, doch das Ende wäre früher gekommen.

Wie hatte sie so dumm sein können, sich so schnell und heftig zu verlieben? *Du bist eine Idiotin.*

Sie brauchte eine Luftveränderung, musste von hier weg, musste alles vergessen, ihre seltsame Kindheit, ihre gescheiterte Ehe, den Verlust des Kindes und schließlich *ihn,* Harrison. Sie dachte an die Nächte, die sie bei Kirsten oder in dem Bed & Breakfast in einem Zimmer verbracht hatten. Sie kannten sich erst ein paar Tage, und doch kam es ihr so vor, als hätten sie schon eine Ewigkeit gemeinsam verbracht.

Mannomann, was war *das* jetzt wieder für eine Dummheit.

Sie schaltete das Radio ein, hörte bei einem Lokalsender einen Bericht über den Vorfall in Siren Song und fand dann eine Station, wo nur Rock und Pop lief. Nicht, dass sie wirklich hingehört hätte. Sie dachte darüber nach, wie es jetzt weitergehen sollte. Solange Justice auf freiem Fuß war, schwebten sie und ihre Schwestern in Lebensgefahr. Wie jeder, der ihm in die Quere kam. Und im Augenblick schien er wie vom Erdboden verschluckt zu sein.

Nur sie konnte mit ihm kommunizieren.

Sie allein würde diesen Dreckskerl finden müssen. Um das Schicksal des Babys musste sie sich keine Gedanken mehr machen, und sie machte sich auch keine wirklichen Sorgen, dass Justice Harrison ins Visier nehmen würde, jetzt, wo ihre Beziehung ein Ende gefunden hatte. Wahrscheinlich wusste Justice das ohnehin.

»Jetzt kommt's zum Showdown«, murmelte sie vor sich hin. Sie war nicht dumm genug, um davon auszugehen, ihn töten zu können, doch vielleicht konnte sie ihn finden und aus seinem Versteck hervorlocken. Wenn sie wusste, wo er war, würde sie die Polizei durch einen anonymen Anruf benachrichtigen und ihr so detaillierte Informationen geben, dass sie nicht anders konnte, als der Sache nachzugehen.

Und dann, wenn Justice keine Bedrohung mehr war für sie und ihre Schwestern, würde sie ernsthaft darüber nachdenken, was sie mit dem Rest ihres Lebens anfangen sollte.

»Erzähl mir nichts, ich weiß, dass du wieder mal Scheiße gebaut hast«, sagte Kirsten, als Harrison in die Bäckerei zurückkam und ihre Teller nach hinten brachte. »Ich habe es durchs Fenster gesehen.«

»Sie ist verrückt.«

Kirsten blickte ihren Bruder an. »Du solltest dich bei ihr entschuldigen.«

»Du weißt nicht mal, ob ich schuld war an dem Streit«, sagte er.

Kirsten begann die Teller zu spülen. »Natürlich weiß ich es.« Sie drehte sich um und lehnte sich an die Spüle. »Ich habe gesehen, wie ihr euch angeblickt habt. Genau so, wie es damals bei Manny und mir war, Harrison. Sie ist eine intelligente, wunderschöne und humorvolle Frau, und du tust alles, damit sie nichts mehr von dir wissen will.«

»Du verstehst das nicht.«

»An deiner Stelle würde ich schlechthin alles tun, um sie zurückzugewinnen, damit du das hast, was Manny und ich hatten ... Mit dem Unterschied, dass es für mich für immer verloren ist ...«

Seine Schwester schüttelte den Kopf. »Okay, ich hab's kapiert. Laura hat dir nicht gesagt, dass sie schwanger war. Das ist keine große Sache.«

Er starrte sie verständnislos an.

»Nun gut, ich habe ein bisschen gelauscht.«

»Sie hat es vor mir geheim gehalten.«

»Ja und? Was spielt das für eine Rolle? Und selbst, wenn sie jetzt immer noch schwanger wäre ... Ist sie deshalb ein anderer Mensch? Gut, eine Schwangerschaft verändert eine Frau, doch meistens zu ihrem Vorteil. Aber sie bleibt trotzdem Laura, und du liebst sie, ob du es zugibst oder nicht. Weißt du wirklich, was sie durchgemacht hat? Sie hat ein Kind verloren. Vielleicht eines, von dem sie noch nicht lange wusste und das kein Wunschkind war, aber ich versichere es dir, die Frau trauert und leidet, und du, Bruderherz, machst alles nur schlimmer. Ich könnte es ihr nicht verübeln, wenn sie nie mehr etwas von dir wissen will.«

»Wir waren kein Liebespaar!«

»Ach ja? Du bist nicht bis über beide Ohren in sie verknallt? Du streitest ab, Tag und Nacht nur an sie zu denken? Du hast nicht daran gedacht, wie es sein würde, mit ihr zusammenzuleben?« Ihr vorwurfsvoller Blick besagte, dass sie glaubte, er würde sie und sich selbst belügen. »Und sieh die Sache mal aus ihrer Perspektive. Was hätte sie denn sagen sollen, als sie dich kennenlernte? ›Hi, ich bin Laura, und ich bin schwanger mit einem Kind, dessen Vater mein Exmann ist.‹ Hätte sie das sagen sollen? Ich glaube nicht. Übrigens, woher wusstest du es überhaupt? Von ihrem Ex?«

Er antwortete nicht.

»Spielt auch keine Rolle. Wenn sie es dir nicht gleich zu Beginn erzählt hat, wann hätte sie es dann tun sollen? Und dann verliert sie das Baby ... Mein Gott, Harrison, sei nicht immer so engstirnig und denk mal an sie, daran, was sie durchgemacht hat! Und vergiss deinen verdammten männlichen Stolz.«

Er hatte die Nase voll. »Danke für die schwesterlichen Ratschläge.«

»Meine guten Ratschläge kosten nichts. Oh, und noch etwas. Du hast dich nicht zufällig noch mit einer anderen Frau getroffen? Mit einer spindeldürren Blondine?«

Er schüttelte den Kopf. »Wovon redest du? Ich treffe mich nicht mit anderen Frauen. Kürzlich habe ich mich mit Geena Cho auf ein paar Drinks verabredet, doch das Treffen war geschäftlich.«

»Ist diese Cho asiatischer Abstammung? Diese Blondine ist es definitiv nicht. Sie schneite hier heue rein, hat einen Kaffee bestellt und gefragt, ob ich Kirsten Rojas sei und ob mein

Bruder Harrison Frost heiße. Als ich beides bejahte, hat sie gefragt, wo du wohnst. Ich habe es ihr nicht gesagt, sondern sie zur Redaktion der *Breeze* geschickt.« Sie blickte ihren Bruder an. »Dieses Knochengestell ist es nicht wert, deswegen Laura zu verlieren.«

»Noch mal, wovon zum Teufel redest du?«

»Ich habe gesagt, dass du es nicht riskieren solltest, Laura zu verlieren.«

Er schüttelte den Kopf und verließ wortlos die Bäckerei. Auf dem Parkplatz musste er erneut schlammigen Pfützen ausweichen. Sein Kopf brummte von den Informationen, um die er nicht gebeten hatte, und er hörte wieder Kirstens Stimme. *Du bist nicht bis über beide Ohren in sie verknallt?* »Zum Teufel damit«, murmelte er und stieg in seinen Chevy Impala. Er musste alles mit kühlem Kopf durchdenken, und meistens gelang ihm das am besten, wenn er arbeitete. Er hatte Insiderinformationen über Turnbulls jüngste Verbrechen und Zitate von dem Psychopathen, der ihn angerufen hatte. Die konnte er gut als Aufhänger für einen Artikel verwenden.

Er fuhr durch Seitenstraßen, und als er auf den Highway einbog, zirpte sein Mobiltelefon. Er hoffte, dass es Laura war und schaute auf das Display. Weder Laura noch Justice. Er erkannte die Handynummer von Pauline Kirby. Wahrscheinlich hatte sie gehört, dass er am Tatort des Mordes an Mrs Zellman gewesen war.

Er hatte keine Lust, mit ihr zu reden, und ließ sie auf die Mailbox sprechen.

Während der Fahrt zum Ocean Park Hospital versuchte er, Kirstens spitze Bemerkungen zu vergessen.

Du streitest ab, Tag und Nacht nur an sie zu denken? Du hast nicht daran gedacht, wie es sein würde, mit ihr zusammenzuleben?

Übrigens, woher wusstest du es überhaupt? Von ihrem Ex?

Immer wieder hörte er ihre Stimme und dieselben Sätze.

Du bist nicht bis über beide Ohren in sie verknallt?

Übrigens, woher wusstest du es überhaupt? Von ihrem Ex?

Je länger er darüber nachdachte, desto mehr gab es ihm zu denken, dass er die Idee hinsichtlich ihrer Schwangerschaft Zellman verdankte. Trotz der Schweigepflicht hatte der Psychiater ausgeplaudert, schwangere Frauen mit Beziehungen zu Siren Song seien Justice Turnbulls bevorzugte Opfer. Zu der Zeit hatte er geglaubt, Zellman wolle versuchen, ihn mit seinem Wissen über den Psychopathen zu beeindrucken.

Über den Psychopathen, der wegen Zellmans Nachlässigkeit im Umgang mit den Vorschriften auf freiem Fuß ist.

Seine Gedanken gingen in eine neue Richtung, und seine Finger umklammerten krampfhaft das Lenkrad.

Es kam ihm fast so vor, als hätte Zellman ihm die Geschichte mit der Schwangerschaft irgendwie eingeimpft. Hatte er es absichtlich getan? Aber warum? Zellman konnte nicht gewusst haben, dass Laura schwanger war. Nur sie selbst hatte es gewusst. *Und Justice.*

Was für ein Spiel spielte Zellman? Er spürte, wie ein altes Misstrauen gegenüber dem Psychiater erneut in ihm aufstieg.

Er nahm eine Kurve etwas zu schnell und wäre fast ins Schleudern geraten.

War er wirklich von Justice angerufen worden?

Als dieser verstörende Gedanke an ihm nagte, bog er auf den Parkplatz des Ocean Park Hospital ab und musste daran denken, dass er das letzte Mal hier gewesen war, um Laura abzuholen, und da hatte er das Gespräch mit ihrem Exmann mitbekommen. Das war erst einen Tag her.

Und an dem Tag war verdammt viel passiert.

Im Krankenhaus erkundigte er sich nach Brandt Zellmans Gesundheitszustand und musste sich mit der einsilbigen Antwort zufriedengeben, dieser sei »stabil«. Dann fragte er nach dem Vater des Patienten, doch am Empfang wusste man nichts über ihn. Harrison ließ den Blick schnell über den halb vollen Parkplatz schweifen, sah aber keinen schwarzen Lexus. Dann kam ihm eine andere Idee, und er fragte, ob es Conrad Weiser gut genug gehe, um Besuch zu empfangen. Die Frage wurde von der Empfangsdame mit einem kalten Blick und einem Kopfschütteln beantwortet.

Er wollte Laura sehen, doch sie war nicht hier. Mit Mühe verdrängte er die Gedanken an sie und konzentrierte sich auf Zellman. Wo konnte der Psychiater sein? Wahrscheinlich zu Hause oder in seinem Büro in der psychiatrischen Klinik.

Er stieg wieder in sein Auto und fuhr zur Redaktion der *Breeze,* wo er in Ruhe am Computer recherchieren konnte. Danach würde er Zellman suchen und ihn zur Rede stellen. Irgendwas stimmte nicht mit dem Typ.

»Ich wusste, dass ich dich hier finden würde, du dummes Arschloch.« James blickte seinen Bruder angewidert an. Mike hatte noch einmal in dem heruntergekommenen Motel nach Erinnerungsstücken gesucht und war in das Gebäude zurückgekehrt, wo sich früher die Anmeldung befunden hatte, um einen weiteren Müsliriegel zu essen. Mehr

Proviant hatte er nicht mitgenommen, als er von zu Hause ausgebüxt war.

»Du musstest mich nicht verfolgen.«

»Natürlich musste ich! Wenn Mom und Dad das herauskriegen, reißen sie uns den Kopf ab.«

James war wirklich sauer, und die Adern an seinem Hals sprangen vor wie bei ihrem Vater, wenn der kurz davor stand, an die Decke zu gehen. Er schien sich schwer beherrschen zu müssen, seinem jüngeren Bruder keinen Faustschlag zu verpassen.

»Los, wir fahren.«

»Nein.«

»Hast du nicht gehört, was ich gesagt habe, Dickschädel? Wir fahren sofort.«

James blickte auf die verrotteten Bodendielen und den eingefallenen Kamin und schüttelte den Kopf.

»Das kann nicht dein Ernst sein, dass du *hier* bleiben willst.«

»Nur noch ein paar Stunden. Der größte Gezeitenunterschied, du weißt. Der günstige Augenblick kommt um acht, um acht Uhr achtzehn, um genau zu sein. Dann können wir den Leuchtturm bequem erreichen. Zu dieser Jahreszeit ist es dann noch hell.«

»Du bist völlig übergeschnappt!«

»Das ist eine coole Sache. Stell dir vor, was deine Freunde sagen würden, wenn du ihnen, keine Ahnung ... Wenn du ihnen zum Beispiel einen Schnürsenkel von Justice Turnbull präsentieren würdest.«

»Sie würden sich totlachen. Wie sollte ich das denn wohl beweisen?«

»So.« Mike hob sein iPhone. »Ich werde Fotos schießen.«

»Und dann sagen alle, dass die am Computer bearbeitet wurden.«

»Nicht, wenn ich sie an Facebook schicke, während wir noch bei dem Leuchtturm sind. Mir schwebt eine ganze Fotoserie vor ...«

»Was für eine Schnapsidee.« Aber James wirkte nicht mehr völlig desinteressiert.

»Es kann nicht schaden, es zu versuchen.«

»Und was ist, wenn der Schizo da auftaucht?«

»Das wird nicht passieren.«

»Und was, wenn wir da festsitzen?«

»Keine Gefahr. Wir sind keine Idioten.«

»Vielleicht doch.« James schaute auf ein arg ramponiertes Sofa und fragte sich, ob er sich setzen sollte, entschied sich aber dagegen. »Ja, wahrscheinlich sind wir tatsächlich ziemliche Idioten.«

Immerhin hatte er »wir« gesagt. »Stell dir vor, dass wir etwas entdecken, das den Bullen hilft, Justice Turnbull zu finden und zu verhaften.«

James schnaubte.

»Es ist gut möglich«, beharrte Mike. »Hör zu, wenn wir bei dem Leuchtturm sind, bleiben wir eine Viertelstunde oder höchstens eine halbe ... Dann kommen wir hierher zurück, und ich fahre mit dir nach Hause.«

»Du kannst mir viel erzählen.«

Mike hatte noch einen Trumpf im Ärmel und spielte ihn aus. »Ich werde Belinda Mathis erzählen, dass es deine Idee war, mich hierher mitzunehmen, dass ich aber im letzten Moment Schiss bekommen hätte.«

»Na super.«

»Kara fand die Idee cool und hat mit Belinda geredet. Moment, ich zeig dir die SMS.« Er scrollte auf seinem iPhone durch eine Unzahl von Textnachrichten. »Hier.«

James las: »Das ist so cool, bring uns etwas mit.«

Mike blickte seinen Bruder an. »Sie meint sich und Belinda.«

»Mir ist völlig schnuppe, was Belinda Mathis denkt.«

Lügner. Der Köder war ausgelegt, jetzt musste James nur noch anbeißen. »Also, wir statten dem Leuchtturm einen Besuch ab, und dann komme ich mit nach Hause. Aber vorher nicht. Und ich *werde* etwas mitbringen.« Er sagte nicht »für Belinda«, denn daran dachte James schon selbst.

»Du wirst es nicht zu einem Streit kommen lassen?«, fragte James.

»Nein.«

»Und du wirst Mom und Dad erzählen, dass du abgehauen bist und dass ich dich zurückholen musste?«

»Ja.«

James seufzte und blickte durch eine schmierige Fensterscheibe auf das Meer. »Ich muss verrückt sein«, murmelte er. »Und ich will deine Eintrittskarten für das Spiel der Mariners.«

Das war das Baseball-Team aus Seattle. Mike hatte die Karten zum Geburtstag geschenkt bekommen. »Abgemacht«, sagte er schnell. Baseball interessierte ihn sowieso nicht.

Nur noch ein paar Stunden, dann würde er endlich Justice Turnbulls altes Versteck sehen.

Ich habe dumpfe Kopfschmerzen und eine Beule oben auf dem Schädel. Der brennende Schmerz in meiner Schulter ist unerträglich ...

Mir blieb nichts anderes übrig, als zu Carters Laden zurückzufahren. Ich stellte den Kleintransporter auf dem Parkplatz ab und schleppte mich auf mein Zimmer.

Wie habe ich nur so sorglos sein können?

Ich erinnere mich deutlich an das erregende Gefühl, den Zaun überwunden zu haben und mir die Morde vorzustellen, und dann sehe ich eine von ihnen aus dem Augenwinkel.

Ravinia, eine entsetzliche, ordinär-kokette Kreatur, die aus Siren Song ausbrechen will.

Ich lächle bei dem Gedanken, ihren Ausbruch zu vereiteln, ihr den Weg in die Freiheit zu versperren. Und ich hätte auch sie getötet, ihr die Kehle durchgeschnitten und mich an dem herausspritzenden Blut berauscht. Ich stellte mir die Überraschung in ihren Augen vor, die Angst in ihrem Blick, wenn ihr klar werden würde, dass sie sterben muss ... Und dann hat mich diese andere angegriffen und mir einen stumpfen Gegenstand über den Kopf gezogen, sodass ich glaubte, mein Schädel müsse bersten. Bevor ich mich umdrehen konnte, traf der nächste Schlag meine Schulter.

Du Hure! Dafür wirst du bezahlen.

In meinem Zimmer ziehe ich vorsichtig die Jacke aus. In meinem Schädel ist dieser pochende Kopfschmerz, und die Schulter ist fast zu nichts mehr zu gebrauchen, aber den Arm kann ich benutzen.

Ich muss das ausheilen lassen. Muss mich erholen.

Essen, Schlaf, das Meer ...

Und wenn ich dann zurückkomme, wird diese Satansbrut meinen Zorn zu spüren bekommen ... Jede Einzelne von ihnen.

Und Loreley wird begreifen, dass sie ihre Schwestern nicht retten kann.

Sie ist jetzt schwächer, wahrscheinlich wegen des Verlustes ihres Kindes. Ich erspüre keinen Schutzwall mehr, der mich daran hindert, sie zu erreichen ...

Ich glaube, alles ist deine Schuld, Schwester. Sie werden alle sterben, wegen dir ...

Und dann hat sie den mentalen Schutzwall blitzschnell wieder hochgezogen, und ich dringe nicht mehr durch. Aber sie weiß, dass sie verloren ist ...

Bald werde ich wieder ganz gesund sein, und ich sehe mit großer Zuversicht in die Zukunft.

Loreley wird sterben.

Langsam.

Qualvoll.

Ich werde sie für immer zum Schweigen bringen.

44

Harrison lehnte sich in seinem Bürosessel in der Redaktion der *Breeze* zurück. Eine Stunde hatte er damit verbracht, über Zellman zu recherchieren, und das Bild des Mannes, das sich dabei herauskristallisierte, war wenig schmeichelhaft.

Es war schon seltsam. Zurzeit war Zellman in seinem Büro und arbeitete, als wäre nichts geschehen. Als wäre seine Frau nicht ermordet worden, und als läge sein Sohn nicht im Krankenhaus, noch immer um sein Leben kämpfend.

Das ergab keinen Sinn.

Es sei denn ... Er rief Stone an, der ausnahmsweise mal sofort abnahm.

»Stone.«

»Hier ist Frost. Ich habe eine Frage an Sie. Justice Turnbulls Anrufe bei mir, die er von Zellmans Mobiltelefon aus getätigt hat ... Irgendwelche Neuigkeiten über dieses Handy? Könnte es nicht vielleicht doch ein anderer in seinem Besitz haben?«

»Ich darf nichts über laufende Ermittlungen mitteilen, Frost. Sie wissen das sehr gut.«

»Und wenn es unter uns bleibt?«

»Das spielt keine Rolle. Warum? Glauben Sie, dass es womöglich nicht Justice Turnbull war, der Sie angerufen hat?«

»Ich weiß es nicht. Hören Sie, ich würde Ihnen gern noch ein paar Fragen über die Ereignisse in Siren Song stellen. Können wir uns treffen?«

»Ich bin ziemlich beschäftigt im Moment?«, sagte Stone leicht gereizt.

»Rufen Sie mich an, wenn Sie Neues über dieses Telefon herausgefunden haben? Ich habe ein persönliches Interesse daran, weil ich zweimal von diesem Handy aus angerufen wurde.«

»Dieselbe Antwort wie eben, Frost. Keine Auskünfte über laufende Ermittlungen.«

»Ich habe Ihnen den Tipp mit Zellman gegeben«, rief Harrison dem Detective ins Gedächtnis. »Weil dieser Psychopath mich angerufen hatte.«

»Wenn wir beschlossen haben, mit allem an die Öffentlichkeit zu gehen, sind Sie der Erste von den Medienvertretern, bei dem ich mich melde. Jetzt muss ich auflegen, auf der anderen Leitung geht gerade der nächste Anruf ein.«

Harrison hörte seine Voicemails ab, darunter zwei von Pauline Kirby, die ein Interview mit ihm machen wollte, weil er ein »Zeuge« im Fall Zellman gewesen sei.

Als er die Redaktion verließ, winkte er Buddy zum Abschied zu.

»Wohin willst du?«, fragte sein Kollege.

»Zu einem Interview.«

»Hast du einen Artikel für Connelly? Ich habe nicht vor, die ganze Nacht durchzuarbeiten.«

»Regle du das mit dem Boss.«

Kurz darauf war Harrison auf dem Weg nach Halo Valley. Er dachte daran, was er gerade zu Stone gesagt hatte: *Weil dieser Psychopath mich angerufen hat.*

Ja, warum? Warum hatte Justice nicht Laura angerufen und sie bedroht? Warum ihn? Er hatte geglaubt, Justice würde es vorziehen, zu Laura telepathischen Kontakt aufzunehmen, um sie zu terrorisieren und zu Tode zu ängstigen.

Aber sie behauptete, ihn mehrfach durch Hochziehen des mentalen Schutzwalls ausgesperrt zu haben. Warum also hätte er sie nicht auch telefonisch bedrohen sollen, auf dem konventionellen Weg?

Zellman hatte behauptet, er habe seinen Namen und seine Telefonnummer auf der Kontaktliste seines Handys abgespeichert, weil er das immer so mache. Weil er die Nummer eines Journalisten parat haben wollte?

Er glaubte nicht daran.

Er dachte an die zischende Stimme, von der er geglaubt hatte, es sei die von Justice Turnbull, doch stimmte das? Sein Psychiater Zellman wusste genau, wie Turnbull sprach, und das irritierte ihn.

Und außerdem glaubte er nicht, dass es Turnbull um Publicity ging. So tickte der Typ nicht.

Also, warum hatte er die beiden Anrufe erhalten?

Als er das Halo Valley erreichte, war Harrison überzeugt davon, dass Zellman kein Opfer war, allenfalls eines seines eigenen Wahnsinns. Er konnte sich gut ein düsteres Szenario vorstellen, nämlich eines, in dem Zellman von Anfang an die Strippen gezogen und die Ermittlungen manipuliert hatte. Woher wussten sie denn irgendetwas darüber, wie Justice Turnbull dachte und folglich handelte? Nur von seinem Psychiater, dem einzigen Menschen, dem Turnbull überhaupt etwas anvertraut hatte, da er sonst zu niemandem Kontakt hatte.

Je länger er darüber nachdachte, desto logischer fügten sich die Teile des Puzzles zusammen, und er konnte kaum glauben, dass er so lange gebraucht hatte, um es zu begreifen.

Jetzt musste er es nur noch beweisen.

»Du Dreckskerl«, sagte er laut, als säße der Psychiater neben ihm auf dem Beifahrersitz.

Eine Stunde später stellte er seinen Chevy Impala auf dem Parkplatz des Halo Valley Security Hospital ab. Er blickte auf die Fassade der psychiatrischen Klinik. Gute Absichten, schlechte Resultate, zumindest in Turnbulls Fall.

Er steckte sein Aufnahmegerät und das Mobiltelefon in die Tasche und überlegte, ob er auch die Pistole mitnehmen sollte, entschied sich dann jedoch dagegen. In der Klinik gab es zu viele Überwachungskameras und sogar Metalldetektoren. Er ließ die Glock deshalb in dem abgeschlossenen Handschuhfach liegen, stieg aus und ging zum Eingang.

Am Empfang von Trakt A wurde er kühl begrüßt. »Herr Dr. Zellman wünscht im Moment keine Besuche«, sagte die Frau hinter dem Schreibtisch, welche die Koryphäe Zellman offenbar anhimmelte.

»Mir ist klar, dass er noch in der Rekonvaleszenz ist, aber lassen Sie ihn doch bitte wissen, dass ich hier bin.« Er schob seine Karte über den Schreibtisch. »Sagen Sie ihm, ich hätte neue Informationen, über die ich mit ihm reden möchte. Ich würde gern die Meinung eines kompetenten Fachmanns hören.«

Nachdem sie ihn noch einen langen Augenblick angestarrt hatte, seufzte sie und drückte auf einen Knopf der Gegensprechanlage.

Harrison erkannte Zellmans Stimme und hörte seine Antwort. »Ich habe Ihnen doch gesagt, dass ich nicht gestört werden möchte.«

»Es tut mir leid, Herr Dr. Zellman«, antwortete sie, »aber hier ist ein Mr Harrison Frost von der *Seaside Breeze,* der mit

Ihnen reden möchte.« Sie warf ihm noch einen zweifelnden Blick zu und wiederholte dann, was er zu ihr gesagt hatte. Zellmans Antwort überraschte die Frau offenbar.

»Er ist hier? Nun dann, schicken Sie ihn zu mir. Aber erinnern Sie ihn daran, dass ich ein sehr beschäftigter Arzt bin.«

»Oh, das ist ihm bewusst, Herr Dr. Zellman«, sagte sie und drückte auf den Knopf. Ihre Wegbeschreibung führte ihn zu einem Verbindungsgang zwischen Trakt A und Trakt B, der von Büros und Konferenzräumen gesäumt war. Bis hierhin kam man noch ohne Sicherheitscode, für das Betreten von Trakt B, wo Justice Turnbull inhaftiert gewesen war, brauchte man ihn.

Er griff in die Jackentasche und schaltete sein winziges Aufnahmegerät ein.

Zellman saß am Schreibtisch und tippte auf seinem Laptop. Daneben lagen zwei aufgeschlagene Aktenordner. Er hatte sein Kamelhaarjackett abgelegt. Das Oberhemd war am Kragen offen, und man sah den Verband um seinen Hals.

Er zeigte auf einen der beiden Besucherstühle vor seinem Schreibtisch und bat Harrison, Platz zu nehmen. »Aber vergessen Sie nicht, dass ich zu tun habe«, sagte er mühsam.

»Ich dachte, Sie wären im Krankenhaus bei Ihrem Sohn.«

»Oh, dem geht's gut ... Gott sei Dank sind die Schnittwunden nicht tief.«

»Zu schade, dass Ihre Frau nicht so viel Glück hatte.«

»Ja, wohl wahr.«

Zellmans Miene verdüsterte sich. Weil er um sie trauerte? Oder weil er Schuldgefühle empfand? Angst?

»Also, was wollen Sie?«, fragte der Psychiater.

»Ich bin überrascht, dass Sie zur Arbeit kommen konnten.«

»Es ist nicht leicht, aber es liegt mir nicht, untätig herumzusitzen und zu warten.«

Harrison beschloss, zur Sache zu kommen. »Ich habe ein bisschen über Sie recherchiert, Zellman.«

Die Miene des Arztes verfinsterte sich weiter. »Schreiben Sie einen Artikel über die Ereignisse in meinem Haus?«, flüsterte er.

»Mal sehen. Ihre Frau hat vor zwei Wochen die Scheidung eingereicht.«

Zellman blinzelte. »Da haben Sie was falsch verstanden.« Aber er war jetzt sehr vorsichtig.

»Ihre Ehe war schon lange gescheitert.«

»Mr Frost, ich habe Patricia geliebt und liebe sie immer noch«, antwortete er gereizt. »Was Sie da behaupten, ist absurd. Sie können jetzt gehen.«

Das Sprechen schien ihm immer noch Mühe zu bereiten, doch Harrison fragte sich, ob es nicht Schauspielerei war.

»Sie wollten nichts mehr von ihr wissen und sahen eine Möglichkeit, sie loszuwerden. Auch wenn das bedeutete, ihren eigenen Sohn zu verletzen.«

»Was?« Zellman sprang auf und wirkte zum ersten Mal richtig aggressiv. »Verschwinden Sie, bevor ich die Security rufe.«

»Nur zu.« Harrison blieb sitzen und blickte den Psychiater an. »Ist Brandt Ihnen in die Quere gekommen? Hat er versucht, Ihrer Frau das Leben zu retten?«

»Sie sind geisteskrank!«

»Sie müssen es ja wissen.«

»Verlassen Sie sofort mein Büro!« Seine Stimme war jetzt deutlicher, und er lief vor Wut rot an. Von dem kultivierten Akademiker war nichts mehr übrig.

»Wollte Patricia Ihr Geld oder einfach nur weg? Ah, jetzt verstehe ich. Es gibt da noch jemanden, stimmt's? Eine Freundin? Sie konnten es sich nicht leisten, dass Ihr guter Ruf Schaden nimmt.«

»Ich habe meine Frau nie betrogen! Patricia war diejenige, die ...« Dann machte er überraschend einen Rückzieher. »Es stimmt, sie wollte die Scheidung. Was für Folgen das für Brandt haben würde in seinem Alter, war ihr völlig egal.« Er schwieg kurz und sprach dann mit eiskalter Stimme weiter. »Sie hatte Affären, Mr Frost, hatte keine Vorstellung von einer guten Ehe oder der Verantwortung, einen Sohn großzuziehen. Patricia konnte nicht sehen, was eine Scheidung bedeutete. Ihre plebejische Herkunft war immer unübersehbar.« Seine Miene war höhnisch. »Sie hat nicht mal das College abgeschlossen.«

»Weil sie schwanger war mit Ihrem Sohn.«

In Zellmans Augen loderte eine Wut, die womöglich schon jahre-, wenn nicht jahrzehntelang in ihm brodelte.

»Und deshalb sitze ich jetzt in dieser Provinzklinik, statt in Harvard zu lehren oder in Yale zu forschen.«

»Haben Sie Ihre Frau umgebracht?«

»Ich habe doch gesagt, dass ich sie ...«

Harrison schob seinen Stuhl zurück und stand auf. »Sie haben vorgegeben, Turnbull zu sein! Sie haben mich angerufen und Ihre Stimme verstellt, damit ich glaubte, es sei dieser Psychopath. Und dann haben Sie darauf gezählt, dass ich die Polizei benachrichtige, damit wir alle hereinfallen auf Ihr abartiges Spiel.«

»Jetzt reicht's mir.« Zellman griff in die oberste Schreibtischschublade und zog einen Taser heraus.

Harrison blickte auf die Elektroschockwaffe, die ihn nicht töten, aber hilflos machen würde. Dann konnte Zellman eine andere Waffe benutzen, um ihn umzubringen ... Zum Beispiel das Messer, mit dem er seine Frau getötet und seinen Sohn verletzt hatte.

»Glauben Sie wirklich, dass Sie ungeschoren davonkommen?«, fragte Harrison, der sich keine Illusionen darüber machte, dass Zellman den Taser benutzen würde. Wahrscheinlich hatte er die Elektroschockwaffe parat für den Fall, dass es Ärger mit einem seiner kriminellen Geisteskranken geben sollte.

»Sie irren sich, Mr Frost.« Zellman hatte sich wieder beruhigt und zeigte mit dem Taser auf Harrisons Brust. »Sie wissen doch sicher, was ein neuromuskulärer Schock ist, oder? Mit dem Ding kann ich einen so starken Stromstoß durch Ihren Körper schicken, dass Sie nur noch zucken und quieken wie ein abgestochenes Schwein.« Er bedachte Harrison mit dem kältesten Lächeln, das der jemals gesehen hatte.

»Sie sind nichts als ein elender Mörder, Mr Zellman.«

»Für Sie immer noch *Dr.* Zellman«, erwiderte der Psychiater wütend. »Ich habe für meinen Hochschulabschluss und den Doktortitel hart gearbeitet, etwas, das Sie oder Frauen wie Patricia nie verstehen werden.« Der Taser zitterte ein bisschen in seiner Hand. Damit konnte er ihn außer Gefecht setzen, doch dafür musste er mit dem Ding erst mal seinen Körper treffen.

Und Harrison hatte nicht vor, das zuzulassen.

Aber auch nicht, einen Rückzieher zu machen.

»Haben Sie Turnbull absichtlich ausbrechen lassen? Und die angeblichen Folgen der Kehlkopfverletzung simuliert?

Haben Sie dieses Ungeheuer auf die Welt losgelassen, damit alle glauben würden, Turnbull habe Ihre Frau und Ihren Sohn ermordet?«

»Brandt lebt. Ihm ist nichts passiert. Seine Wunden sind nur oberflächlich.« Wieder verfinsterte sich sein Blick, und Harrison begriff, dass Zellman darauf hoffte, dass er sich auf ihn stürzen und ihn aus Gründen der Notwehr zwingen würde, den Taser zu benutzen. Der Unterkiefer des Mannes bebte vor Wut oder Angst. Harrison hätte nicht sagen können, was genau es war.

»Sie hätten ihn töten können«, forderte Harrison den Psychiater heraus.

»So etwas würde ich nie tun!«

»Aber natürlich würden Sie. Sie würden jeden aus dem Weg räumen, der Ihnen in die Quere kommt, inklusive Ihres Sohnes.«

»Sie wissen ja nicht, was Sie da reden!«

»Wie oft war die Polizei schon wegen häuslicher Gewalt bei Ihnen zu Besuch? Dass die Anklagen fallen gelassen wurden, heißt nicht, dass es nicht passiert wäre. Was hat es Sie gekostet, Patricia daran zu hindern, Sie zu verlassen? Ein paar Blumensträuße? Diamanten? Oder vielleicht einen weißen BMW?«

»Sie war mit nichts zufrieden!«, schrie Zellman mit einer vor Wut bebenden Stimme. Die Lautstärke war offenbar kein Problem mehr. »Nie!« Wieder richtete er drohend den Taser auf Harrison. »Na los«, sagte er herausfordernd. »Kommen Sie, greifen Sie mich an.«

»Damit Sie einen Vorwand haben, das Ding zu benutzen?«, fragte Harrison cool, obwohl ihm vor Angst der Schweiß ausbrach.

»Ich brauche keinen Grund!«, blaffte Zellman ihn an.

Er sprang auf Harrison zu, doch der wich seitlich aus.

Zellman traf ihn nicht mit dem Taser und wäre fast gestürzt.

»Sie sind nichts als ein skrupelloser, egoistischer Verbrecher!« Harrison sprang über den Stuhl, packte Zellmans Arm. War es nur seine Einbildung, oder hörte er tatsächlich Schritte im Flur? »Hier drin!«, schrie er.

Zellman wand sich und machte sich mit gefletschtem Gebiss von seinem Griff frei.

Und dann spürte Harrison den Taser auf seinem Arm.

Verdammter Mist.

Zzzzzzztttt!!!! Ein entsetzlicher Schmerz schoss durch seinen linken Unterarm, und er schrie auf.

Seine Knie gaben nach, und er stürzte, wobei er den Stuhl umwarf und Zellman mit zu Boden riss. Er rollte sich auf den kleineren Mann und wurde belohnt mit einem weiteren Stromstoß von zweihunderttausend Volt.

»Halt, Polizei!«, ertönte eine tiefe Stimme aus dem Flur, und zu Harrisons großer Erleichterung trat Detective Langdon Stone in das Büro und richtete seine Pistole auf den Psychiater. »Maurice Zellman, Sie sind verhaftet.«

»Mir gefällt das nicht«, sagte Catherine, als sie den Schrank wieder verschloss und Laura den kleinen Revolver reichte, einen 38er Smith & Wesson, der schon einige Jährchen alt war.

»Mir auch nicht, aber ich denke, ich brauche eine Waffe.« Laura wusste, was sie zu tun hatte. Justice' letzte Botschaft hatte sie davon überzeugt. Er hatte ein entsetzliches Bild von allen ihren Schwestern im Todeskampf heraufbeschworen.

Er musste gestoppt werden.

Und nur sie konnte das tun.

»Weder ich noch die anderen haben der Polizei erzählt, dass ich damit geschossen habe, wenn auch nur in die Luft«, sagte Catherine.

Sie begleitete Laura nach draußen, und die beiden Frauen blieben einen Moment auf der überdachten Vorderveranda stehen. Es regnete immer noch, und der Wind hatte stark aufgefrischt. Die Haustür hinter ihnen war geschlossen, doch Laura bemerkte, dass die Vorhänge des Wohnzimmers sich bewegten und sich zwei Augen auf sie richteten. Sie vermutete, dass es Kassandra war. Und dann erhaschte sie durch das schmale Fenster neben der Haustür einen Blick auf Lilibeth in ihrem Rollstuhl. Offenbar hoffte sie, den einen oder anderen Satz aufschnappen zu können.

Es war Stunden her, seit sie sich von Harrison getrennt hatte, und in der Zeit hatte sie ihren Plan ausgearbeitet. Nachdem sie sich im Ocean Park Hospital krankgemeldet hatte, packte sie ihren Wagen, um nach Siren Song zu fahren.

»Du musst das nicht auf dich nehmen«, sagte Catherine grimmig. Ihr Haar war genauso grau wie der ganze Tag.

»Es muss getan werden, und ich bin die Einzige, die Kontakt zu ihm aufnehmen kann«, sagte Laura kühl, und die ältere Frau schaute sie besorgt an.

»Das alles war so ein Albtraum.«

»Hoffentlich ist er bald vorbei.«

Catherine griff in eine Tasche ihres weiten Rocks und zog eine Schachtel Munition hervor. »Gott helfe mir«, flüsterte sie, als sie Laura die Schachtel reichte. »Bitte sei vorsichtig.«

»Wird gemacht«, sagte Laura mit einem gezwungenen Lächeln.

»Wenn du nicht die Polizei rufst ...«

»Ich werde es nicht tun.« Sie hatte nicht vor, Justice zu verschrecken, bevor sie die Chance hatte, ihn zu stellen.

»Dann nimm doch bitte wenigstens Harrison Frost mit, diesen Journalisten. Er scheint stark und charakterfest zu sein, und er liebt dich.«

Oh Catherine, wenn du wüsstest.

Laura nickte, obwohl sie absolut nicht die Absicht hatte, Harrison mitzunehmen. Hätte sie nicht genickt, würde Catherine sie weiter nerven. Die ältere Frau runzelte die Stirn, offenbar verwundert über Lauras schnelle Kapitulation.

»Wir sehen uns bald«, sagte Laura und umarmte die Frau, die sich alle Mühe gegeben hatte, sie großzuziehen.

»Pass gut auf dich auf.«

Laura ließ Catherine los und eilte über den mit Pfützen übersäten Weg zum Tor, wo Earl wartete, um es sofort wieder zu verschließen. Sie stieg in ihren Subaru Outback, auf dessen Dachgepäckträger ein Schlauchboot festgemacht war, das sie früher einmal aus einer Laune heraus gekauft hatte. Jetzt konnte sie es gut gebrauchen, wenn sie bei ihrem Plan blieb.

Ihr war klar, dass es an Wahnsinn grenzte, die Konfrontation mit Justice zu suchen, doch es war ihr egal. Dies alles musste enden. Und es würde enden. Heute Nacht.

Es hatte fünfzehn Minuten gebraucht, bis Zellman über seine Rechte informiert und in Handschellen abgeführt worden war. Jetzt waren Harrison und Detective Stone allein in dem ordentlich aufgeräumten Büro des Psychiaters.

»Wie sind Sie darauf gekommen, dass er es war?«, fragte Harrison Stone.

»Genauso wie Sie. Die Anklagen wegen häuslicher Gewalt wurden fallen gelassen, was aber an der Tatsache nichts änderte, dass er die Hand erhoben hat gegen seine Frau. Zellman ist selbst halb wahnsinnig. Er glaubte, seine Frau hätte Affären, doch das stimmte nicht. Und dann waren da die Wunden, die er Patricia Zellman und Brandt mit dem Messer beigebracht hat. Die passten nicht zu denen der beiden Frauen von Siren Song.«

»Dann hat also Turnbull diese Frauen angegriffen, während Zellman sich seine Familie vorknöpfte.«

Stone nickte. »Für Turnbull wäre die Zeit zu knapp gewesen, und deshalb mussten wir Zellman als potenziellen Täter ins Auge fassen. Er hatte es von langer Hand so geplant. Ich habe mit seinem Arzt im Ocean Park Hospital geredet. Er hat das mit dem Sprachverlust simuliert oder es zumindest schlimmer aussehen lassen, als es war. Er gab vor, nicht sprechen zu können, imitierte dann aber Turnbulls Stimme, als er Sie anrief. Das Telefon haben wir in einer Mülltonne in der Nähe des Drift In Market gefunden, nicht weit entfernt von der Stelle, wo er laut Auskunft seines Telekomunternehmens den letzten Anruf getätigt hat. Ich wette meinen Dienstausweis darauf, dass wir auf dem Handy nur Zellmans Fingerabdrücke finden werden.«

»Sie sind gerade im richtigen Moment gekommen. Ich glaube, er wollte behaupten, ich hätte ihn angegriffen, und er hätte in Notwehr zu dem Taser gegriffen.«

»Geht's Ihnen jetzt wieder besser?«, fragte Stone.

Harrison spürte immer noch einen dumpfen, pochenden Schmerz in seinem Arm. »So halbwegs.«

Stone lächelte schwach. »Gut, dass Sie keine Waffe dabeihatten. Oder ein Aufnahmegerät, weil wir nichts gebrauchen können, was uns in die Quere kommen könnte, wenn wir Zellman wegen des Mordes an seiner Frau und der Tätlichkeit gegen seinen Sohn festnageln.«

»Das mit Mrs Zellman ist entsetzlich, aber ich kann's auch nicht fassen, dass der Dreckskerl seinen eigenen Sohn massakriert hat.«

»Er hatte nie vor, Brandt wirklich etwas anzutun. Das sollte uns nur hinters Licht führen. Und er musste sicherstellen, dass der Junge ausgeschaltet war und ihm nicht in die Quere kam, als er seine Frau umbrachte. Brandt hat keine ernsthaften Verletzungen. Er hat seinen Vater nicht erkannt, denn er schlief, und in seinem Zimmer war es dunkel. Oder zumindest behauptet er, ihn nicht erkannt zu haben. Zellman hat ihn in seinem Zimmer eingesperrt, indem er eine im Flur stehende Kommode vor die Tür geschoben hat. Brandt war zu geschwächt, um sich zu befreien und hat dann das Bewusstsein verloren. Zumindest glauben wir das, wir arbeiten noch daran. Zellman muss einen ziemlichen Schreck bekommen haben, als Brandt in den Notarztwagen verfrachtet wurde und es so aussah, als wäre er schlimmer verletzt, als der Doktor vermutete.«

»Geschieht ihm recht«, sagte Harrison kalt.

Durch die Glasfront des Durchgangs zwischen Trakt A und Trakt B konnte Harrison den Parkplatz sehen, wo Zellman gerade auf die Rückbank eines Streifenwagens bugsiert wurde.

»Es ist mir ernst, Frost«, sagte Stone. »Tun Sie nichts, das mir die Arbeit erschwert, jetzt, wo ich ihn verhaftet habe. Zellman mag selbst geisteskrank sein, aber er hat Geld und kann sich einen guten Anwalt leisten. In diesem Fall muss von unserer Seite alles hieb- und stichfest sein. Falls Sie etwas mitgeschnitten oder sich Notizen gemacht haben, möchte ich nichts davon hören oder sehen. Wenn alles vorbei ist, bekommen Sie als Gegenleistung die ersten Interviews mit dem Sheriff's Department und Zellman.« Er blickte Harrison an. »Und dieses Gespräch hat nie stattgefunden. Sie müssen bei uns vorbeikommen und eine offizielle Aussage machen.« Damit ging er zum Aufzug und drückte auf den Knopf, um ihn zu rufen.

Harrison wartete, bis er Stone auf dem Parkplatz sah. Dann zog er das Aufnahmegerät aus der Tasche, ließ es auf den Boden fallen und zermalmte es mit dem Absatz.

Danach sammelte er die Bruchstücke auf, steckte sie in die Tasche und ging ebenfalls zum Lift.

Er blickte auf die Uhr. Sieben Uhr abends. Jetzt, wo Zellman hinter Gittern saß, musste er sich auf Turnbull konzentrieren.

Natürlich dachte er an Laura, doch es war nicht der richtige Zeitpunkt. Noch nicht.

Draußen lief er zu seinem Auto, schaltete das Handy an und sah die Textnachrichten durch, bevor er sich hinter das Steuer klemmte.

Eine SMS stach ihm ins Auge. Buddy hatte sie vor fünfzehn Minuten geschickt.

Er las: »Hier war ein blondes Püppchen mit Infos über den Mord an Manny Rojas vor dem Boozehound.«

Er starrte ungläubig auf das Display. Die magersüchtige Blondine? War das dieselbe »spindeldürre Blondine«, die in der Sands of Thyme Bakery aufgetaucht war und mit Kirsten gesprochen hatte? Hatte sie wirklich Informationen über

Mannys Tod? Er spürte den Adrenalinschub, der immer einsetzte, wenn eine Story kurz vor dem Abschluss stand. Hier ging es um die Ermordung des Mannes seiner Schwester, und das war mehr als nur irgendeine interessante Story. Diese Neuigkeit konnte ihr Leben verändern. Das von Kirsten und Didi. Und seines.

Als er hinter dem Steuer saß, rief er Buddy an, der beim zweiten Klingeln abnahm. »Ist die Frau noch da?«, fragte er.

»Ja, aber es wird spät, Kollege. Ich habe sie davon überzeugt zu warten, aber wir wollen hier Feierabend machen.« Dann: »Sie sieht so aus wie diese anorektischen Models. Eine scharfe Braut, wenn man auf so was steht.«

»Klingt ihre Story glaubwürdig?«

»Das hörst du ja dann.«

»In zwanzig Minuten bin ich da. Sag ihr, dass ich unbedingt mit ihr reden muss.« Er gab Gas. War das möglich? So viel Zeit war vergangen, und jetzt meldete sie sich auf einmal?

Aber am Abend der Schießerei war eine magersüchtig wirkende Blondine am Tatort gewesen.

Er schaffte es in fünfzehn Minuten. Nachdem er den Wagen geparkt hatte, eilte er in die Redaktion. Sie saß vor Buddys Schreibtisch, eine wirklich bis auf die Knochen abgemagerte Person mit platinblondem Haar. Sie trug einen Minirock, Stiefel und ein langärmeliges T-Shirt. Sie hatte schön geschnittene Gesichtszüge, wirkte aber gelangweilt. Schon als er eingetreten war, schlug ihm dichter Zigarettenrauch ins Gesicht.

»Sie sind Harrison Frost«, sagte sie, und Harrison wusste von den Aufnahmen der Überwachungskameras, die in der Nähe des Nachtclubs Boozehound installiert waren, dass dies in der Tat die Frau war, die Zeugin des Mordes an seinem Schwager gewesen war.

»Wie heißen Sie?«, fragte er.

»Marilla Belgard. Ich stand an jenem Abend vor dem Club und weiß, wer für den Mord an Manny Rojas verantwortlich ist.«

»Würden Sie eine Aussage bei der Polizei machen?«

»Natürlich.«

»Warum jetzt?«

Sie schnaubte. »Spielt das eine Rolle?«

»Ja, ich denke schon.«

»Schlechtes Gewissen. Ich weiß, dass Sie Ihren Job verloren haben, und ich ...« Sie spielte mit dem goldenen Kreuz an ihrer Halskette. »Und ich habe zu Jesus gefunden und wollte ...«

Harrison griff nach seinem Notizbuch. »Schießen Sie los.«

Nach einem zögernden Beginn erzählte sie ihm alles. Sie gab zu, Bill Koontz zu kennen, für den sie als Organisatorin von Partys gearbeitet hatte. Eines Abends hatte sie mitgehört, wie Koontz darüber redete, wie er »Rojas loswerden« wollte. Bis zu der Schießerei hatte sie aber nicht gewusst, dass er geplant hatte, Manny töten zu lassen. Nachdem der Täter sich selbst erschossen hatte, war sie verschwunden, weil sie Angst um ihr Leben hatte. Und als sie dann zum Glauben gefunden hatte, beschloss sie, mit Harrison zu reden und reinen Tisch zu machen.

»Ja, ich hätte eher kommen sollen«, sagte sie, während sie weiter das Kreuz betastete, das zwischen ihren hervorspringenden Schlüsselbeinen baumelte.

»Lassen Sie uns über das Hier und Jetzt reden. Ich rufe Detective Langdon Stone vom Tillamook County Sheriff's Department an. Er ist ein Freund von mir.« Das war wahrscheinlich etwas übertrieben. »Es ist nicht sein Zuständigkeitsbereich, aber da er früher beim Portland Police Department gearbeitet hat, weiß er, an wen er sich da wenden muss.«

»Sie bleiben doch bei mir, oder? Mit Cops komme ich nicht so gut klar.«

»Und was sagt Jesus dazu?«

Sie blickte ihn fragend an. »Machen Sie sich über mich lustig?«

Er zuckte die Achseln. »Ich rufe jetzt Stone an, und dann fahren wir mit meinem Wagen zu ihm.«

Sie entspannte sich ein bisschen. »Nur, wenn ich in Ihrem Auto rauchen darf.« Sie blickte ihn an. »Es war ernst gemeint. Cops jagen mir Angst ein.«

»Es wird keine Probleme geben«, sagte er. Das größere Problem war, dass alles zu lange dauerte. Er machte sich allmählich Sorgen um Laura. Nachdem Kirsten ihm Vorträge gehalten, Zellman ihn mit dem Taser attackiert und Marilla Belgard sich alles von der Seele geredet hatte, begann er sich zu entspannen, und ihm wurde klar, wie sehr Laura ihm fehlte und wie sehr er sich um sie sorgte.

Während er mit Marilla Belgard zu seinem Chevy Impala ging, checkte er sein Mobiltelefon, sah aber keine Nachricht von Laura. Wahrscheinlich war sie immer noch wütend, und eigentlich konnte er es ihr nicht verübeln. Sobald die Sache mit Marilla Belgard und Stone überstanden war, würde er Laura suchen und alles mit ihr klären. Natürlich musste er einen Artikel schreiben, in dem er die Wahrheit über Mannys Tod publik machen und sich rehabilitieren würde. Doch wenn Koontz erst verhaftet war, konnte das jetzt auch noch ein paar Tage warten.

Denn Justice war weiter auf freiem Fuß, und Laura würde erst in Sicherheit sein, wenn er festgenommen war.

45

Harrison trat aus dem Tillamook County Sheriff's Department in einen wolkigen Juniabend hinaus. Er hatte das Gefühl, als wäre ein wichtiges Kapitel seines Lebens nun abgeschlossen. Er hatte Marilla Belgard Detective Stone vorgestellt, der sich ihre Darstellung der Ereignisse angehört und dann seinen ehemaligen Partner vom Portland Police Department angerufen hatte. Es sah so aus, als würde Koontz, der Verantwortliche für den Tod seines Schwagers, bald festgenommen und vor Gericht gestellt werden.

Doch nun musste er sich um Justice Turnbull kümmern. Es lief ihm kalt den Rücken hinab. Der Dreckskerl mochte verletzt sein, aber tot war er nicht. Er war immer noch frei, nur darauf aus, seine Mission zu erfüllen. Und Laura war nicht in Sicherheit.

Er hatte Kirsten angerufen und ihr die Neuigkeiten über den Tod ihres Mannes erzählt. Seine Schwester war ganz überwältigt gewesen und hatte unzählige Fragen, und wenngleich er ihre Erleichterung teilte, musste er sie doch bitten, sich noch eine Weile zu gedulden.

»Ich muss Laura finden«, sagte er, und sie stimmte zögernd zu, das Telefonat zu beenden.

Er hatte Marilla Stones Obhut überlassen. Der Detective hatte versprochen, sie nach Seaside zu fahren, wo ihr Wagen vor der Redaktion der *Breeze* stand.

Er beschloss, ein Restaurant aufzusuchen, weil er einen Riesenhunger hatte, und wählte Lauras Handynummer, um sie einzuladen, doch es meldete sich sofort die Mailbox. Er hinterließ eine Nachricht: »Ich bin's. Bitte ruf zurück.«

Er fragte sich, ob sie sich melden würde. Eine böse Vorahnung überkam ihn, und er fuhr direkt zu ihrem Haus. Der Outback stand nicht an seinem üblichen Platz, und hinter den Fenstern brannte kein Licht. Er schloss die Hintertür auf mit einem Schlüssel, den er behalten hatte, nachdem er das Schloss repariert hatte. Keine Spur von Laura.

Doch sie war da gewesen.

Er sah am Fußende ihres Bettes das T-Shirt, in dem sie in der letzten Nacht geschlafen hatte, und im Bad ihre Reisetasche. Es roch noch nach ihrem Parfüm ... Also hatte sie vor, hier zu bleiben? War sie vielleicht nur ausgegangen, um irgendwo spät zu Abend zu essen?

Während er das Haus durchsuchte, sah er ihre Bücher und Pflanzen, ihre gemütlichen Möbel und stilvollen Lampen ... Ein sicherer Hafen, in den ein Geisteskranker eingedrungen war. Er wusste, dass sie nicht da war, durchsuchte aber trotzdem noch den nur von außen zugänglichen Keller, doch da gab es nur alte Kartons und längst vergessene Erinnerungsstücke.

Er versuchte erneut, sie zu erreichen, doch wieder ohne Erfolg.

Wo also war sie?

In Gedanken spielte er mehrere Möglichkeiten durch, und als er sich gerade fragte, wie er sie finden könnte, zirpte sein Mobiltelefon, und sein Herzschlag setzte einen Moment aus.

Laura!

Aber die Nummer auf dem Display sagte ihm nichts. Er meldete sich. »Frost.«

»Oh, Mr Frost«, sagte eine Frau, deren Stimme verunsichert klang. »Ich bin froh, Sie zu erreichen. Hier ist Catherine Rutledge ... aus Siren Song.«

Jetzt hätte er fast einen Herzstillstand erlitten. Er umklammerte krampfhaft das Telefon. »Ja, bitte?«

»Ich musste Loreley versprechen, nichts zu sagen, aber ich habe mir gedacht, dass Sie es wissen sollten ... Sie ist von hier weggefahren und wollte ...«

Er bereitete sich auf das Schlimmste vor.

»Sie ist hinter Justice her. Vor etwa einer Stunde ist sie von hier aufgebrochen. Sie will zu dem Leuchtturm, weil sie überzeugt davon ist, dass er dorthin zurückkehren wird. Ich habe versucht, es ihr auszureden, doch es war zwecklos. Mein Gott, ich hätte sie nicht gehen lassen dürfen, aber wie gesagt, sie hat es sich einfach nicht ausreden lassen. Ich habe mir einfach nur gedacht, dass es noch jemand wissen sollte.«

Und damit legte sie auf.

Die Ebbe hatte Felsen und große Gesteinsbrocken freigelegt, und in vollgelaufenen Mulden schwammen Seesterne, Enten- und Miesmuscheln. Krabben eilten dem zurückweichenden Wasser hinterher, während Möwen auf der Suche nach ihrer nächsten Mahlzeit kreischend über dem Sand kreisten. Der Regen hatte seit einer Weile nachgelassen, und über dem Horizont war die Wolkendecke aufgerissen. Die letzten Strahlen der untergehenden Sonne fielen auf Laura, die in ihrem Schlauchboot auf die Insel zuruderte, wo der seit Jahren nicht mehr genutzte Leuchtturm stand – wenn man davon absah, dass er vor ein paar Jahren Justice' Höhle gewesen war.

Und er würde hierher zurückkehren, dessen war sie sich ganz sicher.

Sie glaubte, dass sich ein Sturm zusammenbraute, und musste sich deshalb beeilen. Auf der Insel angekommen, blieb ihr nichts anderes, als zu warten. Sie hatte Proviant für zwei Tage dabei, wusste aber, dass sie nicht allzu viele Stunden auf der Insel verbringen würde. Er würde bald kommen, weil er es nicht abwarten konnte.

Gut so, beeil dich, du Dreckskerl, dachte sie, während sie über das niedrig stehende Wasser ruderte, auf dem sie nicht wie bei Flut wie ein Korken hin und her geworfen wurde. Jetzt hätte sie auch zu Fuß über die freigelegten Felsen gehen können, doch vielleicht würde sie das Schlauchboot später brauchen.

Sie konzentrierte sich auf ihre Mission und ignorierte alle an ihr nagenden Fragen und Ängste. Als sie die Insel erreichte, ruderte sie zu der alten Anlegestelle, einem verfallenden und mit Möwenkot übersäten Pier, der einen Meter über dem gegenwärtigen Wasserspiegel aufragte. Darauf lag ein altes Surfbrett. Sie machte das Boot an einem Pfeiler des Piers fest, schickte ein stilles Stoßgebet zum Himmel und fand im Licht einer Taschenlampe den Pfad, der an der geschützten Seite der kleinen Insel bergan führte.

Während sie den Felsen erklomm, frischte der Wind auf und zerzauste ihr Haar. Über ihr zogen die Wolken dahin, und sie fragte sich, ob sie diese Insel lebend wieder verlassen würde. Es regnete wieder stärker, und sie dachte an das Kind, das sie verloren hatte, an ihre verängstigten Schwestern in Siren Song und an Harrison. Sie tastete in ihrer Tasche nach dem Mobiltelefon und zog es heraus, war sich aber nicht sicher, ob diese Insel nicht ein Funkloch war.

Es brach ihr das Herz, als sie an Harrison dachte.

Sie hatte ihn geliebt, auch wenn sie ihn erst seit so kurzer Zeit kannte, und fragte sich, ob sie ihn jemals wiedersehen würde.

Sie steckte das Telefon wieder weg. Es war jetzt nicht der richtige Zeitpunkt, an ihn zu denken.

James' Herz hämmerte wie wild. Er war total verängstigt, und fragte sich, wie zum Teufel es passieren konnte, dass es dem dummen kleinen Arschloch von seinem Bruder gelungen war, ihn zu diesem lebensgefährlichen Abenteuer zu überreden. Sie waren nämlich nicht allein auf der Insel, wie Mikey es vorausgesagt hatte.

Guter Gott.

Er sah den Psychopathen. Er war groß, sein blondes Haar wurde vom Wind zerzaust. Er stand da, wie ein Schizo eben so dasteht, mit gespreizten Beinen und ausgestreckten Armen und in einen langen Mantel gehüllt. Er blickte aufs Meer hinaus und sagte etwas, das James nicht verstand. Vielleicht betete er das Gebet eines Gestörten, und in seiner rechten Hand hielt er ein langes Messer.

Mikey hatte ihn noch nicht gesehen, und deshalb packte James seinen Arm, legte einen Finger auf die Lippen und zeigte mit der freien Hand in die Richtung, wo der Mann stand.

Mikey schien verärgert zu sein und öffnete den Mund, um etwas zu sagen, überlegte es sich aber anders, als er den Irren erblickte. Er blinzelte, als wollte er nicht wahrhaben, was er da sah. James zog ihn zu Boden, wo sie sich hinter einem Felsbrocken und hohen Gräsern verstecken konnten.

Der Psychopath stand zwischen ihnen und dem einzigen Pfad, der zu der alten Anlegestelle führte, wo sie das Surfbrett gelassen hatten, von dem Mikey glaubte, dass es sie sicher ans Festland zurückbringen würde.

Eine verrückte Idee, wie James wusste, denn die Gezeiten wechselten, und wenn sie abhauen wollten, ohne ein großes Risiko einzugehen, mussten sie es jetzt tun.

Aber das war natürlich unmöglich.

Verdammt, er war so ein Idiot gewesen, sich von dem lächerlichen Plan seines kleinen Bruders überzeugen zu lassen.

Mikey berührte seine Schulter und zeigte auf das Haus am Fuß des Leuchtturms, dessen Rückseite fast direkt daran angrenzte. Der Knabe glaubte wohl tatsächlich, sie könnten sich darin verstecken ... Es war eine kranke Idee, aber es gab kaum Alternativen. Man konnte hier praktisch nirgends in Deckung gehen.

Bevor er den Vorschlag seines Bruders überdenken konnte, rannte der schon los. James warf einen Blick auf den Geisteskranken, der ihnen den Rücken zukehrte, und sprintete hinter seinem Bruder her. Zwanzig Meter, fünfzehn, zehn, fünf ... Oh, Mist, der Schizo drehte sich langsam um, und James sah sein Gesicht im Profil.

Verdammte Scheiße! James sprang und landete hinter Mikey, der sich an die Seitenwand des Hauses drückte. Jetzt trennte sie nur dieses kleine Haus von dem Killer, aber immerhin ...

James schlich vorsichtig zu der Tür an der Hinterseite des Gebäudes. Verschlossen.

Fast hätte er sich in die Hose gemacht.

Was nun?

Ein Blick um die Ecke bestätigte seine schlimmsten Befürchtungen.

Der Psychopath kam auf das Haus zugeschlendert.

Hatte er sie gesehen?

Guter Gott.

Mikey zeigte mit einem ernsten Blick auf den Leuchtturm.

James schüttelte den Kopf. *Nein.*

Er wollte seinen Bruder festhalten, doch der rannte bereits zur Rückseite des Hauses, überquerte die kleine offene Fläche, stieß zu James' Entsetzen die Tür des Leuchtturms auf und verschwand darin.

Wieder blickte er um die Ecke.

Scheiße! Der Schizo war keine zwanzig Meter mehr entfernt.

Aber sein Blick auf den Fuß des Leuchtturms war durch das Haus verstellt.

Er rannte, so schnell er konnte.

Und hoffte, dass der Irre ihn nicht sah.

»Verdammt!« Sobald Catherine aufgelegt hatte, rannte Harrison zu seinem Wagen, in dem es immer noch nach Marillas Zigaretten roch.

Was hatte Laura sich dabei gedacht? Sie hätte sich niemals alleine zu der Insel aufmachen dürfen.

Er machte sich auf den Weg nach Cape Dread, wo häufig Surfer campten und von wo aus man den alten Leuchtturm am einfachsten erreichen konnte.

Es regnete wieder und war schon fast dunkel. Beinahe hätte er die Abfahrt nach Cape Dread verpasst. Als er das Schild im letzten Moment sah, bremste er und riss abrupt das Steuer herum.

Der Autofahrer hinter ihm hupte verärgert, doch er nahm es kaum wahr. Er gab wieder Gas und fuhr zu dem Parkplatz, welcher der Küste am nächsten lag.

Vor einem Zaun stand Lauras Subaru Outback.

Er war entmutigt, denn noch hatte er gehofft, Catherine könnte sich geirrt haben. Doch jetzt ...

Und da stand noch ein weiteres Auto, ein Dodge Charger, der quer abgestellt war und den Raum von zwei Parkplätzen einnahm.

War das der Wagen, den Justice zurzeit benutzte?

Guter Gott, nein!

Ihm drehte sich der Magen um. Er wurde von einer schrecklichen Angst gepackt, nahm die Glock aus dem Handschuhfach und überprüfte, ob die Waffe geladen war. Dann stieg er aus dem Auto.

Waren sie beide auf dieser verdammten Insel, bei dem Leuchtturm? Hatte Laura erneut Kontakt aufgenommen zu dem Dreckskerl, ihn provoziert und sich so auf ein tödliches Spiel eingelassen? Er blickte auf den Horizont, in Richtung der Linie, wo der Himmel und das Meer aufeinandertreffen, doch diese Linie war wegen der Wolken und der Dämmerung nicht mehr erkennbar. Gut war nur, dass es bei Ebbe fast möglich zu sein schien, die Insel zu Fuß zu erreichen.

Und was dann?

Was ist, wenn du auf der Insel bist und bei Flut nicht mehr zurückkannst?

Er blickte auf Lauras Auto und rieb sich geistesabwesend den Arm an der Stelle, wo Zellman ihn mit dem Taser getroffen hatte.

Er fasste einen Entschluss. Während er Richtung Meer ging, rief er Detective Stone an und sprach auf seine Mailbox. Er ließ ihn wissen, wo wer war und wie sich die Dinge entwickelt hatten. Dann steckte er das Telefon in die Tasche und ging mit der Waffe in der Hand über die freigelegten Felsen zu der Insel, die Justice Turnbull einst sein Zuhause genannt hatte.

Als Laura um die letzte Kurve des bergan führenden Pfades bog, war unübersehbar, dass der Sturm schlimmer wurde.

Justice konnte schon irgendwo in der Nähe lauern, sie glaubte es zu spüren. Ihre Finger umklammerten den Griff des Revolvers, und sie kniff wegen des strömenden Regens die Augen zusammen. Auf ihrer Gesichtshaut spürte sie die kühlen Tropfen.

Am Ende des Pfades sah sie den Leuchtturm vor sich, der hoch in den schon fast dunklen Himmel aufragte. An seinem Fuß stand ein verfallendes Haus.

Was für entsetzliche Dinge hatten sich hier schon zugetragen?

Hatte Justice schon mal jemanden mitgebracht auf die Insel?

Oder hatte er hier die Einsamkeit gesucht?

Aber es spielte keine Rolle mehr, was sich früher hier zugetragen hatte. Jetzt zählte nur noch, dass sie dieser Geschichte endlich ein Ende bereitete. Sie entsicherte den Revolver und rannte zu dem Haus, in dem früher der Leuchtturmwärter gewohnt hatte, doch die Tür war verschlossen. Langsam ging sie um das Gebäude herum, wobei sie sich dicht an die Wand presste. Zugenagelte Fenster, und die Hintertür war verschlossen.

Sie hatte ein paar Werkzeuge dabei und hätte das Schloss notfalls knacken können, doch zuerst wollte sie sich vergewissern, ob sie noch allein war auf der Insel.

Vorsichtig ging sie zu dem dicht hinter dem Haus stehenden Leuchtturm, den Justice einst sein Zuhause genannt hatte. Hier hatte er Frieden gefunden oder was immer sonst er gesucht hatte.

Die Tür war nicht abgeschlossen und stand einen Spaltbreit offen.

Fast hätte sie einen Herzstillstand erlitten.

Er ist hier!

In dem Leuchtturm.

Oh mein Gott.

Sie wurde von nackter Angst gepackt.

Halt! Du weißt nicht, ob er wirklich da drin ist. Die Tür könnte seit langer Zeit offen stehen.

Plötzlich fragte sie sich, ob sie nicht einen tödlichen Fehler gemacht hatte. Wenn es möglich gewesen wäre, alles rückgängig zu machen, hätte sie die Polizei benachrichtigt und sich gerettet …

Sie atmete tief durch und stieß die Tür mit der Mündung des Revolvers ein Stück weiter auf.

Als sich die Tür quietschend geöffnet hatte, trat sie in die gähnende Finsternis.

Sie ist da!

Ich rieche sie und ihre leere, stinkende Gebärmutter. Oh, was für eine törichte Frau. Wie einfach war es, diese Närrin hierher zu locken in meine Höhle. Ich muss lächeln, während die Gischt des Meeres zärtlich mein Gesicht benetzt und der Wind mit mei-

nen Haaren spielt. Sie glaubt, mich durch ihre Provokationen hierher zu bringen, doch ich war schon da.

Wie immer bin ich ihr einen oder zwei Schritte voraus.

Ich sauge tief die salzige Seeluft in meine Lungen und spüre ihre heilenden Kräfte. Ich blicke zu Cape Dread hinüber, wo früher so viele Schiffe zerschellt sind.

Es sind keine Lichter zu sehen auf Cape Dread, weil die schmale Landzunge unbewohnt ist. Das Böse lauert auf den dicht bewaldeten Klippen.

Ich spüre, wie meine Kräfte zurückkehren.

Noch heute Morgen habe ich mich schwach gefühlt. In Siren Song habe ich versagt, habe dumme Fehler gemacht.

Doch nun ...

Jetzt bin ich wieder ganz der Alte.

Ich kann es nicht abwarten, bei Loreley zu sein.

Dein Ende ist nah, du Hure.

46

Laura stieg langsam die stählerne Wendeltreppe hinauf, eine Hand auf dem rostigen Geländer, die andere am Griff des Revolvers. Die Stufen ächzten unter ihrem Gewicht, unter ihren Fingerspitzen blätterte Farbe ab. Konnte Justice sie vielleicht trotz der tosenden Brandung hören? Sie wusste es nicht, stieg aber trotzdem mit einem heftig klopfenden Herzen weiter die Stufen hinauf.

Es gab zwei Möglichkeiten. Sie konnte ihn töten oder so schwer verwunden, dass er außer Gefecht gesetzt war. Dann konnte sie die Polizei anrufen und auf ihr Eintreffen warten.

Wenn es anders kam, war sie tot.

Sie wusste es.

Und er auch.

Der Aufstieg schien kein Ende zu nehmen, und ihre Beine wurden schwer und begannen heftig zu schmerzen. Der Sturm wurde immer stärker, und das Meer war aufgewühlt. Ihr Puls beschleunigte sich, ihr brach der Schweiß aus.

Wartete er schon auf sie?

Irgendwo in einer dunklen Ecke?

Angst schnürte ihr die Kehle zu, als ihr der Gedanke kam, er könnte sie die Treppe hinabstoßen oder sie über das Geländer werfen ...

Du weißt, weshalb du hier bist Laura. Tu es.

Sie biss die Zähne zusammen und stieg mit gespitzten Ohren weiter die Stufen hinauf.

Wasser strömte in die kleine Bucht, als die Gezeiten wechselten, und jede Welle drang weiter landeinwärts. Es regnete stärker, und der Wind wehte so böig, dass jeder Schritt mühsam war.

Aber Harrison kam voran und blieb nur einmal stehen, um ein weiteres Mal bei Detective Stone anzurufen, doch auch diesmal ohne Erfolg. Ignorierte der Cop womöglich seine Anrufe? Oder war er immer noch mit Marilla beschäftigt?

Er sprach ein zweites Mal auf die Mailbox und hoffte, dass der Detective seine Voicemails abhören würde.

Es ist spät. Gut möglich, dass Stone schon Feierabend gemacht hat.

Er dachte daran, die Notrufnummer zu wählen, überlegte es sich aber anderes. Was war denn, wenn es gar keinen Notfall gab? Wenn niemand auf der Insel war, wenn er dort eintraf? Was war, wenn Laura einfach nur ihr Auto dort geparkt hatte und ...

Und was?

Nein, sie war auf der Insel.

Und schwebte in Lebensgefahr.

Er wusste es.

Fühlte es.

Es wurde immer dunkler, und er hatte noch ein gutes Stück vor sich bis zu der Insel. Er musste dort sein, bevor die Flut kam, und ging weiter, sorgsam darauf bedacht, nicht auszurutschen auf den glitschigen Felsen. Er musste aufpassen, nicht zu stürzen, und die Waffe durfte auch nicht ins Wasser fallen.

Er versuchte sich darauf zu konzentrieren, keinen Fehltritt zu tun, doch mit jedem Schritt nahm seine Angst zu. Er musste an Laura denken und daran, was sie vielleicht gerade durchmachte.

Das bringt jetzt nichts.
Konzentriere dich.

Er sprang auf den nächsten Felsbrocken, doch diesmal hatte er die Entfernung falsch eingeschätzt und wäre beinahe ausgerutscht. Er konnte sich gerade noch abgefangen.

Du schaffst das. Jetzt ist es nicht mehr weit.

Aber die Flut stieg, schäumende Wellen umspülten die Felsbrocken. Er musste sich voll auf jeden einzelnen Schritt konzentrieren und sich die Felsbrocken aussuchen, die noch am höchsten aus dem Wasser ragten.

Die Zeit verrann. Eine Minute nach der anderen verging, und es wurde immer dunkler.

Er dachte an Lauras Auto und an das andere Fahrzeug, von dem er nicht wusste, wer darin hierher gekommen war.

Es ist sinnlos, jetzt darüber nachzudenken.
Lass dich nicht von Panik lähmen.
Konzentriere dich.

Strömender Regen, laut heulender Wind, steigendes Wasser. Bald gab es diese Landbrücke nicht mehr, und wer dann auf der Insel war, saß dort fest.

Sein Handy zirpte.

Stone! Gott sei Dank.

Er zog das Mobiltelefon aus der Tasche, und in dem Moment rutschte er mit dem rechten Fuß aus.

Er schwankte und versuchte, sich zu fangen.

Eine Welle schlug gegen den Felsbrocken. Kaltes Wasser umspülte seine Fußknöchel, und er verlor das Gleichgewicht.

Nein!

Er stürzte in das eiskalte Wasser und stieß sich an dem Felsbrocken.

Die Waffe glitt ihm aus der Hand, und er geriet in Panik. Nein! Er konnte es sich nicht leisten, die Pistole zu verlieren. Scheiße. Noch konnte er auf dem Meeresboden stehen.

Aber nicht mehr lange.

Er tauchte unter und tastete den Meeresboden ab. Nichts! Seine Lungen brannten, und er schnappte hektisch nach Luft, als er die Wasseroberfläche durchbrach.

Er hätte weitergehen und die Waffe vergessen sollen. Er verlor wertvolle Zeit, aber verdammt, er brauchte die Pistole. Nachdem er noch einmal tief Luft geholt hatte, tauchte er noch einmal und strich mit den Fingern über den sandigen Meeresboden. Steine, ein Fisch, Seegras.

Wieder begannen seine Lungen zu brennen. Er brauchte Sauerstoff. Aber er suchte weiter, bis er glaubte, seine Lungen würden explodieren.

Und dann ertasteten seine Fingerspitzen etwas Metallisches.

Er griff danach und tauchte auf. Die Glock, Gott sei Dank. Auch wenn sie vielleicht nicht mehr zu gebrauchen war.

Setz deinen Hintern in Bewegung, Frost. Die Zeit wird knapp.

Er zwang sich, sich weiterzuschleppen. Seine nassen Klamotten hingen an ihm wie bleierne Gewichte, und er fror wie nie zuvor. Alles war so mühsam, als müsste er durch Matsch waten.

Endlich erreichte er die Anlegestelle. Es gab keine Leiter, doch er sah ein Schlauchboot, das an einem der Pfeiler angebunden war. Nun wusste er endgültig, dass er nicht allein auf der Insel sein würde.

Versteckte Laura sich hier irgendwo? Oder hatte Justice sie bereits gefunden? Er durfte nicht daran denken, dass sie vielleicht schon tot war, musste diesen Gedanken verdrängen, der ihn nur lähmen würde.

Mit letzter Kraft zog er sich an den verrottenden Holzplanken auf den Steg.

Der Regen prasselte auf seine bereits klatschnassen Klamotten.

Er würde in dieser Nacht sehr frieren.

Aber es war ihm egal.

So lange, bis er Laura gefunden hatte und sie in Sicherheit war.

Stone hatte gerade seine Jacke angezogen, doch bevor er sich auf den Heimweg machte, checkte er noch einmal seine Voicemails und hörte Frosts Nachrichten über Justice Turnbull, der angeblich auf der Insel Serpent's Eye war. Und laut Frost war auch Laura Adderley da, um den Killer in dem Leuchtturm zu stellen.

Ausgeschlossen.

Sie hatten den Leuchtturm überwacht. Zumindest, so gut es ging angesichts der knappen Personaldecke.

Und meistens war die Insel ohnehin kaum zu erreichen.

All das ergab keinen Sinn.

Aber er überprüfte das Kennzeichen des Dodge Charger. Frost hatte die Nummer telefonisch durchgegeben. Das Fahrzeug war auf einen Ron Ferguson und seine Frau Francie zugelassen. Der Wagen war nicht als gestohlen gemeldet. Vielleicht hatte das gar nichts zu tun mit dem Fall Turnbull, und doch ... Er griff nach seiner Dienstwaffe und steckte sie ein.

Während der letzten paar Tage hatte er diesem Journalisten wider Willen immer mehr Respekt zollen müssen. Frost hatte bei der Verhaftung Zellmans geholfen und hatte nichts in seiner Zeitung veröffentlicht, wovon er versprochen hatte, es zurückzuhalten. Und er hatte Marilla Belgard zur Polizei gebracht, bevor er den Artikel schrieb, der ihn endgültig rehabilitieren würde. Sein guter Ruf hatte arg gelitten, weil man ihn beschuldigt hatte, die Geschichte des gewaltsamen Endes seines Schwagers falsch dargestellt zu haben.

Ja, alles in allem war Frost ein anständiger Kerl.

Und jemand, der keinen Alarm auslöste, wenn es nicht nötig war.

Aber warum zum Teufel ging er dann jetzt nicht ans Telefon?

Stone zögerte. Er dachte an Claire, die zu Hause mit dem Abendessen auf ihn wartete.

Wieder einmal.

Er hatte Savvy Dunbar gebeten, Marilla Belgard nach Seaside zu bringen, wo ihr Wagen vor der Redaktion der *Breeze* stand, und selbst vorgehabt, sofort nach Hause zu fahren.

Woraus nun nichts werden würde. Es konnte nicht schaden, zu der Bucht zu fahren und sich ein bisschen umzusehen.

Als Laura das Ende der Treppe erreicht hatte, war sie außer Atem. Sie stand in dem Raum, der das Leuchtfeuer beherbergt hatte. Ihr Herz klopfte heftig, und es lief ihr kalt den Rücken hinab, weil sie das Gefühl hatte, dass Justice hier war. Sie erinnerte sich an seinen letzten Angriff, glaubte erneut sein hasserfülltes Gesicht zu sehen und seine Finger auf ihrem Rücken zu spüren.

Ein lebensgefährlicher Psychopath.

Es kam ihr so vor, als beobachtete er jeden einzelnen ihrer Schritte. Konnte er sie sehen? Wenn er ihr telepathisch seine entsetzlichen Drohungen übermittelte, konnte er sie dann auch sehen, sie beobachten wie ein sadistischer Voyeur?

Sie schüttelte den Gedanken ab und blickte sich in dem runden Raum um.

Die großen Glasscheiben rundum hatten Sprünge, waren aber nicht zerbrochen. Sie waren so schmierig, dass man das Meer kaum sehen konnte. Eine Tür führte auf eine stählerne äußere Plattform mit Metallgeländer. Das Leuchtfeuer nahm die Mitte des Raums ein. Es war längst erloschen und nur noch eine Erinnerung an eine weit zurückliegende Zeit.

Eine Zeit, die Catherine mit ihren langen Röcken und ihrem Verzicht auf alle Errungenschaften des modernen Lebens vergeblich wiederauferstehen zu lassen versuchte.

Es lief ihr kalt den Rücken hinab, als sie daran dachte, wie oft Justice die Stufen dieser Wendeltreppe hinaufgestiegen war und wie oft er an derselben Stelle gestanden hatte wie sie jetzt. Sie stellte sich vor, wie er auf der Plattform stand, mit weit ausgestreckten Armen, das Gesicht dem Meer zugewandt.

Angst überkam sie.

Denk jetzt nicht daran.

Und dann hörte sie es.

Trotz des Tosens der Brandung und des heulenden Windes.

Seine entsetzliche, zischende Stimme.

Schwester ...

Fast hätte sie die Pistole fallen lassen. Sie wirbelte herum, weil sie erwartete, er würde hinter ihr stehen, doch sie war allein.

Schwester ...

Das Wort, das nur sie hören konnte, hallte durch ihre Gehirnwindungen.

Er musste ganz in der Nähe sein.

»Wo zum Teufel steckst du?«, fragte sie laut. Und dann glaubte sie, einen ganz leisen, erstickten Angstschrei zu hören. Woher kam er? Oder spielte ihr ihre Einbildungskraft einen Streich?

Und dann hörte sie schwere Schritte auf den oberen Stufen.

Sie riss den Kopf hoch und sah eine große Gestalt im Türrahmen stehen.

»Mein Gott«, flüsterte sie. Die Pistole in ihrer Hand zitterte.

Justice trat in den Raum mit dem Kuppeldach. Seine Miene war hasserfüllt, sein Blick eisig. Sie stand ihrem Todfeind Auge in Auge gegenüber.

»Was für eine dumme, dumme Frau du bist«, knurrte er mit einem bedrohlichen Grinsen.

Sie hob die Waffe und zielte auf ihn. »Es ist vorbei, Justice.«

Er blickte auf die Pistole. »Loreley ...«

»Keine Bewegung, Justice.«

»Du kannst mich nicht töten, Loreley.«

»Du wirst schon sehen.« Ihre Zähne begannen zu klappern.

Sein Grinsen war teuflisch, der Blick dämonisch.

Sie hörte ein Wimmern und blickte zur Seite. War noch jemand hier oben?

Guter Gott ...

Justice nutzte den Augenblick ihrer Verwirrung und stürzte sich auf sie. *Schwester ...*

Sie drückte ab, um ihn zur Hölle fahren zu lassen.

47

Harrison kniete schwer atmend und vor Kälte zitternd auf dem Steg. Er durfte keine Zeit verlieren, musste den steil bergan führenden Pfad erklimmen. Vorher musste er noch über einen nutzlosen Maschendrahtzaun klettern. Die nassen Klamotten hingen ihm bleischwer am Leib, aber er ging los.

Am Ende des Weges angekommen, erblickte er in der Dunkelheit den Leuchtturm.

Es war niemand zu sehen.

Aber sie war hier, er war sich sicher.

Und außer ihr noch jemand. Der Fahrer des Dodge Charger.

Er ging vorsichtig weiter, mit gezückter Waffe.

Dann fiel ein Schuss.

»Scheiße!«

Laura!

Vor seinem geistigen Auge sah er sie, von einer Kugel in die Brust getroffen. Blut spritzte aus der Wunde, und sie stolperte und stürzte über das Geländer in die Tiefe.

Er rannte los.

Oben in dem Leuchtturm brach die Hölle los.

Justice brüllte vor Schmerz und wurde zurückgeschleudert. Sein Mantel war nicht zugeknöpft, und man sah den größer werdenden Blutfleck auf seinem Hemd.

Hinter dem Leuchtfeuer tauchten zwei Jungen auf, die vor Angst schrien. Guter Gott, Teenager? Wo kamen *die* her?

Laura richtete den Revolver auf Justice, konnte aber nicht abdrücken. Wenn sie ihn verfehlte, konnte die Kugel irgendwo unglücklich abprallen und einen der Teenager treffen.

Um diese Gefahr zu vermeiden, musste sie so dicht an ihn herankommen, dass sie ihm den Lauf der Waffe in die Rippen bohren konnte.

Es blieb ihr keine Zeit zum Nachdenken. Justice fing sich und klammerte sich am Türrahmen fest. Er starrte sie finster an und hob das Messer, bereit, sich erneut auf sie zu stürzen.

»Haut ab!«, rief sie den beiden Jungen zu, während sie zurückwich und ihre Finger den Riegel der Glastür ertasteten, durch die man auf die Plattform gelangte. Wenn sie ihn nach draußen locken konnte, würde sie ihm alle verbliebenen Kugeln in den Leib jagen.

Justice betrachtete verdutzt die beiden Teenager.

Sie richtete die Waffe auf ihn. »Rühr sie nicht an, du Dreckskerl!«

Er blickte sie von der Tür her an, und in seinen Augen funkelte nackter Hass. *Schwester ... Dreckige Hure!* Er trat einen Schritt vor, und sie wich zurück, darum bemüht, die Pistole so ruhig wie möglich zu halten.

»Haut ab!«, schrie sie erneut, während Justice das Messer hob und weiter auf sie zukam.

Die beiden Jungen kauerten an der hinteren Wand, neben dem Leuchtfeuer.

Sie zog an dem rostigen Riegel, doch nichts geschah.

Sie saß in der Falle, denn Justice blockierte die andere Tür und damit den Weg zur Treppe. Es sei denn, es gab eine Leiter an der Außenseite des Leuchtturms. *Komm schon, du Scheißding!* Sie riss noch einmal an dem Riegel der Glastür.

Etwas knirschte, und der Riegel schien etwas nachzugeben, doch in diesem Moment hob Justice das Messer und kam auf sie zu. Die Klinge zischte durch die Luft.

Sie wich seitlich aus, und er verlor das Gleichgewicht und knallte gegen das Leuchtfeuer.

Die beiden Jungen rannten schreiend durch die offene Tür und stürmten die Treppe hinab. Ihre Schritte hallten laut wider auf den metallenen Stufen.

Justice stürzte sich erneut auf sie, und sie bohrte ihm den Lauf der Waffe in den Bauch, aber er packte ihre Hand und riss sie gerade noch rechtzeitig zur Seite, als sie abdrückte. Die Kugel prallte irgendwo ab und schlug mit ohrenbetäubendem Lärm in das Leuchtfeuer.

Glasscherben schossen durch die Luft, während Justice sie mit seinem ganzen Gewicht an die Wand presste und ihr das Handgelenk verdrehte.

Ein entsetzlicher Schmerz schoss durch ihren Arm.

Sie schnappte nach Luft und drückte sich mit aller Kraft gegen die Glastür.

Mit einem knirschenden Geräusch brach der Riegel, und die Glastür zur äußeren Plattform flog auf. Der Wind peitschte Regen in den Raum. Sie stolperten gemeinsam auf die wackelige Stahlplattform, die um den Leuchtturm herumführte. Sie ächzte unter dem Gewicht ihrer Körper. Justice' schwerer Körper presste sie gegen das Geländer, und sie roch seinen kalten Schweiß.

Wieder drückte sie ab, wieder ging die Kugel ins Leere.

Erneut schoss dieser unerträgliche Schmerz durch ihren Arm, und die Pistole entglitt ihr und schlitterte über die Plattform.

»Nein!«

Entsetzt musste sie sehen, wie der Revolver über den Rand der Plattform rutschte und in der Finsternis verschwand.

Harrison rannte schwer atmend die Stufen hinauf. »Laura!«, schrie er, und seine Stimme hallte laut von den Wänden des Leuchtturms wider. »Halt durch, Laura, ich komme!« Wenn dieser Psychopath ihr auch nur ein Haar krümmte ... Er nahm zwei Stufen auf einmal.

Er hörte Schritte auf der Treppe und drückte sich schnell mit gezückter Waffe gegen die Wand. »Laura!«, schrie er erneut.

»Sie ist da oben!«, brüllte jemand, und dann sah er zwei Teenager die Stufen hinabstürmen. »Er hat sie in seiner Gewalt«, rief einer der beiden, der auf die Pistole in Harrisons Hand starrte. »Justice Turnbull! Er hat sie!«

»Haut ab von hier!«, schrie Harrison.

Sie rannten an ihm vorbei.

Harrison eilte weiter die Stufen hinauf, angetrieben von einem Adrenalinschub. Er war von blinder Wut gepackt. »Turnbull«, brüllte er. »Komm schon, du Dreckskerl! Lass die Frau los und versuch dich an mir, Feigling!«

Und dann hörte er Lauras Schrei, einen durchdringenden Schrei, der von nackter Angst zeugte.

»*Stirb, Schwester!*«, zischte Justice.

Laura schlug sein stinkender Atem ins Gesicht.

Er holte mit dem Messer aus, dessen Klinge bösartig glänzte.

Trotz des heulenden Windes hörte sie die Plattform ächzen.

Die Klinge sauste herab. Er wollte ihr die Kehle durchschneiden, doch sie rammte ihm blitzschnell das Knie in die Genitalien, und die Klinge bohrte sich in sein eigenes Bein.

Justice schrie auf und zuckte spasmisch.

Sie stieß sich von dem Geländer ab und sprang auf die offene Glastür zu, doch die Plattform unter ihren Füßen senkte sich, als uralte, sie tragende Querverstrebungen nachgaben. Sie rutschte auf die Stelle zu, wo die Plattform aus der Wand herausgerissen war und bedrohlich wackelte.

Erneut kam er auf sie zu, und wieder trat sie ihm mit voller Wucht in die Genitalien.

Er beugte sich brüllend vornüber. Das Messer glitt ihm aus der Hand, schlitterte über die abschüssige Plattform, rutschte über den Rand und verschwand wie in Zeitlupe in der Finsternis.

Er klammerte sich mit blutigen Fingern an dem Geländer fest, während Laura sich mit ihrem schmerzfreien Arm festhielt und sich zentimeterweise auf die offene Tür zubewegte. Sie betete, dass die Befestigungen der Plattform standhalten würden. Ihr Ächzen schmerzte ihr in den Ohren. Sie kam nur sehr mühsam voran und schlang den Arm um einen verrosteten Metallpfosten und drückte sich dagegen.

Mit einem entsetzlichen Geräusch brach ein großer Teil der Plattform von der Wand des Leuchtturms ab. Ein Teil des Bodengitters stürzte ins Meer. Laura schloss die Augen, klammerte sich an dem Pfosten fest und betete.

Und dann spürte sie, wie sich Finger an ihrem Fußknöchel festklammerten.

Er war zu schwer, sein Gewicht drohte sie in den Abgrund zu reißen.

Nein! Gott hilf mir. Es kam ihr so vor, als würde ihr das Bein aus dem Hüftgelenk gerissen. Vor ihren Augen begann sich alles zu drehen, die Finsternis drohte sie zu verschlucken.

Ihr Schuh begann von ihrem Fuß zu rutschen.

Guter Gott, dieser Schmerz.

Sie klammerte sich verzweifelt weiter fest und kämpfte darum, nicht das Bewusstsein zu verlieren.

Sie biss vor Schmerz die Zähne zusammen, schlug mit dem anderen Bein aus und traf seinen Arm.

Er heulte laut auf.

Wieder trat sie zu, traf ihn aber nicht.

»Laura!«

Für einen Augenblick glaubte sie, Harrisons Stimme gehört zu haben. Oh Gott. Der Gedanke an ihn brach ihr das Herz. Wieder wurde es ihr schwarz vor den Augen, und sie musste gegen den Wunsch ankämpfen loszulassen und allem ein Ende zu machen.

»Halt durch, Laura!«

Vor ihren Augen verschwamm alles, die wirbelnden Wolken über, das aufgewühlte Meer unter ihr. Wieder befürchtete sie, das Bewusstsein zu verlieren.

Halt durch, wiederholte sie bei sich seine Worte. *Um Himmels willen, halt durch ... Aber dieser Schmerz ...* Es kam ihr so vor, als würde ihr Körper in zwei Teile gerissen.

Du musst kämpfen, Laura. Du darfst ihn nicht gewinnen lassen. Lass dich nicht unterkriegen.

»Du mieses Schwein.« Wieder trat sie mit dem freien Bein zu, und diesmal traf ihr Fuß sein Handgelenk.

Er stieß einen gellenden, durchdringenden Schrei aus.

Und dann konnte er sich nicht mehr festhalten, seine Finger rutschten von ihrem Fußgelenk.

»Schwester! NEIN!«

Sie blickte auf und sah Harrison in der offenen Tür stehen. Sein Gesicht war leichenblass. »Halt durch, hörst du? Bitte halt durch!« Er beugte sich vor und streckte die Hand aus.

Sie war zu weit weg, und sie konnte den schmerzenden Arm nicht heben, an dem Justice ihr so brutal das Handgelenk verdreht hatte.

Seine Finger berührten ihre.

»Harrison!«, schrie sie, doch es war zu spät.

Der letzte Rest der Plattform mitsamt dem Pfosten wurde aus der Wand gerissen.

Sie umklammerte noch immer den Pfosten und stürzte in den gähnenden Abgrund.

»Loreley!«, schrie er, doch seine Stimme wurde von dem Tosen der Brandung verschluckt.

Der Wind rauschte in ihren Ohren. In Erwartung des Endes schloss sie die Augen.

Als sie auf dem Wasser aufschlug, schrie jeder einzelne Knochen in ihrem Körper auf. Das Wasser war eiskalt. Bevor sie in die Tiefe sank, sah sie über sich noch ein grelles rundes Licht.

Aber sie hatte schon aufgegeben.

»Nein!« Entsetzt beobachtete Harrison, wie Laura in die Tiefe stürzte und auf dem Wasser aufschlug. Ohne weiteres Nachdenken sprang er aus der offenen Tür oben in dem Leuchtturm. Wenn er Pech hatte, würde er auf einem Felsen aufschlagen, und auch der Aufprall auf dem Wasser konnte tödlich sein, doch es war sinnlos, darüber zu grübeln, denn er war schon gesprungen.

Er stürzte in die Tiefe und schaffte es tatsächlich, mit den Füßen zuerst die Wasseroberfläche zu durchbrechen. Sofort wurde er von einer Welle erfasst, die ihn Richtung Küste trug.

Als er wieder auftauchte, spuckte er Salzwasser. Auf dem aufgewühlten Meer spiegelte sich ein Licht, Er hob den Kopf, und in dem von oben kommenden Lichtstrahl sah er Laura, ihren schlaffen, leblosen Körper.

Es war zu spät.

Nein!

Er schwamm auf sie zu, mit aller Kraft gegen die Wellen ankämpfend. Als er bei ihr war, wurde ihm klar, was es mit dem Licht auf sich hatte. Es war der Suchscheinwerfer eines über ihm auf der Stelle schwebenden Helikopters, aus dem gerade ein Korb herabgelassen wurde.

»Laura«, flüsterte er. Er hatte sie verloren. Jetzt musste er daran denken, wie er reagiert hatte, als sie ihm erzählte, dass sie schwanger gewesen war. Daran, wie gefühllos er sich verhalten hatte. Er hatte sich wie ein Idiot benommen, hatte nur an sich gedacht.

Es kam ihm so vor, als würde ihm die Seele aus dem Leib gerissen. Er hielt sie und sah den starren, leblosen Blick ihrer Augen. Ihre Haut war so kalt wie das Salzwasser, und die Regentropfen glichen den Tränen der Götter. »Loreley, du darfst nicht sterben ... Bitte, bitte, stirb nicht!« Seine Worte wurden vom Tosen des Meeres verschluckt. »Ich liebe dich, Loreley! Oh mein Gott, du darfst nicht sterben ... Du darfst nicht. Wenn du nur wüsstest ...«

Sie wachte in einem Privatzimmer im Ocean Park Hospital auf.

Sie erinnerte sich, wie sie auf dem Wasser aufgeschlagen war. Und daran, dass sie ein grelles Licht gesehen hatte. Doch die Bilder, die sie vor ihrem geistigen Auge sah, glichen eher isolierten Schnappschüssen als einem kontinuierlichen Film. Harrison, sich aus der offenen Tür des Leuchtturms beugend. Ein hoch über den Wellen schwebender Helikopter. Der Hubschrauberlandeplatz des Krankenhauses. Harrison an ihrer Seite ... Oder war das alles ein Traum?

Sie blinzelte. »Liege ich im Nordflügel?«

Auf der Fensterbank standen Blumen, und nach dem Blick aus dem Fenster zu urteilen, da war sie sich ziemlich sicher, lag sie tatsächlich im Nordflügel des Ocean Park Hospital.

»Du hast einen guten Orientierungssinn«, sagte Harrison. »Nordflügel, Zimmer Nr. 126.«

Sie war überrascht, seine Stimme zu hören. Sie drehte den Kopf und sah ihn auf einem Liegestuhl sitzen. Hatte er vielleicht darin übernachtet?

»Endlich bist du zu dir gekommen«, sagte er lächelnd.

Sie wollte den Arm heben, doch der war festgebunden, und darin steckte die Kanüle eines Infusionsschlauchs. Bestimmt bekam sie Schmerzmittel. Sie versuchte, sich aufzusetzen.

»Immer mit der Ruhe«, sagte Harrison. Er saß tatsächlich an ihrem Bett, und sein Blick verriet, dass er von Schuldgefühlen gequält wurde. »Hier, ich glaube, damit komme ich klar.«

»Wenn du es nicht schaffst, bin ich ziemlich sicher, dass ich weiß, wie es funktioniert.«

Er drückte auf den Knopf, und der obere Teil des Bettes wurde angehoben.

»Hallo! Schön zu sehen, dass du wieder unter den Lebenden weilst.« Carlita Solano kam in einem blauen Kittel an ihr Bett geeilt. »Wie fühlst du dich?«

»Als wäre ein Zug über mich gefahren, aber gleich zweimal.«

Sie grinste. »Das könnte hinkommen. Aber du bist hart im Nehmen, und es sieht so aus, als würdest du es überleben. Ich muss dich mal kurz ein bisschen untersuchen ...« Sie wies mit einer Kopfbewegung auf Harrison. »Danach kannst du dich wieder ihm widmen.«

Carlita zählte ihre Verletzungen auf – ein gebrochenes Handgelenk, ein verstauchter Ellbogen, eine Zerrung am Beugemuskel der Hüfte, Gehirnerschütterung. »Alles in allem hätte es schlimmer kommen können«, sagte Carlita, die dann ihre Temperatur, den Puls und den Blutdruck maß und die Daten in den Computer neben dem Bett eingab. Als sie fertig war, sagte sie, sie werde dem Arzt Bescheid sagen, der sie gründlicher untersuchen würde. Dann verließ sie das Zimmer.

»Also gut, erzähl's mir«, sagte Laura, nachdem die Schwester die Tür geschlossen hatte. »Warum leben wir noch?«

»Purer Zufall.«

Sie blickte ihn an. »Ich glaube mich zu erinnern, dass du neben mir im Wasser warst. Stimmt das?«

Er nickte kurz. »Ich hatte nur ein paar kleinere Blessuren.«

»Keine Unterkühlung?«

»Nein.«

Sie atmete tief durch. »Und Justice?«

»Tot. Ist auf einen Felsen aufgeschlagen. Das konnte selbst er nicht überleben. Er hat sich das Genick und ein Dutzend anderer Knochen gebrochen.«

Für einen Augenblick schloss sie die Augen. Sie empfand kein Bedauern, weil er das Leben verloren hatte. Er hatte zu viele Menschen ermordet, verletzt oder terrorisiert.

Harrison erzählte ihr, dass Zellman seine Frau umgebracht und seinen Sohn verletzt hatte.

»Wie geht es Conrad Weiser?«, fragte sie. Als sie das letzte Mal auf der Intensivstation nach ihm gesehen hatte, war sein Zustand noch unverändert gewesen.

»Er ist aus dem Koma aufgewacht und wurde gestern entlassen. Zellman sitzt im Gefängnis, und sein Sohn hat eine Aussage gemacht. Sieht so aus, als hätte er trotz der Dunkelheit mitgekriegt, dass sein eigener Vater ihn mit einem Messer angriff. Dieser Teenager glaubt, sein Vater habe ihn umbringen wollen. Zellman schwört, dass es nicht so war.«

»Mein Gott.«

»Zellman hat Justice Turnbulls Ausbruch für seine eigenen Zwecke genutzt. Er hat seine Frau mit einem Messer getötet und wollte den Mord Justice in die Schuhe schieben. Dieser Seelenklempner ist genauso krank wie seine Patienten.«

Das musste Laura erst mal verarbeiten. »Wie lange war ich weggetreten?«, fragte sie dann.

»Nur zwei Tage. Und zwischendurch bist du manchmal kurz zu dir gekommen.«

»Ich glaube, jetzt ist wieder alles in Ordnung.«

Er lächelte erleichtert.

»Hast du etwas aus Siren Song gehört? Von meinen Schwestern?«

Harrison trat ans Fenster und zeigte auf einen Blumentopf mit einer blühenden Teerose, wie sie auch auf einem sonnigen Fleckchen von Siren Song wuchsen. »Die ist von Catherine und deinen Schwestern.« Er reichte ihr eine Karte mit Genesungswünschen und der Unterschrift aller Frauen der Kolonie. »Ich glaube, es hat Catherine zu denken gegeben, dass Justice in ihre Festung eindringen konnte, und das eine oder andere der Mädchen kann es gar nicht abwarten, von dort fortzukommen.«

»Ravinia«, sagte Laura, die mit einem Finger über deren Unterschrift strich, die neben der von Lilibeth stand, die eine weiblichere Handschrift hatte und überdies statt der i-Punkte ein Herzchen bevorzugte.

Danach zeigte er auf ein großes Bouquet tropischer Blumen, mit einer Paradiesvogelblume als Blickfang. »Und das ist ein Geschenk von Hudson, Becca und Rachel.«

»Du hast meine Post gelesen?«

»Ich bekenne mich schuldig. Becca hat auch noch mal angerufen.«

Er reichte ihr einen gelben Umschlag mit einer Karte von Becca, die außer von ihr auch mit einem bunten Filzstift von Rachel unterschrieben worden war, wobei ihre Mutter dem Kleinkind natürlich die Hand geführt hatte.

»Sieht so aus, als würde Rachel mal Schriftstellerin werden. Sie scheint sehr stolz zu sein auf ihre Unterschrift.« Laura lächelte und musste daran denken, wie kränklich das kleine Mädchen wirkte, als sie es in Siren Song gesehen hatte. »Wie geht es ihr?«

»Besser, glaube ich. Zumindest hat Becca das gesagt. Aber sie scheint sich Sorgen zu machen.«

»Wegen der *Gabe*«, sagte Laura. »Becca versteht das.« Es war schwierig genug für Laura und ihre Schwestern, dass sie so völlig anders aufgewachsen waren als andere Kinder. Auch

Rachel würde noch manchen Kampf bestehen müssen. Dann musste sie an etwas anderes denken. »Und diese beiden Teenager in dem Leuchtturm?«

»Die unternehmungslustigen Ferguson-Boys? Der jüngere der beiden war fasziniert von allem, was mit Justice Turnbull zu tun hatte. Er wollte unbedingt den Leuchtturm sehen und irgendein Erinnerungsstück von dort zurückbringen, um seinen Freunden oder einem Mädchen zu imponieren. Jetzt hat er genug erlebt, woran er sich bis ans Ende seiner Tage erinnern wird.«

»Woher weißt du das?«

»Ich habe einen Artikel über die beiden geschrieben und ihnen ihre fünfzehn Minuten im Rampenlicht gegönnt. Ihre Eltern hatten dagegen vor, dem älteren Sohn das Auto nicht mehr zu leihen und beiden für einen Monat ihre Smartphones wegzunehmen.«

»Die Höchststrafe für die Jugend von heute«, bemerkte sie.

»Wohl wahr. Beim nächsten Mal werden sie es sich gut überlegen, ob sie noch mal Jagd auf einen geisteskranken Serienmörder machen sollen.« Er strich über ihren Handrücken. »Und was ist mit dir? Bist du es jetzt leid, dich mit wahnsinnigen Killern anzulegen?«

»Ich hoffe es. Einmal ist mehr als genug.«

Vor ihrem geistigen Auge sah sie Justice bei dem Leuchtturm im Wasser treiben, und dann, als sie sich schon fast aufgegeben hatte, hatte sie Harrisons Stimme gehört und gespürt, wie er die Arme um sie legte.

»Dann hast du mir also das Leben gerettet?«

»Ich glaube nicht, das für mich in Anspruch nehmen zu können«, antwortete er. »Tatsächlich musst du dich wohl bei

Lieutenant O'Neal von der Küstenwache bedanken. Aber ich habe das in deinem Namen schon erledigt.«

»Ich glaube, ich muss es trotzdem noch einmal persönlich tun.«

»Eine gute Idee. Und dann wäre da noch Detective Stone. Er hat die Küstenwache angerufen.«

»Aber wer hat *ihn* angerufen?«

»Ich.«

»Aber du warst mit mir im Wasser.« Sie dachte angestrengt nach und erinnerte sich daran, dass er auf sie eingeredet hatte, sie solle durchhalten ... »Du bist gesprungen!«, rief sie erstaunt, und als er nicht antwortete, sagte sie: »Du bist verrückt, Frost.«

»Ich glaube, ich muss mich bei dir entschuldigen.«

»Weil du mir das Leben gerettet hast?«

»Weil ich so wütend auf dich war wegen der Sache mit der Schwangerschaft.«

Sie seufzte. Eigentlich wollte sie jetzt nicht daran denken.

»Ich liebe dich, Loreley. Es war mir gerade erst klar geworden und hat mir Angst eingejagt. Doch dann, als ich glaubte, ich könnte dich verlieren ...« Er schien einen Kloß im Hals zu haben. Er strich ihr mit den Fingern über den Hals, beugte sich vor und küsste sie. »Wenn du wüsstest, wie leid es mir tut.«

»Ich hätte es dir erzählen sollen, aber ich wusste nicht wie ... Ich war schwanger von meinem Exmann, wollte das Baby aber behalten.« Es schnürte ihr die Brust zu, als sie an die Fehlgeburt dachte, den schmerzlichen Verlust des Kindes. Doch da war noch etwas. Er war völlig aufrichtig, und sie würde es auch sein. »Tatsache ist, dass ich in dich verliebt war und dass es mich richtig schlimm erwischt hatte. Ich wollte es nicht wahrhaben.«

»Ich auch nicht.«

Sie schaute ihn lange an und sah seinen Schmerz, den Spiegel ihres eigenen. Dann zog sie seinen Kopf herab, damit er sie noch einmal küsste. »Vielleicht sollten wir es einfach noch mal versuchen.«

»Glaubst du, das ist möglich?«

»Alles ist möglich.« Sie zwinkerte ihm zu. »Man muss es nur wirklich wollen.«

»Und du willst es?«, fragte er.

»Ja. Und du?«

»Ich auch«, sagte er lächelnd.

Sie lachte und gab ihm einen leidenschaftlichen Kuss.

Epilog

Ich habe so viele Fehler gemacht, dachte Catherine, während sie mit Earl in dessen Motorboot nach Echo Island fuhr.

Trotz all ihrer guten Absichten, ihre Schutzbefohlenen vor Unglück zu bewahren, hatte sie versagt.

In den zwei Monaten nach Justice Turnbulls Tod war in Siren Song nichts mehr so gewesen wie zuvor.

Das Tor war wieder geschlossen und verrammelt, die alten Regeln galten weiter. Aber die Mädchen waren von Unruhe erfüllt, und Catherine wusste, dass es unmöglich sein würde, die alte Ordnung wiederherzustellen. Ravinia würde gehen, andere würden folgen.

Sie hatten Rebecca mit ihrem Mann und dem kleinen Mädchen erlebt, hatten gesehen, welche Zuneigung Harrison Frost für Loreley empfand. Alle waren hingerissen gewesen, als sie die romantische Geschichte gehört hatten, wie er sein Leben riskiert hatte, um sie zu retten.

Earl manövrierte das Boot zu der Anlegestelle von Marys Exilinsel, die sie einst »ihr Elba« genannt hatte. Catherine fragte sich, mit welchen Worten sie ihrer Schwester ihren Sinneswandel erklären sollte. Konnte sie ihre Fehler zugeben? Würde sie Mary vielleicht bitten, nach Siren Song zurückzukehren, was für alle anderen eine Rückkehr aus dem Grab gewesen wäre? Aber natürlich würde das nie funktionieren, es würde nur Komplikationen geben ... Jetzt verbrachte Loreley mehr Zeit mit ihren Schwestern, und häufig war ihr Verlobter dabei, der als Journalist einen guten

Riecher für alles Ungewöhnliche hatte. Nein, das konnte nicht klappen.

Sie würde sich etwas anderes einfallen lassen müssen.

Laut brandeten die Wellen gegen die Felsen. Mary hatte immer behauptet, das Geräusch beruhigend zu finden.

Nun gut, wenn es sie glücklich machte.

»Es wird nicht lange dauern«, sagte sie zu Earl, als der den Motor abstellte und das Boot vertäute. »Etwa eine halbe Stunde.«

Er nickte. »Kein Problem. Ich hab meine Angel dabei.«

Er half ihr auf den Steg und suchte dann nach seinen Ködern. Sie hob ihren Rock an, damit der Saum nicht durch den Dreck und Vogelkot auf den alten Holzplanken schleifte, und stieg dann einen sandigen, zugewachsenen Pfad hinauf. Er war kurz, nach dreißig Metern stand sie vor Marys Haus, das eigentlich nur eine Blockhütte mit einem Raum war – und noch viel abgeschiedener vom Rest der Welt als Siren Song.

Niemand hatte Mary jemals hier gefunden. Aber Catherine wusste aus eigener Erfahrung, dass absolut nichts unmöglich war ...

Man musste nur an diese speziellen »Gaben« der Mädchen denken.

In der Stadt machten Gerüchte die Runde, auf der Insel lebe eine Einsiedlerin, doch Catherine hatte nie etwas davon gehört, dass jemand eine Verbindung zwischen dieser Einsiedlerin und Mary hergestellt hätte.

Sie hatte zu schwitzen begonnen und wischte sich die Stirn ab. Es war jetzt Spätsommer, Ende August, und sehr heiß. Sie schlug eine Fliege tot.

Eine Fliege?, dachte sie. *Hier draußen?*
Seltsam.

Doch was war heutzutage nicht seltsam? Mit ihrer Schwester war immer alles nur seltsam gewesen. Sie hatte an Wahnvorstellungen gelitten, es lag in ihrer Familie. Was ihr Ende betraf, hatte Catherine sich die Geschichte ausgedacht, sie habe auf einem ihrer einsamen Spaziergänge einen Fehltritt getan und sei von der Steilküste in den Tod gestürzt. Die Einsiedlerin auf Echo Island sei die trauernde, völlig zurückgezogen lebende Frau eines verstorbenen Leuchtturmwärters, der auf Whittier Island gearbeitet hatte. Doch das interessierte ohnehin niemanden. Heutzutage war jeder nur mit sich selbst beschäftigt.

Die Sonne sank bereits. Ihr fiel auf, dass Marys sonst makellos gepflegter Garten verwildert war. An den abgestorbenen Teerosen hingen verdorrte Blüten, überall wuchsen hohe Gräser. »Mary?«, rief sie von der Veranda aus, wo ihr mehrere verblichene Kartons auffielen. Die Früchte und das Gemüse, die Earl bei seinem letzten Besuch gebracht hatte, waren verdorben, und der Gestank des verrottenden Fleisches war unerträglich.

Was zum Teufel war hier los?

»Mary?«, rief sie erneut. Sie stieß die Tür auf. Wie lange war es her, dass sie zuletzt hier gewesen war?

Die Tür war nicht verriegelt, und in dem Haus stank es noch schlimmer. Trotz der lauten Brandung hörte man das Summen der Fliegen. Als sich ihre Augen an das Dämmerlicht gewöhnt hatten, drehte sich ihr der Magen um. Auf dem Bett lag die Leiche ihrer Schwester. Marys Gesicht war nicht mehr zu erkennen, und dort, wo einst diese wundervollen blauen Augen gefunkelt hatten, gab es nur noch zwei dunkle Höhlen. Ihr langes Haar war stumpf, und sie sah einen Schädel ohne Wangen und Lippen. Die hervorspringenden Knochen und die bloßgelegten Zähne wirkten unheimlich. Sie sah aus wie ein bösartig grinsender Zombie.

Aus ihrer Brust ragte der Griff eines Messers, den ihre knorrigen Finger umklammerten. Es sah aus, als hätte sie vergeblich versucht, das Messer herauszureißen.

Ein lauter Angstschrei ließ die Wände erzittern. Catherine brauchte einen Moment, um zu begreifen, dass sie ihn ausgestoßen hatte.

»Heilige Mutter Gottes!«, flüsterte sie. Dann musste sie würgen und wich zurück.

Das Bild ihrer toten Schwester hatte sich bereits unauslöschlich in ihr Gedächtnis eingebrannt. Sie ging rückwärts und wäre fast über den Saum ihres Rockes gestolpert. Sie wandte sich um und rannte zur Tür, einen weiteren Schrei unterdrückend.

Was in Gottes Namen war ihrer Schwester zugestoßen?